Perry Rhodan

Brennpunkt Andro-Beta

Perry Rhodan

Brennpunkt Andro-Beta

Verlag Arthur Moewig GmbH,
Rastatt

Redaktion: Horst Hoffmann
Beratung: Franz Dolenc
Satz: Utesch Satztechnik, Hamburg
Druck und Bindung: Mohndruck
Graphische Betriebe GmbH, Gütersloh
Printed in Germany
ISBN 3-8118-2039-7

Einleitung

Dieser 25. Band der PERRY RHODAN-Bibliothek hat ein weiteres großes Abenteuer, einen weiteren Schritt der Menschheit auf dem Weg in die Unendlichkeit zum Inhalt. Fernab von der heimatlichen Milchstraße werden Perry Rhodan und seine Getreuen mit Lebensformen konfrontiert, die noch keines anderen Menschen Auge sah. Doch sie begegnen auch dem immer weiter eskalierenden Terror der mysteriösen Beherrscher des Andromedanebels, von denen nach wie vor nicht viel weiter bekannt ist als die Bezeichnung „Meister der Insel".

Die schlimmsten Greuel, die im Namen der Unbekannten an ganzen Intelligenzvölkern begangen wurden, sind auch in diesem Band „entschärft" worden. Auch wenn es auf den ersten Blick vielleicht gegen die „Originalität" der Romane geht – es ist nicht im Sinn der PERRY RHODAN-Serie, einen möglichen Weg ins Weltall zu schildern, der durch grenzenlose Gewalt gekennzeichnet ist, auch wenn diese von der „anderen Seite" ausgeht.

Die in diesem Buch enthaltenen Originalromane sind (ungeachtet der vorgenommenen Kürzungen) in der Reihenfolge ihres Erscheinens: *Wachkommando Andro-Beta* von *H. G. Ewers; Die Kaste der Weißrüssel* von *William Voltz; Im Camp der Gesetzlosen* von *William Voltz; Die drei Sternenbrüder* von *Kurt Mahr; Der Geleitzug ins Ungewisse* von *K. H. Scheer; Welt unter heißer Strahlung* von *Clark Darlton* und *An der Schwelle zur Hölle* von *H. G. Ewers*.

Ich bedanke mich herzlich bei *Franz Dolenc* für seine – wie immer – hervorragende Unterstützung, bei den Autoren der Originalromane, sowie bei den PERRY RHODAN-Lesern für ihre vielen Anregungen für die Gestaltung der PERRY RHODAN-Bibliothek, die uns in vielen Fällen die Auswahl der Texte erleichterte.

Rastatt, im Frühjahr 1986 — Horst Hoffmann

Prolog

Seit der Entdeckung des aus sechs Blauen Riesen bestehenden Sonnentransmitters im Zentrum der Milchstraße im Jahre 2400 ist vieles geschehen. Von ungeheuren Gewalten ins Nichts zwischen den Galaxien geschleudert, mußten Perry Rhodan und seine Begleiter mit der CREST II in den Fallensystemen Twin und Horror einen auf den ersten Blick chancenlosen Kampf gegen die Tücken ausfechten, die vor Jahrtausenden von Unbekannten geschaffen wurden. Mit Hilfe einer fast unvorstellbaren Technologie soll jedem Unbefugten die Benutzung der Transmitterstraße nach Andromeda unmöglich gemacht werden.

Jene Unbekannten werden von ihren Hilfsvölkern „Meister der Insel" genannt und sind allem Anschein nach die Beherrscher der Galaxis Andromeda. Genaues aber weiß offenbar niemand über sie auszusagen – selbst Grek-1 nicht, der Geheimdienstchef der Maahks, methanatmender Intelligenzen, die vor rund 10000 Jahren nach furchtbaren Kämpfen von den Arkoniden aus der Milchstraße vertrieben wurden und nun den Meistern der Insel zu dienen haben.

Daß sie dies nicht freiwillig tun, beweist Greks Bericht, nachdem der Maahk sich auf die Seite der Terraner geschlagen und grausame Rache an den Akonen genommen hat, den Vorvätern der verhaßten Arkoniden. Das Twin-System wurde dabei als Transmitterstation eliminiert.

Grek-1 kann den Terranern jedoch wichtige Informationen liefern, und so wagt Perry Rhodan Ende des Jahres 2401 einen Vorstoß in das „System der Verlorenen", eine weitere Transmitterstation im Leerraum, die nach den Angaben des Maahks von den Meistern der Insel längst nicht mehr bewacht wird. Die Lage in der Milchstraße ist momentan relativ ruhig, der Schaltplanet Kahalo befindet sich nach den zurückgeschlagenen Angriffen der Maahks fest in terranischer Hand.

Im Juli des Jahres 2402 haben die Menschen im „System der Verlorenen" festen Fuß gefaßt. Sie benutzen den „Schrotschußtransmitter" als

Ausgangspunkt für ihr bisher verwegenstes Unternehmen. Um weitere Klarheit über die Absichten der Meister zu erhalten und drohende Gefahr von der Milchstraße rechtzeitig abwehren zu können, dringt Perry Rhodan mit dem „Geheimsatelliten Troja" in den Andromeda vorgelagerten Zwergnebel Andro-Beta vor und macht sich an die Errichtung eines geheimen Stützpunkts. Wie gerechtfertigt die Vorsichtsmaßnahmen sind, soll sich schon bald erweisen, denn zwischen den Sternen der Zwerggalaxis lauern nicht nur die phantastischsten Lebewesen, denen Menschen bisher begegnet sind . . .

Zeittafel

1971 Perry Rhodan erreicht mit der STARDUST den Mond und entdeckt den gestrandeten Forschungskreuzer der Arkoniden.

1972 Aufbau der Dritten Macht und Einigung der Menschheit.

1976 Perry Rhodan löst das Galaktische Rätsel und erhält vom Geisteswesen *ES* die relative Unsterblichkeit für sich und seine Begleiter.

1984 Der Robotregent von Arkon versucht, die Menschheit zu unterwerfen.

2040 Das Solare Imperium ist entstanden. Der Arkonide Atlan taucht auf. Die Druuf dringen aus ihrer Zeitebene in unser Universum vor.

2102 Perry Rhodan entdeckt das Blaue System der Akonen.

2103 Perry Rhodan erhält von *ES* den Zellaktivator.

2104 Entdeckung des Planeten Mechanica und Ende des Robotregenten.

2114 Entdeckung der Hundertsonnenwelt und Bündnis mit den Posbi-Robotern.

2326 *ES* verstreut 25 Zellaktivatoren in der Galaxis, und es kommt zur Invasion der Hornschrecken, die die Schreckwürmer und das geheimnisvolle Molkex hinterlassen.

2327 Entdeckung des Zweiten Imperiums und der Blues.

2328 Sieg über die Blues und Friedensvertrag zwischen den beiden galaktischen Imperien.

2329 Perry Rhodan heiratet die Plophoserin Mory Abro.

2400 Entdeckung der Transmitterstraße nach Andromeda. In den Fallensystemen Twin und Horror hört Perry Rhodan erstmals von den geheimnisvollen Beherrschern der Nachbargalaxis. Die Maahks dringen über die Transmitterstraße in die Milchstraße vor.

2401 Eroberung des Twin-Systems durch die Terraner. Fünf Agenten der Solaren Abwehr gelangen nach Andro-Alpha und werden von den Maahks dupliziert.
Atlan setzt zum ersten Mal die „Wellensprinter" ein, und Grek-1, Chef des maahkschen Abwehrdienstes, wird nach vollzogener Rache an den Akonen zum Verbündeten der Terraner. Zerstörung des Twin-Systems.

2402 Terranischer Vorstoß in den Andromeda vorgelagerten Andro-Beta-Nebel.

1.
Troja
Juli 2402

Finch Eyseman hörte die Stimme des Oberstleutnants – und hörte sie doch wieder nicht. Verwundert schaute er das Bild an, das der große Frontschirm in der Kommandozentrale der CREST II bot.

Nichts deutete darauf hin, daß man sich nur innerhalb einer Zwerggalaxis befand, in einem Satellitennebel von Andromeda. Der Durchmesser von Andro-Beta, wie der Zwergnebel offizell genannt wurde, betrug nur etwa 4000 Lichtjahre. Dennoch war das Sternengewühl hier scheinbar ebenso undurchdringlich wie innerhalb der heimatlichen Milchstraße.

Finch Eysemans Herz klopfte lauter, als er an die Entfernung dachte, die ihn – und alle anderen Wesen in und auf Troja – vom Rand der Heimatgalaxis trennte.

Zwei Millionen und einhundertfünfzigtausend Lichtjahre . . .

Eine unvorstellbare Entfernung!

Eine vor Zorn bebende Stimme riß Finch Eyseman jäh aus seinen Träumereien. Er zuckte zusammen und wandte sich so schnell um, daß er beinahe gestürzt wäre.

Oberstleutnant Brent Huises fuchsrote Haare sträubten sich wie der Kamm eines angriffslustigen Hahnes. Das grobgeschnittene Gesicht nahm allmählich die Farbe der Haare an.

„Leutnant Eyseman!" brüllte der Erste Offizier der CREST II. „Darf ich Sie darauf aufmerksam machen, daß Sie sich nicht in Ihrem Bett, sondern in der Zentrale des Flaggschiffes befinden . . .!"

Finchs braune Augen wirkten traurig. Automatenhaft ruckte sein Körper zusammen.

„Jawohl, Sir!" flüsterte Finch. Aus den Augenwinkeln nahm er wahr, daß die beiden anderen Leutnants, Orson und Nosinsky, schadenfroh grinsten.

„Aha!“ grollte Brent Huise. „Sie haben also nichts dagegen einzuwenden!“ Sein Tonfall wurde sarkastisch, als er fortfuhr: „Aber ich habe einiges dagegen einzuwenden, daß ein Astronautenanwärter schläft und damit die einmalige Gelegenheit verpaßt, an der Positionsbestimmung eines fremden Zwergnebels teilnehmen zu dürfen.“

„Es tut mir leid, Sir“.

Oberstleutnant Brent Huise öffnete den Mund erneut. Doch dann fiel sein Blick zufällig zur Seite. Er holte tief Luft.

Leutnant Orsy Orson wurde blaß wie seine weißblonden Haare. Mit zitternden Fingern versuchte er, einen Riegel Schokolade in seiner Brusttasche zu verstauen. Als ihm das nicht gelang, stopfte er ihn rasch in den Mund. Sein Adamsapfel trat weit heraus, so weit wie Orsons wasserblaue Augen. Deutlich war zu sehen, wie der Schokoladenriegel ruckweise die Speiseröhre passierte. Leutnant Orson rang nach Atem.

Erst nach einigen Sekunden stieß Brent Huise die eingeholte Luft wieder aus. Wie hypnotisiert sah er zu, wie Leutnant Orson die mit Schokolade beschmierten Hände an der Uniformkombination abwischte.

Plötzlich brach er in brüllendes Gelächter aus.

Finch Eyseman nutzte die Gelegenheit und las die bisher ermittelten Positionsdaten von den Geräten ab.

Brent Huises Gelächter erstarb ebenso schnell, wie es begonnen hatte. Er stemmte die Fäuste in die Seiten. Seine Stimme sank zu einem gefährlich klingenden Flüsterton herab.

„So also sehen die Nachwuchsoffiziere einer Elitetruppe aus! Der eine träumt während einer lebenswichtigen Positionsberechnung vor sich hin, und der andere stopft sich unterdessen mit Schokolade voll! Ich werde Major Bernard anweisen, alle nicht lebenswichtigen Zuteilungen an Sie zu streichen!“

„Um Himmels willen!“ Leutnant Orson wurde noch blasser. „Er würde eine Generalprüfung *aller* Zuteilungen vornehmen . . .“

Brent Huise kratzte sich verlegen am Kopf.

„O ver . . .!“ Erschrocken tastete er seine Magengegend ab. „Bernard würde feststellen, daß der Verpflegungsetat . . .“

Der Oberstleutnant verzog das Gesicht zu einem grimmigen Lächeln.

„Beinahe wäre Ihr Ablenkungsmanöver geglückt, Orson. Aber mich legen Sie nicht herein, auch wenn Sie sich für noch so schlau halten." Um seine Augenwinkel zuckte es verdächtig. „Ich werde mir für Sie eine passende Strafart ausdenken, Leutnant Orson und Leutnant Eyseman. Aber jetzt werden Sie zu beweisen haben, daß Sie eine Positionsbestimmung auch selbständig vornehmen können. Wehe Ihnen, wenn das Ergebnis nicht stimmt, meine Herren!"

Leutnant Eyseman räusperte sich.

„Wenn ich einen Vorschlag machen darf, Sir ...?"

„Na, los schon!" knurrte Brent Huise.

„Wenn wir den Kurs von Troja um nullkommafünf Grad Backbord zur Polachse der CREST verschieben und das Trümmerstück auf fünf Prozent der einfachen Lichtgeschwindigkeit beschleunigen, fallen wir genau auf eine zwei Lichtjahre entfernte Doppelsonne zu. Damit hätten wir eine festen Bezugspunkt für weitere kosmonavigatorische Berechnungen – sowohl, was die Fixierung des Zentrumskerns von Andro-Beta betrifft als auch den jeweiligen Stand der CREST auf der fiktiven Kurslinie."

Der Erste Offizier schaute Finch Eyseman verwundert an und trat rasch zur Kalkulationspositronik. Routiniert programmierte er seine Fragen ein. Als die Antwortfolie aus dem Schlitz des Ausgabesektors schnellte, wirbelte Brent Huise auf dem Absatz herum und fixierte Finch Eyseman, als sähe er ihn zum erstenmal.

„Woher wußten Sie das, ohne den Kalkulator zu benutzen, Leutnant?"

Finch errötete. Er blickte auf seine Schuhe, als suchte er dort nach der Antwort.

„Selbst ein blindes Huhn findet ab und zu ein Korn", bemerkte Leutnant Nosinsky ironisch.

Brent Huise blickte ihn strafend an.

„Sie waren nicht gefragt, Leutnant Nosinsky. Haben Sie etwa – sozusagen als sehendes Huhn – die gleiche Erkenntnis gewonnen wie Leutnant Eyseman?"

„Nein, Sir!" erwiderte Nosinsky verlegen.

„Dann mischen Sie sich gefälligst nicht ein, wenn sich Erwachsene unterhalten!" sagte Brent Huise scharf. Er wande sich wieder Finch Eyseman zu.

„Vielen Dank, Leutnant. Ich schätze, aus Ihnen wird doch noch ein brauchbarer Kosmonautenanwärter. Sie können wenigstens denken. Ich gestehe, daß ich gar nicht auf die Idee gekommen wäre, die Daten ohne Maschine auszurechnen." Er räusperte sich. „Typischer ‚Rechenschieberkomplex' . . .!"

„Es bleibt dabei, meine Herren", sagte Perry Rhodan und musterte aufmerksam Atlan und den epsalischen Kommandanten der CREST, Oberst Cart Rudo. „Seit dem überstandenen Abenteuer im Inneren des Mobys ist etwas mehr als eine Woche vergangen, ohne daß sich irgend etwas ereignet hätte, das unsere Sicherheit gefährden würde. Wir haben inzwischen genügend Abstand zum Sonnentransmitter gewonnen, so daß wir nun an die Realisierung unserer weiteren Pläne gehen können.

Die ANDROTEST III unter dem Kommando von Oberst Kotranow fliegt mit dem Linearantrieb zum Schrotschuß-Transmitter zurück und überbringt Bull den Bericht über die derzeitige Lage in Andro-Beta und neue Befehle. Wir werden die ANDROTEST mit der CREST zum Rand des Zwergnebels begleiten, damit wir sicher sind, daß sie unbehelligt abgeflogen ist. Vor Hyperfunksprüchen müssen wir uns bekanntlich hüten."

„Wie ich dich kenne", sagte Atlan bedächtig und mit einer Spur Ironie, „wirst du dich auf dem Rückflug etwas genauer umsehen wollen, Barbar!"

Rhodan lächelte amüsiert.

„Und wie genau du mich kennst, Arkonide." Er blickte auf seine Uhr. „Jetzt fehlt uns nur noch die Positionsberechung von . . . Ah, da kommt sie ja schon!"

Oberstleutnant Brent Huise blieb dicht vor dem Kartentisch stehen.

Perry Rhodan nickte ihm auffordernd zu.

„Annähernd in Flugrichtung befindet sich eine Doppelsonne, die wir Destination getauft haben, Sir." Brent Huise räusperte sich und wartete, ob jemand einen Einwand gegen die Benennung vorbrachte. Als niemand etwas sagte, fuhr er fort: „Destination ist zwei Lichtjahre von unserer derzeitigen Position entfernt. Durch eine geringfügige Änderung unseres Kurses und eine Beschleunigung auf genau fünf Prozent der Lichtgeschwindigkeit würden wir außerordentlich günstige Voraussetzungen für künftige Positionsbestimmungen unseres wandernden Planetoiden erhalten."

„Ausgezeichnet!" Perry Rhodan blickte auf den Panoramabildschirm.

Die CREST II hatte vor einigen Stunden ihren Hangar im Innern von Troja verlassen und stand nun mitten auf einer Fläche des annähernd würfelförmigen Planetoiden. Zwar war die Fläche alles andere als eben, wie es von einem Würfel erwartet wurde, aber das spielte für die Landebeinhydraulik des Superschlachtschiffes keine Rolle.

Nachdenklich betrachtete Rhodan die bizarre Brückenkonstruktion am Ende der Fläche. „Brücke ins Jenseits", hatten die Männer der CREST jenes in sich verdrehte, aus den Verankerungen gerissene Gebilde getauft. Dreihundert Meter weit ragte sie in den kosmischen Abgrund hinaus, nur gehalten von den Verankerungen der vierhundert Meter, die sich noch auf dem Trümmerstück eines ehemaligen Planeten befanden. Die Brücke gehörte zu dem halbierten Teil einer Stadt, die ehemals auf einem Riesenplaneten der Maahks im System des Schrotschuß-Transmitters gestanden hatte. Eine von den ‚Meistern der Insel' aus unbekannten Gründen befohlene Strafaktion hatte vor tausend Jahren einst den Planeten zerstört – und dieses Trümmerstück war zum ausgehöhlten Stützpunkt der terranischen Vorausabteilung geworden. Heute diente die Brücke nur noch dazu, einen Peilort für die jeweilige Flugrichtung abzugeben.

Die Zeit geht über alles hinweg, dachte Rhodan, über Völker, Sonnensysteme, Planeten und Bauwerke intelligenter Lebewesen.

Er unterdrückte seine melancholische Anwandlung.

„Ich danke Ihnen, Oberst Rudo, veranlassen Sie bitte alle für das Manöver nötigen Maßnahmen."

Als die Offiziere gegangen waren, erkundigte er sich bei Oberst Pawel Kotranow über die Lage auf der ANDROTEST III.

„Alles in bester Ordnung", sagte er befriedigt zu Atlan. „Ich denke, wir können in etwa zehn Stunden aufbrechen. Von den Mutanten nehmen wir nur die Woolver-Zwillinge und John Marshall mit. Die anderen bleiben mit Grek-1 auf Troja zurück, um bei einer Gefahr eingreifen zu können. Außerdem wird die CREST mit zweistufigen Zusatztriebwerken ausgerüstet. Im Falle, daß wir durch unvorsehbare Ereignisse entdeckt werden, verschaffen uns diese Triebwerke nebenbei eine geeignete Tarnung. Die Meister der Insel sind ohne Zweifel über das Aussehen terranischer Schiffe informiert. Durch die Zusatztriebwerke verändern wir dieses Aussehen und bieten dadurch dem Gegner so leicht keine Ansatzpunkte zur Identifikation."

Atlan lächelte skeptisch.

„Alles in Ordnung...?" Er lachte rauh. „Ich wünschte, wir wären schon wieder zu Hause und du würdest das gleiche behaupten, Perry..."

Als die CREST II den Linearraum wieder verließ, hatte sie zweitausend Lichtjahre zurückgelegt.

Perry Rhodan erkannte auf dem Bildschirm der Backbordseite die plumpe Walze der ANDROTEST III. Doch er widmete seine Aufmerksamkeit nur für kurze Zeit dem Vierstufenschiff. Es gab noch etwas anderes zu sehen, etwas, das selbst Perry Rhodan den Atem verschlug.

Hinter der ANDROTEST III füllte ein gigantisches Sternenmeer die Bildschirme aus – der Andromedanebel.

Perry Rhodan hielt unwillkürlich den Atem an. Sein Verstand sagte ihm, daß Andromeda die gewaltige Strecke von fünfzigtausend Lichtjahren entfernt war. Doch das Gefühl sagte etwas anderes. Es schien, als wollten die flimmernden Sternenarme des Spiralnebels das im Vergleich dazu winzige Raumschiff umschlingen und aufsaugen, als wollten die gleißenden Ströme von Hunderten Milliarden Sonnen die CREST II verschlingen, so wie ein Kieselstein vom Meer verschlungen wird, wenn man ihn hineinwirft.

Wieder einmal, wie schon Tausende Male zuvor, begriff Rhodan, wie fragwürdig die Existenz intelligenten Lebens angesichts der gewaltigen Werke der Schöpfung wirken konnte – wenn man keinen Rückhalt im Abgrund des Ewigen selbst fand. Er selber, obschon nicht von Existenzangst ergriffen, fühlte deutlich die Beklemmung angesichts des Größeren, Gewaltigeren, Beständigeren. Deutlicher als in solchen Augenblicken konnte dem Menschen nicht gesagt werden, wie phrasenhaft alle Worte von der Beherrschung des Alls waren. In Wahrheit beherrschte der Mensch auch jetzt – im Jahre 2402 – den Weltraum nicht mehr als eine bestimmte Fischart ein Meer.

„Werden wir jemals über Raum und Zeit herrschen ...?" sagte er kaum hörbar vor sich hin.

Atlan trat leise neben ihn. Sanft legte er ihm die Hand auf die Schulter.

„Darauf gibt es noch keine Antwort", flüsterte er erregt. „Ich persönlich glaube nicht daran. So, wie wir jetzt sind, können wir zwar die Kräfte des Alls in geringem Maße nutzen – aber um diese Kräfte zu *beherrschen*, dazu bedarf es eines neuen Sprungs der Evolution."

Perry Rhodan nickte, ohne sich umzuwenden.

„Eine Wandlung der Gestalt und des Geistes, Atlan. Es wird eine vollendete Mutation sein müssen, wie wir sie uns überhaupt vorzustellen vermögen."

„Ich weiß, Freund." Atlan verschränkte die Arme vor der Brust und blickte unverwandt auf die blendende Sternenpracht Andromedas. „Ich kenne eine alte terranische Definition der menschlichen Existenz: Der Allmächtige selbst spielt auf einer Flöte; und die Töne, die über dem Nichts hängen, sind wir, sind seine Werke ..." Er lächelte. „Aber wie soll eine über dem Nichts schwebende Melodie jemals das All beherrschen?"

Perry Rhodan lächelte ebenfalls, aber nicht so zaghaft wie Atlan, sondern voller Zuversicht.

„Wenn wir ein Bestandteil dieser Melodie sind, dann haben wir die umwälzendste Veränderung bereits hinter uns. Wir sind nicht mehr nur eine Melodie im gewöhnlichen Sinne, denn wir können unsere eigene Existenz erfassen und uns Gedanken über unsere Stellung im Kosmos machen. Und eines Tages werden wir lernen, ohne das Instrument auszukommen. Wir werden Melodie und Instrument zugleich sein."

Atlan kam zu keiner Antwort mehr. Der Lautsprecher des auf dem Kartentisch stehenden Interkomgerätes brach brutal in die philosophischen Gedankengänge ein.

„Hier Oberst Rudo. Die Kursangleichung zur ANDROTEST ist abgeschlossen. Ihre Befehle, Sir?"

Perry Rhodan wandte sich um. Für den Bruchteil einer Sekunde trafen sich seine und Atlans Blicke. Beide Männer lächelten kaum merklich. Danach nahmen sie wieder in ihren Sesseln Platz.

„Stellen Sie bitte eine gerichtete Zweikanalverbindung über Telekom zur ANDROTEST her, Oberst!“ befahl Rhodan.

Nach wenigen Sekunden tauchte das Symbol der Funkvermittlung auf dem Interkomschirm auf. Die Funkzentrale der CREST II hatte die Telekomverbindung auf Rhodans Interkomgerät geschaltet.

Als das Symbol erlosch, erschien das kantige Gesicht Kotranows. Perry Rhodan nickte dem Kommandanten des Vierstufenschiffes zu.

„Sie kennen Ihre Befehle, Oberst . . .!“

„Ja. Die Position des Schrotschuß-Transmitters ist in unserer Positronik verankert. Wir können bequem mit zwei Stufen dorthin gelangen, Sir.“

„Ist bei Ihnen an Bord alles klar?“

Kotranow gab sich beleidigt.

„Selbstverständlich. Die Mannschaft beherrscht das Schiff virtuos. Schließlich sind es fast alles alte ANDROTEST-Hasen.“

Rhodan lachte.

„So war meine Frage nicht gemeint. Ich möchte jedoch sicher sein, daß Sie nicht mit technischen Mängeln losfliegen, Kotranow. Sie wissen, daß Sie vierhunderttausend Lichtjahre durch einen praktisch leeren Raum fliegen. Niemand kann Ihnen helfen, wenn während des Fluges ein Defekt auftritt.“

„Kolumbus war schlechter dran, Sir“, entgegnete Kotranow grimmig lächelnd.

„Sie wissen, was Sie zu tun haben“, sagte Rhodan. „Wir erwarten die Nachschubflotte gegen Mitte August an der vereinbarten Stelle. Inzwischen werden wir nach einem geeigneten Planeten suchen, der sich als Depot ausbauen läßt.“

Oberst Pawel Kotranow nickte kommentarlos.

„Dann bleibt mir nur noch übrig, Ihnen eine gute Fahrt zu wünschen. Hals- und Beinbruch, Oberst!“

„Danke gleichfalls, Sir!“

Perry Rhodan unterbrach die Verbindung. Er sah zu, wie die bisher in fünfhundert Kilometern Entfernung scheinbar neben CREST II schwebende ANDROTEST III ruckartig beschleunigte und aus der optischen Ortung verschwand. Nur der Feuerschweif ihrer Impulstriebwerke stand noch eine Weile vor dem Hintergrund Andromedas, dann verblaßte er.

„Da geht sie hin!" bemerkte Atlan spöttisch. „Was seid ihr Menschen doch für seltsame Geschöpfe, Perry!"

Rhodan lächelte flüchtig.

„Hallo, Tolot!" rief er dem durch das Schott stampfenden Haluter zu.

Icho Tolot kam näher. Seine Säulenbeine stampften den Boden, als ginge ein Elefant darüber hinweg. Tolot glich jedoch eher einem hochaufgerichteten terranischen Grislybären.

„Terraner . . .?" Des Haluters drei Augen glühten feurig.

„Wie war das doch gleich . . ." sagte Rhodan. „Sie meinten, wir sollten bei der Suche nach einem Nachschubplaneten keine Zeit mehr verlieren?"

Icho Tolot schwenkte seine langen Brustarme.

„Das ist richtig. Ich schlage vor, wir sehen uns während des Rückfluges deshalb ein wenig innerhalb von Andro-Beta um."

Rhodan nickte.

„Einverstanden. Je mehr wir über den Zwergnebel in Erfahrung bringen können, desto besser für uns."

„Einen Augenblick, Perry!" mischte sich Atlan ein. „Willst du wirklich mit der CREST allein aufklären?"

„Warum nicht?" fragte Rhodan verwundert zurück.

„Unser ‚Abenteuer' auf Horror hast du wohl schon wieder vergessen, was? Ich bin dafür, daß wir unverzüglich nach Troja zurückfliegen und von dort aus zur Suchaktion starten – mit einem zweiten Schiff als Rückendeckung."

Perry Rhodan sah den Freund prüfend an. Dann schüttelte er den Kopf.

„Wir sollten die Vorsicht wirklich nicht übertreiben, Atlan. Was soll uns schon geschehen, wenn wir uns ein wenig umsehen!"

„Das ist es ja eben!" gab Atlan bissig zurück. „Wir wissen vorher nie, was alles geschehen kann. Erst hinterher sind wir klüger. Aber wer sich mit euch Terranern einläßt, der muß sich auf allerhand gefaßt machen; das wird mir immer klarer."

Der Haluter lachte dröhnend. Ihn schien die Auseinandersetzung köstlich zu amüsieren.

Atlan hob die Schultern und ging zum Hauptschott der Zentrale.

„Immer lachen Sie nur, Tolot! Eines Tages werden auch Sie merken, daß Sie die Verrücktheit dieser kleinen Barbaren noch weit unterschätzt haben!"

Krachend schlug das Schott hinter ihm zu.

Kurz darauf erbebte die CREST II unter dem Dröhnen hochgeschalteter Maschinen. Ihr 1500 Meter durchmessender Schiffskörper glich mit den 800 Meter dicken Zusatztriebwerken einer abgebrochenen Hantel. Sie nahm Fahrt auf und verschwand zwischen den Ausläufern von Andro-Beta . . .

Finch Eyseman lauschte den vielfältigen Geräuschen der Ortungsgeräte.

Vor dem Hintergund des großen Energietasters nahm sich die zierliche Gestalt Enrico Notamis wie ein krausköpfiger, quirlig lebhafter Zwerg aus. Enrico Notami war Major und Chef der Ortungszentrale des solaren Flaggschiffes. Überall im Schiff war bekannt, daß Notami davon träumte, einmal ein eigenes Raumschiff unter sein Kommando zu bekommen. Er pflegte privat fast nur über dieses Thema zu reden. Aber jeder wußte, daß sein Wunsch niemals in Erfüllung gehen würde, denn er war kein Astronaut, sondern Hochfrequenztechniker. Im übrigen war das gut so – es gab keinen besseren Mann für die Ortungszentrale der CREST II.

Finch Eyseman war zu Notamis Unterstützung abgestellt.

Millimeterweise drehte er die Einstellknöpfe des Energietasters. In einigen hundert Metern Entfernung begannen sich wuchtige Antennenblöcke zu bewegen. Der weißschimmernde Richtkegel auf dem 3-D-Erfassungsschirm zeigte mit der Spitze auf den Ortungsreflex eines kleinen Planeten.

Finch pfiff zufrieden vor sich hin.

Perry Rhodan hatte befohlen, in dem angeflogenen System einen kalten und unbewohnten Planeten geringer Masse zu suchen.

Alles das schien auf Greenish-7 zuzutreffen, den siebten Planeten der grünen Sonne, die man Greenish genannt hatte. Zumindest lebte auf Greenish-7 kein zivilisiertes Volk, sonst hätte der Energietaster deren Energiequellen registriert.

Perry Rhodan hatte zwar nicht gesagt, weshalb er einen kalten Planeten geringer Masse suchte. Finch glaubte es jedoch zu wissen. Das hochverdichtete Katalyseplasma, mit dem die Impulstriebwerke terranischer Raumschiffe „gefüttert" wurden, konnte bei Temperaturen um hundertachtzig Grad unter dem Nullpunkt mit geringstem technischen Aufwand gelagert werden. Man brauchte es von der relativ kleinen Erzeugungsanlage nur in gewöhnliche Terkonit-II-Tanks zu leiten, ohne die üblichen Mantelfelder einzuschalten. Das erschwerte Unbefugten die Ortung des Lagers ungemein.

Aus dem gleichen Grund mußte der Planet eine geringe Masse besitzen, damit Nachschubschiffe ohne großen Energieaufwand landen und starten konnten.

Finch war gespannt auf die Ergebnisse der anderen Spezialorter.

Notami faßte schließlich zusammen.

„Die Forderung Rhodans kann als erfüllt gelten. Weder auf Greenish-7 noch auf den anderen sechs Planeten des Systems gibt es eine Zivilisation intelligenter Wesen. Greenish-7 erfüllt zudem alle Ansprüche, die man an ein Ausweichdepot für Katalyseplasma stellen kann – jedenfalls nehme ich an, daß Rhodan diese Absicht hat. Ich werde es ihm jetzt melden."

Notami schaltete den Interkom ein. Er sprach eine Weile zu Perry Rhodan. Rhodan antwortete.

Finch versuchte, etwas zu verstehen. Aber der Großadministrator sprach sehr leise, und außerdem war Notamis Platz von seinem gut zehn Meter entfernt.

„Jawohl, Sir!" sagte Notami, nachdem Perry Rhodan gesprochen hatte. „Ich schicke ihn sofort los."

Er schwang sich mitsamt seinem Sessel herum und fixierte den Leutnant scharf.

„Sie sollen sich in der Kommandozentrale melden, Eyseman. Was haben Sie ausgefressen?"

„Ich . . .?" wiederholte Finch erschrocken. „Nichts. Nicht, daß ich wüßte."

Notami gestikulierte heftig.

„Es ist immer dasselbe mit euch Anwärtern. Ich warte nur darauf, daß einer das Schiff zerstört, nur weil er den falschen Knopf drückt."

Finch grinste. Notami übertrieb wieder einmal. Kein Mensch konnte das Schiff versehentlich zerstören. Dazu waren die Sicherheitsblokkierungen viel zu vollkommen.

„Lachen Sie nur!" rief Notami drohend. „Rhodan wird Ihnen die Flausen schon austreiben. Und nun machen Sie, daß Sie in die Zentrale kommen!"

Finch kletterte von seinem Sessel. Unter dem Gelächter der anderen Ortungstechniker stolperte er hinaus.

Vor der Tür zur Kommandozentrale rückte Finch die Schirmmütze gerade. Die Roboterkontrolle erwartete ihn anscheinend schon, denn die Tür glitt vor ihm auf, bevor er sich gemeldet hatte.

Innerlich fiebernd, aber nach außen hin völlig ruhig, schritt Leutnant Eyseman auf den Kartentisch zu. Unverwandt blickte er Perry Rhodan an. Der Großadministrator stand neben einem Sessel und sah ihm aus eisgrauen, kühlen Augen entgegen.

„Was halten Sie von Greenish-7, Leutnant?" begann er.

„Die Bedingungen sind ideal für die Lagerung von HK-Plasma, Sir", erwiderte Finch.

Perry Rhodan schaute ihn fragend an.

„Niemand hat Ihnen etwas über meine Absichten gesagt, oder ...?"

„Ich habe aus Ihrer Anfrage meine Schlußfolgerung gezogen, Sir. Natürlich kann ich mich getäuscht haben ..."

„Sie haben sich nicht getäuscht, Leutnant. Ehrlich gesagt, ich hatte mit Ihrer Schlußfolgerung gerechnet. Oberstleutnant Huise schilderte Sie mir als einen Mann mit dem Vermögen selbständigen Denkens. Das war auch der Grund, weshalb ich Sie herbestellte.

Um es kurz zu machen: Ich habe nicht die Absicht, mit der CREST II auf Greenish-7 zu landen. Dieser Planet ist zweitrangig und wird vorläufig nicht gebraucht. Wir haben ihn nur angeflogen, weil das Greenish-System auf unserem Kurs lag. Später einmal richten wir hier ein Ausweichlager ein. Da wir jedoch einmal hier sind, wollen wir etwas mehr von dieser Eiswelt wissen, als daß sie keine Zivilisation trägt – und wir wollen uns das Wissen ohne großen Aufwand verschaffen."

Er blickte Eyseman prüfend an.

„Sie nehmen einen Zweimannzerstörer und landen auf Greenish-7.

Ihr Passagier wird Wai-Ming sein, unser bester Biologe. Er soll lediglich feststellen, ob es auf Greenish-7 Mikrolebewesen gibt, die uns gefährlich werden können. Sie habe die Aufgabe, Wai-Ming sicher zur Oberfläche zu bringen, dort für seine Sicherheit zu sorgen und ihn anschließend wieder sicher hier abzuliefern."

Rhodan wandte sich um und winkte einem kleinen, dicklichen Mann, der bislang unbeteiligt in der Nähe gestanden hatte.

„Dr. Wai-Ming!" stellte er vor. Dann lächelte er. „Leutnant Eyseman, der Aufenthalt auf Greenish-7 ist auf sechs Stunden bemessen. Falls Dr. Wai-Ming das vergessen sollte, erinnern Sie ihn höflich daran!"

Dr. Wai-Ming lächelte über das ganze gelbe Gesicht. Seine schwarzen Augen verschwanden dabei fast völlig hinter den Fettpolstern der Wangen. Er streckte die Hand aus.

„Ich freue mich, mit Ihnen fliegen zu können, Leutnant Eyseman. Ich werde versuchen, mich an die bewilligte Zeit zu halten."

Perry Rhodan drohte scherzhaft mit dem Finger.

„Nicht versuchen sollen Sie es, sondern sich daran halten."

Wai-Ming seufzte.

„Jawohl, Sir!"

„Sie können gehen", sagte Rhodan. „Leutnant Eyseman, in Hangar ST-9 steht die Z-33 bereit. Bleiben Sie in Funkverbindung mit Major Sedenko!"

2.

Eyseman wurde tief in die Polster des Kontursitzes gepreßt, als der Zerstörer in den Raum schoß, von der gravitatorischen Schleudervorrichtung aus dem Schiff katapultiert.

„Start gelungen, alles in Ordnung!" meinte Finch, während seine Finger über die Kontrollen glitten. „Ich beschleunige jetzt mit eigener Kraft."

Vom kleinen Telekombildschirm blickte das Gesicht Jury Sedenkos auf ihn herab. Sedenko war der Zweite Offizier der CREST II, ein ruhiger, beherrschter Mann.

„Danke, Eyseman. Weitermachen!“

„Hören Sie!“ rief Wai-Ming nach einiger Zeit. „Mußte das sein?“

„Was . . .?“ fragte Finch verwundert.

„Daß wir nur mit einem Zweimannzerstörer auf diesem Planeten landen“, erwiderte Wai-Ming ungehalten. „Viel Ausrüstung habe ich nicht mitnehmen können. Wenn die CREST gelandet wäre, hätte ich ein fahrbares Labor auf die Oberfläche bringen lassen.“

„Ach so“, erwiderte Finch. „Wir müssen eben vorsichtig sein. Ein Landemanöver verbraucht eine Menge Energie, und zwar Energie aus den Impulstriebwerken. Gerade diese Energieart aber läßt sich relativ leicht anmessen. Das will Perry Rhodan vermeiden.“

„Ich denke, Greenish-7 ist unbewohnt?“ fragte Wai-Ming.

Finch lächelte.

„Zumindest gibt es dort keine Zivilisation intelligenter Wesen. Aber unsere Vorsichtsmaßnahmen gelten auch keinen eventuellen Planetenbewohnern, sondern Kontrollschiffen, die es im Andro-Betanebel gibt. Wir sind schließlich in der Lage von Einbrechern, die sich in einem bewohnten Haus einrichten wollen, ohne den Hausherrn aufmerksam werden zu lassen.“

Wai-Ming sagte etwas vor sich hin, das Finch nicht verstand. Er konnte sich auch nicht mehr darum kümmern, denn er mußte das Landemanöver einleiten. Zwanzig Minuten später setzte der Zerstörer mit dem Heck nach unten zwischen marmorweißen Eisblöcken auf.

Finch schaltete das Triebwerk ab.

„Ich gehe jetzt hinaus“, erklärte Wai-Ming über Helmfunk. „Kommen Sie mit?“

„Einen Augenblick!“ erwiderte Finch.

Er schaltete den Bordtelekom ein. Nach zwei Minuten meldete sich Major Sedenko. Die Zeitverzögerung war nicht zu umgehen gewesen, da man auf die Benutzung verräterischer Hypersender verzichten mußte.

„Ich begleite Wai-Ming nach draußen“, sagte Finch.

„Einverstanden“, kam es nach zwei Minuten zurück. Die Antwort hatte wie die Meldung eine Minute zur Überbrückung der Entfernung benötigt. „Aber nehmen Sie eine Waffe mit und melden Sie sich alle halbe Stunde!"

„Natürlich!" sagte Finch und schaltete ab.

Er zog die Stirn kraus, als er die Ladung seines Impulsstrahlers überprüfte.

„Ich möchte wissen, was ich auf einer toten Eiswelt mit einem Strahler anfangen soll . . .?"

Er schüttelte den Kopf.

„Hallo, Wai-Ming!" rief er.

Keine Antwort.

Die winzige Schleuse war geschlossen. Demnach hatte der Biologe den Zerstörer bereits verlassen. Finch klappte seinen Helm herunter und betätigte den Schleusenmechanismus.

Wai-Ming konnte noch nicht weit sein. Er würde ihm einiges zu erzählen haben – zum Beispiel über die Pflichten eines Passagiers, stets in Funkkontakt mit dem Piloten zu bleiben . . .

Finch fühlte sich angenehm leicht, als er auf dem Boden der fremden Welt stand. Drinnen im Zerstörer herrschte die Normalschwerkraft von einem Gravo, hier draußen jedoch wirkten nur 0,7 Gravos auf ihn ein.

Finch bemerkte deutliche Fußspuren in dem körnigen Eisstaub. Sie führten von der Schleuse weg, geradlinig auf eine Gruppe übereinandergetürmter Eisblöcke zu und offenbar um die herum. Von dem Biologen war nichts zu sehen.

Finch rief mißmutig:

„Hallo! Wai-Ming! Bitte melden Sie sich sofort!"

Er fluchte, als keine Antwort kam. Bei allem Verständnis für den Arbeitseifer eines Wissenschaftlers – das ging zu weit!

Finch setzte sich in Bewegung. Er folgte den Fußspuren; den Impulsstrahler hielt er lässig in der locker herabhängenden Hand. Der körnige Eisstaub knirschte unter seinen Schritten. Die Atmosphäre aus Methan, Ammoniak und Wasserstoff übertrug den Schall ebenso gut wie eine Sauerstoff-Stickstoff-Kohlendioxyd-Atmosphäre.

Als er die Felsen aus gefrorenem Sauerstoff – eingeschlossen in die Molekülverbindungen mit anderen Elementen – erreichte, klopfte er mit dem Kolben seines Strahlers gegen die milchige

Oberfläche. Es gab einen Klang wie bei massivem Metall. Finch pfiff leise durch die Zähne und ging weiter um das Eisfeld herum.

Erst nachdem er schon etwa fünf Meter gegangen war, wurde er stutzig. Verwundert schaute er sich um.

Die Fußstapfen Wai-Mings hörten kurz nach dem Felsen auf.

„So etwas!" rief Finch. Der Doktor konnte sich doch nicht in Luft aufgelöst haben!

Nachdenklich und mit gekrauster Stirn betrachtete er die unregelmäßig übereinandergetürmten Eisblöcke. Sie maßen am Fuß etwa vier mal vier Meter und waren höchstens sechs Meter hoch. Der Gedanke, daß Wai-Ming ungesehen dort oben hocken könnte, erschien Finch absurd. Andererseits gestand er sich ein, daß dies die einzige Möglichkeit für das Aufhören der Spuren war. Auf dem stahlharten Eis würden selbst genagelte Schuhe keine deutlichen Spuren hinterlassen.

Wieder rief Finch – und wieder wartete er vergeblich auf Antwort.

Finch bedachte den Biologen mit wenig schmeichelhaften Worten, bis sein diesbezüglicher Wortschatz erschöpft war. Er verspürte nicht die geringste Lust, hinter seinem Passagier herzuklettern. Aber er wußte, daß ihn dessen seltsames Benehmen nicht von seiner Verantwortung für ihn entband.

Fest entschlossen, ihm gehörig die Meinung zu sagen, sobald er ihn gefunden hatte, kehrte er um und begann mit dem Aufstieg.

Die Eisblöcke waren glatt. Infolge ihrer unregelmäßigen Lage fand Finch jedoch genügend Vorsprünge, an denen er sich hochziehen konnte. Zudem erleichterte die geringe Schwerkraft das Vorwärtskommen.

Den Gipfel des Felsens bildete ein schräg verkanteter Eisblock. Finch zog sich hinauf. Auf dem Bauch liegend, schaute er fassungslos über die blanke Eisfläche.

Wai-Ming war nicht hier.

„Das gibt es doch gar nicht!" Finch fühlte, wie seine Nackenhaare sich sträubten. Seine Füße fühlten sich plötzlich an, als steckten sie in Eiswasser.

Vorsichtig richtete Finch sich auf. Die rutschfesten Profilsohlen seiner Anzugstiefel bewahrten ihn vor dem Ausgleiten auf der geneigten Fläche. Langsam drehte er sich um seine Körperachse. Dabei spähte er aufmerksam in die Umgebung.

Klar und deutlich hob sich der Raumzerstörer gegen den grünlich schimmernden Himmel ab. Die Atmosphäre war rein; Finch konnte sogar die Risse in den Eiswänden am Horizont deutlich erkennen. Aber weder waren Spuren zu sehen, noch Wai-Ming selbst.

Allmählich begann Finch zu ahnen, daß der Biologe nicht absichtlich schwieg – und daß er sich auch nicht etwa versteckt hatte.

Hinter seinem Verschwinden verbarg sich etwas ganz anderes.

Die Vorschriften für einen solchen Fall waren klar und eindeutig. Es galt, Major Sedenko schnellstens von dem Vorfall zu unterrichten und weitere Befehle in der Sicherheit des Schiffes abzuwarten.

Finch begann mit dem Abstieg.

Doch er kam nicht weit.

Schon nach dem ersten Schritt kippte der Eisblock, auf dem er stand. Finch glitt aus und schlug mit dem Druckhelm gegen das Eis. Es gab einen glockenähnlichen Klang. Finch fühlte sich benommen, aber er verlor das Bewußtsein nicht.

Mit weit aufgerissenen Augen mußte er untätig zusehen, wie er mit den Füßen voran in eine Eisspalte rutschte.

Kristallklarer Staub wirbelte auf und nahm ihm die Sicht.

*

Einige Sekunden lang wurde Finch von Panik beherrscht. Er ruderte wild mit den Armen und versuchte verzweifelt, aus der Spalte und aus dem flirrenden Eisstaub herauszukommen.

Erst als er merkte, daß ihm überhaupt nichts geschehen konnte, solange er sich ruhig verhielt, gewann er seine klare Überlegung zurück.

Er hielt still. Nach und nach setzte sich der aufgewirbelte Eisstaub wieder. Finch erkannte, daß er sich in einem engen, etwa acht Meter tiefen Spalt befand. Wie auch immer die Macht beschaffen sein mochte, die Wai-Ming verschlungen hatte – gegen ihn selbst führte sie offenbar nichts im Schilde.

Finch brachte es sogar fertig, über sein Mißgeschick zu lachen.

Die Innenwände des Spalts waren zu glatt, als daß Finch an einer von ihnen hätte hinaufklettern können. Glücklicherweise jedoch war der Spalt eng genug, so daß es Finch leichtfiel, sich mit den Füßen gegen eine und mit dem Rücken gegen die andere Wand zu stemmen und wie in einem Kamin hinaufzusteigen.

Als er die Kante erreichte und sich daran hochzog, wußte er, daß er in wenigen Minuten in der Steuerkanzel seines Zerstörers sein würde.

Zufällig fiel sein Blick auf einen besonders großen, grünschimmernden Kristall. Er blinkte, als brächen sich die Strahlen der grünen Sonne darin. Aber er lag im Schatten. Fasziniert griff Finch danach und umschloß den Kristall mit seinen behandschuhten Fingern. Er paßte gerade bequem in die geschlossene Hand. Finch wollte ihn mitnehmen, da merkte er, daß der Kristall mit dem Fels verwachsen war. Er zog und zerrte – und plötzlich gab der Kristall nach.

Finch verlor den Halt und stürzte erneut in die Spalte.

Diesmal aber machte er sich nichts daraus. Er hielt den Kristall dicht vor die Helmscheibe und blickte beinahe verzückt in diese kleine, durchsichtig grünliche Welt hinein . . .

Als er wieder aufsah, waren die Eiswände verschwunden.

Rings um ihn gurgelte und brodelte die Oberfläche eines Sumpfes. Riesige, glockenförmige Blasen stiegen aus dem trügerisch krustigen Überzug hervor, zerplatzten und stießen Schwaden heißen Wasserdampfes aus. Unter dem Überzug gluckste es laut. Ein langanhaltendes, heiseres Quarren lag in der feuchtheißen Luft.

Finch versuchte zu überlegen, wie er hierhergekommen war. Doch er konnte sich nie länger als einige Sekunden konzentrieren.

Ein schwarzer Baumstamm ragte gekrümmt auf eine winzige Insel festen Landes. Finch folgte ihm mit den Augen und sah, daß das andere Ende offenbar auf eine größere Fläche trockenen Bodens führte. Dort wuchs straffes blaugrünes Gras mit braungelben Spitzen. Kugelförmige Blumen standen auf steifen Stengeln wie aufgespießte Wollknäuel.

Finch fuhr mit den Händen zum Kopf, als ihm die Erinnerung an seinen Druckhelm kam. Die Finger tasteten über ungeschützte Haut.

Der Helm war verschwunden.

Finch blickte an sich hinab.

Er trug eine enganliegende, metallisch glänzende Kombination und weiche, grüne Lederstiefel – sonst nichts.

Undeutlich erinnerte er sich an seinen Raumanzug. Doch bevor er darüber nachdenken konnte, schweiften seine Gedanken schon wieder ab.

Finch drehte sich um.

Überall brodelnder, rumorender Dampf, tückisch glucksender Sumpf. Der schwarze Baumstamm war die einzige Verbindung mit dem festen Boden – oder mit einer weiteren Insel.

Finch beschloß, den Stamm als Brücke zu benutzen.

Das Holz war naß. Dennoch fanden Finchs Füße in der ausgeprägten Längsriffelung guten Halt. Mit zur Seite gestreckten Armen balancierte er bis zur Mitte. Dort mußte er sich auf die Hände stützen, denn der Stamm beschrieb dort einen Bogen, krumm wie der Buckel einer Katze und naß und glitschig wie die Haut einer Kröte.

Vorsichtig setzte Finch sich. Beim Anblick des dicht unter ihm zischenden, blasenwerfenden Sumpfes trat ihm der kalte Schweiß auf die Stirn. Wenn er die Füße ausstreckte, berührten sie die runzlige, wie altes Leder wirkende Oberfläche. Eine wellenartige Bewegung lief durch die „Haut“. Sie blähte sich an einigen Stellen blasenförmig auf und sank wieder in sich zusammen.

Behutsam zog sich Finch weiter, die Schenkel gegen den vor Nässe triefenden Stamm gepreßt. Eine Ewigkeit schien vergangen zu sein, als er die andere Seite erreichte. Ein Blick auf die Uhr zeigte ihm, daß nur fünf Minuten verstrichen waren.

Er taumelte, als er wieder auf festem Boden stand.

Ein dumpfer Knall ließ ihn erschrocken herumfahren.

Dort, wo er eben noch gestanden hatte, auf seiner winzigen Insel, schoß donnernd ein meterdicker Geiser in die Höhe. Dampfschwaden breiteten sich aus. In etwa hundert Metern Höhe öffnete sich der Wasserstrahl gleich einem Blütenkelch. Kochendes Wasser prasselte auf den Boden. Langsam versank der Baumstamm im aufgewühlten Morast.

Schaudernd wandte Finch sich ab.

Mit weitausgreifenden Schritten lief er davon. Das feste Land, das er im letzten Augenblick doch erreicht hatte, entpuppte sich als ein nur wenige Meter breiter Streifen schwankenden Bodens. Schnurgerade verlaufend, wirkte er wie ein künstlich angelegter Weg durch den tödlichen Sumpf.

Finch begann zu rennen, als das Moor links und rechts sich glucksend und schmatzend über die Ränder der Landzunge bewegte. Ab und zu schwappte die dickflüssige, schwarzbraune Brühe auf das Land und zerteilte sich dort in viele kleine Rinnsale.

Immer wieder rannte Finch in weißlichgelbe Dampfschwaden hinein. Dann stoppte er seinen Lauf und tastete sich mühsam vorwärts. Aber auch außerhalb der Dampfschwaden herrschte nur trübes Zwielicht. Der Himmel war eine schmutzigweiße Glocke mit gelblichbraunen Streifen darin. Unmöglich, den Ort des Tagesgestirns auszumachen. Der Blick reichte manchmal zwanzig Meter weit, manchmal sogar fünfzig, aber meist nur fünf oder sechs Schritte.

Plötzlich, ohne jeglichen Übergang, wurde es dunkel.

Es war eine Dunkelheit ohne Mond und Sterne. Finch glaubte, durch einen tintigen See zu waten. Nicht einmal mehr seine Füße konnte er erkennen.

Finch blieb stehen. Schweratmend lauschte er den vielfältigen Geräuschen des Sumpfes. Die Dunkelheit ließ alles noch viel grausiger erscheinen. Ganz in der Nähe kollerte es dumpf, als machte dort eine vielhundertköpfige Elefantenherde Verdauungspause. Gleich darauf wurde Finch mit unwiderstehlicher Gewalt vorwärtsgestoßen. Er stemmte sich gegen die unsichtbare Kraft, stolperte und stürzte zu Boden.

Über ihn hinweg jaulte und kreischte der Sturm.

Finch verspürte plötzlich das Bedürfnis, liegenzubleiben und einzuschlafen. Vielleicht wäre er tatsächlich eingeschlafen, wenn sein Gesicht und seine Hände nicht jählings von warmem, klebrigem Wasser umspült worden wären.

Der Sturm peitschte die Oberfläche des Sumpfes auf. Möglicherweise würde die schmale Landbrücke versinken.

Finch raffte sich auf. Immer erst mit einem Fuß den Boden abtastend, ging er Schritt um Schritt weiter. Oftmals stieß ihn eine Bö mehrere Schritte vorwärts, aber uralte Instinkte erwachten und ließen ihn stets auf dem schmalen Stück Land bleiben.

Er glaubte schon, der Sumpf würde überhaupt kein Ende mehr nehmen und er müßte ewig den Pfad entlanggehen – da stieß er schmerzhaft gegen etwas Hartes. Vor seinen Augen funkelten bunte Sterne und Kringel.

Stöhnend hielt Finch sich den Kopf.

Dann lachte er erleichtert und umfaßte das Hindernis mit beiden Armen.

Es war ein Baum.

Finch stieß sich ab, tastete sich mit ausgestreckten Armen weiter. Überall traf er auf dicke Stämme. Er befand sich mitten in einem Wald.

Finch ging noch einige Schritte, dann legte er sich nieder. Im nächsten Augenblick schlief er auch schon.

Hier konnte der Sumpf ihn nicht erreichen . . .

Perry Rhodan musterte den vor ihm Stehenden.

Major Jury Sedenko war mittelgroß und stämmig. Die blonden Haare schienen irgendwie nicht zu ihm zu passen, wenn man nicht wußte, daß Sedenko erst Anfang der Dreißig war. Sein Gesicht wirkte älter und reifer.

„Sind Sie sicher, daß sein Telekom nicht ausgefallen ist?" fragte Rhodan.

„Völlig, Sir. Das Empfangszeichen ist klar und deutlich."

„Hm!" brummte Rhodan und massierte sein Kinn. „Leutnant Eyseman ist ein Träumer. Andererseits ist er Idealist genug, um einen Auftrag mit größter Gewissenhaftigkeit auszuführen. Haben Sie eine Vermutung, was dort unten geschehen sein könnte?"

Sedenko erwiderte Rhodans prüfenden Blick mit unerschütterlicher Ruhe.

„Nein, Sir. Eyseman meldete zuletzt, daß er den Biologen hinausbegleiten wolle. Seitdem ist eine Stunde vergangen, und er hat sich nicht wieder gemeldet."

„Soviel ich weiß, war halbstündlicher Anruf vereinbart . . .?"

„Das ist die übliche Spanne."

Atlan trat von der Seite hinzu und erkundigte sich, was vorgefallen sei.

Perry Rhodan erklärte es ihm.

„Typischer Modellfall", kommentierte der Arkonide.

Rhodan schaute ihn fragend an.

Atlan lächelte unergründlich.

„Ich meine das, was mit Eyseman und Wai-Ming geschehen ist.

Ihnen können wir helfen – aber wer würde *uns* helfen, wenn wir mit der CREST in Schwierigkeiten gerieten? Wir hätten niemanden als Rückendeckung."

„Lassen wir das jetzt!" entgegnete Rhodan schärfer, als er beabsichtigt hatte. „Es geht um die beiden Leute auf Greenish-7. Da wir mit Sicherheit die Anwesenheit intelligenter Wesen auf dieser Eiswelt ausschließen können, muß ihnen etwas ganz Triviales zugestoßen sein. Sie könnten gestürzt sein und mit gebrochenen Gliedern auf Hilfe warten. Einer von ihnen kann sich ebensogut den Anzug an scharfen Eiskanten zerrissen haben – was ich nicht hoffe."

„Darf ich ein Suchkommando hinunterschicken, Sir?" fragte Sedenko leise.

Perry Rhodan nickte.

„Einverstanden. Woran dachten Sie?"

„Wenn Sie gestatten, nehme ich einen Freiwilligen und fliege mit einem Raumzerstörer los. Ich möchte auf keinen Fall ortungsgefährdende Energieemissionen erzeugen."

Rhodan lächelte.

„Auch einverstanden. Übrigens brauchen Sie nicht lange nach einem Freiwilligen zu suchen. Ich komme mit Ihnen."

„Danke", erwiderte Sedenko schlicht. „Ich habe dafür gesorgt, daß die Z-34 startklar gemacht wird."

„Dann brechen wir sofort auf", sagte Rhodan.

„Mir gefällt das nicht", entgegnete Atlan. „Dort unten lauert eine Gefahr. Selbst wenn einer der beiden Leute verunglückt wäre, würde der andere unverzüglich Hilfe herbeirufen. Ich glaube nicht an triviale Unglücksfälle."

Als Finch Eyseman erwachte, schimmerte schmutzigweiße Helligkeit durch die Baumwipfel.

Sein Magen knurrte. Er richtete sich rasch auf. Es wurde Zeit, daß er irgend etwas Eßbares fand. Aber das Hungergefühl verging schlagartig, als er sich umsah.

Er befand sich nicht in einem Wald, wie er in der Nacht vermutet hatte. Aus dem schmatzenden Moor führte die Landbrücke zu einer Gruppe zerzauster Kiefern. Es waren höchstens zehn Bäume, die mit großen Zwischenräumen auf diesem Fleck standen.

Und zwei Schritte vor Finch fiel ein Abgrund in schier bodenlose Tiefe ...

Trotz des feuchtheißen Brodems fror Finch plötzlich. Er dachte daran, daß er eigentlich die Absicht gehabt hatte, noch einige hundert Meter zu laufen ...

Er trat an den Abgrund.

Nackte Felsen stürzten steil abwärts. Der Fels war naß, aber zerrissen und zerfurcht, abgeblättert und zerkrümelt wie verwitterter Schiefer. Für jemand, der schwindelfrei war, würde es nicht schwer sein, den Abstieg zu schaffen.

Finch hatte keine andere Wahl.

Zwar konnte er nicht erkennen, was ihn am Fuße der Felsen erwartete. Eine undurchsichtige Schicht grauen Nebels verhüllte den Grund. Aber er konnte schließlich nicht ewig hier oben am Rande des Sumpfes stehenbleiben.

Finch begann abzusteigen.

Ab und zu bröckelte eine Felsplatte unter seinem Tritt. Dann stob eine kleine Geröllawine den Hang hinab, verschwand im grauen Dunst. Aber im großen und ganzen ging der Abstieg reibungslos vonstatten. Nach einer halben Stunde tauchte Finch in den Nebel. Nach einer weiteren halben Stunde kam er wieder aus ihm heraus.

Er warf einen Blick nach unten und stieß einen Ruf des Erstaunens aus.

Etwa hundert Meter unter ihm hörte der Steilhang auf. Er wurde abgelöst von weichverlaufenden grünen Matten, die in einem ovalen Talkessel zusammenliefen.

Sekundenlang hatte Finch die Illusion blechern klingender Kuhglocken.

Dann mußte er lachen, und die Illusion verschwand. Er fand es unsagbar komisch, daß er an ein solches Tal gedacht hatte, bevor er aus dem Nebel gekommen war.

Das letzte Stück legte Finch mit halsbrecherischer Geschwindigkeit zurück. Als er mit einem Satz auf das frische Grün sprang, stellte er fest, daß es sich um richtiges Gras handelte – wie Gras von der Erde ...

Finch stutzte, als er über diesen Vergleich nachdachte.

Mit einem Schlag wußte er alles wieder. Er wußte, daß er Terraner war, wußte, daß er vor einigen Stunden mit einem Raumzerstörer von der CREST II aus gestartet war, und er wußte, daß er sich auf dem siebten Planeten der grünen Sonne Greenish befand.

Aber Greenish war ein Eisplanet...

Und das hier...

Finch schrie auf. Dumpf hallte die Stimme innerhalb des Druckhelmes. Höhnisch glitzerten die Eiswände ringsum.

Vor ihm, nur durch eine Entfernung von einem einzigen Schritt getrennt, lag die steife, seltsam verrenkte Gestalt Wai-Mings.

Und der Biologe umklammerte einen ebensolchen grünlichen Kristall wie er selbst...

Schon bei der ersten Umkreisung fand Jury Sedenko den Zerstörer Eysemans. Das Empfangszeichen des kleinen Raumschiffes gab einen ausgezeichneten Peilort ab.

Sedenko setzte zur Landung an.

„Merkwürdig", meinte er. „Die Z-33 scheint unbeschädigt zu sein."

„Hatten Sie etwas anderes erwartet?" fragte Rhodan.

„Nein, Sir!" Sedenko schüttelte den Kopf.

Von da an schwiegen sie wieder – bis zur Landung. Fünfzig Meter neben der Z-33 setzte das Schwesterschiff auf. Eiskristallwolken stoben davon, sanken sanft zu Boden.

„Jetzt müßten wir sie über Helmfunk erreichen können", sagte Sedenko.

Perry Rhodan nickte. Er schaltete seinen Helmsender ein.

„Hier Rhodan! Ich rufe Leutnant Eyseman und Wai-Ming. Bitte kommen!"

Er wiederholte den Ruf noch viermal. Es kam keine Antwort.

Rhodan fühlte Unruhe in sich aufsteigen. Er hätte nicht sagen können warum, aber er zweifelte plötzlich an seiner Theorie von einem Unglücksfall. Schweigend verschloß er seinen Raumanzug, klappte den Helm nach vorn und zog das lange Strahlgewehr aus der Halterung neben seinem Sitz.

„Sie bleiben vorläufig hier, Major!" bestimmte er. „Wir halten

Funkverbindung miteinander. Dann können Sie wenigstens jederzeit eingreifen – wenn es nötig werden sollte."

Sedenko bestätigte wortkarg. Rhodan sah ihm an, daß er lieber selbst hinausgegangen wäre.

Der Ausschleusungsvorgang war mühsam bei diesen kleinen Raumfahrzeugen.

„Draußen ist alles still", meldete Rhodan, als die Schleuse hinter ihm zufiel. „Ich sehe Spuren, Fußspuren. Sie stammen von zwei Menschen, die die Stiefel der Flotte trugen."

„Bitte, seien Sie vorsichtig, Sir!" warnte Sedenko.

„Ich gehe den Spuren nach", sagte Rhodan. Er nahm das Strahlgewehr in die Armbeuge. Einen Augenblick lang zögerte er, dann entsicherte er es. Langsam schritt er neben den Fußspuren her. Eiskristalle knirschten unter seinen Tritten wie Glassplitter.

Als er den Felsen aus übereinandergetürmten Eisblöcken erreichte, bückte er sich.

„Die Spuren gehen um den Felsen herum, Sedenko – Nein! Eine Spur hört hier auf. Die zweite führt noch einige Meter weiter und kehrt dann um, kommt wieder hierher zurück."

Perry Rhodan richtete sich auf. Aus zusammengekniffenen Augen musterte er die in grünliches Licht getauchte Umgebung. Danach wandte er sich den untersten Eisblöcken zu. Behutsam fuhr er mit der behandschuhten Hand über die marmorgleiche Oberfläche.

„Es sieht so aus, als wäre jemand hinaufgestiegen", meinte er. „Aber das Eis ist natürlich viel zu hart, als daß weiche Profilsohlen ein Muster hinterlassen könnten. Wie sieht es bei Ihnen aus, Sedenko?"

„Alles in Ordnung. Ich kann Sie sehen. Nichts Verdächtiges."

„Nun", sagte Rhodan unzufrieden. „Hier scheint mir alles verdächtig zu sein. Wenn man nicht annehmen will, daß Eyseman und Wai-Ming seit zwei Stunden in einer Spalte dieses Felsens hocken, dann müssen sie sich in Luft aufgelöst haben."

„Vielleicht sollten wir Verstärkung anfordern, Sir!" drängte Sedenko.

Perry Rhodan schüttelte den Kopf.

„Ach was! Verstärkung! Wenn das zutrifft, was ich vermute, könnten hundert Mann auch nicht mehr erreichen als wir beide zusammen."

Sedenko schwieg. Offenbar wartete er auf eine nähere Erklärung. Aber Perry Rhodan ging nicht weiter auf seine Bemerkung ein. Außerdem war er sich seiner Sache noch längst nicht sicher.

„Ich steige auf den Felsen, Sedenko. Es geht ganz gut, wenn man die vielen Vorsprünge ausnutzt – fast wie Treppensteigen."

Als er die Gipfelplatte erreichte, pfiff er leise durch die Zähne.

„Schnell! Ein Seil, Sedenko! Kommen Sie herauf und bringen Sie einen Handscheinwerfer mit."

Nach anderthalb Minuten zog Jury Sedenko sich über den Rand der Gipfelplatte. Sein Atem ging keuchend. Um die Schulter geschlungen trug er ein rötlich fluoreszierendes Notseil, und vor der Brust baumelte ein Handscheinwerfer.

Perry Rhodan half ihm hoch. Er deutete auf die geneigte Fläche.

„Dort ist ein Stück Eis abgesplittert, Sedenko. Daneben beginnt eine tiefe Kratzspur. Sie hört am Rand der Platte auf. Dort geht es in eine Spalte. Leider konnte ich ohne Scheinwerfer nicht weit hineinsehen."

„Abgestürzt...?" fragte Sedenko.

Rhodan nickte.

„Und anscheinend mit dem Helm aufgeschlagen. Die Kratzspur daneben stammt wahrscheinlich vom Lauf eines Impulsstrahlers. Hoffen wir, daß die Spalte nicht zu tief ist." Er streckte die Hand aus. „Geben Sie mir das Seil. Schlingen Sie sich das andere Ende um die Brust und halten Sie mich!"

Rhodan hängte sich das Strahlgewehr mit dem Riemen um den Nacken. Er glaubte nicht, daß er es brauchen würde, aber ein unbestimmbares Gefühl mahnte ihn zur Vorsicht.

Sedenko kroch ein Stück zurück, so daß seine Füße festen Halt bekamen.

„Fertig, Sir!"

Perry Rhodan nahm die Lampe in die Linke und schaltete sie ein. Mit der Rechten faßte er das Seil.

„Es geht nicht tief hinab", meldete er. „Höchstens acht Meter. Eine enge Spalte, und sie ist leer."

Das Seil straffte sich.

„Kommen Sie wieder heraus, Sir?"

„Nein! Lassen Sie mich ganz hinab, Sedenko."

Als Rhodans Füße knirschend im Kristallstaub am Grunde der Spalte landeten, war er froh, nicht umgekehrt zu sein.

„Hier geht es weiter in den Felsen hinein, Sedenko. Ein enger Spalt, dahinter ist es sehr abschüssig – wie in einer Röhre, möchte ich sagen."

Sedenko brummte etwas Unverständliches.

Rhodan zog die Seilschlinge hoch und streifte sie ab.

„Ich sehe nach, wohin die Röhre führt, Sedenko."

Er wartete die Antwort nicht ab, sondern zwängte sich mühsam durch den Seitenspalt. Oben war der Spalt ein wenig breiter, sonst wäre der Druckhelm nicht hindurchgegangen.

Perry Rhodan leuchtete die steil abfallende Röhre aus. Sie endete in einem zerwühlten Haufen schneeiger Kristalle.

Sonst war nichts zu sehen. Er überlegte. Wenn jemand abgestürzt war, würde er dann noch neugierig genug sein, diesen Weg weiter zu verfolgen?

Unter bestimmten Umständen ja, sagte Rhodan sich. Nämlich dann, wenn er den Absturz heil überstanden hatte.

Er kauerte sich auf den Boden der natürlichen Röhre und ließ seinen Halt fahren. Sofort schoß er nach unten. Rhodan verlor das Gleichgewicht. Das schwere Strahlgewehr zerrte ihn nach vorn. Er fiel auf den Bauch und legte in dieser Stellung den Rest des Weges zurück.

Mitten auf dem Eisstaubhügel kam er zum Halten. Er wartete, bis die Kristallwolken sich wieder zu Boden senkten, dann richtete er sich auf die Ellenbogen auf.

Fassungslos schaute er auf ein bereiftes Stiefelpaar.

Dann warf er sich zur Seite und schnellte hoch. Das Strahlgewehr glitt wie von selbst in seine Hände.

Erst dann musterte er das Gesicht hinter der Helmscheibe genau.

„Leutnant Eyseman!" stieß er hervor.

Finch Eyseman stand da und rührte sich nicht.

„Wai-Ming ist tot!" brachte er schließlich würgend hervor.

Perry Rhodan mußte schlucken. Es dauerte einige Augenblicke, bis er Worte fand.

„Berichten Sie, Leutnant!" bat er dann leise.

Und Leutnant Finch Eyseman erzählte ...

Erst als er den grünlichen Kristall erwähnte, entdeckte Rhodan ihn in Finchs Hand. Groß wie ein Tischtennisball funkelte und schimmerte er unergründlich und drohend.

„Zeigen Sie mir den Kristall!“ sagte Rhodan, als Eyseman geendet hatte.

Er nahm das funkelnde Etwas entgegen, hielt es auf der Handfläche und blickte hinein.

Im gleichen Augenblick spürte er den mentalen Einfluß, der davon ausging. Aber Perry Rhodan war durch eine intensive Hypnoschulung gegangen. Es gelang ihm ohne größere Anstrengung, seinen Geist zu blockieren.

„Führen Sie mich zu Wai-Ming!“ befahl er.

Finch drehte sich schweigend um und ging voran.

Perry Rhodan erschauerte, als es über einen knapp zwei Fuß breiten Grat ging, von dem aus der Boden zu beiden Seiten senkrecht in die Tiefe der Höhle führte.

Das mußte die Landbrücke durch das Moor gewesen sein, die der Kristall dem Leutnant vorgegaukelt hatte.

Perry Rhodan wurde sehr nachdenklich.

Im ersten Augenblick hatte er fest daran geglaubt, der Kristall übe unbedingt einen verhängnisvollen Einfluß aus. Aber wenn das stimmte, hätte er doch den imaginären Pfad nur ein wenig seitwärts erscheinen lassen müssen – dann wäre Eyseman in die Tiefe gestürzt!

Andererseits . . .

Nach dem Abstieg über eine Felswand stand Rhodan vor dem reglosen Körper des Biologen. Wai-Ming lag in einer wannenförmigen Eismulde. Die Glieder waren seltsam verrenkt.

Perry Rhodan drehte den steifen Körper um und suchte nach einer Verwundung.

Er fand das Loch an der linken Seite des Raumanzuges sehr schnell. Reif bedeckte die Ränder; gefrorene Atemluft.

Rhodan erhob sich und blickte die Felswand hinauf.

Es war durchaus möglich, daß Wai-Ming während des Abstieges gestrauchelt war und sich den Raumanzug an einer scharfen Felskante aufgerissen hatte.

Aber konnte man daraus schließen, der Kristall trüge die Schuld daran . . .?

Er räusperte sich.

„Kommen Sie, Leutnant! Fassen Sie den Toten bei den Füßen. Wir tragen ihn zusammen nach oben. – Einen Augenblick!"

Er schaltete den Helmsender auf höchste Lautstärke.

„Hier Rhodan! Hallo, Sedenko! Können Sie mich hören?"

Keine Antwort.

„Wahrscheinlich läßt das Eis keine Funkwellen durch, Sir", bemerkte Finch Eyseman. „Sie sagten, Sie hätten nach mir gerufen. Ich habe Sie aber nicht gehört, obwohl ich seit einer halben Stunde nicht mehr unter dem Einfluß des Kristalls stehe."

Perry Rhodan nickte.

„Eigenartig, daß Sie sich überhaupt aus dem Einfluß lösen konnten", sagte er nachdenklich.

Sie faßten den toten Biologen an und trugen ihn zurück. In der Spalte innerhalb der Eisblöcke legten sie ihn nieder. Perry Rhodan griff nach dem herabhängenden Seil – das heißt, er wollte danach greifen, aber das Seil war nicht mehr da.

„Sedenko!" rief Rhodan.

Der Major meldete sich immer noch nicht.

Rhodan erschrak.

Sedenko hatte sich zuletzt gemeldet, als er, Rhodan, sich am Grund der Spalte befunden hatte. Von hier aus hemmte also nichts die Funkverbindung.

„Bleiben Sie hier unten!" rief er Finch zu.

Mit gespreizten Beinen kletterte er über den engen Kamin hoch. Sedenko war nicht mehr da! Perry Rhodan stellte sich auf die Gipfelplatte und sah sich um.

Im nächsten Augenblick schrie er auf, warf sich zu Boden und ließ sich in den Spalt zurückrutschen.

Finch Eyseman bemerkte mit Schrecken die Blässe im Gesicht des Administrators.

Blauweißes, strahlendes Licht erfüllte den winzigen Ausschnitt des Himmelsgewölbes. Gleich darauf wirbelte eine Wolke warmen Regens in den Spalt. Die Flüssigkeit gefror sofort wieder und bedeckte die Raumanzüge der Männer mit Eis.

Mit dumpfem Donner kam eine heftige Erschütterung. Die übereinandergetürmten Eisblöcke bewegten sich knirschend.

Dann erlosch das blauweiße Licht.

„Mein Gott!“ rief Finch erregt. „Was war das?“

„Sedenko ist mit Ihrer Maschine gestartet“, sagte Perry Rhodan.

Rhodan brauchte nicht lange zu überlegen, was als nächstes zu tun war.

„Sie müssen noch eine Weile hierbleiben, Finch. Aber rühren Sie um Gottes willen keinen Kristall mehr an, falls Sie einen sehen.“

Finch nickte.

Rhodan kletterte erneut aus dem Spalt. Den Kristall hatte er schon lange vorher in eine Außentasche seines Raumanzuges gesteckt. Er fühlte augenblicklich keinerlei Beeinflussung mehr.

Er rutschte mehr als er stieg von dem Felsen und hastete zu dem fünfzig Meter entfernten Zerstörer Sedenkos.

In der Kabine angekommen, schaltete Rhodan den Telekom ein. Ungeduldig trommelte er gegen die Verkleidung. Er wartete nicht, bis Atlan sich meldete.

„Hier Rhodan an Atlan!“ rief er. „Ich warte nicht auf Antwort, sondern gebe nur eine Nachricht durch.

Major Sedenko ist vor einer Minute mit der Z-33 gestartet. Er befindet sich anscheinend unter dem hypnotischen Einfluß eines grünen Kristalls. Sorge bitte dafür, daß die Z-33 mit einem Traktorstrahl eingefangen und mittels Fernsteuerung in den Hangar geholt wird. Danach nimmst du dem Major einen tischtennisballgroßen, grünen Kristall ab. Vermutlich trägt er ihn am Körper. Die Wirkung wird danach schwinden. Achtung! Bitte gegen mentalen Einfluß abblokken. Ende.“

Perry Rhodan schaltete den Telekom aus und lief zu Eyseman zurück. Gemeinsam zerrten sie den steifgefrorenen Körper Wai-Mings aus dem Eiskamin und transportierten ihn zum Zerstörer. Perry Rhodan grübelte unterwegs über die Kristalle nach.

Was hatte es für einen Sinn, auf einer toten Welt Kristalle auszustreuen, die mit hypnotischer Kraft Illusionen erzeugten? Denn daß die Kristalle von selbst, auf natürliche Weise auf Greenish-7 entstanden sein konnten, erschien ihm mehr als unwahrscheinlich.

Während des Starts kam ihm ein Gedanke.

Er rief die CREST II an, verlangte den Chefarzt zu sprechen und erklärte Dr. Ralph Artur, in welchem Zustand sie Wai-Ming gefunden hatten. Er bat den Arzt, alles für den Versuch einer Wiederbelebung vorzubereiten. Dr. Artur sicherte es ihm zu.

Dann ließ er sich mit Atlan verbinden.

Er erfuhr, daß Major Sedenko wohlbehalten im Hangar gelandet war. Die Traktorstrahlen hatte man nicht gebraucht. Aber Sedenko hatte sich wie ein Schlafwandler benommen, war jedoch schnell wieder zu sich gekommen, nachdem man ihm den Kristall abgenommen hatte.

Als die Z-34 in den Magnethalterungen des Hangars zum Stillstand kam, wartete draußen bereits Dr. Ralph Artur mit drei Medo-Robots und einer Antigravbahre.

Wai-Ming wurde im Eiltempo in einen Spezialraum der Bordklinik gebracht.

Dann erst wandte Rhodan sich dem Arkoniden zu.

„Was hat Sedenko gesagt, bevor ihr ihm den Kristall abnahmt?" fragte er.

Atlan lachte trocken.

„Er fragte, ob die Parkgebühren schon wieder erhöht worden seien. Offenbar litt er unter der Vorstellung, mit seinem Gleitwagen in ein Parkhaus gefahren zu sein."

Rhodan nickte.

„Etwas Ähnliches hatte ich mir vorgestellt. Was sagst du zu den Kristallen?"

„Kristallen . . .?" fragte Atlan. „Sedenko hatte nur einen Kristall bei sich."

Rhodan zog Finchs Kristall hervor.

„Das ist der zweite." Er griff noch einmal in seine Tasche und holte den Kristall heraus, den man bei Wai-Ming gefunden hatte. „Und hier ist der dritte."

„Hm!" sagte Atlan. „Die Dinger kommen mir unheimlich vor, obwohl ich den Einfluß relativ leicht abblocken kann."

„Unheimlich oder nicht", erwiderte Rhodan. „Mit einem Ausweichlager auf Greenish-7 wird es vorläufig nichts. Wir müssen eine andere Welt suchen."

Er hob den Arm, als sein Armbandtelekom ansprach.

„Hab ich mir doch gedacht, daß ich Sie über das Armbandgerät am schnellsten erreichen kann!" erklang die triumphierende Stimme Dr. Arturs.

„Was ist mit Wai-Ming?" fragte Rhodan gespannt.

Dr. Artur lachte stoßweise.

„Können Sie sich vorstellen, daß er sich durch Autohypnose in eine Tiefschlafstarre versetzt hat . . .?"

„Nein, Doc. Können Sie ihn retten?"

„Das ist mir ein Rätsel, Sir", sagte der Chefmediziner. „Wenn er sich nicht in dem Augenblick, als sein Anzug zerriß, blitzschnell in Tiefschlafstarre versetzt hätte – oder versetzt worden wäre . . ." Er schnaufte ein paarmal, ehe er fortfuhr. „Können Sie mir erklären, wie . . ."

„Jetzt erkläre ich überhaupt nichts!" erwiderte Rhodan abweisend. „Mich interessiert zuerst, ob Sie den Mann retten können!"

„Aber ja doch!" murrte Dr. Artur. „Was dachten Sie denn, Sir? Wozu behandle ich ihn denn mit allen Raffinessen unserer Klinik?"

Rhodan atmete auf.

„Vielen Dank, Doc. Ich erkläre Ihnen später, was es mit der Hypnose auf sich hat."

„Natürlich! Das dachte ich mir. Wenn Sie erfahren haben, was Sie wissen wollten, dann ist Ihnen egal, ob . . ."

Perry Rhodan schaltete das Armbandgerät ab und lächelte. Die Stimme Dr. Ralph Arturs erstarb.

„Auf jeden Fall", sagte er, „müssen die Kristalle von der Mannschaft ferngehalten werden."

3.

Perry Rhodan, Atlan, John Marshall, der Telepath und Chef des Mutantenkorps, Dr. Ralph Artur, der Chefmathematiker Dr. Hong Kao und der Chefpsychologe Dr. Acanthus Hibbly hatten sich im Konferenzraum der CREST II zusammengefunden.

Perry Rhodan beendete seinen Bericht.

„Nun kommen Sie dran, Doc!" Er lehnte sich zurück.

„Ich kann überhaupt nichts dazu sagen, bevor ich nicht einen dieser verdammten Kristalle gesehen habe!" polterte der Chefarzt.

Perry Rhodan öffnete ein schwarzes Kästchen und nahm den darin liegenden Kristall zwischen die Fingerspitzen.

Auf einen Wink Atlans blickten der Mathematiker und der Psychologe weg.

Dr. Ralph Artur schaute den Kristall an, und seine Augen wurden rund. Gleich darauf wurde sein Blick stumpf und scheinbar desinteressiert.

„Was sagen Sie dazu, Doc?" fragte Rhodan erwartungsvoll.

Dr. Artur massierte seine Nase mit Zeige- und Mittelfinger.

„Ihr Idioten!" fluchte er. „Habt ihr schon wieder am Karbol genascht? Hier stinkt es wie in . . ."

„Genug!" rief Rhodan. Er ließ den Kristall fallen und verschloß den Behälter.

Abrupt hörte Dr. Artur auf, seine Nase zu massieren. Verständnislos blickte er in die Gesichter der anderen Anwesenden.

„Was ist los?" fragte er verlegen. „Habe ich etwas gesagt?"

Atlan schaltete den Tonspeicher zurück und ließ die Wiedergabe laufen. Der Chefarzt errötete.

„Allerhand!" flüsterte er. „Dieser Kristall ist ein Teufelsding."

„Was sagen Sie dazu?" wandte Rhodan sich an den Chefpsychologen.

Acanthus Hibbly zog sein feistes, samtbraunes Gesicht in nachdenkliche Falten.

„Alles kommt darauf an, zu ergründen, woran die Betroffenen gedacht haben, als sie unter den Illusionszwang gerieten, Sir. Ich vermute, daß der Kristall auf Ströme des Unterbewußtseins reagiert."

„Sie meinen, er ist bestrebt, seinem ‚Medium' – wenn wir den Betroffenen einmal so nennen wollen – unterschwellige Wünsche zu erfüllen?" fragte Rhodan mit Spannung in der Stimme.

Hibbly hob die breiten Schultern. Die Muskeln seines Stiernackens bewegten sich gleich Seilbündeln.

„Vielleicht Wünsche, vielleicht aber auch Befürchtungen, Ängste, Schuldgefühle und was die Strömungen unseres Unterbewußtseins sonst sein können. Hierüber können nur großangelegte Experimente Aufschluß geben. Wenn Sie, Ralph, sich für Versuche zur Verfügung ..."

„Das kommt gar nicht in Frage!" schrie Dr. Artur aufgebracht. „Was denken Sie sich eigentlich, Acanthus? Ich lasse Sie nicht in meinem Unterbewußtsein herumwühlen!"

Hibbly grinste unterdrückt.

Dr. Hong Kao hob die Hand.

„Wie wäre es mit mir? Ich habe nichts zu verbergen. Was ich eventuell von mir gebe, hat bestimmt mit Positroniken zu tun, und davon verstehen Sie nichts, Dr. Hibbly."

„Gut!" sagte Rhodan. „Dr. Hibbly und Dr. Hong Kao, einigen Sie sich auf die notwendigen Experimente." Er schob den Behälter zu Hibbly. „Aber auf jeden Fall verständigen Sie vor einem Experiment John Marshall. Er kann Ihnen zur Seite stehen – für den Fall, daß Sie zufällig beide in den Bann eines Kristalls geraten. Im übrigen scheinen die Kristalle im Augenblick nicht so eminent wichtig zu sein, daß wir uns mehr als unbedingt nötig damit beschäftigen. Wir haben dringlichere Probleme zu lösen. Vielleicht können die Kristalle einmal Verwendung in der Psychotherapie finden.

Das wäre vorerst alles, meine Herren!"

Als Rhodan mit Atlan zusammen vor der Zentrale ankam, legte der Arkonide ihm die Hand auf den Unterarm.

„Sag einmal, Perry: Hast du das ernst gemeint, daß die Kristalle nicht sonderlich wichtig seien?"

Rhodan blickte den Freund verwundert an.

„Ich sagte: im Augenblick. Und im Augenblick sind die Maahks und die Meister der Insel unsere größeren Probleme, oder?"

Finch Eyseman wartete geduldig, bis die Überwachungsautomatik die Tür öffnete.

„Leutnant Eyseman, Sie erhalten zehn Minuten Besuchszeit. Sie werden gebeten, Rücksicht auf den Zustand des Patienten zu nehmen. Das Mitbringen von Alkohol, Tabakwaren sowie anderen Getränken und Speisen jeder Art ist nicht erlaubt."

Finch grinste amüsiert. Als die blechern klingende Automatenstimme verklang, trat er durch die Tür.

Das Einzelzimmer lag in weichem, goldrotem Licht. Holographie-Projektoren zauberten das Bild einer Waldwiese. Harziger Tannenduft strich durch das Zimmer, meterhohe Fingerhutstauden wiegten sich im leichten Wind und ließen die roten Glöckchen sanft hin- und herschaukeln.

Finch hatte den Eindruck, durch duftendes Gras zu gehen. Sogar das Summen von Insekten war zu hören.

„Hallo, Dr. Wai!“ rief er, als er vor der Konturliege des Biologen stand. „Schönes Wetter heute.“

Wai-Ming lächelte höflich. Er wedelte mit der Hand, als wolle er ein zudringliches Insekt vertreiben.

„Hallo, Eyseman!“ Wai-Ming seufzte. „Zu schönes Wetter! Man kann kein Honigbrötchen in die Hand nehmen, ohne sogleich von den Bienen überfallen zu werden!“

Finch zuckte zusammen. Besorgt prüfte er das Gesicht Wai-Mings. War der Biologe etwa nicht bei klarem Verstand?

Wai-Ming lachte.

„Klappen Sie bitte Ihren Mund wieder zu, Eyseman. Nehmen Sie Platz!“

Erleichtert atmete Finch auf. Er setzte sich.

„Wie geht es Ihnen, Wai?“

„Ich fühle mich wie ein Sommerfrischler, Eyseman. Wald, Wiese, Gras, Blumen, Tannenduft, ab und zu ein kühler Luftzug – was will man mehr verlangen! Nur schade, daß alles eine Holographie ist. Diese psychologischen Mätzchen ziehen nicht mehr, weil jeder Mensch weiß, wie die Vision zustande kommt.“

Wai-Mings Gesicht wurde ernst.

„Das war schon eine verflixte Sache mit dem Kristall. Haben Sie auch so ein Ding erwischt oder vielmehr: sind Sie auch von so einem Illusionskristall erwischt worden?“

Finch nickte.

„Ich finde es nur seltsam, daß mir nichts geschehen ist. Warum hat der Kristall Ihnen so böse mitgespielt – und warum hat sich meiner so harmlos verhalten?“

„Die Frage ist falsch gestellt“, sagte Wai-Ming. Er berührte einen

Knopf, und die Automatik hob seinen Oberkörper an, so daß er bequem sitzen und Finch ansehen konnte. „Meiner Meinung nach versuchen die Kristalle nur, uns zu dienen. Sie nehmen unbewußte Vorstellungen auf und bauen daraus eine Scheinwelt um uns herum auf. Vielleicht glauben sie, damit unsere verborgenen Sehnsüchte zu erfüllen."

„Glauben Sie...?" fragte Finch gedehnt. „Die Kristalle glauben...? Es sind doch keine denkenden Wesen, Wai-Ming!"

„Warum nicht?" fragte der Biologe zurück. „Etwa, weil sie aus anorganischer Materie bestehen? Unsere Vorstellungen von organischer und anorganischer Materie sind veraltet, mein lieber Eyseman. Zumindest hinkt die Biologie hinter der Erkenntnistheorie her. Wenn unsere größten Denker das Universum als einen kosmischen Organismus betrachten, wie können wir da noch von anorganischer Materie sprechen!"

„Irgendein Schema müssen wir schließlich haben", erwiderte Finch. „Aber bleiben wir bei den Tatsachen! Wie vereinbaren Sie die Ihrer Meinung nach dienende Funktion der Illusionskristalle mit dem Anschlag auf Ihr Leben? Der Kristall hatte es doch in der Hand, Sie durch entsprechend abschreckende Illusionen aus der Nähe der gefährlichen Felsklippe zu vertreiben..."

Wai-Ming lächelte sein unergründliches asiatisches Lächeln.

„Wie sind Sie denn aus Ihrer Illusionswelt entkommen, Eyseman?"

„Ich?" fragte Finch verwundert. „Ich erinnerte mich, daß... Oh!"

„Jetzt wissen Sie, warum ich verunglückte, nicht wahr?"

Finch nickte.

„Ja. Sie erinnerten sich ebenfalls daran, wer Sie waren und wo Sie sich wirklich befanden – und die Illusion verschwand."

„Sie verschwand – und ich fand mich nicht schnell genug in der Wirklichkeit zurecht. So kam es zu dem Unfall. Daß ich noch lebe, verdanke ich einzig und allein meinem Kristall. Er zwang mich durch Hypnose in den Zustand des Scheintodes. Meine Lebensfunktionen sanken beinahe auf den Nullpunkt herab, und ich kam nicht dazu, die giftige Atmosphäre einzuatmen."

„Phantastisch!" flüsterte Finch. „Wenn ich mir überlege, daß mein Kristall mich direkt zu Ihnen führte, so glaube ich jetzt auch beinahe daran, daß die Kristalle über Vernunft verfügen..."

Die CREST II beschleunigte und tauchte in den Linearraum ein. Hinter ihr blieb das System der Sonne Greenish zurück – und ein Eisplanet, der ein Rätsel aufgegeben hatte.

Dreimal unterbrach das Raumschiff den Linearflug. Dreimal ging es in den Normalraum zurück. Dreimal wurde in der Ortungszentrale mit aller Energie nach einer Sonne vom G-Typ gesucht.

Beim dritten Mal hatten die Männer der Ortungszentrale Erfolg. In vierzig Lichtjahren Entfernung stand eine gelbe Sonne. Sie war nur wenig größer als die irdische Sonne und besaß etwa die gleiche Strahlungskraft. Die Berechnungen der Astrogatoren ließen erkennen, daß die Sonne einen oder mehrere Planeten besitzen mußte.

Perry Rhodan entschied, daß die gelbe Sonne angeflogen werden sollte.

Noch einmal tauchte die CREST II in den Linearraum ein. Als sie in den Normalraum zurückkehrte, schrillte der Ortungsalarm durch die Zentrale.

„Haben Sie einen Planeten geortet?" fragte Rhodan über Interkom.

„Ich weiß es noch nicht", erwiderte Major Notami. „Der angemessene Himmelskörper hat eine ziemlich ausgefallene Form. Ich sende Ihnen eine Projektion, Sir."

Perry Rhodan nickte. Dann wartete er gespannt.

Auf einem Bildschirm tauchte plötzlich der Sternenhintergrund auf. Davor schwebte – als grünlicher Ortungsreflex – ein eigenartiges Gebilde.

„Elliptischer Bahnverlauf", las Rhodan von den Meßskalen ab. „Apogäum bei etwa zweihundertzwanzig, Perigäum bei etwa fünfundachtzig Millionen Kilometer. Durchmesser des Körpers dreißigtausend Kilometer horizontal; Vertikaldurchmesser zehntausend Kilometer. Hm!"

Perry Rhodan wandte sich zur Seite und blickte Atlan fragend an.

„Ein ‚Moby'!" sagte Atlan.

„Aber was für einer!" Perry Rhodan lächelte. „Derjenige, der vor zehn Tagen unseren Planetoiden mitsamt des Verbandes von sechs Schiffen verschlang, durchmaß nur vierzehntausend Kilometer horizontal."

Atlan bemerkte hierzu:

„Dieser hier würde es nicht einmal merken, wenn er die CREST versehentlich einatmete."

Perry Rhodan betrachtete nachdenklich die Ortungsprojektion. Aus großer Entfernung bot der Moby den Anblick eines Harzer Käses. Jedenfalls hatte Melbar Kasom diesen Vergleich angestellt.

Die Erfahrung mit dem ersten Moby hatte erwiesen, daß es sich bei ihnen um anorganische Wesen von kristalliner Körperstruktur handelte. Sie pflegten sich von reiner Energie zu ernähren. Sie waren im Weltraum zu Hause und lebten von der Energie der Sterne, an denen sie vorbeiflogen. Hier und da sammelten sie auch anorganische Materie und speicherten sie in einem gewaltigen Konvertermagen, um in Notzeiten Energie daraus herzustellen.

Plötzlich wußte Rhodan, was ihn an diesem Moby gestört hatte.

„Mobys sind ruhelose Sternenwanderer, nicht wahr, Arkonide?"

Atlan blickte Rhodan aufmerksam an.

„Was willst du damit sagen? Oh! Jetzt weiß ich Bescheid. Du störst dich daran, daß dieser Moby sich auf einer stabilen Umlaufbahn um die Sonne befindet."

„Genau! Das widerspricht dem bisher festgestellten Verhalten. Ein Moby bewegt sich nie auf einer stabilen Umlaufbahn – jedenfalls nicht, solange er lebt."

Rhodan schaltete den Interkom ein.

„Oberst Rudo. Gehen Sie näher an den Moby heran!"

Atlan lehnte sich zurück und sah Rhodan kopfschüttelnd an.

„Man sollte meinen, du hättest aus der ersten Begegnung nichts gelernt. Willst du dich absolut noch einmal verschlingen lassen?"

Rhodan winkte ab.

„Du vergißt, daß die CREST ein wenig beweglicher ist als Troja. Mit dem Planetoiden konnten wir nicht entkommen. Hier sieht die Sache ganz anders aus. Ich sehe nicht das geringste Risiko für uns."

Atlan antwortete nicht. Er lächelte nur still in sich hinein, als die Kraftwerke im Schiff zu rumoren begannen.

Als die Entfernung zu dem Ungeheuer nur noch sechzigtausend Kilometer betrug, stoppte die CREST II ab und begann, auf einer Parallelbahn neben dem Moby herzufliegen.

Perry Rhodan warf einen weiteren Blick auf die Ortungsprojektion und nickte zufrieden.

„Er rührt sich überhaupt nicht. Beobachte bitte die Antennenfäden, Atlan!“

Der Arkonide beugte sich vor. Seine Lippen waren fest aufeinandergepreßt.

Er entwickelt sich immer mehr zum Pessimisten! dachte Rhodan betrübt.

Deutlich waren auf der Projektion die Antennenfäden zu erkennen, mit denen Mobys normalerweise Energie aus dem Weltraum aufnahmen. Mit ihnen erzeugten sie auch den energetischen Rückstoß zur Fortbewegung.

Bei einem lebenden Moby bewegten sich die Fäden ununterbrochen und glichen darin den beständig flimmernden Fäden von irdischen Tiefseemuscheln. Bei diesem gigantischen Moby ragten die Milliarden Antennenfäden starr und steif wie die Stacheln eines Igels in den Raum hinaus. Sie waren durchschnittlich tausend Kilometer lang, wie die Meßskalen auswiesen.

„Nun . . .?“ fragte Rhodan.

Atlan setzte sich wieder gerade.

„Er scheint tot zu sein.“

„Er scheint nicht nur tot zu sein; er ist es auch. Mobys können sich nicht verstellen. Ihre rein instinktive Subintelligenz ist nur auf das Erjagen von Energie und anorganischer Materie eingestellt, dazu bedarf es keiner List. Folglich kennen Mobys keine List. Sie wurden von den Meistern der Insel nur wegen ihrer Größe und Gefräßigkeit als Wächter eingesetzt. Außerdem wissen wir ja inzwischen von Grek-1, daß lebende Mobys heute die Ausnahme sind.“

„Darf ich etwas dazu sagen?“ meldete sich Icho Tolot, der sich bisher nicht an der Diskussion beteiligt hatte.

Rhodan nickte dem gigantischen Haluter aufmunternd zu.

„Sie alle werden sich noch der riesigen Hohlräume innerhalb des ersten Mobys erinnern. Nun, dieses Exemplar ist mehr als doppelt so groß. Folglich besitzt es auch bedeutend größere Hohlräume. Darin könnten wir das Versorgungsdepot für eine ganze Flotte unterbringen.“

Rhodan rieb sich nachdenklich das Kinn.

„Hör nicht auf diesen tollkühnen Haluter, Perry!“ warnte Atlan. Seine Stimme klang ernstlich besorgt.

„Kein schlechter Gedanke, Tolot", sagte Rhodan. „Ein besseres Versteck als einen toten Moby kann es gar nicht geben ..."

Unglücklicherweise kam niemand darauf, daß andere diesen Gedanken ebenfalls gehabt haben könnten ...

Da die CREST II parallel zu dem Moby die gelbe Sonne umkreiste, brauchte Oberst Cart Rudo das Schiff nur allmählich abzubremsen, um es auf eine engere Kreisbahn zu bringen.

Allmählich erfaßten die Bildschirme das Ungeheuer nur noch ausschnittweise. Die Gebirgsgrate auf der tiefschwarzen Oberfläche traten deutlicher hervor. Die „Haut" des Mobys glich frappierend der faltigen Oberfläche eines Einödplaneten. Nur die starr in den Weltraum ragenden Antennenfäden störten den Vergleich.

„Er ist tot", murmelte Tolot. „Kein Zweifel."

Rhodan griff nach dem Interkom.

„Rhodan an Kommandant. Noch näher herangehen, Rudo. Lassen Sie zur Vorsicht die Geschütztürme ausfahren!"

Er erhob sich und trat hinter den Platz Cart Rudos. Gebannt von dem ungeheuerlichen Anblick, blickte er auf den Frontbildschirm.

„Noch zehntausend Kilometer, Sir", meldete Rudo.

„Näher heran!" befahl Rhodan.

„Du bist wahnsinnig, Barbar!" zischte Atlan. Der Arkonide war Rhodan gefolgt und schaute mit verzerrtem Gesicht auf die wüste Oberfläche des Ungeheuers.

Von Tolots Platz her kam brüllendes Lachen. Der Haluter besaß ein unglaublich feines Gehör.

Rhodan verzog das Gesicht.

„Bitte, lassen Sie unsere Trommelfelle ganz, Tolot."

„Immerhin", er wandte sich Atlan zu, „hat der Haluter recht. Wovor fürchtest du dich, Arkonide? Wir können immer noch fliehen – falls der unwahrscheinliche Fall eintreten sollte, daß der Moby wieder lebendig wird."

„Vorsicht hat noch keinem geschadet, Perry. Aber ich sehe ein, daß uns von diesem toten Moby tatsächlich keine Gefahr ..."

Zwei Dinge geschahen gleichzeitig.

Cart Rudo gab die Entfernung zu dem Ungeheuer mit fünftausend

Kilometer an – und ein hauchdünner, nur auf Spezialschirmen sichtbarer Lichtstrahl zuckte irgendwo aus dem Körper des Mobys heraus und traf die vorsorglich aufgebauten Schutzschirme der CREST II.

„Mit voller Kraft zurück!“ schrie Rhodan.

Cart Rudo und die Kopiloten schalteten mit fliegenden Fingern. Im Innern des Schiffes begannen die Kraftwerke ihr urweltliches Konzert.

Perry Rhodan preßte die Zähne aufeinander, als er die zunehmende Helligkeit des Lichtstrahls wahrnahm.

Das Licht in der Zentrale begann zu flackern. Dann erlosch es ganz. Nur die auf chemischer Basis arbeitende Notbeleuchtung warf rötlichen Schein über Menschen und Aggregate.

„Die Triebwerke entwickeln keinen Schub mehr“, meldete Cart Rudo mit gepreßter Stimme.

„Man arbeitet mit einem Laderstrahl“, flüsterte Atlan tonlos. „Ich habe dich gewarnt, Barbar!“

Perry Rhodan meinte resigniert:

„Wer konnte das ahnen, Arkonide! Belasten Sie die Kraftwerke bis zur Höchstgrenze, Rudo!“

Die CREST II wurde durchgeschüttelt, als die Meiler die Grenze ihrer Belastbarkeit erreichten. Doch das Schiff rührte sich nicht von der Stelle.

„Sie zapfen uns die erzeugte Energie in vollem Umfang ab, Sir“, rief Rudo. „Auch die Bordgeschütze funktionieren nicht mehr!“

„Also schön!“ sagte Rhodan. „Lassen Sie alle Maschinen abstellen. Es ist sinnlos, die Fremden mit Energie zu füttern.“

4.

Perry Rhodan mußte seine Anweisungen über die Notsprechanlage durchgeben. Es handelte sich dabei um eine relativ schwache Gegensprechanlage, die den unschätzbaren Vorteil hatte, ihre Energie aus den Schallwellen des Sprechers zu ziehen. Dieses Prinzip war primitiv;

die Menschheit hatte es schon gekannt, bevor Perry Rhodan mit der STARDUST seinen schicksalhaften Flug zum Erdmond unternahm.

Es hatte sich herausgestellt, daß nicht nur die Geschütze ausgefallen waren, sondern auch sämtliche Handfeuerwaffen, die auf atomare Energiegewinnung angewiesen waren. Dazu kam, daß auch alle Roboter funktionsunfähig waren. Die Verteidigung der CREST mußte unter diesen Umständen mit den vorhandenen, altertümlich anmutenden Projektilwaffen durchgeführt werden. Rhodan schärfte der Besatzung bei dieser Gelegenheit wieder und wieder ein, dem Gegner keine Hinweise über die wahre Identität der CREST zu liefern. Das Unternehmen Andro-Beta mußte unter allen Umständen geheim bleiben. Die Besatzung erhielt genaue Verhaltensregeln, die im Falle einer Gefangenschaft befolgt werden mußten.

Als Perry Rhodan geendet hatte, blickte er sich nach Atlan um.

„Meinst du", begann Atlan lächelnd, „deine Leute hätten mit den vorsintflutlichen Maschinenkarabinern eine Chance gegen jemanden, der über den Laderstrahl verfügt? Eure Wissenschaftler sind jedenfalls noch nicht hinter das Geheimnis dieses Gerätes gekommen."

Rhodan lächelte geringschätzig.

„Es soll schon vorgekommen sein, daß jemand, der einen Impulsstrahler besaß, von einem primitiven Tier getötet wurde..."

Atlan ging nicht darauf ein, und Rhodan wußte wohl selbst, wie sehr sein Vergleich hinkte.

„Ich bin gespannt, wer uns zuvorgekommen ist und sich häuslich in dem toten Moby eingerichtet hat", meinte Rhodan nachdenklich.

Atlan zuckte zusammen. Er schlug sich gegen die Stirn.

„Entsinnst du dich, daß Grek-1 von einem geheimnisvollen Volk sprach, das in Andro-Beta lebt und den Zwergnebel beherrscht?" Er wartete die Antwort nicht ab, sondern fuhr fort: „Es soll sich um Lebewesen handeln, deren Gesellschaftsordnung in Kasten gegliedert ist. Sie haben die Aufgabe, Andro-Beta zu bewachen."

„Du hast recht", sagte Rhodan.

Der eigenartige Klang in Rhodans Stimme ließ Atlan zum Frontschirm herumfahren. Das Bild war unscharf und blaß, da der Komplex der Aufnahme- und Wiedergabegeräte nur durch die chemisch betriebene Notstromanlage gespeist wurde. Aber es war deutlich genug, um die Form der Raumschiffe erkennen zu lassen.

Sie schossen zu Hunderten aus verborgenen Schächten in der Oberfläche des Mobys hervor. Ihr hervorstechendstes Merkmal waren die vier gewaltigen Steuerflossen an dem spitz zulaufenden Ende der eiförmigen Fahrzeuge. Obwohl die Meßgeräte nicht mehr funktionierten, wußte Atlan, daß die golden schimmernden Raumschiffe hundertzwanzig Meter lang waren, am Bug vierzig Meter und am Heck zehn Meter durchmaßen.

„Es sind die gleichen Schiffe, die Troja einen Besuch abstatteten, als der Planetoid im Betadreieck herauskam. Dort kamen sie vom Justierungsplaneten, folglich müssen sie zur Wachbesatzung von Andro-Beta gehören."

Rhodan preßte die Lippen zusammen. Er fühlte sich hilflos. Er konnte nichts unternehmen, um die drohenden Kämpfe mit den Fremden zu verhindern. Sämtliche Kontaktversuche mit den notdürftig mit Strom versorgten Normalfunkgeräten blieben unbeantwortet. Es bestand kein Zweifel daran, daß die Fremden an der Außenhülle der CREST vor Anker gehen und sich gewaltsam Zutritt durch die Schleusen verschaffen wollten. Die dort postierten Terraner würden zwar erbitterten Widerstand leisten, aber ob sie die Fremden auch aufhalten konnten, war zu bezweifeln.

Als die Zelle des Raumschiffes zu dröhnen begann, wußte Rhodan, daß die Flossenschiffe angelegt hatten.

Die gewaltige Halle der Kommandozentrale war in flackerndes Dämmerlicht getaucht. Die Notbeleuchtung brannte noch, aber hin und wieder begannen einzelne Lampen zu erlöschen, dann wieder leuchteten sie heller. Ursache dafür waren die Erschütterungen, die die CREST II unaufhörlich durchliefen.

Perry Rhodans Gesicht war rötlich übergossen und von scharfen Schatten durchzogen. Auch in Atlans Gesicht wirkte das Wechselspiel von Licht und Schatten dämonisch und beklemmend.

Vor den beiden Männern standen die Woolver-Zwillinge. Die birkengrüne Haut ihrer Gesichter schimmerte fahl und gespenstisch.

„Nun . . .?" fragte Rhodan leise.

Tronar Woolver, von seinem Zwillingsbruder nur zu unterscheiden durch das große T auf dem Brustteil der Kombination, atmete heftig. Die gewaltige Tonnenbrust hob und senkte sich wie ein Blasebalg.

„Wir können nichts tun. Es gibt in der CREST keine energetische Impulslinie mehr, in die wir uns einfädeln könnten."

„Aus!" sagte Atlan. „Wir hätten Gucky und die anderen Mutanten mitnehmen sollen. Wenn wenigstens die Hyperkomanlage noch funktionierte!"

Perry Rhodan lächelte entsagungsvoll.

„Dann dürften wir sie nicht benutzen, Arkonide. Wir können es uns nicht leisten, daß die Wachbesatzung von Andro-Beta auf Troja aufmerksam wird."

„Was...?" äußerte Atlan verstört. Er trat einen Schritt zurück. „Du brächtest es fertig, auf einen Hilferuf zu verzichten?"

„Wir sollten uns nicht in eine Panikstimmung hineinsteigern, wenn mal eine Kleinigkeit schiefgeht, Atlan", bemerkte Rhodan. „Es kommt nicht darauf an, ob wir vorübergehend in Gefangenschaft geraten, sondern darauf, ob es uns gelingt, die Eroberung von Andro-Beta weiterhin unbemerkt betreiben zu können."

Atlans Erwiderung ging im brüllenden Gelächter des Haluters unter. Der Riese mit dem Kuppelkopf schlug die Arme gegeneinander und stampfte vor Vergnügen mit den Säulenbeinen, daß der Boden erzitterte.

„Nein!" brüllte er. „Das war wirklich ein Superwitz. Noch nie während all meiner Drangwäschen habe ich so viel lachen müssen wie bei euch Terranern. Meine Brüder werden mich beneiden, wenn ich nach Halut zurückkehre und ihnen von meinen Erlebnissen mit euch berichte!"

„Optimist müßte man sein!" sagte Atlan hilflos. „Ich weiß gar nicht, woher Sie Ihre Gewißheit nehmen, jemals wieder nach Halut zurückzukehren, Tolot!"

Tolot hörte auf zu lachen.

„Sie sollten wirklich optimistischer in die Zukunft sehen, Atlan. Eine bessere Gelegenheit, die Wesen des Wachkommandos und ihre Gesellschaftsform kennenzulernen, gibt es doch gar nicht. Freiwillig würden sie uns nichts über sich verraten. Sind wir aber ihre Gefangenen, erfahren wir alles, denn dann halten sie uns für gefährlich."

„Du meine Güte!" grollte Melbar Kasom, der hinzugetreten war.

Wieder einmal beginnt das große Fasten." Seine Stimme wurde kläglich. „Die Fremden werden kaum Verständnis für mein Nahrungsbedürfnis haben."

Sie wandten sich um, als John Marshall im Laufschritt in die Zentrale stürmte.

„Etwas Neues, John?" fragte Rhodan.

Der Telepath blieb vor Rhodan stehen und atmete keuchend.

„Twonoser!" berichtete er. „Sie heißen Twonoser!"

„Wer heißt Twonoser?" fragte Atlan.

Marshall wischte sich geistesabwesend den Schweiß von der Stirn.

„Die Angreifer tragen jeder zwei rotlackierte Rüssel, Sir. Darum werden sie von den Leuten Twonoser genannt." Er holte tief Luft, dann fügte er wie beiläufig hinzu: „Im übrigen arbeiten sie nur mit Paralysewaffen, die im Gegensatz zu den unseren funktionieren. Sie wollen uns anscheinend nicht töten, sondern legen Wert darauf, uns lebend zu bekommen."

Atlan lachte.

„Sehr erfreulich, John. Was haben Sie sonst noch zu berichten?"

Der Telepath hob die Schultern.

„Vorläufig kann ich keine klaren Hirnimpulse aufnehmen. Anscheinend ist die Erregung des Kampfes daran schuld. Die Twonoser haben Verluste. Aber sie dringen unaufhaltsam vorwärts. Unsere Leute werden von der Übermacht erdrückt."

„Und wie sind unsere Verluste?" fragte Rhodan leise.

„Hauptsächlich Bewußtlose", erwiderte Marshall. „Aber es gibt Ausnahmen. Wenn die Twonoser in der Hitze des Kampfes die stärkste Paralysatoreinstellung benutzen, sterben unsere Leute. Das gleiche geschieht, wenn ein Mann von mehreren Paralysatorstrahlen getroffen wird. Glücklicherweise gibt es bisher nur drei solcher Ausfälle. Soviel habe ich aus dem Gedankeninhalt unserer Leute herauslesen können."

Perry Rhodan senkte nachdenklich den Kopf.

„Mach dir nur keine Illusionen, Perry!" warnte Atlan. „Wenn die Twonoser uns lebend haben wollen, dann wohl kaum aus Menschenfreundlichkeit."

„Darüber bin ich mir im klaren", entgegnete Rhodan. „Aus diesem Grunde lege ich Wert darauf, von den Twonosern als Anführer erkannt zu werden. Sie dürfen nicht erfahren, wer wir wirklich sind."

„Du solltest kapitulieren", drängte Atlan.

Rhodan schüttelte den Kopf.

„Noch ist der Ausgang des Kampfes offen. Die Verluste könnten die Twonoser zwingen, sich zurückzuziehen. Warum sollten wir alle unsere Chancen verschenken?"

Atlan seufzte.

„Willst du warten, bis die Rotrüssel in der Kommandozentrale erscheinen? Sollen sie uns erst paralysieren?"

Perry Rhodan lächelte kalt.

„Genau das, Arkonide! Von einem unterentwickelten Volk aus einem Randsystem Andromedas kann man schließlich keine Einsicht erwarten, nicht wahr . . .?"

Zusammen mit einigen Dutzend anderer Männer mußte Finch sich in einen Flugpanzer-Hangar zurückziehen.

Die Shifts boten ihnen gute Deckungsmöglichkeiten. Als die Twonoser im Eingang auftauchten, wurden sie von schwerstem Feuer empfangen. Sie kamen nicht dazu, ihre Paralysatoren gezielt einzusetzen. Die erste Angriffswelle flutete dezimiert zurück.

Finch wischte sich die Nase mit dem Ärmel seines Raumanzuges ab und blickte mit verkniffenem Gesicht in die gelbbraunen Schwaden der Explosionsdämpfe. Er dachte unwillkürlich daran, welche Ironie des Schicksals es war, daß sie die Flugpanzer nur als willkommene Deckung gebrauchen konnten – während ein Mann allein in der Feuerkanzel eines Panzers den Eingang blockieren könnte, wenn die energetischen Waffen funktionieren würden.

Das war das Dilemma.

Die Besatzung eines Schiffes, das über die mächtigsten Waffen verfügte, konnte keine einzige dieser Waffen einsetzen. Sie mußte sich mit Waffen wehren, die schon seit vierhundert Jahren veraltet waren.

Wenn wenigstens die Kampfroboter einsatzbereit gewesen wären!

Aber auch die Energie der Maschinen war abgesaugt worden.

Finch wandte sich um, als einige Leute durch den hinteren Eingang huschten und Kisten voller Reservemagazine anschleppten. Dabei schaute er zufällig auf seinen Nachbarn zur Rechten.

Der hatte es sich hinter einer Gleiskette eines Flugpanzers bequem gemacht. Er lag mitten in einem Berg Luftkissen, die er sich wer weiß woher besorgt hatte, und zielte mit dem Maschinenkarabiner gegen den Vordereingang.

„Natürlich Orsy!“ stöhnte Finch.

Als Orson die Augen aufriß und zusammenbrach, fuhr Finch schreckensbleich herum.

Aus dem Hintereingang quoll eine unübersehbare Masse grotesker Gestalten mit überdimensionalen Raumhelmen. Die kleinen Ärmchen konnten die seltsamen Waffen kaum halten, aber unter der Vielzahl der Paralysatorenstrahlen brachen die meisten Terraner zusammen, bevor sie begriffen hatten, was geschehen war.

Die Twonoser hatten den Hangar eingekreist!

Finch hockte da wie erstarrt. Das war offenbar seine Rettung, denn er war immer noch bei Bewußtsein, als der Widerstand seiner Kameraden aufgehört hatte.

Zuerst wollte Finch seinen Maschinenkarabiner hochreißen und so lange feuern, wie er nur konnte. Aber inzwischen hatte er die Schrecksekunde überwunden und konnte wieder klar denken. Er wußte, daß weiterer Widerstand sinnlos geworden war. Die Twonoser waren in der Überzahl – und was waren schon zweitausend Terraner in einem Schiffsungetüm, dessen Hauptschleusenvorraum sie alle bequem fassen konnte. Es gab einfach zu viele Lücken in der Verteidigung. Die Twonoser brauchten die Stellen starken Widerstandes nur zu umgehen und den Verteidigern später in den Rücken zu fallen.

Finch beschloß, den Kampf zu beenden.

Allerdings verspürte er nicht die geringste Lust, sich paralysieren zu lassen. Zentimeterweise schob er sich rückwärts unter den Flugpanzer, der ihm bislang als Deckung gedient hatte.

An den schleifenden Geräuschen merkte Finch, daß die Eindringlinge ihre Gefangenen abtransportierten. Er hoffte inbrünstig, sie möchten ihn nicht entdecken. Darum verhielt er sich völlig still.

Doch vergeblich. Als er hinter sich ein Geräusch hörte und herumfuhr, traf ihn ein Paralysestrahl und raubte ihm das Bewußtsein.

Perry Rhodan versuchte, Atlans bissige Bemerkungen zu überhören. Er schlüpfte in seinen Raumanzug.

Oberst Cart Rudo und Icho Tolot traten aus dem Hintergrund der Zentrale auf ihn zu.

„Alle verräterischen Daten wurden befehlsgemäß aus den Speichersektoren der Schiffspositronik entfernt, Sir!“ meldete Rudo.

„Ausgezeichnet!“ Rhodan blickte den Haluter fragend an.

„Der Speichersektor meines Planhirns hat alles aufgenommen.“ Tolot klopfte gegen die untere Hälfte seines mächtigen Schädels. „Sie können von mir jederzeit alle Daten zurückerhalten.“

„Vielen Dank, Tolot.“

Perry Rhodan wandte den Kopf, als in unmittelbarer Nähe der Zentrale heftige Explosionen erfolgten.

„Es ist soweit, meine Herren!“ rief er mit lauter Stimme. „Sie kennen Ihre Plätze und wissen, wie Sie sich zu verhalten haben!“

Er blickte noch einmal zu Icho Tolot zurück.

„Sie wissen auch Bescheid?“

Tolot lachte dröhnend.

„Ich werde befehlsgemäß umfallen, wenn der erste Paralysatorstrahl mich trifft.“

„Oh, Tolot!“ sagte Atlan und seufzte. „Im Grunde genommen sind Sie doch nur ein verspieltes Kind!“

Die Explosionen wurden lauter und nahmen an Heftigkeit zu.

Plötzlich verstummten die Schüsse.

Alle Anwesenden hatten sich im Halbkreis hinter Rhodan aufgestellt. Dadurch wurde die Erscheinung des Großadministrators noch auffälliger.

Jeder trug einen schußbereiten Maschinenkarabiner.

Als das Hauptschott aufging, schlug den eindringenden Twonosern heftiges Feuer entgegen. Aber die Schüsse waren absichtlich gegen Wände und Decke gerichtet.

Die Twonoser hatten Gelegenheit, die Aufstellung der Terraner genau zu betrachten.

Dann schossen sie.

Perry Rhodan fiel als erster. Danach warfen die anderen weisungsgemäß ihre Waffen weg. Die Twonoser mußten merken, daß Rhodan die wichtigste Persönlichkeit war.

Wahrscheinlich bemerkten sie es auch. Aber sie nahmen offiziell keine Kenntnis von der Kapitulation. Sie schossen, bis niemand mehr auf den Beinen stand.

Das erste, was Perry Rhodan nach dem Erwachen bemerkte, war die fast vollkommene Stille.

Allmählich entsann er sich der Einzelheiten des Kampfes gegen die Twonoser und des glühenden Schmerzes, von dem der Treffer aus einem twonosischen Paralysator begleitet gewesen war.

Er erinnerte sich an das Aussehen der Fremden. Die Twonoser besaßen die Körpergröße eines durchschnittlichen Terraners und hatten eine weißliche Hautfarbe. Auch Beine und Rumpf glichen denen eines Menschen. Doch schon beim Hals hörte die Ähnlichkeit auf. Der Hals war ungemein stark und trat dadurch fast gar nicht in Erscheinung. Der Kopf darauf maß etwa vierzig Zentimeter und glich einem Kegel. Die beiden fast eineinhalb Meter langen Rüssel, die in je vier Greiffingern endeten, ragten aus dem Wulst hervor, der sich an der Unterseite des Kopfes befand. In der Vorderseite des Kopfes saß ein großes unbewegliches Auge, das aus unzähligen Facetten bestand und nach außen gewölbt war. Dadurch besaßen die Twonoser einen ausgezeichneten Rundblick. Unter dem Auge klaffte eine etwa zehn Zentimeter breite lippenlose Öffnung, die offenbar der Nahrungsaufnahme diente. Ganz im Gegensatz zu dem massigen Bau des übrigen Körpers waren die Arme kurz und dünn; etwa fünfzig Zentimeter lang schätzte Rhodan sie – und im Vergleich zu den Beinen wirkten sie wie kraftlose Fäden. Entsprechend winzig waren die Waffen der Twonoser gewesen – nur die Wirkung war alles andere als winzig.

Perry Rhodan wußte, daß er gefangen war. Ohne die Augen zu öffnen, hatte er das Gefühl, innerhalb eines großen Raumes zu liegen. Die wenigen Geräusche riefen hohle Echos hervor.

Vorsichtig öffnete er die Augen.

Es war hell. Die Quelle des Lichtes konnte Rhodan nicht entdekken. Hoch über sich nahm er eine gewölbte Decke mit seltsamem Muster wahr. Es war ein undefinierbares, abstraktes Muster, offenbar von Wesen einer völlig anderen Denkweise geschaffen. Es dauerte fast eine Minute, bis Rhodan erkannte, daß es sich überhaupt nicht um ein Muster handelte.

Die Decke war durchzogen von tiefen Falten. Meterlange lappige Wülste hingen von ihr herab, und einige kegelförmige Auswüchse hatten die Form und die Farbe gigantischer Warzen.

Unwillkürlich mußte Rhodan über seine Begriffsstutzigkeit lächeln. Natürlich glich das Innere eines Mobys trotz dessen anorganischer Struktur dem Innern eines organischen Körpers. Ein Konvertermagen war eben auch eine Art Verdauungsorgan, und die Hohlleiter für energetischen Energieaustausch mußten Adern und Venen gleichen, damit sie die hindurchpulsende Energie bündeln, einengen und gleichrichten konnten. Jedenfalls war das im ersten Moby der Fall gewesen, und Rhodan sah nicht ein, warum es hier anders sein sollte.

So weit mit seinen Gedanken gekommen, begann er sich für andere Fakten zu interessieren. Offensichtlich hatten die Twonoser noch nichts von seinem Erwachen gemerkt. Es galt, sich zu orientieren, solange das noch ungestört möglich war.

Er richtete sich im Zeitlupentempo auf, stützte sich auf die Unterarme und sah sich um.

Zuerst sah er die gigantische gewölbte Wandung der CREST II!

Das Flaggschiff der Solaren Flotte lag unmittelbar auf dem Boden auf. Die Landestützen waren nicht ausgefahren.

Die Twonoser mußten es also mit Traktorstrahlen in den Moby hineinbugsiert haben. Rhodan fragte sich, wie man das bewerkstelligt hatte. Das Maul des Mobys war geschlossen gewesen, soweit er sich erinnerte. Auch die Twonoser würden kaum in der Lage sein, die kristalline Starre eines anorganischen Leichnams zu beseitigen, um das Maul als Einfahrt benutzen zu können. Sie mußten künstliche Öffnungen im Körper des Ungeheuers geschaffen haben, um die CREST hineinzubugsieren.

An den Wänden des Superschlachtschiffes hingen winzige Antigravplattformen. Twonoser bewegten sich darauf und schienen gründliche Untersuchungen anzustellen. Es war anzunehmen, daß sich im Innern des Schiffes ebenfalls Untersuchungskommandos befanden.

Perry Rhodan sah sich um. Links und rechts von ihm lagen, säuberlich aufgereiht, die Männer der CREST. Dicht neben sich entdeckte er Atlan, Icho Tolot, Melbar Kasom und John Marshall. Der Haluter war wach. Rhodan stellte es an den Drehbewegungen des kuppelförmigen Kopfes fest. Icho Tolot konnte seine Körperstruktur willensmäßig beeinflussen, so daß höchstens schwere Strahlkanonen eine Wirkung zeigten. Er hatte die ganze Zeit über wach gelegen.

Plötzlich begannen Kasoms Augenlider zu flattern.

„Kasom!" flüsterte Rhodan. „Sind Sie wach?"

„Selbstverständlich, Sir!" dröhnte der Ertruser. „Der Hunger hat mich geweckt. Wo bleibt das Frühstück?"

Icho Tolot lachte unterdrückt. Rhodan staunte, wie leise der Haluter sein konnte, wenn er wollte.

„Man scheint sich nicht um uns zu kümmern", raunte er.

Perry Rhodan setzte zu einer Antwort an – da entdeckte er den freien Platz zwischen Atlan und Kasom. Rasch blickte er sich genauer um. Die Twonoser hatten ihre Gefangenen Seite an Seite gelegt. Nirgendwo gab es eine Lücke – nur zwischen Atlan und Kasom. Dort schienen zwei Mann zu fehlen, dem freien Platz nach zu urteilen.

„Die Woolver-Zwillinge ...!" rief Rhodan erschrocken.

Tronar und Rakal Woolver waren eine halbe Stunde zuvor erwacht.

Die eineiigen Zwillinge von Imart stellten eine Gefühlseinheit dar. Wenn einer der beiden Schmerzen empfand, fühlte der andere die gleichen Schmerzen. Das lag an dem stetigen reflexhaften Impulsaustausch, der zwischen ihnen stattfand. Allerdings hatte der Impulsaustausch nichts mit Telepathie zu tun. Er beschränkte sich auf emotionale Vorgänge.

Aber nicht nur Schmerz, Angst, Haß und Ärger teilten die Zwillingsbrüder gezwungenermaßen – das gleiche traf auf Erregung, Freude und psychische Anstrengung zu.

Tronar war zuerst erwacht. Die Impulse seiner Wahrnehmungen und deren emotionelle Verarbeitung wirkten auch auf Rakal ein. Kurz darauf schlug Rakal ebenfalls die Augen auf.

Er spürte die vom Gefühlssektor seines Bruders ausgehende Erregung und identifizierte sie als Ausdruck einer freudigen Entdeckung. Gleich darauf machte er die gleiche Entdeckung.

Es wimmelte von leitfähigen Energieströmen!

„Wo sind wir?" flüsterte Rakal.

Tronar, der die Lage inzwischen sondiert hatte, flüsterte zurück: „In einem riesigen Hohlraum innerhalb des toten Mobys. Rings um uns ist die Besatzung der CREST ‚gelagert' worden. Ich spüre eine Menge Energieströme von Kraftwerken und Sendern."

„Gut!" sagte Rakal. „Was nehmen wir?"

„Das Impulsecho eines starken energetischen Stromflusses ist am deutlichsten zu spüren. Wir suchen das Ziel – fertig?"

„Fertig, Tronar!"

„Einfädeln!"

Icho Tolots Zwischenruf kam zu spät.

Die Imarter waren verschwunden.

Unmittelbar vor einem riesigen Stromaggregat tauchten sie wieder auf. Sie waren von dem Energiefluß zum Aggregat transportiert und dort ausgestoßen worden.

Sie duckten sich unwillkürlich, als sie Schritte vernahmen.

In etwa zwanzig Metern Entfernung gingen fünf Twonoser vorbei. Zumindest sahen sie genauso aus wie die Wesen, die die CREST II erobert hatten.

Mit einer Ausnahme.

Hatten die Entermannschaften rotlackierte Rüssel getragen, so trugen diese Twonoser blaulackierte Rüssel am Kopf.

„Kaste zwei!" flüsterte Rakal, als die Twonoser um ein Aggregat gebogen waren.

„Du denkst an Greks Worte über die Kasteneinteilung der Wachmannschaft Andro-Betas?" erwiderte Tronar. „Verhältnisse wie im terranischen Mittelalter, das muß ich schon sagen!"

„Was tun wir jetzt?" fragte Rakal. „Die Twonoser haben uns jeden Ausrüstungsgegenstand weggenommen. Ich komme mir direkt nackt vor ohne meinen Impulsstrahler. Sollten wir ein wenig an dem Aggregat herumschalten? Was meinst du?"

Tronar schüttelte den Kopf.

„Und was geschieht dann? Nein, wir müssen uns auf Beobachtungen beschränken, Rakal. Außerdem möchte ich nicht ohne Rhodans Zustimmung handeln."

„Na schön!" entgegnete Rakal sarkastisch. „Dann beobachte! Es fragt sich nur, was es hier zu beobachten gibt."

„Das Aggregat ist ein Energieverteiler . . .", dachte Tronar laut. „Es nimmt Energie auf und schickt sie nach allen möglichen Richtungen weiter. Fädeln wir uns doch einfach in die Leitung zum am weitesten entfernten Empfänger ein!"

„Dir geht es auch niemals weit genug!" beschwerte sich Rakal.

Dann sprangen sie erneut.

Sie wurden vor dem Gitter einer Klimaanlage zurückverwandelt und fielen einige Meter tief zu Boden.

Sekundenlang standen sie Ängste aus. Sie glaubten, sich beim Aufprall die Glieder brechen zu müssen. Doch wider Erwarten fielen sie völlig weich.

Tronar Woolver bemerkte zuerst die Gefahr, in die sie geraten waren. Er war in einer weichen, gummiähnlichen Masse gelandet, die sich plötzlich bewegte. Zuerst kroch ein dünner, fast durchsichtiger Rand rings um Tronar empor, doch dann gab die Masse unter ihm nach, und er begann tiefer zu sinken.

Tronar begriff, daß er auf einem Bioparasiten gelandet war.

Mit aller Kraft wehrte er sich gegen die schnell fortschreitende Umklammerung. Zwischendurch rief er Rakal eine leise Warnung zu. An den Impulsströmen seines Zwillingsbruders spürte er, daß Rakal sich in der gleichen Lage befand. Das verdoppelte seine Kräfte.

Als er sich endlich losgerissen hatte, taumelte er über durchsichtig klaren Plastikbelag. Der Bioparasit kümmerte sich nicht weiter um ihn, sondern zog sich zu einer meterhohen Kugel zusammen.

Tronar brauchte nicht nach seinem Bruder zu suchen. Die emotionelle Verbindung wies ihm den Weg. Rakal befand sich in keiner glücklichen Lage. Nur sein Oberkörper ragte noch aus dem Parasiten heraus. Doch mit Tronars Unterstützung konnte auch er sich befreien.

„Das war knapp!" keuchte Rakal.

Auch dieser Parasit schien sein Opfer wieder völlig vergessen zu haben. Er schloß sich zu einem eiförmigen Klumpen und wiegte sich dabei rhythmisch hin und her.

„Er scheint nicht gerade intelligent zu sein", bemerkte Rakal.

„Nicht wahr?" sagte Tronar. „Dabei verfügten die Bioparasiten in unserem ersten Moby über eine ganze Menge Intelligenz . . ."

„Hm!" machte Rakal. „Ich glaube, ich habe die Lösung. Diese Parasiten sind bedeutend kleiner als die, die wir damals kennengelernt haben. Zudem scheinen sie geringere Dichte zu besitzen."

„Was schließt du daraus?“

„Sie sind noch nicht erwachsen. Es handelt sich offenbar um junge Parasiten.“

„Bei allen Geistern von Andromeda!“ Tronar stöhnte. „Ein Parasitenkindergarten!“

Rakal packte ihn an der Schulter und drehte ihn herum.

„Sieh dir das an!“

Etwa fünfzig Meter von ihrem Standort entfernt, gähnte plötzlich ein Tor in der Wand. Heraus marschierten Dutzende Twonoser – und diese Twonoser trugen weiße Kopfrüssel!

„Kaste Nummer drei!“ bemerkte Tronar trocken.

„Nummer zwei ist auch mit von der Partie“, sagte Rakal erregt. „Die Blaurüssel tragen Strahlwaffen. Sie scheinen die Weißrüssel zu bewachen.“

„Chance Nummer eins!“ stellte Tronar sachlich fest. „Die verschiedenen Kasten sind sich nicht einig. Offensichtlich wird die weiße Kaste unterdrückt. Ich möchte noch weiter gehen. Vielleicht stellen die Blaurüssel eine Art Polizei dar, dann steht die Rotrüsselkaste noch über ihnen.“

In Rakals Lachen schwang Unsicherheit mit.

„Als Gefangene können wir die Uneinigkeit unserer Feinde kaum ausnutzen.“

„Vielleicht doch“, erwiderte Tronar zuversichtlich. „Irgend jemand muß uns schließlich bewachen. Und wenn ich Parallelen mit ähnlichen Gesellschaftsordnungen ziehe, denke ich, die Rotrüssel werden sich dafür zu gut vorkommen.“

„Normalfunkimpulse“, sagte Rakal.

„Wie bitte?“ fragte Tronar verwundert. In diesem Augenblick registrierte er die Impulse selbst. „Wir fädeln uns ein“, bestimmte er. „Hier gibt es sowieso nichts Neues mehr zu sehen.“

„Sie haben sich in einen Energiestrom eingefädelt, bevor ich sie zurückhalten konnte“, sagte Icho Tolot.

Rhodans Gesicht leuchtete auf.

„Ausgezeichnet! Wir können wieder hoffen.“

„Es handelt sich um die Energie der anderen“, warf Atlan ein.

„Oh! Du bist auch schon wach!" flüsterte Rhodan ironisch.

„Genauso lange wie du, Barbar. Aber ich habe mich bisher zurückgehalten, weil ich kein leeres Stroh dreschen wollte."

Rhodan lächelte.

„Ein Glück, daß es auch noch aktive Leute gibt. Wenn du es mitbekommen hast: Die Woolver-Zwillinge sind unterwegs . . ."

„Hoffentlich kommen sie rechtzeitig zurück", erwiderte Atlan besorgt. „Unsere Leute beginnen sich überall zu rühren. Die Twonoser werden bald aufmerksam werden."

Wie zur Bestätigung sanken aus den Schründen, Wülsten und Spalten der Hallendecke sechs rote, eiförmige Fahrzeuge herab. Schwaches Summen ging von ihnen aus, und hinter dem durchsichtigen Oberteil erkannte Perry Rhodan zahlreiche Rotrüssel. Die Fahrzeuge schwebten dicht aufgeschlossen und näherten sich Rhodans Platz.

„Sie haben uns nur die Bordkombinationen gelassen!" schimpfte Melbar Kasom. „Sogar meine eiserne Ration und alle technischen Geräte sind weg!"

„Es war nicht anzunehmen, daß sie uns Waffen und Raumanzüge lassen würden. Ich bin gespannt, was der Aufmarsch zu bedeuten hat", sagte Rhodan.

Vor der ersten Reihe der Gefangenen, in unmittelbarer Nähe Rhodans, setzten die sechs Fahrzeuge auf. Luken öffneten sich und spien einen Strom bewaffneter Twonoser aus. Dieses Mal trugen die Fremden tödliche Strahlwaffen, wie Rhodan bald erkannte. Sie umklammerten sie mit den Greiffingern ihrer Rüssel. Dort, wo bei Menschen die Schultern waren, ragten bei den Twonosern zwei dünne, etwa fünfzig Zentimeter lange Arme aus dem Körper. An ihren Enden befanden sich – wie bei den Rüsseln – vier Greiffinger. Es war offensichtlich, daß die Rüssel die eigentlichen Handlungsgliedmaßen waren, während die dünnen Arme lediglich zu Feinarbeiten verwendet wurden. Die kräftigen Rüssel hatten das Aussehen von verdickten Wülsten und waren ungemein beweglich.

Die Masse der Twonoser formierte sich zu einem Halbkreis, der in Rhodans Richtung geöffnet war.

Dann trat ein unbewaffneter Rotrüssel vor.

Er trug ein kleines, kassettenförmiges Gerät in seinen Rüsselhänden. Rhodan vermutete, daß es sich um einen twonosischen Translator handelte. Die Twonoser hatten in den vergangenen Stunden genügend Gelegenheit gehabt, das an Bord der CREST gebräuchliche Interkosmo zu analysieren und ihre Translatoren entsprechend zu programmieren. Rhodans Vermutung bestätigte sich, als der Twonoser zu sprechen begann.

„Ich bin Aihik, der Chef der Raumüberwachung", schallte es aus dem Translator, „und ich möchte mit dem Kommandanten eurer Expedition sprechen."

Perry Rhodan erhob sich und klopfte imaginären Staub von seiner Kombination.

„Ich bin Rhodan. Ich protestiere gegen den Überfall auf unser Schiff und gegen die widerrechtliche Gefangennahme."

„Ich habe Sie nicht gebeten, zu protestieren, Rhodan", erwiderte Aihik. „Wir sind Ihnen keine Rechenschaft schuldig, denn Sie sind unerlaubt in unseren Wachbezirk eingeflogen. In Zukunft antworten Sie nur noch, wenn Sie dazu aufgefordert werden. Haben Sie verstanden, Rhodan?"

Drohendes Gemurmel erhob sich unter den Männern der CREST.

„Soll ich ihn zwischen meinen Fingern zerdrücken, Sir?" fragte Melbar Kasom grollend.

„Keine Unbesonnenheiten!" warnte Rhodan. Er hob seine Stimme. „Laßt euch nicht zu voreiligen Handlungen hinreißen, Männer!"

Der Twonoser vor Rhodan schien den Aufruhr gar nicht zur Kenntnis zu nehmen.

„Ich fragte, ob Sie mich verstanden haben, Rhodan ...!" sagte er.

Perry Rhodan zögerte. Aber dann siegte die Vernunft. Es hätte wenig Sinn, sich jetzt halsstarrig zu zeigen. Das würde nur die Fluchtchancen weiter verringern.

„Ich habe verstanden", sagte er ruhig.

„Das ist gut", erwiderte Aihik. „Ich will von Ihnen wissen, woher Sie kommen und was Sie hier im Sperrgebiet zu suchen hatten."

Perry Rhodan unterdrückte ein verächtliches Lachen. Der Twonoser machte es ihm sehr leicht. Offensichtlich fühlte sich sein Volk den Terranern ungeheuer überlegen. Anders war sein Verhalten und sein naives „Verhör" nicht zu erklären.

„Wir kommen von einem Randsystem der Insel", sagte er langsam. „Unser Volk hat die Raumfahrt entwickelt. Ich hoffe, daß wir damit unsere Reife bewiesen haben. Könnten wir sonst den Sprung über den Abgrund vollbracht haben?"

„Ich stelle fest, Sie sind noch rückständiger, als wir annahmen", entgegnete Aihik gleichmütig.

„Wir kennen die Raumfahrt schon seit fast zwei Generationen!" protestierte Rhodan mit gespielter Empörung.

„Was sind schon zwei Generationen?" sagte Aihik ruhig. „Seit unser Volk dieses Vorsystem der Großen Insel bewacht, kamen schon viele Raumschiffe primitiver Wesen, die eben erst die Raumfahrt entwickelt hatten. Wir dagegen sind länger hier, als wir zurückdenken können – und unser Volk ist nicht hier entstanden."

„Was ist mit den anderen geschehen?" wollte Rhodan wissen.

„Ihnen sind keine Fragen gestattet!" gab Aihik zurück. „Ich werde nur sagen, was mit Ihnen geschehen wird. Das zu beschließen, war schon ein schwieriges Problem für uns. Eigentlich können wir es unserer niedrigsten Kaste, den Weißrüsseln, nicht zumuten, Sie aufzunehmen. Sie besitzen ja nicht einmal einen einzigen Rüssel, Sie stehen also noch weit unter ihnen. Aber Sie sind zahlreich, darum hat schließlich der Nutzeffekt entschieden. Sie werden leben, aber hart arbeiten müssen. Die Weißrüssel sollen dann entscheiden, was mit Ihnen geschehen soll."

„Ach . . .?" sagte Kasom entrüstet. „Wir dürfen leben . . .! Sieh mal einer an!"

„Halten Sie sich zurück, Kasom!" sagte Rhodan ruhig.

Er wandte sich wieder dem Twonoser zu.

„In unserem Volk hat niemand das Recht, einen anderen aus egoistischen Gründen zu etwas zu zwingen, Aihik. Ich fordere unsere Freilassung und die Rückgabe aller Ausrüstungen und des Raumschiffes. Unser Volk besitzt nur das eine Fernraumschiff!"

„Abgelehnt!" erwiderte Aihik. „Wir kennen inzwischen Ihre Zeitrechnung. In zehn Stunden beginnt der Abtransport in die Etage der Weißrüssel. Sie haben jegliche Unruhe zu vermeiden und sich bereitzuhalten."

Aihik wandte sich um und ging zu einem der Fahrzeuge zurück. Der Kordon der Bewaffneten schloß sich hinter ihm.

Ohne die Gefangenen noch eines Blickes zu würdigen, bestiegen die Twonoser ihre Fahrzeuge und stiegen auf.

Melbar Kasom war außer sich.

„Wir hätten diese Rotrüssel überrennen können, Sir!" rief er zornbebend. „Ihre Strahlwaffen hätten ihnen nicht lange geholfen!"

„Und dann ...?" fragte Rhodan.

Er lächelte aufmunternd, als Kasom den Kopf senkte.

„Keine Sorge. Die Twonoser unterschätzen uns so gründlich, daß sie meine Aussage gar nicht bezweifelten. Wenn wir dafür sorgen, daß sie es weiterhin tun, haben wir gute Aussichten, sie zu überrumpeln."

„Ganz meine Meinung!" röhrte Tolot. „Ihr Terraner kennt da ein gutes Sprichwort. Es heißt: Es ist noch nicht aller Tage Abend."

„Der Haluter hat recht", sagte eine Stimme an Rhodans anderer Seite.

Rhodan fuhr herum – und blickte in die Gesichter der Woolver-Zwillinge.

Tronar Woolver lächelte.

„Das Gesellschaftssystem der Twonoser ist in drei Kasten gegliedert, Sir: die Rotrüssel, die Blaurüssel und die Weißrüssel. Wir haben ..."

„Sie haben uns eine große Neuigkeit mitgeteilt", warf Atlan mit ätzendem Spott ein. „Inzwischen haben die Twonoser uns in die unterste Kaste, die der Weißrüssel, eingestuft – obwohl wir noch nicht einmal Rüssel besitzen!"

Tronars Lächeln blieb.

„Einen größeren Gefallen konnten sie uns nicht tun, Lordadmiral."

Er berichtete, was sein Bruder und er ausgekundschaftet hatten.

Perry Rhodan nickte, als Tronar geendet hatte.

„Das war zu erwarten. Ein Kastensystem kann stets nur aufrechterhalten werden, wenn eine Kaste die andere unterdrückt und ausbeutet. In dieser Reihenfolge geht es dann fort bis zur niedrigsten Kaste."

Er lächelte.

„Ich danke Ihnen beiden. Sie haben uns sehr geholfen. Aber es ist nicht leicht, sich das Vertrauen der einen Kaste zu erwerben, vor allem dann nicht, wenn man zu einem ganz anderen Volk gehört. Die Ausnutzung der Gegensätze würde zudem viel Zeit beanspruchen."

Icho Tolot lachte wieder einmal. Der Haluter schien sich stets dann am meisten zu amüsieren, wenn die Gefahr am größten war.

„Falls Sie ein Kommandounternehmen vorhaben – ich bin dabei."

„Können Sie Gedanken lesen?" fragte John Marshall erstaunt. Er blickte Rhodan an. „Er denkt an die gleiche Möglichkeit wie Sie, Sir."

„Sie wissen, daß ich kein Telepath bin, Marshall", sagte Tolot. „Außerdem habe ich Sie absichtlich in meinen Gedanken lesen lassen. Sie sollten erkennen, daß logisches Denken stets zu den gleichen Schlußfolgerungen führt."

„Ja, ich habe ein Kommandounternehmen vor!" sagte Rhodan gepreßt. „Es wird kein risikoloses Unternehmen sein. Aber wir müssen alle Möglichkeiten ausschöpfen. Wir können nicht warten, bis uns der Zufall hilft."

„Endlich siehst du es ein, Barbar", spöttelte Atlan. „Die Ereignisse ‚draußen' gehen weiter, ob du dabei bist oder nicht. Aber deine Leute werden scheitern, wenn du nicht rechtzeitig zurückkehrst. Darum betrachte ich unsere Gefangennahme als Unglück."

„Es gibt genug Männer, die mein Werk fortführen können, Arkonide", entgegnete Rhodan gelassen. „Natürlich gäbe es eine gewisse Verwirrung und kleinere Rückschläge. Aber die Lage würde sich ziemlich schnell wieder stabilisieren."

Rhodan blickte sich suchend um.

„Kasom!" sagte er. „Ich suche einen jungen Kosmonautenanwärter, einen gewissen Leutnant Eyseman. Sehen Sie nach, wo er sich befindet, und bringen Sie ihn auf dem schnellsten Wege hierher!"

5.

Zehn Minuten später stand Finch Eyseman vor Perry Rhodan.

Rhodan lächelte freundlich.

„Leutnant Eyseman, ich suche einen tüchtigen Mann, der Icho Tolot und mich in die CREST begleitet und ..."

„Nehmen Sie mich, Sir!" rief Finch spontan. „Ich bitte darum", fügte er hinzu.

„Vielen Dank, Leutnant. Aber ich befehle Ihnen die Teilnahme nicht. Es handelt sich um ein Kommandounternehmen, das uns Kopf und Kragen kosten kann. Sie können ablehnen, ohne daß Ihnen das jemand verübeln würde."

„Sir!" rief Finch und errötete erneut. „Als ich mich zur Flotte meldete, wußte ich, daß hier keine Gurken spazierengefahren werden. Und außerdem: Wenn Sie und Tolot teilnehmen, kann ja gar nichts passieren!"

„So naiv möchte ich auch noch einmal sein können!" Atlan seufzte resigniert.

Rhodan lächelte.

„Sie haben den Lordadmiral gehört, Eyseman. Er hat recht. Die CREST wurde gekapert – und ich war dabei. Es wäre ein Trugschluß, mich für unfehlbar halten zu wollen."

„Bitte, nehmen Sie mich mit", erwiderte Eyseman.

„Gut!" Perry Rhodan wurde ernst. „Dann hören Sie mir bitte genau zu . . .!"

Eine halbe Stunde später formierten sich die Männer der CREST II zu einem weiten Kreis. Die Peripherie des Kreises dehnte sich aus, während die Männer einer hinter dem anderen marschierten und dabei sangen. Rhodan, Tolot und Finch hielten sich unauffällig in der Reihe und marschierten mit.

Es vergingen zehn Minuten in banger Erwartung. Niemand wußte, wie die Twonoser reagieren würden. Aber offenbar sahen sie weder in dem Marsch noch in dem rauhen Gesang eine Gefahr.

Als Perry Rhodan, Tolot und Eyseman zum zweitenmal unter der Wölbung der CREST II hindurchmarschierten, scherten sie unauffällig aus der Reihe aus. Hinter ihnen schloß sich die Lücke sofort wieder.

Schnell huschten die beiden Männer und Tolot zu der Stelle, an der sich einer der getarnten Notausgänge befand. Rhodan hoffte dabei, die Twonoser möchten den Ausgang noch nicht von innen entdeckt haben, denn dann würden sie geradewegs einer Wache in die Arme laufen.

Er schöpfte Hoffnung, als er das Schleusenluk verriegelt fand. Alle von den Twonosern entdeckten Ein- und Ausgänge standen offen, folglich hatten sie diesen Ausgang noch nicht gefunden.

Er nickte Tolot zu.

Der Haluter packte den außen angebrachten Montagebügel. Derartige Bügel befanden sich an jedem Schott und jedem Luk des Schiffes. Sie waren für den Fall gedacht, daß man bei Havarien auch total verklemmte und unbrauchbare Luken mit mechanischen Mitteln von außen öffnen konnte. Entsprechend stabil waren die Montagebügel gearbeitet.

Icho Tolot stemmte die kurzen Säulenbeine gegen den Boden, während die Greifarme an dem Bügel zogen.

Nach einer Sekunde löste sich das Luk aus den mechanischen Verankerungen – allerdings mit lautem Knirschen und Krachen.

„Schnell!" grollte Tolot.

Rhodan und Finch zogen sich an der Unterkante des Notausgangs hoch und liefen einige Schritte vor. Tolot kletterte hinterher, ohne den Lukendeckel loszulassen. Von innen lehnte er ihn so gegen die herausgerissenen und verbogenen Halterungen, daß jemand schon sehr genau hinsehen mußte, um die Beschädigung von außen zu entdecken.

Eine Weile lauschten sie alle drei.

Als sich nichts rührte, begannen sie ihren Marsch in das Schiff.

Die Gänge des untersten Decks wirkten verlassen. Nur von weit her drang unablässiges Scharren, Poltern und Zischen an ihre Ohren.

„Sie werden uns noch unser Schiff ruinieren!" schimpfte Rhodan.

Icho Tolot lachte unterdrückt.

„Augenblicklich betrachten sie es als ihr Eigentum. Sie können ja nicht ahnen, daß wir es bald wieder benutzen wollen."

„Immerhin haben sie die Energieversorgung nicht wieder aktiviert", sagte Finch. „Dadurch wird sich der Schaden in Grenzen halten."

„Sie haben Humor!" erwiderte Rhodan. „Ich wollte, sie würden die Energieanlagen aktivieren. Dann könnten wir uns aus dem Innern des Mobys herausschießen."

„Nur, damit sie uns dann erneut die Energie abzapfen?" fragte Tolot.

Rhodan hob die Schultern.

„Vielleicht auch nicht. Es käme darauf an, wieweit ihr Laderstrahl reicht. Ich habe so die Ahnung, als wären wir nur durch unseren Leichtsinn in diese Lage geraten. Wir befanden uns genau fünftausend Kilometer von dem toten Moby entfernt, als der Überfall begann. Logischerweise müßte dort auch die Wirkungsgrenze des Laderstrahls liegen. Falls eine Flucht schnell und überraschend genug vor sich geht, befinden wir uns außerhalb ihrer Reichweite, bevor sie begreifen, was geschehen ist."

„Zukunftsmusik", sagte Tolot. „Vorerst sollten wir versuchen, unbemerkt einen der ‚Oldtimer' startklar zu machen und damit zu fliehen. Leider kommen wir mit einem Düsenflugzeug nicht weg."

„Es genügt, wenn wir die Oberfläche erreichen", erwiderte Rhodan. „Die Atmosphäre ist dicht genug, daß sie das Flugzeug trägt. Dann sehen wir weiter."

„Sir ...!" flüsterte Finch.

Rhodan und Tolot blickten den Leutnant an.

„Geräusche!" Finch deutete mit der Hand in den Gang hinein.

Im nächsten Augenblick vernahmen auch Rhodan und Tolot das schwache Scharren voraus.

„Das ist im Oldtimerhangar", stellte Rhodan fest. „Von jetzt ab herrscht völlige Ruhe. Offenbar untersuchen die Twonoser unsere Düsenjäger." Er lachte leise. „Danach werden sie uns für noch primitiver halten als bisher."

Vorsichtig schlichen sie weiter. Icho Tolot übernahm die Spitze. Da sie keine Waffen mehr besaßen, mußte der Haluter im Notfall das Feuer der Twonoser auf sich ziehen. Ihm konnte dabei nichts geschehen. In dieser Beziehung hatten die Twonoser etwas versäumt. Sie hatten, ohne es zu ahnen, den Terranern eine sehr wirkungsvolle Waffe gelassen – die relative Unverwundbarkeit einer lebenden Kampfmaschine!

Die Tür zum Oldtimerhangar stand offen.

Die Männer und Tolot legten sich auf den Boden und spähten in das rötliche Zwielicht. Immer noch wurden die Räume des Schiffes nur durch die chemischen Notlampen erhellt.

„Zwei Twonoser", sagte Tolot, bevor Rhodan und Finch auch nur das geringste erkannt hatten. Wieder einmal beneidete Rhodan den Haluter um seine Fähigkeit, im infraroten Strahlungsbereich sehen zu können.

„Sie bewachen die Flugzeuge", fuhr Tolot fort. „Das Scharren kommt von ihren Füßen."

„Wir müssen sie überwältigen", sagte Rhodan. „Tolot, können Sie die beiden Twonoser unschädlich machen, ohne sie zu töten?"

Tolot grunzte.

„Das ist das, was ich an euch Terranern immer wieder bewundere. Ihr tötet andere intelligente Wesen nicht ohne zwingende Not. Ich frage mich, ob die Twonoser das zu würdigen wissen."

„Darauf kommt es nicht an!" entgegnete Rhodan. „Sie haben meine Frage noch nicht beantwortet."

Der Haluter knurrte nur verächtlich – dann stürmte er los.

Rhodan und Finch erkannten die beiden Twonoser erst, als Icho Tolot wie ein abstürzender Fels über sie herfiel. Sie waren viel zu überrascht, um Widerstand zu leisten.

Perry Rhodan lief in den Hangar, auf eine der nächsten Maschinen zu. Finch folgte ihm lautlos. Der Haluter begegnete ihnen auf halbem Wege.

„Ich habe sie in die Kanzel einer Maschine gesperrt", flüsterte er.

Perry Rhodan nickte nur.

Äußerlich war das Düsenflugzeug in Ordnung, aber das besagte bei den Maschinen dieses Typs überhaupt nichts. Die Fehlerquellen waren hier zahlreicher als bei einem modernen Raumjäger. Dafür hatten die Flugzeuge vom Typ F-913 G den unschätzbaren Vorteil, nicht auf die Verwendung atomarer Energie angewiesen zu sein. Die elektrische Anlage wurde von Ionenbatterien gespeist. Angetrieben wurden sie von Hybrid-Triebwerken, einer gelungenen Mischung aus Flüssigkeitsaggregaten auf Kerosinbasis mit Oxydator und Feststoffraketen für zusätzliche Steigleistungen. Aber sie mußten, im Gegensatz zu atomaren Triebwerken, vor jedem Start gründlich kontrolliert werden. Es handelte sich um denselben Flugzeugtyp, der bereits auf Horror zum Einsatz gekommen war. Allerdings hatte man die technischen Einrichtungen der Flugzeuge, aufgrund der Erfahrungen auf Horror, in einigen wichtigen Bereichen verbessert.

Perry Rhodan zwängte sich auf den Sitz für den Flugkapitän, nachdem er das Kanzeldach nach hinten geschoben hatte. Finch nahm im Kopilotensitz Platz, und Tolot klappte den dritten Sitz zusammen, damit er Platz für seinen gigantischen Körper hatte.

Grünliches Leuchten erfüllte die Kanzel, als Rhodan die Instrumentenbrettbeleuchtung einschaltete. Finch lehnte sich zurück und musterte die Schalttafel an der Cockpitdecke. Im Hintergrund hatte Icho Tolot die Inspektionsklappe für Gerätewartung geöffnet und streckte seinen rechten Brustarm zur Hälfte hinein. Behutsamer als ein menschlicher Inspekteur und mit bedeutend mehr Fingerspitzengefühl tastete er über die Kabelverbindungen.

Keiner von ihnen bemerkte den einzelnen Twonoser, der den Hangar betreten hatte . . .

Zufälle wirken oft entscheidender als geplante Ereignisse. Der Kommandant eines Raumschiffes konnte beispielsweise mit der Absicht gestartet sein, einen bestimmten bekannten Planeten anzufliegen, um dort Fracht aufzunehmen. Die Instrumente brauchten bloß ein wenig über das normale Maß abzuweichen, und schon befände sich das Schiff plötzlich in einem anderen Raumsektor. Um sich zu orientieren, stellte der Kommandant Messungen über die Strahlungsleistung der Sonne und die Beschaffenheit ihrer Planeten an. Auf diese rein zufällige Weise konnte ein noch unbekanntes Volk manchmal schneller entdeckt werden als durch die planmäßige Suche Hunderter von Forschungskreuzern.

Der Zufall, der über den Erfolg von Perry Rhodans Kommandounternehmen entschied, war bedeutend profanerer Natur.

Twonoser waren organische Lebewesen. Als solche unterliegt ihr Organismus im Prinzip den gleichen Bedürfnissen wie der eines Menschen. Der Twonoser, der jetzt im Hangar stand und vergeblich nach den Genossen Ausschau hielt, die er für kurze Zeit verlassen hatte, ahnte noch nichts davon, daß er Schicksal spielen sollte.

Er entdeckte nur den mattgrünlichen Schimmer, der durch das Kanzeldach einer der seltsamen Flugmaschinen drang. In der Meinung, seine Artgenossen würden das Innere der Maschinen untersuchen, schlenderte er mit scharrenden Schritten darauf zu.

Er war noch völlig arglos, als er auf die gepfeilte Tragfläche kletterte. Doch als er dann geradewegs in die rotglühenden Augen eines Ungeheuers blickte, packte ihn kaltes Entsetzen.

Er fiel rücklings von der Tragfläche und begann zu schreien.

Icho Tolot war nicht weniger überrascht gewesen als der Twonoser. Er erfaßte die Lage jedoch bedeutend schneller. Mit einem Ruck riß er das geschlossene Kanzeldach zurück und rollte sich über den Kanzelrand. Er stürzte genau auf den erschrockenen Twonoser.

Der Rotrüssel starb allein durch die Wucht des Aufpralls.

Das Unglück wollte es nur, daß er vorher noch – sei es versehentlich oder mit Absicht – den Feuerknopf seiner Strahlwaffe eindrückte.

Die Entladung erzeugte in der geräumigen Hangarhalle ein dröhnendes Echo.

Perry Rhodan beugte sich mit blassem Gesicht aus der Kanzel.

„Los, Tolot! Steigen Sie ein. Wir starten!"

Die Radarnase schwenkte nach oben, während Tolot sich in die Kanzel zurückzwängte. Perry Rhodan umklammerte die Steuersäule so fest, daß die Knöchel seiner Hände weiß hervortraten. Die hydraulischen Pumpen begannen zu rumoren und schwenkten die Triebwerke an den Flügelenden herum.

Wie eine Explosion setzten die Triebwerke ein. Der Oldimer stieg senkrecht nach oben, noch während sich das Kanzeldach schloß.

Perry Rhodan war den Twonosern dankbar, daß sie alle entdeckten Öffnungen der CREST II offengelassen hatten. Er stabilisierte die Fluglage durch Betätigung der Ruderpedale, dann ließ er die Triebwerke langsam in die Horizontale einschwenken, während er den Schub in gleichem Maße erhöhte.

Unwillkürlich zog er den Kopf ein, als die Hangaröffnung scheinbar auf ihn zuschoß – dann waren sie im Freien!

„Nach oben!" schrie Tolot. „Von dort sind die Gleiter der Rotrüssel gekommen."

Perry Rhodan nickte und zog die Steuersäule an den Leib. Die zerklüftete Kuppeldecke des Moby-Magens erschien auf dem Radarbildschirm. Rhodan biß die Zähne zusammen und hielt darauf zu. Die Magenhalle war zwar gewaltig, wenn man bedachte, daß ein anderthalb Kilometer durchmessendes Superschlachtschiff mitsamt den Zusatztriebwerken ziemlich verloren darin wirkte, aber die Triebwerke des Oldtimers entwickelten einen phantastischen Schub. Wenn nicht bald eine der Öffnungen auftauchte, mußte das Flugzeug an der Decke zerschellen.

Endlich tauchten mehr als ein Dutzend schwarzer Flecke auf dem Radarbildschirm auf. Ihre Ränder glühten in grünlichem Licht, ein Zeichen dafür, daß dort energetisch arbeitende Verschluß- und Öffnungsmechanismen eingebaut waren.

Perry Rhodan hoffte nur, daß sich die Öffnungen nicht gerade dann schlossen, wenn sie durch eine von ihnen hindurchflogen.

Doch es kam anders.

Sie befanden sich noch etwa einen halben Kilometer von der gesuchten Öffnung entfernt, als aus allen Öffnungen zugleich die roten Gleiter der Twonoser fielen. Sie stürzten heraus wie ein aufgestörter Bienenschwarm aus den Schlupflöchern seines Baues.

Perry Rhodan zog die Maschine in eine enge Rechtskurve. Aber die Geschwindigkeit war bereits zu groß. Bevor er sich versah, befanden sie sich mitten in einem Gleiterschwarm.

Schweißüberströmt führte Rhodan verzweifelte Ruderbewegungen aus, um einen Zusammenstoß zu vermeiden. Vielleicht hätte er versucht, sich durch die Gleiter hindurchzuschießen – aber unten am Grund der Halle standen die Männer der CREST...

Und dann begannen die Twonoser, das Düsenflugzeug systematisch zu zerschießen...

Sie hatten alle beide mit ihrem Leben abgeschlossen, Rhodan und Finch. Einen Absturz würde nur der Haluter überstehen.

Der Rumpf des Oldtimers war zerfetzt, die Tragflächen begannen sich allmählich aufzulösen. Den Twonosern schien es fast Spaß zu machen, die Flüchtlinge nicht sofort zu vernichten, wozu sie ohne weiteres in der Lage gewesen wären. Als sie ihren Beschuß einstellten, geschah das offensichtlich in der Gewißheit, die Maschine würde ohnehin am Boden zerschellen.

Perry Rhodan machte ihnen einen Strich durch die Rechnung.

Er gab nicht auf, obwohl die Lage hoffnungslos erschien. Er konzentrierte sich ganz auf die Aufgabe, die Schlingerbewegungen des Oldtimers auszugleichen und den Sturz zu mildern.

Als der Boden auf ihn zuschoß, brachte Rhodan es fertig, die Maschine ein letztes Mal hochzuziehen.

Es gab einen fürchterlichen Krach, als das Heck aufschlug.

Alle warteten mit angehaltenem Atem auf die Explosion.

Doch das Wunder geschah. Der Treibstoff entzündete sich nicht. Aber weder Perry Rhodan noch Finch Eyseman konnten Notiz davon nehmen. Sie wurden derartig in ihren Anschnallgurten hin- und hergeschleudert, daß sie bewußtlos waren, bevor die Maschine endgültig stillstand.

Als sie wieder zu sich kamen, hingen sie unter Tolots Armen.

Perry Rhodan bewegte sich, und der Haluter stellte ihn behutsam auf die Beine. Auch Finch konnte wieder gehen.

Rhodan blickte zurück auf den Trümmerhaufen, der einmal eine F-913 G gewesen war. Seine Augen wirkten stumpf und glanzlos.

„Pech gehabt“, sagte Tolot.

Rhodan lachte rauh. Seine Stimmbänder wollten ihm nicht mehr gehorchen. Erst als er die mechanisch unbeteiligte Stimme eines Translatorgerätes vernahm, kam wieder Leben in seine Augen.

Finster betrachtete er den Twonoser, der zwischen sechs Bewaffneten auf sie zukam.

„Sie sollten es aufgeben“, sagte die Translatorstimme. „Es wäre nicht gut für Sie, wenn Sie uns noch mehr Unannehmlichkeiten bereiten würden.“

Perry Rhodan lachte bitter.

Unannehmlichkeiten hatte der Twonoser gesagt! Das zeugte von einer unglaublichen Hochnäsigkeit. Dachten diese Rotrüssel, die Terraner würden sich tatsächlich mit ihrer Gefangenschaft abfinden?

„Aihik . . .?“ fragte er.

„Ja, ich bin Aihik. Und Sie scheinen Rhodan, der Anführer jener Primitivlinge, zu sein . . .?“

Perry Rhodan mußte sich beherrschen, um dem anderen nichts von der wahren Stärke des Solaren Imperiums zu verraten.

„Ich bin Rhodan“, erwiderte er lahm.

„Wir sollten Sie in den nächsten Konverter werfen“, sagte Aihik. „Aber vielleicht finden die Weißrüssel eine nützliche Beschäftigung für Sie, obwohl Sie noch weit unter ihnen stehen.“

Perry Rhodan sagte nichts darauf. Mit grimmigem Gesicht stapfte er neben Tolot und Finch einher. Die Eskorte trieb sie zurück zu dem Platz, an dem die Männer der CREST warteten – um eine Hoffnung ärmer.

Die Männer waren in Viererreihen angetreten. Marshall hatte inzwischen herausgefunden, daß der Laderstrahl tatsächlich nur etwa 5000 Kilometer weit in den Raum reichte.

Perry Rhodan musterte die verkniffenen und finsteren, resignierenden und zornigen Gesichter seiner Leute. Er sah, wie manche von ihnen die Fäuste hoben, wenn die Twonoser sie mit lässigem Schwenken ihrer Strahlwaffen dichter zusammentrieben.

„Wie eine Herde Vieh!" meinte er verzweifelt.

„Was hattest du anderes erwartet, Barbar?" fragte Atlan.

Rhodan lachte zornig auf.

„Wenn die Twonoser uns gegenüber feindschaftliche Gefühle zeigten, wenn sie wütend wären auf uns, wäre alles nur halb so schlimm. So aber behandeln sie uns mit einer Gleichgültigkeit, die auf die Nerven geht."

Atlan lächelte verstehend.

„Man schenkt den stolzen Terranern nicht die gebührende Beachtung, wie? Wann begreift ihr kleinen Barbaren endlich, wie nichtig ihr innerhalb des Universums seid?"

Perry Rhodan sprang plötzlich aus der Reihe. Er stellte sich schützend vor einen ergrauten Sergeanten, der einen vorübergehenden Twonoser getreten hatte und nun mit dem Strahler bedroht wurde. Zwei Leutnants hielten den tobenden Sergeanten fest.

Der Twonoser schaute mit seinem großen Facettenauge eine Weile auf Rhodan, dann senkte er den Lauf seiner Waffe und schlurfte gleichmütig weiter.

„Verfluchte Bestien!" schrie der Sergeant. „Sie behandeln uns wie einen Dreck!"

Perry Rhodan wandte sich um und blickte dem Mann in die Augen.

„Sie sind immer noch Angehöriger der Raumflotte des Imperiums, Sergeant", sagte er ruhig. „Ich kann Sie verstehen, aber ich verlange auch Ruhe und Besonnenheit."

„Bringen Sie uns hier heraus, Sir!" Der Sergeant begann am ganzen Leibe zu zittern. „Wissen Sie auch, wo wir sind? In der Magenhalle eines toten Mobys, Sir!"

„Ich verspreche Ihnen, daß ich Sie wieder hinausführen werde", sagte Rhodan ernst. „Aber das kann ich nicht ohne Ihre Unterstützung."

Rhodans Gesicht wirkte wie versteinert. Innerlich fror er.

„Warten wir ab", grollte Tolots tiefes Organ. „Schließlich sind unsere Möglichkeiten noch lange nicht erschöpft."

In Rhodans Gesicht zuckte kein Muskel.

Atlan seufzte.

„Nun mach bloß nicht schlapp, Perry! Das hier ist erst der Anfang. Er wird gar nichts sein gegen das, was wir noch durchzumachen haben. Wo bleibt dein Stolz, Barbar?"

Schrille Kommandos ertönten. Das twonosische Begleitkommando feuerte einige Schüsse in die Luft.

Langsam, zögernd, setzte die Kolonne der zweitausend Mann sich in Bewegung, trat den Marsch ins Ungewisse an.

Doch dieser Marsch dauerte nicht sehr lange. Nachdem sie den riesigen Raum, in der die CREST gelandet wurde, verlassen hatten, fanden sie sich in einem anderen Gewölbe wieder, das jedoch erheblich kleiner war.

Perry Rhodan, der gemeinsam mit Atlan, Kasom, Marshall und Tolot an der Spitze ging, erkannte, daß sie in einer Art Bahnhofshalle angekommen waren. In der Mitte der Halle befanden sich einige Gebäude und ein Schienenstrang, der sich in irgendeiner Öffnung im Hintergrund des Gewölbes verlor. Vor den Bahnhofsgebäuden stand ein raupenartiges, langes Fahrzeug auf den Schienen, bei dem es sich zweifelslos um einen Zug handelte. Die einzelnen Elemente des Zuges waren gelenkartig aneinander gekoppelt.

Die Twonoser trieben die zweitausend Terraner auf den Bahnhof zu. Nachdem die Kolonne zum Stehen kam, erschien Aihik und baute sich vor Rhodan auf.

„Sie werden jetzt mit ihren Leuten den Interkastenzug besteigen", kam es aus dem Translator. „Dieser wird Sie an ihren Bestimmungsort, in den Lebensbereich der Weißrüssel bringen."

Ohne eine Antwort abzuwarten, machte der Rotrüssel kehrt und verschwand. Statt dessen erschienen plötzlich mehr als einhundert schwerbewaffnete Blaurüssel und trieben die Terraner in den bereitstehenden Zug. Es war offensichtlich, daß die Bewachung der Terraner nun den Blaurüsseln übertragen wurde. John Marshall konnte aus den Gedankeninhalten der Twonoser entnehmen, daß lediglich ein Dutzend Rotrüssel – als oberste Instanz – diese Reise mitmachen würden, während die reine Bewachungsfunktion den Blauen zufiel. Aihik würde, das stand fest, diese Fahrt nicht mitmachen.

Die Wächter mußten die Terraner mit vorgehaltenen Waffen in die Wagen treiben. Es kam dabei wiederholt zu Zwischenfällen, weil sich einige Besatzungsmitglieder weigerten, den Befehlen der Twonoser nachzukommen.

Doch nach knapp einer Stunde war der letzte Terraner im Zug verschwunden. Er setzte sich in Bewegung.

6.

„Es ist immer das gleiche Problem", sagte Rhodan nachdenklich. „Es kommt darauf an, daß wir die Mentalität dieses fremden Volkes verstehen und es gleichzeitig dazu bringen, *uns* zu verstehen."

„Ich kann Ihnen genug über die Mentalität der Twonoser sagen", murmelte Kasom von seinem Sitz aus. „Sie sind borniert, eingebildet und arrogant."

„Diese Haltung resultiert aus einer gewissen Gleichgültigkeit", stellte Atlan fest. „Die Twonoser halten uns für primitiv. Nach ihrer Meinung stellen wir keine Bedrohung dar. Dieser Eindruck wird jedoch verschwinden, wenn sie die Anlagen der CREST einer genauen Untersuchung unterzogen haben. Spätestens zu diesem Zeitpunkt werden sie feststellen, wie es mit unserer angeblichen Primitivität tatsächlich bestellt ist. Was dann passiert, wage ich nicht auszudenken. Wir müssen daher versuchen, bereits vorher die Situation zu unseren Gunsten zu verändern, zumal außerdem noch die Gefahr besteht, daß unser Schiff demontiert wird."

„Du hast recht, Atlan", erwiderte Rhodan. „Dennoch glaube ich, daß die Rotrüssel auch nach genauer Untersuchung der CREST von ihrer Meinung, es mit Primitiven zu tun zu haben, nicht abweichen werden. Selbst wenn sich herausstellen sollte, daß unsere Technik der ihren zumindest ebenbürtig, vielleicht sogar überlegen ist, werden sie aufgrund ihrer Mentalität von der bereits einmal gefaßten Einschätzung nicht mehr abweichen. Sie werden sich uns dennoch überlegen fühlen.

Weitaus mehr Sorgen macht mir das Schicksal unseres Schiffes. Es wäre tatsächlich fatal, wenn sie die CREST zerlegten. Ich kann nur hoffen, daß sie damit noch einige Zeit warten werden, um direkte Objektforschung betreiben zu können."

Atlan zog es vor zu schweigen. Rhodan lehnte sich weit in seinem Sitz zurück und beschäftigte sich mit seinen Gedanken.

Er schätzte, daß der Zug mit einer Geschwindigkeit von über 200 Stundenkilometern durch die serpentinenförmigen Rohrbahnen raste. Wenn man aus dem Fenster blickte, sah man ab und zu ein Licht aufblitzen. Alle Abteile waren beleuchtet. Rhodan hoffte, daß sich die Männer in den hinteren Wagen ruhig verhielten.

Seit sie den Zug bestiegen hatten, waren etliche Stunden vergangen. In dieser Zeit war der Zug ohne Zwischenhalt durch die phantastische Innenwelt des Mobys gerast. Marshall hatte inzwischen herausgefunden, daß das Ziel ihrer Reise die Bauchetage des Riesen war, wo die Weißrüssel, die als A-Kaste galten, lebten. Es stand fest, daß sich die vornehmste Kaste der Twonoser, die Rotrüssel oder C-Kaste in der Rückenetage niedergelassen hatte, in der sich auch die CREST befand, während die Mitteletage den Blaurüsseln als Lebensraum diente. Die Blaurüssel – oder B-Kaste – waren fast ausnahmslos Soldaten. Nach allem, was man bisher wußte, war dies nicht nur in diesem Moby der Fall, sondern galt für die gesamte Zivilisation der Twonoser, die auf den verschiedensten Planeten Andro-Betas beheimatet waren. Warum sich ein Teil dieses Volkes gerade einen Moby als Lebensraum ausgesucht hatte, konnte nicht in Erfahrung gebracht werden.

Die Lage der Terraner war alles andere als rosig, aber dennoch nicht hoffnungslos, dachte Rhodan. Seine Behauptung, daß sie aus einem Randsystem Andromedas kamen, war von den Twonosern anscheinend anstandslos akzeptiert worden. Kein Twonoser hatte bisher den Versuch unternommen, irgendeinen Terraner einem genauen Verhör zu unterziehen. Auch der Umstand, daß sich unter der Besatzung der CREST Wesen aufhielten, die sichtlich anderer Abstammung waren, hatte keinen Verdacht erregt.

Möglicherweise gehörten die Moby-Twonoser aber nur der zweiten oder dritten Verteidigungslinie an, so daß sie mit der Bewachung Andro-Betas nur am Rande befaßt waren. Auch Marshall konnte dies nicht eindeutig klären.

Rhodan konnte es nur recht sein, zeigte es doch, daß das Unternehmen, das am 2. 7. 2402 im Schrotschuß-Transmitter begonnen hatte, noch unentdeckt geblieben war. Wenn die Rotrüssel darauf verzichteten, ihre Gefangenen einem Verhör zu unterziehen, so würden auch die Weißrüssel kaum etwas in dieser Richtung unternehmen. Sie würden die von oberster Instanz attestierte Harmlosigkeit der Gefangenen zur Kenntnis nehmen. Die Gefahr einer vorzeitigen Entdeckung terranischer Eindringlinge in Andro-Beta war zumindest für den Augenblick gebannt. In dieser Hinsicht konnte man vorerst beruhigt sein.

Weit beunruhigender war jedoch die Ungewißheit, was sie am Ziel ihrer Reise tatsächlich erwarten würde. Aihik hatte zwar davon gesprochen, daß ihr Leben vorerst nicht in Gefahr war und die Weißrüssel über ihr Schicksal entscheiden würden. Wie diese Zukunft aussehen mochte, war jedoch unbekannt.

Doch Rhodan war davon überzeugt, daß sich irgendwann eine Situation ergeben würde, die man zur Flucht nützen konnte – ehe ihr Schicksal endgültig besiegelt war. Hatte er anfangs die Möglichkeit, die Gegensätze zwischen den Kasten der Twonoser auszunützen, noch beiseite geschoben, so wurde ihm nun klar, daß dies möglicherweise ihre einzige Chance war. Aber noch war es zu früh, konkrete Fluchtpläne zu schmieden. Vorerst konnten sie angesichts der schwerbewaffneten Bewachung nichts tun. Sie mußten abwarten und sehen, welche Verhältnisse man in der Bauchetage vorfinden würde. Dennoch war es Rhodan klar, daß sie nicht unbeschränkt Zeit zur Verfügung hatten. Abgesehen von der Gefahr, daß die CREST inzwischen demoniert wurde, würde in wenigen Wochen die Nachschubflotte vor Andro-Beta eintreffen. Bis dahin mußte die CREST frei sein, um sie in Empfang zu nehmen.

Rhodan blickte sich im Zugabteil um. Außer ihm befanden sich noch Atlan, Melbar Kasom, John Marshall, Icho Tolot und Kendall Baynes, ein junger Fähnrich aus der technischen Abteilung des F-Decks der CREST, im Raum.

Kendall Baynes war zweiundzwanzig Jahre alt, groß, schlank und hatte blonde Haare und blaue Augen. Ihm eilte der Ruf eines rechthaberischen, arroganten, zur Unbesonnenheit neigenden Mannes voraus, was ihm unter seinen Kameraden den „Kosenamen" Lord verliehen hatte. Zudem besaß er die Eigenschaft, bei jeder sich bietenden Gelegenheit auf seiner Mundharmonika – die ihm von den Twonosern belassen wurde – zu spielen. Dabei trug er stets nur drei Musikstücken vor, die er in abwechselnder Folge zum besten gab: *Summertime, Rhapsodie in Blue* und *Blue Heaven.*

Während der vergangenen Stunden hatte Baynes wiederholt gefordert, etwas gegen den unwürdigen Zustand der Gefangenschaft zu unternehmen und war von Rhodan jedesmal abgewiesen worden. Der Gedanke, daß weitere hundert Männer von Baynes Art in den verschiedenen Wagen verteilt waren, ließ Rhodan die Zukunftsaussichten nicht gerade positiver erscheinen. Er hoffte nur, daß die erfahreneren Männer diese Hitzköpfe rechtzeitig zügelten.

„Der Zug wird langsamer!“ rief Kasom plötzlich.

Die Sessel kippten in ihre Normallage zurück, als der Zug in eine lange Gerade einfuhr und aus dem Adernsystem des Mobys herauskam. Durch das Fenster fiel Licht von einer künstlichen Sonne herein. Rhodan blickte hinaus.

Offenbar fuhren sie in eine riesige Halle ein. Rhodan schaute auf eine hügelige Landschaft, in der in unregelmäßigen Abständen kleinere Häuser standen. Unmittelbar neben dem Schienenstrang tauchten langgestreckte Gebäude auf. Rhodan vermutete, daß es sich um Lagerhallen handelte. Gleich darauf sah er die Angehörigen der B-Kaste. Sie unterschieden sich körperlich nicht von den Rotrüsseln. Nur waren ihre Rüssel blau lackiert.

Nur wenige Twonoser schienen den Zug für so interessant zu halten, daß sie ihm einen Blick schenkten. Rhodan ahnte, daß die Bewohner der mittleren Mobyetage nicht weniger eingebildet waren als die Rotrüssel.

Der Zug hielt neben einer beleuchteten Rampe. Einer der Wächter trat ins Abteil.

„Wir haben einen kurzen Aufenthalt. Der Zug wird mit Gütern beladen. Bleiben Sie auf Ihren Plätzen.“ Der Twonoser sprach langsam, als habe er Kinder vor sich, denen man alles gründlich erklären müßte.

„Warum werden keine Erfrischungen gereicht?“ fragte Kasom ironisch. Er erhob sich und winkte einem der Aufseher zu. „Mein Magen knurrt, mein Freund“, sagte er.

„Setzen Sie sich, Kasom“, sagte Atlan.

„Ich habe Hunger“, erklärte der Ertruser nachdrücklich. Ich gehöre nicht zu den begnadeten Menschen, die tagelang fasten können.“

„Bisher wurden wir ausreichend verpflegt", sagte Atlan. „Machen Sie also keinen Unsinn."

Widerstrebend nahm Kasom wieder Platz. Vor dem Zug versammelten sich immer mehr Blaurüssel. Sie schauten zum Fenster herein und machten verächtliche Gesten.

Rhodan kümmerte sich nicht um die Blaurüssel, sondern versuchte, Einzelheiten der Bahnhofsumgebung zu erkennen.

Von den Lagerhallen führten beleuchtete Straßen zu den Gebäuden in der Hügellandschaft. Weit im Hintergrund glaubte Rhodan mehrere Torbogen zu erkennen, die in andere Hallen mündeten. In der Mitteletage gab es sicher unzählige solcher Hallen. Es war schwer zu sagen, wieviel Blaurüssel in diesem Teil des Mobys lebten. Man konnte nicht von dieser Halle auf die gesamte Mitteletage schließen.

Der Zug schien automatisch gesteuert zu werden. Rhodan konnte weder einen Motorwagen noch irgendwelche Triebwerke erkennen. Wahrscheinlich bezog der Zug seine Energie von der einzigen Schiene. Es war eine großartige Arbeitsleistung der Twonoser, durch das Adernsystem des Mobys diese Bahn zu leiten. Möglicherweise gab es noch weitere Verbindungslinien zwischen einzelnen Etagen. Rhodan war überzeugt davon, daß außer den Zügen noch andere Transportmöglichkeiten existierten.

Die Twonoser hatten den Moby für ihre Zwecke eingerichtet und lebten in ihm wie andere Völker auf ihren Planeten. Der Moby und seine Bewohner bildeten einen sichtbaren Beweis für die Zähigkeit des twonosischen Volkes. Die Rüsselwesen konnten auf das, was sie hier geschaffen hatten, stolz sein. Rhodan fragte sich, ob *das* vielleicht der Grund für das herablassende Verhalten gegenüber den Terranern war, doch diese Erklärung erschien ihm zu einfach.

Rhodan hoffte, daß er von Marshall bald wertvolle Hinweise erhalten würde. Es kam nur darauf an, die Lösung schnell zu finden. Die Twonoser warteten mit ihren Maßnahmen bestimmt nicht, bis Rhodan sich über ihr Innenleben im klaren war. Er wandte sich an den Telepathen.

„Was haben Sie inzwischen herausfinden können, John?"

„Der Moby wird von neun Millionen Twonosern bewohnt", berichtete Marshall. „Diese Bevölkerung verteilt sich ziemlich genau auf die drei Kasten."

Rhodan stieß einen leisen Pfiff aus. „Die Bevölkerungszahl ist also höher, als ich glaubte. Haben Sie etwas über das Verhältnis der Bioparasiten zu den Twonosern erfahren können?"

„Es steht fest, daß es die Bioparasiten waren, die diesen riesigen Moby töteten", sagte der Mutant. „Die Bioparasiten werden nun von den Twonosern als Nahrungsmittel und Grundstofferzeuger gezüchtet. Immer wenn ein Parasit so groß ist, daß er infolge der Anhäufung seiner Zellverbände langsam intelligent wird, zerhacken ihn die Twonoser in einzelne Stücke. Dadurch erlangen sie eine hochwertige Grundstoffnahrung, die vornehmlich aus Eiweiß besteht. Es gibt ganze Farmen, auf denen man diese Parasiten in großen Herden züchtet."

Rhodan erschauerte. Ihm erschien diese Vorgangsweise barbarisch. Noch vor nicht allzu langer Zeit hatten sie erstmals Kontakt mit einem Bioparasiten. Der Parasit hatte sich als intelligent und zugänglich erwiesen. Nun waren sie hier mit einer Situation konfrontiert, in der Bioparasiten den Twonosern als Nahrungsgrundlage dienten. Rhodan schüttelte die Gedanken von sich. Er fühlte sich nicht dazu berufen, die Twonoser wegen ihrer Handlungsweise zu verurteilen. Die Situation hier mochte es zur Notwendigkeit machen, daß die Twonoser derart handelten.

„Kein sehr angenehmer Gedanke", meinte Melbar Kasom.

„Die Blaurüssel der B-Kaste versehen offenbar den Polizeidienst innerhalb des Mobys", fuhr Marshall fort. „Es ist interessant, daß sie die Mitteletage bewohnen. Das erscheint mir nicht bedeutungslos. Unser Verdacht, daß die Rotrüssel mit den Mitgliedern der niedrigen A-Kaste kein gutes Verhältnis haben, erhärtet sich dadurch. Die Weißrüssel würden wahrscheinlich versuchen, in die Etage der C-Kaste einzudringen, wenn die bewaffnete B-Kaste nicht dazwischen stünde."

Rhodan nickte kommentarlos. Er war nun immer mehr davon überzeugt, daß diese Situation den Terranern einen entscheidenden Vorteil bringen würde, wenn der Zeitpunkt zur Flucht kommen würde.

Kendall Baynes, der dem Gespräch gespannt gefolgt war, wandte sich zum Fenster, denn in diesem Augenblick fuhr der Interkastenzug wieder los und glitt langsam aus der Bahnstation hinaus.

Baynes sah die großen Transportwagen zu den Lagerhallen zurückfahren. Als der Zug an den letzten Gebäuden vorüber war, konnte der

Fähnrich wieder auf das offene Land hinausblicken. Am anderen Ende der riesigen Halle würden die Wagen wieder im Adernsystem des Mobys verschwinden.

Hinter der Bahnstation schloß sich eine große Stadt an. Hier standen die Gebäude dicht nebeneinander. Baynes erkannte, daß es auf den Dächern Landeplätze für kleine Flugzeuge gab. Die Blaurüssel schienen technisch sehr gut ausgerüstet zu sein. In der Nähe des Tunnels entdeckte Baynes kuppelförmige Gebäude. Er fragte sich, ob es Bunker waren, die man als Befestigungen gegen einen eventuellen Angriff aus der Tiefe gebaut hatte. Er hätte gern Rhodan darauf aufmerksam gemacht, doch sein Stolz ließ es nicht zu.

Der Interkastenzug fuhr aus dem Wohngebiet hinaus. Baynes sah stufenförmig angelegte Bauwerke vor dem Fenster auftauchen, die weder Fenster noch Türen zu besitzen schienen. Wahrscheinlich befanden sich die Eingänge auf der anderen Seite. Die Twonoser besaßen keinen einheitlichen Baustil. Entweder veränderte sich ihre Bauweise von Generation zu Generation, oder sie errichteten ihre Gebäude völlig willkürlich nach den jeweiligen Erfordernissen.

Die Bauwerke in der Rückenetage waren Baynes schöner vorgekommen. Hier, im Wohngebiet der Blaurüssel, gab es nur reine Zweckbauten. Baynes sah nicht einen einzigen Park. Auch schien es in dieser Halle keine Anpflanzungen zu geben.

Wenn die B-Kaste alle militärischen Aufgaben verrichtete und gleichzeitig den Polizeidienst versah, hatten die Blaurüssel sicher keine Zeit für irgendwelche anderen Arbeiten. Baynes fragte sich, warum die B-Kaste nicht die Macht übernahm, sondern sich willig der C-Kaste unterordnete. Militärisch mußte die B-Kaste der C-Kaste weit überlegen sein.

Warum konnten die Twonoser keine homogene Gesellschaft bilden? Das hätte alles wesentlich vereinfacht. Dieses Kastensystem komplizierte jeden Versuch, den Gegner zu verstehen.

Baynes begriff erstaunt, daß er sich unbewußt einen Gedanken Perry Rhodans angeeignet hatte. Das hatte jedoch nichts zu bedeuten. Natürlich erkannte auch Baynes die Schwierigkeiten des Problems. Er hätte aber völlig andere Maßnahmen zu seiner Lösung ergriffen.

Angriff galt schon immer als die beste Verteidigung, dachte Baynes, während der Zug immer schneller wurde.

„Ich bin gespannt, was uns an der nächsten Station erwartet", unterbrach Kasoms Stimme seine Gedanken. „Bestimmt hält der Zug noch einige Male, bevor wir unser Ziel erreicht haben."

Ohne seine Geschwindigkeit zu verlangsamen, raste der Zug einen langgezogenen Hügelkamm hinauf. Baynes preßte sein Gesicht gegen das Fenster. Als er nach oben blickte, sah er, daß die Hallendecke hier nur noch dreißig bis vierzig Meter entfernt war. Ihre Farbe erinnerte Baynes unwillkürlich an Marzipan. Gleich darauf meldete sich sein Magen. Sie hatten schon längere Zeit nichts mehr zu essen bekommen.

„Wann erhalten wir wieder Nahrung?" fragte er und wandte sich vom Fenster ab.

„Ich glaube nicht, daß wir von der Wachmannschaft noch etwas bekommen", erwiderte Rhodan. „Wir werden uns mit allen Wünschen an die A-Kaste wenden müssen, wenn wir in deren Wohngebiet angekommen sind."

„Vielleicht bekommen wir ein Bioparasiten-Steak mit viel Zwiebeln", seufzte Kasom.

„Dieses Zeug würde ich niemals anrühren", erklärte Baynes würdevoll.

Kasom lachte dröhnend. „Was glauben Sie, haben Sie in den vergangenen Tagen gegessen?"

Baynes erschauerte. Er fühlte Übelkeit in sich aufsteigen. Wie verroht mußte dieser Ertruser sein, wenn er über solche Dinge noch lachen konnte? Baynes begann Tolot zu beneiden. Mit seinem Konvertermagen konnte der Haluter praktisch alles verspeisen, was ihm unter die Finger kam.

Der Zug fuhr in einen Tunnel. Vor dem Fenster wurde es dunkel. Gleichzeitig hatte sich die Abteilbeleuchtung wieder eingeschaltet. Baynes spürte, daß seine Hände zitterten. Er war sich bewußt, wie weit er von der Erde entfernt war und wie wenig Aussicht bestand, daß er in nächster Zeit dorthin zurückkehren konnte.

Baynes blickte durch das Fenster in die Dunkelheit des scheinbar endlosen Tunnels. Er sah sein eigenes Gesicht in der Scheibe. Langsam griff er nach seiner Mundharmonika.

„Stört es Sie, wenn ich spiele, Sir?" fragte er Rhodan.

„Keineswegs, Fähnrich", gab Rhodan zurück. „Es wird uns auf andere Gedanken bringen."

Weiter raste der Zug durch das Adernsystem des toten Giganten. Es war eine unwirkliche Fahrt, die jetzt wieder in die Tiefe führte. Baynes setzte das Instrument an die Lippen und schloß die Augen. Dann spielte er dreimal hintereinander *Rhapsodie in Blue* ohne einen einzigen Fehler.

Baynes hatte aufgehört zu spielen. Das gleichmäßige Dahingleiten des Interkastenzuges machte ihn müde. Ab und zu unterhielt sich Perry Rhodan leise mit John Marshall. Kasom saß mit geschlossenen Augen auf seinem Platz, während Tolot unbeweglich in der Mitte des Abteils stand. Keine noch so rasende Kurvenfahrt vermochte den Haluter zu erschüttern.

Baynes wandte den Kopf, so daß er Atlan sehen konnte. Der Arkonide war noch schweigsamer als John Marshall. Die innere Würde, die Atlan ausstrahlte, trug nicht dazu bei, Baynes für ihn einzunehmen. Dabei war ihm Atlan nicht unsympathisch. Er glaubte jedoch, daß er vor den Augen dieser Männer nicht bestehen könnte. Sie repräsentierten all das, wonach er strebte.

Lord Baynes kniff die Augen fest zusammen. Von Geburt an waren diese Männer vom Glück begünstigt worden, sagte er sich. Man hatte sie förmlich in diese Stellungen hineingedrängt. Und nun waren sie mächtig, erfahren und gelassen. Ein Mann wie Kendall Baynes bedeutete ihnen nichts.

Baynes wünschte sich, daß er ihnen beweisen könnte, was wirklich in ihm steckte. Schließlich konnte er mehr, als man ihm seiner Stellung nach zugetraut hätte.

Den Männern im F-Deck hatte sich Baynes überlegen, zumindest jedoch gleichwertig gefühlt. Er hatte gelernt, daß selbst so erfahrene Kämpfer wie Sergeant Kapitanski viel zu langsam dachten, um in entscheidenden Augenblicken schnell genug eine Entscheidung treffen zu können. Baynes bedauerte, daß man seinen Antrag auf Versetzung in eine Feuerleitzentrale abgelehnt hatte. Dort hätte er leichter beweisen können, wozu er fähig war.

In zwei Jahren würde man ihn zum Oberfähnrich befördern, weitere zwei Jahre später konnte er mit einem weiteren Sprung nach oben rechnen. Das würde jedoch nicht viel ändern, wenn es ihm nicht gelang, den entscheidenden Schritt in die Führungsspitze eines großen Raumschiffes zu tun.

Es geht alles so verteufelt langsam, dachte Baynes schläfrig. Manchmal befürchtete er, daß, wenn er älter wurde, er alle seine guten Ideen verlieren würde. Es war immerhin denkbar, daß sein Gehirn aufhörte, gute Einfälle zu produzieren, wenn ihm nie jemand richtig zuhörte.

Mit diesen Gedanken schlief Baynes endgültig ein. Er erwachte erst wieder, als ihn jemand am Arm schüttelte.

„Werden Sie munter, Fähnrich!" rief Kasom mit dröhnender Stimme. „Der Zug scheint bald wieder zu halten."

Baynes blinzelte verwirrt und sah in die Richtung des Fensters. Draußen war noch alles dunkel, sie durchfuhren also noch immer das Adernsystem. Baynes bedauerte, daß man ihnen zum größten Teil auch die Uhren abgenommen hatte. Sicher wollten die Twonoser kein Risiko eingehen.

Baynes vermutete, daß man inzwischen auf der Erde den 25. Juli 2402 schrieb. Eigentlich war dieses Datum völlig unwichtig. Unruhig räkelte sich Baynes im Sessel. Er spürte jetzt ebenfalls die Verlangsamung des Interkastenzuges.

„Glauben Sie, daß wir jetzt am Ziel ankommen?" fragte Rhodan den Mutanten.

„Nein", antwortete Marshall überzeugt. „Den Gedanken der Wächter kann ich entnehmen, daß wir eine weitere Zwischenstation anfahren. Dort werden einige Haushaltsverbrecher zusteigen." Er lächelte. „Fragen Sie mich jetzt nicht, was ein ‚Haushaltsverbrecher' ist, ich habe es noch nicht herausfinden können."

„Bedeutet das, daß twonosische Kriminelle in den Zug kommen?" wollte Atlan wissen.

„Diese Vermutung liegt nahe", bestätigte Marshall.

„Hoffentlich kommt es nicht zu Schwierigkeiten", sagte Rhodan.

Tolot lachte, daß Baynes die Ohren weh taten. Der Fähnrich war froh, als der Zug aus der Rohrbahn herauskam, so daß der Haluter von der sichtbar werdenden Außenwelt abgelenkt wurde.

Auch Baynes blickte aus dem Fenster. Ihm bot sich ein phantastischer Anblick. Der Zug fuhr nicht auf ebener Strecke, sondern glitt über eine steil nach unten abfallende Brücke dahin. Die Brücke schwang sich in einer kühnen Kurve durch eine gewaltige Halle.

Kendall Baynes konnte das andere Ende nicht erkennen. Die Landschaft unter ihnen war hügelig. In verschiedenen Tälern glaubte Baynes Gebäude zu sehen. Über ihnen schwebten drei große Leuchtkörper, die diesen Raum mit Wärme und Licht versorgten.

In ungefähr drei Kilometern Entfernung sah Baynes einen Tafelberg. Dort war die Brücke unterbrochen. Der Schienenstrang führte über den Berg hinweg.

Als sie näher kamen, stellte Baynes fest, daß der Berg künstlich angelegt war. Unzählige Lifts führten zum Gipfel hinauf. Baynes beugte sich weit im Sessel vor, so daß er auch nach hinten blicken konnte. Deutlich sah er die Venenöffnung des Mobys, aus der der Zug gekommen war. Unmittelbar davor schloß sich die Brücke an. Baynes erschien das Bauwerk zu leicht für die Last des Zuges.

Der Fähnrich stand auf und trat dicht ans Fenster, so daß er direkt in die Tiefe blicken konnte. Sie waren immer noch mehr als hundert Meter vom Boden entfernt, obwohl die Brücke von der Adernöffnung aus steil abfiel.

Der Interkastenzug fuhr auf den Tafelberg und verlangsamte sein Tempo. Baynes beobachtete die Lifts. Es gab anscheinend zwei Arten von ihnen: Transport- und Personenlifts. Baynes konnte sehen, daß sie ausschließlich von Blaurüsseln benutzt wurden.

„Ich kann Ihnen jetzt erklären, was Haushaltsverbrecher sind, Sir", sagte der Telepath in diesem Augenblick. „Sie gehören zur niederen Kaste der Weißrüssel. Sie wurden hier von einem Gericht abgeurteilt."

„Was haben sie verbrochen?" wollte Rhodan wissen.

„Sie haben gegen den Haushaltsplan der Ernährungswirtschaft verstoßen", erwiderte der Mutant. „Sie sind alle auf Zuchtfarmen für Bioparasiten beschäftigt. Für ihre eigenen Zwecke haben sie heimlich einen Parasiten gezüchtet. Das ist bei hoher Strafe verboten, weil es sehr gefährlich werden kann, wenn ein Parasit in ein Entwicklungsstadium kommt, das ihm gestattet, eine gewisse Intelligenz zu erreichen. Deshalb sind für heimliche Zuchtversuche hohe Strafen ausgesetzt. Die Haushaltsverbrecher – es sind vier Männer, die auf der Bahnstation zusteigen werden – müssen diese Strafe jetzt erleiden."

„Können Sie uns etwas über die Art der Strafe sagen?" fragte Atlan.

Marshall zögerte. Baynes blickte ihn gespannt an. Er ahnte, daß eine schreckliche Eröffnung bevorstand; er erkannte es daran, daß die Mundwinkel des Mutanten zuckten, als könnte er sich nicht zum Sprechen überwinden.

„Die Strafe ist hart“, sagte Marshall tonlos. „Man wird die vier Verbrecher zu den Parasiten sperren. Die hier künstlich gezüchteten Parasiten sind entartet. Nach allem was wir bisher über die Bioparasiten wissen, greifen diese niemals organisches Leben an, da sie es als gleichwertig einstufen. Hier ist es jedoch anders. Die hiesigen Parasiten lösen auch organische Substanzen, gleichgültig welcher Art, auf.“

Baynes brauchte etwas länger, um die Bedeutung dieser Eröffnung zu verstehen, aber als er begriff, daß die Haushaltsverbrecher den Parasiten praktisch als Nahrung dienen sollten, machte er einen Schritt zurück, um sich mit dem Rücken gegen das Fenster zu lehnen. Die Kühle des Materials, gegen das er seine Handflächen preßte, beruhigte ihn etwas. Baynes blickte zu Rhodan hinüber, aber der große, hagere Mann wirkte noch immer gelassen.

„Wir fahren im gleichen Zug“, sagte Kasom hastig. „Das kann bedeuten, daß man mit uns ähnliche Absichten hat.“

„Daran dachte ich gerade auch“, sagte Rhodan.

Oh, nein! dachte Baynes bestürzt. Wie war es möglich, daß diese beiden Männer ruhig auf ihren Plätzen blieben, wenn nur die geringste Gefahr bestand, daß Kasoms Vermutung zutraf?

„Den Gedanken unserer Wächter kann ich entnehmen, daß es den Rotrüsseln gleichgültig ist, was mit uns geschieht“, sagte John Marshall. „Sie vermuten, daß man uns auf einer Farm zur Arbeit einteilen wird, aber sicher sind sie sich dessen nicht.“

Kasom strich mit beiden Händen über seinen Bauch. „Ich besitze ein recht appetitliches Äußeres“, stellte er fest. „Zum erstenmal bereitet mir das Kummer.“

„Wie können Sie auch noch Witze machen?“ brauste Baynes auf und stieß sich vom Fenster ab.

Kasoms Augen verengten sich. „Sie werden doch nicht etwa die Nerven verlieren, Lord Baynes?“ fragte er scharf.

Baynes fuhr herum und blickte wieder aus dem Fenster. „Es tut mir leid“, sagte er kaum hörbar.

„Blicken Sie mich an, wenn Sie sich entschuldigen“, verlangte Kasom.

Baynes vergaß vor Zorn fast zu atmen. Sein Gesicht flammte vor Empörung. Er schluckte heftig, bevor er Kasom wieder anschaute.

„Entschuldigen Sie, Major!“ stieß er hervor. Seine Stimme klang rauh.

Der Zug blieb stehen. Baynes konnte durch das Fenster eine Hälfte der Bergoberfläche vollständig übersehen. Ein Gewirr von Straßen führte von den Liftstationen zum Schienenstrang. Längs des Zuges standen bewaffnete Blaurüssel. Ein Lautsprecher brüllte Befehle. Wendige Transportfahrzeuge kamen von allen Seiten heran.

Dann sah Baynes die Haushaltsverbrecher. Wie Marshall gesagt hatte, handelte es sich um vier Weißrüssel. Drei Blaurüssel-Soldaten brachten sie zum Zug. Die Rüssel der Gefangenen waren zusammengekettet, so daß sie nur auf ihre Ärmchen angewiesen waren.

Die Gruppe kam genau auf den Wagen zu, in dem sich Baynes befand. Die Weißrüssel hielten sich aufrecht. Von allen Seiten wurden ihnen Schmähungen zugerufen. Baynes empfand Mitleid mit den Wesen, obwohl er sie ebenso abstoßend fand wie alle anderen Twonoser.

„Sie kommen offenbar in unseren Wagen, Sir“, sagte er zu Rhodan.

„Ja“, bestätigte Marshall. „Man bringt sie hierher. In *unser* Abteil.“

Die Blaurüssel-Soldaten machten am Wageneingang halt. Sie warteten, bis die Gefangenen eingestiegen waren, dann gingen sie davon.

Während er beobachtete und nachdachte, fand Baynes sein Gleichgewicht wieder. Er begriff, daß Kasom ihn vor einer Panik bewahrt hatte, als er seinen Ärger herausgefordert hatte. Verdammt, dachte Baynes voller Zorn auf sich selbst, mein ganzes Leben wünschte ich schon, in eine Situation zu geraten, in der ich meine Qualitäten beweisen kann.

Und nun hatte er seine Beherrschung verloren.

Baynes wandte sich vom Fenster ab. Mit brennenden Augen blickte er zur Abteiltür. Draußen im Gang stand ein einzelner Wächter. Er beobachtete irgend etwas, wahrscheinlich die vier Weißrüssel, die auf ihn zukamen. Der Blaurüssel rief ein paar Worte durch den Gang, aber Baynes konnte ihn nicht verstehen, da der Wächter seinen Translator abgeschaltet hatte.

Wenige Augenblicke später erschienen die vier Haushaltsverbrecher vor dem Abteil. Ihre Gefühle verrieten Zorn und Stolz, erkannte Baynes und wunderte sich gleichzeitig über seine Fähigkeit, diese

Gemütsverfassung bei völlig fremden Intelligenzen feststellen zu können. Der Wächter öffnete die Abteiltür.

Die Haushaltsverbrecher kamen herein. Was Baynes für Ketten gehalten hatte, entpuppte sich als ein zähes, geflochtenes Gewebe, mit dem die Gefangenen an den Rüsseln zusammengefesselt waren.

Die Weißrüssel blickten die Terraner verächtlich an und achteten darauf, daß sie nicht in ihre Nähe kamen. Tolot brachten sie die gleiche Herablassung entgegen, obwohl der Haluter sie interessiert musterte. Keiner der Kriminellen trug einen Translator.

Der Wächter lehnte sich gegen die Tür und schaltete sein Übersetzungsgerät ein.

„Sie fahren mit in die Bauchetage", sagte er. „Laßt sie in Ruhe."

Er knallte die Abteiltür zu und begann auf dem Gang auf und ab zu gehen.

„Was schlägst du vor?" wandte sich Atlan an Perry Rhodan. „Wollen wir versuchen, mit den vier Burschen Verbindung aufzunehmen?"

„Nein", sagte Rhodan. „Wir können ihnen nicht helfen – und sie nicht uns. Am Ziel des Zuges wird man uns trennen, wenn man uns nicht ebenfalls als willkommene Nahrung an die Zuchtfarmen abgibt. In einem solchen Fall müßten wir einen Fluchtversuch unternehmen. Dann ist es immer noch Zeit, daß wir uns um die Haushaltsverbrecher kümmern."

Baynes konnte nicht verstehen, warum Rhodan so lange mit einem Fluchtversuch warten wollte. Sie wußten nicht, welche Verhältnisse innerhalb der Bauchetage herrschten. Bestimmt lebten die drei Millionen Weißrüssel in ärmlichen Verhältnissen. Alle technischen Hilfsmittel, die sie sich in den beiden oberen Etagen hätten beschaffen können, würden ihnen im Wohngebiet der A-Kaste nicht zur Verfügung stehen. Sobald sie flüchteten, würde eine starke Streitmacht der B-Kaste die Verfolgung aufnehmen, dessen war Baynes sicher.

Kendall Baynes wurde urplötzlich von dem Verdacht geplagt, Rhodan könnte von den Rotrüsseln in seiner Entscheidungsfreiheit irgendwie beeinflußt worden sein. Wenn die Twonoser dazu in der Lage waren, erschien es jedoch unlogisch, daß sie die Haushaltsverbrecher gefesselt und nicht in ähnlicher Weise behandelt hatten.

Wenn wir wenigstens ein paar Waffen hätten, dachte Baynes verzweifelt.

Der Zug fuhr wieder an und ließ den Tafelberg schnell hinter sich. Minuten später sah Baynes das Ende der riesigen Halle. Wie bei der Einfahrt führte die Brücke auch hier direkt auf eine Adernöffnung zu. Noch einmal blickte Baynes auf das eigenartige Land hinab. Der Boden schimmerte in einem starken Gelb, die einzelnen Gebäude bildeten schwarze Tupfer in dieser hellen Fläche. Irgendwo dort unten lebten Twonoser, gingen ihren Arbeiten nach und erledigten ihre Aufgaben. Sicher waren sie an vorbeikommende Züge gewöhnt, so daß sie nicht zu der kühnen Brückenkonstruktion hinaufblickten.

Die Lichter im Abteil flammten auf. Der Interkastenzug raste mit zunehmender Geschwindigkeit in das Venensystem des toten Mobys hinein.

Wir sind wie Mikroben in einem menschlichen Körper, dachte Baynes sarkastisch. Bei den Bioparasiten traf dieser Vergleich sogar zu. Sie hatten den Moby getötet, bevor ihn die Twonoser übernommen hatten.

Baynes Magen rumorte. Er hatte seit Stunden nichts mehr zu sich genommen. Und doch war kein Ende der Fahrt abzusehen. Er beobachtete unauffällig die vier Haushaltsverbrecher. Sie unterhielten sich nicht miteinander, sondern standen schweigend in der Mitte des Abteils, ihre gefesselten Rüssel in den Haltegriffen verankert.

Ob sie wußten, was ihnen bevorstand? Bestimmt, überlegte Baynes, warum sollte man ihnen das Urteil nicht mitgeteilt haben?

Ein Gefühl der Verlassenheit beschlich Baynes, aber er schob sein Kinn trotzig nach vorn und preßte die Lippen aufeinander. Er wußte, daß, wenn er jemals wieder hier herauskam, er diese Ereignisse nie vergessen würde.

7.

Heraus aus einer Ader des Mobys schoß der Interkastenzug. Lord Kendall Baynes schloß geblendet die Augen, als er aus dem Fenster auf die fremdartige Landschaft blickte. Das Licht der künstlichen

Sonne, die diese Halle erhellte, spiegelte sich in unzähligen Quarzblöcken und Kristallbrocken.

Soweit Baynes' Augen reichten, dehnte sich diese Wüstenlandschaft vor ihm aus. Es war ein phantastischer Anblick, der Baynes mit einem Schlag Müdigkeit und Hunger vergessen ließ. Das gesamte Land funkelte, und die Spiegelreflexe veränderten sich ständig, da der Zug noch immer mit hoher Geschwindigkeit fuhr.

Plötzlich entdeckte Baynes ein dunkles Band, das aus der Ferne bis zum Schienenstrang führte. Eine Straße, dachte der Fähnrich. In der Nähe der Schiene war der kristallene Boden zu beiden Seiten der Straße geebnet. Baynes sah keinen einzigen Twonoser. Die Straße schien aus dem Nichts zu kommen und auch wieder dorthin zurückzuführen.

Die Halle machte einen unbewohnten Eindruck. Außer der Straße und der künstlichen Sonne konnte Baynes keine Hinweise auf intelligentes Leben erkennen.

Der Zug fuhr über die Straße hinweg, und bald darauf konnte Baynes das dunkle Band in der Wüstenlandschaft nicht mehr sehen. Es dauerte jedoch nur wenige Minuten, bis die nächste Straße auftauchte und mit ihr eine Reihe von Gebäuden, Fahrzeugen und Twonosern mit weißen Rüsseln.

Der Zug wurde langsamer. Die Häuser, die Baynes längs des Schienenstrangs erblickte, machten einen armseligen Eindruck und waren zum Teil verfallen. Je länger Baynes hinausblickte, desto beklommener fühlte er sich.

Niemand schien sich Mühe zu geben, hier irgendwelche Reparaturen vorzunehmen. Riesige Quarzbrocken lagen auf der Straße, die sogar stellenweise aufgebrochen war. Baynes beobachtete, wie ein Räderfahrzeug mühsam an den vielen Hindernissen vorbeisteuerte.

Schließlich hielt der Zug zwischen zwei Reihen uralter Gebäude. Auf der Rampe neben der Schiene hatten sich etwa zweihundert bewaffnete Weißrüssel eingefunden. Ihre Aufmachung kam Baynes ärmlich vor.

„Es sieht so aus, als wären wir an unserem Ziel angelangt", sagte Perry Rhodan.

Baynes hoffte, daß sie den Zug hier nicht verlassen und dann durch diese trostlose Wüste marschieren mußten. Der größte Teil der Häuser war unbewohnt. Baynes konnte durch herausgebrochene Türen und eingefallene Mauern ins Innere blicken.

Ein Wächter stieß die Abteiltür auf.

„Aussteigen!“ rief er. „Draußen vor dem Zug Aufstellung nehmen!“

Dann schaltete er den Translator aus und unterhielt sich mit den vier Haushaltsverbrechern, die sich wortlos aus dem Abteil schoben und dem Wächter folgten.

Als die Terraner aus dem Abteil kamen, konnten sie im Gang keinen Wächter sehen. Als sie jedoch den Wagen verließen, erwartete sie draußen ein Rotrüssel mit vorgehaltener Waffe. Baynes hielt sich dicht hinter Tolot und Rhodan. Er blickte zu den letzten Wagen. Alle Gefangenen kletterten aus dem Interkastenzug und mußten auf dem Bahnsteig Aufstellung nehmen.

Die zweihundert bewaffneten Weißrüssel verhielten sich abwartend.

„Wir sollen jetzt an die A-Kaste übergeben werden“, hörte Baynes Marshall zu Perry Rhodan sagen.

Rhodan musterte die trostlose Umgebung.

„Hier werden wir kaum bleiben“, bemerkte er sachlich. „Größere Transportfahrzeuge sind nirgends zu sehen. Das kann nur bedeuten, daß wir zu Fuß irgendwohin gebracht werden.“

Baynes fuhr mit der Zunge über seine ausgetrockneten Lippen. Hoffentlich bekamen sie vorher etwas zum Trinken. Die Wachen achteten darauf, daß Rhodans kleine Gruppe keinen Kontakt zur übrigen Besatzung der CREST aufnehmen konnte.

Die Wächter warteten, bis die Terraner zur Ruhe gekommen waren. Dann rief der Anführer einige Worte zu den Weißrüssel-Soldaten hinüber. Die zweihundert Mann starke Truppe setzte sich in Bewegung.

Der Anführer der Rotrüssel, die den Gefangenenzug begleitet hatten, schaltete seinen Translator ein. Baynes stellte fest, daß auch die Mitglieder der verachteten A-Kaste solche Geräte trugen.

Die Weißrüssel verteilten sich auf dem Bahnsteig. Ihr Anführer näherte sich dem Twonoser, der neben Rhodan stand.

„Was hat dies zu bedeuten?“ erkundigte er sich bei dem Rotrüssel.

Baynes konnte jedes Wort verstehen, da der Angesprochene sein Übersetzungsgerät noch eingeschaltet hatte.

„Wir liefern die Gefangenen an euch ab", gab der Rotrüssel herablassend zur Antwort.

Das Mitglied der verachteten Kaste bewegte unruhig seinen Rüssel. „Es wurden uns nur die vier Haushaltsverbrecher angekündigt. Was sollen wir mit diesen vielen Fremden?" Baynes fühlte, wie der Weißrüssel sie nacheinander musterte und immer ärgerlicher wurde.

„Sie besitzen noch nicht einmal einen Rüssel", sagte er abfällig. „Was sollen wir mit diesen minderwertigen Kreaturen anfangen? Garko der Starke will nichts mit ihnen zu tun haben."

Der Chef des Rotrüsselkommandos und der Blaurüsselwache wirkte unbeteiligt. Die Proteste des anderen Twonosers schienen ihn nicht zu stören.

„Werft sie meinetwegen zu den Bioparasiten in die Zuchtkammern", schlug er dem Soldaten der A-Kaste vor. „Dann ist das Futterproblem für einige Zeit gelöst."

Baynes zuckte zusammen. Seine Augen suchten die Rhodans, doch der Großadministrator verfolgte gespannt die Auseinandersetzung der beiden Twonoser.

„Vielleicht weiß Garko der Starke, wozu man die Fremden verwenden kann", meinte der Weißrüssel etwas nachdenklicher.

Der Anführer der Rotrüssel gab seinen Männern einen Wink. Kurz darauf verschwanden die Blaurüsselwachen und die zwölf Rotrüssel in den Wagen. Die letzten Gepäckstücke wurden verladen. Dann setzte sich der Zug in Bewegung und fuhr in die Richtung davon, aus der er gekommen war.

„Endstation!" erklärte Melbar Kasom. Er stieß wütend mit der Stiefelspitze gegen den harten Boden. „Da wären wir also. Die Anzahl unserer Wächter hat sich verdoppelt."

„Kein Grund zur Aufregung", ermahnte ihn Rhodan. „Noch sind wir auf einem abgelegenen Bahnhofsgelände und wissen nicht, wohin man uns bringt. Ich bin gespannt, wer dieser Garko der Starke ist."

„Soweit ich aus den Gedanken der Twonoser entnehmen kann, handelt es sich um ihren Regierungschef", gab Marshall bekannt. „Dieser Mann genießt bei den Weißrüsseln hohes Ansehen."

„Vielleicht ist er weitblickend genug, um den Vorschlag der Rotrüssel zu ignorieren", meinte Atlan. „Ich wünschte, wir träfen endlich einen Twonoser, mit dem man sich vernünftig unterhalten kann. Diese Weißrüssel sind nicht weniger arrogant als ihre Verwandten in der oberen Hälfte des Mobys."

Icho Tolot lachte. „Sicher sind sie erleichtert darüber, daß sie endlich ein paar Wesen gefunden haben, die noch minderwertiger sind als sie", sagte er. „Bedenkt, Freunde, wir haben noch nicht einmal einen einzigen Rüssel, geschweige denn zwei. Von der Färbung ganz zu schweigen."

„Mir erscheint das nicht lustig", sagte Atlan. „Es wird Zeit, daß wir etwas unternehmen!"

„Stimmt!" sagte Rhodan zu Baynes' Überraschung. „Tolot, Sie sollten bei der nächsten günstigen Gelegenheit ausbrechen und sich hier einmal umsehen. Warten Sie aber, bis wir unser endgültiges Ziel erreicht haben, damit sie mit uns in Verbindung bleiben können."

Der Haluter gab sich keine Mühe, seine Befriedigung zu verbergen.

Baynes blickte skeptisch zu den zweihundert Soldaten hinüber. Sie machten nicht den Eindruck, als seien sie leicht zu überlisten.

Baynes holte tief Atem. Die Luft in dieser Riesenhalle erschien ihm warm und trocken. Obwohl er im Zug längere Zeit geschlafen hatte, fühlte er sich wie zerschlagen. Er beneidete die Zellaktivatorträger um ihre gute körperliche Verfassung. Tolot und Kasom, die keinen Aktivator trugen, waren von Natur aus so kräftig, daß ihnen diese Strapazen nicht schaden konnten. Baynes' Leidgenossen waren die zweitausend Männer der CREST II.

Der Anführer des Weißrüssel-Kommandos wandte sich an Perry Rhodan.

„Da Sie nun einmal hier sind, müssen wir eine Lösung finden. Zunächst werden Sie jedoch in eine andere Halle gebracht. Garko der Starke wird über Ihre Zukunft entscheiden."

„Beantworten Sie mir bitte eine Frage", sagte Rhodan rauh, bevor sich der Twonoser abwenden konnte. „Warum erschienen Sie mit zweihundert Soldaten, um vier Haushaltsverbrecher in Empfang zu nehmen? Von uns wußten Sie doch angeblich nichts."

„Diese Frage ist berechtigt", sagte der Weißrüssel etwas zugänglicher. Mit einem Rüssel deutete er auf die zerfallenen Gebäude. „Nicht immer wickelt sich eine Zugankunft so reibungslos ab wie in diesem Fall", fuhr er fort. „Manchmal kommt es zu Auseinandersetzungen mit den Soldaten der B-Kaste. Deshalb kommen wir immer in großer Zahl hierher."

Was Marshall durch die Gedankenüberwachung einiger Twonoser festgestellt hatte, entsprach also der Wahrheit, überlegte Kendall Baynes. Die A-Kaste vertrug sich weder mit der B- noch mit der C-Kaste. Innerhalb dieser Halle war es sogar schon zu Schießereien gekommen. Hätte die B-Kaste nicht die Mitteletage des Mobys bewohnt und eine den Weißrüsseln überlegene Waffentechnik besessen, wäre es vermutlich schon längst zu einer gewaltsamen Auseinandersetzung zwischen den drei Kasten gekommen.

„Wer immer Garko der Starke ist", sagte Atlan leise zu Rhodan, „wir müssen versuchen, seine Streitigkeiten mit der B- und der C-Kaste für unsere Zwecke auszunutzen. Wir müssen ihm beweisen, daß er uns als Bundesgenossen gut gebrauchen kann."

„Tolot wird den ersten Beweis liefern", erklärte Rhodan.

Die Soldaten gruppierten sich zu beiden Seiten der Gefangenenkolonne. Die vier Haushaltsverbrecher mußten an der Spitze marschieren.

„Wir gehen zur Straße hinüber!" rief ein Weißrüssel über seinen Translator.

„Ich habe ganz vergessen, diesem Burschen auch eine Frage zu stellen", schimpfte Melbar Kasom. „Ich hätte ihn fragen sollen, wann wir endlich Essen erhalten."

Eine gute Idee, dachte Baynes spöttisch. Aber wie wollten die Weißrüssel in dieser Gegend etwas zu essen besorgen? Wahrscheinlich trugen sie selbst nur ihre Marschverpflegung bei sich.

Baynes richtete seine Augen auf Tolots breiten Rücken und marschierte los. Die künstliche Sonne unter der Hallendecke schien mit sengender Glut auf ihn herabzustrahlen. Baynes' Mund war wie ausgetrocknet.

Jemand kam an seine Seite.

Es war John Marshall.

„Warum spielen Sie nicht auf Ihrem Instrument?" fragte der Telepath.

Es war zum erstenmal, daß Baynes zum Spielen aufgefordert wurde. Aber er fühlte sich außerstande, der Mundharmonika auch nur ein paar Töne zu entlocken.

„Ich habe keine Lust“, sagte er verbissen, weil er nicht zugeben wollte, daß er nicht konnte. Erstaunt registrierte er, daß er unbewußt hoffte, Marshall würde den wahren Grund für seine Ablehnung durch einen kurzen Einblick in seine Gedanken feststellen.

„Der Marsch durch die Wüste wird lang“, meinte der Mutant versöhnlich. „Vielleicht verändern Sie irgendwann Ihre Meinung.“

„Bestimmt nicht!“ versicherte Lord Kendall Baynes herablassend.

Er senkte wieder den Kopf und setzte automatisch einen Fuß vor den anderen.

Zweitausend Stiefelpaare, streng bewacht von den schwerbewaffneten Twonosern, stapften durch eine mit unzähligen Quarzsteinen übersäte Wüste, ihrem ungewissen Schicksal entgegen.

Sie hatten die Quarzwüste hinter sich gebracht und marschierten nun durch eine andere Körperhöhle des Mobys. Als sie durch den breiten Torbogen gegangen waren, hatte John Marshall herausgefunden, daß sie sich jetzt ihrem eigentlichen Ziel näherten.

„Die Gebäude dort unten im Tal gehören zu den Zuchtfarmen für die Bioparasiten“, hatte der Telepath erklärt. „Weiter hinten auf den Feldern bauen die Twonoser landwirtschaftliche Produkte an, die ihnen ebenfalls als Nahrung dienen.“

Unmittelbar hinter dem Torbogen fiel das Land steil ab, so daß die tiefer liegende Ebene praktisch ein ausgedehntes Tal bildete. Eine gut ausgebaute Straße führte zu den Farmen hinab. Selbst auf diese Entfernung konnte Kendall Baynes feststellen, daß diese Halle von den Weißrüsseln vorbildlich in Ordnung gehalten wurde.

Als sie einige Meilen zurückgelegt hatten, wandte sich Marshall abermals an die anderen Männer.

„Das große Gebäude mit dem hellen Dach scheint das Gefangenenlager zu sein“, berichtete er. „Dorthin wird man uns zunächst bringen.“

„Gefangenenlager?“ wiederholte Rhodan. „Gibt es außer uns noch andere Gefangene?“

Marshall deutete zu den vier Haushaltsverbrechern hinüber. „Die

Weißrüssel ignorieren die Urteile, die über diese Männer gefällt werden. Sie töten die Kriminellen nicht, sondern setzen sie als Arbeiter auf den Zuchtfarmen ein. Den Gedanken unserer Wächter kann ich entnehmen, daß Garko der Starke die Übergriffe der Haushaltsverbrecher stillschweigend duldet. Gerüchte besagen, daß er diese Widerstandsgruppe sogar fördert, um damit die Rotrüssel und die Soldaten der B-Kaste zu beschäftigen."

Baynes, der sich seit Verlassen der Quarzwüste wieder besser fühlte, nickte schweigend. Marshalls Worte schienen die Verhältnisse richtig wiederzugeben.

Baynes richtete seine Aufmerksamkeit auf die Felder zu beiden Seiten der Straße. Sie machten einen gepflegten Eindruck. Überall wuchsen Pflanzen, die Baynes an Mais erinnerten. Allerdings waren die twonosischen Maiskolben fast so dick wie ein Kinderkopf und von dunkelbrauner Farbe.

In regelmäßigen Abständen führten kleine Wege zwischen den Feldern hindurch. An verschiedenen Stellen sah Baynes Robotmaschinen im Einsatz. Dank der Kunstsonne und den gleichmäßigen Temperaturen in dieser Halle konnten die Twonoser praktisch zu jeder Zeit anpflanzen und ernten.

Sie kamen an den ersten Gebäuden vorüber. Baynes vermutete, daß es sich um Lagerhallen für die geernteten Früchte handelte.

Baynes' Beobachtungen wurden durch den Ausbruch Icho Tolots unterbrochen. Der riesenhafte Haluter löste sich unverhofft aus der Gruppe und rannte von der Straße herunter.

Die Wächter riefen ihm eine Warnung zu und eröffneten das Feuer aus ihren Strahlwaffen, als er nicht stehenblieb. Baynes schaute atemlos zu. Die tödlichen Energieströme prallten an dem Haluter ab, ohne eine Wirkung zu erzielen. Das bedeutete, daß Tolot seine Molekularstruktur umgewandelt hatte.

Tolot verschwand zwischen den dicht stehenden Pflanzen. Drei Wächter nahmen die Verfolgung auf. Der Anführer des Wachkommandos kam zu Perry Rhodan.

„Wenn noch jemand flieht, werden wir zehn Männer erschießen", sagte der Weißrüssel drohend.

Rhodan beobachtete ihn abschätzend. „Der Vierarmige gehört nicht zu meinem Volk. Ich kann ihm keine Befehle erteilen. Wenn er flieht, ist das seine eigene Sache. Ich warne euch jedoch: Der Vierarmige ist stark. Ihr habt gesehen, daß ihr ihn mit euren Waffen nicht bezwingen könnt."

Der Twonoser dachte einen Augenblick nach.

„Wird er zurückkommen, wenn einer Ihrer Männer ihm folgt?"

„Das weiß ich nicht", erwiderte Rhodan. „Es käme auf einen Versuch an."

„Wenn ihn die Haushaltsverbrecher aufgreifen, ist er verloren", behauptete der Wächter.

„Das bezweifle ich", gab Rhodan zurück.

Der Twonoser spielte mit seinem Übersetzungsgerät, dann wandte er sich ohne ein weiteres Wort ab. Die anderen Soldaten hielten ihre Waffen drohend auf die unruhig gewordenen Gefangenen gerichtet.

Baynes ging zu Melbar Kasom.

„Glauben Sie, daß die Wächter den Haluter einholen werden?"

Kasom schnaubte verächtlich. „Tolot läuft über hundert Kilometer in der Stunde, wenn es darauf ankommt. Er wird schneller irgendwo in einem Versteck verschwunden sein, als die Twonoser glauben."

Baynes blieb skeptisch. „Aber seine Flucht ist sinnlos. Wie will er uns helfen?"

„Er wird irgendwo ein geeignetes Versteck suchen", antwortete Atlan an Kasoms Stelle. „Dann können Kasom und die Woolver-Zwillinge ausbrechen."

„Wir wurden bisher noch nicht gezählt", warf Rhodan ein. „Vielleicht können wir sogar fünfzig Männer aus dem Gefangenenlager befreien, ohne daß die Twonoser etwas davon merken."

Die Soldaten achteten jetzt darauf, daß die Marschgeschwindigkeit eingehalten wurde. Offenbar wollten sie weitere Zwischenfälle vermeiden. Schließlich erreichte die Spitze der Kolonne die ersten Zuchtfarmen. Es waren große Gebäude mit rundem Querschnitt. Sie lagen hinter hohen Mauern, so daß Baynes keine Einzelheiten erkennen konnte. Es erschien ihm, als sei es hinter den Mauern umheimlich still. Auch auf den Straßen, die an den Zuchtfarmen vorbeiführten, sah man kaum Twonoser.

Wie Marshall vorhergesagt hatte, wurden sie alle in das große

Gebäude gebracht, das sie bereits aus der Ferne gesehen hatten. Alle zweitausend Männer kamen in einen Saal ohne Fenster. Auf dem Dach gab es ein paar Entlüftungsstutzen.

Die Weißrüssel blieben an der Tür stehen. Ihr Anführer winkte Rhodan zu sich.

„Sie kommen mit!" befahl er. „Alle anderen bleiben vorläufig hier."

Baynes bedauerte, daß er diesmal Rhodan nicht begleiten konnte. Er ließ sich neben Kasom auf dem Boden nieder. Man hatte auch die vier Haushaltsverbrecher zu ihnen gesperrt.

Einige Offiziere kamen zu Atlan herüber, um sich über die Lage zu unterhalten. Die Männer der CREST II waren aufgebracht, sie beschwerten sich darüber, daß sie noch keine Verpflegung erhalten hatten.

Baynes hörte ohne Interesse zu. Bevor Rhodan nicht zurückkam, konnten sie nichts unternehmen.

Kaum war die Tür des großen Saales hinter Rhodan zugeschlagen, als der Anführer der Soldaten alle anderen Wächter wegschickte. Der Weißrüssel ließ seine Waffe im Gürtel stecken, als könnte er sicher sein, daß Rhodan ihn nicht angreifen würde.

Rhodan versuchte, im starren Facettenauge des Wesens irgendeine Gefühlsregung zu erkennen.

Der Twonoser schaltete seinen Translator ein.

„Wir werden zusammen ins Regierungsgebäude fahren", kündigte der Weißrüssel an. „Garko der Starke wurde inzwischen von Ihrer Ankunft unterrichtet und wartet schon auf uns."

„Meine Männer haben Hunger und brauchen etwas zum Trinken", sagte Rhodan. „Wenn Sie nicht wollen, daß es zu einer Revolte kommt, lassen Sie ihnen etwas bringen."

Zu Rhodans Erstaunen reagierte der Twonoser sofort auf diese Forderung. Er rief einige Arbeiter zu sich und gab ihnen Befehle. Dann verließen Rhodan und sein twonosischer Begleiter die Halle. Rhodan war froh, daß er wieder im Freien war. Wie schon im Interkastenzug, herrschte auch innerhalb des Gebäudes ein eigenartiger Geruch, der Übelkeit verursachte.

„Ich heiße Storkeet", sagte der Weißrüssel, als sie durch das Hauptportal auf die Straße traten. „Vielleicht möchten Sie auch etwas essen."

Rhodan war über die plötzliche Höflichkeit erstaunt.

„Mein Name ist Rhodan", erwiderte er. „Ich kann noch warten, bis wir bei Garko dem Starken sind."

Storkeet ging bis zum Straßenrand und beugte sich über eine Leuchtsäule. Er hantierte daran herum und wandte sich dann wieder an Rhodan.

„Man wird uns gleich abholen", erläuterte er.

„Perfekter Taxidienst, was?" meinte Rhodan lächelnd.

Storkeet schwieg, offenbar konnte der Translator das Wort nicht übersetzen, weil die Twonoser diesen Begriff nicht kannten. Obwohl Rhodan auf die Twonoser völlig fremdartig wirken mußte, wurde er von den Passanten kaum beachtet. Darin unterschieden sich die Weißrüssel nicht von den Angehörigen der B- und C-Kaste. Es schien diesen Wesen angeboren, daß sie jedem Fremden mit Verachtung begegneten. Für intelligente Wesen – und die Twonoser *waren* intelligent – war das ein eigenartiges Verhalten, denn nach Rhodans Ansicht hätte das Interesse der Twonoser an ihm oder anderen Unbekannten auf jeden Fall stärker sein müssen.

Rhodan stellte sich vor, welche Aufregung das Erscheinen eines Twonosers auf der Erde ausgelöst hätte. Er beschloß, seinen Begleiter um Informationen zu bitten.

„Warum kümmert sich niemand um mich, Storkeet?" erkundigte er sich. „Ihre Artgenossen auf der Straße müssen doch sehen, daß ich zu einer fremden Lebensform gehöre."

Storkeet schaute ihn überlegend an, als müßte er nachdenken, wie er Rhodan antworten konnte, ohne ihn zu beleidigen.

„Sie besitzen keinen Rüssel", sagte er schließlich. „Sie müssen einer minderwertigen Kaste angehören."

„Ich bin ein Fremder", sagte Rhodan eindringlich. Man kann mich doch nicht in dieses starre Kastensystem einfügen. Für mich und meine Begleiter müssen völlig andere Maßstäbe geschaffen werden."

Storkeet räusperte sich. Das Gespräch war ihm unangenehm.

„Sie haben keinen Rüssel. Das allein entscheidet. Es ist unwichtig, was Sie dort, wo Sie herkommen, darstellen. Das interessiert uns nicht. Hätten Sie drei Rüssel mit roter Farbe, wären Sie zweifellos mit allen Ehren empfangen worden."

„Aber das ist eine unglaublich falsche Auffassung", entfuhr es Rhodan. „Ihr Twonoser seid ein intelligentes Volk. Wie kann ein solches Volk derartige Vorurteile entwickeln?"

„Darüber denke ich nicht nach", belehrte ihn Storkeet. „Ich finde mich mit den Tatsachen ab. Und Tatsache ist, daß keiner unserer neuen Gefangenen einen Rüssel besitzt."

„Sie wissen, daß die Mitglieder der C-Kaste ihre Rüssel in regelmäßigen Abständen mit Farbe bemalen müssen", erinnerte ihn Rhodan. „Bei der B-Kaste verhält es sich ähnlich. Von Natur aus haben alle drei Kasten die gleiche Rüsselfarbe, nämlich weiß."

„Das ist richtig", stimmte der Wächter zu.

„Sie brauchen also nur Ihren Rüssel zu bemalen, um zu einer besseren Kaste zu gehören", hielt ihm Rhodan vor.

Der Weißrüssel wich zurück und zog seine Waffe. Rhodan erschrak. Er hatte unbeabsichtigt einen Fehler begangen.

„Sagen Sie so etwas niemals wieder!" zischte Storkeet erregt. „Wenn sie noch einmal solche Vorschläge machen, schieße ich Sie nieder. Niemand darf ein Tabu brechen oder nur davon sprechen."

Rhodan fühlte den zitternden Lauf der Waffe. Er atmete erleichtert auf, als Storkeet den Strahler langsam sinken ließ. Der Twonoser steckte ihn jedoch nicht in den Gürtel zurück. Auch seine unerwartete Freundlichkeit war verflogen.

„Bewegen Sie sich nicht!" befahl er Rhodan. „Wir warten, bis das Fahrzeug kommt."

Rhodan hielt es für besser, vorerst zu schweigen. Hier gab es Dinge, die man besser für sich behielt, wenn man am Leben bleiben wollte. Rhodan wußte aus eigener Erfahrung, wie schwer es war, fremde Intelligenzen von ihren Vorurteilen zu befreien. Wahrscheinlich hielten sich die Twonoser seit Generationen streng an diesen Kastengeist. Es war unmöglich, sie in kurzer Zeit davon zu befreien. Schließlich begegneten Rhodan nicht zum erstenmal hochintelligente Wesen, die von unverständlichen Ängsten verfolgt wurden oder völlig unlogische Ansichten vertraten.

Im Laufe von Jahrhunderten konnte sich aus allen möglichen Gründen ein unüberwindliches Tabu entwickeln. Rhodan war überzeugt davon, daß es bei der Kasteneinteilung der Twonoser nicht anders war.

Storkeet machte einen ungeduldigen Eindruck. Als ein Fahrzeug aus der Straße hinter der Halle herausgefahren kam, steckte er endlich die Waffe weg. Das Fahrzeug bewegte sich auf mehreren Rollen. Sein Oberteil war kuppelförmig und undurchsichtig. Rhodan konnte kein Motorengeräusch hören. Ungefähr in der Mitte der Kuppel hockte ein Weißrüssel, der mit beiden Rüsseln irgendwelche Kontrollen umklammert hielt.

„Es ist soweit", brummte Storkeet.

Der Wagen hielt neben ihnen. Die Kuppel schwang hoch, und eine Art Gangway klappte aus dem Fahrzeug. Im Innern konnte Rhodan fünf Sessel sehen. Sie glichen jenen, wie sie in den Wagen von Interkastenzügen benutzt wurden.

Unaufgefordert nahm Rhodan neben dem Fahrer Platz. Der Weißrüssel tat, als bemerke er ihn nicht. Storkeet kam ebenfalls herein und schloß die Kuppel hinter sich.

„Losfahren!" kam Storkeets Stimme aus dem Lautsprecher des Translators.

Ohne auf die Kontrollen zu blicken, nahm der Fahrer einige Schaltungen vor. Lautlos glitt das Fahrzeug in die Straßenmitte. Storkeet legte sich im Sessel zurück. Der Wagen erreichte eine Geschwindigkeit, die Rhodan nicht höher als 150 km/h schätzte. Ab und zu begegneten ihnen andere Fahrzeuge, ohne daß der Fahrer die Geschwindigkeit herabzusetzen brauchte.

Die Straße führte an Zuchtfarmen und Lagerhallen vorüber. Rhodan konnte nur wenige Gebäude entdecken, die ausschließlich Wohnzwecken dienten. Im allgemeinen bevorzugten die Twonoser die kuppelförmige Bauweise. Nur ihre großen Lagerhallen hatten sie als langgestreckte Schuppen mit flachen Dächern erbaut.

Mehrfach sah Rhodan Gruppen von Weißrüsseln, die irgendwelchen Arbeiten nachgingen. Die Twonoser der A-Kaste machten einen fleißigeren Eindruck als die Blau- oder Rotrüssel. Hier unten in der Bauchetage wurde offenbar die gesamte Nahrung für alle neun Millionen Twonoser hergestellt. Rhodan war sicher, daß es zahlreiche große Hallen gab, die ausschließlich für Zuchtfarmen und Pflanzenbau bestimmt waren.

Nach kurzer Fahrzeit kamen sie aus dem Zentrum des Farmgebietes heraus. Riesige Felder breiteten sich zu beiden Seiten der Straße aus. Die Umgebung sah immer gleich aus. Die Kunstsonne erhellte das Land gleichmäßig und sorgte für eine geregelte Temperatur. Die Twonoser hatten in jeder größeren Halle mächtige Strahler an der Decke befestigt, die die Aufgabe einer natürlichen Sonne übernahmen. Der Moby war in seinen äußeren Regionen durch Schleusen und Schotte gegen den Weltraum abgeschlossen, so daß in seinem Innern praktisch planetare Verhältnisse herrschten.

Irgendwo innerhalb des Giganten mußte eine mächtige Energiestation existieren. Vielleicht waren die Rotrüssel die einzigen, die Zugang dazu hatten. Das konnte die Macht der C-Kaste erklären.

Die Straße mündete in eine der vielen Adernöffnungen des Mobys. Ohne das Tempo zu verlangsamen, steuerte der Fahrer den Wagen in den natürlichen Tunnel. Vier grelle Scheinwerfer flammten auf und erhellten die Umgebung. Die Rillen und Unebenheiten im Innern der Ader waren von den Twonosern mit einem glasähnlichen Material ausgegossen worden, so daß der Boden auch hier vollkommen eben war.

Rhodan beobachtete Storkeet. Er hoffte, daß sich der Twonoser wieder beruhigt hatte, so daß er ihm eine Frage stellen konnte.

„Storkeet!“ rief er dem Weißrüssel zu.

Die beiden Rüssel des Twonosers zuckten leicht. Das starre Auge blickte auf die Straße.

„Was wollen Sie?“ fragte Storkeet.

„Wann werde ich zu meinen Männern zurückkönnen?“ erkundigte sich Rhodan.

„Das weiß ich nicht“, antwortete Storkeet mürrisch. „Vielleicht müssen Sie bei Garko dem Starken bleiben. Er hält sich viele fremde Wesen zu seinem Vergnügen.“

„Was wollen Sie damit sagen?“

Storkeet drehte seinen Sitz etwas herum, so daß er Rhodan anschauen konnte. Niemals zuvor hatte Rhodan ein so merkwürdiges Sehorgan gesehen, wie das eines Twonosers. Es durchmaß zwölf Zentimeter und war völlig bewegungsunfähig. Es wirkte wie eine Geschwulst.

„Es kommt darauf an, was Garko der Starke beschließt. Er kann befehlen, daß alle Gefangenen in die Zuchtfarmen kommen und an die Bioparasiten verteilt werden. Ich halte es jedoch für wahrscheinlich, daß Sie und Ihre Begleiter als Arbeitskräfte eingesetzt werden. Der Erntetermin steht kurz bevor.“ Storkeet deutete mit einem Rüssel vorsichtig auf den Fahrer, als wollte er andeuten, daß er während der Anwesenheit dieses Mannes nicht über alles sprechen konnte.

Kurz darauf kamen sie aus dem Tunnel. Wie Rhodan erwartet hatte, gab es auch in der anschließenden Halle ausgedehnte Felder und mehrere Zuchtfarmen. Storkeet überreichte Rhodan einen Translator. „Den werden Sie bei Garko dem Starken brauchen“, erklärte er.

Der Fahrer bog unmittelbar hinter dem Tunnelausgang nach links ab und hielt sich dicht an der Hallenwand.

Nach wenigen Minuten erreichten sie eine Straßensperre, die von acht Weißrüssel-Soldaten besetzt war. Die Twonoser hielten den Wagen an. Storkeet brummte ärgerlich und begann mit dem Fahrer zu schimpfen.

Nachdem sich Storkeet mit den Soldaten unterhalten hatte, durften sie die Fahrt fortsetzen.

„Garko der Starke hat überall Wachen aufgestellt“, erklärte Storkeet dem Terraner. „Die Haushaltsverbrecher sind in letzter Zeit sehr aktiv.“

„Ich sehe nirgends ein größeres Gebäude“, sagte Rhodan. „Lebt der Anführer der Weißrüssel in einem normalen Haus?“

„Nein“, sagte Storkeet wortkarg.

Schließlich sah Rhodan die Residenz von Garko dem Starken. Er wurde auf sie aufmerksam, als er einige hundert Soldaten auf der breiter werdenden Straße stehen sah. Die Twonoser hatten aus der Hallenwand große Teile herausgesprengt und in die Höhlung ein Haus gebaut.

Storkeet sagte: „Dort ist es!“

Das Fahrzeug wurde abermals angehalten. Die drei Insassen mußten aussteigen. Der Fahrer erhielt von Storkeet den Befehl zu warten.

„Kommen Sie!“ sagte Storkeet zu Rhodan, ohne sich durch die Soldaten beunruhigen zu lassen.

Rhodan und sein Begleiter mußten durch ein Spalier bewaffneter Weißrüssel gehen, so daß Rhodan der Blick auf das eigenartige Gebäude versperrt blieb. Der Eingang zum Regierungssitz von Garko dem Starken war ein mächtiges Portal. Rhodan konnte in eine erleuchtete Halle blicken, die mit unzähligen Blumen ausgeschmückt war.

Unmittelbar vor dem Eingang blieb Storkeet stehen und verneigte sich stumm. Rhodan hatte das Gefühl, daß er von irgend jemand beobachtet wurde.

„Nun müssen Sie allein weitergehen“, sagte Storkeet.

Rhodan schaute sich rasch in der Halle um. Dort konnte er keinen Twonoser sehen.

„Warten Sie am Wagen auf mich?“ fragte er Storkeet.

„Das hängt von Garko ab“, gab Storkeet zurück.

Er drehte sich um und ging davon. Rhodan blickte zu den Soldaten hinüber. Sie kümmerten sich nicht um ihn, aber er war sicher, daß sie ihn aufhalten würden, wenn er den Versuch unternahm, Storkeet zu folgen.

Rhodan betrat die Halle. Hier war es einige Grad kühler als im Freien. Der Boden war mit behauenen Steinplatten ausgelegt. Fast jede Platte besaß eine andere Farbe. Inmitten der Halle, auf einem halbrunden Sockel, stand ein silbriger Topf mit roten Blumen. Zu beiden Seiten der Wände verliefen Säulengänge, die etwas tiefer lagen als der Mittelgang. Rhodan nahm all diese Dinge in kurzer Zeit in sich auf und versuchte, sich ein Bild vom Bewohner dieses Gebäudes zu machen.

Durch einen kleinen Torbogen konnte man die Halle verlassen und tiefer ins Gebäude eindringen. Rhodan gab sich einen Ruck. Je schneller er bei Garko dem Starken ankam, desto eher erfuhr er von den Plänen des Weißrüssels.

Als Rhodan die Halle fast durchquert hatte, erschien vor ihm ein Twonoser im Durchgang zum Nebenraum. Er war klein, aber breitschultrig und massiv. Er trug keine Waffe. Seine Rüssel waren weiß.

Rhodan blieb stehen und wartete, daß er angesprochen wurde. Er nahm an, daß er einen Diener vor sich hatte.

Der Twonoser kam auf ihn zu und blickte ihn dabei unverwandt an.

Er trug einen Translator, mit einem Gurt über der rechten Schulter.

Vor Rhodan blieb das Wesen einen Augenblick stehen, um dann langsam um den Terraner herumzugehen.

„Keinen Rüssel, tatsächlich“, erklang die Stimme des Twonosers. Der Lautsprecher des Translators, den Rhodan schon im Fahrzeug von Storkeet erhalten hatte, konnte den tiefen Klang dieser Stimme nicht richtig wiedergeben.

„Sie sind Garko der Starke“, stellte Rhodan nüchtern fest.

„Natürlich“, bestätigte der Weißrüssel. „Wäre ich sonst hier?“

„Sie sind nicht bewaffnet“, sagte Rhodan. „Ich könnte Sie angreifen.“

Garko der Starke gab ein krächzendes Geräusch von sich, was durchaus ein Lachen sein konnte. Seine Rüssel wedelten vor Vergnügen.

„Sie sind mit einem Raumschiff hierhergekommen“, sagte er. „Warum sollten Sie ausgerechnet jetzt bei einem sinnlosen Angriff auf mich Ihr Leben riskieren?“

„Wir führen eine seltsame Unterhaltung, wenn man bedenkt, daß ich Ihr Gefangener bin und Sie mich zum erstenmal gesehen haben“, sagte Rhodan.

Garko der Starke winkte Rhodan. „Folgen Sie mir“, sagte er. Es klang nicht wie ein Befehl. Überhaupt wirkte der Twonoser nicht arrogant, nur sehr selbstbewußt.

Rhodan ahnte, daß das Schicksal der CREST-Besatzung davon abhing, wie sein Treffen mit diesem Weißrüssel ausging. Garko der Starke schien ein Mann zu sein, der schnelle Entschlüsse liebte.

Er konnte sich sehr schnell für ein Weiterleben der Terraner entscheiden, aber auch sehr schnell für ihren Tod.

8.

Lord Kendall Baynes erwachte aus seinem Halbschlaf, als ihn jemand unsanft in die Rippen stieß. Er schlug die Augen auf. Melbar Kasom beugte sich über ihn. Das Essen, das sie von dem Weißrüssel erhalten hatten, war Baynes gut bekommen und hatte ihn schläfrig gemacht.

Baynes richtete sich mit den Ellbogen auf.

„Während Sie schliefen, holten die Twonoser dreißig Männer hier heraus", sagte der Ertruser.

Baynes erschrak. „Hat man sie ...", begann er aufgeregt.

Kasom schüttelte nachdrücklich den Kopf. „Wahrscheinlich werden sie bei irgendwelchen Arbeiten eingesetzt. Es besteht die Möglichkeit, daß noch weitere Arbeitskräfte benötigt werden."

Baynes blickte verständnislos zu dem Ertruser auf. Warum sprach Kasom so leise? Nur Atlan und die Woolver-Zwillinge befanden sich in ihrer unmittelbaren Nähe.

„Sobald die Twonoser hereinkommen und die Männer aussuchen, müssen wir darauf achten, daß wir dabei sind", fuhr Kasom fort.

„Was haben Sie vor?" erkundigte sich Baynes.

Kasom grinste. „Tolot ist irgendwo dort draußen und wartet auf Unterstützung."

Baynes blickte sich unsicher um. „Rhodan ist noch nicht zurück", sagte er. „Und Atlan scheint nichts von Ihrem Vorhaben zu wissen, Major."

Kasom drückte ihn mit einer Hand auf den Boden zurück. „Ich wußte nicht, daß Sie Angst haben."

„Angst?" fauchte Baynes aufgebracht. „Sagen Sie mir, worum es geht."

„Es war ausgemacht, daß ich als nächster ausbrechen soll", erklärte Kasom. „Natürlich wäre es besser, wenn Rhodan bei uns wäre. Doch jetzt ist eine günstige Gelegenheit. Sie müssen dafür sorgen, daß es an der Tür zu einem Gedränge kommt, wenn die nächsten Gefangenen geholt werden. Diese Gelegenheit werde ich zur Flucht benutzen."

„Man wird Sie erschießen", meinte Baynes skeptisch.

„Schon möglich", knurrte Kasom dumpf. „Das ist immer noch besser, als bis ins hohe Alter von Bioparasiten-Suppe leben zu müssen."

Baynes mußte lachen. „Ich bin einverstanden", sagte er. Er war stolz, daß Kasom ausgerechnet ihn für diese Aufgabe ausgewählt hatte. Der Ertruser zog sich ohne ein weiteres Wort an seinen Platz zurück. Baynes begann zu überlegen, wie er am besten vorgehen könnte.

Bevor er sich einen Plan ausgedacht hatte, sprang die Tür auf. Zu beiden Seiten des Eingangs postierten sich zwei bewaffnete Weißrüssel. Drei weitere Twonoser näherten sich den Gefangenen.

Baynes blickte zu Kasom hinüber und sah, daß ihm der Ertruser ein unauffälliges Zeichen gab. Die drei Weißrüssel waren bereits damit beschäftigt, ein paar Männer auszusuchen. Diesmal begnügten sie sich mit zehn Gefangenen. Als die Gruppe an Baynes vorbeikam, sprang der Fähnrich auf und schloß sich ihr an. Die Twonoser protestierten nicht. Es schien ihnen gleichgültig zu sein, ob sie einen Mann mehr oder weniger mitnahmen.

Baynes gelang es, noch vor der Tür hinter den an der Spitze gehenden Raumfahrer zu kommen. Unmittelbar vor dem Eingang stellte er seinem Vordermann ein Bein und stieß ihm beide Hände wuchtig in den Rücken. Der unerwartete Angriff ließ den Gefangenen das Gleichgewicht verlieren. Er prallte gegen einen der Wächter. Baynes fuhr herum und warf sich gegen den hinter ihm Stehenden.

Die Wächter brüllten Befehle und fuchtelten mit den Waffen herum. Die Männer versuchten Baynes festzuhalten. Doch er brachte seinen Kopf zwischen den hochgezogenen Armen in Deckung und kämpfte sich frei.

Da preßte sich ein harter Gegenstand in Baynes' Rücken.

„Aufhören!“ tönte ein Translatorlautsprecher.

Zwei Wächter hatten sich bis zu ihm vorgearbeitet, bedrohten ihn mit ihren Waffen. Baynes hob die Arme über den Kopf. Er blickte zu dem Platz, wo Kasom zuletzt gestanden hatte. Der Ertruser war verschwunden. Wahrscheinlich hatte er den Zwischenfall zur Flucht benutzen können.

„Sie bleiben hier!“ befahl einer der Weißrüssel.

Baynes senkte den Kopf und ging langsam in den Raum zurück. Atlan blickte ihm entgegen.

„Wer gab Ihnen den Befehl zu diesem Übergriff, Baynes?“ fragte der Arkonide.

„Major Kasom, Sir“, erwiderte Baynes nervös.

„Sind Sie sich bewußt, daß Sie bei dieser Aktion das Leben einiger Männer gefährdeten, Fähnrich?“

„Und mein eigenes“, wandte Baynes ein.

„Immerhin haben wir jetzt zwei gute Kämpfer außerhalb des Gefangenenlagers“, sagte Rakal Woolver. „Tronar und ich haben genügend

Energieflüsse geortet, die ins Freie führen. Wir können uns jederzeit aus diesem Gebäude entfernen und mit Tolot oder Kasom Verbindung aufnehmen."

„Sofern Kasom nicht wieder festgenommen wird", schränkte John Marshall ein.

„Auf jeden Fall werden wir nichts mehr unternehmen, bevor Perry zurück ist", bestimmte Atlan.

Baynes ließ sich auf den Boden sinken. Er setzte keine großen Hoffnungen auf Tolot und den Ertruser. Was wollten sie innerhalb des riesigen Mobys erreichen?

Melbar Kasom dachte im Augenblick weniger an das, was er zur Befreiung aller Gefangenen beitragen konnte, als an die Möglichkeit, schon kurz nach dem Verlassen des Lagers aufgegriffen zu werden. Er konnte nicht mit Sicherheit sagen, ob seine Flucht unentdeckt geblieben war. Als sich alle Wächter dem tobenden Baynes zugewendet hatten, war er durch den Eingang geschlüpft.

Zu seiner Erleichterung standen vor der Tür keine Posten. Kasom hatte schon bei seiner Ankunft versucht, sich die Umgebung genau einzuprägen. Vor allem mußte er die große Straße meiden, die am Gefangenenlager vorbeiführte.

Er rannte am Gebäude entlang, bis er an dessen Rückfront die erste Pause riskieren konnte. Etwa zweihundert Meter vor ihm begannen Felder, die dicht mit Staudenpflanzen bewachsen waren. Um sie zu erreichen, mußte er jedoch einen völlig freien Platz überqueren.

Zum Glück war das Gebäude, in dem man die Gefangenen untergebracht hatte, so hoch, daß Kasom von den umliegenden Häusern aus nicht gesehen werden konnte. Auf der Straße gab es im Augenblick nur wenig Verkehr, doch überall arbeiteten kleinere Gruppen von Twonosern. Kasom stellte fest, daß vor nicht allzu langer Zeit das Staudenfeld bis an das Gebäude herangereicht hatte. Aus ihm unbekannten Gründen hatten die Weißrüssel einen Teil gerodet und waren nun dabei, den Boden zu glätten.

Obwohl die Ansiedlung einen sauberen Eindruck auf Kasom machte, wirkte sie gegenüber den Städten in der Rücken- und Mitteletage primitiv. Es gab nur wenige Fahrzeuge. Die meisten davon waren zur

Arbeit bestimmt. Entscheidend war, daß die Waffen der Weißrüssel nicht weniger gefährlich als die ihrer vornehmen Artgenossen waren.

Kasom wünschte, es wäre innerhalb der Riesenhalle weniger hell gewesen. Vom vorderen Teil des Gebäudes drang Lärm an seine Ohren. Er spähte um die Ecke und sah, wie die zehn Gefangenen davongeführt wurden. Baynes war nicht unter ihnen. Kasom atmete auf. Es war ihm lieber, Baynes in der relativen Sicherheit des Lagers zu wissen. Der junge Bursche machte einen unbeherrschten Eindruck. Weitere Zwischenfälle hätten nur die Aufmerksamkeit der Twonoser erhöht.

Kasom beobachtete die Arbeitsgruppen der Twonoser, die ihn unter Umständen sehen konnten, wenn er den freien Platz überquerte. Die Weißrüssel konzentrierten sich voll auf ihre Arbeit, aber Kasom gab sich keinen Illusionen hin. Mit großer Wahrscheinlichkeit würde gerade dann ein Twonoser aufblicken, wenn er losrannte.

Leises Motorengeräusch ließ Kasom wieder zur Straße blicken. Ein großer Transporter bog in Richtung zu den Feldern ab. Er würde den freien Platz überqueren, der im Moment Kasoms einziges Hindernis darstellte. Allerdings war er viel zu weit entfernt, als daß Kasom ihn hätte erreichen und als Deckung benutzen können.

Der USO-Spezialist mußte zusehen, wie der Wagen hundert Meter vom Gebäude entfernt vorbeifuhr. Dann bahnte sich jedoch eine unerwartete Entwicklung an. Die Twonoser verließen ihre Arbeitsplätze und gingen dem Transporter nach. Kasom zögerte keine Sekunde länger. Ein letzter Blick nach allen Seiten zeigte ihm, daß sich jetzt eine günstige Gelegenheit bot. Gleich darauf löste er sich von der Wand, die ihn bisher vor den Blicken der Weißrüssel verborgen hatte.

Der Raum wurde von drei frei unter der Decke schwebenden Leuchtkugeln erhellt. An den Wänden wucherten Schlingpflanzen. Der Boden war mit dicken Matten ausgelegt, die das Geräusch von Rhodans Schritten dämpften. Garko der Starke hatte sich in einer Art Hängematte niedergelassen und schaukelte hin und her. Der Raum erinnerte Rhodan mehr an eine Dschungelhütte als an einen Regierungspalast.

„Dies ist sozusagen mein privatester Raum“, erklärte der Weißrüssel, als hätte er Rhodans Gedanken lesen können. „Niemand wagt es, mich hier zu stören.“

Rhodan stellte den Translator etwas lauter, denn Garko der Starke sprach mit gesenkter Stimme. Der Twonoser wies auf eine zweite Hängematte in einer anderen Ecke des Zimmers. Rhodan ließ sich darin nieder.

„Mein Amt erfordert viel diplomatische Geschicklichkeit“, sagte der Weißrüssel, nachdem sie sich einige Zeit schweigend betrachtet hatten. „Solange wir genügend produzieren, um alle Twonoser innerhalb des Mobys zu ernähren, machen mir die beiden oberen Kasten keine Schwierigkeiten. Das bedeutet, daß ich mich auch mit anderen Problemen beschäftigen kann.“

„Es ist mir nicht entgangen, daß zwischen Ihrer Kaste und den höhergestellten Twonosern ein gespanntes Verhältnis herrscht“, bemerkte Rhodan. Er wollte herausfinden, wie tief der Groll dieses Mannes gegen die C-Kaste war.

„Wir würden sofort gegen die Rotrüssel losschlagen, wenn es die starke Armee der B-Kaste nicht gäbe“, erwiderte Garko der Starke. „Doch die Mitteletage ist für uns ein unüberwindliches Hindernis. Man würde uns schon innerhalb des Adernsystems abfangen.“

„Sie resignieren also?“ erkundigte sich Rhodan.

Der Twonoser winkte schwach mit einem Rüssel. „Ich warte auf unsere Gelegenheit“, verbesserte er. „Die Haushaltsverbrecher sind dabei, in abgelegenen Adern des Mobys eine bewegliche Partisanengruppe aufzustellen. Diese kleine Armee wird den Soldaten Schwierigkeiten machen.“

„Aber Sie können nicht darauf hoffen, daß diese Partisanen die oberen Kasten so schwächen, daß Sie mit Ihren Weißrüsseln losschlagen können“, hielt ihm Rhodan entgegen.

„Eines Tages“, versprach Garko der Starke, „werden wir unsere eigenen Energieversorgungslager haben. Dann sind wir unabhängiger. Wir werden die Rot- und Blaurüssel dann nicht mehr mit Nahrung versorgen. Doch dieser Zeitpunkt liegt noch in ferner Zukunft.“

Rhodan erhob sich und ging bis in die Mitte des Raumes.

„Wir sind zweitausend kampferprobte Männer“, sagte er. „Wir wären unter gewissen Voraussetzungen bereit, uns mit den Weißrüsseln zu verbünden und einen Weg in die Rückenetage freizukämpfen."

Garko der Starke bremste die Schaukelbewegung der Hängematte mit den Füßen ab.

„Sie möchten in Ihr Schiff zurück, nicht wahr?" fragte er.

„Ja", erwiderte Rhodan.

Der Twonoser kauerte nachdenklich in seiner Matte. Rhodan beobachtete ihn gespannt. Mit Unterstützung der Weißrüssel konnten sie vielleicht bis zur CREST II vordringen.

„Es ist unmöglich", sagte Garko der Starke schließlich.

Rhodan zwang sich, seine Enttäuschung zu verbergen.

„Was wird mit uns geschehen? Werden wir in die Zuchtkammern der Bioparasiten kommen?"

„Nein", sagte der Twonoser. „Sie und Ihre Männer werden hier unten arbeiten. Wenn es überhaupt möglich ist, werden wir Ihnen einigermaßen erträgliche Lebensbedingungen schaffen."

Rhodan unternahm einen letzten Versuch. „Lassen Sie uns allein den Vorstoß in die Rückenetage unternehmen", drängte er. „Öffnen Sie die Türen des Gefangenenlagers."

„Nein", lehnte der Weißrüssel ab. „Ein solches Vorgehen würden die Anführer der oberen Kasten sofort durchschauen. Man würde uns bestrafen."

„Wir sind keine angenehmen Gefangenen", warnte Rhodan.

„Ich habe gehört, daß einer Ihrer Männer geflüchtet ist, bevor das Lager erreicht wurde", sagte Garko der Starke. „Bisher konnten wir ihn nicht finden. Ich weiß also, was ich von Ihnen zu halten habe. Selbst wenn Sie hundert Männer befreien können, wird sich die Situation nicht ändern. Niemals kommen Sie bis zum Raumschiff."

„Denken Sie nochmals über meine Vorschläge nach", forderte Rhodan den Anführer der Weißrüssel auf.

„Das brauche ich nicht. Versuchen Sie nicht, aus dem Lager auszubrechen. Sie würden damit nur Ihre eigene Lage verschlechtern." Garko der Starke stemmte sich aus der Hängematte. „Sie können jetzt zu Ihren Männern zurück. Storkeet wird Sie zum Lager bringen. Er ist der Kommandant der Wachtruppe. Wenn Sie irgend etwas Wichtiges vorzubringen haben, wenden Sie sich an ihn."

Rhodan begriff, daß seine kurze Audienz beendet war. Sie würden leben, aber Garko der Starke war nicht geneigt, ein Bündnis mit ihnen einzugehen, oder ihnen die Flucht zu erleichtern. Rhodan konnte ihm das nicht übelnehmen. In der Mitteletage des Mobys stand eine unüberwindliche Streitmacht.

Trotzdem müssen wir an den Blaurüsseln vorbei, dachte Rhodan, als er hinter dem Twonoser das Gebäude verließ.

Fähnrich Kendall Baynes schätzte, daß drei Tage terranischer Zeitrechnung seit dem Ausbruch Melbar Kasoms verstrichen waren.

Wenige Stunden nach Kasoms gelungener Flucht war Perry Rhodan ins Lager zurückgekehrt. Er hatte einen Translator mitgebracht und die Nachricht, daß der Anführer der Weißrüssel nicht daran dachte, sich mit den zweitausend Gefangenen zu verbünden.

Von diesem Zeitpunkt an hatten die Woolver-Zwillinge begonnen, sich in die verschiedensten Energieströme einzufädeln, um die Umgebung unauffällig zu erkunden. Nach einem Tag hatten sie den Haluter entdeckt, einige Stunden später fand Tronar Woolver den Ertruser Melbar Kasom. Icho Tolot besaß das bessere Versteck, er hatte sich in eine kleine Ader des Mobys zurückgezogen. Tronar Woolver hatte Melbar Kasom davon unterrichtet, und der USO-Spezialist hatte nicht gezögert, sich ebenfalls an diesen Ort zu begeben.

Tolot und Kasom warteten nun darauf, daß es Perry Rhodan zusammen mit mehreren Männern gelang, aus dem Lager auszubrechen. Die Twonoser hatten sich nicht die Mühe gemacht, ihre Gefangenen zu zählen, so daß das Verschwinden von ungefähr fünfzig Mann wahrscheinlich nicht auffallen würde.

Seit Rhodans Rückkehr von Garko dem Starken waren immer mehr Terraner zu Arbeiten in den Zuchtstationen der Bioparasiten geholt worden. Zeitweise hielten sich nur tausend Mann im Gefangenenlager auf.

Auch Baynes hatte einmal ein paar Stunden gearbeitet. Zu seiner Erleichterung war er nicht mit einem Bioparasiten in Berührung gekommen.

Kurz nach Rhodans Rückkehr war Storkeet, der Lagerkommandant, erschienen, um Perry Rhodan im Auftrag von Garko dem Starken eine Auszeichnung zu verleihen. Es handelte sich um einen Plastikrüssel, den Storkeet unter dem Gelächter der anwesenden Gefangenen an Rhodans Brust befestigte. Damit war Rhodan, wie Storkeet sich ausdrückte, zum Träger des Ersten Rüssels aufgerückt.

Baynes hatte sich längst an den Anblick eines Wellensprinters gewöhnt, so daß er kaum den Kopf hob, als Rakal Woolver unmittelbar neben der Tür aus einer Steckdose materialisierte und auf Rhodan zuging. Tronar Woolver war bereits vor wenigen Augenblicken materialisiert. Die beiden Mutanten hielten die Verbindung zum Versteck Tolots und Kasoms aufrecht.

„Tolot hat sich in der Bauchetage umgesehen, Sir", begann Rakal Woolver seinen Bericht. „Er hat schlechte Nachrichten für uns. Eine Gruppe von etwa dreißig Blaurüsseln ist zum Wohngebiet der A-Kaste unterwegs. Tolot vermutet, daß die Blaurüssel die Wächterfunktion übernehmen sollen. Die C-Kaste scheint den Weißrüsseln nicht zu trauen."

„Kann Tolot ungefähr sagen, wann die Soldaten hier eintreffen werden?" erkundigte sich Rhodan.

„Sie müssen oft anhalten, um sich mit zornigen Weißrüsseln auseinanderzusetzen, die offensichtlich nicht damit einverstanden sind, daß Mitglieder der B-Kaste sich in die Angelegenheiten der Weißrüssel einmischen. Tolot glaubt, daß Sie noch einige Stunden Zeit haben, um einen Fluchtversuch zu wagen. Er empfiehlt, die vier Haushaltsverbrecher mitzunehmen, da diese sich genau auskennen und wertvolle Hinweise liefern können."

„Kasom schlägt vor, den Zwischenfall während seiner Flucht in größerem Umfang zu wiederholen", berichtete Rakal Woolver. „Ein paar hundert Männer sollen eine Revolte inszenieren. Das dabei entstehende Durcheinander müßte genügen, um einer kleineren Gruppe die Flucht zu ermöglichen."

„Das ist wahrscheinlich unsere einzige Chance", stimmte Rhodan zu. „Ich werde mit den Haushaltsverbrechern sprechen."

Er nahm den Translator und ging zu den vier Weißrüsseln hinüber, die man zusammen mit ihnen in dieses Lager gebracht hatte. Er kam bald wieder zurück und nickte befriedigt.

„Sie sind einverstanden", sagte er. „Sie wären sowieso früher oder später hier ausgebrochen. Als Gegenleistung für ihre Hilfe verlangen sie, daß wir mit ihnen zu der versteckten Ansiedlung der Haushaltsverbrecher gehen."

„Das gefällt mir nicht", sagte Atlan. „Was haben wir davon, wenn wir von einem Gefangenenlager ins andere marschieren?"

„Ich glaube nicht, daß wir die Haushaltsverbrecher fürchten müssen", meinte Rhodan. „Ich rechne damit, daß sie uns helfen können, die CREST zu erreichen."

Baynes fragte sich, warum Rhodan sich seiner Sache so sicher war. Sie wußten viel zuwenig von den Twonosern, um ihnen zu vertrauen. Trotzdem hoffte der Fähnrich, daß er bei der Gruppe sein konnte, die die Flucht wagen sollte. Der Ausbruch mußte auf jeden Fall gewagt werden. Je länger sie warteten, desto geringer wurden ihre Aussichten, die CREST II in flugfähiger Verfassung vorzufinden. Bestimmt würden die Wissenschaftler der C-Kaste an dem Schiff herumexperimentieren.

Außerdem bekam den Gefangenen die Ernährung nicht, die sie von den Weißrüsseln erhielten. Zwar erhielten sie ausreichende Mahlzeiten, doch bei vielen Männern stellten sich Hautausschläge, Erbrechen oder Unwohlsein ein. Baynes selbst spürte noch nichts, denn er war seit seiner Jugend gewohnt, von schlechter Verpflegung zu leben.

Hinzu kam die seelische Verfassung der Raumfahrer. Das untätige Warten innerhalb des Lagers machte sie mürrisch und gereizt. Es kam immer häufiger zu Streitigkeiten, die von den Offizieren manchmal nur mit Gewalt unterbunden werden konnten.

Baynes wandte seine Aufmerksamkeit wieder Perry Rhodan zu, der sich mit den Woolver-Zwillingen über die Entfernung zwischen dem Gefangenenlager und Tolots Versteck unterhielt.

„Die kleine Ader ist ungefähr fünfzig Kilometer von hier entfernt", erklärte Rakal Woolver. Tronar nickte bekräftigend. Baynes konnte die Wellensprinter nur an den Buchstaben auf ihren Kombinationen unterscheiden. Körperlich glichen sie einander vollkommen. Diese Ähnlichkeit hatte den Terranern geholfen, die Invasion der Maahks im Keim zu ersticken, erinnerte sich Baynes.

„Für Icho Tolot ist dies keine große Entfernung", sagte Atlan. „Auch Kasom kommt schneller voran als ein normaler Terraner. Wir würden jedoch mindestens sechs oder sieben Stunden benötigen, um das Versteck zu erreichen."

„Ich weiß, was du damit sagen willst, Arkonide", meinte Rhodan lächelnd. „Je länger wir brauchen, um die Ader zu erreichen, desto größer wird die Gefahr einer Verfolgung oder einer Entdeckung."

Atlan hob eine Hand. „Natürlich bin ich für einen Fluchtversuch", bekräftigte er.

„Storkeet hat soeben eine Nachricht erhalten, daß er und seine Männer bald von Blaurüssel-Soldaten abgelöst werden sollen", mischte sich John Marshall ein. Der Telepath hatte von Rhodan den Auftrag erhalten, die Gedanken des twonosischen Kommandanten in regelmäßigen Abständen zu überwachen.

„Tolots Verdacht trifft also zu", stellte Rhodan fest. „Wie wird Storkeet auf die Ablösung reagieren?"

„Er ist zornig", berichtete Marshall. „Er wird jedoch keinen Widerstand leisten. Garko der Starke hat bereits entsprechende Befehle gegeben. Storkeet wird sie befolgen."

„Es wird also Zeit", sagte Rhodan.

Er ging bis in die Mitte des Raumes. Die Gefangenen richteten sich erwartungsvoll von ihren Lagern auf.

„Jeder weiß, wo wir uns im Augenblick befinden", begann Rhodan. „Die Offiziere haben jedes Besatzungsmitglied von der Lage unterrichtet. Sie wissen also alle, daß wir unbedingt die CREST erreichen müssen, bevor wir überhaupt nicht mehr aus dem Moby entkommen können. Ein gewaltsamer Ausbruch der gesamten Besatzung ist unmöglich, weil wir keine Waffen besitzen und man uns gnadenlos jagen würde. Deshalb muß eine kleinere Gruppe versuchen, heimlich aus dem Lager zu entkommen und bis zur CREST vorzudringen. Wir werden den Twonosern ein kleines Schauspiel vorführen, bevor die im Anmarsch befindlichen Blaurüssel-Soldaten hier eingetroffen sind. Alle Männer, die sich im hinteren Teil dieses Raumes aufhalten, werden auf mein Zeichen hin unter entsprechendem Lärm eine Revolte inszenieren, deren angebliches Ziel es ist, mich zu stürzen und einen anderen Mann als Befehlshaber einzusetzen. Wir können damit rechnen, daß die Twonoser dem Träger eines Ersten Rüssels . . ." Rhodan klopfte lächelnd gegen das Plastikabzeichen an seiner Brust, „. . . zu Hilfe kommen. Die Rebellen müssen versuchen, die Wachen an der

Tür für ein paar Minuten so zu beschäftigen, daß fünfzig Männer fliehen können."

Die Männer der CREST stimmten sofort zu. Baynes erkannte, daß die CREST-Besatzung nur darauf wartete, irgend etwas zu unternehmen, was die derzeitige Lage ändern würde.

„Wenn es uns gelingt, das Flaggschiff zu erreichen, werden wir einen Weg finden, um Sie alle zu befreien", fuhr Rhodan fort. „Nimmt man uns jedoch unterwegs fest, dann . . ." Rhodan machte eine unbestimmte Geste und überließ es den Männern, sich die Folgen eines solchen Ereignisses auszumalen.

Der Großadministrator kam wieder zu den Offizieren zurück. Er wählte die fünfzig Mann aus, die aus dem Lager ausbrechen sollten. Fast alle Offiziere mußten zurückbleiben. Auch John Marshall würde das Lager nicht verlassen. Es war wichtig, daß er die restlichen Gefangenen über die Pläne der Twonoser informierte. So konnten die Zurückbleibenden schnell genug einen gewaltsamen Ausbruch vorbereiten, wenn die Weißrüssel ihre Meinung änderten und etwa ihre Gefangenen töten wollten.

Die Woolver-Zwillinge sollten an der Flucht teilnehmen. Sie waren als Verbindungsleute zwischen den einzelnen Gruppen unersetzlich.

Auch Kendall Baynes war unter den fünfzig ausgesuchten Männern.

Das Geräusch wiederholte sich in regelmäßigen Abständen und ließ Kasom jedesmal zusammenzucken. Es hörte sich an, als ginge in der Ferne eine Steinlawine nieder.

„Ich möchte wissen, was das ist", sagte der Ertruser zu Tolot. „Ob es hier irgendwo eine Höhle mit Maschinen gibt?"

Sie standen nebeneinander im halbverschütteten Zugang der kleinen Ader und blickten in das Tal hinab, aus dem sie entkommen waren.

„Ich glaube, ich weiß jetzt, woher der Lärm kommt", erwiderte Tolot. „Irgendwo über uns liegt eine Hauptader, die als Rohrbahn benutzt wird. Jedesmal, wenn ein Zug vorbeikommt, können wir es hier unten hören."

„Sie haben recht", sagte Kasom. „Wahrscheinlich stößt diese Ader irgendwo auf die Rohrbahn. Wenn es diese vielen Einsturzstellen nicht gäbe, könnten wir tiefer in den Moby eindringen."

Unter ihnen sah er die Gebäude und Felder der Twonosischen Ansiedlung liegen. Lebewesen waren auf diese Entfernung nicht zu erkennen. Etwa drei Kilometer von ihrem Standort entfernt stand eine kleine Umformerstation. Dort materialisierten die Woolver-Zwillinge, wenn sie das Versteck aufsuchten. Es gab keinen Weg zu der Moby-Ader. Tolot hatte noch weitere unbenutzte Hohlräume entdeckt, doch keiner lag so günstig wie diese Ader. Von hier aus konnten sie das gesamte Tal überblicken. Jeder eventuelle Verfolger wäre von ihnen lange vor seiner Ankunft entdeckt worden.

„Da kommt einer der Imarter", sagte Tolot.

Kasom schaute zur Station. Es war ein kleines Gebäude, aus den überall herumliegenden Quarzbrocken erbaut. Der Ertruser beobachtete, wie der Mutant schnell über die Gesteinsbrocken kletterte.

„Er scheint eine wichtige Nachricht zu bringen", bemerkte Tolot.

„Es ist Rakal Woolver", sagte Kasom, der das „R" auf der Kombination des Mutanten sehen konnte.

Woolver winkte ihnen zu. Er brauchte eine halbe Stunde, bis er die Ader erreicht hatte. Er atmete gleichmäßig, nichts deutete auf die Anstrengung hin, die er hinter sich hatte. Für seine großen Lungen unter der tonnenförmigen Brust bedeutete eine zusätzliche Belastung keine Schwierigkeit.

Woolver löste zwei der twonosischen „Maiskörner" vom Gürtel und überreichte sie Kasom.

„Ich habe daran gedacht, daß sie hier oben nicht viel zum Essen haben", sagte er grinsend.

Kasom wog die beiden Früchte triumphierend in seinen Händen. Er hielt sie Tolot entgegen. „So gut funktioniert die Zusammenarbeit innerhalb der USO", sagte er zu dem Haluter.

Tolot blieb ernst. „Warum schickt man Sie?" fragte er Woolver.

„Marshall hat festgestellt, daß die Blaurüssel tatsächlich die Aufgabe unserer derzeitigen Wächter übernehmen sollen", sagte Rakal Woolver. „Rhodan will vor Ankunft der Soldaten mit fünfzig Männern aus dem Lager fliehen und hierherkommen." Er wandte sich um und schaute ins Tal hinab. „Die Flucht müßte bereits erfolgt sein", sagte er.

„Werden Sie bei uns bleiben?“ erkundigte sich Kasom.

Der Mutant nickte. „Mein Bruder und die vier Haushaltsverbrecher wollen die Flüchtlinge führen. Ich werde unterhalb der Schaltstation auf sie warten.“

Kasom biß in eine Frucht. Er begann gierig zu kauen. Woolver rümpfte die Nase.

„Ich werde mich nie an dieses Zeug gewöhnen können“, erklärte er. „Inzwischen sind weitere Männer erkrankt. Die Ärzte führen es auf die ungewohnte Nahrung zurück. Leider haben wir kaum Medikamente zur Verfügung.“

Kasom tätschelte seinen Bauch. „Ich wüßte auch etwas Besseres“, sagte er mit vollem Mund. „Aber in dieser Beziehung gleiche ich Tolot.“ Er warf einen bedauernden Blick auf die Quarzbrocken zu seinen Füßen. „Nur Steine kann ich noch nicht essen.“

„Wie gut für uns“, spottete der Haluter. „Sie hätten sonst bestimmt schon ein so großes Loch in den Moby genagt, daß die Twonoser uns sehen würden.“

„Ich nage nicht“, sagte Kasom und spuckte einen zentimetergroßen Kern ungeniert vor Tolots Füße. „Ich speise.“

„Erklären Sie mir gelegentlich den Unterschied“, schlug Tolot vor.

Woolver unterbrach die beiden ungleichen Freunde. „Tolot, vielleicht wäre es besser, wenn Sie ebenfalls das Versteck verließen und weiter unten auf Rhodan warteten. Wenn es nötig ist, können Sie eingreifen.“

„Einverstanden“, stimmte der Haluter zu. „Steigen Sie auf meinen Rücken, dann kommen wir schneller voran.“

„He!“ rief Kasom. „Wollt ihr einen alten Mann in dieser einsamen Bergwildnis zurücklassen?“

Woolver lachte, als er mit einem Sprung in Tolots Nacken landete. Der Haluter stützte sich auf seine Sprungarme. Kasom sah die beiden Raumfahrer zwischen den Quarzblöcken verschwinden. Einige Meter tiefer tauchten sie wieder auf. Der schwere Tolot bewegte sich mit der Behendigkeit einer Gazelle.

Kasom lehnte sich gegen die Aderwand, spuckte ein paar Kerne aus und blickte abwartend ins Tal hinab.

Das Gebrüll der Männer war ohrenbetäubend. Siebenhundert Raumfahrer hatten sich von ihren Plätzen erhoben und rückten in den vorderen Teil der Halle vor. Zu beiden Seiten des Einganges hatte Rhodan die zur Flucht ausgewählten Männer verteilt.

Rhodan selbst stand unmittelbar vor der Tür, neben ihm Baynes und Tronar Woolver.

Rhodan preßte den Translator an den Mund.

„Storkeet!“ schrie er. „Können Sie mich hören, Storkeet?“

Die erste Reihe der „Rebellen“ war bereits in Kämpfe mit den Männern verwickelt, die Rhodan als „Verteidiger“ ausgesucht hatte.

„Was geht dort drinnen vor?“ erklang eine kaum wahrnehmbare Stimme.

„Meuterei!“ rief Rhodan.

„Man will mich beseitigen, weil ich einem unsinnigen Fluchtplan nicht zugestimmt habe.“

Das Geheul der Raumfahrer schwoll an, als wollten sie die Worte Rhodans bekräftigen. Die ersten Männer begannen mit den Füßen zu trampeln. Unmittelbar vor dem Eingang bildete sich eine Traube ineinander verschlungener Kämpfer.

Es sah so echt aus, daß Baynes zu befürchten begann, es könnte zu Verletzungen kommen. Offenbar machten die Terraner ihrer angestauten Wut Luft. Baynes sah einen großen, dicken Mann aus der Menge hervortaumeln. Er hielt eine Hand auf sein geschwollenes linkes Auge gepreßt.

Die Tür wurde aufgerissen. Zuerst erschien der Lauf einer Strahlwaffe, dann spähte Storkeet herein.

„Helfen Sie uns!“ bat Rhodan und deutete hinter sich.

Storkeet brüllte einige Befehle und stürmte mit sieben Wächtern in die Halle. Einige Strahlschüsse zischten über die Köpfe der Kämpfenden hinweg.

Rhodan beugte sich vor und blickte hinaus.

„Zwei Wächter sind noch draußen“, flüsterte er Baynes zu.

„Wir müssen sie irgendwie hereinlocken“, sagte Tronar Woolver.

„Das mache ich“, erklärte Baynes entschlossen. Bevor ihn jemand daran hindern konnte, trat er hinaus. Er schloß die Augen, weil er erwartete, das Zischen eines Strahlers zu hören, das seinem

Leben ein Ende bereiten würde. Doch er wurde nur an beiden Armen gepackt und in Richtung auf den Eingang zurückgedrängt.

Die beiden Wächter schoben ihn durch die Tür. Baynes konnte sehen, daß Storkeet mit seinen Begleitern die vermeintlichen Rebellen in den hinteren Teil des Raumes trieb.

Er dachte schon, ihr Plan wäre fehlgeschlagen, als er fühlte, wie der Druck an seinen Armen nachließ. Die beiden Twonoser, die ihn hereingebracht hatten, sahen sich jetzt einem Angriff einiger durchgebrochener „Meuterer“ ausgesetzt und mußten zu ihren Waffen greifen.

Baynes erhielt von Atlan einen Stoß in den Rücken und taumelte förmlich aus dem Lager hinaus.

„Rennen Sie los!“ schrie jemand hinter ihm.

Baynes schaute sich nach allen Seiten um. Kein Twonoser war zu sehen. Dafür sah er ein paar Männer der CREST II. Und Perry Rhodan, der mit langen Schritten zum hinteren Teil des Gebäudes hetzte.

Wir sind draußen, dachte Baynes ungläubig.

Aus dem Innern des Lagers kam das Gebrüll der Gefangenen. Storkeet würde noch einige Zeit brauchen, bis er für Ruhe und Ordnung gesorgt hatte.

Baynes hatte nie geglaubt, daß fünfzig Personen so viel Lärm machen würden. Das Knirschen der Stiefel, das keuchende Atmen, alles schien nur dazu angetan, weitere Wächter herbeizulocken.

Dann standen sie am Ende der Halle, nicht weit von den schützenden Feldern entfernt.

„Twonoser!“ entfuhr es einem Mann unmittelbar hinter Baynes.

Der Fähnrich sah sie auch. Die Weißrüssel hatten auf dem freien Platz gearbeitet, doch durch den Lärm im Lager waren sie gestört worden. Aufmerksam blickten sie herüber.

Baynes fühlte sein Herz heftig schlagen. Was sollten sie nun tun?

„Hier kommen wir nicht vorbei!“ zischte Rhodan. „Wir müssen es auf der anderen Seite versuchen.“

Auf der anderen Seite lag die große Straße. Baynes erinnerte sich, daß dort zwar kein starker Verkehr herrschte, aber immer noch genug Fahrzeuge vorbeikamen, um die Gefahr einer Entdeckung heraufzubeschwören.

Daran schien auch Tronar Woolver zu denken.

„Dort kommen wir nicht durch, Sir“, wandte der Mutant ein. „Wir müßten ein paar hundert Meter mitten durch die Ansiedlung.“

„Haben Sie eine bessere Lösung?“ erkundigte sich Rhodan.

Der Imarter senkte den Kopf. Baynes' Hände zuckten nervös. Es war ein schreckliches Gefühl, völlig waffenlos hier zu stehen.

Rhodan traf eine Entscheidung. „Wir versuchen über die Straße zu kommen.“

Sie rannten die Strecke, die sie schon einmal zurückgelegt hatten, wieder zurück.

Innerhalb des Lagers war es noch nicht ruhiger geworden. Das ließ Baynes hoffen, daß sie wenigstens bis zur Straße kamen, ohne von Wächtern angehalten zu werden.

Rhodan kam zuerst am Ende des Gebäudes an. Mit einem Winken gab er den Männern zu verstehen, daß kein Twonoser in der Nähe war. Unangefochten erreichten sie das nächste Gebäude. Hier waren sie noch einigermaßen geschützt, denn weder von der Straße noch vom Lager aus konnte man sie sehen.

„Baynes, beobachten Sie die Straße!“ befahl Rhodan.

„In Ordnung, Sir.“ Baynes huschte davon. Er war dankbar, daß er nicht mit klopfendem Herzen an einem Platz zu stehen brauchte. Solange er beschäftigt war, konnte er nicht über die Gefahren nachdenken, die sie umgaben.

Baynes umrundete das Gebäude, bis er auf die Straße blicken konnte. Im Augenblick war sie verlassen, aber Baynes erschien sie wie eine Theaterbühne, die von ein paar tausend Augen betrachtet wurde. Von mindestens zehn Gebäuden aus konnte das Straßenstück, das sie überqueren wollten, beobachtet werden. Und auf der anderen Seite erwartete sie nicht Sicherheit, sondern eine Reihe weiterer Bauwerke. Plötzlich kam es Baynes vor, als hätte er Bleiklötze an den Füßen. Er wußte genau, woher dieses Gefühl kam: es war das äußere Zeichen seiner Angst, aber er konnte nichts dagegen tun.

Da hörte er ein Geräusch neben sich. Er fuhr herum, aber es war nur Atlan, der Arkonide, der sich ihm näherte.

Atlan tat, als entginge ihm der Zustand des Fähnrichs, obwohl Baynes befürchtete, daß seine Panikstimmung zu erkennen war.

„Nun, wie sieht es aus, Lord?“ erkundigte sich der Arkonide.

Baynes schluckte.

„Alles verlassen, Sir", murmelte er dumpf. „Aber es kann jeden Augenblick ein Fahrzeug dort hinter der Farm hervorkommen." Er bezeichnete die Stelle mit ausgestrecktem Arm. Dort verschwand die Straße hinter den Gebäuden. „Außerdem", Baynes rang nach Atem, „außerdem können wir von verschiedenen Häusern aus gesehen werden."

„Einer von uns muß auf die andere Seite der Straße", sagte Atlan fest. „Von dort aus kann man sie über eine größere Entfernung hinweg beobachten."

„Lassen Sie mich gehen", verlangte Baynes.

„Das Überqueren von Straßen war schon immer meine Spezialität", erwiderte Atlan.

Baynes wollte protestieren, doch Atlan setzte sich schon in Bewegung. Der Fähnrich war bei Atlans Worten errötet.

Er hat erkannt, was mit mir los ist, dachte Kendall Baynes verzweifelt. Er ließ mich nicht gehen, weil er glaubte, ich würde die Nerven verlieren.

Er sah den Arkoniden mit wehendem Umhang über die Straße rennen; eine große, hagere Gestalt mit leuchtendem Haar. Gleich darauf hatte Atlan die gegenüberliegende Seite erreicht und kauerte sich gegen die Wand des vordersten Hauses.

Er gab Baynes ein Zeichen, um ihm zu bedeuten, daß er noch einen Augenblick warten sollte, bis sie sicher sein konnten, daß Atlan von niemand gesehen wurde.

Dann winkte der Arkonide abermals.

Baynes rannte zu den übrigen Männern zurück.

„Atlan ist auf der anderen Seite", berichtete er Rhodan. „Von dort kann er weit genug in die Straße einsehen, um uns zu warnen, wenn ein Fahrzeug kommt."

„Das heißt, daß wir nur nacheinander über die Straße kommen", sagte Rhodan ruhig. „Das wird unsere Flucht weiter verzögern. Hoffentlich hat Storkeet noch nicht gemerkt, was der wahre Grund der ‚Revolte' war."

Baynes richtete seine Aufmerksamkeit auf die andere Straßenseite. Er sah Atlan im Schatten des vordersten Gebäudes hocken. Der Arkonide winkte ihnen zu. Sie mußten noch warten. Kurz darauf sahen sie ein von drei Twonosern besetztes Fahrzeug auftauchen. Es verschwand in einer Seitenstraße.

Atlan richtete sich auf und gab ihnen ein Zeichen.

Rhodan schickte zwanzig Männer los. Mit aufeinandergepreßten Lippen schaute Baynes zu, wie die Raumfahrer die Straße überquerten. Sie wurden nicht aufgehalten.

Wieder winkte Atlan.

„Wir gehen jetzt alle zusammen", befahl Rhodan.

Auf sein Kommando stürmten die Terraner über die Straße.

Ein kleiner, schmächtiger Techniker taumelte als letzter vom Feldweg herunter. Rhodan fing den Mann auf und ließ ihn sanft zu Boden sinken. Die Augenlider des Raumfahrers flatterten. Sein Atem ging stoßweise.

„Beruhigen Sie sich!" mahnte Rhodan. „Wir sind vorerst in Sicherheit."

Seine Augen trafen sich mit denen Atlans. Sie verstanden sich. In Sicherheit waren sie noch nicht. Sie hatten nur die Ansiedlung hinter sich gelassen und die Staudenfelder erreicht. Ein Teil der Männer lag erschöpft am Boden. Sie waren gerannt wie noch nie in ihrem Leben.

Zwischen den hohen Pflanzen war es angenehm kühl. Die Raumfahrer würden sich schnell erholen. Dann konnten sie die Flucht fortsetzen. Rhodan glaubte nicht, daß man sie gesehen hatte. Hoffentlich kam Storkeet nicht auf den Gedanken, Rhodan nach der „Revolte" zu Garko dem Starken bringen zu wollen. Im allgemeinen waren die Twonoser ziemlich sorglos. Da sie die Terraner für minderwertige Wesen hielten, gaben sie sich bei ihrer Bewachung keine besondere Mühe.

Nachdem sie etwa dreißig Minuten gerastet hatten, richtete sich Rhodan wieder auf und nickte seinen Begleitern zu. Er hätte den Männern gern eine längere Ruhepause gegönnt, doch sie befanden sich noch zu dicht an der Ansiedlung. Er schaltete den Translator ein und wandte sich an die vier Haushaltsverbrecher.

„Ihr müßt uns jetzt führen", sagte er. „Ihr wißt, wo unsere beiden Freunde auf uns warten."

Nach einem sechsstündigen Gewaltmarsch erreichten sie ohne Zwischenfälle das Versteck von Icho Tolot und Melbar Kasom. Im Inneren der Ader angekommen, fielen die Männer im wahrsten Sinne des Wortes um und schliefen sofort ein. Icho Tolot hielt unterdessen Wache und beobachtete das Tal. Nichts schien darauf hinzudeuten, daß die Flucht der fünfzig Terraner entdeckt worden wäre.

Drei Stunden dauerte die Rast, danach erhob sich Rhodan und weckte die noch schlafenden Männer. Als auch der letzte auf den Beinen war und in die Wirklichkeit zurückgefunden hatte, sagte Rhodan: „Wir brechen auf. Die vier Twonoser werden uns jetzt zum Camp der Haushaltsverbrecher führen.“

Er wartete, bis die Weißrüssel sich an die Spitze der Gruppe setzten und die Richtung angaben, dann marschierte er ebenfalls los. Den ihm verliehenen Plastikrüssel ließ er achtlos fallen und zertrampelte ihn mit den Füßen.

9.

Die kleinen Deckenstrahler flackerten unruhig. Perry Rhodan überblickte den Hauptplatz des Camps, auf dem aufgeregte Twonoser hin und her rannten. Vor wenigen Augenblicken war die Nachricht eingetroffen, daß die Blaurüsselpolizei den größten Teil des Camps umstellt hatte und im Begriff war, durch verschiedene Seitengänge einzudringen.

Rhodans Gedanken kehrten um einige Tage in die Vergangenheit zurück, als sie in dieses Lager gekommen waren. Es war relativ klein, raffiniert angelegt und durch drei verschlungene Haupteingänge sowie mehr als ein Dutzend kleinerer Adern zu erreichen. Alle diese Zugänge wurden von den Rebellen ständig bewacht. Das Camp wurde von etwa einhundertfünfzig Haushaltsverbrechern bewohnt. Die erste Überraschung erlebten die Terraner, als sich herausstellte, daß sich unter den Rebellen auch zwanzig Blaurüssel befanden, die sich den Haushaltsverbrechern angeschlossen hatten.

Rhodan und seine Begleiter hatten mehrere Tage damit verbracht, das Mißtrauen der Rebellen zu beseitigen und allmählich ihr Vertrauen zu erlangen. In dieser Zeit konnten sie einige weitere Detailinformationen über die Twonoser erhalten, und verschiedene Vermutungen hatten sich bestätigt. Innerhalb des Camps züchteten die Klassenlosen – so bezeichneten sich die Haushaltsverbrecher nicht ohne Stolz selbst – eine erstaunliche Anzahl von Bioparasiten, mit denen sie ein einträgliches Schmuggelgeschäft betrieben.

Die Spannungen, die zwischen den drei Kasten herrschten, waren beträchtlich. Die Anwesenheit von einigen Blaurüsseln war ein untrügliches Anzeichen dafür, daß auch in der Mitteletage Unmut über die Herrschaft der Rotrüssel vorhanden war. Die Macht der Rotrüssel, die auf militärischem Gebiet keine besondere Aktivität entfalteten, beruhte auf der Energiekontrolle des Mobys. Die Terraner erfuhren, daß sich in der Rückenetage des Mobys vier atomare Kraftstationen befanden, die den gesamten Energiebedarf der drei Etagen erzeugten. Diese Kraftstationen wurden von den Rotrüsseln bedient und kontrolliert. Von ihnen hing es ab, ob die vielen Kunstsonnen der unteren Etagen ausreichend mit Energie versorgt wurden. Jeder Aufstand gegen die Rotrüssel mußte zwangsläufig eine Reduzierung oder – in Extremfällen – eine Sperre der Energielieferungen nach sich ziehen, was gleichbedeutend mit einem Todesurteil wäre.

Rhodan war klar, daß die Produktionsverhältnisse innerhalb des Mobys weitaus diffiziler waren, als sie sich ihnen hier präsentierten. Es stand außer Zweifel, daß die Nahrungsmittelproduzenten der Bauchetage nicht über die Druckmittel verfügten wie die Energieproduzenten der Rückenetage. Weder die Blaurüssel noch die Weißrüssel waren in der Lage, eine autarke Energieversorgung ihrer Lebensbereiche aufzubauen, um sich auf diese Art der Abhängigkeit zu entziehen.

Andererseits waren die Weißrüssel auch nicht imstande, die Nahrungsmittelerzeugung als Waffe gegen die Rotrüssel einzusetzen, denn die Bewohner der Rückenetage saßen am längeren Hebel und würden einen vorübergehenden Engpaß in der Lebensmittelversorgung ohne Schwierigkeiten verkraften. Eine Energiereduzierung oder gar ein Lieferstopp von Energie würde jedoch für die Weißrüssel auch für kurze Zeit kaum verkraftbar sein. Energie war jenes Machtinstrument, welches die Herrschaft der Rotrüssel absicherte und die anderen Kasten in ihre Dienste zwang. Und Rhodan war davon überzeugt, daß die Verhältnisse in diesem Moby auch auf alle anderen Welten übertragbar waren, die von Twonosern bewohnt wurden.

Es war ihm klar, daß die Terraner nur dann einen Vorteil für sich herausschlagen konnten, wenn es ihnen gelang, die Kontrolle über die Energieproduktion zu erlangen. Auf dieser Überlegung aufbauend entstand ein Plan, der letztlich auch den Weißrüsseln Vorteile bringen und die Knechtschaft beenden konnte. Über die Chancen des Versuchs, die vier Kraftstationen unter Kontrolle zu bringen, gab sich Rhodan allerdings keinen Illusionen hin. Weitaus effektiver und erfolgversprechender war es, die Verteilerstation in der Rückenetage zu besetzen. Diese robotgesteuerte Anlage, in der die produzierte Energie zu den einzelnen Abnehmern weitergeleitet wurde, war offenbar der einzige wunde Punkt der Rotrüssel. Man mußte sie unter Kontrolle bringen, um die Rotrüssel zur Herausgabe der CREST zu zwingen.

Es war Rhodan klar, daß durch diese Maßnahme die latent vorhandene Unzufriedenheit der niederrangigen Twonoser explosionsartig aufbrechen und es zu einer Revolution gegen ihre Unterdrücker kommen konnte. Doch er wußte auch, daß es früher oder später auch ohne das Zutun der Terraner zu dieser Revolte kommen würde – mit weitaus schlechteren Aussichten für die Weißrüssel.

Rhodan verdrängte die Erinnerungen und widmete sich wieder seiner Umgebung. Die Entdeckung des Camps hatte unter den Twonosern erhebliche Unruhe hervorgerufen. Nur Larkaat, der junge Anführer der Haushaltsverbrecher, hatte mit unerwarteter Gelassenheit auf die Nachricht reagiert und die Anweisung erteilt, sämtliche Zugänge zum Lager zu sprengen, um die Blaurüssel am weiteren Vordringen zu hindern. Lediglich ein Gang wurde freigehalten, der als Fluchtweg benötigt wurde.

„Irgendwann mußte es dazu kommen", hatte er zu Rhodan gesagt. Aus seiner Stimme hatte die Bitterkeit des Gejagten geklungen.

„Irgendwann entdecken sie jedes Versteck."

Dann war Larkaat davongestürmt, um seine Befehle zu geben. Inzwischen waren die ersten Haushaltsverbrecher bereits in jenem Gang verschwunden, der als Fluchtweg dienen sollte. Rhodan hatte nicht gezögert, auch seine Männer unter Icho Tolots Führung dorthin zu schicken.

Nur Atlan und Melbar Kasom hielten sich ebenfalls noch innerhalb des Camps auf. Kasom stand neben Rhodan. Der Arkonide befand sich irgendwo in der kleinen Energiestation der Haushaltsverbrecher und wartete auf Rakal Woolver, der zur CREST unterwegs war. Der Wellensprinter mußte bald zurückkehren.

Rhodan beobachtete, daß die Twonoser sämtliche Bioparasiten in bereitstehende Behälter legten. Jeder Flüchtling schnallte sich einen Behälter auf den Rücken.

„Hoffentlich kommt Rakal Woolver nicht zu spät, Sir", sagte Kasom. „Trotz der gesprengten Gänge werden die Blaurüssel einen Weg finden, um ins Camp einzudringen."

Rhodan nickte. Er machte sich weniger Sorgen um den Mutanten, der jederzeit flüchten konnte, als um Atlan, der in der Energiestation wartete.

„Gehen Sie zu Atlan und versuchen Sie ihn zu überzeugen, daß es besser ist, wenn er das Camp jetzt ebenfalls verläßt", sagte er zu Kasom.

Kasom warf dem Großadministrator einen zweifelnden Blick zu.

„Solange Sie noch hier sind, wird der Lordadmiral bestimmt nicht fliehen, Sir", sagte er.

Rhodan bezweifelte nicht, daß der Ertruser recht hatte. „Gehen Sie trotzdem zu ihm", befahl er.

Kasom löste sich von Rhodans Seite. Ohne besondere Eile überquerte er den freien Platz und verschwand in einem baufällig wirkenden Gebäude. Rhodan sah, daß immer mehr Twonoser in der Ader verschwanden, die von den Sprengungen verschont bleiben sollte.

Wenige Minuten nachdem Kasom gegangen war, tauchte Larkaat wieder bei Rhodan auf. Der Anführer der Haushaltsverbrecher war ein Weißrüssel. Oberhalb seines Facettenauges befand sich eine tiefe Narbe.

„Wir werden die Bioparasiten retten", sagte Larkaat und deutete auf die Männer, die die letzten Behälter davontrugen.

„Nicht nur die Parasiten", ergänzte Rhodan. „Auch keiner von uns wird von den Blaurüsseln gefangen werden."

Larkaat legte einen Rüssel auf Rhodans Schulter. „Kommen Sie", forderte er den Terraner auf. „Es wird Zeit, daß wir den anderen folgen. Die Blaurüssel werden bald damit beginnen, einen Zugang ins Camp freizusprengen."

Rhodan deutete zu den Gebäuden hinüber. „Ich warte noch auf drei meiner Freunde, Larkaat. Führen Sie die Flüchtlinge inzwischen an einen sicheren Platz. Ich werde später nachfolgen."

Larkaat wedelte unschlüssig mit beiden Rüsseln, dann wandte er sich mit einem Ruck von Rhodan ab. Ohne ein weiteres Wort ging er davon. Inzwischen waren die letzten Twonoser aus dem Camp verschwunden. Die baufälligen Gebäude machten einen Eindruck, als seien sie seit Jahren nicht mehr bewohnt worden.

Rhodan setzte sich in Bewegung und ging langsam auf das Haus zu, in dem Melbar Kasom verschwunden war. Bevor er eintrat, hörte er die ersten Explosionen. Wie Larkaat prophezeit hatte, begannen die Blaurüssel, sich einen Weg ins Camp freizusprengen.

Im Eingang des Gebäudes blieb Rhodan stehen.

„Kasom!" rief er in den dunklen Vorraum hinein.

„Sie müssen gleich hinter dem Eingang rechts abbiegen, Sir", antwortete die vertraute Stimme des USO-Spezialisten. „Atlan hat den größten Teil der Beleuchtung ausgeschaltet, um Energie zu sparen."

Ohne zu zögern, ging Rhodan durch den dunklen Raum. Als er einige Meter zurückgelegt hatte, klang vor ihm Stimmengewirr auf. Er konnte die Stimme Rakal Woolvers heraushören. Der Mutant war zurückgekehrt. Gleich darauf flammten einige Lampen auf.

Rhodan sah Atlan und Kasom vor einigen Maschinen sitzen. Der Wellensprinter hatte die Arme in die Hüften gestützt und lehnte mit dem Rücken gegen ein Kontrollbrett.

„Haben Sie die CREST erreichen können, Major?" erkundigte sich Atlan.

Woolver nickte ernst. Am Gesichtsausdruck des Imarters konnte Rhodan sehen, daß der Mutant schlechte Nachrichten brachte.

„Die Rotrüssel beginnen mit der Demontage einiger Maschinen", berichtete Woolver. „Zum Glück haben sie noch keine wichtigen Teile zerstört, aber es ist nur noch eine Frage der Zeit, bis sie nichtwiedergutzumachenden Schaden an den Triebwerken anrichten."

„Das war zu befürchten", sagte Rhodan. „Wir müssen Larkaat dazu bringen, daß er uns bei einem sofortigen Vorstoß in die oberen Etagen des Mobys unterstützt."

„Der Twonoser wird jetzt andere Sorgen haben", wandte Atlan ein.

„Schon möglich", gab Rhodan zu. „Andererseits kann es ihm nur recht sein, den Gegner zu einem Zeitpunkt anzugreifen, da seine Männer ihr Camp verloren haben."

Von draußen drang der Lärm weiterer Explosionen herein. Wie auf ein verabredetes Kommando standen Atlan und Kasom auf.

„Es wird Zeit", sagte Rhodan. „Die Blaurüssel werden das Camp bald erreicht haben."

Sie verließen das Gebäude. Vorher schaltete Atlan sämtliche Maschinen aus. Rhodan führte die drei Männer zum Eingang der Ader, in die die Haushaltsverbrecher geflüchtet waren. Dort machten sie halt.

Rhodan deutete zu den Deckenstrahlern hinauf.

„Wir zerschießen sie", ordnete er an. „Wenn es im Camp dunkel ist, werden die Blaurüssel einige Zeit aufgehalten."

Nachdem sie die Strahler zerstört hatten, drangen sie in den schmalen Gang ein. Er war breit genug, um drei Männern nebeneinander Platz zu bieten.

„Wie wollen wir in die oberen Etagen eindringen?" fragte Atlan seinen terranischen Freund. „Wenn wir die Strecke zu Fuß zurücklegen, werden wir Monate benötigen, um unser Ziel zu erreichen. Was nützt es uns dann, wenn die Woolver-Zwillinge bis zur CREST vorstoßen können?"

„Es gibt nur eine Möglichkeit, um schnell nach oben zu gelangen", antwortete Rhodan. „Wir müssen einen Interkastenzug überfallen und ihn für die Rückfahrt benutzen."

Atlan stieß einen leisen Pfiff aus. Im Licht der Fackel, die der vorausgehende Kasom trug, konnte Rhodan sehen, wie der Arkonide den Kopf schüttelte.

„Weiß Larkaat von dieser Idee?" erkundigte sich Atlan.

„Er wird davon erfahren, sobald wir die Flüchtlinge eingeholt haben."

„Vielleicht gelingt es uns tatsächlich, einen Zug zu überfallen und in Besitz zu nehmen", gab Atlan zu. „Ich bezweifle jedoch, daß wir auch nur eine einzige Meile damit fahren werden."

Innerlich war Rhodan nicht so zuversichtlich, wie er den Anschein erweckte. Ohne die Unterstützung der Haushaltsverbrecher konnten sie ihren Plan nicht durchführen. Es kam darauf an, was Larkaat zu Rhodans Idee zu sagen hatte.

Es war ein gespenstisches Bild, die Twonoser im Schein der Fackeln am Boden sitzen zu sehen. Die Klassenlosen hatten einen weiten Kreis gebildet und in dessen Mitte einige Fackeln aufgestellt. Larkaat stand neben den brennenden Stauden.

Die Terraner hatten sich in den Hintergrund zurückgezogen, weil Rhodan angeordnet hatte, die Twonoser bei ihren Beratungen nicht zu stören. Vor ungefähr sieben Stunden hatten die Flüchtlinge diese kleine Halle erreicht. Es bestand im Augenblick keine Gefahr einer Verfolgung durch die Blaurüssel.

Rhodan beobachtete, daß Larkaat erregt mit einigen jüngeren Twonosern debattierte, die offenbar mit den Plänen ihres Anführers nicht einverstanden waren. Larkaat hatte einen Bioparasiten töten und über dem Feuer der Fackeln rösten lassen. Diese Nahrung war an die Rüsselwesen verteilt worden. Die Terraner hatten es abgelehnt, an dieser Mahlzeit teilzunehmen. Der Gestank des verbrannten Fleisches lag noch immer in der Luft.

„Wie lange wird es noch dauern, bis diese Burschen eine Entscheidung getroffen haben?“ raunte Kasom an Rhodans Seite.

„Larkaat hat einen schweren Stand“, erwiderte Rhodan. „Die Haushaltsverbrecher sind es gewohnt, nur an ihren unmittelbaren eigenen Vorteil zu denken. Berücksichtigt man ihre Lebensverhältnisse, ist das sogar verständlich. Es wird nicht einfach sein, ihnen begreiflich zu machen, daß es für sie von Nutzen sein kann, wenn sie uns unterstützen.“

Larkaat sprach jetzt lauter. Er hatte beide Rüssel erhoben. Leidenschaftlich redete er auf seine Zuhörer ein. Schließlich riß er eine Fackel vom Boden hoch und schwang sie wie eine Keule über seinen Kopf. Ein paar Twonoser sprangen auf und begannen zu schreien.

„Die Diskussion wird lebhafter!“ rief Atlan.

Larkaat verließ seinen Platz, durchbrach den Ring der Zuhörer und kam direkt auf Rhodan zu.

„Folgen Sie mir“, verlangte er. „Es ist mir gelungen, die anderen von der Richtigkeit unseres Vorhabens zu überzeugen.“

„Seien Sie vorsichtig, Sir“, warnte Kasom. „Gehen Sie nicht allein mit ihm.“

Rhodan hob die Schultern. Es blieb ihm nichts anderes übrig, als dem Anführer der Klassenlosen zu vertrauen. Ohne Kasoms Protest zu beachten, ging er hinter Larkaat zu den erregten Twonosern hinüber.

Larkaat schleuderte die Fackel davon und hob seinen Rüssel. Zu Rhodans Erstaunen verstummten die Rüsselwesen.

„Wir halten es für unmöglich, sofort bis in die Rückenetage der Rotrüssel vorzustoßen“, sagte Larkaat zu Rhodan. „Bei den Blaurüsseln gibt es kein Durchkommen.“

„Wir müssen aber die Verteilerstation erobern, wenn wir eine Chance haben wollen, unsere Gegner in Schach zu halten“, sagte Rhodan.

Larkaat wartete geduldig, bis der Translator Rhodans Worte übersetzt hatte.

„Es gibt noch eine andere Möglichkeit“, sagte er dann. „Innerhalb des Wohngebietes der B-Kaste existiert wie in jeder Etage eine Hauptempfangsstation für die von den Rotrüsseln gelieferte Energie. Diese müssen wir angreifen.“

Rhodan überlegte. Es war undenkbar, daß es ihnen gelang, die militärisch gut ausgerüsteten Blaurüssel zu überwinden. Nur durch eine blitzschnelle Aktion der Woolver-Zwillinge war in der Mitteletage etwas zu erreichen.

Als Larkaat weitersprach, stellte es sich heraus, daß der Twonoser ebenso dachte.

„Ihre beiden Männer, die Sie Mutanten nennen, müssen diesen Angriff durchführen“, sagte der Klassenlose. „Wenn es uns gelingt, die Energieversorgung der B-Kaste zu gefährden, haben wir gute Aussichten, die Mitteletage zu überwinden.“

„Gibt es außer der Hauptstation weitere Energieempfänger?“ fragte Rhodan.

„Ja“, bestätigte Larkaat. „Sie sind jedoch für eine Notversorgung gedacht und fallen kaum ins Gewicht.“

Wenn es den Woolver-Zwillingen gelang, unbemerkt in die Hauptempfangsstation der B-Kaste einzudringen und dort einige Zerstörungen zu verursachen, bestand die Möglichkeit, daß die Blaurüssel die C-Kaste für die Vorfälle verantwortlich machten. Dann waren die Voraussetzungen für eine Auseinandersetzung der einzelnen Kasten erfüllt.

„Wir haben auch über Ihren Vorschlag gesprochen, einen Interkastenzug zu überfallen“, drang Larkaats Stimme in Rhodans Gedanken.

„Zu welcher Entscheidung sind Sie gekommen?“ fragte Rhodan gespannt.

Larkaat zögerte. „Es ist zu schwierig“, sagte er. „Wir müssen uns mit einem Versorgungszug begnügen, der nur von wenigen Wächtern begleitet wird.“

„Dafür gibt es bei einem Versorgungszug andere Schwierigkeiten?“ vermutete Rhodan, der allmählich lernte, das Verhalten eines Twonosers richtig zu deuten.

„Ja“, gestand der Haushaltsverbrecher. „Diese Züge sind mit Bioparasiten und Früchten beladen. Es wird schwer sein, für uns alle Platz zu finden. Außerdem sind die Parasiten gefährlich.“

Rhodan wandte sich an die Zuhörer. Er schaltete den Translator auf volle Lautstärke. Er hatte das Gefühl, daß die Twonoser erwartungsvoll auf ihn schauten.

„Wir überfallen einen Versorgungszug“, sagte er entschlossen.

Es erwies sich als nicht sonderlich schwierig, an einen der schwach bewachten Versorgungszüge heranzukommen, die in regelmäßigen Abständen von der Bauchetage in die höheren Lebensbereiche des Mobys fuhren. Die Rebellen hatten ausgesagt, daß derartige Züge von höchstens zehn Blaurüsseln begleitet wurden, die man leichter außer Gefecht setzen konnte als die Personen-Interkastenzüge, die über stärkeres Wachpersonal verfügten.

Der erste Teil des Überfalls wurde von den Woolver-Zwillingen durchgeführt. Versehen mit den notwendigen Informationen über die Steuerungsmechanismen der Züge, waren sie aufgebrochen und über verschiedene Energiequellen in den Maschinenraum des Zuges eingedrungen. Als der Zug den durch Fackeln beleuchteten Bereich erreicht hatte, in dem die Haushaltsverbrecher auf ihn warteten, setzten die Woolver-Zwillinge mit wenigen Handgriffen den Antrieb außer Betrieb. Der Zug kam zum Stehen.

Wie die Haushaltsverbrecher vorhergesagt hatten, wurde der Transport von zehn Wächtern begleitet. Es waren militärisch geschulte Blaurüssel. Sie verbarrikadierten sich im vordersten Wagen und leisteten hartnäckigen Widerstand. Es gelang ihnen, zwei der Angreifer zu erschießen. Rhodan preßte die Lippen zusammen, als er erfuhr, daß einer der beiden Kendall Baynes war.

Schließlich waren es Tolot und die beiden Woolver-Zwillinge, die dem Kampf ein Ende machten.

Durch ein großes Loch in der Vorderfront des Wagens kamen die überlebenden Wächter mit erhobenen Rüsseln heraus.

„Sie ergeben sich!" rief Larkaat befriedigt.

Die Klassenlosen fielen über die Blaurüssel her und begannen sie zu mißhandeln. Rhodan ging sofort zu Larkaat, um dagegen zu protestieren.

„Sagen Sie Ihren Leuten, daß sie damit aufhören sollen", sagte er scharf.

Larkaat blickte ihn verständnislos an. „Es sind unsere Feinde", erinnerte er den Terraner.

„Sie sind unsere Gefangenen", berichtigte Rhodan. „Was würden Sie davon halten, wenn man Sie in Gefangenschaft so behandeln würde?"

Larkaat grunzte verächtlich. „Niemand wird mich fangen", behauptete er.

Rhodan sah ein, daß es sinnlos war, mit dem Anführer der twonosischen Gesetzlosen darüber zu diskutieren. Er war froh, als Larkaat seinen Anhängern befahl, den Zug zu besetzen. Mit einer herablassenden Geste deutete Larkaat auf die sechs Wächter, die den Angriff überlebt hatten.

„Sie können sie jetzt erschießen lassen", sagte er zu Rhodan.

Rhodan nickte nur. Dann ging er mit einem Translator zu den Blaurüsseln.

„Verschwindet hier!" rief er ihnen zu. „Verkriecht euch irgendwo, bevor euch die Haushaltsverbrecher wieder einfangen."

Die Wächter rannten davon.

Kaum war der letzte von ihnen in der Dunkelheit der Ader verschwunden, als Larkaat wieder erschien. Der junge Twonoser winkte vergnügt mit seinen Rüsseln.

„Es wird nicht schwer sein, den Zug wieder in Gang zu bringen", erklärte er. „Es sind nur vier Wagen. Damit kommen wir gut durch das Gebiet der Blaurüssel – vorausgesetzt, es gelingt Ihren Mutanten, die Empfangsstation der B-Kaste außer Betrieb zu setzen."

„Die Woolver-Zwillinge werden alles tun, um auch diesen Teil unseres Planes erfolgreich auszuführen", versicherte Rhodan.

„Für einen Mann ohne Rüssel sind Sie erstaunlich entschlußkräftig", bemerkte Larkaat.

Rhodan mußte lachen. „Larkaat, Sie und Garko der Starke könnten zusammen der Diktatur der Rotrüssel ein Ende machen, wenn ..."

Rhodan wurde unterbrochen, als Icho Tolot seinen massigen Kopf durch ein Loch im vorderen Wagen streckte.

„Kasom!" rief der Haluter.

Melbar Kasom kam an Rhodan vorüber. „Was wollen Sie?" fragte er lautstark.

„Der Zug hat vier Wagen", berichtete Tolot. „Und alle sind mit Nahrungsmitteln beladen. Wie gefällt Ihnen das?"

„Bioparasiten und twonosischer Riesenmais", entgegnete Kasom. „Damit können Sie einen Ertruser nicht in Ekstase versetzen."

10.

Rakal Woolver materialisierte unmittelbar vor einem Verteiler am Ende der Rohrbahn. Über tausend Meilen hinter ihm raste jetzt der Versorgungszug durch die Ader. Woolver schätzte, daß mindestens acht Stunden vergehen würden, bevor der Zug diese Stelle passierte. Zu diesem Zeitpunkt mußten die Blaurüssel so mit ihrer Energieversorgung beschäftigt sein, daß sie dem Schienenfahrzeug keine Aufmerksamkeit schenken würden.

Woolver stand in einer gewaltigen Halle, die zum Wohngebiet der

B-Kaste gehörte. Einige Meilen von ihm entfernt befand sich ein Landeplatz für kleinere Raumschiffe. Woolver vermutete, daß er eine Werft vor sich hatte, denn die Hangars der Blaurüssel lagen in den Außenbezirken des Mobys. Im Augenblick mußte Woolver nicht befürchten, daß er von einem Twonoser entdeckt wurde. Hier oben, am Eingang der Rohrbahn, zeugten lediglich einige größere Werkzeuglager von der Anwesenheit der Blaurüssel.

Im Zentrum der Halle jedoch wimmelte es von Twonosern. Woolver sah langgestreckte Gebäude, die eine gewisse Ähnlichkeit mit Kasernen besaßen und wahrscheinlich auch den gleichen Zweck erfüllten.

Woolver glaubte nicht, daß es sehr schwer sein konnte, die Energiezentrale der Mitteletage zu finden. Er mußte sich nur in die Hauptenergiebahnen einfädeln, um dorthin zu gelangen. Er hoffte, daß er schon nach wenigen Versuchen Erfolg haben würde. Schwieriger würde es sein, innerhalb der Empfangsstation einige Sabotageakte auszuführen, die die Energieversorgung der Blaurüssel für längere Zeit lahmlegten.

Rakals Bruder Tronar war mit dem gleichen Ziel unterwegs. Nach kurzer Beratung hatten sich die beiden Imarter darauf geeinigt, getrennt zur Zentrale zu springen. Dort würden sie jedoch gemeinsam operieren. Dadurch konnten sie sicher sein, daß wenigstens einer sein Ziel erreichte.

Woolver nahm nicht an, daß die Interkastenzüge von den einzelnen Empfangsstationen der Etagen mit Energie versorgt wurden. Das hätte im Falle einer Auseinandersetzung den Bahnverkehr zu sehr gefährdet. Wahrscheinlich steuerten die Rotrüssel von der Hauptverteilerstation aus die Energiebelieferung der Züge.

Das bedeutete, daß Woolver auf dem Weg über die energieführenden Leitungen der Bahn sein Ziel nicht erreichen konnte. Er mußte tiefer in diese Halle eindringen und sich andere Energiequellen suchen. Der Imarter hoffte, daß seine Überlegungen richtig waren. Es hing viel davon ab, ob der Versorgungszug auch dann weiterfuhr, wenn die Energieversorgung der Mitteletage ausfiel.

Innerhalb der Halle, in der der Wellensprinter materialisiert war, gab es weder Maisfelder noch Farmen zur Bioparasitenzucht.

Das bewies einmal mehr, daß die beiden oberen Kasten ausschließlich von den Weißrüsseln mit Nahrung versorgt wurden.

Woolver versuchte, die Lage innerhalb des Mobys objektiv zu beurteilen. Er konnte nicht verhindern, daß sich seine Sympathie den Weißrüsseln zuneigte, da ausschließlich diese Kaste eine überdurchschnittliche Produktivität entfaltete. Die Weißrüssel mußten für den Unterhalt der B- und C-Kaste mitarbeiten.

Rakal Woolver unterbrach seine Gedanken und suchte nach einem Impulsecho, das von den Energieleitungen der Bahn unabhängig war. Etwa dreißig Meter von ihm entfernt stieß er auf ein schalenförmiges Gebilde, das nur wenige Zentimeter über den Boden ragte. Die paranormalen Sinne des Mutanten fühlten die pulsierenden Energieströme innerhalb des vor ihm liegenden Verteilers. Es gab mindestens zwanzig Impulsechos, aber nur eines war so stark, daß Woolver sich Erfolg davon versprach, diese Verbindungsleitung als Trägermedium zu benutzen.

Der Mutant fädelte sich ein. Er materialisierte zwischen twonosischen Raumschwiffswracks. Atomare Brennschneider zerschnitten hoch über ihm die Metallwandungen der schrottreifen Schiffe. Ein Funkenregen ging auf Woolver nieder. Mit einem Satz brachte sich der Mutant unter ein paar Blechplatten in Sicherheit. Das Fauchen und Zischen der Brenndüsen übertönte alle anderen Geräusche.

Woolver kroch einige Zeit zwischen den Raumschiffstrümmern herum, ohne ein verwendbares Impulsecho zu finden. Er fragte sich, wie er überhaupt hierhergekommen war. Die Ausstrahlungen der Brenner waren so stark, daß sie die Impulse der anderen Leitungen überlagerten.

Die Wracks selbst führten keine Energien mehr. Sämtliche Leitungen waren tot. Dem Imarter blieb nichts anderes übrig, als eine möglichst große Entfernung zwischen sich und die Brennschneider zu bringen.

Plötzlich fühlte er sich vom Boden hochgerissen. Verzweifelt klammerte er sich an einigen Metallstreben fest, bis er feststellte, daß die Platte, auf der er lag, die Aufwärtsbewegung mitmachte. Er wälzte sich vorsichtig herum. Einen Meter von ihm entfernt haftete die Magnettrosse eines Krans. Die Last pendelte unruhig hin und her. Woolver befürchtete, er könnte gegen andere Teile des Wracks geschlagen werden. Hastig ortete er. Die Magnettrosse strahlte ein kaum spürbares Impulsecho aus. Für Woolver genügte es.

Er gewann seine körperliche Substanz hoch über dem Schrottplatz zurück, genau im Kontrollstand des riesigen Krans. Der Twonoser, der den Kran steuerte, ließ verblüfft die Schalthebel los und betrachtete Woolver wie einen Geist.

Der Mutant hörte, wie die Last unter ihnen ausgeklinkt wurde und polternd auf das Wrack zurückfiel.

Der Twonoser trug keine Waffe, aber er war auch so ein gefährlicher Gegner. Schneller als Woolver erwartet hatte, ging er zum Angriff über. Woolver, der keine Lust hatte, auf einer fünfzig Meter langen Trosse zu materialisieren, die frei in der Luft schwebte, suchte verzweifelt nach anderen Fluchtmöglichkeiten.

Die Rüssel des Twonosers berührten ihn, als er sich auflöste. Der Blaurüssel griff ins Leere. Woolver fand sich auf der anderen Seite des Kontrollraumes wieder. Beharrlich kam der Blaurüssel wieder auf ihn zu. Woolver zögerte, seine Waffe zu benutzen. Er hätte nie auf einen Unbewaffneten schießen können, auch dann nicht, wenn dieser sein Leben bedrohte.

Unerwartet umklammerte der Twonoser einen Schalthebel und brachte ihn in eine andere Stellung. Der Kran machte einen Sprung. Woolver verlor das Gleichgewicht und taumelte gegen die Außenwand. Der Twonoser stürmte auf ihn zu. Woolver ortete und verschwand. Der Blaurüssel schrie vor Wut und Enttäuschung auf, als er gegen die Wand prallte, wo gerade noch der Gegner gestanden hatte.

Diesmal hatte der Imarter mehr Glück. Er materialisierte am Rande des Schrottplatzes. Vor ihm türmten sich die unbrauchbaren Raumschiffe. Auf der anderen Seite entdeckte Woolver den Kran. Er beobachtete, wie der Twonoser, den er überrascht hatte, mit einem Lift herunterfuhr. Der Kranführer würde bestimmt seine Vorgesetzten alarmieren.

Woolver lächelte spöttisch. Niemand würde dem armen Kerl seine Geschichte glauben.

Der Wellensprinter umging vorsichtig eine Lagerhalle und fand schließlich ein stärkeres Impulsecho. Er war jetzt seit mindestens drei Stunden unterwegs. Wenn Tronar die gleichen Schwierigkeiten hatte, wurde es für den von Rhodan und Larkaat befehligten Versorgungszug kritisch.

Als Rakal Woolver seinen nächsten Sprung beendete, wußte er sofort, daß er diesmal sein Ziel erreicht hatte. Der Raum, in dem er materialisierte, war mit Energiespeichern gefüllt. An der Decke hingen viele gelbe Spulen, die miteinander durch fingerdicke Drähte verbunden waren.

Doch das war es nicht, was Rakal Woolver davon überzeugte, daß er die Hauptempfangsstation der Blaurüssel vor sich sah. Der eigentliche Beweis war sein Bruder Tronar, der vor einem Kontrollpult kniete und gerade dabei war, die Deckplatte abzuschrauben.

„Du bist ziemlich unvorsichtig", begrüßte Rakal seinen Bruder. „Was hättest du getan, wenn an meiner Stelle ein Twonoser erschienen wäre."

Tronar deutete wortlos zum Eingang. Er hatte eine einfache, aber wirksame Sicherheitsmaßnahme getroffen, um nicht überrascht zu werden. Der Türöffner war von innen mit einem Draht umwickelt. Jeder, der den Raum betreten wollte, würde dabei erheblichen Lärm verursachen.

„Wann bist du angekommen?" erkundigte sich Rakal Woolver.

„Vor wenigen Minuten", antwortete Tronar. „Einmal hatte ich das Pech, inmitten einer Armee von Blaurüsseln zu materialisieren. Sie trugen ein Sendegerät bei sich, mit dem sie jede beliebige Energiequelle anzapfen können. Es war mein Pech, daß ich in der Leitung war, die sie sich dazu aussuchten."

Rakal grinste. „Wahrscheinlich sind sie vor Schreck zusammengebrochen, als du plötzlich vor dem Gerät aufgetaucht bist", vermutete er.

Tronar Woolver deutete auf eine versengte Stelle an seiner Uniformjacke.

„Sie reagieren ziemlich schnell", sagte er. „Du darfst nicht vergessen, daß ich mindestens so erschrocken war wie sie."

Rakal Woolver beugte sich zu seinem Bruder hinab.

„Ich habe inzwischen den ganzen Raum untersucht", erklärte Tronar. „Dabei habe ich festgestellt, daß hier die wichtigsten Verteiler sitzen. Es kommt uns sehr gelegen, daß die Twonoser sämtliche Hauptrelais hier eingebaut haben."

„Findest du?“ fragte Rakal. „Ich halte das für einen ausgesprochenen Nachteil. Die Blaurüssel werden die Beschädigungen viel leichter beheben können, wenn sie auf einem Platz konzentriert sind.“

„Sie können unmöglich alle Schaltungen in kurzer Zeit ersetzen“, wandte Tronar ein.

„Vielleicht nicht. Aber es ist immerhin möglich, daß sie eine vollkommene Kontrollanlage in Reserve haben. Schließlich ist dieses Gerät das wichtigste innerhalb der Station.“

Tronar nickte nachdenklich. „Ich glaube, du hast recht. Wir müssen uns etwas anderes einfallen lassen.“

Rakal Woolver deutete auf die verschiedenen Speicheranlagen. „Wir wissen, daß jedes dieser Geräte ein bestimmtes Gebiet der Mitteletage mit Energie beliefert“, sagte er. „Wenn es uns gelingt, sämtliche Hauptleitungen zu zerstören, haben wir bestimmt mehr Erfolg, als wenn wir uns nur auf die Schaltungen beschränken.“

„Ich habe noch einen besseren Vorschlag“, sagte Tronar. „Wir zerstören beides: die Leitungen *und* die Relais.“

Sie hatten alle Stellen markiert, die ihnen wichtig erschienen. Es waren insgesamt dreiundsiebzig. Das bedeutete, daß sie dreiundsiebzig gutgezielte Strahlschüsse abgeben mußten, bevor sie die Empfangsstation verlassen konnten.

„Wir müssen damit rechnen, daß die Blaurüssel in kurzer Zeit hier auftauchen, wenn wir mit unserem Vernichtungswerk begonnen haben“, sagte Tronar Woolver ruhig. „Wir müssen ständig fluchtbereit sein. Es gibt hier genügend Impulsechos, mit deren Hilfe wir verschwinden können.“

Rakal Woolver zog schweigend den twonosischen Strahler. Auch Tronar hob seine Waffe.

„Fertig?“ fragte Tronar.

„Fertig“, bestätigte Rakal.

Eine Sekunde später brach in der Energiezentrale der Blaurüssel die Hölle los. Die ersten Spulen zerschmolzen sofort und verströmten Feuerkaskaden. Die Abstrahlprojektoren der Energiespeicher verglühten im Beschuß der Thermowaffen. Grellrote Blitze schlugen aus den Speichern. Der Lärm war ohrenbetäubend. Ungeheure Energien entluden sich mit gewitterartigem Donner.

„Das halten wir nicht durch!" schrie Rakal Woolver. „Wir verbrennen, bevor wir alle wichtigen Teile zerstört haben."

Tronar deutete auf die überall zur Decke emporzüngelnden Flammen. „Was wir nicht vernichten, wird ein Opfer des Feuers."

Da erschienen im Eingang die ersten Blaurüssel. Sie hatten bemerkenswert schnell reagiert. Sie trugen Schutzanzüge und drangen ohne Rücksicht auf ihre eigene Sicherheit in den Raum ein.

Zwischen Rauchwolken und Feuer waren sie nur undeutlich zu erkennen. Rakal Woolver sah, daß sie Löschgeräte dabei hatten.

„Sie haben uns noch nicht gesehen", rief er seinem Bruder zu.

Tronar nickte verbissen. Im Chaos entfesselter Energien waren die Strahlschüsse, die die beiden Mutanten abgaben, kaum zu erkennen. Ätzender Gestank machte den Woolvers das Atmen fast unmöglich. Von der Tür aus drangen die Blaurüssel immer tiefer in die Zentrale ein. Ihre Löschgeräte waren klein, aber wirkungsvoll.

„Die Schaltanlage!" schrie Tronar Woolver.

Sie zerschossen die freigelegten Relais. Am anderen Ende des Raumes explodierte eine Speicheranlage. Es war das Signal für die beiden Imarter, diesen Ort zu verlassen.

Tronar winkte mit seiner Waffe. Er entmaterialisierte.

Rakal Woolver betrachtete das Bild der Zerstörung. Einmal mehr wurde zwischen den Vertretern intelligenter Lebensformen die Sprache der Gewalt gesprochen. Eine andere Sprache schien es in den Tiefen des Universums nicht zu geben.

Mit diesen beklemmenden Gedanken zog sich Rakal Woolver aus der Energiezentrale zurück.

11.

Die wenigen Lichtsäulen, die zur Notbeleuchtung gehörten, reichten nicht aus, um auch nur einen Teil der riesigen Halle zu erhellen. Sämtliche Kunstsonnen der Mitteletage waren erloschen. Innerhalb kurzer Zeit war es empfindlich kühl geworden.

Die Armeen der Blaurüssel marschierten. Ihr Ziel war die Rückenetage.

Von Kundschaftern wußten die Führer der B-Kaste, daß in der Rückenetage kein Energieausfall zu verzeichnen war. Die Blaurüssel handelten entsprechend. Für sie stand es fest, daß die Rotrüssel für die Sabotageakte in der Energiezentrale verantwortlich waren.

Sie gingen offenbar davon aus, daß die Rotrüssel diese Form der Aktion gegen sie gewählt hatten, um den Verdacht auf die Weißrüssel zu lenken. Wenn es nur darum gegangen wäre, die Mitteletage von der Energieversorgung abzuschneiden, hätten die Rotrüssel die Energiezufuhr einfach abschalten können. Da dies jedoch nicht geschehen war, mußten die Blaurüssel annehmen, daß die Roten irgendeine Teufelei gegen die A- und B-Kaste im Sinn hatten und ein Intrigenspiel inszenierten, um diese beiden Kasten aufeinander zu hetzen.

Die Blaurüssel kamen gar nicht auf die Idee, die Schuldigen an diesem Anschlag in der Bauchetage zu suchen. Sie trauten den Weißrüsseln eine derartige Aktion offenbar nicht zu.

Rakal Woolver stand in der Dunkelheit und lauschte auf das Dröhnen der schweren Transportfahrzeuge, mit denen die Blaurüssel ihre wichtigsten Waffen zu den Ausgangsstationen der nach oben führenden Adern brachten. Es war die dritte Halle, die Rakal Woolver nach der gelungenen Sabotage an der Empfangsstation der Blaurüssel aufgesucht hatte. Während Tronar versuchte, den Versorgungszug vor dessen Ankunft in der Mitteletage zu erreichen, wollte Rakal herausfinden, was nach dem Ausfall der Energieversorgung geschah.

Die Blaurüssel hatten überraschend schnell reagiert. Während ihre Spezialisten sich darum bemühten, den Schaden zu beheben, bereiteten sich die Truppen auf einen Angriff gegen die Rotrüssel vor. Es entsprach der Mentalität der B-Kaste, daß keine diplomatischen Schritte unternommen wurden. Das Denken der B-Kaste verlief in rein militärischen Bahnen.

Woolver schätzte, daß die Temperatur inzwischen um zehn Grad gefallen war. Sie würde noch weiter fallen, denn die Notanlagen reichten nicht aus, um die starken Deckenstrahler zu versorgen. Diese Temperaturschwankung mußte sich auch auf die beiden anderen

Etagen übertragen. Auch wenn es bei den Weißrüsseln nur einige Grad kühler wurde, bestand kein Zweifel an der Reaktion der A-Kaste.

Ein Volk, das seit Generationen gleichbleibende Temperatur gewohnt war, mußte in einer plötzlichen Änderung einen bedrohlichen Angriff auf seine Existenz sehen.

Wahrscheinlich würde sich Garko der Starke endlich entschließen können, gegen die oberen Kasten vorzugehen, die die Weißrüssel seit Jahren tyrannisierten.

Rakal Woolver stand in der Nähe einiger verlassener Kasernen. Der Motorenlärm wurde immer schwächer. Die Fahrzeuge der Blaurüssel waren bereits in den verschiedenen Adern verschwunden. Rakal war überzeugt, daß die B-Kaste sich nicht auf einen Angriff von innen beschränken, sondern mit ihren schnellen Raumschiffen die Rückenetage vom Weltraum aus bedrängen würde. Die Rotrüssel hatten aber sicher die Möglichkeit eines Überfalls seit langem einkalkuliert. Die Aussicht, daß die B-Kaste die Oberschicht in einem Blitzkrieg unterwerfen konnte, war gering. Die Auseinandersetzungen würden längere Zeit dauern, vor allem dann, wenn sich Weißrüssel entschlossen, ebenfalls ihre Machtansprüche geltend zu machen.

Woolver überquerte eine Straße zwischen zwei Wohnblöcken. Etwa hundert Meter von ihm entfernt leuchtete eine einsame Lichtsäule. Sie verbreitete gerade soviel Helligkeit, daß Woolver sehen konnte, wo er sich befand. Innerhalb der Mitteletage waren alle Maschinen ausgefallen. Die Blaurüssel konnten nur die wichtigsten Anlagen mit Energien beliefern.

Der plötzliche Angriff der B-Kaste würde die Rotrüssel davon abhalten, die CREST II weiter zu demontieren. Sie würden jeden Mann zur Verteidigung ihres Wohngebietes benötigen.

Jetzt rächte es sich, daß die Rotrüssel der B-Kaste ausschließlich militärische Aufgaben zugeteilt hatten. Die Blaurüssel waren unfähig, ein Problem nicht ausschließlich nach strategischen Gesichtspunkten zu beurteilen. Psychologische Schachzüge waren ihnen fremd. Das konnte, wenn die C-Kaste intelligent genug war, der Untergang der Blaurüssel sein.

Der Ausgang des beginnenden Krieges, das wußte Woolver mit

Sicherheit, hing weitgehend davon ab, was die Weißrüssel unternehmen würden.

Woolver suchte nach einem Impulsecho. Nach dem Ausfall der Energieversorgung gab es nur noch wenige Leitungen, die von den Mutanten benutzt werden konnten.

Es würde schwierig sein, den Zug zu erreichen. Rakal entschloß sich, am Ende der Rohrbahn zu warten, bis das Schienenfahrzeug eintraf. Jetzt hatte der Transport alle Aussichten, ungefährdet durch die Mitteletage zu kommen.

Tronar Woolver materialisierte im Maschinenraum des Versorgungszuges, in dem sich Rhodan, Atlan, Kasom, Larkaat und ein twonosischer Techniker aufhielten.

„Die Mitteletage ist ohne Energie", berichtete der Mutant ohne Umschweife. „Nur die Notversorgung funktioniert noch. Rakal will einige Hallen inspizieren, um sich ein Bild davon zu machen, wie die Blaurüssel reagieren."

Rhodan atmete unhörbar auf. Endlich gab es eine ermutigende Nachricht. Jetzt konnten sie hoffen, das Gebiet der Blaurüssel unangefochten zu durchqueren.

„Diese Nachrichten werden Garko beunruhigen", meinte Atlan. „Der Ausfall der Kunstsonnen muß auch in der Bauchetage zu einer Abkühlung führen, weil aus dem unteren Teil des Mobys Wärme in die abkühlende Mitteletage abgestrahlt wird."

„Garko der Starke wird ahnen, wer für den Angriff auf die Energieversorgungszentrale verantwortlich ist", sagte Rhodan. „Er weiß, daß die Rotrüssel viel zu klug sind, um ihre Nahrungslieferanten zu gefährden."

„Das kann dazu führen, daß der Weißrüssel die Rotrüssel darüber aufklärt, was wirklich geschehen ist", sagte Kasom.

Rhodan wandte sich an Tronar Woolver. „Major, Sie müssen sofort in die Bauchetage springen und sich mit John Marshall im Gefangenenlager in Verbindung setzen. Marshall muß Garko dem Starken klarmachen, wie groß jetzt für die Weißrüssel die Chance ist, die Diktatur der C-Kaste abzuschaffen."

„Ich will es versuchen", erklärte Tronar. „Vergessen Sie jedoch nicht, daß die Zahl der energieführenden Leitungen jetzt äußerst gering ist."

„Innerhalb der Rohrbahnen nicht" sagte Rhodan. „Die Züge sind von den Energiezentralen der einzelnen Etagen unabhängig. Sie müssen sich also nur an den Schienenstrang halten."

Rhodan gab dem Mutanten weitere Instruktionen. Marshall mußte genau wissen, was inzwischen geschehen war, damit er mit unanfechtbaren Argumenten vor Garko treten konnte.

„Die Weißrüssel können jetzt in die Mitteletage des Mobys vorstoßen, ohne befürchten zu müssen, von den Blaurüsseln verjagt zu werden", sagte Rhodan abschließend. „Garko weiß selbst, daß es von dort aus nur noch ein kurzer Schritt zur Eroberung der Verteilerstation ist. Wer die Verteilerstation kontrolliert, beherrscht den Moby."

„Gut, Sir", sagte Woolver knapp. Die tonnenförmige Brust des Imarters hob und senkte sich. „Hoffentlich kommen die Rotrüssel uns nicht mit einem raffinierten Plan zuvor."

„Wir müssen schneller sein als sie, das ist alles", sagte Rhodan.

Tronar Woolver verstand den Wink. Es wurde Zeit, daß er sich auf den Weg machte. Ein kurzer Moment voller Konzentration – und Tronar Woolver, Major der USO, hatte innerhalb des Maschinenraums zu existieren aufgehört.

John Marshall war es seit Jahrzehnten gewohnt, die Gedanken fremder Intelligenzen zu überwachen. Nicht immer hatte er angenehmen Dingen „gelauscht" und nicht immer verständlichen.

Die Gedanken Garko des Starken jedoch erschienen dem Telepathen durchaus verständlich und auch für terranische Begriffe normal. Marshall hatte dem Weißrüssel von den Verhältnissen in der Mitteletage berichtet, nachdem Tronar Woolver im Gefangenenlager aufgetaucht war, um die Terraner über den ersten großen Erfolg der fünfzig Flüchtlinge zu informieren. Der Wellensprinter war sofort wieder umgekehrt, um möglichst bald den Versorgungszug zu erreichen.

Garko der Starke wußte natürlich nicht, daß seine Gedanken für den schlanken Terraner kein Geheimnis waren. Und mit seinen Worten war der oberste Weißrüssel sehr vorsichtig.

„Der Energieausfall in der Mitteletage betrifft nicht uns", sagte er zu Marshall. „Natürlich ist die konstante Temperatur auch hier gesunken, aber nicht so sehr, daß es gefährlich werden könnte."

Marshall lächelte höflich. Den Gedanken seines Gegenübers entnahm er, daß Garko befürchtete, der Lufthaushalt der Mitteletage könnte in Unordnung geraten. Ohne Energie mußten die Regenerationsanlagen ausfallen, so daß es früher oder später völlig unmöglich sein würde, das Gebiet der B-Kaste zu durchqueren. An diese Gefahr hatte Marshall selbst noch nicht gedacht. Er hoffte, daß den fünfzig Flüchtlingen daraus keine Schwierigkeiten entstanden.

„Wahrscheinlich ist dies die letzte Chance der Weißrüssel, ihr unwürdiges Dasein zu beenden", sagte Marshall. Er war von Storkeet, der noch immer als Verbindungsmann zwischen Garko und den Terranern fungierte, in die Residenz des Weißrüsselführers gebracht worden. Er und Garko saßen sich in einem Raum gegenüber, dessen Wände von Schlingpflanzen überwuchert waren. Als Sitze dienten geflochtene Hängematten. Marshall wußte, daß auch Rhodan Garko dem Starken hier gegenübergesessen hatte.

„Der Preis für eure Hilfe wird wahrscheinlich die Freilassung aller Gefangenen sein", vermutete Garko.

„Das ist richtig", gab Marshall zu. „Ich weiß, daß Sie die fünfzig Blaurüssel fürchten, die Ihre Wächter abgelöst haben. Es wird jedoch nur kurze Zeit dauern, bis die Blaurüssel sich aus der Bauchetage zurückziehen. Bevor ich hierherkam, konnte ich bereits spüren, daß sie unruhig wurden."

Marshall konnte dem Twonoser nicht sagen, daß er durch Gedankenüberwachung der Blaurüssel erfahren hatte, daß diese einen Angriff der Weißrüssel erwarteten und bereits überlegten, wie sie am schnellsten aus dem Gebiet ihrer potentiellen Gegner verschwinden konnten.

Es ist noch zu früh, alle Gefangenen freizulassen, dachte Garko. *Damit würde ich mein bestes Druckmittel gegen Rhodan aufgeben. Leider kennen wir die Fremden nicht gut genug, um ihnen zu vertrauen. Wenn es den fünfzig Flüchtlingen jedoch gelingt, die Verteilerstation zu besetzen, könnte ich den Befehl zur Freilassung der Gefangenen geben und ihnen sogar einen Zug zur Verfügung stellen, mit dem sie die Rückenetage erreichen können. Je schneller die Fremden aus dem Moby verschwinden, desto eher haben wir Gelegenheit, die Verteilersta-*

tion zu übernehmen, vorausgesetzt, daß es überhaupt gelingt, sie der Kontrolle der Rotrüssel zu entreißen.

Diese Gedankengänge, fand Marshall, waren vollkommen logisch. Es war verständlich, daß sich Garko der Starke nicht völlig auf die Terraner verlassen wollte. Solange er jedoch knapp zweitausend Männer gefangenhielt, würde Rhodan nicht wagen, ihn zu hintergehen.

Marshall wußte, daß es zwecklos gewesen wäre, die Bedenken des Twonosers in dieser Hinsicht zerstreuen zu wollen. Wichtig war im Augenblick nur, daß Garko bereit war, die Terraner freizulassen, wenn Rhodan die Verteilerstation besetzen und sie später an die Weißrüssel übergeben konnte.

„Wir werden warten", sagte Garko zu seinem Gesprächspartner. „Ich trage die Verantwortung für mein Volk. Sie können nicht erwarten, daß ich es in eine Auseinandersetzung führe, ohne alles reiflich zu überlegen."

„Ich respektiere Ihre Auffassung", entgegnete Marshall offen. „Ich bin sicher, daß Perry Rhodan genauso denkt wie ich. Wenn Sie sich jedoch entschließen können, in die Auseinandersetzung zwischen den beiden oberen Kasten einzugreifen, wünsche ich Ihnen viel Glück."

„Was bedeutet das – viel Glück?" wollte Garko der Starke wissen.

„Glück", sagte Marshall, „ist der Sammelbegriff für alles, was unserem Volk als erstrebenswert gilt."

„Glück", wiederholte Garko nachdenklich. „Dieses Wort werde ich mir merken. Sie können jetzt gehen."

Marshall stand auf und ging hinaus. Storkeet erwartete ihn vor dem Regierungsgebäude. Der Kommandant der Wächter machte einen gutgelaunten Eindruck. An Marshalls Seite ging er durch das Spalier der Soldaten, die das Gebäude bewachten.

Als er hinter dem Terraner in das wartende Fahrzeug kletterte, sagte er: „Ich glaube, daß Sie ein erfolgreiches Gespräch hatten."

Marshall wollte die Gedanken Storkeets nicht kontrollieren. Deshalb fragte er verblüfft: „Wie kommen Sie auf diese Idee?"

Storkeets großes Auge blitzte im Licht der Kontrollampen.

„Jeder, der so lange Zeit bei ihm war, hatte Erfolg", sagte er trocken.

Garko der Starke wurde durch seine Kundschafter laufend über die Vorkommnisse in den anderen Etagen des Mobys unterrichtet. Die Behauptungen John Marshalls waren bestätigt worden. Nicht nur das, inzwischen war etwas passiert, was Garko zwang, seine abwartende Haltung endgültig aufzugeben.

Die Rotrüssel hatten, alarmiert durch die aufmarschierenden Armeen aus der Mitteletage, einen verzweifelten Entschluß gefaßt. Ein Teil der für die A-Kaste vorgesehenen Energie war in die Notversorgungsanlagen der Mitteletage umgeleitet worden. Das hatte zur Folge, daß auch im Gebiet der Weißrüssel einige Kunstsonnen ausfielen.

Anscheinend hofften die Rotrüssel durch diese Taktik, die B-Kaste zur Aufgabe ihres Angriffs und zur Umkehr bewegen zu können. Kaum hatten die Maßnahmen der C-Kaste in der Bauchetage die ersten Folgen gezeigt, als Garko der Starke von seinen Beratern bestürmt wurde, etwas dagegen zu unternehmen.

Garko der Starke war sich darüber im klaren, daß seine Soldaten es unter normalen Umständen nicht mit den Blaurüsseln aufnehmen konnten. Doch die B-Kaste würde bis zum Eintreffen der Weißrüssel mit der C-Kaste im Kampf liegen. Durch seine Spione hatte Garko erfahren, daß die Blaurüssel ihre Angriffsabsichten nicht aufgegeben hatten.

Wie der Fremde gesagt hatte, handelte es sich um eine einmalige Chance für die Weißrüssel, die Vorherrschaft der führenden Kasten zu brechen.

Garko überblickte die Reihe der Kommandanten, die sich vor seiner Residenz versammelt hatten. Diesen Männern konnte er vertrauen.

Garko wußte, daß die Kommandanten jeden Befehl befolgen würden, ohne daß er besondere Erklärungen abgeben müßte. Der Anführer der Weißrüssel wollte jedoch, daß die Soldaten aus Überzeugung den Aufbruch in die oberen Etagen wagten und nicht, weil sie ein Befehl dazu zwang. Jeder einzelne Weißrüssel wußte, was von der Energieversorgung abhing, aber bestimmt gab es Männer, die einen Angriff gegen die oberen Kasten ablehnten, weil damit das Risiko einer vernichtenden Niederlage verbunden war.

„Wir stehen vor einem Wendepunkt in unserer Geschichte!“ rief Garko den Kommandanten zu. „Seit Generationen waren wir, die

Ausgestoßenen, gerade gut genug, um Nahrung für unsere Beherrscher zu produzieren. Wir wurden ständig überwacht und durften die Bauchetage nie verlassen." Garko machte eine Pause und blickte über die endlosen Felder, die sich vor dem Regierungsgelände ausdehnten. „Inzwischen habe ich veranlaßt", fuhr er fort, „daß die Belieferung der oberen Kasten mit Nahrungsmitteln eingestellt wird. Doch das ist nur ein erster Schritt. Sie sollen mit unseren Soldaten bis zur Rückenetage vorstoßen und dort versuchen, die Verteilerstation zu besetzen. Wenn das gelingt, haben *wir* das Recht, unsere Rüssel rot zu färben. Es ist möglich, daß die fünfzig geflohenen Gefangenen zusammen mit einigen Haushaltsverbrechern inzwischen die Verteilerstation erobert haben. Perry Rhodan, der Anführer der Fremden, hat mir versichert, daß er die Station freigeben wird, wenn wir die Tore des Gefangenenlagers öffnen." Garko hob beschwörend beide Rüssel. „Es liegt an Ihnen, ob wir Erfolg haben werden."

Die Kommandanten legten ihre Rüssel übereinander, um ihre Ehrerbietung zu zeigen. Vergeblich wartete Garko auf irgendeinen Einwand. Alle schienen mit seinen Plänen einverstanden zu sein.

„Benutzt die Züge, soweit das noch möglich ist", sagte Garko abschließend. „Einen Zug müssen wir hier festhalten, um die Gefangenen zu transportieren."

Garko winkte mit beiden Rüsseln zum Zeichen des Abschieds.

In kurzer Zeit würden die ersten Angriffsdivisionen die Bauchetage verlassen. Garko blickte den Kommandanten sinnend nach. Wie hieß doch dieses seltsame Wort, das er sich hatte merken wollen?

Glück! Ja, das war es, was sie jetzt brauchten.

Stunde um Stunde raste der Versorgungszug durch die serpentinenförmig angelegte Rohrbahn der Rückenetage entgegen. Ohne Zwischenfälle hatte er die Mitteletage erreicht und war in den Lebensbereich der Blaurüssel eingedrungen. Diese schienen jedoch mit den Rotrüsseln zu sehr beschäftigt zu sein, so daß sie dem Fahrzeug keine Beachtung schenkten. In regelmäßigen Abständen ließ Rhodan die Woolver-Zwillinge Erkundungssprünge ausführen, um zu erfahren, wo sie sich befanden.

Die meisten Terraner schliefen. Die Haushaltsverbrecher verhielten sich ruhig.

Die Fahrt durch die Mitteletage verlief reibungsloser, als Rhodan angenommen hatte. Die meisten Hallen, durch die sie gefahren waren, lagen in vollkommener Dunkelheit. Außerdem schienen die Züge trotz der gespannten Lage für jeden Twonoser eine Sonderstellung einzunehmen. Sie wurden gebraucht, um den Transport von Nahrungsmitteln aufrechtzuerhalten.

Die einzigen Twonoser, die sich über die innerhalb des Mobys bestehenden Tabus hinwegsetzten, waren die Haushaltsverbrecher. Sie überfielen Züge, züchteten Bioparasiten und waren sogar bereit, ihre Rüssel mit einer anderen Farbe zu versehen, wenn es für das Gelingen eines Planes wichtig erschien.

Icho Tolot hatte sich in das Abteil zu den anderen Männern zurückgezogen. Auch Larkaat hielt sich die meiste Zeit im zweiten Wagen bei seinen Leuten auf. Im Augenblick waren nur Rhodan, Atlan, Kasom und Tronar Woolver im Maschinenraum. Hinzu kam ein Twonoser namens Pohiik, ein mürrisch wirkender Weißrüssel-Techniker, der sich um die Antriebsaggregate des Zuges kümmerte und die notwendigen Schaltungen an den Kontrollen vornahm.

Endlich erschien Rakal Woolver mit der Nachricht, daß der Zug in kurzer Zeit in der Rückenetage eintreffen würde. Er mußte in einer Halle herauskommen, die von den Rotrüsseln scharf bewacht wurde. In verschiedenen Gebieten der Rückenetage wurde bereits gekämpft. Ein großer Teil der Adern war von den Mitgliedern der C-Kaste verbarrikadiert worden. Der Angriff der Blaurüssel-Raumschiffe schien fehlgeschlagen zu sein, da die Rotrüssel noch die Energiestationen unter ihrer Kontrolle hatten und somit auch den Laderstrahl benutzen konnten, der die Angreifer aus dem Weltraum daran hinderte, sich dem Moby zu nähern.

„Auf jeden Fall wird man den Zug anhalten", schloß Rakal Woolver. „Es halten sich mindestens tausend bewaffnete Rotrüssel am Ende der Rohrbahn auf. Ich frage mich, wie wir dort vorbeikommen sollen."

„Bisher sind wir gut vorangekommen", sagte Atlan. „Wir mußten jedoch damit rechnen, aufgehalten zu werden."

„Unter den gegenwärtigen Voraussetzungen wird man wenig Verständnis für uns und die Haushaltsverbrecher haben“, vermutete Rhodan. „Trotzdem können wir nicht umkehren. Es muß einen Weg geben, die Rotrüssel zu überlisten.“

„Sie müssen mit Larkaat sprechen“, sagte Pohiik unerwartet.

Rhodan wandte sich an den Twonoser.

„Und was soll Larkaat tun?“ wollte er wissen.

„Er soll veranlassen, daß sämtliche Klassenlosen ihre Rüssel mit roter Farbe bemalen. Wir führen genügend davon mit. Larkaat weiß genau, was zu tun ist. Beeilen Sie sich, Rhodan.“

„Er hat recht“, sagte Rhodan. Entschlossen wandte er sich zur Tür. „Ich gehe zu Larkaat. Inzwischen müssen die Woolvers versuchen, die Verteilerstation zu finden. Dabei dürfen sie sich auf keinen Fall entdecken lassen.“

Rhodan trat auf den Gang hinaus und ging in den zweiten Wagen. Die Haushaltsverbrecher diskutierten heftig miteinander.

„Wo ist Larkaat?“ erkundigte sich Rhodan.

Die im Gang hockenden Twonoser machten ihm widerwillig Platz. Rhodan kletterte über ausgestreckte Beine hinweg, bis er schließlich vor Larkaat stand.

„Der Zug wird bald das Gebiet der C-Kaste erreichen“, eröffnete Rhodan das Gespräch.

„Sobald wir aus der Rohrbahn herauskommen, empfangen uns tausend oder mehr schwerbewaffnete Rotrüssel. Sie können den Zug sicher an den Rotrüsseln vorbeibringen.“

„Wie?“ stieß Larkaat hervor.

Rhodan bückte sich und ergriff Larkaats Rüssel mit den Händen. Die Twonoser, die einen Ring um die beiden Männer gebildet hatten, verstummten. Sie warteten darauf, daß Larkaat Rhodan niederschlagen würde.

„Färben Sie diese Dinger rot“, forderte Rhodan. „Sorgen Sie dafür, daß Ihre Begleiter Ihrem Beispiel folgen. Dann erzählen Sie den Rotrüsseln eine Geschichte, die man Ihnen glaubt.“

Rhodan ließ die Rüssel los. Larkaat stand auf. Er blickte aus dem Fenster, als könnte er die Dunkelheit der Mobyader mit den Blicken durchdringen. Er dachte offenbar angestrengt nach.

„Was ist, wenn sie in den Zug kommen und eine Kontrolle durchführen?“ fragte Larkaat schließlich.

„Das hängt von Ihrer Geschichte ab“, meinte Rhodan lakonisch. „Je besser Sie lügen, desto größer wird unsere Aussicht, lebend durch die erste Halle zu kommen.“

Larkaat stampfte mit einem Fuß auf. Seine Rüssel zitterten erregt.

„Wir werden es tun“, sagte er. „Wir werden unsere Rüssel färben.“

Rhodan gab sich keine Mühe, seine Befriedigung zu unterdrücken. Er erinnerte sich an seinen Zusammenstoß mit Storkeet, dem Kommandanten des Gefangenenlagers, als er diesem vorgeschlagen hatte, sich durch eine rote Färbung der Rüssel in ein Mitglied der C-Kaste zu verwandeln. Storkeet hätte ihn fast erschossen. Niemand außer den Haushaltsverbrechern wagte es, dieses Tabu zu brechen. Im Grunde genommen war diese Einstellung bei einem zivilisierten Volk, wie es die Twonoser waren, völlig unverständlich. Rhodan gestand sich jedoch ein, daß es in der terranischen Geschichte ähnliche unsinnige Privilegien und Tabus gab.

Nie würden die Rotrüssel auf den Gedanken kommen, daß die Twonoser innerhalb des Zuges sich eine Rüsselfarbe zugelegt hatten, die ihnen nicht zustand. Deshalb hoffte Rhodan, daß der Zug passieren konnte, wenn Larkaat sich nicht gerade wie ein Dummkopf verhielt.

Mit stark herabgesetzter Geschwindigkeit kam der Zug aus der Rohrbahn heraus und fuhr in die große Halle hinein, die zum Gebiet der C-Kaste gehört. Pohiik hatte die Fahrt auf Rhodans Drängen verlangsamt. Rhodan wollte vermeiden, daß die Rotrüssel beim Anblick eines aus der Ader herausrasenden Zuges in Panik handelten.

Rhodan stand dicht neben der Verbindungstür zum zweiten Wagen. Larkaat und ein Dutzend anderer Haushaltsverbrecher drängten sich an den Fenstern. Die Rüssel der Klassenlosen glänzten in roter Farbe.

Rhodan näherte sein Gesicht vorsichtig dem Fenster und blickte hinaus.

„Eine Sperre auf den Schienen!“ rief Larkaat aufgeregt. „Wir müssen anhalten.“

„Pohiik! Anhalten!“ schrie Kasom, der ebenfalls im Gang stand, in den Maschinenraum hinein.

Gleich darauf bremste das Schienenfahrzeug ab. Mit einem Ruck kamen die Wagen zum Stehen.

„Es geht los, Sir", sagte Kasom aufgeregt.

Sie hörten, wie Larkaat ein Fenster öffnete. Von draußen klang das Trampeln von Stiefeln und Stimmengewirr herein.

„Was bedeutet das?" rief Larkaat empört hinaus. „Warum halten Sie den Zug an?"

„Wir halten jeden Zug an", sagte ein Twonoser, der für Rhodan unsichtbar blieb. Der auf geringe Lautstärke eingestellte Translator Rhodans übersetzte jedes Wort. „Wir befürchten, daß die Blaurüssel hier eindringen."

Larkaat lachte schallend. „Blaurüssel?" wiederholte er spöttisch. „Wir haben diesen feigen Burschen den Zug abgenommen. Sie wollten ihn entladen, als wir in einem Interkastenzug ankamen. Es entwickelte sich ein heftiger Kampf. Die Blaurüssel halten zwar jetzt den Interkastenzug fest, doch uns erscheinen die mit Nahrungsmitteln beladenen Wagen wichtiger."

„Allerdings", stimmte der Rotrüssel eifrig zu. „Habt ihr bereits Befehle, wohin ihr den Zug bringen sollt?"

„Ja", sagte Larkaat. „Wir fahren ihn zur Berdag-Station zum Entladen."

„Bei Berdag wird gekämpft", informierte der Rotrüssel die Haushaltsverbrecher. „Es ist besser, wenn ihr schon bei Laudarg haltet."

„Wir werden daran denken", versicherte Larkaat. „Paßt auf den nächsten Interkastenzug auf. Er ist wahrscheinlich von Blaurüsseln besetzt."

Kasom fluchte ungehalten. „Der Narr soll das Spiel nicht übertreiben."

Rhodan legte beschwichtigend eine Hand auf Kasoms Arm. „Nur die Ruhe, Major. Dieser Larkaat wird uns hier durchschleusen, ohne daß nur ein einziger Rotrüssel den Zug betritt."

„Habt ihr vielleicht Verletzte, die wir mitnehmen können?" erkundigte sich Larkaat in diesem Augenblick.

Kasom zog eine Grimasse. Rhodan mußte die Kaltblütigkeit des jungen Twonosers bewundern. Larkaat wußte genau, daß es in diesem Abschnitt der Rückenetage noch nicht zu Kämpfen gekommen war.

„Es ist besser, wenn ihr jetzt weiterfahrt!" rief ein Rotrüssel Larkaat zu.

„In Ordnung", sagte der Weißrüssel. Er zog den Kopf aus der Fensteröffnung zurück.

„Weiterfahren!" schrie er über den Gang.

Rhodan gab dem im Eingang zum Maschinenraum stehenden Pohi-ik ein Zeichen. Sekunden später rollte der Zug durch die Halle. Larkaat kam in den vorderen Wagen.

„Gut gemacht", lobte ihn Rhodan. „Die Rotrüssel werden uns nicht mehr aufhalten."

„Ich tat es für uns", gab Larkaat zurück. „Sie werden uns als Gegenleistung dafür helfen, die Verteilerstation zu besetzen."

„Sie gehört Garko dem Starken", erklärte Rhodan, der nicht wollte, daß es zu neuen Streitigkeiten kam. „Die Haushaltsverbrecher allein können die Station nicht kontrollieren. Sie brauchen dazu die Unterstützung der Weißrüssel."

Larkaat lachte. „Das brauchen Sie mir nicht zu sagen. Garko der Starke ist mein Vater. Ich bin in seinem Auftrag zu den Haushaltsverbrechern gegangen, um zu verhindern, daß es Schwierigkeiten gibt."

Rhodan nickte nachdenklich. Er war nur für einen Augenblick überrascht. Larkaat war zwar noch jung, aber er wußte, was er wollte. Es sprach für die Umsicht Garkos, daß er seinen Sohn zu den Haushaltsverbrechern geschickt hatte, wo dieser es geschafft hatte, zu ihrem Anführer aufzusteigen. Dadurch gelang es Garko, die Rebellen unter Kontrolle zu behalten und in seine langfristigen Pläne einzubeziehen.

„Ich habe schon mit Ihrem Vater gesprochen und ihm auch eine Nachricht über die letzten Ereignisse übermitteln lassen", sagte Rhodan.

„Für mich ist es schwer, mit meinem Vater Verbindung aufzunehmen", beklagte sich Larkaat. „Innerhalb des Camps war es unter bestimmten Umständen noch möglich. Seit wir jedoch von dort flüchten mußten, hat Garko nichts mehr von mir gehört."

Rhodan streckte dem jungen Twonoser die Hand entgegen. „Auf jeden Fall haben wir jetzt festgestellt, daß sich unsere Interessen und Absichten decken."

Zögernd ergriff Larkaat die Hand des Terraners mit einem Rüssel.

Dann ging er zum zweiten Wagen zurück. Rhodan begab sich wieder in den Maschinenraum.

„Wir fahren weiter", entschied er. „Irgendwo werden wir schon herauskommen. Die Woolver-Zwillinge werden bald herausgefunden haben, wo die Verteilerstation liegt."

Der Versorgungszug raste durch die erste Halle des Rotrüsselgebietes. Die Männer beobachteten das Land durch die Fenster. Überall sahen sie marschierende Soldaten des Rotrüssel-Militärs.

„Sie bringen weitaus mehr Bewaffnete zusammen, als ich geglaubt habe", sagte Pohiik. „Die Blaurüssel werden sich blutige Köpfe holen."

Keiner der Rotrüssel schien auf den Gedanken zu kommen, daß der Versorgungszug eine gefährliche Fracht in ihr Land trug. Doch Rhodan gab sich keinen Illusionen hin. Sie hatten erst eine Halle durchquert. Es war möglich, daß sie noch tausend oder mehr Meilen zurücklegen mußten.

Der Zug fuhr durch einen Torbogen in die nächste Halle. Hier deutete nichts darauf hin, daß innerhalb der Rückenetage bereits heftige Kämpfe tobten. Nur wenige bewaffnete Rotrüssel waren vom Zug aus zu sehen. Die kunstvoll angelegten Parks lagen friedlich im Schein der starken Kunstsonnen. Der Zug kam an einer verlassenen Bahnstation vorbei. Rhodan hoffte, daß es bei den Kämpfen zwischen den Twonosern nicht zu größeren Zerstörungen kam. Je früher es den Terranern gelang, die Verteilerstation zu besetzen, desto schneller würde der Krieg der Kasten beendet sein.

Rakal Woolver materialisierte innerhalb eines Schachtes. Er stand auf einer Liftplatte, die langsam nach oben glitt. Woolver hatte seit Verlassen des Zuges mindestens zwanzig Sprünge ausgeführt, bis er die Verteilerstation endlich gefunden hatte. Die Station war ein großes, kuppelförmiges Gebäude mit zwei turmähnlichen Seitenbauten. Woolver hatte die Anlage längere Zeit von außen beobachtet, bis er sich dazu entschlossen hatte, ins Innere zu springen.

Er vermutete, daß er innerhalb eines Turmes materialisiert war, denn es war ziemlich unwahrscheinlich, daß es in der Kuppel einen Lift gab. Unter ihm, im Tragkorb des Aufzuges, hielten sich einige Rotrüssel auf. Da der Lift lautlos durch den Schacht glitt, konnte Woolver hören, daß sich die Twonoser miteinander unterhielten.

Der Mutant blickte nach oben. Der Schacht war fast dunkel, so daß Woolver sein Ende nicht erkennen konnte. Eine Tür huschte vorbei. Gleich darauf hielt der Lift an. Woolver hörte, wie die Twonoser den Tragkorb verließen. Der Imarter hatte nicht damit gerechnet, daß die Verteilerstation ein derart großer Komplex war. Auch die Anwesenheit der vielen Rotrüssel kam für ihn unerwartet. Er hoffte, daß Tronar nicht gesehen wurde.

Der Imarter konzentrierte sich. Innerhalb des Schachtes gab es nur vier Impulsechos. Eines führte in den Tragkorb, die anderen gingen von Leitungen aus, die nichts mit dem Antrieb des Aufzuges zu tun hatten. Woolver hielt es für zwecklos, innerhalb des Turmes zu bleiben. Die wichtigsten Anlagen befanden sich zweifellos unter der großen Kuppel.

Woolver konzentrierte sich und fädelte sich ein. Er materialisierte vor einer senkrechten Säule, die ungefähr zehn Meter durchmaß. Er überblickte blitzschnell seine Umgebung. Auch hinter ihm ragte eine Riesenspule zum Kuppeldach empor. Innerhalb des Gebäudes gab es nur eine schwache Beleuchtung. Der Mutant erkannte erleichtert, daß sich in seiner unmittelbaren Umgebung keine Rotrüssel aufhielten. Vorsichtig umrundete er eine Spule. Er stieß auf riesenhafte Energiegatter, die fast die ganze Breite des Gebäudes einnahmen. Die Twonoser, die diese Anlage kontrollierten, beherrschten praktisch den Moby. Nur wenige Schaltungen waren nötig, um den Energiefluß in ein bestimmtes Gebiet des Mobys zu unterbrechen.

Der Mutant ging zwischen zwei Gattern hindurch. Das Gebäude lag ungefähr im Zentrum der Rückenetage. Rakal hatte beobachtet, daß das Gebäude von draußen bewacht wurde. Wahrscheinlich war diese Maßnahme auf den Angriff der Blaurüssel zurückzuführen. Ein Lächeln zeigte sich auf Woolvers Gesicht. Die Twonoser konnten nicht ahnen, daß der Angriff auf die Verteilerstation von imartischen Mutanten durchgeführt und vom Innern des Gebäudes aus erfolgen würde.

Der Versorgungszug hielt noch innerhalb der Rohrbahn. Rhodan gab Pohiik ein Zeichen, den Antrieb auszuschalten. Die Männer machten sich zum Aussteigen bereit. An den Wagenausgängen warteten die

Haushaltsverbrecher mit ihren rotgefärbten Rüsseln. Sie würden zuerst aus der Ader herauskommen. Von den Woolvers hatte Rhodan erfahren, daß sie noch eine kleinere Halle durchqueren mußten, bevor sie in den riesigen Hohlraum kommen würden, in dem die Twonoser die Verteilerstation errichtet hatten. Die beiden Mutanten hatten berichtet, daß sich nur wenige Rotrüssel innerhalb der kleinen Halle aufhielten.

Rhodan hatte zusammen mit Larkaat beschlossen, den Versuch zu wagen, die Rotrüssel zu überlisten.

Larkaat sollte bei einem Zusammentreffen mit Angehörigen der C-Kaste behaupten, daß er und seine Begleiter die Fremden gefangengenommen hätten, die aus dem Camp in der Bauchetage ausgebrochen seien. Rhodan hoffte, daß die Rotrüssel erneut durch die gefärbten Rüssel der Haushaltsverbrecher getäuscht werden konnten. Wenn der Plan scheitern sollte, konnten sie immer noch um ihre Freiheit kämpfen.

Der Zug war noch fünfhundert Meter vom Ende der Rohrbahn entfernt. Als Rhodan hinaussprang, konnte er den hellen Adernausgang erkennen. Larkaat wartete mit mürrischem Gesichtsausdruck neben dem vorderen Wagen.

„Wir werden Sie und Ihre Männer entwaffnen müssen“, sagte der Weißrüssel. „Oder glauben Sie, die Rotrüssel würden uns bewaffnete Gefangene durchgehen lassen?“

Rhodan befahl seinen Männern, die kleinen Strahlwaffen in ihren Kleidern zu verstecken.

„Genügt Ihnen das?“ fragte er.

„Natürlich“, brummte Larkaat. „Wir werden Sie eskortieren, damit die Sache echt aussieht.“

Wenige Minuten später marschierte die seltsame Kolonne aus der Ader heraus. Fünfzig Haushaltsverbrecher mit rotgefärbten Rüsseln bildeten die Spitze. Danach folgten die fünfzig Männer des Solaren Imperiums. Zum Schluß kamen weitere hundert Twonoser mit ebenfalls rotgefärbten Rüsseln. Inzwischen hatte Rhodan die beiden Wellensprinter wieder zur Verteilerstation geschickt. Sie sollten dort im gleichen Augenblick losschlagen, wenn die Kampfgruppe vor dem Gebäude auftauchte. Rhodan hatte auch einkalkuliert, daß sie nicht bis zur Verteilerstation vordringen konnten. Dann sollten die Imarter nach eigenem Ermessen handeln und versuchen, den Rotrüsseln ein Ultimatum zu stellen.

Als Perry Rhodan die Rohrbahn verließ und die kleine Halle überblicken konnte, fand er die Berichte der beiden USO-Mutanten bestätigt. Im Zentrum standen drei kleinere Gebäude. Eine Straße führte direkt zum nächsten Torbogen. Rhodan konnte ein einzelnes Fahrzeug beobachten, das auf die drei Häuser zufuhr. Ungefähr ein Dutzend Rotrüssel hielten sich in der Nähe der Straße auf. Im Augenblick bildeten sie keine Gefahr.

Rhodan wollte jedoch auf jeden Fall vermeiden, daß die Rotrüssel in der Verteilerstation alarmiert wurden.

Larkaat führte die Kolonne geradewegs auf die drei Gebäude zu. Sie waren noch einige hundert Meter von der Ansiedlung entfernt, als die ersten Rotrüssel auf sie aufmerksam wurden.

Rhodan beobachtete, wie aus einem der Häuser ein Fahrzeug herausschoß und den Flüchtlingen entgegenraste.

Larkaat hob einen Rüssel und ließ die Kolonne anhalten.

Das Fahrzeug glich jenen, die die Terraner bereits in der Bauchetage des Mobys gesehen hatten. Es bremste neben Larkaat. Zwei Rotrüssel sprangen heraus. Mit offensichtlicher Gelassenheit blickte ihnen Larkaat entgegen.

„Wer sind diese Fremden?“ erkundigte sich der größte der beiden Ankömmlinge.

„Unsere Gefangenen“, erklärte Larkaat voller Stolz. „Sie waren bei den Blaurüsseln, die Berdag überfielen. Wir haben sie festgenommen.“

Die beiden Rotrüssel blickten mißtrauisch zu den Männern der CREST II herüber.

„Warum bringt ihr sie hierher?“ wollte der Große wissen.

„Wir befolgen einen Befehl“, antwortete Larkaat gleichmütig.

„Wessen Befehl?“ wurde er gefragt.

Es war die entscheidende Frage. Rhodan wußte, daß Larkaat sich jetzt nicht mehr mit einer Lüge helfen konnte.

„Warum fragt ihr?“ Das war der letzte Versuch des Haushaltsverbrechers, die Entlarvung abzuwenden.

„Wer gab Ihnen den Befehl, die Gefangenen hierherzubringen?“ wiederholte der Rotrüssel drohend.

Diesmal gab Garkos Sohn keine Antwort mehr. Er riß seinen Schocker heraus und schoß. Der Sprecher der beiden Rotrüssel sank bewußtlos zusammen. Sein Begleiter versuchte sich mit einem verzweifelten Sprung hinter dem Fahrzeug in Sicherheit zu bringen. Seine Reaktion kam viel zu spät. Er stürzte paralysiert.

Rhodan preßte die Zähne aufeinander. Das Befürchtete war geschehen. In kurzer Zeit würden alle Rotrüssel darüber informiert sein, daß außer den Blaurüsseln fünfzig Fremde in ihr Gebiet eingedrungen waren. Rhodan fragte sich, wie die C-Kaste auf das Erscheinen von einhundertfünfzig Twonosern reagieren würde, die rote Rüssel besaßen, aber offenbar mit den Angreifern verbündet waren.

Larkaats Stimme rief Rhodan in die Wirklichkeit zurück.

„Weitergehen!" rief Garkos Sohn den Haushaltsverbrechern zu.

Rhodan winkte Tolot und Melbar Kasom zu sich.

„Wir setzen uns an die Spitze des Zuges", ordnete der Terraner an. „Larkaat soll nicht auf den Gedanken kommen, daß er jetzt die Befehle allein gibt."

„Der Twonoser hätte nicht schießen dürfen", sagte Atlan. „Es wird nicht lange dauern, bis sich Rotrüssel-Divisionen uns entgegenstellen."

„Das befürchte ich auch", gestand Rhodan. Er wandte sich an Tolot. „Gehen Sie voraus und versuchen Sie, sich mit den Woolvers in Verbindung zu setzen. Wir müssen die Station irgendwie in unsere Gewalt bringen, damit Garko der Starke alle Gefangenen freiläßt."

Icho Tolot ließ sich auf seine Sprungarme nieder und stürmte davon.

Die Woolver-Zwillinge standen im obersten Raum einer der beiden Türme, die zur Verteilerstation gehörten. Hier waren sie ungestört. Der Raum wurde von den Twonosern als Ersatzteillager benutzt. Der überall lagernde Staub bewies, daß die Rotrüssel nur selten hierherkamen.

Rakal Woolver ging unruhig auf und ab. Wenn die Flüchtlinge nicht aufgehalten wurden, mußten sie jeden Augenblick auftauchen. Rakal strich nachdenklich über sein kurz geschnittenes Haar. Er befürchtete, daß sie sich zu sehr auf ihr Glück verlassen hatten.

Vor dem großen Fenster blieb Rakal stehen. Er hörte seinen Bruder Tronar, der sich auf einer kleinen Maschine niedergelassen hatte, leise auflachen.

„Davon, daß du ständig aus dem Fenster blickst, wird Rhodan nicht früher kommen", sagte er sarkastisch.

„Wenn er überhaupt noch kommt", gab Rakal zu bedenken.

Tronar erhob sich und trat neben seinen Bruder.

Im gleichen Augenblick hörten sie den Lärm mehrerer Explosionen. In der Ferne stiegen Rauchwolken auf. Die beiden Brüder schauten sich an.

„Glaubst du, daß sie das sind?" Rakals Stimme klang unsicher.

„Nein", erwiderte Tronar. „Das scheinen die Blaurüssel zu sein."

Rakal erschrak. Wenn es den Blaurüsseln gelungen war, schon bis in diese Halle vorzudringen, dann war ihre Absicht nicht zu verkennen. Auch sie wollten die Verteilerstation besetzen.

„Wir können nicht länger warten", sagte Rakal Woolver. „Bis die Blaurüssel sich durchgekämpft haben, müssen wir die Rotrüssel innerhalb der Station zum Aufgeben gezwungen haben."

Tronar zeigte in eine andere Richtung. „Ich glaube, wir bekommen Verstärkung", sagte er.

Rakal blickte in die angegebene Richtung. Er hätte fast aufgejubelt, als er Icho Tolot mit hoher Geschwindigkeit auf der Straße zur Station heranstürmen sah. Der Haluter wurde von einer Horde bewaffneter Rotrüssel verfolgt, die zum Teil in offenen Fahrzeugen saßen und auf den Riesen schossen.

„In die Kuppel", rief Tronar.

Beide Mutanten sprangen gleichzeitig. Sie wußten jetzt genau, welchen Energiestrom sie benutzen mußten, um ins Innere der Station zu gelangen.

Rakal Woolver hatte das Pech, genau neben einem Rotrüssel zu materialisieren, der über eine Maschine gebeugt war. Woolver zog seinen Strahler, packte ihn am Lauf und schlug dem ahnungslosen Twonoser mit voller Wucht gegen den Hinterkopf. Das Rüsselwesen brach mit einem Ächzen zusammen. Zehn Meter von Rakal entfernt wurde Tronar sichtbar. Rakal winkte seinem Bruder zu, zum Zeichen, daß alles in Ordnung war.

Sie rannten gemeinsam auf die Energiegatter zu. Am anderen Ende des Ganges tauchten sieben Rotrüssel auf. Die Twonoser begannen, Warnrufe auszustoßen, und fuchtelten mit kurzläufigen Waffen herum.

„Sie werden es nicht wagen, auch nur einen einzigen Schuß abzugeben", rief Tronar seinem Bruder zu. „Wenn sie eine wichtige Maschine treffen, gefährden sie die gesamte Energieversorgung innerhalb des Mobys."

Die beiden Mutanten hielten sich nach Möglichkeit im Schutz von Maschinen. Auf der anderen Seite des Gebäudes erklang ein explosionsartiges Geräusch. Die Imarter hörten das Splittern von Glas.

Die Rotrüssel, die die Verfolgung aufgenommen hatten, blieben unschlüssig stehen. Dann teilten sie sich in zwei Gruppen auf. Während vier davonrannten, um die Ursache des Lärms zu ergründen, blieben die anderen in der Nähe der Mutanten.

Rakal und Tronar glitten zwischen einigen Riesenspulen hindurch. Gleich darauf standen sie vor den Energiegattern.

Von der anderen Seite klang eine dröhnende Stimme zu ihnen herüber. Gleich darauf erfolgte der schwere Fall eines Körpers.

„Tolot!" schrie Tronar. „Hören Sie uns?"

„Ich komme!" antwortete der Haluter. Sekunden später tauchte seine massige Gestalt zwischen den Gattern auf.

Da erschienen die Verfolger. Die Mutanten richteten ihre Waffen auf die gewaltigen Abstrahlanlagen, von denen aus die Energieströme über den gesamten Moby verteilt wurden. Rakal Woolver schaltete seinen Translator auf volle Lautstärke.

„Wenn ihr euch nicht sofort aus dem Gebäude zurückzieht, vernichten wir alle wichtigen Maschinen", rief er den Twonosern zu.

Die Rotrüssel blieben stehen und beratschlagten.

„Wer seid ihr?" fragte schließlich ihr Anführer.

„Wir sind Besatzungsmitglieder des Raumschiffes, das in eurer Etage steht", erklärte Rakal Woolver. „Geht hinaus und sagt euren Befehlshabern, daß sie die Kämpfe gegen die Blaurüssel einstellen sollen. Wir waren es, die die Energieversorgung in der Mitteletage zum Erliegen brachten. Wir werden nicht zögern, hier ebenso zu verfahren, wenn diese Verteilerstation nicht geräumt wird."

Die Rotrüssel diskutierten heftig miteinander, ehe sie sich zurückzogen.

„Haltet die Stellung“, sagte Tronar Woolver zu den beiden anderen. „Ich will versuchen, Perry Rhodan zu erreichen.“

„Beeilen Sie sich“, empfahl ihm Tolot. „Die Kolonne sitzt vor dem Torbogen dieser Halle fest. Die Rotrüssel haben eine Energiekanone aufgefahren und damit das Tor wirkungsvoll abgeriegelt.“

„Sie werden sich wundern“, sagte Tronar, dann entmaterialisierte er. Sein Körper wurde neben einer Leuchtsäule außerhalb der Kuppel substantiell.

Mindestens hundert erregte Rotrüssel hatten die Station umringt. Tronar konnte die Stelle sehen, an der Tolot das Gebäude „betreten“ hatte. Der Haluter hatte sich wie ein Geschoß durch die Außenmauer gebohrt. Ein riesiges Loch, das ungefähr die Umrisse von Tolots Körper besaß, zeugte vom gewaltsamen Eindringen des Haluters.

Bevor die Rotrüssel auf ihn aufmerksam wurden, sprang Woolver abermals. Er benutzte die Leitungen, die von Leuchtsäule zu Leuchtsäule führten. So erreichte er bald den Torbogen. Wie Tolot berichtet hatte, war dieser von Rotrüsseln besetzt. Tronar zählte mindestens sechzig Twonoser, die eine größere Waffe aufgebaut hatten. Das mußte die Energiekanone sein, von der Tolot gesprochen hatte.

Woolver überlegte fieberhaft. Unmittelbar vor dem Torbogen befand sich eine weitere Leuchtsäule. Der Mutant zog seinen Strahler. Er fädelte sich in die unterirdische Leitung ein und sprang. Wie erwartet, kam er direkt beim Torbogen an. Ohne eine Sekunde zu zögern, hob Woolver die Waffe und zielte gegen die Kanone. Die Twonoser entdeckten ihn im gleichen Augenblick, als er den ersten Schuß abgab. Ein paar schrien auf, die anderen griffen zu ihren Waffen. Woolver jagte eine Serie von Schüssen in Richtung der Kanone, dann benutzte er das nächste Impulsecho und verschwand.

Die Twonoser umringten ihre nutzlos gewordene Waffe und schrien vor Wut und Enttäuschung. Inzwischen war der Mutant bereits wieder auf der anderen Seite des Torbogens aufgetaucht. Woolver überzeugte sich, daß er jetzt innerhalb einer kleinen Halle war. Meilen von seinem Standort entfernt sah Tronar Woolver drei Gebäude. Von dort aus führte eine Straße direkt zum Torbogen.

Während Woolver seine Umgebung beobachtete, tauchten aus Bodenlöchern und hinter Kristallbrocken die Haushaltsverbrecher und ihre terranischen Verbündeten auf.

„Das Tor ist frei!“ schrie Woolver. „Ihr müßt euch beeilen.“

Er konnte das Triumphgeheul der Männer hören. Die Flüchtlinge beschleunigten ihr Tempo. Melbar Kasom erreichte den Imarter als erster. Seine Augen funkelten unternehmungslustig.

„Haben Sie diese verdammte Kanone erledigt?“ erkundigte er sich.

„Natürlich“, bestätigte Tronar. „Aber es gibt immer noch sechzig bewaffnete Rotrüssel in der Nähe des Torbogens.“

Kasom rannte weiter. Rhodan kam neben Woolver an. Mit knappen Worten schilderte der Mutant, was in der Verteilerstation geschehen war.

Atlan tauchte auf. Das Gesicht des Arkoniden war gerötet. Tronar sah einige Terraner mit einer Gruppe von Haushaltsverbrechern auf den Torbogen zustürmen. Bevor die ersten Schüsse fielen, verloren die Rotrüssel die Nerven. Der Anblick der angreifenden Fremden mußte sie in Panik versetzt haben. Als Melbar Kasom an der Spitze der Angreifer den Torbogen erreichte, fand er nur noch die ausgeglühte Energiekanone vor.

Als Garko der Starke persönlich im Gefangenenlager erschien, ahnte John Marshall, daß etwas Entscheidendes geschehen war. Er zögerte, die Gedanken des Weißrüsselanführers nach dem Grund für dessen Ankunft zu durchforschen. Garko der Starke blieb am Eingang stehen. Storkeet kam zu dem ungeduldig wartenden Marshall und sagte: „Er will Sie sprechen.“

Marshall erhob sich und folgte Storkeet zur Tür. Garko hob zur Begrüßung einen Rüssel. Der Telepath hielt das für ein gutes Zeichen.

„Haben Sie inzwischen irgendwelche Nachrichten erhalten?“ fragte Garko.

Marshall verneinte überrascht. Er hatte gehofft, von dem Twonoser etwas über den Kampf in der Rückenetage zu erfahren. Es sah jedoch so aus, als besäße auch Garko keine neuen Informationen.

„Meine Verbindungen in die oberen Etagen sind abgerissen“, erklärte der Weißrüssel. „Ich weiß nicht, was inzwischen im Gebiet der C-Kaste geschehen ist.“

„Es ist ein weiter Weg", entgegnete Marshall. Er fragte sich, ob es überhaupt richtig war, den Twonoser zu beruhigen. Er, Marshall, hatte einen Zuspruch viel nötiger.

Garko griff plötzlich nach dem Türöffner und stieß die Tür zurück.

„Der Zug, mit dem ihr die Rückenetage erreichen könnt, steht bereit", sagte er. „Ich habe dafür gesorgt, daß genügend Waffen bereitgestellt wurden."

Marshall schaute den kleinen Twonoser fassungslos an. „Sie wollen uns freilassen?", fragte er verblüfft. „Und das, obwohl Sie überhaupt nicht wissen, was Perry Rhodan erreicht hat?"

„Ich hoffe, daß es richtig ist, was ich tue", sagte Garko ruhig. „Jetzt, da wir uns gegen die Diktatur der Rotrüssel aufgelehnt haben, sollten wir nicht das tun, was wir bei den oberen Kasten verurteilen würden. In unserer Etage gibt es keine Gefangenen mehr."

„Danke", sagte Marshall. „Darf ich es den Männern sagen? Sie werden diese Nachricht mit Ungeduld erwarten."

„Gehen Sie zu ihnen", sagte Garko. „Storkeet wird sie alle zum Zug führen."

„Begleiten Sie uns", schlug Marshall vor. „Fahren Sie mit uns hinauf in die Rückenetage und beginnen Sie dort mit Ihrer neuen Aufgabe."

Garko schüttelte den Kopf.

„Ich bleibe hier", sagte er. „Mein Sohn hält sich bei den Haushaltsverbrechern auf. Wenn es Rhodan gelingt, die Verteilerstation zu besetzen, wird Larkaat den Befehl innerhalb der Rückenetage übernehmen."

„Sie haben lange Zeit auf den Augenblick gewartet, da Sie die Verteilerstation betreten können", erinnerte Marshall den Weißrüssel. „Sie werden das Recht haben, Ihre Rüssel mit roter Farbe zu bemalen und über alle Kasten zu herrschen."

„Nein", sagte Garko beinahe heftig. „Das will ich nicht. Ich bin hier in der Bauchetage geboren. Seit ich Anführer der Weißrüssel bin, habe ich versucht, die Mitglieder meiner Kaste gerecht zu regieren. Es wird lange dauern, bis sich ein solches System innerhalb des gesamten Mobys durchsetzen läßt. Vielleicht kann Larkaat es schaffen." Garko ließ seine Rüssel sinken. „Ich bin kein geeigneter Anführer", sagte er.

Marshall legte eine Hand auf die Schulter des Twonosers. „Warten

Sie einen Augenblick", forderte er Garko auf. „Ich will Ihnen zeigen, wie wir darüber denken." Er machte einen Schritt in die Halle hinein und rief den Raumfahrern zu: „Garko der Starke hat beschlossen, uns freizulassen. Der Zug, der uns in die Rückenetage bringen wird, steht schon bereit."

Ohrenbetäubender Beifall folgte seinen Worten.

Marshall lächelte dem Weißrüssel zu. „Glauben Sie, daß ein schlechter Anführer von uns so gefeiert würde?"

Garko ging davon, ohne zu antworten. Marshall blickte ihm nach. Er war froh, daß er darauf verzichtet hatte, in den Gedanken des Twonosers zu spionieren. Garko verdiente es nicht, daß man ihn überwachte. Als Marshall sich wieder den Raumfahrern zuwandte, ließen die Offiziere der CREST II die Mannschaften bereits antreten.

Sergeant Brodger Kapitanski versuchte, die Armeen der Blau- und Rotrüssel zu überblicken, die sich vor der Verteilerstation gegenüberstanden. Er schätzte, daß sich hunderttausend Schwerbewaffnete der beiden Kasten innerhalb der Halle aufhielten. Militärisch wären die Twonoser in der Lage gewesen, die Station in wenigen Minuten zurückzuerobern. Nur die Tatsache, daß sich im Innern der Kuppel zweihundert zu allem entschlossene Männer aufhielten, ließ die Rüsselwesen zögern. Rhodan und Larkaat hatten den Anführern der Twonoser klargemacht, daß jeder Versuch, sie zu verjagen, die Vernichtung der Energiegatter in der Station zur Folge haben würde. Die Zerstörung der Hauptempfangsstation in der Mitteletage bewies den Twonosern, daß ihre Gegner keine leeren Drohungen ausgesprochen hatten.

Kapitanski bewegte sich unruhig vor dem Fenster auf und ab. Er befand sich im obersten Raum eines Turmes. Von hier aus konnte er weit über das Land blicken. Blau- und Rotrüssel hatten Waffenstillstand geschlossen, nachdem feststand, wer den Angriff auf die Energieversorgung durchgeführt hatte.

Es war ein gewagtes Spiel, zu dem sich Rhodan und Larkaat entschlossen hatten. Kapitanski war sich jedoch darüber im klaren, daß sie keine andere Möglichkeit besaßen, um die Twonoser unter

Druck zu setzen. Inzwischen hatte sich Rakal Woolver auf den Weg zur Bauchetage gemacht, um zu berichten, daß die Verteilerstation in den Händen der Terraner war.

Der Sergeant sah in der Ferne eine Staubwolke aufwirbeln, die sich schnell in Richtung der Verteilerstation ausdehnte. Kapitanski erinnerte sich, daß dort der große Torbogen lag, durch den sie in diese Halle eingedrungen waren.

Entweder näherte sich dort eine weitere Armee der Blaurüssel, oder . . . Kapitanski verließ seinen Beobachtungsplatz und rannte zum Lift. Er betrat den Tragkorb und ließ sich in die Tiefe gleiten. Im Erdgeschoß hielt er an. Draußen stand einer der terranischen Raumfahrer.

„Übernehmen Sie meinen Posten!“ befahl Kapitanski. „Ich muß sofort zu Rhodan.“

Der Mann verschwand im Lift und fuhr nach oben, während der Sergeant durch den Verbindungsgang der eigentlichen Station entgegenrannte. Wenige Augenblicke später stand er vor Rhodan.

„Vom Torbogen aus nähert sich eine größere Kolonne der Station, Sir“, berichtete er hastig. „Wenn es keine Blaurüssel sind, kann es sich nur um Garkos Soldaten handeln.“

Rhodan preßte die Lippen aufeinander. Larkaat wedelte aufgeregt mit beiden Rüsseln. „Wenn es Weißrüssel sind, besteht die Gefahr, daß die Kampfhandlungen wieder aufleben.“

„Das müssen wir verhindern“, sagte Rhodan. „Wenn es wieder zu Kämpfen kommt, sind auch wir gefährdet. Larkaat, Sie müssen mit den Soldaten Ihres Vaters sprechen.“

„Ich kann sie nicht schnell genug erreichen“, gab Larkaat resignierend zurück.

„Doch“, Rhodan deutete auf Icho Tolot. „Der Haluter wird Sie tragen.“

Icho Tolot lachte dröhnend. Der Twonoser betrachtete ihn mißtrauisch.

„Er hat Angst“, stellte Tolot trocken fest.

Larkaat winkte trotzig mit einem Rüssel. „Wir können gehen“, sagte er fest. Er kletterte auf den Rücken des Haluters. Tolot setzte sich in Bewegung.

„Es muß uns gelingen, die Anführer der beiden oberen Kasten

hierherzubringen", sagte Rhodan. „Sie müssen uns freies Geleit bis zur CREST zusichern."

Noch während er sprach, materialisierte Rakal Woolver hinter den Energiegattern und kam rasch zu den Männern herüber.

„Die Besatzung der CREST ist bereits zur oberen Etage unterwegs, Sir", berichtete der Wellensprinter. „Garko hat sie vorzeitig freigelassen. Ich traf den Zug unterwegs. Er wird in ungefähr zehn Stunden in der Rückenetage eintreffen, wenn man ihn nicht aufhält. Doch das ist noch nicht alles. Soeben marschieren Garkos Soldaten durch den Torbogen in diese Halle ein."

„Das wissen wir bereits, Major", sagte Rhodan. Er wandte sich an Tronar Woolver. „Springen Sie zur CREST und sorgen Sie dafür, daß wir einen möglichst reibungslosen Start wagen können, sobald wir dort ankommen."

Tronar entmaterialisierte. Atlan stand von dem Maschinensockel auf, den er die ganze Zeit als Sitzplatz benutzt hatte.

„Warum willst du nicht auf den Zug mit der Besatzung warten, Perry?" fragte der Arkonide.

„Ich habe das sichere Gefühl, daß die Twonoser uns noch Schwierigkeiten machen werden", sagte Rhodan. „Wenn wir in der CREST sind, können wir den Weißrüsseln besser helfen als von der Verteilerstation aus."

Rhodan rief Sergeant Kapitanski zu sich.

„Würden Sie es wagen, zu den Twonosern hinauszugehen, Sergeant?"

„Natürlich, Sir!" rief Kapitanski.

„Richten Sie ihnen aus, daß ich mit den Anführern beider Kasten sprechen will", sagte Rhodan. „Vielleicht können Sie die beiden Rüsselträger gleich mitbringen."

„Ich will es versuchen", sagte Kapitanski.

Mit gemischten Gefühlen machte sich der Sergeant auf den Weg. Jetzt wünschte er sich in den Turm zurück. Er befürchtete, daß ihn die Twonoser als Geisel festhalten könnten. Er verließ die Kuppel durch die Öffnung, die Tolot gewaltsam geschaffen hatte. Fünfhundert Meter von Kapitanski entfernt lagerten die ersten Twonoser. Einen Augenblick stand der Sergeant zögernd vor der Kuppel. Er kam sich hilflos und verlassen vor. Dann gab er sich einen Ruck und setzte sich wieder in Bewegung. Mit jedem Schritt wurde er unsicherer. Als er die Hälfte des Weges zurückgelegt hatte, sah er, daß die Twonoser vor ihm zu den Rotrüsseln gehörten.

Er erwartete, daß ihm jemand entgegenkommen würde, doch die Twonoser blieben ruhig an ihren Plätzen. Schließlich stand Kapitanski wenige Meter vor den ersten Soldaten. Seine Kehle war wie ausgetrocknet, und er befürchtete, er könnte kein Wort über die Lippen bringen. Unzählige Facettenaugen fixierten ihn drohend. Aus den hinteren Reihen kam dumpfes Gemurmel. Kapitanski mußte sich zwingen, nicht die Flucht zu ergreifen.

„Wo ist euer Anführer?“ fragte Kapitanski. Seine eigene Stimme erschien ihm seltsam laut und unsicher. Er hoffte, daß das bei der Übersetzung durch den Translator nicht auffiel.

„Was wollen Sie von ihm?“ erkundigte sich ein unmittelbar vor Kapitanski sitzender Twonoser.

„Das werde ich ihm persönlich sagen“, antwortete der Sergeant.

Der Rotrüssel stand auf und winkte mit einem Rüssel. „Folgen Sie mir!“ forderte er den Sergeanten auf. Kapitanski blieb nichts anderes übrig, als sich dem Soldaten anzuschließen. Der Twonoser führte ihn mitten in das Lager der Rotrüsselarmee. Von allen Seiten wurden Kapitanski Schmähungen zugerufen. Er bemühte sich, aufrecht zu gehen. Für eine Umkehr war es jetzt zu spät. Wenn ihn die Twonoser festhalten würden, war jede Gegenwehr sinnlos.

Vor einem zeltähnlichen Gebäude blieb Kapitanskis Führer stehen. „Da hinein!“ zischte er unfreundlich. Kapitanskis Nerven waren angespannt, als er in das Zelt trat. Im Innern brannten einige Fackeln, die gerade soviel Licht verbreiteten, daß der Sergeant drei Rotrüssel im Hintergrund sitzen sehen konnte. Der Soldat, der Kapitanski hergebracht hatte, sagte: „Ein Unterhändler der Fremden, Saidiik.“

„Laß uns allein“, sagte eine grollende Stimme.

Der Soldat ging hinaus. Kapitanski hielt es für besser, sofort die Initiative zu ergreifen.

„Perry Rhodan will Sie sprechen, Saidiik“, sagte er. „Sie sollen zusammen mit dem Befehlshaber der Blaurüssel in die Verteilerstation kommen.“

Im Licht der Fackeln sahen die Twonoser seltsam verzerrt aus. Der Geruch der brennenden Stauden machte Kapitanski benommen.

„Nein!" rief Saidiik. „Rhodan soll zu mir kommen."

Kapitanski befürchtete, daß die Twonoser das heftige Schlagen seines Herzens hören konnten. Er mußte sich Mühe geben, einen gelassenen Eindruck zu machen.

„Wenn Sie nicht kommen, sind Sie für alle Konsequenzen verantwortlich", sagte er drohend. „Wir haben nichts zu verlieren."

Er hörte, wie sich Saidiik leise mit den beiden anderen beriet.

„Ich komme mit", erklärte der Befehlshaber der Rotrüssel schließlich.

Der Sergeant atmete erleichtert auf. Wenn es ihm jetzt gelang, den Anführer der Blaurüssel zu einem Gespräch mit Rhodan zu bewegen, bestand die Aussicht, daß sie bald zur CREST II zurückkonnten. Der Gedanke an das Schiff ließ den Sergeanten alle Müdigkeit vergessen. Zusammen mit Saidiik verließ er das Zelt.

Die Soldaten wichen respektvoll zur Seite, als ihr Befehlshaber erschien. Kapitanski beglückwünschte sich im stillen. Er hatte den schwierigsten Teil seines Auftrages ausgeführt.

Die beiden führenden Twonoser erwiesen sich als unbequeme Verhandlungspartner. Sie behandelten sich gegenseitig voller Herablassung. Saidiik lehnte es zunächst ab, Vorbaag, dem Anführer der Blaurüssel, irgendein Entscheidungsrecht zuzuerkennen. Schließlich unterbrach Rhodan die Streitgespräche der beiden Rüsselwesen.

„Sie vergessen offenbar völlig, daß es mit der Rolle, die Ihre Kasten bisher gespielt haben, für immer vorbei ist", sagte Rhodan. „Wir werden dafür sorgen, daß die Weißrüssel zusammen mit den Haushaltsverbrechern Ihre Stelle einnehmen."

Saidiik und Vorbaag begannen zu toben. Sie verlangten, sofort zu ihren Truppen zurückkehren zu dürfen, um gemeinsam die Armee der Weißrüssel zu überfallen.

„Schweigen Sie!" fuhr Rhodan dazwischen. „Sobald Sie nur einen Schuß gegen die Weißrüssel abfeuern, fliegt diese Station in die Luft."

Wieder begannen die beiden Befehlshaber heftig zu protestieren. Sie verstummten erst, als der inzwischen zurückgekehrte Tolot sie packte und hochhob.

„Ihr habt nur zu reden, wenn ihr dazu aufgefordert werdet", grollte der Haluter. „Ist das klar?"

Saidiik und Vorbaag schnappten nach Luft. Tolot stellte sie mit einem Ruck wieder auf den Boden. Rhodan konnte ein Lächeln nicht unterdrücken.

„So", sagte er mit Nachdruck, „jetzt können wir uns wieder unterhalten."

„Was wollen Sie überhaupt?" erkundigte sich Saidiik.

„Wir verlangen freien Abzug für uns und unser Schiff", eröffnete Rhodan den beiden Twonosern. Es war offensichtlich, daß die Rüsselwesen Rhodans Ankündigung mit Erleichterung aufnahmen. Rhodan glaubte förmlich zu sehen, wie es hinter den Stirnen Saidiiks und Vorbaags arbeitete. Die Twonoser überlegten wahrscheinlich bereits, wie sie die Station für ihre Kaste zurückerobern konnten.

„Niemand wird euch aufhalten", versicherte Saidiik.

Rhodan wußte, daß der Rotrüssel log.

„Wir werden mit unserem Raumschiff den Moby verlassen", sagte er.

„Gut", stimmte Saidiik rasch zu. „Ich bin einverstanden."

Vorbaag gab sein Einverständnis, indem er kurz mit den Rüsseln wedelte.

„Larkaat wird Sie beide solange hier zurückhalten, bis wir unser Schiff erreicht haben", sagte Rhodan. „Sozusagen als doppelte Sicherheit."

Saidiik wollte protestieren, verstummte jedoch sofort, als Tolot einen Schritt auf ihn zu machte.

„Inzwischen", fuhr Rhodan fort, „werden die Weißrüssel diese Verteilerstation und alle vier atomaren Kraftstationen besetzen. Garko der Starke und sein Sohn Larkaat werden zukünftig über die Twonoser regieren. Alle weiteren Befehle erhaltet ihr von ihnen."

Das war für die beiden Befehlshaber zuviel. Sie verloren ihre Beherrschung und wollten sich auf Rhodan stürzen. Blitzschnell trat Tolot dazwischen und hob sie abermals in die Höhe.

„Ich habe viel gelernt", sagte Larkaat, als er Rhodan einen Rüssel reichte.

„Noch sind Sie nicht außerhalb des Mobys!" schrie Saidiik dazwischen.

Rhodan hielt Tolot fest, der sich auf den Rotrüssel stürzen wollte.

„Ihre Zeit ist abgelaufen", sagte Rhodan ruhig. „Was immer Sie noch tun wollen, es kann den Umschwung innerhalb des Mobys nicht verhindern."

Saidiik hielt es für klüger zu schweigen. Verbittert schaute er den fünfzig Fremden nach, die zwischen den Energiegattern verschwanden.

„Sie sind weg", sagte Vorbaag leise.

„Ja", sagte Saidiik mit einem Blick auf Larkaat, „aber ihre Saat ist aufgegangen."

12.

Scheinbar unberührt stand das Flaggschiff des Solaren Imperiums, die CREST II, innerhalb der riesigen Halle, wo man es zur Landung gezwungen hatte. Rhodan wußte, daß dieses Bild täuschte. Die Wissenschaftler der C-Kaste hatten fieberhafte Anstrengungen unternommen, die Arbeitsweise der verschiedenen Maschinen zu ergründen. Vereinzelt hatten sie sogar mit der Demontage von Aggregaten begonnen. Der Angriff der Blaurüssel auf die Rückenetage hatte die Rotrüssel schließlich gezwungen, ihre Arbeit innerhalb der CREST II einzustellen.

Die fünfzig Männer stiegen den Landesteg bis zur Schleuse hinauf. In der Schleusenkammer erwartete sie Tronar Woolver.

„Es hält sich kein einziger Twonoser an Bord auf", verkündete der Mutant. „In der Zentrale und an den Triebwerken konnte ich keine Beschädigungen feststellen. Die von den Rotrüsseln demontierten Teile werden leicht zu ersetzen sein. Auch die Energieversorgung funktioniert wieder einwandfrei."

Rhodan empfing diese Nachrichten mit Erleichterung. Seine Befürchtungen, die CREST II könnte flugunfähig sein, erwiesen sich als unbegründet.

Tronar Woolver hatte bereits die Kraftstationen eingeschaltet, so daß die Raumfahrer durch die Antigravschächte zur Zentrale gelangten. Rhodan hielt eine kurze Lagebesprechung.

„Noch sind wir nicht in Sicherheit“, sagte er. „Wir müssen vor allem die Besatzung zur CREST zurückholen. Zu diesem Zweck werden wir eine Korvette ausschleusen, die den Flüchtlingen entgegenfliegen und sie an Bord nehmen wird.“

„Das wird aber ziemlich enge Verhältnisse geben, Sir“, warf Melbar Kasom ein.

„Allerdings“, stimmte Rhodan zu. „Die Männer werden jedoch eine kurze Zeit des Platzmangels lebenslänglicher Gefangenschaft vorziehen.“

Rhodan wählte fünf Männer aus, die die Korvette fliegen sollten und schickte sie in den Hangar. Dann wandte er sich an die beiden Wellensprinter.

„Ich weiß, daß Sie beide ziemlich erschöpft sind“, sagte er. „Trotzdem müssen Sie noch einen Einsatz wagen.“

Die Imarter lächelten. „Seit wir wieder an Bord der CREST sind, fühlen wir uns wie neugeboren“, sagte Rakal.

„Wir wissen inzwischen, daß der Laderstrahl, mit dem man die CREST bezwungen hat, nicht von der Verteilerstation aus kontrolliert wird.“ Rhodan machte eine kurze Pause und fuhr dann fort: „Es ist möglich, daß die Anlage, von der der Strahl gesteuert wird, noch im Besitz der Rot- oder Blaurüssel ist. Man könnte uns also daran hindern, den Moby zu verlassen.“

„Wir sollen diese Anlage zerstören?“ fragte Rakal Woolver.

„Ja“, entschied Rhodan nachdrücklich. „Seien Sie jedoch so gründlich, daß kein anderes Raumschiff mehr in Gefahr geraten kann. Entnehmen Sie den Lagern der CREST so viel Bomben, wie sie für die Ausführung dieses Auftrages benötigen.“

Die Wellensprinter entmaterialisierten. Rhodan sah auf dem Kontrollbildschirm, daß sich die Hangarschleuse geöffnet hatte. Sekunden später schoß eine Korvette aus der CREST hinaus.

Rhodan schaltete das Sprechfunkgerät ein, um mit den Männern im Beiboot Verbindung aufzunehmen.

„Wir nähern uns dem großen Torbogen, der in die nächste Halle führt“, klang Sergeant Kapitanskis Stimme auf, der das Kommando an Bord der Korvette übernommen hatte.

„Glauben Sie, daß Sie durchkommen, Sergeant?" fragte Rhodan.

„Sicher, Sir", kam die Antwort. „Wir haben zu beiden Seiten bestimmt einige Meter Platz."

Rhodan ließ sich in den Kommandosessel sinken. Trotz des Zellaktivators, der seinen Körper pausenlos regenerierte, fühlte er eine gewisse Müdigkeit. Seit Tagen hatte er unter ständiger Anspannung gestanden.

Es dauerte noch etwa sieben Minuten, bis die Ortungsgeräte der CREST II mehrere Explosionen registrierten.

„Die Woolvers sind an der Arbeit", bemerkte Atlan.

Wie um seine Worte zu bestätigen, materialisierte Rakal Woolver in der Zentrale. Sekunden später folgte Tronar.

„Befehle ausgeführt, Sir", sagte Tronar knapp. „Die Anlage existiert nicht mehr."

Rhodan ließ die starken Triebwerke der CREST anlaufen. Das mächtige Schiff sollte startbereit sein, wenn die Korvette in den Hangar zurückkehrte.

Inzwischen hatte Icho Tolot der Positronik alle Daten zurückgegeben, die er ihr vor der Gefangennahme der Besatzung entnommen hatte.

Es verstrichen jedoch fast drei Stunden, ehe Kapitanskis Stimme wieder im Lautsprecher der Funkanlage aufklang.

„Alles in Ordnung, Sergeant?" erkundigte sich Rhodan.

„Vollkommen, Sir!" Man konnte den Stolz aus Kapitanskis Stimme heraushören.

„Hatten Sie Verluste?"

„Keine, Sir! Die Twonoser hinderten uns nicht daran, die Besatzung aufzunehmen, als sie den Zug verließ und in die Halle kam, wo die Verteilerstation steht."

„Sehr gut, Sergeant, kehren Sie jetzt in den Hangar zurück."

Minuten später befand sich die gesamte Besatzung wieder an Bord des Flaggschiffes. Rhodan konnte den Männern jedoch noch keine Ruhe gönnen.

„Alle Mann auf Gefechtsstation!" hallte seine Stimme aus den Lautsprechern des Interkoms. „Feuerleitzentrale besetzen."

Oberst Cart Rudo kam herein. Der Epsaler übernahm die Kontrollen des Schiffes.

„Wie kommen wir hier heraus, Sir?“ war seine erste Frage.

„Wir schießen uns einen Weg ins Weltall“, antwortete Rhodan.

Die Polgeschütze der CREST II wurden feuerbereit gemacht. Gleich darauf hob sich der stählerne Gigant vom Boden der Halle ab.

„Achtung! Feuerleitzentrale!“ Rhodan wandte seinen Blick nicht von den einzelnen Beobachtungsschirmen. „Auf meinen Befehl hin wird die Decke der Halle mit den Polgeschützen unter Beschuß genommen.“

„Das wird die Twonoser in Schwierigkeiten bringen, Perry“, rief Atlan von seinem Platz herüber.

„Darüber bin ich mir im klaren“, entgegnete Rhodan. „Das wird sie jedoch davon abhalten, übereinander herzufallen. Vielleicht hilft ihnen die Bedrohung ihrer Existenz, sich schneller zu einigen. Außerdem können die angrenzenden Räume durch Druckschotte abgekapselt werden. Die Atmosphäre entweicht nur hier, und hier befinden sich keine Twonoser.“

Atlan lächelte grimmig. „Terranische Psychologie“, sagte er. „Immer nach dem Motto: Mach aus jeder Sache etwas Gutes.“

Rhodan antwortete nicht. Die CREST schwebte jetzt hundert Meter über dem Boden.

„Feuer!“ rief Rhodan.

Die Abwehrschirme des Schiffes flackerten, als die Polgeschütze einen Feuerstoß gegen die Hallendecke schickten. Tonnen glasierten Gesteins tropften herunter. Die Decke zerfloß förmlich in den tosenden Energiefluten.

„Feuer!“ rief Rhodan abermals.

Die äußere Hülle der Rückenetage spaltete sich in einer Länge von fast zehn Meilen auf. Der Lärm außerhalb des Schiffes mußte unvorstellbar sein. Er hielt jedoch nur so lange an, bis der Sauerstoff aus der Halle entwichen war. Die CREST raste in den Feuersturm hinein, den sie entfacht hatte. Oberst Cart Rudo vollbrachte eine fliegerische Glanzleistung, als er das fünfzehnhundert Meter durchmessende und mit den Zusatztriebwerken 2300 Meter lange Schiff durch die gewaltsam geschaffene Öffnung in den Weltraum steuerte.

„Geschafft!“ rief Rhodan erleichtert, als er wenige Augenblicke danach den Moby auf den Bildschirmen auftauchen sah. Das Flaggschiff der Solaren Flotte entfernte sich mit zunehmender Geschwindigkeit von dem Riesen, der die Heimat eines seltsamen Wächtervolkes war.

Die automatischen Kalender an Bord der CREST II zeigten den 16. August 2402, Standardzeit.

13.

Kalif

„Oberstleutnant Dosenthal zum Rapport, Sir!"

Der Mann, für den die Meldung bestimmt war, stämmig gebaut, mit groben Gesichtszügen und einer Bürstenfrisur, die den rostbraunen Haaren das Aussehen von Igelstacheln verlieh, sah mit bekümmerter Miene auf den einzigen Bildschirm seines Arbeitsraumes und schien den meldenden Offizier kaum wahrzunehmen.

„Soll reinkommen", schnarrte er.

Er wußte nicht, warum das Bild auf dem Schirm ihn so faszinierte. Im Hintergrund die beiden roten Sonnen, davor das funkelnde Gewirr der kleinen Asteroiden, deren Gesamtheit einst einen großen Planeten mitten im Leerraum zwischen den Milchstraßen ausgemacht hatte, und schließlich die sechs unförmigen Schiffe, häßliche Monstren von völlig fremdartigem Äußeren, die sich mit der gleichen Geschwindigkeit wie der Asteroid bewegten und deshalb ihre Position auf dem Bildschirm nicht veränderten.

Reginald Bull sah auf, als er ein leises Räuspern hörte.

„Ach ja", sagte er gedankenverloren und erwiderte den Gruß seines Besuchers. „Nehmen Sie Platz."

„Danke, Sir", antwortete eine klare Stimme, „aber ich ziehe es momentan vor zu stehen. In Stühlen und Sesseln bekomme ich Platzangst."

Bull sah ihn aus halb zusammengekniffenen Augen mißtrauisch an.

„Da haben wir uns anscheinend den richtigen Mann für diese Mission ausgesucht", seufzte er. „Leiden Sie oft unter Platzangst?"

„Nein, Sir", versicherte Dosenthal, und Bull hatte den Eindruck, er machte sich über ihn lustig.

Kim Dosenthal war nicht besonders groß gewachsen und machte auf den ersten Blick einen leicht schlaksigen Eindruck. Trotzdem ging ihm der Ruf voraus, ein Draufgänger zu sein, wenn er es auch nie an der nötigen Vorsicht hatte fehlen lassen. Aus seiner Akte hatte Bull entnommen, daß er achtunddreißig Jahre alt war. Er war, mit schmalem, fast blassem Gesicht und schwarzen Haaren mehr der südländische Typ, dem gegenüber Bull sonst instinktives Mißtrauen empfand. Diesmal schien sein Instinkt jedoch zu versagen. Dosenthal war ihm sympathisch.

„Ihnen unterstehen die sechs Konservenbüchsen da draußen", sagte er in gespielter Unfreundlichkeit, „und Sie haben eine ungefähre Ahnung davon, welches Ihre Aufgabe ist und wohin Sie die sechs Frachter zu bringen haben."

„Jawohl, Sir", bestätigte Dosenthal.

„Ihr Flug wird mit zu den längsten gehören, die ohne Zuhilfenahme eines Transmitters bislang bewerkstelligt wurden", fuhr Bull fort. „Normale Raumschiffe sind für solche Flüge nicht ausgerüstet. Daher mußten wir diese Ungetüme dort bauen." Er wies von neuem auf den Bildschirm. „Was Sie sehen, sind sechs Transporter, deren eigentlicher Schiffskörper dieselbe Größe wie der eines Superschlachtschiffes besitzt. Die Schiffskugel durchmißt eintausendfünfhundert Meter. Damit", er wandte den Blick vom Bildschirm und sah Kim mit seinen wasserblauen Augen an, „endet die Ähnlichkeit zwischen Transporter und Schlachtschiff. Diese Dinger dort draußen sind nur schwach bewaffnet und bemannt. Ihre einzige Aufgabe ist, Material von einem Ort an den andern zu bringen. Der Schutz der Transporter obliegt fast ausschließlich Ihrem Schiff, der BAGALO. Nun ...", er drehte sich wieder um, „... die Stummelschwänze, die aus den Schiffskörpern hervorragen, sind zweistufige Zusatztriebwerke, jede einzelne Stufe ist gut für zweihundertundfünfzigtausend Lichtjahre. Die Zusätze sind walzenförmig, je vierhundert Meter lang und ebenso dick. Ein Zusatztriebwerk hat im Fall der Transporter also eine Gesamtlänge von achthundert Metern. Sie sind mit der Theorie des Linearfluges vertraut. Sie wissen demzufolge, was die Walzen enthalten und wie sie arbeiten."

Sein Blick irrte über die Schreibtischplatte, als suche er etwas. Schließlich griff er nach einer flachen, quadratischen Schachtel und hielt sie Dosenthal hin.

„Viel mehr habe ich eigentlich nicht zu sagen. Die BAGALO erhält natürlich ähnliche Zusatztriebwerke, nur sind die Maße in diesem Fall anders – wegen der geringeren Maße des Schiffs. Alles Weitere, Angaben über Flugrichtung, Geschwindigkeit, Ziel und ähnliche Dinge finden Sie auf diesem Memoband. Es ist zeitweise gesperrt und kann erst abgespielt werden, wenn Sie schon unterwegs sind. Bis zu dem Zeitpunkt, in dem Sie das Band abspielen können, bewegen Sie sich mit Maximalbeschleunigung und in Richtung Theta vier, Phi zweiundachtzig. Ist das klar? Tragen Sie sich die Werte ins Gedächtnis ein."

Dosenthal wiederholte die Anweisung.

„Jawohl, Sir", fügte er hinzu. „Alles klar."

Er wandte sich um, um hinauszugehen. Er war schon unter der Tür, da rief Bull ihm nach:

„Dosenthal . . .?"

Kim fuhr herum.

„Ja, Sir?"

Bull lächelte gequält.

„Viel Glück!"

„Danke, Sir."

Er glitt hinaus.

Reginald Bull war der zweithöchste Mann im Imperium, und niemand hatte ein Büro, das man mit seinem in Terrania vergleichen konnte, was Geräumigkeit und Ausstattung anlangte. Hier, 1 750 000 Lichtjahre von Terrania entfernt, auf einem mondgroßen Gesteinsbrocken mit dem merkwürdigen Namen Kalif von Bagdad, mußte er sich mit einem quadratischen Raum von vier mal vier Metern begnügen, und der einzige Luxus, den man ihm und der restlichen Besatzung des Planetoiden gönnte, waren Schwerkraftgeneratoren, die die natürliche Schwerkraft von 0,21 Gravos innerhalb der einzelnen Stationen auf Terranorm erhöhten.

Er drehte sich um und warf einen letzten Blick auf den Bildschirm. Unbeweglich verharrten die sechs Transporter nahe der Mitte des Bildfelds.

In ein paar Minuten würde die BAGALO zu ihnen stoßen, und dann ging es los.

Reginald Bull ertappte sich dabei, wie er vor Angst und Besorgnis auf der Unterlippe kaute.

Am 28. Juli 2402, um 8.37 Uhr Simultanzeit, schaltete Kim Dosenthal das vorgewärmte Triebwerk der BAGALO auf Vollschub und brachte sein Schiff auf den vorgeschriebenen Kurs, Theta vier, Phi zweiundachtzig, auf die Bahnebene des Kalif von Bagdad und eine hypothetische Verbindungslinie zum Schwerpunkt der Doppelsonne bezogen. Wenige Sekunden später löste eine automatische Schaltung auch die Triebwerke der sechs Transporter aus und brachte sie ebenfalls auf Kurs.

Um 9.11 Uhr verschwanden die Schiffe im Halbraum. Die Kalup'schen Lineartriebwerke traten an die Stelle der Korpuskularbeschleuniger und Feldgeneratoren. Mit einer Geschwindigkeit, die, relativ zum Normalraum, ein Vieltausendfaches der Lichtgeschwindigkeit betrug, bewegte sich die seltsame Karawane auf ihr Ziel zu.

Kim Dosenthal fand endlich Zeit, die Anweisungen zu studieren, die er von Bull erhalten hatte. Das Memoband enthielt Angaben über die astrophysikalischen Eigenheiten der Miniaturgalaxis Andro-Beta, die das Ziel der Reise war, und beschrieb Beobachtungen, die die Mannschaft der ANDROTEST III anläßlich ihrer ersten Reise in den Zwergnebel gemacht hatte. Darunter befanden sich einige Bemerkungen, die Kim bei der Lektüre die Haare zu Berge stehen ließen.

Das Band erwähnte eine Reihe von Positions- und Kursdaten und schloß mit der Feststellung:

„Die Aufgabe der BAGALO und der sie begleitenden Transporteinheiten ist es, zu dem erwähnten Ziel vorzustoßen und dort auf Kontaktaufnahme mit dem Flaggschiff der Flotte zu warten."

Kim war ein Mann mit vielen Jahren Erfahrung als Offizier der Flotte. Er wußte, was es bedeutete, alleine auf sich gestellt, in einem völlig unbekannten Sternengebiet zu operieren. Und Andro-Beta war nicht nur völlig unbekannt, der Nebel mußte von fremden Zivilisationen und deren Raumschiffen nur so wimmeln.

Zum erstenmal, seitdem er diese Aufgabe übernommen hatte, wurde Kim klar, wieviel dieser Vorstoß nach Andro-Beta für die Menschheit bedeutete. Er kannte die Hintergründe zwar nicht im einzelnen, aber die Tatsache, daß Perry Rhodan selbst sich im Zwergnebel aufhielt, ließ keinen Zweifel zu, daß die Angelegenheit von höchster Wichtigkeit war.

Nach knapp zweihundertundfünfzigtausend Lichtjahren ließ Kim seinen kleinen Geleitzug aus dem Linearraum ins Einstein-Kontinuum zurückkehren. Die verschlissenen Endstufen der Zusatztriebwerke wurden abgestoßen und trieben durch die Einöde des Leerraums langsam davon.

Das Bild auf den großen Panoramaschirmen in den Kommandoständen hatte sich verändert. Der Abgrund zwischen den Milchstraßen, der vom Schrotschußtransmitter aus noch den Eindruck erweckt hatte, er erstrecke sich ungehindert und endlos in alle Richtungen, sah jetzt so aus, als käme er irgendwo weit voraus zu einem Ende. Der Nebel der Andromeda, vom Transmitter aus nur ein schmaler, kurzer Lichtstreif, der die Finsternis des Leerraums eher unterstrich, als sie zu stören, breitete sich jetzt wie ein sanfter Schleier über einen Teil des Firmaments und nahm der bodenlosen Schwärze ihre Überzeugungskraft. Die beiden vorgelagerten Zwergnebel, Andro-Alpha und Andro-Beta, waren mit bloßem Auge nicht zu erkennen.

Ohne Verzögerung ließ Kim wieder Fahrt aufnehmen.

Es war am frühen Morgen des 16. August 2402, als die Nachschubflotte nach zwanzigtägigem Flug etwa hundert Lichtjahre von Andro-Beta entfernt den Linearraum verließ. Unübersehbar, wie eine riesige Wand, schob sich die Scheibe der fremden Galaxis nun quer über das Firmament. Von keiner Dunkelwolke getrübt, bot sie einen Anblick atemberaubender, leuchtender Schönheit, der Kim für ein paar Augenblicke die Gefahren vergessen ließ.

Andro-Beta war jetzt deutlich zu erkennen. Das unbewaffnete Auge sah die Randzone des Zwergnebels als eine Fülle einzelner Lichtpunkte. Was dahinter lag, verschmolz zu einem konturlosen Lichtklumpen, der durch seine Helligkeit anzeigte, daß er weit vor der Lichtwand der fernen Galaxis stand.

Kim benutzte den Aufenthalt im Einstein-Universum, um in aller Ruhe eine genaue Standortbestimmung durchzuführen. Er war seines Kurses ziemlich sicher, denn schon mit bloßem Auge ließ sich die eigenartige Dreieckskonstellation von drei blauweißen Sternriesen, die auf die Beschreibung seines Flugziels paßte, im Randgebiet des Nebels deutlich erkennen. Aber Kim wollte sichergehen. Die Astrogationsspezialisten gingen ans Werk. Eine halbe Stunde später wußte Kim, daß es sich bei den drei Sonnen um einen A0-Typ und zwei A3-Typen handelte. Die Seiten des Dreiecks waren dreizehn, acht und sieben-Komma-vier Lichtjahre lang. Die verlängert gedachte Kurslinie der BAGALO bildete mit der Ebene des Dreiecks einen Winkel von einhundertundzwei Grad.

Genauso lauteten die Daten, die Kim von dem Memoband erhalten hatte. Der Geleitzug war an der richtigen Stelle angekommen. Kim beschloß, den Mannschaften noch zwei Stunden lang Ruhe zu gönnen und den Flug dann fortzusetzen. Sicherheitshalber würde die BAGALO allein weiterfliegen und versuchen, Kontakt mit der CREST zu bekommen. Die Transporter blieben solange zurück. Kim Dosenthal konnte selbst ein wenig Entspannung gebrauchen. Er gab der Besatzung des Kommandostands bis auf die üblichen Notposten zwei Stunden lang Urlaub und ließ sich von einer Ordonnanz einen Becher Kaffee bringen. Sein Kommandopult stand in der Mitte des kreisrunden Raums auf einem flachen Podest. Er schob den Sessel vom Pult zurück und räkelte sich behaglich.

Unglaublich rasch verschwanden die mattglänzenden Konturen der sechs Transportschiffe vor dem schwarzen Hintergrund des Leerraums. Die BAGALO beschleunigte mit Höchstwerten. Zehn Minuten nach dem Start schaltete Kim die Linearkonverter ein. Zwei Stunden später tauchte das geschwänzte Schiff innerhalb der Randzone des Zwergnebels wieder auf. Eine hastige Standortbestimmung ergab, daß die BAGALO dicht an dem Dreieck der blauen Sonnen vorbeigeschossen war und sich rund neun Lichtjahre jenseits des Zielsektors befand. Kim vergewisserte sich, daß der Raum im Umkreis von einigen hundert Millionen Kilometern leer und frei von Gefahren war. Dann übertrug er das Kommando seinem Ersten Offizier und ging nach vorne zum Schaltpult des Cheftechnikers, um dem kleinen, zur Korpulenz neigenden Mann bei der Arbeit zuzusehen. Hess Palter hatte den merkwürdigen Helm übergestülpt, der eigens für ihn gefertigt war und ihm erlaubte, sich rascher einen Gesamtüberblick über die Anzeigen der Instrumente zu verschaffen als irgend jemand anders, den Kim kannte. So gut wie jedes Meßgerät gab irgendein akustisches Signal von sich. Kleine Mikrophone in der Helmwandung übertrugen diese Signale, so daß Hess sie hören konnte – ungestört vom Lärm der Umgebung. Im Laufe der Jahre hatte er sich ein so feines Gehör angeeignet, daß er jedem Signal das dazugehörige Instrument zuordnen konnte und innerhalb von Sekundenbruchteilen wußte, welches von seinen vier Dutzend Geräten etwas Außergewöhnliches anzeigte. Diese Begabung machte Hess zu einem ausgezeichneten Techniker.

Kim lehnte sich neben ihm gegen den Rand des Schaltpults. Hess sah zu ihm auf und schüttelte den Kopf. Dann beugte er sich nach vorne und kritzelte etwas auf einen Zettel. Kim las:

„Nichts los. Nur Streuimpulse. Kein Signal von der CREST."

Kim musterte den Panoramaschirm, der sich rund um den Kommandoraum zog, eine ununterbrochene Bildfläche von fünf Metern Höhe. Das Sterngewirr des Zwergnebels war weniger dicht, als Kim es im Kern der heimatlichen Galaxis gesehen hatte, aber die Sterne standen ungleich enger zusammen als am Firmament jenes galaktischen Seitenarms, in dem die irdische Sonne mit ihren neun Planeten stand.

Die drei blauen Sonnen beherrschten das Bild. Jede von ihnen übertraf Sol an Leuchtkraft um mehr als das Zehntausendfache. Wie die glühenden Augen eines unirdischen Monstrums schauten sie von der Bildfläche herab und ließen die Sterne in ihrer Nähe erblassen. Kim schauderte unwillkürlich. Es kam ihm zu Bewußtsein, daß er und seine Leute mit zu den ersten Menschen zählten, die diese Sonnen zu Gesicht bekamen. Wie hießen sie? Wer hatte ihnen einen Namen gegeben? Welchen fremden Völkern dienten sie als Leuchtfeuer auf sternenweiten Flügen durch die Randzonen einer fremden Galaxis?

Kim wurde aus seiner versunkenen Betrachtung herausgerissen, als Hess Palter heftig zusammenzuckte. Mit einem unterdrückten Fluch riß sich Hess den Helm vom Kopf und legte ihn beiseite. Dann begann er, an den Einstellungen der Geräte zu drehen. Ein paar Lichtzeiger setzten sich in Bewegung und huschten über grünleuchtende Skalen. Hess redete vor Aufregung ununterbrochen vor sich hin.

„Was ist es?“ erkundigte sich Kim.

Hess behandelte ihn, als wäre er nicht da. Fluchend schaltete er an seinen Instrumenten, las sie ab, veränderte die Einstellung abermals und knurrte weiter.

„Da kommt das größte *Ding,* das ich je gesehen habe, mit der höchsten Geschwindigkeit, von der ich je gehört habe, direkt auf uns zu!“

Es klang wütend, als mache er Kim für seine Entdeckung verantwortlich.

„Wie groß?“ wollte Kim wissen.

„Masse größer als zehn hoch sechzehn Tonnen“, rief Hess aufgeregt. „Bewegt sich mit zirka elfhundert Kilometern pro Sekunde relativ zu uns. Abstand im Augenblick knapp zwei Astronomische Einheiten. Größte Ausdehnung wenigstens zehntausend Kilometer. Na – wie behagt dir das?“

Kim drückte auf einen breiten, roten Schalter. Im selben Augenblick heulten die Alarmsirenen auf. Kim nahm das Interkom-Mikrophon zur Hand und erklärte in einem kurzen Rundspruch, was Hess beobachtet hatte.

Inzwischen hatte Hess seine Beobachtungen fortgesetzt.

„Es wird nicht mit uns kollidieren“, erklärte er, über seine Instrumente gebeugt, „aber ziemlich dicht an uns vorbeiziehen. Es besitzt ein ansehnliches Schwerefeld. Du wirst mit den Triebwerken dagegenarbeiten müssen. Außerdem hat es . . .“

Kim klopfte ihm auf die Schulter.

„Nicht so hastig, Alter. Wie sieht es aus?“

„Wie soll ich das sagen können?“ rief er aus. „Es ist noch zweihundertachtzig Millionen Kilometer weit entfernt!“

„Irgendwelche Streustrahlung?“

„Nicht, daß ich wüßte. Die Detektoren sind still.“

„Worüber regst du dich dann auf?“ fragte Kim verwundert. „Wahrscheinlich ist es ein irregelaufener Planet.“

Hess stöhnte voller Verzweiflung.

„Den in der Randzone eines Zwergnebels, in dem es so gut wie keine Gravitationsstörungen gibt, die Hand eines Riesen bis auf elfhundert Kilometer pro Sekunde beschleunigt hat? Mann, fallen dir keine besseren Einwände ein?“

Kim grinste amüsiert. Jedermann kannte Hess Palters Fähigkeit, sich über Probleme seines Fachgebiets zu ereifern.

„Na schön“, lenkte Kim ein. „Dann sag *du* mir, was es ist.“

Hess schüttelte den Kopf.

„Das einzige, was ich dir sagen kann“, stieß er zwischen den Zähnen hervor, „ist, was es *nicht* ist.“

„Dann bin ich besser dran als du“, gab Kim zurück. „Ich weiß, was es ist.“

Hess fuhr herum und betrachtete ihn mit offenem Mund.

„Was . . . was ist es?“ fragte er fassungslos.

„Es ist ein Moby“, erklärte Kim und lächelte freundlich.

Kim wartete nicht darauf, bis der Moby sich der BAGALO so weit genähert hatte, daß man ihn durch die Teleskope beobachten konnte. Er flog ihm entgegen. Hess Palter ließ seine Instrumente nicht aus den Augen und behauptete nach wie vor, der Moby sende keinerlei Streustrahlung aus. Kim schloß daraus, daß es sich um ein totes Exemplar dieser unglaublichsten aller Lebensformen handeln mußte.

Er bezog seine Kenntnisse von dem Memoband, das Reginald Bull ihm mitgegeben hatte. Der Planetoid Troja, ein Würfel von fast vierzig Kilometern Kantenlänge, dessen Inneres zum Geheimstützpunkt ausgebaut worden war, war von einem Moby verschlungen worden. Die ANDROTEST III hatte eine Schilderung dieses Zwischenfalls mitsamt den Erklärungen, die Grek-I über die Art der Mobys abgegeben hatte, auf Bildband zum Schrotschußtransmitter gebracht. Ein Teil des Bildbandes war auf das Memoband übertragen worden. Aber bislang war Kim Dosenthal der einzige, der das Memoband abgespielt hatte, und es stellte sich als fast unmöglich heraus, Hess Palter aufgrund seiner eigenen, geringen Kenntnis davon zu überzeugen, daß es Lebewesen wie die Mobys wirklich gab – oder zumindest gegeben hatte.

Ein Moby war ein Gebilde aus anorganischen Substanzen, jedoch mit einem Metabolismus, der wenigstens in den Grundzügen dem eines organischen Lebewesens ähnelte, rief Kim sich ins Gedächtnis zurück. Auch ein Moby brauchte Nahrung, um existieren zu können, und ein Organ, mit dem er die Nahrung in sich aufnahm. Anstatt aus

Kohlehydraten, Fetten, Stärken und Eiweiß bestand seine Nahrung aus elektromagnetischer Energie, und anstelle eines Mauls hatte er eine Vorrichtung, die eine Hälfte seines planetengroßen Körpers von der anderen trennen und somit eine Öffnung erzeugen konnte, die groß genug war, um einen Planetoiden etwa von der Größe der Ceres mühelos zu verschlingen. Ein Moby besaß ein ausgeklügeltes Konvertersystem, das beliebige Arten von Materie nahezu verlustlos in elektromagnetische Energie umzuwandeln vermochte. Die Hauptmenge seiner Nahrung bezog der Moby aus der Energie von Sonnen. Zudem speicherte er in seinem Inneren alle Arten von anorganischer Materie, um diese bei Bedarf in Energie umzuwandeln. Er fand stets genug, um seinen riesigen Körper am Leben zu erhalten. Größere Körperbrokken wie Planetoiden und kleine Monde bedeuteten für ihn eine Art Leckerbissen. Er führte sie seinem Speichermagen zu und verarbeitete sie erst dann, wenn er Mangel litt.

Ein Durchschnittsexemplar der Mobys war ein kreisförmiger Fladen von vierzehntausend Kilometern Durchmesser und fünftausend Kilometern Höhe. Infolge seiner ungeheuren Körpermaße besaß er ein eigenes Gravitationsfeld, das kräftig genug gewesen wäre, um eine Atmosphäre zu binden. Seine Oberfläche unterschied sich in nichts von der irgendeines anderen Himmelskörpers, der in der Finsternis zwischen den Sternen umhertrieb. Ein großer Teil des Inneren dagegen bestand aus gewaltigen Hohlräumen. Das Memoband enthielt eine detaillierte Darstellung der Moby-Anatomie. Soweit Kim wußte, gab es mehrere Räume, die zum Verdauungssystem gehörten und deswegen als Mägen mit verschiedenen Funktionen bezeichnet werden konnten. Es gab ein kompliziertes System von Hohlleitern, durch die die vom Verdaungsapparat erzeugte Energie floß, so daß sie die Stelle von Lymphkanälen und Adern einnahmen. Das Gehirn eines Moby, so hatte Kim erfahren, befand sich an der Außenseite des seltsamen Lebewesens. Es handelte sich auch dabei um anorganische, kristalline Strukturen, die in der Art von Eisbergen in die Höhe ragten und gegen die meist dunklere Substanz der übrigen Oberfläche abstachen.

Ein Moby besaß eine gewisse Instinktintelligenz.

Kim hatte die Mannschaft in einem kurzen Rundspruch über alles informiert, was er von Mobys wußte. Er erwartete von den Männern nicht, daß sie anhand seiner etwas sehr dürren Worte die Ungeheuerlichkeit des seltsamsten Wesens begriffen, das die Natur jemals erschaffen hatte. Er verstand auch, daß sein Manöver, das die BAGALO immer näher an den offenbar leblos treibenden Moby heranführte, mit Beklommenheit aufgenommen wurde und daß niemand begriff, warum er nicht statt dessen soviel Abstand wie möglich zwischen das Schiff und das Monstrum legte. Aber Kim hatte seine eigenen Pläne. Eine genaue Kenntnis der Mobys mochte sich für die Zukunft als nützlich erweisen. Die BAGALO konnte das tote Ungetüm studieren, ohne sich dabei aus dem Zielgebiet zu entfernen, denn der Moby raste geradewegs auf das Dreieck der blauen Sonnen zu. Es gab keinen triftigen Grund, der Kim davon abgehalten hätte, auf dem Moby zu landen und sich umzusehen.

Er glich Kurs und Geschwindigkeit der BAGALO der Bahn des Ungeheuers an und ließ das Schiff mit geringer Geschwindigkeit auf den Moby zutreiben. Hess Palter war mit ständig wachsender Aufregung dabei, weitere Daten einzuholen. Eifrig las er Skalen ab, warf kurze Notizen eilig auf ein Stück Schreibfolie, rechnete und knurrte und hob von Zeit zu Zeit blitzschnell den Kopf, um auf den Panoramaschirm zu sehen.

Wie ein grauer, schemenhafter Schatten tauchte der Moby aus der Finsternis des Weltraums auf. Zunächst war nur ein verwaschener Fleck zu sehen, als ob eine der Kameras nicht mehr funktionierte. Aber der Fleck wuchs. Er zog sich in die Breite und in die Höhe, und Kim, der das merkwürdige Schauspiel vom Kommandopult aus verfolgte, kam zu der Erkenntnis, daß ihm entweder das Aussehen eines Mobys falsch geschildert worden war oder daß dieser Moby nicht so aussah wie die anderen.

Aus fünfhunderttausend Kilometern Entfernung erschien er als nur leicht abgeflachte Kugel, deren Zentrum dunkler zu sein schien als die Ränder. Aus dreihunderttausend Kilometern Abstand betrachtet, leuchteten die Ränder noch heller als zuvor, während das Zentrum pechschwarz geworden war.

Aus hunderttausend Kilometern Entfernung konnte Kim endlich klar ausmachen, was mit dem Moby los war. Es hatte sein Maul weit offen. Und die Öffnung war der BAGALO so exakt entgegengerichtet, daß es Kim schwerfiel, darin einen Zufall zu sehen. Der Rand des pfannkuchenähnlichen Gebildes hatte sich gespalten. Der Pfannkuchen hatte sich in eine Muschel verwandelt, die mit geöffneter Schale nach Nahrung suchte. Das Gebilde war demzufolge nicht mehr flach, sondern erweckte den Eindruck einer leicht abgeplatteten Kugel mit einem Äquatorialdurchmesser von zwölftausend Kilometern, wie Hess Palter voller Aufregung verkündete.

Kim ließ Hess die Streuenergie-Sondenmessungen zum zehntenmal wiederholen. Immer noch war das Resultat gleich Null. Der Moby strahlte keine Streuenergie aus. Er war tot. Der Tod mußte ihn überrascht haben, als er den Rachen geöffnet hatte, um Nahrung zu sammeln. Niemand konnte wissen, wie lange das Ungeheuer schon leblos durch die weiten Räume von Andro-Beta schwebte. Kim korrigierte den Kurs der BAGALO ein letztes Mal und ließ das Schiff auf die gigantische Öffnung des Moby-Mauls zutreiben.

An Bord der BAGALO wurde es still. Die Männer hielten den Atem an, als das Schiff langsam in den finsteren Abgrund glitt, der so, wie er war, ganze Monde auf einmal hätte in sich aufnehmen können.

Die Orterantennen spielten unentwegt. Aufmerksam verfolgte Kim das Reflexbild auf seinem Schaltpult. Die BAGALO hatte die Ränder des riesigen Mauls hinter sich gelassen und glitt nun mit mäßiger Geschwindigkeit durch den Rachenraum. Klar und deutlich zeichnete sich auf dem Schirm die zerrissene, zerklüftete innere Oberfläche des Rachens ab. Kim schauderte, als er die Größenverhältnisse abzuschätzen versuchte. Die Rachenwände waren Tausende von Kilometern entfernt. Jeder kleine Lichtfleck auf dem Schirm mochte einen Berg darstellen, der höher und größer war als die höchsten Riesen des Himalaja. Ein konturloser und anscheinend ebener Fleck besaß die Größe des nordamerikanischen Kontinents, und niemand mochte ermessen, wie tief die dunkler gezeichneten Schründe reichten. Und doch war dieser endlose Abgrund, durch den die BAGALO wie ein winziges Stäubchen dahintrieb, nichts weiter als das Maul eines Lebewesens.

Kim schüttelte den Kopf, als könnte er so die deprimierenden Gedanken loswerden, und konzentrierte seine Aufmerksamkeit wieder auf den Orterschirm. Der Schlund verengte sich zunächst langsam, dann immer rascher, und schließlich glitt das Schiff durch einen nahezu kreisförmigen Kanal von nur noch fünfzig Kilometern Durchmesser. Der Kanal verlief gradlinig, so daß Kim es wagte, die Geschwindigkeit zu erhöhen. Nach achthundert Kilometern traten die Wände wieder auseinander, und die BAGALO schoß in eine der gewaltigen Hallen hinein, die zum Verdauungssystem des Mobys gehörten. Die Halle war schlauchförmig, etwa eintausend Kilometer lang, dreihundert Kilometer hoch und ebenso breit. Wenige Kilometer hinter dem Eingang, mehr als einhundert Kilometer über dem Boden schwebend, brachte Kim das Schiff zum Halten.

Eine eingehende Untersuchung des riesigen Raums mit Hilfe der Tastergeräte ergab, daß Boden und Wände mit mehr oder weniger regelmäßig verteilten Unebenheiten durchsetzt waren. Zylindrische und kegelförmige Gebilde ragten bis zu mehreren Kilometern in die Höhe. In der Nähe des Zentrums gab es eine Formation, die Kims besonderes Interesse erregte. Das Tasterbild zeigte einen fast fünfzig Kilometer durchmessenden und wenigstens acht Kilometer hohen Zylinder, auf dessen Deckfläche sich ein rasch verjüngender Kegel erhob, der weitere sechs Kilometer in die Höhe ragte. Beide Figuren schienen geometrisch exakt. Der Tasterreflex auf dem Bildschirm war heller als die der übrigen Einzelheiten, die das Gerät erfaßte. Kim schloß daraus, daß das merkwürdige Gebilde aus anderem Material bestand als der Rest der Halle.

Er beschloß, die BAGALO in der Nähe des Zylinder-Kegels zu landen. Die Unebenheiten in Boden und Wänden der Halle mußten die Energieaustauscher sein, mit deren Hilfe der Moby Energie von einer Stelle seines Körpers zur anderen beförderte. Und der Zylinder-Kegel schien im Gesamtsystem der Austauscher eine wichtige Rolle zu spielen.

In völliger Finsternis, nur von den suchenden Strahlen des Tasters geführt, landete das Schiff einen Kilometer von der Basis des mammuthaften Gebildes entfernt. Kim befahl seinem Dritten Offizier, mit einer Korvette und fünfzehn Mann Besatzung zur Maulöffnung des Mobys zurückzufliegen und die Umgebung zu beobachten. Kim wollte sich im Innern des Mobys nicht überraschen lassen. Außerdem galt es, auf die Kodesignale der CREST zu achten, die sich früher oder später melden sollte. Erst als die Korvette meldete, sie habe den befohlenen Standort bezogen, traf er Vorbereitungen zum Verlassen des Schiffes. Über Interkom erklärte er der Manschaft, daß er im

Innern des Ungetüms gelandet war, um Untersuchungen über die Lebensweise des Mobys und die Wirkungsweise seiner Organe anzustellen. Er kündigte an, daß er selbst mit zwei Begleitern das Schiff verlassen und das Kommando dem Ersten Offizier übergeben werde. Er machte außerdem klar, daß der Moby, in dem sich die BAGALO befand, seit langem tot und daher völlig ungefährlich sei.

Nachdem er Steve McAllister, dem Ersten Offizier, einige Verhaltensmaßregeln gegeben hatte, suchte er sich seine beiden Begleiter aus. Der eine war Yotur Dyke, ein junger Leutnant von unauffälligem, fast unscheinbarem Äußeren, der andere war Hess Palter, wie jedermann erwartet hatte.

Ansonsten verlor er keine Zeit. Yotur Dyke belud sich mit den Geräten, die Kim des Mitnehmens für wert hielt. Gemeinsam fuhren sie zur Hauptschleuse und bewaffneten sich dort mit Raumanzügen. Während Dyke damit beschäftigt war, die Instrumente seines Anzugs zu überprüfen, wandte Hess Palter sich an Kim.

„Du weißt, was du da tust?“ erkundigte er sich mißtrauisch.

Kim nickte.

„Ja. Ich untersuche das Innere eines Mobys.“

„Gut. Und wie machst du das?“

„Ich nehme mir den Zylinder-Kegel vor. Ohne Zweifel erfüllte er früher, als der Moby noch lebte, einen wichtigen Zweck. Ich will wissen, welcher Zweck das war – und wenn ich das Ding dazu aufschneiden muß.“

Hess machte ein besorgtes Gesicht.

„Falls doch noch ein Funke Leben in dem Ungeheuer sein sollte, wird ihm das nicht gefallen.“

Kim schaute ihn verwundert an.

„Das Ding ist tot, Hess“, sagte er ernst. „Und überhaupt – was für eine Laus ist dir über die Leber gelaufen? Wo bleibt dein wissenschaftlicher Ehrgeiz?“

Hess winkte ab. Er wirkte mürrisch und ängstlich zugleich.

„Ach, nichts“, brummte er. „Nur so ein ungutes Gefühl im Magen. Ich traue dem Frieden nicht, das ist alles.“

Kim klopfte ihm auf die Schulter und lachte.

„Das gibt sich, sobald wir draußen sind und die Dinge aus der Nähe sehen.“

Hess gab keine Antwort. Sie stülpten sich die Helme über und prüften die Instrumente. Yotur Dyke hatte inzwischen das kleine Fahrzeug startbereit gemacht, das sie auf ihrem Ausflug zu benutzen gedachten. Es handelte sich um einen Shift, der für die vier Transportmedien Vakuum, Luft, Land und Wasser in gleicher Weise geeignet war. Das Fahrzeug besaß eine ovale Grundform von knapp sechs Metern Länge und drei Metern Breite. Der luftdicht verschließbare, mit zwei kleinen Mannschleusen versehene Aufbau war ebenfalls drei Meter hoch. Kim selbst übernahm das Steuer. Hess und Yotur hatten vorläufig die Aufgabe, die Augen offenzuhalten und sich umzusehen. Hess bediente das Tastergerät, in der bodenlosen Finsternis des Moby-Magens das einzige Instrument, auf das er sich wirklich verlassen konnte.

Die Schleuse wurde geöffnet, der Shift glitt hinaus in die Dunkelheit, von Kim Dosenthal in sanftem Gleitflug auf den Boden der Halle manövriert. Eine Zwanzig-Kilowatt-Lampe, im Aufbau des Fahrzeugs untergebracht, flammte auf und überschüttete die Umgebung Hunderte von Metern weit mit gleißendem Licht. In der Luftleere warfen die kleinen Unebenhciten des Bodens scharf gezeichnete, tiefschwarze Schatten, und der Leib der BAGALO erschien wie ein glitzerndes, gefährliches Ungeheuer. Das Schiff erzeugte sein eigenes Schwerefeld und war so gelandet, daß der Schwanzstummel der Zusatztriebwerke mit dem unteren Rand etwa achtzig Meter hoch waagrecht über dem Boden der Halle hing. Die zweihundert Meter durchmessende Kugel des eigentlichen Schiffsrumpfes schien auf dem Boden aufzuliegen. In Wirklichkeit gab es an der scheinbaren Berührungsstelle jedoch ein etwa fünf Meter dickes Pufferfeld, zu dessen Funktionen unter anderem gehörte, einen energieflußfreien Übergang vom künstlichen Schwerefeld der BAGALO zu der natürlichen Gravitation des Mobys herzustellen.

Der Shift glitt mit mäßiger Fahrt auf den riesigen Zylinder-Kegel zu. Aus der Enge des Fahrzeuginneren betrachtet, war der Eindruck, den das gewaltige Gebilde erzeugte, noch atemberaubender. Die beiden Ränder des Zylinderschafts verschwanden nach rechts und links über die Begrenzung des Bildschirms hinaus, den Kim auf seinem Schaltpult vor sich hatte. Vor ihm lag scheinbar unbegrenzt die dunkle, mattschimmernde Oberfläche des rätselhaften Gebildes und füllte den ganzen Blickwinkel aus.

„Was jetzt?" fragte Hess plötzlich. Selbst im Helmempfänger klang seine Stimme noch besorgt und voller Unbehagen.

„Ich suche einen Platz zum Landen", antwortete Kim.

„Da wirst du viel Glück haben", lachte Hess ärgerlich. „Das Ding ist so glatt wie ein Kanonenrohr. Die einzige Stelle, wo du landen kannst, ist unten am Fuß."

Mit schüchterner Stimme meldete sich Yotur:

„Ich glaube eine kleine Nische zu sehen. Wenn Sie sich überzeugen wollen, Richtung zwei Uhr, schräg oben!"

Kim studierte seinen Bildschirm, konnte jedoch nichts sehen.

„Er hat recht, zum Donnerwetter", knurrte Hess aufgebracht. „Da oben zieht sich eine niedrige, flache Rille durch die Wand."

„Weise mich ein!" befahl Kim.

Zehn Minuten später schwebte der Shift dicht vor der Wandung des Zylinderschaftes, und im Licht der Zwanzig-Kilowatt-Lampe war die Nische deutlich zu erkennen. Sie zog sich geradlinig durch das dunkle Material des Zylinders. Die Krümmung der Wand durchschneidend, erstreckte sie sich etwa drei Kilometer weit und drang in der Mitte ungefähr fünfzig Meter tief in die Wand ein. Ihre Höhe betrug nicht mehr als zehn Meter. In ihrer makellosen Geradlinigkeit ließ sie keinen Zweifel darüber aufkommen, auf welche Weise sie entstanden war. Hier war sorgfältige Planung am Werk gewesen. Die Nische erfüllte einen bestimmten Zweck. Kim entschloß sich zur Landung.

Kaum eine Minute später stand er draußen auf dem glatten Boden der Nische. Die Eigengravitation des Mobys betrug an dieser Stelle etwa ein halbes Gravo. Im Schein der grellen Lampe umrundete er den Shift mit vorsichtigen Schritten und ging auf die Kante zu, über die hinweg der Zylinderschaft in die Tiefe abfiel. Er legte sich auf den Boden und schob sich mit leichten, genau abgezirkelten Bewegungen bis zur Kante vor.

Das Bild war beeindruckend. Dicht vor ihm lag der schwach gekrümmte Rand der Nische, von der Lampe angestrahlt und weißgrau leuchtend. Er bildete eine scharfe, kontrastvolle Grenze, auf die die abgrundtiefe Finsternis der Halle folgte. Das Licht verlor sich spurlos. Die Halle war luftleer. Es gab keinen Streueffekt, und das menschliche Auge, das allein dem Streulicht seine Fähigkeiten verdankt, nahm nur Dunkelheit wahr. Kim beugte sich nach vorn und starrte in den Abgrund jenseits der Kante. Die BAGALO lag mehrere Kilometer tief unter ihm, und nicht die geringste Spur ihrer Hülle war von hier aus zu erkennen. Finsternis herrschte überall, formlos und undurchdringlich wie der leere Raum zwischen den Milchstraßen.

Benommen richtete Kim sich auf und wandte sich um. Das Licht der Lampe blendete ihn, so daß er die Augen zusammenkneifen mußte. Inzwischen waren auch Yotur und Hess ausgestiegen. Sie standen vor der Schleuse und sahen aus, als wüßten sie nicht, was sie tun sollten.

„Zuerst untersuchen wir die Rückwand der Nische", rief Kim ihnen zu. „Was immer es hier auch an Interessantem zu finden gibt, liegt wahrscheinlich im Innern des Zylinders, nicht hier draußen."

Gemeinsam suchten sie die Wand ab. Das Material, aus dem sie bestand, erwies sich als eine Art molekularverdichteten Metalls, dem kein mechanisches Werkzeug etwas anzuhaben vermochte. Die Wand war glatt und frei von Unebenheiten von einem Ende bis zum andern. Kim gestand sich schließlich ein, daß er sich die Sache ein wenig zu leicht vorgestellt hatte. Der Zylinder-Kegel war nicht bereit, seine Geheimnisse ohne weiteres preiszugeben. Ganz abgesehen davon verursachte das Material, aus dem offenbar nicht nur Wand und Boden der Nische, sondern darüber hinaus das gesamte Riesengebilde bestand, Kim erhebliches Kopfzerbrechen.

Er sprach mit Hess darüber, während Yotur begann, den flachen Nischenboden zu untersuchen.

„Das Memoband erwähnt keine ausschließlich metallischen Strukturen", stellte er fest. „Ein Moby besteht zwar aus kristalliner Materie, aber im großen und ganzen scheint es sich um chemische Verbindungen zu handeln, die unseren Felsformationen ähnlich sind."

Hess antwortete verdrossen:

„Du willst mit anderen Worten darauf hinaus, daß es sich hier nicht um einen Moby im üblichen Sinn handelt, nicht wahr?"

„So ähnlich", gab Kim zu.

„Dann laß uns verschwinden", schlug Hess hastig vor. „Solange es ein echter Moby war, glaubte ich dir, daß er tot sein müßte. Wenn es sich aber um etwas völlig Fremdartiges handelt, dann wissen wir nicht, wie es sich benimmt. Vielleicht belauert es uns die ganze Zeit über und wird in der nächsten Sekunde zuschlagen. Ich ..."

„Immer mit der Ruhe", rief Kim lachend. „Wir stehen vor einem metallischen Gebilde, das auf künstliche Weise entstanden ist. Es kann uns weder belauern noch angreifen. Es sei denn ..."

„Ja ...?"

„... es wäre für einen solchen Zweck hergestellt und programmiert worden. Dann aber müßte es logisch handeln und hätte wahrscheinlich die BAGALO in dem Augenblick angegriffen, als sie in die Halle glitt. Niemand baut eine Falle für drei Leute, die sich aus purem Zufall in die Wand des Zylinders verirren und ..."

Er unterbrach sich plötzlich.

„Hast du etwas gesagt?" fragte er verwirrt.

Hess fuhr herum.

„Nein, das war Yoturs Stimme, He, Dyke – wo stecken Sie?"

Weit in der Ferne, fast am Ende der Nische, bewegte sich eine Gestalt mit wild fuchtelnden Armen.

„Hier, Sir ...", hörte Kim Yoturs Stimme im Helmempfänger. Es hörte sich an, als hätte er Atembeschwerden.

Dann geschah etwas Merkwürdiges.

Yotur Dike verschwand.

Kim wollte ihm gerade zu Hilfe eilen, denn es sah eindeutig so aus, als könnte er Hilfe brauchen. Als er sich in Bewegung setzte, sah er Yoturs winkende Gestalt, zwar einige hundert Meter entfernt, aber trotzdem deutlich. Im nächsten Augenblick war Yotur verschwunden. Glatt und spiegelnd streckte sich der Boden der Nische. Yotur war mehrere Meter von der Rückwand entfernt gewesen, als Kim ihn zuletzt sah. Nirgendwo gab es die geringste Unebenheit, hinter der er sich hätte verbergen können.

„Los!" keuchte Kim.

Sie rannten auf die Stelle zu, an der sie Yotur zunächst gesehen hatten. Die geringe Gravitation verlieh ihnen zusätzliche Schnelligkeit. Der Shift blieb weit hinter ihnen zurück. In einem unerwarteten Ausbruch von Übereifer schoß Hess ein paar Schritte voraus. Kim setzte ihm nach, packte ihn an der Schulter und riß ihn zur Seite. Sie stürzten beide und prallten gegen die Rückwand der Nische.

Kim war der erste, der wieder auf die Beine kam. Vorsichtig inspizierte er das Gelände. Die Nische sah hier genauso aus wie irgendwo anders, aber hier irgendwo war die Stelle, an der Yotur verschwunden war.

„Was, zum Donnerwetter, ist das für ein ...", fluchte Hess voller Zorn, schwieg jedoch sofort, als Kim abwinkte.

„Wir brauchen nicht beide zugleich in die Falle zu laufen", erklärte er. „Einer muß übrigbleiben."

Durch die Helmscheibe sah er Hess' verblüfftes Gesicht.

„Wovon redest du eigentlich?"

Kim deutete auf den Boden.

„Hier irgendwo war Yotur, als wir ihn zuletzt sahen. Wohin ist er geraten?"

„Vielleicht gibt es eine Art Falltür", versuchte Hess zu erklären.

„Oder so etwas Ähnliches", pflichtete Kim bei. „Wir können Yotur nicht allein lassen. Also werde ich versuchen, die Falltür zu finden – oder was es auch immer ist. Du bleibst hier und beobachtest, klar?"

Hess versuchte zu protestieren, aber Kim schnitt ihm das Wort ab.

„Sobald du mich verschwinden siehst, kehrst du zur BAGALO zurück. Such dir eine Mannschaft von wenigstens zwanzig Leuten zusammen und komm wieder hierher. Du wirst hoffentlich sehen können, auf welche Weise ich verschwinde, das gibt dir einen Anhaltspunkt. Mit zwanzig Mann wirst du es wohl fertigbringen, uns zu befreien. Aber unternimm um Himmels willen nichts allein. Die Leute im Schiff müssen wissen, was hier vor sich geht. Klar?"

Hess nickte nur. Kim wies ihn an, ein paar Schritte zurückzutreten. Dann ging er auf die Stelle zu, an der nach seiner Ansicht Yotur Dyke verschwunden war.

Die Nische war hier nur noch wenige Meter breit. Der Boden wurde immer schmaler, und rund dreihundert Meter weiter vorn war der Einschnitt vollends zu Ende. Einen Augenblick lang kam ihm der Gedanke, Yotur könnte vielleicht über die Kante in die Tiefe gestürzt sein, aber dann erinnerte er sich daran, wie er ihn zum letztenmal gesehen hatte. Die Kante zeichnete sich als leuchtender, scharfer Strich gegen die Finsternis der Halle ab. Yotur war mehr als einen kräftigen Sprung weit von diesem Strich entfernt gewesen, als er verschwand.

Nein, es mußte eine andere Erklärung geben.

Plötzlich glaubte er, vor sich auf dem Boden eine kleine Unebenheit zu sehen. Es sah aus wie eine Kratzspur. Er ließ sich auf die Knie nieder, um die flache, etwa eine Handspanne lange Rille aus der Nähe zu betrachten. Seine Nerven waren bis zum äußersten gespannt. In jedem Augenblick konnte sich der Boden unter ihm öffnen und ihn verschlingen.

Sein Pech war, daß er sich auf die Idee mit der Falltür versteift hatte. Der Angriff erfolgte in Wirklichkeit aus einer ganz anderen Richtung.

Kim fühlte sich plötzlich in die Höhe gehoben und wie wild um die eigene Achse gewirbelt. Mit einem Schlag war es dunkel geworden. Er schrie vor Angst und Schreck, aber ein winziger Rest nüchternen Verstands sagte ihm, daß niemand mehr da war, um ihn zu hören.

Das Gefühl der schnellen Rotation verebbte schließlich und wich dem Eindruck schwerelosen Fallens. Kim hörte das Blut in den Ohren rauschen. Die Anspannung der Nerven zauberte bunte, zuckende Figuren in die Dunkelheit vor den Augen. Er versuchte, sich zusammenzukrümmen, um den Aufprall abzufangen; denn er hatte das Gefühl zu fallen, und irgendwo mußte der Sturz schließlich ein Ende haben. Aber die Muskeln gehorchten ihm nicht. Er war wie erstarrt.

Plötzlich wurde es hell. Das Gefühl der Schwerelosigkeit verschwand so abrupt, daß Kim das Gleichgewicht verlor und zu Boden stürzte. Er hörte eine dröhnende Stimme sagen:

„Da ist noch einer!"

Weiter nahm er nichts mehr wahr. Die überreizten Nerven versagten den Dienst. Er verlor das Bewußtsein.

14.

Seit der gelungenen Flucht der CREST II aus dem Twonoser-Moby waren einige Minuten vergangen. Die Spannung, die die Besatzung die vergangenen Tage über beherrscht hatte, wich dem Gefühl tiefer Befriedigung.

Nun konnte man daran gehen, diesen Raumsektor zu verlassen und jenen Koordinatenpunkt anzufliegen, an dem die Nachschubflotte auf die Kontaktaufnahme mit der CREST warten würde.

Auf den Orterschirmen waren noch immer die riesigen Umrisse des Mobys zu sehen, der jedoch immer mehr zurückblieb, während sich die CREST jenem fiktiven Punkt näherte, an dem sie in wenigen Augenblicken in den Linearflug übergehen würde. Doch kurz vor dem Linearraumeintritt gab die Ortungszentrale Alarm.

Auf den Tasterschirmen erschienen Hunderte von Lichtpunkten, die sich mit hoher Geschwindigkeit dem soeben verlassenen Moby näherten. Die Detail-Orter ermittelten, daß es sich um eine Flotte von rund dreihundert Raumschiffen handelte, und die Schiffe besaßen, wenn auch andere Ausmaße, die charakteristische Form der Twonoserraumer mit ihren riesigen Heckflossen.

Die CREST reagierte auf das unerwartete Auftauchen der Wachschiffe, so rasch sie konnte. Die Flotte war kaum erkannt worden, da verschwand das riesige Flaggschiff im Linearraum.

In wenig mehr als zwei Lichtjahren Entfernung stand eine gelbe Sonne der G-Klasse. Die CREST flog sie an, tauchte aus dem Linearraum auf und ging in eine Parkbahn, die noch innerhalb der Protuberanzengrenze lag. Die von der Sonne ausgehenden Störungen übertönten alle Streusignale, die von den mächtigen Aggregaten des Schiffes ausgingen und möglicherweise zu einer Ortung hätten führen können. Dieselben Störungen machten allerdings auch den Empfang von Streuimpulsen aus der Umgebung des zurückgelassenen Mobys mit bordgebundenen Geräten unmöglich. Diese Schwierigkeit umging Perry Rhodan, indem er eine Anzahl von Empfängersonden ausschickte, die weit außerhalb des Störungsbereiches der gelben Sonne auf Station gingen und die empfangenen Impulse mit ausreichender Verstärkung und über scharf gebündelten Richtstrahl an die CREST weiterleiteten.

Schwache Hyperimpulse, die aus der Richtung des Mobys eingingen, bewiesen deutlich, daß die Flotte der Eischiffe sich um den Körper des toten Monstrums herum immer dichter zusammenzog. Offenbar setzte man zur Landung an.

Das Verhalten der Twonoser zeigte, daß man die CREST nicht entdeckt hatte. Die Frage, die sich jetzt den Verantwortlichen an Bord der CREST stellte, war, weshalb die Schiffsflotte den Moby anflog.

Bisher hatten alle Anzeichen dagegen gesprochen, daß die Moby-Twonoser die Gefangennahme des riesigen Fremdschiffes weitergemeldet hatten. Marshall, der die Gedanken der beiden führenden Twonoser der Rot- und Blau-Kaste kurz vor ihrer Flucht überwacht hatte, hatte aus ihnen nichts entnehmen können, was dafür gesprochen hätte, daß die beiden ihre Brüder im All verständigt hätten.

Es blieb daher nur die Möglichkeit, daß die Wachschiffe die Kampfhandlungen im Moby über Fernortung registriert hatten und nun Nachschau hielten, was da eigentlich vorgefallen war.

Perry Rhodans ursprünglicher Plan, sofort nach Gelingen der Flucht die Ankunftsstelle der Nachschubflotte anzufliegen, wurde unter diesen Umständen vorerst auf Eis gelegt. Die Gefahr der Entdeckung, die man für gebannt gehalten hatte, war wieder aufgetaucht. Die Besatzungen der eiförmigen Schiffe brauchten nur die verantwortlichen Twonoser innerhalb des Mobys zu befragen und von diesen eine Beschreibung der Fremden und ihres Raumschiffes, mit dem sie angeblich aus einem Randsystem Andromedas hierhergekommen waren, erhalten, dann war das Geheimnis gelüftet. Früher oder später würde dieser Bericht jemandem in die Hände fallen, der mit den Informationen etwas anzufangen wußte.

Die Meister der Insel hatten zweifelslos genaue Vorstellungen davon, wie Terraner aussahen und welche Sprache in der Milchstraße gesprochen wurde. Und es war fraglich, ob sie sich durch das Aussehen der CREST und durch den behaupteten Herkunftsort irreführen lassen würden.

Perry Rhodan war sich plötzlich darüber im klaren, daß seine bisherige Hoffnung, unentdeckt zu bleiben, zu einem guten Teil auf Selbstbetrug gegründet war. Man hatte die Twonoser täuschen können und daraus Hoffnung geschöpft. Die ganze Zeit über war man davon ausgegangen, daß die Moby-Twonoser Stillschweigen über die Gefangennahme der Fremden bewahren würden, da man diese als primitiv und harmlos eingestuft hatte. Diese Rechnung wäre auch aufgegangen, wäre es nicht zum Kampf der Kasten gekommen. Es lag auf der Hand, daß die Rotrüssel die Entmachtung nicht so ohne weiteres hinnehmen würden, daß sie früher oder später Hilfe anfordern würden.

All dies war nicht dazu angetan, die Gemütsverfassung der Terraner, die sich schlagartig geändert hatte, zu heben. Rhodan beschloß, vorerst an dieser Stelle auszuharren und die weitere Entwicklung beim Moby zu beobachten.

Kim Dosenthal öffnete die Augen und sah um sich herum diffuse rötliche Helligkeit, die aus keiner erkennbaren Quelle stammte und die Augen so verwirrte, daß sie nirgendwo feste Konturen erkennen konnten. Es beruhigte ihn jedoch, zu spüren, daß er festen Boden unter sich hatte. Er hatte flach auf dem Rücken gelegen, als er zu sich kam. Jetzt erhob er sich vorsichtig und stand auf.

Außer ihm und dem Boden gab es offenbar nur das rote Dämmerlicht. Wenn er sich in einem geschlossenen Raum befand, dann mußten dessen Wände und Decken so weit entfernt sein, daß er sie nicht sehen konnte. Er las das Thermometer im linken Ärmel seines Schutzanzuges und stellte fest, daß der Stoff des Anzugs sich bis auf knapp zweihundert Grad absolut erhöht hatte. Das mußte mit dem roten Licht zusammenhängen.

Er kontrollierte den Helmsender und fand ihn in Ordnung. Er schaltete ihn auf maximale Sendeleistung und rief zuerst nach Yotur Dyke, dann nach Hess Palter. Die Reaktion war verblüffend.

„Ziemlich nahrhaft“, sagte jemand.

„Aber noch viel wichtiger als Informationsquelle“, erwiderte ein anderer.

Verwirrt sah er sich um. Niemand befand sich in seiner Nähe. Die Stimmen waren ihm fremd. Wenn er genau darüber nachdachte, kam es ihm so vor, als wären es gar keine wirklichen Stimmen gewesen. Er hatte sie nicht gehört. Was er als Hören empfand, war in Wirklichkeit ein Vorgang, der Gedanken unmittelbar in seinem Gehirn entstehen ließ.

Eine Art von Telepathie, schloß er. Irgendwo unterhielten sich zwei, deren Gedankenaustausch er abhören konnte. Ihre Denkweise schien der menschlichen ähnlich zu sein, sonst hätte er sie nicht verstehen können.

Merkwürdigerweise beruhigte ihn der Gedanke, zwei denkende Wesen in der Nähe zu haben.

Sie schienen sich über ihn zu unterhalten. Wenigstens schloß er das daraus, daß ihr Gedankenaustausch unmittelbar auf die Betätigung des Helmsenders folgte. Was sie im einzelnen meinten, war ihm unklar.

Er versuchte, sich einen Überblick zu verschaffen, indem er den Sender wieder einschaltete und sich direkt an die fremden Wesen wandte. Aber er erzielte keinen Erfolg. Die Fremden schwiegen. Entweder verstanden sie ihn nicht – Telepathie war keineswegs immer eine zweiseitige Angelegenheit – oder sie zogen es vor, ihn im Ungewissen zu lassen.

Fürs erste entschloß er sich, seine neue Umgebung systematisch zu untersuchen. Aus seiner rechten Beintasche zog er eine kleine Schachtel mit Werkzeugen und legte sie auf den Boden. Dann entfernte er sich langsam, wobei er seine Schritte sorgfältig abmaß und zählte. Auf diese Weise ermittelte er, daß die Sichtweite in dem diffusen Dämmerlicht nicht mehr als vier Meter betrug, als sei der Raum, wenn es überhaupt ein Raum war, mit dichtem Nebel erfüllt. Er kehrte zu der Schachtel zurück, schob sie wieder in die Tasche und schickte sich an, die Ausdehnung seines Gefängnisses zu bestimmen.

Er hatte noch keine zwei Schritte getan, da hörte er die beiden Stimmen wieder.

„Er denkt“, sagte die eine. „Also eine wichtige Informationsquelle.“

„Ich brauche Proviant“, antwortete die andere. „Zum Teufel mit deiner Neugierde.“

Kim grinste vor sich hin. Niemand, der „zum Teufel“ sagte, konnte völlig unmenschlich sein. Er war sich darüber im klaren, daß er lediglich einen Gedankenimpuls empfangen hatte, den die in seinem Bewußtsein gespeicherte Erfahrung als „zum Teufel“ interpretierte. Das eigentliche Gedankenbild blieb ihm verborgen; er wußte nicht, was der eine Fremde sich unter dem Teufel vorstellte. Aber die Äußerung als solche war logisch und gefühlsbezogen. Nach allen Erfahrungen schloß das zum Beispiel die Möglichkeit aus, daß es sich bei den Fremden um Roboter handelte.

Kim wollte weitergehen, aber es erwies sich, daß die beiden Unsichtbaren ihren Gedankenaustausch noch nicht beendet hatten.

„Wir wollen sie zusammenbringen“, sagte der erste, der immer von der Informationsquelle sprach. „Vielleicht erhalten wir dadurch Aufschluß."

„Einverstanden", war die Antwort.

Bevor Kim sich darüber klar wurde, was der Vorschlag zu bedeuten hatte, hörte er in seinem Empfänger einen langgedehnten, entsetzten Schrei. Vor Schreck erstarrt, blieb er stehen. Dicht vor ihm entstand plötzlich ein dunkler Fleck, zog sich in die Länge und nahm blitzschnell Konturen an. Kim erkannte eine Gestalt in derselben Art von Raumanzug, wie auch er sie trug.

„Hess, bist du das?" fragte er zögernd.

Die Gestalt bewegte sich unruhig.

„Natürlich", antwortete Hess' krächzende Stimme. „Wo im Himmel bin ich gelandet?"

„Das läßt sich schwer sagen", antwortete eine langweilige, nüchterne Stimme. „Aber es scheint nirgendwo im Himmel zu sein, falls Sie diese Äußerung ernst gemeint haben sollten."

Kim wirbelte herum. Aus dem roten Dämmerlicht löste sich Yotur Dykes kleine Gestalt und kam auf ihn zu.

„Mann, Sie haben vielleicht eine Art, mich zu erschrecken", rief Kim vorwurfsvoll.

„Bitte um Verzeihung, Sir", sagte Yotur. „Plötzlich packte mich etwas, und ich war hier."

Hess war inzwischen aufgestanden. Kim wandte sich an ihn.

„Du solltest eigentlich an Bord der BAGALO sein", stellte er fest.

Hess warf die Arme in die Höhe.

„Ich bin doch keine Rakete", protestierte er theatralisch. „Zuerst wollte ich mal abwarten und zusehen, ob du nicht wieder auftauchst, und . . ."

„Du wirst dich auch noch daran gewöhnen, daß ich meine, was ich sage", fuhr Kim ihn an. „Weiter, was dann?"

„Dann wurde es plötzlich dunkel ringsum. Jemand wirbelte mich wie wild umeinander, dann fiel ich ungefähr eine Minute lang, und plötzlich lag ich hier flach auf dem Kreuz."

Es stellte sich heraus, daß Yotur eine ähnliche Erfahrung gemacht hatte. Nur war er wie Kim zunächst bewußtlos geworden und nach dem Erwachen eine Zeitlang ziellos in der roten Dämmerung umhergewandert. Dann hatte ihn plötzlich die unbekannte Kraft ein zweites

Mal erfaßt, diesmal allerdings mit weniger Nachdruck, und als er schließlich wieder geradeaus sehen konnte, sah er Kim vor sich.

Kim blickte zuerst Yotur, dann Hess an.

„Ist das alles?“ fragte er mit sonderbarer Betonung.

Hess schaute ihn verwundert an.

„Was willst du noch?“ erkundigte er sich ärgerlich. „Mir langt's!“

„Yotur?“

Yoturs blasses Gesicht verzog sich wie unter heftigen Schmerzen.

„Nicht ganz“, bekannte er. „Mir war manchmal, als hörte ich . . .“

Er zögerte.

„Stimmen?“ kam ihm Kim zu Hilfe.

„Ja. Stimmen. Irgendwo aus der Dämmerung.“

Hess fing an zu lachen.

„Ihr habt beide einen Vogel“, erklärte er mit Nachdruck.

Kim betrachtete ihn nachdenklich.

„Du wirst dich wundern“, sagte er. Dann fragte er Yotur: „Haben Sie irgend etwas verstehen können?“

Yotur war seiner Sache nicht sicher.

„Es war mir, Sir, als hörte ich etwas von Proviant und Information.“

Kim nickte. Er glaubte, jetzt zu wissen, worum es in der Unterhaltung der beiden Fremden ging.

„Irgendwo in der Nähe“, faßte er seine Ansicht zusammen, „gibt es zwei fremde Wesen, die uns beobachten. Sie sind es, die uns hierhergebracht haben. Es sieht so aus, als hätten sie uns gekidnappt, um uns besser beobachten zu können. Zwischen den beiden gibt es eine Meinungsverschiedenheit. Soweit ich die Sache verstehe, ist einer von ihnen der Ansicht, er könnte von uns wichtige Informationen erhalten. Der andere dagegen betrachtet uns offenbar als willkommene Bereicherung seines Speisezettels. Es scheint ganz allein auf uns anzukommen, zu wessen Gunsten die Diskussion entschieden wird. Wir müssen den Eindruck erwecken, eine vorzügliche Informationsquelle zu sein. Mit anderen Worten: Wir müssen uns so anstellen, wie man es von intelligenten, scharf denkenden Wesen erwartet. Ist das klar?“

„Jawohl, Sir“, versicherte Yotur.

Hess sah mit verstörtem Gesicht zuerst den einen, dann den anderen an. Schließlich brachte er mit krächzender Stimme hervor:

„Du meinst, er . . . er will uns . . .“

„Auffressen“, kam Kim ihm zu Hilfe. „Genau das. Und wir sehen am besten zu, daß er nicht zum Zuge kommt.“

Yoturs Bericht gab ihm zu denken. Yotur hatte die Unterhaltung zwischen den beiden Fremden offenbar längst nicht so deutlich gehört wie er selbst. Offenbar bedurfte es einer gewissen Veranlagung, um die Gedankenimpulse einwandfrei zu empfangen. Es war durchaus möglich, daß Hess Palter den Meinungsaustausch der Unsichtbaren überhaupt nicht wahrnehmen konnte.

Noch etwas anderes wurde Kim klar. Er hatte, als er aus der Bewußtlosigkeit erwachte, mit höchster Sendeleistung nach Yotur und Hess gerufen. Daß Hess ihn nicht gehört hatte, ließ sich wahrscheinlich auf natürlichem Weg erklären. Aber Yotur hatte sich zu jener Zeit ebenso wie er in diesem Raum aufgehalten. Es mußte also etwas geben, was die elektromagnetische Strahlung des Helmsenders absorbierte. Vermutlich war es derselbe Effekt, der die Sichtweite auf vier Meter begrenzte. Wenn sie einander nicht verlieren wollten, mußten sie also zusammenbleiben. Kim hatte ursprünglich daran gedacht, daß sie sich trennen und verschiedene Abschnitte ihres Gefängnisses gleichzeitig untersuchen könnten. Diesen Plan mußte er fallenlassen.

Es blieb ihnen nichts anderes übrig, als so lange geradeaus zu gehen, bis sie die Grenze der roten Dämmerung erreichten. Kim war nicht sicher, ob es überhaupt eine Grenze gab, aber intuitiv spürte er, daß irgendwo eine Wand existieren müsse, und vielleicht ließ sich in dieser Wand eine Öffnung finden, durch die sie entkommen konnten.

Selbst das Geradeausgehen erwies sich als keineswegs einfach. Es gab keinen Anhaltspunkt, der die Richtung bestimmte. Sie mußten sich auf das Gefühl verlassen, und das Gefühl, davon war Kim fest überzeugt, trog. Nichts hinderte sie daran, in dem Glauben geradeaus zu gehen, fortwährend in großen Kreisen umherzuirren. Erdgeborene Menschen besaßen die instinktive Angewohnheit, den linken Fuß etwas kürzer zu setzen als den rechten, so daß sie, wenn sie geradeaus zu gehen glaubten, in Wirklichkeit einem sanft nach links gekrümmten Kurs folgten.

Wenn wir ein Seil hätten, überlegte Kim, das könnte uns vielleicht helfen.

Yotur, der sich dicht neben ihm hielt, blieb plötzlich stehen.

„Mit Ihrer Erlaubnis, Sir", sagte er bescheiden, „ich habe eine Idee."

Kim und Hess hielten ebenfalls an.

„Wenn wir ein Seil hätten", begann Yotur. „Dann . . ."

Kim gab einen grunzenden Laut von sich.

„Wie bitte, Sir?"

„Nichts. Was wollten Sie sagen?"

„Wenn wir uns zu dritt an einem straffgespannten Seil festhielten, je einer an beiden Enden und einer in der Mitte, dann könnte der Mann in der Mitte darauf achten, daß wir uns geradlinig bewegen. Sobald er einen Knick im Seil beobachtet, ist entweder der Mann vor oder der hinter ihm vom Kurs abgeschwenkt."

„Sehr schlau gedacht, Leutnant", bemerkte Hess bissig. „Nur brauchten wir eben ein Seil."

„Richtig. Vielleicht genügte aber auch ein Faden."

„Wieso?" fragte Kim verwundert. „Haben Sie vielleicht einen?"

„Jawohl, Sir. Ich trage stets wenigstens zwanzig Meter Faden bei mir."

Kim war vor Überraschung sprachlos.

„Wozu, um Himmels willen?" fragte Hess völlig perplex.

„Das ist so", erklärte Yotur beflissen, „ich bin begeisterter Angler. Eine Angelrute mit den nötigen Mechanismen läßt sich aus den Materialien an Bord leicht herstellen. Es mangelt jedoch stets an einer brauchbaren Angelleine. Deswegen . . ."

„Sie meinen, Sie tragen die Schnur mit sich herum, in der Hoffnung, die BAGALO würde eines Tages auf einem geeigneten Planeten landen und Sie bekämen genug Freiwache, um angeln zu gehen?"

„So etwa dachte ich es mir, ja", antwortete Yotur bescheiden.

Bevor Hess noch die spöttische Bemerkung loswerden konnte, die er auf der Zunge hatte, griff Kim ein.

„Ganz gleichgültig, warum er die Schnur bei sich trägt, Hess. Hauptsache ist, wir haben sie. Dyke, packen Sie aus! Hess geht an der Spitze, Sie übernehmen den Schluß, und ich bleibe in der Mitte."

Als die Schnur entrollt war und jeder seine Position eingenommen hatte, konnte keiner den anderen mehr sehen. Kim machte einen Sendertest. Es erwies sich, daß die Ultrakurzwellen der Helmsender weniger stark absorbiert wurden als das Licht. Sowohl Hess als auch Yotur empfingen ihn einwandfrei.

Vorsichtig setzten sie sich wieder in Bewegung. Wann immer in der Schnur, die Kim fest in der Hand hielt, vor oder hinter seinem Griff ein Knick auftauchte, rief er entweder Heß oder Yotur an, er solle seinen Kurs korrigieren. Die Methode war roh und gewährleistete keineswegs ein schnurgerades Vorwärtskommen. Aber sie verringerte die Abweichungen, die ohne die Hilfe der Schnur aufgetreten wären.

Kim fragte sich, ob die beiden Unbekannten sie beobachteten. Wenn ja, dann hätte er gerne gewußt, was sie von Yoturs Idee mit der Schnur hielten. Ohne Zweifel verriet das Manöver ausgeprägte Intelligenz. Konnten die beiden Fremden das erkennen?"

Fast eine Minute verging. Kim war schon bereit zu glauben, die Unsichtbaren hätten sich zurückgezogen, da empfing er den ersten Gedankenimpuls.

„Ich weiß nicht, was sie da tun", äußerte sich derjenige, der so oft vom Wert einer Informationsquelle gesprochen hatte. „Ich habe Angst."

Verblüfft blieb Kim stehen. Die Schnur ruckte ihm in der Hand, als Hess weiterzugehen versuchte.

„Was ist los?" kam sein ärgerlicher Ruf.

„Dann bist du einverstanden?" fragte der zweite Fremde.

Kim trat der Schweiß auf die Stirn. Die Sache nahm eine völlig unerwartete Wendung.

„Ich glaube, ja", antwortete der erste Fremde kleinmütig.

„Laßt die Schnur los!" schrie Kim, so laut er konnte. „Laßt sie fallen, wo ihr steht und kommt zu mir!"

„Warum . . .", begann Hess.

„Frag nicht!" schrie Kim wütend. „Laß los und komm!"

Yotur tauchte aus dem Dunst auf, Sekunden später auch Hess. Kim faßte sie bei den Schultern und zog sie mit sich.

„Wohin . . .?" keuchte Hess.

„Fort von der Schnur!" rief Kim. „So – das reicht vielleicht."

Er blieb stehen und horchte.

„Halt!" rief der erste Fremde. „Das ändert die Lage. Sie haben das Manöver aufgegeben."

„Das gilt nicht!“ widersprach der zweite. „Wir haben uns schon geeinigt.“

„Nein, nein, die Umstände waren ganz andere. Du mußt sie mir überlassen. Die Aufgabe des Manövers deutet an, daß sie uns hören können. Sie reagieren konsequent und logisch, also müssen sie intelligent sein und viele Informationen besitzen.“

„Ich pfeife auf deine Informationen. Ich brauche Proviant, und . . .“

Der erste unterbrach ihn, jetzt schon fast wütend. Ein Streit entspann sich zwischen den beiden Unsichtbaren.

„Kann jemand das hören?“ fragte Kim.

„Ich höre ferne Stimmen“, versicherte Yotur. „Manchmal verstehe ich sogar ein Wort.“

Hess schüttelte den Kopf.

„Bei mir ist alles still“, brummte er mürrisch.

„Ich höre jedes Wort“, sagte Kim. „Sie verstanden nicht, was wir mit der Schnur wollten. Wahrscheinlich liegt das daran, daß für ihr Sehvermögen hier keine solche Milchsuppe herrscht, wie wir sie sehen. Der, der auf seine Informationen bedacht ist, erschrak und hielt es für das beste, uns dem Hungrigen zu überantworten. Er hatte Angst vor uns, und auf diese Weise wäre er uns losgeworden. Als wir die Schnur wegwarfen, besann er sich eines Besseren. Natürlich wollte der Hungrige nicht loslassen, was er schon so gut wie zwischen den Zähnen hatte. Und jetzt“, er unterbrach sich kurz, um zu horchen, „streiten sie sich. Wenn wir nur eine Möglichkeit hätten, uns ihnen verständlich zu machen.“

Er erinnerte sich an seine allererste Erfahrung, schraubte den Helmsender auf Maximalleistung und schrie so laut er konnte. Die Reaktion erfolgte augenblicklich, aber leider wies sie in eine durchaus unerwünschte Richtung. Die beiden Streitenden schwiegen ein paar Sekunden lang, dann meldete sich der Hungrige:

„Siehst du, welche Reserven sie haben? Ich weiß genau, daß *ich* von ihnen profitieren könnte. Ob sie die Informationen besitzen, die *du* von ihnen haben willst, mußt du erst noch beweisen.“

Kim schaltete den Helmsender schleunigst wieder auf geringe Leistung.

„Verzeihung, Sir“, meldete sich Yotur.

„Ja?“

„Ich hatte Gelegenheit, im Rahmen des Ausbildungsprogramms der Flotte an einem Kurs in ferronischer Ausdruckskunst teilzunehmen. Ich glaube . . ."

„Was ist das?" fragte Kim.

„Die Kunst, Gedanken so zu verstärken, daß sie, bei Zuhilfenahme geeigneter Gesten, auch von dem verstanden werden können, der die Sprache des Sprechenden nicht beherrscht."

Hess wirbelte herum. Durch die Sichtplatte sah Kim sein verblüfftes Gesicht mit dem offenstehenden Mund.

„Menschenskind, das ist es!" Er hieb Yotur begeistert auf die Schulter. „Sie sind der Retter in der Not. Kim, ich habe von ferronischer Ausdruckskunst gehört. Jemand, der sie beherrscht, ist so gut wie ein einseitiger Telepath. Mensch, Dyke – fangen Sie an! Machen Sie den beiden Ungeheuern klar, daß wir keine feindlichen Absichten haben."

Yotur wandte sich halb zur Seite. Mit atemloser Spannung verfolgte Kim die Unterhaltung der beiden Fremden. Sie stritten sich immer noch, aber es schien, als erlahmte der Widerstand des Wissensdurstigen allmählich. Der Hungrige gewann die Oberhand.

Da trat plötzlich eine Stockung ein. Der Hungrige unterbrach sich mitten im Gedankenfluß. Der Wissensdurstige fragte:

„Unser Außenposten hat gerufen, nicht wahr?"

„Ich habe auch etwas gehört", gab der Hungrige zu, und in seinen Gedanken schwang Verwunderung. „Aber ich glaube nicht, daß es der Außenposten war."

„Dann wer . . . halt, da ist es wieder!"

Der Hungrige schwieg.

„Ich verstehe Gedanken!" jubelte der Wißbegierige plötzlich. „Ich verstehe ganz deutlich . . ., wir – sind – Freunde – haben – keine – bösen – Absichten . . ., ich kann sie verstehen!"

„Was sind Freunde?" fragte der Hungrige verwirrt. „Und was sind Absichten?"

„Das verstehst du nicht", wies ihn der andere ab. „Du kümmerst dich immer nur um deinen Proviant. Sei still und hör zu!"

Yotur fuhr fort. Manchmal glaubte sogar Kim, die Ausstrahlungen seines Gehirns wahrnehmen und die Gedanken empfangen zu können, mit denen er die beiden Fremden zu beruhigen versuchte.

Triumphierend meldeten sich schließlich die Impulse des Wissensdurstigen.

„Jetzt hast du keine Wahl mehr", rief er seinem hungrigen Partner zu. „Sie sind eine überaus wertvolle Informationsquelle. Du *mußt* sie mir überlassen."

Und der Hungrige gab mürrisch nach.

„Meinetwegen", lautete sein träger Antwortgedanke.

Kim fiel eine Last von der Seele. Das Gefühl der Erleichterung überfiel ihn mit solcher Wucht, daß er fast in die Knie gegangen wäre.

Im Flottenflaggschiff des Solaren Imperiums wuchs die Spannung. Die Flotte der dreihundert eiförmigen Schiffe war gelandet, ihre Mannschaften befanden sich wahrscheinlich schon längst im Innern des Mobys, wo die Kämpfe zwischen den Twonosern, die man kurz vor der Flucht als beendet betrachtet hatte, offenbar wieder voll entflammt waren. Anscheinend waren die Besatzungen der Wachschiffe dabei, die alte Ordnung wieder herzustellen und den Rotrüsseln wieder zur Macht zu verhelfen. Damit konnten aber die Weiß- und Blaurüssel keineswegs einverstanden sein. Die gelegentlichen Impulse, die die Tastersonden empfingen und verstärkt an die CREST weiterleiteten, wiesen in ihrer Struktur eindeutig auf nukleare Explosionen hin.

An Bord wurden vereinzelt anonyme Stimmen laut, die forderten, die drohende Entdeckungsgefahr radikal zu beseitigen. Das Hauptargument dieser Leute, die zwar gering an Zahl waren, jedoch für kurze Zeit erhebliche Unruhe unter die Besatzung brachten, war, daß durch die neuerlichen Kämpfe die Zivilisation der Twonoser innerhalb des Mobys ohnedies dem Untergang zusteuerte und es nur noch eine Frage der Zeit wäre, bis der Moby zerplatzte. Vorher jedoch könnte das eine oder andere Twonoserschiff den Moby verlassen und mit wertvollen Informationen über jene Fremden, die an den Kämpfen maßgeblich beteiligt waren, in den Tiefen des Weltraums untertauchen. Der Tenor der Forderungen war, den Moby durch einen raschen Angriff der CREST zu vernichten und dadurch die Gefahr zu bannen.

Als Rhodan mit dieser Meinung konfrontiert wurde, war er für einen Augenblick fassungslos. Doch dann tat er einen Ausspruch, der von jedermann in der Zentrale mit Befriedigung zur Kenntnis genommen und im ganzen Schiff übertragen wurde:

„Ich werde eher dieses Unternehmen abbrechen, die Flucht ergreifen und obendrein einen feierlichen Eid leisten, daß die irdische Menschheit sich in Zukunft mit ihrer eigenen Galaxis zufriedengeben wird, als Millionen von ahnungslosen Wesen den Zwecken militärischer Taktik zu opfern."

Das Licht begann sich zu verändern. Die rötliche Farbe wich rasch, und nach wenigen Sekunden war die milchige Helligkeit ringsum von gelblich weißer Tönung. Es kam Kim so vor, als sei die Sicht besser geworden, aber die Begrenzung des Raums, in dem sie sich befanden, konnte er immer noch nicht erkennen.

Hastig wandte er sich an Yotur und Hess.

„Der Fremde wird uns auszufragen versuchen", erklärte er. „Ich bin der einzige, der seine Fragen klar verstehen kann. Yotur – Sie antworten wortgetreu das, was ich Ihnen aufgebe. Hess, du hast vorläufig keine Rolle in diesem Spiel, also mache dir Gedanken darüber, wie wir von hier wegkommen können. Wir wissen nicht, um was für Wesen es sich bei den Unsichtbaren handelt. Sie könnten zum Beispiel mit den Meistern der Insel in Verbindung stehen. Wir müssen mit unseren Antworten also vorsichtig sein. Vielleicht gelingt es uns, im Lauf der Unterhaltung etwas über die Fremden zu erfahren. Womöglich . . ."

Er wurde unterbrochen. Klar und deutlich empfing er den Gedanken des Wissensdurstigen:

„Wir sind unter uns. Der Hungrige hat sich zurückgezogen. Jetzt will ich von euch lernen. Sagt mir zuerst: Woher kommt ihr?"

Kim schaltete blitzschnell. Hier ergab sich die erste Möglichkeit, die eigene Kenntnis zu erweitern. Er trug Yotur auf zu antworten:

„Wir kommen von den Sternen, wenn du weißt, was das ist."

Der Unsichtbare schluckte den Köder.

„Sterne erscheinen aus der Ferne wie Lichtpunkte in der Finsternis", antwortete er, um sein Wissen unter Beweis zu stellen. „Aus der Nähe sind sie glühende Massen aus gasförmiger Materie, meist allein, manchmal zu zweien oder dreien, und oft von kleineren Körpern aus dichter Materie umgeben."

Kim war beeindruckt.

„Wir kommen von einem der kleineren Körper", ließ er Yotur antworten.

„Wie weit von hier?" lautete die nächste Frage.

Kühner geworden, antwortete Kim mit einer Gegenfrage:

„Wie bestimmst du Entfernungen und den Ablauf der Zeit?"

„Eine Zeiteinheit ist die Spanne, während der der Stern, aus dessen Richtung wir kommen, einmal von seiner stärksten Helligkeit auf die geringste absinkt und wieder zur stärksten aufleuchtet."

Der Wißbegierige richtete seine Zeitbestimmung nach den Phasen eines periodisch-veränderlichen Sterns. Bei der relativ geringen Geschwindigkeit, mit der der Moby durch den Raum fuhr, würde ihm diese einzigartige Uhr noch weitere zehntausend Jahre treue Dienste leisten.

„Wir kennen diesen Stern nicht", antwortete Yotur für Kim. „Kannst du eine andere Zeiteinheit bestimmen?"

„Die Spanne, die seit dem Augenblick verstrich, in dem einer von euch zum erstenmal zu mir sprach."

Eine Viertelstunde, schätzte Kim. Und Yotur hatte zu antworten:

„Wenn der Körper, in dessen Innerem wir uns jetzt befinden, mit seiner augenblicklichen Geschwindigkeit geradlinig auf den Körper zuflöge, von dem wir kommen, dann brauchte er etwa dreihundert Millionen solcher Zeiteinheiten, um ihn zu erreichen."

Er hatte die Zahl willkürlich gewählt. Als er jetzt nachrechnete, stellte er fest, daß er damit eine Entfernung von mehr als fünfzig Lichtjahren angegeben hatte, wenn die Geschwindigkeit des toten Mobys gegenüber seiner unmittelbaren Umgebung zweitausend Kilometer pro Sekunde betrug.

Wie er erwartet hatte, konnte der Wissensdurstige mit der Zahl nichts anfangen.

„Wieviel sind dreihundert Millionen?" wollte er wissen.

Kim überlegte eine Weile.

„Kannst du uns sehen?" fragte er dann.

„Ja."

„Dann paß auf!"

Er riß den rechten Arm in die Höhe und ließ ihn rasch wieder sinken.

„Ich kann eintausend solcher Bewegungen in der Zeiteinheit machen, die du definiert hast. Tausendmal tausend ist eine Million. Dreihundert ist ungefähr der dritte Teil von tausend."

Der Wißbegierige brauchte eine Weile, um die Informationen zu verdauen. Als er wieder zu denken begann, schlug er ein anderes Thema an.

„Du sprachst von dem Körper, in dessen Innerem ihr euch befindet. Dieser Körper bin ich. Wußtet ihr das nicht?"

Kim war maßlos überrascht. Der Moby war tot. In seinem Innern hatten sich wenigstens zwei fremde Wesen niedergelassen, und eines davon identifizierte sich mit dem Körper des toten Mobys. Warum?

„Nein, das wußten wir nicht", gab Kim zu. „Wer ist der Hungrige?"

„Auch er ist dieser Körper. Und der Außenposten."

Kim vergaß alle Vorsicht.

„Woher kommt ihr?"

„Von dem veränderlichen Stern, ich sagte es schon."

Kims Verwirrung wuchs.

„Nein, das meine ich nicht." Er hatte Mühe, die Frage so zu formulieren, daß Yotur sie einwandfrei übersetzen konnte. „Wart ihr immer . . . dieser Körper?"

„Ja, immer."

Eine gänzlich neue Erkenntnis zuckte durch Kims Bewußtsein. Er hatte das Geheimnis der drei Unsichtbaren entschleiert. Er wußte, wer sie waren, und wenn er sich auch nicht vorstellen konnte, welcher Vorgang sie hatte entstehen lassen, so hatte er nun doch endlich eine Basis für sein weiteres Vorgehen. Blitzschnell entwickelte er einen Plan.

„Ist der Hungrige sehr hungrig?" ließ er Yotur fragen.

„Immer", antwortete der Wißbegierige. „Alles, woran er denkt, ist sein Hunger."

„Wir wissen, wie wir ihm Nahrung verschaffen können", ließ Kim ausrichten.

Dann hielt er den Atem an und wartete voller Spannung auf die Reaktion.

„Wie?" Die Frage kam scharf und heftig wie ein Trompetensignal.

„Das ist schwer zu erklären. Dazu müßten wir an die Oberfläche deines Körpers zurückkehren."

„Ihr wollt entfliehen!"

Kim unterdrückte ein Grinsen.

„Für immer hier bleiben wollen wir allerdings nicht", antwortete Yotur für ihn. „Aber vorläufig haben wir nichts weiter vor, als dem Hungrigen Nahrung zu verschaffen. Ich hörte dich das Wort ‚Freund' verstehen und gebrauchen. Du weißt, was ein Freund ist?"

„Ja. Ein Freund ist ein Wesen, das zu einem anderen Wesen, gewöhnlich in der gleichen Art, in einer logisch fundierten Beziehung steht. Freundschaft bedeutet Zusammengehörigkeit und den Verzicht auf gewisse logische Rechte des Individuums zugunsten des größeren Rechtskreises aller, die der gleichen Freundschaft angehören."

Kim war erstaunt. Wenn seine Theorie über die Entstehung der Fremden richtig war, dann mußte der Wißbegierige sich mit einer ganzen Anzahl hochintelligenter Wesen unterhalten haben, um zu dieser zwar trockenen, aber sachlich richtigen Definition des verschwommenen Begriffes Freundschaft zu gelangen.

„Genauso ist das", gab Kim zu. „Wir drei sind Freunde. Keiner würde den anderen im Stich lassen. Für unser Vorhaben genügt es, wenn zwei von uns an die Oberfläche deines Körpers zurückkehren. Der dritte bleibt hier, sozusagen als Bürge."

Der Unsichtbare schien zu überlegen. Erst nach geraumer Zeit antwortete er:

„Ich bin mit dem Vorschlag einverstanden. Ich werde euch dorthin bringen, wohin ihr wollt."

Kim atmete erleichtert auf.

„Ich werde dir die Stelle deines Körpers bezeichnen, von der aus wir am besten operieren können. Derjenige von uns, der sich dir verständlich machen kann, bleibt hier zurück. Ich . . ."

Der Wissensdurstige unterbrach ihn.

„Ich bin müde", teilte er Kim mit. „Ich muß mich ausruhen. Wir werden uns über die Einzelheiten unterhalten, nachdem ich meine Ruhe gehabt habe."

Dann wurde es still. Der Unsichtbare hatte sich zurückgezogen, und das Licht ringsum wurde ein wenig schwächer.

Kim war enttäuscht. Er hatte gehofft, seinen Plan sofort ausführen zu können.

Aber vielleicht war es besser so. Er hatte Yotur und Hess eine Menge zu erklären. Es bestand mehr Aussicht auf Erfolg, wenn jeder genau wußte, was er zu tun hatte.

„Es handelt sich um insgesamt drei Wesen", erklärte Kim. „Eines ist der Wißbegierige, der von uns lernen will. Das zweite ist der Hungrige, der uns verspeisen will. Das dritte nennen sie den Außenposten. Was seine Aufgabe ist, weiß ich nicht. Aus den Äußerungen des Wißbegierigen geht jedoch deutlich hervor, daß sich alle drei mit dem Körper des toten Mobys identisch fühlen. Das läßt nur einen Schluß zu: Die drei Wesen benutzen die Erinnerung des alten Mobys. Sie haben sich nicht hier eingenistet, sie sind aus dem toten Moby entstanden. Ich weiß nicht, wie ich euch das klarmachen soll. Der ursprüngliche Moby hatte eine riesige Gehirnmasse. Im Vergleich zu den Tausenden von Funktionen, die sein gewaltiger Körper auszuführen hat, war sie jedoch nicht groß genug, um ihn mit mehr als einer Art Instinktintelligenz zu versehen. Was seine geistigen Fähigkeiten anbelangt, steht ein Moby dem Tier näher als dem Menschen.

Anders ist es bei den drei Wesen, mit denen wir zu tun haben. Sie beherrschen nicht mehr den gesamten Körper des Moby. Sonst wäre es schwer zu verstehen, warum die BAGALO nicht mit Mann und Maus verschlungen wurde, als wir einflogen. Sie teilen sich offenbar in das Gehirnpotential ihres Vorgängers, und zwar so, daß jeder einzelne von nun an eine ganz bestimmte Funktion ausübt. Der eine, der Hungrige, besorgt und verdaut die Nahrung. Der Wissensdurstige erweitert seinen Erfahrungsschatz und hilft mit seinem Wissen dem Hungrigen, die richtige Nahrung auszusuchen. Der Dritte, den sie den Außenposten nennen, hat vermutlich die Funktion eines Beobachters. Wenigstens deutet der Name darauf hin. Wahrscheinlich besitzt einer der drei – ich würde auf den Wißbegierigen tippen – noch eine begrenzte Fähigkeit, das Ungeheuer nach seinem Willen zu lenken. Der Beobachter sagt ihm, wo es Wissenswertes zu sehen gibt oder, wenn dem Hungrigen der Magen allzu laut knurrt, Nahrung gefunden werden kann. Da der Moby jedoch vor unbekannter Zeit abgestorben ist, kann er auch keine reine Energie mehr verarbeiten. Mit anderen Worten: die drei Sternenbrüder sind auf feste Materie angewiesen, die sie irgendwo in einem von ihnen beherrschten und reaktivierten Winkel des Mobys zu Nahrung verarbeiten. Als Besonderheit kommt hinzu, daß sie auch in der Lage sind, organische Materie zu verdauen. Bei lebenden Mobys war dies nicht der Fall, denn organische Materie war ihnen verpönt, da sie ihnen schadete, und wurde daher von den Energiepolizisten eleminiert. Doch das hat sich in diesem Moby geändert. Er ist in der Lage, sowohl organische als auch anorganische Materie zu Nahrung zu verarbeiten. Mit reiner Energie hingegen können die Sternenbrüder nichts mehr anfangen.

Der Trick bei alldem ist, daß die meisten energieverbrauchenden Funktionen des ursprünglichen Moby-Körpers stillgelegt sind. Die Gehirnmasse, die diese Funktionen kontrollieren mußte und deshalb zu gering war, um dem Moby ausgesprochene Intelligenz zu verleihen, reicht jetzt auf einmal aus, um zumindest den Wißbegierigen zu einem hochintelligenten Wesen zu machen. Den Hungrigen halte ich für einen Schwachsinnigen. Von dem Außenposten wissen wir nichts."

Er hielt inne und sah Hess erwartungsvoll an. Er war sicher, daß Hess eine Menge Widersprüche parat hatte. Deswegen überraschte es ihn zu hören, wie er sagte:

„Nach allem, was ich gehört habe, erscheint mir die Hypothese plausibel. Man könnte natürlich darüber diskutieren, wie sich aus der Gehirnmaterie des toten Mobys das Bewußtsein jedes seiner drei Nachfolger herausgeschält hat. Vielleicht war es eine Sache jahrtausendelanger Evolution, vielleicht geschah es infolge eines Entwicklungssprunges einer Mutation. Aber das ist unwesentlich. Wichtig für uns ist, daß wir so schnell wie möglich einen Weg nach draußen finden. Denn ich bin sicher, daß weder der Wißbegierige noch der Hungrige die Absicht haben, uns je wieder gehen zu lassen."

„Das wollte ich sagen", fügte Kim hinzu. „So menschlich diese Wesen uns auch vorkommen mögen, wir dürfen nicht damit rechnen, daß sie nach den Regeln menschlicher Moral handeln. Der Wißbegierige wird uns aushorchen, bis er sich alle unsere Kenntnisse angeeignet hat, und uns dann dem Hungrigen übergeben. Und dort ist Endstation."

Hess nickte bedächtig.

„Und wie hattest du dir das mit dem Entkommen vorgestellt?" fragte er.

„Sowohl der Wißbegierige als auch der Hungrige", erklärte Kim, „identifizieren sich mit dem Körper des alten Mobys. Ich bezweifle jedoch, daß sie das Ausmaß dieses Körpers kennen. Ihr Nervensystem, oder was auch immer sie anstelle von Nerven benutzen, reicht wahrscheinlich nur bis zu jenen Teilen, die sie noch unter Kontrolle haben. Von dem Rest wissen sie nichts. Das heißt, über den Außenposten weiß ich nicht genau Bescheid. Vielleicht hat er einen weiteren Überblick. Aber vorläufig ist er noch nicht im Spiel. Wir könnten also einen Felsbrocken von irgendeinem weit entfernten Teil des Moby-Körpers lösen und ihn dem Hungrigen vorwerfen, ohne daß er wüßte, daß er da seine eigene Substanz verzehrt."

„Na schön", gab Hess zu. „Aber warum liegt dir der Hungrige so am Herzen?"

„Weil er mir eine Möglichkeit bietet, nach draußen zu kommen. Der Neugierige verfügt offenbar über eine Art telekinetischer Begabung. Damit hat er uns hierhergeholt, und auf die gleiche Weise wird er uns an die Oberfläche bugsieren. Er wird uns an der Grenze seines Wirkungsbereiches absetzen, und wenn wir noch ein paar Kilometer aus eigener Kraft gehen, sind wir aus seinem Blickfeld verschwunden. Das heißt, wenn meine Hypothese stimmt. Wahrscheinlich werden wir zur BAGALO mit unseren Helmsendern nicht durchdringen, aber die Korvette, die im Maul des Moby stationiert ist, müßten wir erreichen können. Wir können uns Zeit lassen, der Wissensdurstige wird sich wahrscheinlich darauf einlassen, daß wir vier oder fünf Stunden lang fortbleiben. In der Zwischenzeit kann die Korvette das Schiff benachrichtigen. Wir brauchen nämlich ein paar Utensilien, um die endgültige Flucht zu bewerkstelligen."

Hess winkte ab.

„Ja, ich begreife", sagte er mit einer Stimme, der die Aufregung deutlich anzumerken war. „Der Plan ist ausgezeichnet."

Kim drehte sich um und sah Yotur Dyke an. Yotur erwiderte seinen Blick ruhig. Zum erstenmal kam Kim zu Bewußtsein, daß er in der ganzen letzten halben Stunde kein einziges Wort gesagt hatte.

Nach fast zwei Stunden meldete sich der Wißbegierige wieder. Das neblige Licht ringsum wurde um einige Grade heller, und im nächsten Augenblick hörte Kim die Frage:

„Seid ihr bereit, dem Hungrigen Nahrung zu bringen?"

Yotur bejahte. Der Unsichtbare erklärte sich bereit, Kim und Hess an die Peripherie seines Körpers zu transportieren. Kim setzte durch, daß sie erst nach fünf Stunden wieder zurückgebracht würden. Der Einfachheit halber würde Yotur, der zurückblieb, die Zeit auf seiner Uhr ablesen und dem Neugierigen zu verstehen geben, wann die Frist um war.

Während dieser Verhandlung bemerkte Kim ein gewisses Unbehagen auf der Seite des Unsichtbaren. Er schien den Vorschlägen seiner Gefangenen nicht völlig zu trauen. Es kam Kim so vor, als wisse er, daß seine Wahrnehmungs- und Handlungsfähigkeit sich nur auf einen Teil des riesigen Körpers erstreckte und daß er keinen Einfluß auf Kims und Hess' Handlungen mehr hatte, sobald sie an der Oberfläche abgesetzt waren. In Gedanken verglich Kim ihn mit einem vom Schlagfluß teilweise gelähmten Mann. Er hatte eine vage Vorstellung davon, daß sein Körper in Wirklichkeit viel größer war als der Teil, den er fühlen konnte und beherrschte. Wenn er sich trotzdem auf das Unternehmen einließ, dann schien das zu bedeuten, daß der Hungrige der Nahrung wirklich dringend bedurfte.

Nachdem alle Vereinbarungen getroffen worden waren, benutzte der Unsichtbare seine telekinetischen Fähigkeiten, um Hess und Kim an die Oberfläche des Moby-Körpers zu versetzen. Wie beim erstenmal empfand Kim das Gefühl, als würde er zunächst blitzschnell um die eigene Achse gewirbelt und dann fallengelassen. Mehrere Sekunden lang schien er durch abgrundtiefe Finsternis zu stürzen. Als die Dunkelheit sich schließlich lichtete, sah er ringsum weite Flächen kleiner, glitzernder Kristalle, und über sich das matte, weitgespannte Band des Andromeda-Nebels.

Hess stand nur drei Meter entfernt. Sie versuchten sich zu orientieren. Dieser Teil der Moby-Oberfläche schien verhältnismäßig eben. Der Boden bestand aus kleingemahlenem Geröll, dessen scharfkantige Brocken im Licht der Sterne glitzerten und funkelten. Zur Rechten, etwa einen Kilometer weit entfernt, erhob sich eine Reihe von Hügeln, manche bis zu fünfhundert Metern über den Grund aufragend. Die Spitzen der Berge, die Kim im Sternenschein funkeln sah, lagen wenigstens drei Kilometer hoch über der Geröllebene, und es gab Hunderte von ihnen, so daß sie an verschiedenen Stellen zu einem leuchtenden Band verschmolzen.

Zur linken Hand und voraus war das Gelände eben, soweit der Blick reichte. Kim suchte den Horizont ab und fand mühelos, was er suchte. Gerade voraus gab es eine breite Zone, in der die Sterne nicht bis zur Oberfläche des Mobys herabzureichen schienen. Es mußte dort eine Unebenheit geben, die zu weit entfernt war, als daß das Licht der Sterne erkennbare Reflexe auf ihr erzeugte. Eine Unebenheit, die so weit entfernt war und trotzdem einen so großen Teil des Firmaments bedeckte, mußte von beachtlicher Größe sein.

„Das ist es", sagte Hess und deutete voraus. „Eine der beiden Maulklappen."

Sie standen auf dem Rücken des Mobys. Ihre Blickrichtung wies zum „Kopf" des toten Ungeheuers. Was den Himmel verdunkelte, war eine der beiden riesigen Gesteinsflächen, die zwischen sich das Maul des Mobys einschlossen.

Kim schätzte die Entfernung von seinem Standort bis zu der Stelle, an der das Gelände anzusteigen begann, um einen der beiden Kiefer zu formen, auf wenigstens tausend Kilometer. Jeder Versuch, der riesigen Maulöffnung im Laufe der fünf Stunden wesentlich näher zu kommen, war von vornherein aussichtslos. Es mußte ihnen von hier aus gelingen, sich mit der Korvette in Verbindung zu setzen, oder ihr Plan war fehlgeschlagen.

Mit weiten Sprüngen entfernten sie sich von der Stelle, an der der Wißbegierige sie abgesetzt hatte. Die geringe Schwerkraft erlaubte ihnen, sich mit der dreifachen Geschwindigkeit eines irdischen Fußgängers zu bewegen. Sie rannten etwa zwanzig Minuten lang und legten dabei eine Strecke von mehr als zehn Kilometern zurück. Kim war sicher, daß sie sich nun nicht mehr im Einflußbereich des Unsichtbaren befanden. Im Geist markierte er die Richtung, aus der sie gekommen waren, an der charakteristischen Stellung zweier Bergspitzen weit im Hintergrund, damit sie den Rückweg nicht verfehlten. Dann wies er Hess an, mit seiner Handwaffe ein etwa mannsgroßes Stück Fels aus dem Untergrund zu schneiden. Während Hess sich an die Arbeit machte, richtete er die Antennen seines Helmsenders so, daß der größte Teil der Sendeleistung in Blickrichtung abgestrahlt wurde und nur ein geringer Rest sich in die Richtung verlieren konnte, aus der sie gekommen waren. Er wußte nicht, wie empfindlich die Wahrnehmungsorganc des Neugierigen auf elektromagnetische Strahlung reagieren. Auf jeden Fall aber hielt er es für besser, sich vorzusehen.

Dann rief er die Korvette. Er wußte, wie es um seine Chancen bestellt war. Weit vor ihm ragte die riesige Maulklappe Hunderte von Kilometern weit in die Höhe und absorbierte jedes Quant der geringen Sendeenergie, die der Helmgenerator darauf abstrahlte. Der Empfänger, den er erreichen wollte, lag auf der anderen Seite der Klappe, und seine einzige Hoffnung lag darin, daß die Unebenheiten des Geländes einen Teil des elektromagnetischen Wellenbündels so zersplittern, ablenken und reflektieren würden, daß ein paar Impulse sich schließlich von der Seite her in die Maulhöhlung schlichen und dort empfangen werden konnten.

Die Aussichten standen nicht besser als eins zu hundert, schätzte er mißmutig.

Immer und immer wieder sprach er die Kodeworte:

„Häuptling eins an Häuptling drei. Bitte grüßen Sie."

Zehn Meter weiter hielt Hess mitunter in der Arbeit inne und preßte sich beide Hände mit flehender Gebärde seitlich an den Helm. Kims Sender arbeitete auf Höchstleistung, und in Hess' Empfänger mußte es sich anhören, als ginge die Welt unter.

„Häuptling eins an Häuptling drei . . ."

Keine Reaktion. Immer öfter warf Kim einen Blick auf die Uhr. Eine Stunde von den vereinbarten fünf war herum. Wenn er im Lauf der nächsten vierzig Minuten keinen Kontakt bekam, mußte er seinen Plan grundlegend ändern, und es war mehr als fraglich, ob sich der Neugierige ein zweites Mal auf ein solches Spiel einlassen würde.

„Häuptling eins an Häuptling drei . . ."

Seitdem sie die BAGALO verlassen hatten, waren mehr als sieben Stunden vergangen. Seit fast sechs Stunden hatte das Schiff jegliche Verbindung mit ihnen verloren. Kim versuchte sich vorzustellen, wie der Erste Offizier auf ihr langes Schweigen reagieren würde. Vielleicht hatte er die Lage für bedenklich gehalten und den

Moby verlassen. Vielleicht war die Korvette, die er mit seinen verzweifelten Hilferufen zu erreichen versuchte, gar nicht mehr da.

„Häuptling eins an Häuptling drei . . ."

Der krächzende, verwaschene Klang einer weit entfernten Stimme durchzuckte ihn wie ein elektrischer Schlag.

„Häuptling drei . . . Häupt . . . eins . . . sind Sie?"

„Hess, Ruhe!" schrie Kim in höchster Erregung.

Dann antwortete er mit knappen Sätzen, wobei er die Worte langsam und deutlich aussprach. Er beschrieb seinen Standort und die Manöver, die Häuptling drei mit seiner Korvette ausführen mußte, um besseren Funkkontakt zu erhalten. Schließlich fügte er noch hinzu, daß höchste Eile geboten sei.

Anscheinend war er verstanden worden. Drei, vier Minuten vergingen in banger Erwartung, dann hörte er plötzlich klar und deutlich die Stimme seines Dritten Offiziers:

„Befehle ausgeführt, Sir! Ich befinde mich jetzt zweitausend Kilometer seitlich der Maulöffnung, etwa in der Mitte zwischen den beiden Kiefern. Bitte bestätigen Sie!"

„Können Sie mich hören?" fragte Kim hastig.

Die Antwort kam unverzüglich.

„Ausgezeichnet."

„Gut. Dann hören Sie zu, nehmen Sie die Befehle auf Band – und vor allem eins: Sobald Sie alles gehört und verstanden haben, handeln Sie! Es geht um Leben und Tod, und jede eingesparte Sekunde erhöht unsere Chancen. Ist das klar?"

„Klar, Sir."

Kim erteilte seine Anweisungen. Die BAGALO hatte ihren derzeitigen Standort sofort zu verlassen. Sie sollte am äußeren Rand der Maulöffnung auf Position gehen. Die Korvette hatte einen Shift zu entsenden, der von der BAGALO einige Gerätschaften übernahm, die Kim für die weitere Ausführung seines Planes brauchte. Der Shift sollte von der BAGALO auf dem schnellsten Weg zu dem Punkt vorstoßen, an dem Kim und Hess sich im Augenblick befanden. Die Korvette selbst hatte an Ort und Stelle zu bleiben, um die Funkverbindung zu gewährleisten. Die BAGALO machte sich überdies für einen Blitzstart bereit.

Der Empfang der Befehle wurde bestätigt. Danach brach für Kim

Dosenthal die Ungewißheit des Wartens an. Von jetzt an lag nichts mehr an ihm. Alles kam darauf an, wie schnell seine Offiziere reagierten.

Er fühlte sich erschöpft und zerschlagen. Müde sah er zu, wie sich der Felsbrocken formte, den Hess mit seinem Blaster aus dem Boden löste. Das Ding war schwer, und trotz der geringen Gravitation hatte Hess alle Mühe, den Klotz aus dem Loch zu bugsieren, das er um ihn herum gebrannt hatte. Kim entschloß sich, ihm zu helfen. Er hatte jedoch noch nicht einmal den ersten Schritt getan, da hörte er klar und deutlich, von einer mächtigen, dröhnenden Stimme gesprochen, die Worte:

„Das ist ein schlauer Plan, Fremder!"

15.

Wie zu Stein erstarrt, blieb Kim stehen. Nur am Rande seines Bewußtseins nahm er wahr, daß auch Hess mitten in seiner Beschäftigung innegehalten hatte. Panik stieg in ihm auf. Er fühlte den sinnlosen, fast unwiderstehlichen Drang zu laufen und sich zu verstecken. Er fror und schwitzte zu gleicher Zeit, denn er glaubte zu wissen, wer da zu ihm gesprochen hatte, und wenn er richtig vermutete, dann war all sein Planen und Trachten umsonst gewesen und es blieb ihm nichts anderes übrig, als aufzugeben.

Stockend kamen die Gedanken wieder in Fluß.

„Wer . . . wer bist du?" fragte er.

Die antwortende Stimme klang amüsiert.

„Das weißt du, Fremder. Stell dich nicht dumm!"

„Der Außenposten", sagte Hess. Kim wunderte sich nicht, daß er die Unterhaltung verstand. Der Impulsfluß aus dem Gedankenzentrum des dritten Unsichtbaren war weitaus kräftiger als der aus den Gehirnen des Hungrigen oder selbst des Wißbegierigen.

Auch seine Fähigkeit als telepathischer Empfänger schien schärfer ausgebildet.

„Ja, der Außenposten", antwortete er ruhig und gelassen und bewies damit, daß er nicht nur Kim, sondern auch Hess einwandfrei verstehen konnte.

Kim schwieg. Auch Hess hatte nichts mehr zu sagen.

„Ihr täuscht euch, Freunde", kamen die fremden Gedanken nach einer Pause. „Es gibt keinen Grund zur Niedergeschlagenheit."

Kim fühlte Hoffnung in sich aufsteigen. Die Impulse des dritten der merkwürdigen Brüder wirkten auf sonderbare Weise freundlich und vertrauenerweckend.

„Wie meinst du das?" fragte Kim.

„Ich beobachte euch schon die ganze Zeit", erklärte der Außenposten. „Vieles von dem, was ihr dachtet, konnte ich verstehen. Ich kenne euren Plan, und ich muß sagen, daß er mir sehr gefällt."

Hastig sagte Hess:

„Paß auf, Kim. Er baut eine Falle. Glaube ihm kein Wort! Diese Geschöpfe haben einen makabren Sinn für Humor..."

„Halt den Mund!" wies ihn Kim zurecht.

Der Außenposten amüsierte sich.

„Ich verstehe euer Mißtrauen", ließ er sie hören. „Vielleicht legt es sich, wenn ihr meine Geschichte kennt – oder vielmehr die Geschichte dieses Himmelskörpers, der einst ein mächtiges Wesen war. Ihr habt nichts anderes zu tun, als zu warten. Wollt ihr mir zuhören?"

Kim stimmte zu, und der Außenposten erzählte seine Geschichte – die erstaunlichste Geschichte, die Kim Dosenthal jemals gehört hatte.

Vor rund zehntausend Jahren hatte der Moby, auf dessen Rücken sie standen, seine Kräfte unter den unablässigen Angriffen seiner Feinde, der Bio-Parasiten, erlahmen gespürt. Er erkannte instinktiv, daß nach seinem Tod die Parasiten nichts Eiligeres zu tun haben würden, als die besonders energiereiche Materie seines kristallinen Gehirns umzuwandeln und zu verzehren. Das letzte, was er tat, war, die weißen, eisbergähnlichen Zentren seines Bewußtseins, die sich auf seiner Oberfläche befanden, mit einem Schutzschirm zu umgeben, der aus gewissen unversiegbaren Energiequellen auch nach seinem Tode noch gespeist werden würde. Lange genug wenigstens, um den Parasiten klarzumachen, daß sie hier in absehbarer Zeit nichts zu gewinnen hätten.

Was ursprünglich nur eine Instinktreaktion des sterbenden Mobys gewesen war – denn er hatte keine Möglichkeit, die Folgen seiner Handlung vorauszusehen –, erwies sich im Laufe der folgenden Jahrhunderte als der Zündfunke zu einem Vorgang, der die drei unsichtbaren Brüder entstehen ließ.

Die Gehirnmasse des Mobys war zu neunzig Prozent in drei bergähnlichen Formationen vereinigt. Die restlichen zehn Prozent bedeckten das ebene Gelände zwischen den Füßen der Berge mit einer dünnen Schicht. Dieser Konzentration von Bewußtseinsgehalt an drei verschiedenen Orten verdankten die drei Brüder ihre Entstehung. Unter dem Schutzschirm erwachten sie zu eigenem Bewußtsein. Die Verbindungen, die früher zwischen den drei Bergen aus Gehirnmaterie bestanden hatten, waren zerfallen, ebenso viele der Körpermechanismen, die der alte Moby gebraucht hatte, um sich am Leben zu erhalten. Die drei Brüder entstanden als getrennte Individuen. In jedem von ihnen lebte ein Bruchteil der Erinnerung des toten Mobys. Der eine wußte, wie die Nahrungsaufnahme- und Verdauungsorgane funktionierten. Der andere wußte, auf welche Weise man den Weltraum am erfolgreichsten nach Nahrung absuchte, und der dritte beherrschte zwar keinerlei nützliche Fähigkeit, war jedoch Herr über die gesamte, nicht-zweckgebundene Erinnerung des Mobys, das heißt, er besaß das geistige Potential, das den Moby zu einem eigentlich intelligenten Wesen gemacht hätte, hätte er es weiter ausbauen können.

Auf diese Weise entstanden der Hungrige, der Außenposten und der Wißbegierige. Der Hungrige verfügte über dreißig Prozent der ursprünglichen Gehirnmasse, aber das meiste davon war reines Funktionsgehirn. Der Außenposten besaß rund vierzig Prozent, wovon etwa die Hälfte rein funktionalen Zwecken diente. Der Wissensdurstige hatte zwanzig Prozent des ursprünglichen Gehirns abbekommen, aber zum Ausgleich war jedes Gramm seiner Gehirnmaterie zu freiem Denken befähigt. Er entstand als der intelligenteste der drei Brüder und mehrte seine Klugheit, indem er alles, was durch den starren, weit geöffneten Rachen des toten Mobys hereingeflogen kam, einer sorgfältigen Untersuchung unterzog, bevor er es dem Hungrigen überließ. Einmal alle fünfzig oder sechzig Jahre ereignete es sich, daß ein von intelligenten Wesen gelenktes Raumschiff in den Moby-Körper einflog und die Besatzungen sich fangen ließen. Der Wißbegierige hatte den letzten Tropfen Bewußtsein aus ihnen herausgequetscht, bevor er sie seinem hungrigen Bruder überantwortete. Mit der Zeit eignete er sich eine gewisse Überheblichkeit an und gab zu verstehen, daß seine beiden Brüder ihm nicht eigentlich gleichberechtigt seien, sondern vielmehr unter seiner Leitung zu stehen hätten. Dem Hungrigen war nichts gleichgültiger als das, aber der Außenposten erhob heftigen Widerspruch. Glücklicherweise hatte der Wißbegierige keinerlei Mittel, seine Forderung mit Gewalt durchzusetzen. Er beherrschte keinen einzigen Körpermechanismus, der dem Wohlergehen aller drei Brüder diente und mit dessen Hilfe er sie hätte erpressen können.

Seit jener Zeit nahm der Außenposten an den Zusammenkünften in der Halle (Kim verstand, daß es sich um den Raum handelte, in dem sie sich mit dem Wissensdurstigen unterhalten hatten) immer seltener teil. Bei der Halle handelte es sich um einen von dem Wissensdurstigen entworfenen und von dem Hungrigen geschaffenen Raum, in dem die Gedankenströme der drei Brüder miteinander reagieren konnten. Ein Fluß von Gedankenimpulsen, von einem der Brüder in die Halle geleitet, konnte von den beiden anderen verstanden werden. Dies erforderte eine gewisse Geometrie der Hallenwände. Ohne Zweifel war es das Meisterwerk des Wißbegierigen, die Anordnungen und Formen gefunden zu haben, die die beste Gedankenakustik ergaben.

Als ersten Schritt auf dem Weg zur völligen Selbständigkeit hatte der Außenposten mit den halb verkümmerten telekinetischen Gaben, die er, ebenso wie der Wissensdurstige, entwickelt hatte, die unbeachteten zehn Prozent der ursprünglichen Gehirnmasse, die zwischen den drei Bergen umherlag, an sich gezogen. Dadurch wuchs sein geistiges Potential erheblich. Er war dem Intelligenten nun ebenbürtig, jedoch hütete er sich, sein Geheimnis preiszugeben. Mit Hilfe einiger Tricks, die er beherrschte, lockte er fremde Raumschiffe an, die in der Nähe vorbeiflogen, und lernte von ihren Besatzungen. Nur wenn wirklich Not am Mann war, übergab er die Schiffe dem Hungrigen. Auf diese Weise erweiterte er seinen Erfahrungsschatz. Im Verlauf von etwa dreihundert Jahren hatte er sein eigenes kleines Verdauungssystem geschaffen, das ihn von der Funktion des Hungrigen unabhängig machte. Er war damit sein eigener Herr und hätte sein Dasein ungetrübt genossen, wenn es ihm gelungen wäre, ein wenig mehr Einfluß auf den Hungrigen auszuüben. Der Hungrige war nämlich Herr über die rudimentären Antriebsorgane, die dem toten Moby-Körper eine gewisse Eigenbewegung verliehen, und eigentlich hätte er diese Organe alleine nach den Anweisungen des Außenpostens bedienen müssen, denn niemand wußte besser als er, in welcher Richtung am meisten Aussicht bestand, Nahrung zu finden. Manchmal allerdings hatte er diese Autorität benutzt, um ein paar der Raumschiffe anzulocken, mit deren Besatzungen er sich unterhielt, wobei er seine wahren Absichten vor den drei Brüdern natürlich geheimhielt. Wenn auch der Intelligente niemals erfahren hatte, worum es ging, so hatte er schließlich doch Verdacht geschöpft und sich zwischen den Hungrigen und den Außenposten geschaltet. Der Außenposten gab seine Kursanweisungen jetzt an den Intelligenten, und wenn es dem gefiel, reichte er sie an den Hungrigen weiter. Der Außenposten hatte keine Möglichkeit, diesen Befehlsweg zu ändern, denn es war der Wißbegierige, der die Halle konstruiert hatte und sie nach seinen Wünschen zu benutzen verstand.

So stand das Spiel im Augenblick. Die wichtigsten Körperfunktionen wurden beherrscht von dem Hungrigen, der unter dem Einfluß des Intelligenten stand. Beide waren einwärts gerichtete Wesen. Der Außenposten behauptete sogar, der Intelligente besitze nicht einmal die nötigen Organe, um Dinge außerhalb des Moby-Körpers wahrzunehmen, von dem Hungrigen ganz zu schweigen.

In Wirklichkeit hatte der Außenposten den Intelligenten längst überrundet. Mit seinem größeren Gehirnvolumen, seinen häufigen Kontakten und der Fähigkeit, die Welt ringsum zu sehen und aus ihr zu lernen, vereinigte er weitaus mehr Wissen in seinem Bewußtsein als der Intelligente. Vor allem aber war es eines, das ihn von seinen beiden Brüdern unterschied: er war kein Spezialist. Er konnte Nahrung aufnehmen *und* denken.

Die beiden Terraner schwiegen lange.

„So sieht es aus“, nahm der Außenposten den Faden schließlich wieder auf. „Zwischen mir und den beiden anderen herrscht keine Feindschaft. Das könnte ich mir nicht erlauben, denn ich bin auf die Energie angewiesen, die der Hungrige mir zuteilt. Aber die Sympathie ist gering, und es gibt keinen Grund, weswegen ich euren Plan vereiteln sollte.“

Kims Verstand arbeitete plötzlich auf Hochtouren. Der Außenposten bemerkte es sofort:

„Du scheinst erregt?“ erkundigte er sich.

Kim erkannte seinen Fehler.

„Oh – das ist die Erleichterung“, lenkte er ein. „Einen Augenblick lang hatte ich geglaubt, es wäre alles vorüber.“

Das schien den Außenposten zu amüsieren.

„Ich dachte mir“, meinte er ein wenig selbstgefällig, „daß ich euch erschrecken würde.“

„Und wie!“ bemerkte Hess voller Inbrunst.

„Es war ein Spaß, weiter nichts. Ich wollte eure Reaktion sehen. In Wirklichkeit habe ich nur euer Bestes im Sinn. Das kann ich beweisen.“

Kim horchte auf.

„Wie?“ wollte er wissen.

„Ich entnahm eurem Bewußtsein, daß ihr hierhergekommen seid, um ein anderes Raumschiff zu treffen. Ich habe Schiffe der Art, wie ihr sie benutzt, nie zuvor gesehen, also müßt ihr neu hier sein. Das Schiff, nach dem ihr sucht, ist groß. Wo auch immer es auftaucht, wird es beträchtliches Aufsehen erregen. Nun, ich kenne eine Stelle, an der im Augenblick beträchtliche Aufregung herrscht.“

Die Logik dieses Gedankengangs erschien Kim ein wenig löchrig. Trotzdem wurde seine Neugierde geweckt.

„Wo ist das?“ fragte er.

„In einer Entfernung von etwa vierhundert Lichtjahren nach eurer Rechnung. Euer Koordinatensystem verstehe ich nicht ganz, aber wenn ihr euch senkrecht zur Ebene des Dreiecks, das die drei blauen Sonnen bilden, von den Sonnen fortbewegt, kommt ihr nicht weiter als ein halbes Lichtjahr an dem Unruheherd vorbei.“

Kim bedankte sich. Er glaubte nicht, daß der Hinweis von Bedeutung war. Aber falls sich die CREST nicht in absehbarer Zeit meldete, wollte er nachsehen.

„Euer Fahrzeug kommt“, ließ der Außenposten sich hören. „Ich ziehe mich zurück und wünsche euch Glück.“

Kim sprang auf. Durch das Gewirr der Sterne glitt ein leuchtender Funke, wuchs rasch und sank auf den Boden herab. Weniger als fünfzig Meter von Kim entfernt setzte er auf. Es war der Shift, den er bestellt hatte.

In langen Sätzen rannte er hinüber. Das Innere des Fahrzeugs war leer gepumpt und die beiden Schleusenschotts standen offen.

„Alles nach Plan, Sir“, meldete der Pilot.

„In Ordnung. Lassen Sie ihn aussteigen.“

Im Hintergrund bewegte sich etwas. Mit fließenden, eleganten Bewegungen kletterte ein Wesen, das entfernte Ähnlichkeit mit Yotur Dyke hatte, durch die offene Schleuse. Es sprang auf den Boden, richtete sich auf und salutierte militärisch.

„Leutnant Dyke zur Stelle, Sir.“

Kim betrachtete ihn eingehend und von allen Seiten.

„Saubere Arbeit“, meinte er anerkennend, „in so kurzer Zeit.“

Hess war ihm gefolgt.

„Also *das* ist die Idee“, stellte er fest. „Eins muß man dir lassen, mein Junge. Du hast mehr Courage als irgend jemand sonst, den ich kenne. Der Neugierige wird dir den Schwindel nie abkaufen.“

„Und warum nicht?“

„Er hat Augen zu sehen, nicht wahr?“

„Das bezweifle ich“, antwortete Kim. „Wenigstens nicht Augen im üblichen Sinne. Elektromagnetische Strahlung wird von dem Medium in der Halle stark absorbiert. Sein optisches Wahrnehmungsvermögen beruht also nicht auf sichtbarem Licht. Es ist zu bezweifeln, daß er überhaupt einen Gesichtssinn besitzt. Wozu brauchte er ihn, wenn sein ganzes Denken und Trachten nach innen gerichtet ist. Ein paar Augen bedeuten für einen, dessen Bewußtsein sich fast ständig in der Halle aufhält, soviel wie Flügel für einen Maulwurf.“

„Hm, du hast recht“, gab Hess zu. „Wie hat er unsere Anwesenheit aber dann wahrgenommen?“

„Es gibt Hunderte von Möglichkeiten. Vielleicht durch den Druck, den wir mit unserem Gewicht gegen den Hallenboden ausübten. Vielleicht durch die Streustrahlung unserer Gehirne. Viel . . .“

„Das ist es!“ rief Hess. „Der Robot ist schwerer als ich!“

„O nein, das ist er nicht“, erwiderte Kim. „Leichtgewichtsausfertigung. Außerdem trägt er ein Stück synthetischer Gehirnmasse mit sich herum, die unartikulierte Impulse von sich gibt. Drittens ist er mit einem Psychogenerator bewaffnet, der zu arbeiten beginnt, sobald Yotur und ich sich nicht mehr in seiner Nähe befinden. Bis dahin wird ihn der Neugierige für dich halten.“

Hess trat von einem Fuß auf den anderen.

„Hör zu, ich laß dich nicht allein gehen. Das ist . . ."

„Halt den Mund und steig ein! Unsere fünf Stunden sind bald um."

Hess wollte widersprechen, aber Kim packte ihn an der Schulter und hob ihn in die Höhe, der Schleuse entgegen.

„Nicht vergessen", rief er ihm nach, wir melden uns mit Kode vier, sobald wir hier sind."

„Okay", erwiderte Hess verdrossen.

Die Schleuse schloß sich. Kim und der Robot traten zurück. Der Shift hob vom Boden ab und schoß senkrecht in die Höhe. Sekunden später war er im Geflimmer der Sterne verschwunden.

„Komm jetzt!" befahl Kim dem Roboter. „Wir haben noch ein ganzes Stück weit zu gehen."

Der Robot nahm den Felsklotz auf, den Hess aus dem Boden gelöst hatte. Trotz seiner kleinen Statur besaß er außerordentliche Kräfte. Das Felsstück schien ihn nicht mehr zu belasten als eine Aktentasche einen normalgewachsenen Menschen. Mühelos hielt er das zügige Tempo, das Kim anschlug.

Kims Verstand arbeitete fieberhaft. Er hatte keine Zeit mehr gehabt, mit Hess darüber zu sprechen. Außerdem wäre es unklug gewesen, seine Gedanken so deutlich zu formulieren, wie es für eine Unterhaltung nötig war. Der Außenposten hatte seine telepathischen Ohren überall, und Kim wollte nicht, daß er von seinem Verdacht wußte.

Der Außenposten hatte sich, als er seine Geschichte erzählte, zumindest einer Lüge schuldig gemacht. Seine Behauptung, daß er sein eigenes Verdauungssystem besitze, stimmte nicht mit dem Hinweis überein, daß er auf die Zuteilungen des Hungrigen angewiesen war.

Kim hielt diese letztere Äußerung für falsch. Überhaupt war er der Ansicht, der Außenposten hätte im letzten Viertel seiner Geschichte viel zu nachdrücklich den Eindruck zu erwecken versucht, daß er der Geschädigte und Unterdrückte sei – und auch, daß das Unternehmen der drei Terraner für ihn weiter nichts als einen Schabernack bedeutete, der seinen beiden Brüdern gespielt werden sollte und über den er sich amüsierte.

Nach Kims Ansicht war die Lage ernster. Der Außenposten war autark – bis auf einige wenige, aber wichtige Körperfunktionen, die über den Hungrigen von dem Wißbegierigen beherrscht wurden. Gelang es ihm, die Aufmerksamkeit des Wißbegierigen nachdrücklich genug und für ausreichend lange Zeit abzulenken, wer mochte wissen, ob er den Hungrigen währenddessen nicht unter seinen Bann zwingen und damit die Rolle des unbestrittenen Führers an sich reißen konnte.

All das hätte Kim nicht sonderlich beunruhigt. Die inneren Zwistigkeiten der drei Brüder interessierten ihn nicht. Was ihn mißtrauisch machte, war, daß sein eigener Plan den Erwartungen des Außenpostens in keiner Weise entsprach. Die Flucht sollte völlig ruhig vonstatten gehen. Der Psychogenerator des Roboters würde dem Intelligenten Impulse zustrahlen, die erst nach langen Stunden, und auch dann nur allmählich seinen Verdacht erregen konnten. Natürlich würde er schließlich in Aufregung geraten, aber sein Verstand mußte ihm sagen, daß an der Sache nicht mehr viel zu ändern sei – und das bedeutete, daß er sich rasch wieder beruhigen würde.

Was der Außenposten dagegen brauchte, war heller Aufruhr. Sobald Kim seinen Fluchtplan in die Wirklichkeit umsetzte, würde er bemerken, daß er sich verrechnet hatte. Er war viel zu intelligent, um den Ausweg zu übersehen, der sich ihm anbot.

Dazu hatte er nicht mehr zu tun, als dem Wißbegierigen mitzuteilen, daß die drei Fremden zu fliehen gedachten.

Eine Minute vor der verabredeten Zeit kehrte Kim mit dem Roboter an die Stelle zurück, an der der Wißbegierige ihn und Hess Palter vor fünf Stunden abgesetzt hatte. Inzwischen hatte Kim dem Robot einige Verhaltensmaßregeln gegeben. Viel brauchte er nicht zu wissen. Seine Funktion bestand darin, von ähnlicher Statur und gleichem Gewicht wie Yotur Dyke und Hess Palter zu sein und einen Psychogenerator bei sich zu tragen, der dem Intelligenten wenigstens ein paar Stunden lang die Illusion gab, Yotur spreche zu ihm.

Genau zum vereinbarten Zeitpunkt spürte Kim die Welt um sich herum verschwinden. Durch einen finsteren Tunnel fiel er zurück in die Halle. Als das Gefühl der Benommenheit sich gelegt hatte, sah er sich um und erkannte den Robot und den Felsbrocken dicht neben sich. Aus dem Dunst vor ihm schälte sich Yotur Dykes Gestalt.

Yotur wußte nichts von Kims Plan. Kim hatte es für unklug gehalten, ihm seine Ideen anzuvertrauen. Wer mochte wissen, ob der Wißbegierige wirklich nur die Gedanken verstand, die Yotur ausdrücklich an ihn richtete. Yoturs Reaktion auf das Erscheinen des Roboters war eine der Unbekannten, die er in seinem Plan hatte belassen müssen.

„Ich bin froh, daß Sie wieder da sind, Sir", begrüßte ihn Yotur, und in seiner Stimme schwang unüberhörbare Erleichterung. „Und Sie, Sir", fügte er mit einer leichten Verneigung zu dem Robot hinzu.

Kim atmete auf. Yotur verhielt sich mustergültig.

„Was war inzwischen hier unten los?" erkundigte er sich.

„Ich lernte ein wenig besser, die Impulse des Fremden zu verstehen. Es gelang mir schließlich, mich recht fließend mit ihm zu unterhalten."

„Ausgezeichnet", lobte Kim. „Können Sie ihn jetzt erreichen?"

„Ich werde es versuchen."

Er kniff die Augen zusammen, als könnte er sich so besser konzentrieren. Kim schaute nachdenklich in das unscheinbare Gesicht. Es kam ihm zu Bewußtsein, wie sehr er Leutnant Dyke bislang unterschätzt hatte – ganz einfach deswegen, weil er nie von sich reden machte und ihm nie ein Fehler unterlief, der ihn ins Gespräch gebracht hätte. Kim nahm sich vor, gutzumachen, was er an Yotur versäumt hatte, sobald ihnen die Flucht gelungen war. Er erschauerte bei dem Gedanken, was aus Hess und ihm geworden wäre, wenn sie Yotur nicht gehabt hätten.

„Ihr seid also zurück", schreckte ihn der Gedankenstrom des Wißbegierigen aus seiner Grübelei. „Und ihr habt Proviant für den ewig Hungrigen mitgebracht. Es wird interessant sein zu hören, wie ihr das fertigbrachtet. Aber zuvor soll der Halbverhungerte bekommen, wonach er sich sehnt."

Kim hörte ihn nach dem Hungrigen rufen. Die Antwort kam sofort.

„Ich bin hier. Was gibt es?"

„Ein Stück lebloser Materie, um deinen Hunger zu stillen."

Der Hungrige schien aufgeregt.

„Ich bemerke es. Du brauchst es nicht?"

„Ich kann nichts von ihm lernen. Nimm es dir."

Das trübe Licht erhielt einen rötlichen Schimmer. Die Anwesenheit jedes der drei Brüder bewirkte also einen Farbwechsel im Innern der Halle. Der Wißbegierige erzeugte ein milchiges, gelbweißes Leuchten. Der Hungrige war an der roten Farbtönung zu erkennen, die sich mit der gelblich weißen mischte, so daß ein undefinierbares Rosa-Orange daraus entstand.

Kim fragte sich, welche Farbe den dritten Bruder, den Außenposten, kennzeichnete.

Seine Aufmerksamkeit wurde auf den Felsblock gezogen. Der Block hatte sich in Bewegung gesetzt. Eine unsichtbare Kraft stieß ihn an und rollte ihn auf die Seite. Ein paarmal wälzte er sich wie unschlüssig hin und her, dann begann er sich plötzlich aufzulösen. Der Vorgang ging so rasch vonstatten, daß nach acht oder zehn Sekunden kein einziger Gesteinskrümel mehr zu sehen war.

„Das war sehr gut", bemerkte der Hungrige. „Die Konverter sind eben damit beschäftigt, es in Energie umzuwandeln. Aber ich brauche mehr. Der Energievorrat ist niedrig."

„Du mußt damit eine Weile auskommen", antwortete der Intelligente. „Es gibt wichtigere Dinge zu tun. Die Fremden sollen mir sagen, wie sie an den Proviant gekommen sind."

Kim sah die Möglichkeit einzuhaken.

„Es bedeutet für uns keinerlei Schwierigkeit", sagte Yotur auf seine Anweisung hin, „noch mehr Nahrung zu beschaffen."

„Siehst du", triumphierte der Hungrige. „Deine neugierigen Fragen können warten. Es ist viel wichtiger, die Energievorräte aufzufüllen."

„Nein", entschied der Neugierige. „Ich muß lernen. Das ist am allerwichtigsten."

„Jetzt, da wir wissen, wie wir vorzugehen haben", mischte sich Yotur in den Streit, „werden wir nicht mehr so lange brauchen wie beim erstenmal."

„Du hörst es genau so gut wie ich", dröhnte der Hungrige. „Sie werden bald wieder zurück sein. Dann kannst du deine Fragen immer noch stellen."

Kim setzte unverzüglich nach.

„Derjenige von uns, der beim letzten Mal zurückblieb, wird dir auch diesmal wieder Gesellschaft leisten und gerne deine Fragen beantworten", ließ er Yotur übersetzen.

Der Intelligente zögerte.

„Du verlierst nichts", fuhr der Hungrige in die Bresche. „Und die Energievorräte werden aufgefüllt. Das haben wir ziemlich nötig."

Das gab den Ausschlag.

„Ich bin einverstanden“, erklärte der Wißbegierige. „Nur müßt ihr nach der Hälfte der Zeit zurückkehren, die ihr beim vorigen Mal gebraucht habt. Sonst müßte ich euren zurückgebliebenen Freund dem Hungrigen übergeben, damit er seine Reserven auffüllen kann.“

„Wir glauben, daß wir das schaffen können“, antwortete Yotur.

„Gut. Dann stellt euch auf.“

Kim gab dem Robot einen Wink. Er wich zur Seite, bis er fast im rötlichen Dunst verschwand. Er und Yotur stellten sich Schulter an Schulter und warteten auf den telekinetischen Impuls des Wißbegierigen. Es waren Sekunden höchster Spannung. Zum erstenmal hatte sich der Robot mehr als zwei Meter aus der Gruppe entfernt. Waren die Wahrnehmungsorgane des unsichtbaren Wesens empfindlich genug, um zu erkennen, daß es sich nicht um denselben Mann handelte, der kurz zuvor fünf Stunden lang mit ihm alleine gewesen war?

Es sah nicht so aus.

„Ich befördere euch jetzt“, sagte der Wißbegierige.

Kims Muskeln spannten sich unwillkürlich. Wie ein rasch geworfener Sack fiel die Finsternis über ihn herab. Er wurde in die Höhe gerissen und durcheinandergewirbelt, aber sein Verstand funktionierte ungehindert und versuchte selbst in den Sekunden, da er sich im telekinetischen Griff des Unsichtbaren befand, die merkwürdige Erscheinung zu deuten, die er im letzten Augenblick vor dem Verschwinden wahrgenommen hatte.

Es konnte sich um optische Täuschung handeln, aber Kim war fest davon überzeugt, noch in der letzten Zehntelsekunde gesehen zu haben, wie das milchige Licht im Innern der Halle sich veränderte. Es hatte vom Rötlichen ins Violette übergewechselt.

Der felsige Boden sprang ihm förmlich unter die Füße. Er taumelte und fand an Yoturs Schulter Halt. Sie standen am gleichen Fleck, an dem der Wißbegierige mehr als fünf Stunden zuvor auch Hess und Kim abgesetzt hatte.

„Haben Sie das gesehen?“ keuchte Kim.

„Sie meinen den Farbwechsel, Sir?“ erkundigte sich Yotur.

„Ja. Das Licht ging ins Violette über, nicht wahr?“

„Ja. Es scheint zu bedeuten..."

Er brauchte nicht auszureden. Kim wußte plötzlich, was es bedeutete. Wenige Minuten zuvor hatte er selbst noch darüber nachgedacht. Der Außenposten hatte in das Spiel eingegriffen. Wahrscheinlich hatte er die Unterhaltung zwischen dem Hungrigen, dem Intelligenten und Yotur mitangehört und war zu dem Schluß gekommen, daß so, wie die Dinge lagen, nicht viel für ihn herausspringen würde. Was er brauchte, war Aufregung. Statt dessen ließ der Wißbegierige seine Opfer in aller Ruhe gehen.

Er packte Yotur am Arm.

„Laufen Sie!" raunte er ihm zu. „Laufen Sie, so schnell Sie können – dorthin. Hier wird in ein paar Sekunden die Hölle los sein."

Yotur war nicht der Mann, der nach Erklärungen fragte. Er fing an zu rennen, Kim folgte ihm dichtauf. Mit Riesenschritten setzten sie über die glitzernde Kristallebene. Im Laufen fingerte Kim an der Einstellung seines Helmsenders. Er mußte den Shift herbeirufen.

Plötzlich spürte er, wie er leichter wurde. Die Schwerkraft schien nachzulassen. Er schlenkerte die Arme, um das Gleichgewicht nicht zu verlieren, aber es war schon zu spät. Mit einer Wucht, die in keinem Verhältnis zu der geringen Gravitation stand, prallte er auf den Boden, überschlug sich ein paarmal und kam wieder auf die Beine.

Voller Hast sah er sich um, um sich zu orientieren. Aber da war nichts mehr zu sehen. Es war finster um ihn herum. Die Sterne waren verschwunden, das Glitzern der Kristalle erlosch. Nur leise und undeutlich spürte er den Druck des Bodens unter seinen Sohlen.

Angst griff nach ihm. Er schrie auf, als er spürte, wie eine fremde, gewaltige Kraft an ihm zu zerren begann. Stolpernd und schreiend versuchte er weiterzulaufen. Mit der Energie der Verzweiflung stemmten sich die Muskeln gegen die reißende Kraft, die ihn mit sich in die Tiefe zu ziehen suchte. Die Schwerkraft war jetzt gänzlich geschwunden. Er wußte nicht mehr, was oben und unten war. Er versuchte, sich mit beiden Beinen gleichzeitig abzustoßen und einen weiten Sprung zu tun, aber eine Sekunde später schon prallte er mit der Schulter gegen etwas Hartes, das er für den Felsenboden hielt.

Er konnte nicht entkommen. Der Außenposten hatte den Intelligenten gewarnt, und der Intelligente versuchte, seine Opfer zurückzuholen. Sie befanden sich an der Grenze seines Einflußbereiches. Sein telekinetischer Griff hatte hier nicht dieselbe Kraft wie drunten in der Halle. Trotzdem würde er sein Ziel erreichen, wenn man ihm genug Zeit ließ.

Kim stieß sich ein zweites Mal ab, nachdem er sich mühevoll so weit herumgewälzt hatte, daß er wieder auf dem Boden stand. Verzweifelt suchte sein Verstand nach einem Ausweg. Der zweite Sprung endete ebenso wie der erste.

Plötzlich wurde ihm klar, daß er gar nicht wußte, in welche Richtung er sich bewegte. Er hatte jede Orientierung verloren. Es schien ihm, als wäre das Zerren der telekinetischen Kraft stärker geworden. Vielleicht bewegte er sich wieder dorthin zurück, von wo er gekommen war – tiefer hinein in den Einflußbereich des Wißbegierigen.

Er spürte den Boden unter den Füßen und blieb stehen. Auf einmal hörte er Stimmen. Sie kamen von weither und klangen verzerrt, als risse ein Sturm dem Rufer die Worte von den Lippen.

„. . . ruhig . . . bleiben . . . nur Bewegliches . . . erfaßt!"

In Wirklichkeit war es nur eine Stimme. Yoturs Stimme! Kim ging in die Hocke. Auf diese Weise war er mit dem Boden besser in Kontakt und wußte, was unten und was oben war.

Er folgte Yoturs Rat und verhielt sich völlig still. Er hielt sogar den Atem eine Zeitlang an, damit sich die Brust nicht mehr bewegte. Er dachte fieberhaft nach, was Yotur mit seinem Rat bezweckte, und schließlich kam er darauf. Es war so lächerlich einfach, daß er sich fragte, warum es ihm nicht von selbst eingefallen war.

Der Intelligente hatte kein eigentliches optisches Wahrnehmungsvermögen. Und was auch immer er an dessen statt benutzte, war nicht besonders dazu geeignet, die Oberfläche des Moby-Körpers am Rand seines Einflußbereichs abzusuchen. Seine einzige Möglichkeit, die Fliehenden von anderen Einzelheiten der Oberfläche zu unterscheiden, lag darin, daß die beiden Flüchtenden sich bewegten.

Hielten sie still, dann konnte er sie von den Felsblöcken ringsum nicht unterscheiden.

Kim spürte, wie die Gravitation zurückkehrte. Wie durch einen schwarzen Nebel begannen die Sterne wieder zu leuchten, zunächst armselige, trübe Lichtpunkte, aber von Sekunde zu Sekunde heller und zahlreicher.

Er rief nach Yotur.

„Hier", antwortete der Leutnant. „Ich glaube, es war gut, daß Sie meinen Rat befolgt haben."

Kim bejahte restlos überzeugt.

„Sie scheinen immer die passende Idee zu haben", fügte er hinzu. „Was tun wir jetzt?"

„Ich dachte an folgendes", begann Yotur voller Bescheidenheit. „Wenn wir, jeder für sich, mit langsamen, vorsichtigen Bewegungen einen Felsblock vom Boden aufnähmen und ihn mit aller Kraft..."

„Großartig!" schrie Kim. „Das wird funktionieren. Fangen Sie an, Leutnant!"

Die Welt ringsum sah wieder so aus, wie sie gewesen war, bevor der Wißbegierige zugriff. Er hatte seine Opfer aus dem Blickfeld verloren. Aber jedenfalls lag er auf der Lauer, und sobald sich etwas bewegte, würde er von neuem zupacken.

Langsam und vorsichtig, Millimeter um Millimeter, bückte sich Kim. Vor seinen Stiefeln lag ein Felsbrocken, etwa einen halben Meter hoch und von würfelähnlicher Form. Kim brauchte mehrere Minuten, bis er sich soweit gebeugt hatte, daß die Hände die Kanten des Klotzes fassen und das Felsstück in die Höhe heben konnten. Dann begann er, sich zentimeterweise wieder aufzurichten. Er durfte keine Bewegung machen, die ausgeprägt genug war, um von dem lauernden Gegner wahrgenommen zu werden.

Unter dem Gewicht des Brockens schmerzten die Muskeln. Kim war sicher, daß ihm das Rückgrat in den nächsten Sekunden zerbrechen würde, wenn er die mörderische Last nicht loswurde. Ruck um Ruck, einen Millimeter nach dem anderen hob sich das Felsstück vom Boden, und nach insgesamt acht Minuten stand Kim wieder aufrecht, fast wahnsinnig vor Schmerzen, aber den Felsen stoßgerecht zwischen den Händen.

„Fertig, Yotur?" keuchte er.

„Ich warte auf Ihr Kommando, Sir", antwortete Yotur.

„Ich zähle bis drei", rief Kim. „Eins... zwei..."

Von der Kraft der Verzweiflung getrieben, entspannten sich die Muskeln in einem harten, scharfen Ruck, der den Fels in hohem Bogen durch die Luftleere trieb. Langsam und zögernd neigte er sich schließlich wieder der Kristallebene zu und erzeugte beim

Aufschlag eine kleine Staubwolke, die überraschend schnell wieder zu Boden sank.

Weiter rechts in Kims Blickfeld erschien eine zweite Staubwolke. Das war das Felsstück, das Yotur geschleudert hatte.

Sie hatten beide Glück gehabt. Die Brocken landeten auf leicht abschüssigem Gelände und rollten weiter, nachdem sie aufgeschlagen waren. Kim sah, wie sein Felsstück plötzlich einen grotesken Satz vollführte, als hätte jemand von unten dagegen geschlagen. In merkwürdiger steiler Flugbahn schoß es in die Höhe und ließ dabei eine Nebelspur hinter sich zurück. Eine halbe Sekunde später beschrieb es einen scharfen Knick und stürzte wieder in die Tiefe. Während es fiel, schien es kleiner zu werden, und bevor es den Boden erreichte, war es völlig verschwunden.

„Erfolg!" schrie Yotur. „Beide sind weg!"

Kim wandte sich um. Er brauchte Yotur keinen Befehl zu geben. Gleichzeitig fingen sie an zu rennen, als wäre der Teufel hinter ihnen her. Der Wißbegierige war auf den Trick hereingefallen. Er hatte die beiden Felsstücke für die Entflohenen gehalten und sie eingefangen. Im Augenblick lagen sie wahrscheinlich auf dem Boden der Halle, und der Genarrte versuchte herauszufinden, auf welche Weise er getäuscht worden war.

Kim rannte, bis ihm die Luft ausging. Er ließ sich flach auf den Boden fallen und pumpte die gequälten Lungen voll. Mühselig hob er den Kopf und sah sich um. Dicht neben ihm saß Yotur auf einem Felsklotz, wachsam und trotzdem lässig, als hätte er gerade einen erfrischenden Spaziergang hinter sich. Kim erkannte, daß sie weit über die Stelle hinausgelaufen waren, an der Hess und er zuvor halt gemacht hatten.

Er stand auf. Yotur erhob sich ebenfalls. Kim traute seinen Augen nicht. Durch die Sichtscheibe hindurch konnte er sehen, daß Yotur ihn triumphierend angrinste. Das war das erste Mal, daß jemand Yotur hatte grinsen sehen.

„Sie sind ein Mordskerl, Yotur", fühlte Kim sich verpflichtet zu sagen.

„Danke, Sir."

Kim rief den Shift. Nach einer halben Minute bekam er Antwort. Das Fahrzeug war unterwegs und würde in wenigen Minuten zur Stelle sein. Die Gefahr schien vorüber. Kim fragte sich, ob der Außenposten im Verlauf des allgemeinen Durcheinanders schließlich doch zum Zuge gekommen sei.

Während er die Frage noch dachte, fing der Boden unter ihm an zu zittern. Von irgendwoher fiel bläulicher Lichtschein über die Felsen. Kim fuhr herum. Weit hinten am Horizont, noch jenseits der leuchtenden Bergspitzen, schien ein Vulkan ausgebrochen zu sein. Strudelnde Massen blauleuchtenden Feuers schossen in die Höhe und formten eine Fontäne von grausiger, atemberaubender Schönheit. In ihrem zuckenden Licht sah es so aus, als ob die Berge ins Wanken geraten würden.

Ein neuerlicher Stoß fuhr durch den Boden. Kim fühlte sich in die Höhe gehoben. Die Schwingungen des Felsgesteins teilten sich seinem Schutzanzug mit. Er hörte rollenden Donner, der aus der Tiefe zu kommen schien.

Es war nicht schwer zu erraten, was da vor sich ging. Die drei Brüder lagen sich in den Haaren. Der Außenposten hatte den Moment der Überraschung ausgenutzt, um den Intelligenten anzugreifen. Kim hatte keine Ahnung, wie er das tat. Aber entweder leistete der Intelligente härteren Widerstand, als der Außenposten erwartet hatte, oder der Angriff hatte wider alles Erwarten das energetische Gleichgewicht der Drillinge gestört und schlummernde Kräfte ausgelöst, von denen der Angreifer keine Ahnung hatte.

Der dritte Stoß war noch wuchtiger als die beiden vorhergehenden. Kim mußte sich an einem der Felsblöcke festhalten, um das Gleichgewicht nicht zu verlieren. Ein Riß, mehr als eine Handspanne breit, bildete sich im Boden unmittelbar vor ihm. Gesteinsstaub wurde ins Vakuum gewirbelt und verdeckte für ein paar Sekunden die Sicht.

Weit im Hintergrund war die blaue Feuersäule inzwischen weiter in den Himmel gewachsen. Während Kim sie fixierte, wurde ihm plötzlich klar, daß es sich bei dem Wanken der Berge keineswegs nur um einen optischen Effekt handelte. Die Berge schwankten in Wirklichkeit! Er sah ihre Spitzen brechen und in mächtigen Staubwolken über die steilen Hänge herabrollen. Er sah, wie die Flanken sich zu weiten Schlünden öffneten und weitgespannte Felswände zu Geröll und Staub zerbrachen. Das ganze Gebirge war in Bewegung. Die Wucht des blauen Feuers hob ungeheure Mengen von Gestein in die Höhe und verstreute sie nach allen Seiten. Kim sah riesige Berge im Verlauf von Sekunden auseinanderbersten und haltlos in sich zusammensinken.

Aus den gelegentlichen Stößen, die durch den Felsboden fuhren, war das ununterbrochene Rollen und Stampfen eines mörderischen Erdbebens geworden. Felsblöcke lösten sich von ihrer Unterlage und rollten unter den Schwankungen des Grundes kreuz und quer. Überall wallte dichter Staub auf und begann die Sicht zu verdecken. Nur der Strom blauen Feuers, immer höher in die Leere des Weltalls hinaufschießend, blieb deutlich erkennbar.

Kim klammerte sich an eine stämmig gewachsene Felsnadel, die so aussah, als könnte sie dem Getöse noch ein paar Minuten lang standhalten. Durch den wirbelnden Staub kam Yoturs Gestalt auf ihn zugewankt. Grimmig schrie Kim in sein Helmmikrophon:

„Häuptling eins an Shift. Wenn ihr es nicht in einer oder zwei Minuten schaffen könnt, braucht ihr euch gar keine Mühe mehr zu geben!“

Die Antwort kam schwach und verzerrt.

„... keine Angst... gleich da... Schwierigkeiten... Navigation...“

Vorsichtig, um den Halt nicht zu verlieren, drehte Kim sich um. Er stemmte die Füße so hart in den Boden, wie er konnte, und preßte die Schultern gegen den Fels. Auf diese Weise konnte er das Gelände vor sich übersehen, so weit es der immer dichter werdende Staub erlaubte. Etwa alle zehn Sekunden sprach er ein paar mehr oder weniger sinnvolle Worte ins Mikrophon, um dem Shiftpiloten das Einpeilen leichter zu machen.

Während die Sekunden verstrichen, wuchs die Wucht des Erdbebens. Für Kim bestand kein Zweifel mehr daran, daß der Außenposten, als er den Intelligenten angriff, um die Führung an sich zu reißen, schlummernde Energien ausgelöst hatte, von deren Existenz weder er noch einer seiner Brüder wußte. Vielleicht handelte es sich um alte Speicher, die noch von dem einstigen Moby gebildet worden waren. Vielleicht war es zu einer Interferenz von Bewußtseinsenergien gekommen, als der Unzufriedene zuschlug.

Niemand wußte es, und niemand würde es je erfahren können. Die freigesetzten Energien schienen ausreichend, um den gewaltigen Körper des Mobys in kleinste Bestandteile zu zerreißen. Die Unzufriedenheit des einen Bruders brachte allen dreien den Tod.

Kim empfand Bedauern. Die Entstehung der drei Brüder aus dem merkwürdig angelegten Gehirn des alten Mobys, ihr Vorhandensein als individuelle Intelligenz, ihre Fähigkeit, zusätzliches Wissen zu gewinnen und so zu fühlen und zu denken wie organische Wesen, obwohl sie vom ersten bis zum letzten Molekül aus anorganischer Materie bestanden – all das machte sie zu einem Phänomen. Es war schwer abzuschätzen, wieviel die Biophysik von den drei Brüdern über die Entstehung der Intelligenz hätte lernen können. Auf jeden Fall eine ganze Menge.

Aber in ein paar Stunden würde es den toten Moby, in dessen riesigem Leib drei intelligente Wesen hausten, nicht mehr geben.

Ein donnernder Krach und blendender blauer Feuerschein schreckten ihn aus seinen Gedanken. Etwa zehn Meter vor ihm, im Dunst kaum noch zu sehen, hatte sich der Boden zu einem kreisrunden Loch geöffnet, aus dem ein dicker Strahl aus gleißendblauem Feuer hervorschoß. Instinktiv griff Kim zur Seite, bekam Yotur an der Schulter zu fassen und riß ihn mit sich. So schnell ihn die Füße trugen, hastete er um die plumpe Felsnadel herum. Inzwischen hatte Yotur die Lage erfaßt und lief von selbst. So rasch sie konnten, versuchten sie, Distanz zwischen sich und das feuerspeiende Loch zu legen.

Kim warf einen raschen Blick rückwärts. Er sah die Felsnadeln taumeln und sich zur Seite neigen. Der Sturz riß sie in tausend Stücke, die der Strom des Feuers emporschleuderte und wie Regen über die Umgebung versprühte. Einer der Splitter traf Kim an der Schulter und warf ihn um. Vor Schreck gelähmt, wartete er auf das tückische, zischende Geräusch, das das Entweichen der Luft aus seinem Schutzanzug ankündigte.

Aber er hatte noch einmal Glück gehabt. Die Schulter schmerzte, als stäche ihn einer mit einer dicken, glühenden Nadel. Aber der Anzug hatte gehalten.

Plötzlich hörte er Yotur schreien. Schwankend kam er wieder auf die Beine, nur um unter einem kräftigen Erdstoß den Halt wieder zu verlieren. Als er aufsah, entdeckte er dicht über sich in wirbelnden Staubwolken die Konturen des Shifts.

Die Erleichterung überfiel ihn mit solcher Wucht, daß er zu schwach war, um sich aufzurichten. Noch immer benommen, bemerkte er kaum, wie Yotur ihm unter die Arme griff und ihn in die Höhe zog. Der Shift schwebte dicht neben ihnen, und die Schleuse stand weit offen. Kim erinnerte sich später nicht mehr, wie er ins Innere des Fahrzeugs gekommen war. Aber als er wenige Augenblicke später aus sicherer Höhe auf die geschlossene Staubdecke schaute, die den ganzen Moby einhüllte, und die Dutzenden von Fontänen blauen Feuers in der Tiefe zurückbleiben sah, da fing er an zu glauben, daß die Rettung tatsächlich gelungen sei.

Nur vier Minuten nachdem der Shift mit Höchstgeschwindigkeit durch das weit offenstehende Schott der Hauptladeschleuse geschossen war und im leergepumpten Innenraum eine Gewaltlandung gebaut hatte, nahm die BAGALO Fahrt auf und raste mit höchster Beschleunigung aus dem Rachenraum des Mobys, wo sie nach Kim Dosenthals Anweisung Standort bezogen hatte.

Es war höchste Zeit. Die mörderischen Erschütterungen, die den toten Leib des Ungeheuers durchzuckten, zeigten ihre Wirkung. Ein unaufhörlicher Regen aus Gesteinsbrocken löste sich von beiden Maulklappen und strömte, dem Zug der Schwerkraft folgend, der Schlundöffnung zu. Die Prallschirme der BAGALO leuchteten und flackerten ununterbrochen, während das Schiff den freien Weltraum gewann und alle Taster- und Ortergeräte auf den Moby gerichtet blieben, um keine Phase seines Untergangs zu versäumen.

Aus zwanzigtausend Kilometern Entfernung sah es aus, als habe der riesige Körper sich in eine Sonne verwandelt. Die Oberfläche strahlte ein homogenes, blaues Leuchten aus, das selbst auf den Bildschirmen noch in den Augen schmerzte. Die Konturen des blauen Feuerballs veränderten sich von Sekunde zu Sekunde. Schon war die Form des ursprünglichen Moby-Körpers völlig verlorengegangen. Aus der flachen Scheibe war eine Kugel geworden, die in wilden Zuckungen pulsierte. Gelegentlich schossen Hunderte von Kilometern lange Protuberanzen aus der einheitlichen Schicht blauen Feuers und zauberten ein Feuerwerk von grausiger Schönheit gegen den sternenübersäten Hintergrund des Raums.

Die BAGALO war knapp einhunderttausend Kilometer entfernt,

als der letzte Akt des Schauspiels begann. Die Protuberanzen wurden häufiger und brachen schließlich in atemberaubend schneller Folge nach allen Richtungen hervor. Der Feuerball schrumpfte zusammen und wurde dabei heller. Als er so klein geworden war, daß er nur noch als ungemein greller Lichtpunkt hinter dem Vorhang der Protuberanzen hervorschaute, erfolgte die Explosion.

Für mehrere Sekunden schien das gesamte Weltall in blaues Licht getaucht. Glühende Trümmerstücke zeichneten verwirrende Muster auf den großen Panoramaschirm der BAGALO. Mit schmerzenden Augen betrachteten die Männer die grandiose Szene des Untergangs.

Augenblicke später war alles vorüber. An der Stelle des Mobys schwebte eine schwach leuchtende Gaswolke, die sich rasch durch das Vakuum ausbreitete und keine Spur hinter sich zurückließ. Kim Dosenthal bemerkte, wie sie sich in einzelne Bahnen und Fäden auflöste und zerflatterte – bis nichts mehr von ihr zu sehen war. Ein letzter Bolide traf den Prallschirm des Schiffes und erzeugte ein schwaches Leuchten.

Die drei Sternenbrüder waren nicht mehr.

„Die Frage ist", sagte eine rauhe Stimme, „was wir jetzt tun."

Kim wandte sich um. Hinter ihm stand Hess Palter. Die Offiziere saßen an ihren Pulten, jetzt, da das Schauspiel vorüber war, wieder in ihre Arbeit vertieft. Unter ihnen befand sich Leutnant Yotur Dyke, und nichts an seinem Verhalten ließ darauf schließen, daß er soeben ein Abenteuer durchstanden hatte, in dem er selbst die beherrschende Rolle gespielt hatte.

„Ganz einfach", antwortete Kim gedankenverloren. „Der Außenposten hat uns einen Hinweis gegeben. Wir folgen ihm."

„Du meinst, du traust dem alten Gauner?" fragte Hess verblüfft.

Kim lachte trocken.

„Ich sehe keinen Grund, weshalb er uns in dieser Hinsicht hätte anlügen sollen."

„Na schön, es ist dein Schiff", meinte Hess mürrisch.

Kim gab dem Astrogator die nötigen Anweisungen. Er fühlte sich müde und zerschlagen, aber jetzt hatte er keine Zeit, sich auszuruhen. Die vierhundert Lichtjahre bis zu dem rätselhaften Unruheherd, von dem der Außenposten gesprochen hatte, würden in weniger als zwei Stunden zurückgelegt sein. Er mußte auf Posten bleiben.

Schwerfällig ließ er sich hinter seinem Pult nieder. Müde hob er den Arm und sah auf die Uhr. Es überraschte ihn, daß seit dem Zeitpunkt, an dem er mit dem Roboter zusammen in die Gedankenhalle zurückgekehrt war, nicht mehr als zwei Stunden verstrichen waren. In zwei Stunden hatte sich die Vernichtung eines planetengroßen Himmelskörpers vollzogen.

Für Kim und seine Leute war es ein eindrucksvolles Abenteuer gewesen. Im Vergleich zu den gewonnenen Erfahrungen waren die Verluste gering:

Ein voll ausgerüsteter Shift und ein Roboter.

16.

Seit dem Auftauchen der Twonoserschiffe waren einige Stunden vergangen. Die atomaren Explosionen innerhalb des Mobys hatten ständig an Intensität zugenommen.

Inzwischen war wieder Ruhe an Bord der CREST eingekehrt. Alle Stimmen, die vor Stunden die Vernichtung des Mobys gefordert hatten, waren verstummt.

Perry Rhodan stand seit einiger Zeit starr vor den Orterschirmen und blickte geistesabwesend vor sich hin. Er registrierte kaum, was sich auf den Schirmen abspielte. Wie es aussah, waren alle dreihundert Schiffe gelandet, und keines hatte bisher den Moby wieder verlassen. Wenn man den Ortungsdaten Glauben schenken konnte, dann schien das Schicksal der Moby-Twonoser tatsächlich besiegelt zu sein. Und auch die gelandeten Schiffe würden diesem Schicksal nicht entgehen, wenn sie es nicht vorzogen, rechtzeitig zu starten.

Vor wenigen Minuten hatte man energetische Aktivitäten innerhalb des Mobys registriert, die darauf schließen ließen, daß sich der Moby bereits im Zustand eines atomaren Zerfalls befand.

Rhodan hatte sich bittere Vorwürfe gemacht, die Unzufriedenheit zwischen den Twonoser-Kasten kanalisiert und dadurch den Ausbruch der Auseinandersetzungen beschleunigt zu haben. Er fühlte sich durch das sich abzeichnende Ende des Mobys für die in ihm lebenden Twonoser verantwortlich. Doch mit dieser Entwicklung hatte niemand rechnen können. Irgendeine der Kampfparteien hatte damit begonnen, Waffen einzusetzen, die die atomare Struktur des Mobys destabilisierten. Da die Weißrüssel über keine derartige Bewaffnung verfügten, kamen nur die Blau- oder Rotrüssel dafür in Frage – oder die Besatzungen der Wachflotte.

Es bestand kein Zweifel daran, daß im Moby an mehreren Stellen ein Atombrand ausgebrochen war, der den Riesenkörper in kürzester Zeit vollständig erfassen und vernichten würde.

In der Zentrale der CREST war es beängstigend still geworden.

Rhodans dumpfe Gedanken wurden durch eine Meldung des Ortungsoffiziers unterbrochen.

„Sir, die Ortung erfaßte ein fremdes Objekt, unzweifelhaft ein Raumschiff, das dicht an unserem Standort vorüberzog, dann für kurze Zeit im Linearraum verschwand und wahrscheinlich im Ortungsschatten einer benachbarten Sonne auf Position ging."

„Welche Sonne und wie weit entfernt?" fragte Perry knapp.

„Eine F-vier, eins-Komma-drei Lichtjahre von unserem Standort entfernt."

„Liegen irgendwelche Hinweise auf die Herkunft des Fahrzeugs vor?"

„Die empfangenen Streuimpulse sind von ausgeprägter Struktur und lassen zwei Schlüsse zu."

„Und die sind . . .?"

„Entweder baut ein uns bislang noch unbekanntes Volk seine Schiffstriebwerke nach dem gleichen Schema wie wir, oder es handelt sich um ein terranisches Schiff."

Perry Rhodan zögerte ein paar Sekunden. Dann bedankte er sich flüchtig und ließ die Woolver-Zwillinge kommen.

Die Information des Außenpostens hatte sich als richtig erwiesen. Aus zwanzig Lichtjahren Entfernung erfaßten Hess Palters Meßgeräte Schauer von Streuimpulsen, die von einer gelben G-Sonne kamen. Die Position der Sonne wurde angemessen, und es ergab sich, daß der Kurs der BAGALO, senkrecht auf der Ebene des blauen Sonnendreiecks stehend, genau um ein halbes Lichtjahr an dem gelben Stern vorüberführen mußte – genau, wie der Außenposten angegeben hatte.

Kim Dosenthals Neugierde war geweckt. Er änderte den Kurs des Schiffes um ein geringes, so daß die BAGALO nunmehr geradewegs auf die G-Sonne zuschoß. Das Impulsgeprassel in den Hypertastern wurde immer stärker. Hess gelang es, einige der Impulsstrukturen zu identifizieren. Es handelte sich um die Streuausbeute von Energieausbrüchen, die von nuklearen Explosionen erzeugt wurden.

Im Linearflug strich die BAGALO nur zwei Lichtstunden an der fremden Sonne vorüber und fiel für ein kurzes Erkundungsmanöver in den Normalraum zurück. Ein einziger Planet wurde ausgemacht. Als Kim die Umrisse des Satelliten auf dem Schirm sah, zuckte er vor Überraschung zusammen. Die flache runde Form war unverkennbar. Der Begleiter der gelben Sonne war ein Moby – ob tot oder lebendig, das ließ sich nicht einwandfrei erkennen.

Auf jeden Fall kamen die Streuimpulse nicht von der Sonne selbst, sondern von ihrem Satelliten. Hess Palter glaubte, Reflexe von Hunderten metallischer Gebilde zu sehen, die sich auf der Oberfläche des Mobys befanden. Aber bevor er Zeit hatte, seine Beobachtung zu überprüfen, war die BAGALO schon wieder im Linearraum verschwunden.

Kim Dosenthal visierte einen kleinen roten Stern an, der rund drei Lichtjahre jenseits der Moby-Sonne lag, und ließ die BAGALO zwanzig Astronomische Einheiten von dem roten Zwerg entfernt in das Einsteinuniversum zurückkehren. Mit flammenden Zusatztriebwerken raste das Schiff auf den roten Stern zu und ging nur wenige hunderttausend Kilometer über den höchsten Schichten seiner Chromosphäre in seine Umlaufbahn.

Ebenso wie Perry Rhodan hatte Kim sich entschlossen, die Vorgänge auf dem drei Lichtjahre entfernten Moby aus sicherem Versteck heraus zu beobachten. Er schickte zwei Tastersonden aus, die die Streuimpulse auffingen und verstärkt zur BAGALO weitersendeten. Hess Palter und zwei Assistenten, die er inzwischen zu Hilfe gezogen hatte, hatten alle Hände voll zu tun, um die anfallenden Informationen zu sortieren und zu deuten. Schon nach einer halben Stunde war klar, daß im Innern des Mobys ein Kampf tobte, in dem die schrecklichsten aller Vernichtungswaffen eingesetzt wurden. Die Atomkerne der Moby-Materie begannen zu zerfallen. Im Innern des Riesenkörpers fraßen sich mehrere Atombrände mit hoher Geschwindigkeit durch den Moby.

Diese Beobachtung versetzte Kim Dosenthal in eine äußerst ungemütliche Lage. Vernünftigerweise gab es keinen Grund anzunehmen, daß die CREST II sich ausgerechnet auf den Moby-Begleiter der gelben Sonne verirrt hätte. Er lag weit außerhalb des Zielgebietes, in dem die Begegnung mit den sechs Transportern und der BAGALO hätte stattfinden sollen. Auf der anderen Seite aber ließ sich der mörderische Aufruhr, der auf dem Moby herrschte, zum Beispiel damit erklären, daß es dort einen Vorposten der Meister der Insel oder eines ihrer Hilfsvölker gab, der sich mit einem fremden Eindringling herumbalgte – und wie leicht konnte die CREST dieser Eindringling sein? Kim gestand sich ein, daß diese Schlußfolgerung an den Haaren herbeigezogen war. Aber wer kümmerte sich noch um Wahrscheinlichkeiten, wo das Unwahrscheinliche in diesem Sternennebel fast die Regel zu sein schien!

Kim war entschlossen, aus dem Ortungsschatten der roten Zwergsonne hervorzurücken und eine geraffte, verschlüsselte Hyperbotschaft an den Moby abzustrahlen. Vielleicht durchdrang sie den Störgürtel der nuklearen Explosionen und wurde empfangen. Natürlich würde sie jedem Fremden verraten, daß sich ein unbekanntes Raumschiff in der Gegend befand. Aber die BAGALO konnte sich in Sekundenschnelle wieder in ihr Versteck zurückziehen oder in den Linearraum gehen, und wenn die CREST sich in der Nähe befand und der Spruch von ihr aufgefangen wurde, dann war der Erfolg des Unternehmens das Risiko mehr als wert.

Kim setzte einen kurzen Text auf, ließ ihn durch den Verschlüssler und den Raffer laufen und war drauf und dran, den Hypersender zu betätigen, als ein Ereignis eintrat, das allem eine völlig unerwartete Wendung gab.

Kim hielt den Kodestreifen in der Hand, den er in den Rezeptor schieben mußte, um den Hypersender zur Abstrahlung des Spruchs zu veranlassen. Er warf einen letzten Blick auf den Tasterschirm, auf dem sich die ferne gelbe Sonne als glühender Leuchtpunkt abbildete.

Da erschien um den Punkt herum ein winziges Nebelfeld, als kämen aus der Umgebung der Sonne Millionen feinverteilter, schwacher

Reflexe. Kim schaute noch voller Verwunderung auf das eigenartige Phänomen, als der Nebelring sich auszubreiten begann und in Sekundenbruchteilen den ganzen Tasterschirm überflutete. Damit noch nicht genug. Der Nebel fing an, sich von dem Schirm zu lösen, und trieb auf Kim zu. Verblüfft und erschreckt schoß Kim aus seinem Sessel in die Höhe und wich zurück. Der Nebel schien es jedoch nicht auf ihn abgesehen zu haben. In immer dichteren Schwaden, ein merkwürdiges Leuchten ausstrahlend, wallte er über dem Tastergerät, zog sich zusammen und dehnte sich wieder aus, wobei er bestrebt schien, eine bestimmte Form anzunehmen.

Die Erleuchtung kam Kim im selben Augenblick, in dem der Nebel sein Ziel erreicht und feste Form angenommen hatte. Aus dem weißlich leuchtenden Dunst wurde eine menschliche Gestalt, oder doch so etwas Ähnliches. Ein Paar erstaunlich langer Beine trugen einen schmalen Unterkörper, über dem sich ein faßartiger Brustkasten wölbte. Der Kopf, der auf einem wohlgeformten Hals über den beeindruckend breiten Schultern stand, war völlig humanoid, aber von grüner Haut bedeckt. Die zu kurzen Borsten geschnittenen Haare hatten einen violetten Schimmer.

Kim gewann seine Fassung zurück. Der Fremde, der aus dem wirbelnden Nebel entstanden war, lächelte ihn freundlich an.

„Rakal Woolver, Sir“, sagte er mit wohlklingender Stimme. „Ich kam auf einem Tasterimpuls direkt durch Ihre Orterantenne.“

Kim nickte, immer noch ein wenig benommen.

„Ich – ich war gerade von selbst darauf gekommen“, stotterte er. „Erschrecken Sie die Leute immer so?“

Im Kommandostand war man auf den so plötzlich aus dem Nichts aufgetauchten Fremden aufmerksam geworden. Rufe der Überraschung drangen zu Kims Pult hinauf. Jedermann hatte von den Woolver-Zwillingen gehört, den erstaunlichsten unter den Mutanten, die für das Solare Imperium arbeiteten.

Kim kam plötzlich zu Bewußtsein, was die Ankunft des Mutanten bedeutete.

Die CREST befand sich also tatsächlich in der Nähe!

Rakal Woolver berichtete. Er überbrachte präzisere Anweisungen von Perry Rhodan. Die BAGALO setzte sich in Bewegung und stieß im Linearflug auf die 1,3 Lichtjahre weit entfernte Sonne zu, in deren Ortungsschatten die CREST Zuflucht gefunden hatte. Woolver war inzwischen auf einem Orterwellenbündel an Bord des Flaggschiffes zurückgekehrt. Weisungsgemäß bugsierte Kim Dosenthal sein Schiff mit flammendem Triebwerk auf die gleiche Umlaufbahn, der auch die CREST folgte, nur wenige hundert Kilometer von der gewaltigen Kugel des Flaggschiffs entfernt.

In der Zentrale der CREST beobachtete man das Manöver der BAGALO auf einem vergrößernden Sektor des Panoramabildschirms. Das Elektronenteleskop brachte den Kreuzer so nahe heran, als bewege er sich dicht neben der CREST. Wortlos folgten die Männer den Bewegungen des Schiffes, das mit dem Stummelschwanz seines Zusatztriebwerks einen fremdartigen Anblick bot.

Oberstleutnant Kim Dosenthal war kaum dazu gekommen, einen halbwegs zusammenhängenden Bericht zu geben, als auf den Schirmen in der Zentrale das Ende des Twonoser-Mobys ablief. Der Gigant zerbarst in einer Fontäne aus Licht und Energie. Twonosische Wachschiffe, die sich im letzten Augenblick hatten absetzen wollen, wurden von den Ausläufern der Explosion erfaßt und vernichtet. Nichts und niemand konnte dem Inferno entkommen.

Perry Rhodan verzog keine Miene. Nichts verriet, was in diesen Augenblicken in ihm vorging. Doch seine Stimme klang belegt, als er nach bitteren Minuten des Schweigens verkündete:

„Wir brechen gemeinsam auf. Hier haben wir nichts mehr verloren. Und ich gäbe was dafür, hätte uns unser Weg niemals in diesen Sektor geführt.“

Planmäßig stieß die BAGALO aus dem Linearraum in das Einstein-Universum zurück. Ebenso planmäßig tauchte die CREST II wenige Sekunden danach in nur zehntausend Kilometern Entfernung auf. Die beiden Schiffe orientierten sich an dem Dreieck der blauen Sonnen, die mittlerweile weit hinter ihnen lagen, und an der charakteristischen Sternballung des großen Beta-Transmitters, der seitlich des Dreiecks lag.

Dann nahmen sie erneut Fahrt auf und stießen durch den Linearraum auf die sechs Großtransporter zu, die hundert Lichtjahre vor dem Rand des Andro-Beta-Zwergnebels warteten.

17.

Atlan betrat die Zentrale der CREST II durch das große Hauptschott. Er lauschte einen Augenblick auf das Zischen der zuschwingenden Schotthälften, reichte seinen hüftlangen Umhang einem Roboter und schritt die wenigen Stufen zur Schaltbrücke empor.

Oberst Cart Rudo füllte den Kommandantensessel voll aus. Seine mächtigen Schultern ragten über die Wulstränder der Rückenlehne.

Atlans erster Blick galt den Bildschirmen der Panoramagalerie.

Perry Rhodan, der neben Cart Rudo Platz genommen hatte, grüßte mit einem Kopfnicken.

Einen Augenblick lang beobachtete Atlan die Offiziere und Mannschaften der Zentralebesatzung. Sie machten einen guten, disziplinierten Eindruck. Hier und da fiel ein Scherzwort oder eine ironische Bemerkung, wie sie für Terraner typisch war.

Atlans Gedanken schweiften zu den Ereignissen nach der Zerstörung des Twonoser-Mobys zurück.

Die CREST und die BAGALO hatten sich unauffällig aus der Kampfzone zurückgezogen und die hundert Lichtjahre vor den Grenzen des Betanebels wartenden Transporter angeflogen.

Danach hatte Rhodan die BAGALO zum Schrotschußtransmitter zurückgeschickt mit der Anweisung, weitere Nachschubtransporte einzustellen, bis die Verhältnisse im Betanebel geklärt waren.

Einen Tag später hatte der Geleitzug Fahrt aufgenommen. Er bestand aus den fünfzehnhundert Meter durchmessenden Großraumfrachtern ANBE 1 bis ANBE 6 und dem Flottenflaggschiff CREST II. Da noch kein geeigneter planetarischer Stützpunkt gefunden worden war, mußte man vorerst den Geheimsatelliten Troja anfliegen.

Die vier anderen Superschlachtschiffe, die zusammen mit Troja im

Zentrum von Andro-Beta eingetroffen waren, standen noch immer in den riesigen Hangars des ungefähr würfelförmigen Himmelskörpers. Es war wenigstens anzunehmen, daß sie sich noch dort befanden.

Nunmehr, zwei Tage nach dem Abflug des Schweren Kreuzers, stand der kleine Verband nach drei vorsichtig durchgeführten Linearflugmanövern an den Grenzen der inneren Ballungszone, eintausend Lichtjahre vom Zentrumskern des Betanebels entfernt.

Die Sonnenmasse des vorgelagerten Nebels füllte die Bildschirme vollkommen aus. Die Navigation wurde mit jedem Linearmanöver schwieriger.

Troja befand sich genau im Zentrum des Zwergnebels auf einer errechneten und festgelegten Flugbahn. Die Fahrt des Satelliten betrug nur fünf Prozent der einfachen Lichtgeschwindigkeit. Der Kurs stellte eine fiktive Linie zu einer Sonne dar, die Troja in etwa vierzig Jahren Standardzeit erreichen mußte.

Das Problem der Kosmonavigation lag im Anflugrhythmus zwischen den Überlichtmanövern. Die wenigen, positronisch registrierten Zielsterne waren für den kosmischen Geleitzug eher zu einem Hindernis als zu einer Hilfsquelle geworden.

Hinzu kam, daß es innerhalb Andro-Betas seit der Vernichtung des Mobys zu einigen Unruhen gekommen war. Die Wachflotten der Twonoser, die nach allem, was man bisher über dieses Volk wußte, von Blaurüsseln gestellt wurden, entwickelten eine hektische Aktivität und durchstreiften unablässig die Kleingalaxis.

Offensichtlich waren sie nicht restlos davon überzeugt, daß die Vernichtung des Mobys ohne Fremdeinwirkung zustande gekommen war. Hinzu kam noch die nicht unbemerkt gebliebene Selbstvernichtung jenes Mobys, in dem die drei Sternenbrüder entstanden waren. Beide Ereignisse waren dazu angetan, die Aufmerksamkeit der Wachflotte zu erhöhen.

Durch die überall auftauchenden Schiffe der Twonoser waren schnelle und weitreichende Kursänderungen unerläßlich. Man verlor die bekannten Bezugssterne aus den Augen und mußte mit einer Behelfspeilung weiter vorstoßen, bis der rechnerisch ermittelte Standort des nächsten Peilsterns erreicht war.

Für die CREST alleine wäre es weniger schwierig gewesen, Troja zu erreichen. So aber hatte sie sechs kaum bewaffnete Riesentransporter zu begleiten und sie eventuell zu beschützen.

Jetzt kam es darauf an, Troja ungesehen zu erreichen, die CREST in Sicherheit zu bringen und die Frachter schnellstens zu entladen. Dazu war jedoch ein Planet nötig, der sich als Stützpunkt eignete.

Auf den sechs Frachtern fanden sich alle nur denkbaren Spezialmaschinen zum Ausbau eines kosmischen Geheimstützpunktes. Zwölfhundert Bauingenieure, Kosmostatiker, Geologen, Kraftwerksspezialisten und Maschinenprogrammierer warteten darauf, ihre Geräte einsetzen zu können.

Die Frachter sollten den Anfang einer langen Kette von Nachschubtransportern bilden. Atlans Gedanken wurden durch die Alarmsirene unterbrochen. Die Ortungszentrale registrierte starke Hyperechos, die von den Triebwerken fremder Schiffe erzeugt wurden.

Als die Echos stärker wurden und die ersten grünen Punkte auf den Tasterschirmen auftauchten, begannen die Kalupschen Konverter zu dröhnen. Sie schirmten die einzelnen Schiffe durch ihre instabilen Feldsysteme von den Einflüssen des übergeordneten Hyperraumes und des Einsteinuniversums ab und erzeugten somit innerhalb der Feldhohlräume eine artfremde Zwischenzone von neutralem Energiegehalt.

Die sieben Schiffe tauchten in den Linearraum ein und nahmen Kurs auf eine vorher angepeilte Sonne. Sie stand zweihundertundelf Lichtjahre von der Ausgangsposition entfernt und zeichnete sich durch eine eigentümlich blaßgrüne Strahlung aus.

Man war den Wachgeschwadern der Twonoser wieder einmal im letzten Augenblick entkommen. Als das Überlichtflugmanöver beendet wurde und die Bildschirme der optischen Normalerfassung wieder die gleißende Sternfülle der äußeren Ballungszone zeigten, konnten die verschiedenartigen Ortungsgeräte keine fremdartigen Hyperschwingungen feststellen.

Die schwierige und kaum zu lösende Aufgabe der Positionsbestimmung begann erneut. Die CREST II besaß die leistungsfähigsten Automatgehirne und die am besten geschulten Mannschaften. Sie übernahmen die Aufgabe, festzustellen, wo man sich eigentlich befand.

Atlan zog sich für eine Stunde in seine Kabine zurück. Er fühlte sich erschöpft. Er legte sich angezogen auf sein Lager und dachte wieder an den Geheimsatelliten Troja sowie an die vier in ihm zurückgebliebenen Superschlachtschiffe. Es war fraglich, ob sich die Kommandanten an Rhodans Befehl gehalten hatten, den ausgehöhlten Himmelskörper nicht zu verlassen. Die CREST war überfällig. Außerdem war den Kommandanten bekannt, daß zu diesem Zeitpunkt die ersten Nachschubeinheiten mit Baumaterialien erwartet wurden.

Atlan stieß eine arkonidische Verwünschung aus und drehte sich auf die andere Seite.

18.

Die Bordkalender zeigten den 26. August 2402 an, als der Nachschubverband und die CREST II Troja nach fast zehntägigem Flug erreichte. Noch bevor die CREST eingeschleust wurde, fand über Funk ein Informationsaustausch mit Major Fracer Whooley, dem Kommandanten des Geheimsatelliten, statt. Dabei erfuhr man auf der CREST, daß das USO-Schiff IMPERATOR Troja bereits vor vierzehn Tagen verlassen hatte, um auf eigene Faust nach einem geeigneten Stützpunktplaneten zu suchen. Heske Alurin, der Kommandant der IMPERATOR, sah sich zu diesem Schritt veranlaßt, als die Rückkehr der CREST ausblieb und er zu der Ansicht gelangte, daß man nicht untätig auf Troja herumsitzen sollte, bis das terranische Flaggschiff zurückkehrte.

Alurin war also gestartet. Dabei erwies er sich als sehr umsichtig. Um jede Identifikation durch Twonoser zu erschweren, ließ er an der IMPERATOR die dafür vorgesehenen zweistufigen Zusatztriebwerke montieren. Zusätzlich wurde die Kugelzelle des USO-Schiffes durch unzählige Aufbauten und Auswüchse getarnt. Die obere Polrundung erhielt einen kegelförmigen Aufsatz, die zweite Zusatzstufe technisch wirkungslose, jedoch abenteuerlich aussehende Steuerflossen. Es war praktisch unmöglich, dieses Schiffsmonstrum als ein terranisches Produkt zu identifizieren. Selbst ein Terraner, der es unvorbereitet zu Gesicht bekommen hätte, wäre zu keinerlei Rückschlüssen auf dessen Erbauer in der Lage gewesen.

Rhodan nahm diese Information gelassen zur Kenntnis. Er wußte, daß Alurin nicht anders hatte handeln können. Die CREST hatte zu lange nichts von sich hören lassen, so daß man auf Troja in Zugzwang geraten war.

Trojas Kraftwerke waren für eine Viertelstunde angesprungen, damit die CREST mit Traktorstrahlern und Führungskraftfeldern eingeschleust werden konnte.

Nachdem über dem fünfzehnhundert Meter durchmessenden Kugelleib des Superschlachtschiffes die Schachtklappen geschlossen worden waren und sich die ortungssichere Nevroplasttarnung zusätzlich darüber geschoben hatte, waren die Maschinen wieder abgeschaltet worden.

Die sechs Transporter waren vorübergehend magnetisch verankert worden, um ihren Besatzungen die Fahrt- und Kursanpassungen zu erleichtern. Jetzt, eine halbe Stunde nach der Ankunft des kosmischen Geleitzuges, rasten die Frachter rechts und links neben Trojas Seitenwandungen im freien Fall durch den Raum. Alle Schiffe hielten einen Abstand von fünfhundert Metern ein, um den Ortungsschutz und die Wärmestrahlungsdeckung so gut wie möglich ausnützen zu können.

Die Frachter waren groß; aber Troja war wesentlich umfangreicher. Von außen betrachtet waren die Nachschubschiffe eigentlich nur als strichfeine Körper mit stark verdickten Bugenden auszumachen. Die achtunddreißig Kilometer langen und hohen Seitenflächen des Geheimsatelliten wirkten auf die Männer der Nachschubraumer unübersehbar groß.

Man hatte alles getan, um die sechs Einheiten so gut wie möglich unterzubringen. Es war aber trotzdem nur ein Notbehelf.

Es lag in der politischen und wirtschaftlichen Zielsetzung der von Atlan gegründeten und unter gewaltigen Kosten aufgebauten USO begründet, ihr Personal aus allen Völkern der Menschheit auszuwählen.

Zur Gründungszeit im Jahre 2115 hatte noch der Grundsatz bestanden, die Schiffs- und Stützpunkt- und wissenschaftlichen Besatzungen aus allen intelligenten Völkern der Milchstraße zusammenzusetzen.

Dies hatte sich schon kurz darauf als hinderlich und etwa fünfzig Jahre nach der Gründung als gefährlich erwiesen. Die artfremden Intelligenzwesen hatten sich von den verschiedenartigsten Einflüssen leiten lassen, die teils aus ihrer Mentalität, überwiegend jedoch aus ihrem Zugehörigkeitsgefühl zu ihren Völkern hervorgegangen waren.

Nach der Auflösung der Galaktischen Allianz hatte Atlan die Fremden nach und nach entlassen. Es waren nur wenige Nichtmenschliche in den Reihen der USO verblieben. Sie hatten sich als vertrauenswürdig erwiesen.

Einen Grundsatz hatte Atlan jedoch nicht aufgegeben: Er verzichtete nach wie vor darauf, die Raumschiffe und Stützpunkte der USO überwiegend mit Terranern zu besetzen.

Dies hatte zweierlei Gründe.

Einmal waren die Mutterwelt Terra und die solaren Siedlungsplaneten durch den Ausbau der Imperiumsflotte personell so ausgelaugt worden, daß es sich nicht als ratsam erwiesen hatte, Erd- oder Solargeborene in größerer Zahl in die Verbände der USO zu übernehmen.

Atlans zweiter Grund war noch stichhaltiger. Er, der zehntausendjährige Admiral hatte längst erkannt, daß auf den ehemaligen Kolonialwelten der Erde neue Völker herangereift waren, die infolge einer gewissen Umweltanpassung den Erdgeborenen oftmals überlegen waren. Zu ihnen zählten vordringlich die Überschweren von Epsal und Ertrus.

Die Nachkommen der irdischen Frühkolonisten waren bereits in der Überzahl. Sie waren jedoch Menschen geblieben, und diese Tatsache hatte Atlan als enorm wichtig eingestuft. Ganz abgesehen von den hohen Qualitäten der Kolonialterraner, war es politisch und weltraumrechtlich klug, das Selbstbewußtsein der ehemaligen Kolonisten durch ihre Übernahme in eine hohe Verantwortungssphäre zu unterstützen.

So geschah es, daß sich in den Reihen der USO nur wenige Terraner befanden, die überdies meistens als Verbindungsoffiziere zum terranischen Flottenkommando dienten.

Die berühmten und gefürchteten Spezialisten der USO setzten sich fast nur aus Kolonistennachkommen zusammen.

Das galt auch für die zweitausendköpfige Besatzung des USO-Superschlachtschiffes IMPERATOR, dessen Kommandant ein Epsaler war. Atlan kannte die freundschaftliche Rivalität zwischen reinen Terrabe-

satzungen und den Männern der USO-Flotte. Er beobachtete die gegenseitigen Hänseleien mit größter Aufmerksamkeit, um notfalls sofort eingreifen zu können. Atlans Psychologie lief darauf hinaus, Terraner und Kolonialgeborene zu einer Einheit zu verschmelzen und in jedermann den Glauben an sein Menschentum aufrecht zu erhalten. Dieses Prinzip hatte sich über drei Jahrhunderte gut bewährt.

Ein Ungeheuer raste durch die sternflimmernde Weite des Andro-Betanebels. Aus dem achthundert Meter langen und vierhundert Meter durchmessenden Schweif peitschten die Plasmazungen energetisch eingeengter und mit hoher Strahldichte ausgestoßener Impulswellen hervor.

Auf diesem Schweif saß ein fünfzehnhundert Meter durchmessender Kugelkopf mit einem äquatorial angeordneten Ringwulst. Zahlreiche Auswüchse – Türme, asymmetrischen Pyramiden und plangeschliffenen Facettenbuckeln gleichend – waren überall auf dem tiefschwarzen Rumpf zu sehen. Den oberen Abschluß bildete ein fünfzig Meter langer Kegel, aus dem Antennenkonstruktionen hervorragten.

Es war ein abenteuerliches Gebilde, das keine konkrete Typenbestimmung erlaubte. Vier gewaltige Heckflossen in der Mitte der zweiten Triebwerksstufe vervollständigten den Eindruck von einem übermäßig ausgerüsteten Raumfahrzeug, in dem sich wohl nur eine jahrelang geschulte Besatzung zurechtfinden konnte.

Es war die IMPERATOR, ein Flottenneubau der USO, die soeben ihr Eintauchmanöver beendete und mit halb lichtschneller Fahrt auf ein bestimmtes Ziel zuraste.

Das Ziel hieß Troja. Die Männer der IMPERATOR hatten den Geheimsatelliten etwa vier Wochen lang nicht mehr gesehen. Die Funkverbindung war aus verständlichen Gründen abgerissen. Niemand wußte, ob Troja von den Fremdschiffen, die sie oftmals geortet hatten, erkannt und angegriffen worden war.

Oberst Heske Alurin, ein umweltangepaßter Mensch vom überschweren Planeten Epsal, saß im Kommandosessel der IMPERATOR. Neben ihm, im Sitz des Chefkosmonauten, hatte sich Oberstleutnant Trimar Noser angeschnallt. Noser war auf Plophos geboren worden.

Das Gesicht des Leitenden Ingenieurs war auf einem Bildschirm der Bordverbindung zu sehen. Er war der zweite Epsaler an Bord der IMPERATOR, Oberstleutnant Trahun Milas. Die Geschwindigkeit, mit der er selbst schwierigste Schaltvorgänge vornahm, war berühmt. Milas war in der Lage, die Arbeit von drei hochqualifizierten Fachingenieuren auf einmal auszuführen. Seine Bewegungen waren dabei kaum mit dem Auge zu verfolgen. Sein „technischer Instinkt" war sagenhaft. Er hatte sich den modernen Hochleistungstriebwerken mit Leib und Seele verschrieben, nachdem es sich bei zahlreichen Tests herausgestellt hatte, daß er anderen Epsalern in kosmonautischer Hinsicht unterlegen war. Milas besaß einen sechsten Sinn für Ultratechnik des fünfundzwanzigsten Jahrhunderts.

Seine kupferfarbenen Haare leuchteten auf dem Bildschirm wie ein goldener Helm.

„Manöver beendet, Kalup erste Stufe läuft aus. Überlastungsthermostat der Kühlmedium-Bank IV hat bei Durchgang abgeschaltet. Dabei brachen zwei Hochdruck-Dichtringe am Schnellbeschleunigungskolben der Schalthydraulik. Folgen: Hydraulikflüssigkeit tritt aus, Preßdruck ist auf drei Prozent Normalwert gefallen. Reparatur läuft. Eine Benutzung des Erststufen-Kalups ist vor zwei Stunden wegen Überhitzungsgefahr nicht ratsam. Ich leite vorsorglich eine Notschaltung zur zweiten Stufe ein. Wenn es unbedingt sein muß, gehen wir mit ihr in die Librationszone. Ende."

Das war kurz und bündig. Trahun Milas hatte mit wenigen Worten Dinge gesagt, die auf die Manövrierfähigkeit des Stufenschiffes einen großen Einfluß besaßen. Heske Alurin konnte sich vorstellen, wie es jetzt in dem Schaltraum aussah. Wahrscheinlich hatte die austretende Hydraulikflüssigkeit mit ihrer geschoßartigen Auftreffenergie weitere Geräte beschädigt. Solche Kleinigkeiten zu erwähnen, hielt ein Mann wie Milas für unnötig. Er nahm als selbstverständlich an, daß sich der Kommandant eines Superschlachtschiffes vorstellen konnte, welche Sekundärerscheinungen eingetreten waren.

Die Männer in der Ortungsstation des Schiffsgiganten hatten die Durchsage aus dem Maschinenhauptleitstand ebenfalls vernommen. Zehn Sekunden später bekam Major Fend Echelor, ein pfahldünner Weganer mit blaßblauer Haut, das erste Hyperecho herein. Nochmals zehn Sekunden später wußte er, daß Troja noch existierte. Er rief die Zentrale an.

„Der Felsbrocken ist noch da. Klarer Echoimpuls, keine Energieortung auf Hyperbasis. Man hat alles abgeschaltet. In der Nähe sind keine fremden Raumschiffe feststellbar."

Alurins breites Gesicht verzog sich zu einem Schmunzeln.

„Was ergibt die Masseortung?"

„Viel, Sir. Die Materialanalyse ist aber noch aufschlußreicher. Nach den bekannten Werten zu urteilen, muß die CREST angekommen sein und außerdem noch einige große Schiffe, die mit Gütern aller Art vollgestopft sind."

„Irren Sie sich auch nicht?"

„Auf keinen Fall. Wir stehen nur noch fünf Lichtstunden von Troja entfernt. Die Auswertung ist einwandfrei."

Heske Alurin lehnte sich in seinem Sessel zurück, daß die Lehne knirschte. Trimar Noser runzelte die Stirn und warf einen skeptischen Blick auf die Bodenverankerung. Alurin gehörte zu den schwersten Epsalern, die er je gesehen hatte.

Heske Alurin war vorsichtig.

Er ließ eine Korvette ausschleusen, die ebenso wie das Mutterschiff eine Außentarnung erhalten hatte. Der Kommandant erhielt den Befehl, die Lage zu sondieren, die mutmaßlich angekommenen Raumschiffe aus der Nähe zu untersuchen und dann Funkverbindung mit Troja aufzunehmen.

Das Sechzigmeterboot raste davon und verschwand im Linearraum. Augenblicke später tauchte es auf den Echoschirmen der Ortung auf. Es stand dicht vor Troja.

Nach einer halben Stunde war die Korvette wieder zurück und schleuste sich ein.

„Auf Troja ist alles in Ordnung", meldete der Kommandant über Interkom. „Die erwarteten Transporter sind angekommen und neben den Seitenwandungen verankert worden. Der Lordadmiral ist ebenfalls anwesend. Wir sollen sofort einen Durchgang machen, unsere Fahrt anpassen und die Einschleusung vorbereiten. Unser Hangar ist freigehalten worden."

Heske Alurin machte „Hmm!", beugte sich vor und drückte auf den Sammelschalter der Rundrufverbindung.

„Kommandant an alle: Es geht nach Hause. Die CREST ist mit den Frachtern eingetroffen. Wir werden bald erfahren, wie das möglich war. Können wir mit der defekten Kühlbank einen Durchgang über nur fünf Lichtstunden riskieren? Ich möchte es vermeiden, noch im letzten Moment die zweite Stufe anzugreifen."

Trahun Milas rechnete.

„Es geht, ich wage es. Wir bleiben zwei Minuten im Linearraum. Eine Katastrophe ist nicht zu befürchten, aber die beschädigten Aggregate sollten anschließend ausgetauscht werden. Wir müssen auf Troja in die Werft."

„Genehmigt. Impuls kommt in fünf Minuten, Ende."

Der Zielanflug war einfach. Die IMPERATOR ging mit dem schnell heißlaufenden Kalupkonverter der ersten Stufe in die Librationszone und kehrte vierzigtausend Kilometer von Troja entfernt in den Einsteinraum zurück.

Die Fahrtanpassung dauerte eine halbe Stunde. Als das mißgestaltete Schiff über Trojas Oberfläche den sogenannten Einschleusungsschwenk durchgeführt und das runde Heck seiner ersten Stufe immer genauer auf den geöffneten Hangarschacht wies, sagte Perry Rhodan impulsiv:

„Die Tarnung ist phantastisch. Wenn ich ein Fremder wäre, müßte ich schon einen begründeten Verdacht hegen, wenn ich in dem Gebilde ein Superschlachtschiff terranischer Bauart erkennen wollte."

Atlan lachte. Er blickte fasziniert auf die Bildschirme, auf denen das schwierige Manöver gut verfolgt werden konnte.

Die IMPERATOR hing nun mit dem Triebwerksschweif nach unten über dem Satelliten. Geringfügige Differenzen in der Fahrtanpassung führten zu ständigen Triftbewegungen der Zusatzstufen, die jedoch wegen der nachfolgenden Schiffsmasse genau im Mittelpunkt des Hangarschachts eingebracht werden mußten.

Die Traktorstrahler des Satelliten sprangen an. Ihre Energiefinger griffen nach der abtreibenden Konstruktion und zwangen sie in die richtige Lage zurück.

Die entstehenden Hebelkräfte wirkten sich sofort auf den Kugelkörper der IMPERATOR aus. Das Schiff kippte ab.

Atlan hielt die Luft an. Wenn die Traktorschalter nicht sofort heruntergeschaltet wurden, um die an den Zusatzstufen angreifenden Fesselkräfte zu mildern, verlor das USO-Schiff ohne Zweifel seine kostbaren Sondertriebwerke. Die statisch labile Konstruktion mußte brechen. Sie war nicht stark genug, um die Masse des angeflanschten Schiffskörpers bewältigen zu können.

Atlan hörte Fracer Whooley brüllen. Das Dröhnen der Traktorstrahler mäßigte sich. Die IMPERATOR kam frei, trieb zur Rotseite hin ab und verlor ihre so mühevoll errungene Einschleusungsposition.

Das Manöver mußte wiederholt werden. Die Techniker des Satelliten begannen zu schwitzen.

Beim dritten Anflug glich Heske Alurin die Abtrift des Schiffskörpers mit chemisch betriebenen Hilfsdüsen aus. Er arbeitete mit der Manuellschaltung. Welche Leistung damit verbunden war; welches Feingefühl und welcher kosmonautische Instinkt, konnte niemand besser beurteilen als Perry Rhodan, der zu Beginn seiner Laufbahn ähnliche Situationen gemeistert hatte.

Die Zusatztriebwerke der IMPERATOR verschwanden im Hangar. Der kritische Augenblick kam, als die untere Rundung des Superschlachtschiffes ebenfalls eingetaucht war und die weite Ausbuchtung des äquatorialen Ringwulstes die Schachtränder zu passieren hatte.

Hier halfen die Druckstrahler nach. Der schwingende Riesenkörper wurde eingefangen, stabilisiert und vom unteren Antigravfeld sanft abgesetzt. Zuletzt versank die Tarnspitze in der gähnenden Rundung.

Die Magnetverankerung griff an. Die Hydraulik-Halterungen schoben sich aus den Schachtwandungen hervor und stützten das Schiff zusätzlich ab. Seine Landebeine berührten den zweihundert Meter breiten Metallwulst in Höhe der unteren Polkuppel.

Als die IMPERATOR endlich auf ihren Landebeinen stand, war das Manöver beendet. Die beiden Zusatzstufen hingen in dem wesentlich enger werdenden Schacht und wurden mechanisch abgestützt.

Rhodan hatte kein Wort gesprochen. Dies war ein Abenteuer der Technik gewesen. Es war niemand in lebensbedrohende Situationen gekommen. Trotzdem hatten sich die Körper der Männer verkrampft. Sie hatten Zeit und Umgebung vergessen, um atemlos die Vorgänge zu verfolgen.

„Eine Klassebesatzung“, erklärte Rhodan lächelnd.

Gucky kam in den Beobachtungsraum dicht unter der Oberfläche.

Er war so aufgeregt, daß er ausnahmsweise einmal seine Füße benutzte. Er schien seine Teleportergabe vergessen zu haben.

„Alurin hat einen Planeten gefunden", kreischte der Kleine begeistert. „Ich habe geschnüffelt. Er hat eine kleine, dunkelrote Sonne auf der Westside des Betanebels entdeckt, eintausendneunhundertachtzig Lichtjahre von hier entfernt. Das ist ein ideal gelegenes Randsystem und überdies genau dem Schrotschußtransmitter zugewandt. Die Sonne hat nur zwei Planeten. Einer davon, der innere, ist eine Atomwüste ohne Leben. Nummer zwei ist eine unbewohnte Eiswelt, Sauerstoff vorhanden und etwa erdgroß. Weit und breit ist niemand geortet worden. Der Epsaler hat das System Alurin-System genannt, den inneren Planeten Destroy und den äußeren Arctis. Arctis ist für unsere Zwecke ideal. Na, was sagt ihr jetzt?"

„Ich habe dir verboten, deine telepathischen Gaben unerlaubt anzuwenden", herrschte ihn Rhodan an.

Gucky blieb stehen, entblößte den Nagezahn und meinte grinsend:

„Ich weiß, aber diesmal war ich einfach zu neugierig. Alurin hat Schwierigkeiten mit einer Kühlbank der ersten Stufe. Er muß in die Werft. Ich springe einmal hinüber. Bis gleich. Sieh mich nicht so an, alter Arkonidenhäuptling. Ihr entschuldigt mich doch?"

Die Luft flimmerte. Der Mausbiber verschwand mit einem dumpfen „Blopp", das durch die in das Vakuum eindringenden Luftmassen entstand.

Atlan und Rhodan sahen sich verblüfft an.

„Ein Giftspucker ist das", rief Melbar Kasom erregt. „Ich werde ihm sämtliche Karotten versalzen."

„Lassen Sie sich nur nicht mit dem Kleinen ein", warnte Atlan. „Er ist auch Telekinet. Denken Sie daran. Er hat schwerere Körper als den Ihren zum Fliegen gebracht."

Kasom betastete mit den Fingerspitzen seinen Magen. Sein Gesichtsausdruck wurde sofort nachdenklich.

„Appetit, lieber Freund?" erkundigte sich Icho Tolot anzüglich. Kasoms ungeheures Nahrungsmittelbedürfnis war bekannt. Das war auch der Grund dafür, daß Atlan keine Schiffsbesatzung aus Ertrusern aufgestellt hatte, obwohl sie noch wesentlich fähiger waren als die Epsaler. Ein mit diesen zweieinhalb Meter großen Menschen bemanntes Schiff hätte einen Nachschubfrachter mit Verpflegung mitführen müssen.

Kasom schritt davon, um in der Bordküche nachzusehen, ob sich irgendwo ein Ochsenviertelchen fand. Ein halbes Schwein hätte es auch getan – nur nicht tiefgefroren.

Melbar Kasom war ein kluger Mann und dazu noch ein Spezialist der USO. Er konnte sich ausrechnen, was die Ankunft der IMPERATOR zu bedeuten hatte. Es würde in aller Kürze zu einem Risikoeinsatz kommen. Kasom war daher der Auffassung, rechtzeitig etwas für seine Körperreserven tun zu müssen. Bei gefährlichen Unternehmen kam er erwiesenermaßen immer zu kurz.

Als er die vollautomatische Bordküche der CREST betrat, wurde der Koch-Programmierer blaß. Er saß vor seinem halbrunden Steuerpult, hatte die standesgemäße Mütze auf und achtete auf die Leuchtanzeigen der Automatherde.

„Hunger!" sagte Kasom nur. Und dann noch: „Dalli, dalli!"

Der Küchenchef drückte wortlos auf einen Knopf. Ein scheunentorgroßes Ofenluk glitt auf. Dahinter drehte sich ein echt terranischer Mastochse auf dem Spieß.

„Der war als Begrüßung für die Besatzung der IMPERATOR gedacht", sagte der Küchenchef resignierend. „Machen Sie es gnädig."

Kasom gönnte ihm einen verständnisvollen Blick, fuhr den Ochsen auf den Gleitschienen aus dem Grill, zog die Dienstwaffe und schnitt mit einem haarfeinen Desintegratorstrahl die hintere, linke Hälfte ab. Von der rechten hing auch noch etwas dran. Eigentlich fast alles!

Er steckte die Waffe ein, umfaßte das heiße Ochsenviertel mit einer aufgerafften Thermoschürze des Küchenpersonals und verschwand in gemächlichem Tempo.

„Barbar, widerlicher, gemeingefährlicher Barbar", flüsterte der Küchenchef außer sich. Die Fäuste gegen den Leib gepreßt, stand er vor dem verstümmelten Begrüßungsbraten und suchte nach Schimpfworten.

19.

Das Ausschleusungsmanöver der fünf Superschlachtschiffe war beendet. Sie hingen wie riesige Pfahlmasten mit aufgesetzten Kugelleuchten über der zerklüfteten Oberfläche des Satelliten und warteten auf die fahrtauslösenden Impulse der Chefingenieure. Inzwischen waren alle Mutanten auf die CREST II zurückgekehrt, und auch Grek-1 hielt sich wieder in seiner Spezialkabine auf.

Die sechs Frachter hatten ihre Warteposten verlassen. Sie standen einige Kilometer entfernt und zu einem Keilpulk geordnet im Raum. Auf Troja verstummte das Dröhnen der Maschinen, die man für die Ausschleusung hatte einschalten müssen.

Rhodan und Atlan befanden sich noch in der Stammzentrale des Planetoiden. Troja wirkte plötzlich verlassen. Die Menschenmassen waren mit den Schiffen verschwunden. Nur Major Fracer Whooley und seine zwanzig Spezialisten sollten auf dem Stützpunkt zurückbleiben, um die Maschinerie zu überwachen.

In einem kleinen Hangar stand ein Sechzigmeterboot vom Typ Korvette. Es handelte sich um Terras modernste Konstruktion, die wegen der besonderen Einsatzbedingungen noch eine Spezialausrüstung erhalten hatte.

Die Korvette gehörte zu den wenigen Raumschiffen ihrer Art, die über eine Transformkanone verfügten.

Rhodan gab die letzten Anweisungen.

„Auf diesen Programmierungsstreifen finden Sie die Position von Alurins System und alle kosmonautischen Daten. Wenn Troja entdeckt werden sollte und es zu einem Angriff oder zu einer Truppenlandung kommt, ziehen Sie sich sofort in die Korvette zurück. Starten Sie und lösen Sie anschließend die atomare Sprengladung aus. Wenn Sie Troja schon aufgeben müssen, dann darf nichts davon übrigbleiben. Ist das klar?“

„Vollkommen klar, Sir", bestätigte Major Whooley.

„Gut. Ich verbiete Ihnen, sich auf eine Verteidigung einzulassen. Das würde zu nichts führen. Sie können zehn bis fünfzehn Schiffe abwehren, niemals aber hundert. Setzen Sie sich gegebenenfalls rechtzeitig ab und sehen Sie zu, daß Sie beim Start keine Treffer erhalten. Das gilt für den Notfall. Wenn Sie nicht entdeckt werden, bleiben Sie mit Ihrer Stammbesatzung an Bord und warten in aller Ruhe ab, bis Sie von Schiffen der Flotte angeflogen werden."

„Verstanden, Sir."

„Schön. Ich danke Ihnen vielmals für Ihre Bereitschaft, in dieser Höhle aus Felsgestein, Stahl und Plastik ausharren zu wollen. Sie werden sehr einsam sein. Beobachten Sie Ihre Männer. Fälle von Weltraumkoller müssen sofort mit den bekannten Mitteln behandelt werden. Ich lasse Sie auf keinen Fall im Stich. Wenn die Lage im Betanebel so kritisch werden sollte, daß wir verschwinden müssen, werden Sie und Ihre Männer unter allen Umständen von einem Stufenraumer abgeholt. Halten Sie sich vor Augen, daß Sie mit Ihrer Korvette niemals die vierhunderttausend Lichtjahre bis zum Schrotschußtransmitter überwinden können. Das Schiff ist als Rettungsboot gedacht. Machen Sie es sich so gemütlich, wie es den Umständen entsprechend möglich ist, schränken Sie den Dienstbetrieb weitgehend ein und organisieren Sie sportliche Veranstaltungen, Vorführungen aller Art und Ausflüge an die Oberfläche. Sorgen Sie für Abwechslung. Sie wissen ja, wie das gemacht wird. Ihre Männer werden Ihre Gründe durchschauen, aber sie werden Ihnen trotzdem dankbar sein. Lassen Sie nur keine Lethargie aufkommen. Ich weiß, wie schwer es die einsamen Besatzungen vorgeschobener Stützpunkte haben. Nochmals alles Gute, Fracer. Passen Sie gut auf Troja auf, und zögern Sie nicht mit der Sprengung, wenn Sie keinen anderen Weg mehr sehen."

Rhodan und Atlan verabschiedeten sich. Sie bestiegen den Zentralachsenlift, betraten die Oberfläche und zwängten sich in die beiden wartenen Space-Jets. Der Lordadmiral hatte sich entschlossen, auf der IMPERATOR einzusteigen. Rhodan fragte über Sprechfunk an:

„Du hast doch wieder etwas vor, Arkonide! Seit wann fliegst du auf deinen eigenen Schiffen?"

„Du wirst rechtzeitig informiert", entgegnete Atlan trocken. „Verlaß dich darauf. Ich bilde mit der IMPERATOR die Nachhut."

„Das war so abgesprochen."

„Ich wollte es nochmals erwähnen."

„War das alles?" Rhodan spähte argwöhnisch zu der anderen Jet hinüber.

Atlan lachte.

„Das war alles, Terraner. Nein, doch nicht! Wenn uns jemand so schnell über den Kurs laufen sollte, daß wir nicht mehr rechtzeitig in den Zwischenraum gehen können, greife ich mit der IMPERATOR sofort an. Deine Raumer besitzen zwar ebenfalls Zusatztriebwerke, aber die haben nicht die schönen Rumpfverzierungen. Einverstanden?"

Rhodan zögerte. Er kannte den Wagemut und die unbestechliche Logik des ehemaligen Arkonidenadmirals. Atlan würde, ohne zu zögern, selbst einen weit überlegenen Verband angreifen und taktische Nachteile durch seine zehntausendjährige Erfahrung ausgleichen.

„Schön, einverstanden. Du würdest ja doch nicht auf mich hören."

Die beiden Jets starteten. Augenblicke später verschwanden sie in den Hangarschleusen der CREST II und des USO-Superschlachtschiffes IMPERATOR.

Major Fracer Whooley und seine zwanzig Spezialisten beobachteten die Vorgänge. Sie befanden sich in der Stammzentrale, die ungefähr im Zentrum des ausgehöhlten Himmelskörpers installiert worden war. Von hier aus konnte jeder Punkt der Oberfläche und der umliegende Raum fernseh- und ortungstechnisch überwacht werden.

Die Taster für hochenergetische Fremdschwingungen drohten jetzt durchzuschlagen. Die fünf Superschlachtschiffe flogen mit ihren Normaltriebwerken davon. Die Zusatzstufen enthielten nur Aggregate für den Überlichtflug.

Die Korpuskularwellen peitschten aus den energetischen Düsenmäulern der Ringwülste. Der Sprechfunkverkehr zwischen den einzelnen Schiffen war noch einige Zeit zu hören. Er wurde leiser und unverständlicher, je weiter sich die Einheiten entfernten.

Die CREST schloß zu den wartenden Transportern auf und bildete das Spitzenschiff. Zwei andere terranische Einheiten flankierten den Konvoi. Die ALARICH ordnete sich mit einer Überhöhung von fünfzigtausend Kilometern über dem Geleit ein. Die IMPERATOR bildete das Schlußschiff mit einem so großen Sicherheitsabstand, daß auch riskante Manöver möglich waren, ohne die Keilstaffel der Frachter zu gefährden.

Kurz darauf nahm der Geleitzug Fahrt auf. Whooley gewahrte nur noch das Aufflammen der vielen Triebwerke. Die elf Riesenraumer verschwanden von den Bildschirmen seiner optischen und infraroten Normalortung.

Schon fünf Minuten später drohten die Hypertaster zu bersten. Ein Orkan von übergeordneten Schwingungseinheiten breitete sich im Raum zwischen den Sternen aus. Es dauerte nur wenige Sekunden. Dann war auch diese verräterische Schockwelle abgeklungen.

Whooley trocknete sich die schweißnasse Stirn ab. Die zwanzig Männer der Stammbesatzung schwiegen noch eine Weile. Sie wußten, daß sie zu den einsamsten Mitgliedern der Menschheit geworden waren.

Das Solare Imperium verfügte über Tausende von Außenstationen, Geheimdepots und Nachrichtensatelliten. Sie befanden sich aber alle in der Milchstraße, und man konnte notfalls Hilfe herbeirufen.

Hier war das ausgeschlossen. Der nächste Stützpunkt der Menschheit war vierhunderttausend Lichtjahre entfernt, und trotzdem lag er noch weit jenseits der Menschheitsgalaxis.

Whooley ließ die atomaren Stromaggregate abschalten. Die turbinengetriebenen Hilfskraftwerke konnten kaum mit einer Energieortung erfaßt werden.

„Feierabend für heute“, sagte Whooley betont forsch. „Wir haben genug getan. Perry Rhodan wird Alurins System natürlich unangefochten erreichen. Da die Position genau bekannt ist, genügen zwei Lineardurchgänge, um den roten Stern anzufliegen. Der Geleitzug wird mit dem ersten Manöver vertikal aus dem Zwergnebel hervorstoßen, dadurch die dichten Sternballungen des Zentrums und der äußeren Konzentrationsgebiete überfliegen und von ‚oben‘ aus Kurs auf die Randsonne nehmen. Eine Ortung ist unter diesen Umständen kaum zu befürchten.“

Der medizinische Betreuer der Troja-Besatzung meinte dazu:

„Es fragt sich nur, wie der Gegner auf das Hyperfeuerwerk reagiert, das in unserer Nähe abgebrannt worden ist.“

„Schließlich mußte der Verband in die Librationszone gehen“, wandte Whooley mit durchsichtiger Fröhlichkeit ein. Einige Männer begannen zu grinsen. Andere zwinkerten sich zu.

„Alltagspsychologie", meinte ein Techniker. „Also, dann wollen wir einmal versuchen, uns ohne die Besatzungen von fünf Imperiumsschiffen wohlzufühlen. Ich für meinen Teil werde jetzt wenigstens zehn Stunden schlafen. Dieser Heske Alurin hat den Teufel im Leib. Ich habe noch nie mit einem solchen Tempo eine immerhin achtzig Tonnen schwere Kühlbank ausgewechselt und dazu gewissermaßen im Vorbeigehen einen verwüsteten Schaltraum neu eingerichtet."

Die Nervenanspannung lockerte sich. Bis auf die drei diensthabenden Ortungsfunker, deren Aufgabe es war, auftretende Fremdimpulse zu registrieren und mit Hilfe der Rechengehirne die Auswertung einzuleiten, verließen alle Männer die Stammzentrale.

Wenn Troja diesmal ungeschoren blieb, bestand große Aussicht auf eine relativ gefahrlose Reise zum Zielstern, den man mit dieser geringen Fahrt erst in vierzig Jahren erreichen konnte. Doch so lange, das wußten die Einsamen von Troja, würden sie sich hier mit Sicherheit nicht aufhalten müssen.

Whooley sollte sich getäuscht haben! Rhodan hatte drei Linearmanöver angeordnet. Der Zielanflug war dadurch genauer geworden. Die beim vertikalen Durchstoßen des Betanebels entstandenen Abweichungen hatten nach der erreichten Überhöhung zweifach korrigiert werden müssen.

Der Verband war exakt und genau nach Plan einen Lichtmonat vor dem Alurin-System in den Einsteinraum zurückgekehrt, und zwar *jenseits* des Betanebels. Das bedeutete, daß man sich der Sonne Alurin vom Leerraum her nähern konnte. Der taktische Vorteil lag auf der Hand.

Die sechs Frachterkommandanten hatten erneut einen Wartebefehl erhalten.

Heske Alurins Positionsberechnungen waren genau. Ein Kosmonaut von seiner Qualität beging keine Fehler. Er hatte sogar die umliegenden Systeme und etwa fünfzig charakteristische Doppelsterne und kleinere Konstellationen im Radius von fünfzig Lichtjahren katalogisieren lassen.

Perry Rhodan war beeindruckt.

Eine Stunde nach dem Sammel- und Orientierungsmanöver waren die vier Superschlachtschiffe CREST II, THORA II, NAPOLEON und IMPERATOR zum Erkundungsflug gestartet.

Die ALARICH unter Oberst Teren Masis, einem korpulenten, blonden Terraner, war als Geleitschutz zurückgeblieben. Der Verband bewegte sich mit fünf Prozent der einfachen Lichtgeschwindigkeit auf das Alurin-System zu.

Die vier Großkampfschiffe waren nach kurzfristiger Fahrterhöhung in den Linearraum gegangen. Die Zusatztriebwerke funktionierten einwandfrei. Allerdings mußte dabei in Kauf genommen werden, daß die Manövrierfähigkeit der Superriesen wegen der Bruchgefahr und der Flattererscheinungen etwas vermindert war.

Der Schlachtschiffverband war nahe der roten Sonne aus dem Linearraum gekommen. Rhodan legte Wert darauf, das System von innen her zu erkunden. Der erste Planet, Destroy genannt, interessierte ihn besonders.

Die vier Schiffe rasten dicht unterhalb der Lichtmauer auf die große Welt zu. Die äußere Gashülle der Sonne wurde in so geringer Entfernung passiert, daß sich in den Schutzschirmen ein energetischer Sturm entlud. Naturgewalten dieser Art konnte man beherrschen, vorausgesetzt, man wagte sich nicht zu nahe an einen Stern heran. Die auftretenden Gravitationskräfte wurden durch die Hochgeschwindigkeit ohnehin neutralisiert. Man brauchte kaum darauf zu achten. Gefährlich waren unverhoffte Energieausbrüche und die harten Strahlungen.

Die Schiffe kamen unbehelligt an der Sonne vorbei. Als sie aus dem Erfassungsbereich der frontalen Bildschirmgalerien auswanderte, wurde wieder die strahlende Kulisse des Betanebels erkennbar. Von hier aus betrachtet, wirkte sein Zentrum wie ein einziger Leuchtfleck von hoher Strahlungskraft. Die näheren Randsysteme zeichneten sich durch fluoreszierende Farbmuster aus.

Zehn Minuten nach dem Passieren der Alurinsonne in nur acht Millionen Kilometern Abstand erschien der innere Planet auf den Ortungsschirmen. Die relativistische Zeitverkürzung der Hochgeschwindigkeitsphase bewirkte einen bezugsgebundenen Handlungsablauf. Es hatte den Anschein, als wären seit dem Eintauchmanöver nur Sekunden vergangen.

Das Bremsmanöver wurde von den Automatiken eingeleitet. Als die Fahrt auf ein Drittel der einfachen Lichtgeschwindigkeit gemindert worden war, wurden die Dilatationserscheinungen so erträglich, daß man anhand zahlreicher Erfahrungswerte ungefähr bestimmen konnte, wie die Summe der effektiven Zeitverschiebungen war.

Der Planet war schon sehr nahe. Rhodan ließ die Fahrt auf drei Prozent LG drosseln, um Fernanalysen vornehmen zu können.

Die IMPERATOR schloß auf und stellte den Bildsprechkontakt zur CREST II her. Die beiden anderen Schiffe standen an den Flanken der Flaggschiffe und suchten den Raum mit ihren Tastern ab.

In der IMPERATOR leuchtete der Bildschirm der Hyperkomverbindung auf.

Rhodans Oberkörper erschien auf dem Bildschirm.

Atlan erhob grüßend die Hand. Heske Alurin stand hinter seinem Sitz, um von der Optik noch erfaßt werden zu können.

„Ist die Bildverbindung ausreichend?" erkundigte sich Perry.

„Sogar sehr gut. Kannst du Oberst Alurin erkennen?"

„Ja, bis zur Stirnhöhe. Können Sie sich etwas bücken oder nach vorn neigen?"

Der Epsaler krümmte die Knie. Diese anstrengende Stellung hielt er stundenlang durch, wenn er die Leistung seines Mikrogravitators etwas reduzierte. Das Gerät vermittelte dem Umweltangepaßten die heimische Schwerkraft von 2,1 Gravos.

„Gut so, Alurin. Vor uns liegt Destroy. Die Fernanalyse läuft in fünf Minuten ab. Ich möchte nochmals Ihren Rat hören. Welche Messungen haben Sie nach der Entdeckung dieses Systems vorgenommen?"

„Alle nur denkbaren, Sir. Die geographischen und geophysikalischen Daten sind Ihnen bekannt. Destroy durchmißt etwa 16 200 Kilometer, Schwerkraft 1,25 Gravos. Rotation 32,8 Stunden. Die Meere sind verdampft, die Gebirge wurden von atomaren Gewalten abgetragen. Diese Welt leuchtet Tag und Nacht in blaugrünem Schimmer. Die Radioaktivität ist teilweise noch sehr hoch. Die Fernanalyse ergab unter Berücksichtigung der Halbwertzeiten von entdeckten Strahlungsträgern, daß dieser Planet vor etwa 280 bis 300 Jahren zerstört worden ist. Die Mental- und Individualortung, auf die ich wegen eventuell auftretender Gehirnimpulse besonderen Wert gelegt habe, verlief negativ. Da unten lebt nichts mehr, Sir."

„In dieser Hinsicht bin ich skeptisch. Ich bezweifle nicht die Exaktheit Ihrer Arbeit, Oberst Alurin. Es gibt jedoch genügend Lebewesen, die keine meßbaren Individualschwingungen ausstrahlen. Immerhin sieht es danach aus, als wären die auf Destroy heimischen Lebensformen bei der Katastrophe getötet worden. Dort müssen enorme Temperaturen geherrscht haben. Schön, vielen Dank. Atlan, was schlägst du vor? Landen – oder nicht landen?"

„Darauf verzichten", antwortete der Arkonide sofort. „Wenn auf Destroy noch Leben existieren sollte, so ist es für uns ungefährlich. Wir kennen Parallelfälle. Höhlenwilde soll man in Ruhe lassen. Fliege den zweiten Planeten an, und sorge dafür, daß unsere Schiffe schleunigst im Eismantel verschwinden. Wir brauchen eine Sicht- und Ortungsdecke erster Güte. Ich habe das Gefühl, als könnten wir es uns auch in diesem abseits gelegenen System nicht erlauben, wochenlang spazierenzufliegen."

Rhodan akzeptierte den Vorschlag. Er hatte mit dem gleichen Gedanken gespielt.

Die vier Superschlachtschiffe nahmen wieder Fahrt auf. Rhodan verzichtete auf einen Lineardurchgang und flog den zweiten Planeten mit den Normaltriebwerken an. Durch die erneut auftretende Dilatation schien der Flug nur Minuten zu dauern.

Genau betrachtet, vergingen für die Männer der Großkampfschiffe auch nur wenige Minuten. Der Begriff „Zeit" war und blieb nur ein Begriff, der sich von Bezugspunkt zu Bezugspunkt ändern mußte. Der gültige Grundlagenwert war jedoch die Zeitkonstante bei Tempo Null.

Die CREST II und die IMPERATOR glitten auf das Ziel zu. NAPOLEON und THORA II sicherten nach wie vor die Flaggschiffe.

Nach vier Minuten Eigenzeit stand man so dicht vor dem zweiten Planeten Arctis, daß die Automatik mit Vollschub die Bremsbeschleunigung einleitete. Für die Besatzung der im Leerraum stehenden Frachter waren mittlerweile ungefähr fünf Stunden Standardzeit vergangen.

Perry Rhodan beugte sich angespannt nach vorn. Arctis war eine erdgroße Sauerstoffwelt, die geographisch und astrophysikalisch keine Geheimnisse bot.

Ihre auffälligste Eigenschaft war ihre weitgezogene Ellipsenbahn um die Sonne. Das hatte ausgefallene Temperaturbedingungen zur Folge.

Arctis benötigte für einen Umlauf vierzehn Jahre Standardzeit. Elf Jahre herrschten Durchschnittstemperaturen von minus 50 Grad Celsius. Die restlichen drei Jahre herrschte auf Arctis milder Winter mit Plus 10 Grad Celsius im Mittel.

Trotz dieser vorübergehenden Erwärmung lag Arctis unter einer ständigen Eisdecke mit einer durchschnittlichen Stärke von acht bis zehn Kilometern. Der Planet war unbewohnt. Wenn er jemals Gebirge besessen hatte, so waren sie alle unter dem Eispanzer verschwunden. Hier und da waren Bodenwellen und einige Steilgipfel auszumachen. Sonst waren nur sturmgepeitschte Eismassen von ungeheurer Ausdehnung zu entdecken.

Atlan meldete sich über Hyperkom.

„Du verschenkst kostbare Zeit. Alurin hat den Planeten tagelang untersucht. Genauer geht es nicht mehr. Seine Landungskommandos und Meßsonden haben alles aufgezeichnet, was es überhaupt zu entdecken gibt. Arctis ist für unsere Zwecke besser geeignet als ein schöner Planet. Der Eispanzer erlaubt den mühelosen Aushub von Großhangars und Lagern aller Art. Deine Bauingenieure wissen, wie man mit den Thermogeschützen Hohlräume ausschmilzt und die Dampfmassen absaugt. Worauf wartest du noch?“

Rhodan schwieg. Er sah aus schmalen Augen auf die großen Schirme, auf denen der weiße Panzer des Planeten glänzte.

„Sauerstoff ist genug vorhanden“, fuhr Atlan ungeduldig fort. „Wir brauchen ihn nicht künstlich zu erzeugen. Also . . .?“

„Der innere Planet gefällt mir nicht“, entgegnete Perry zögernd. „Wer hat ihn in eine Atomhölle verwandelt? Waren es seine Bewohner in einem selbstmörderischen Bruderkrieg – oder fremde Mächte? Ist er aus dem Raum beschossen worden, oder hat man die Bomben allein auf die Reise geschickt? Weißt du eine Antwort?“

Die Schiffe schwenkten in eine enge Bahnkurve ein. Arctis näherte sich dem sonnenfernsten Punkt seiner Umlaufbahn. Auf ihm herrschte tiefster Winter mit unangenehmen, aber noch erträglichen Temperaturen.

„Wenn dich diese Frage so quält, mußt du Destroy vorher durch Landungskommandos untersuchen lassen. Das dauert Tage. Eine gründliche Auswertung ist nur dann zu erhalten, wenn die Männer in jede Ruine hineinkriechen. Hast du soviel Zeit?"

„Nein."

Atlan seufzte.

„Ich kenne euch Terraner seit zehntausend Jahren, aber manchmal scheint mir, als wäret ihr mit jedem Jahrhundert rätselhafter geworden. Das Unternehmen Brückenkopf ist – strategisch gesehen! – ein Wahnsinnsunternehmen. Wir dringen in den Vorhof zum Andromedanebel ein, ohne entfernt zu ahnen, wie es dort aussieht. Historiker, die nach uns kommen, werden kopfschüttelnd die Berichte lesen und einige tausend Abhandlungen über diese Epoche schreiben. Im Grunde genommen fliegt kein vernünftiger Mann in eine fremde Galaxis hinein, um mit fünf Schlachtschiffen zu versuchen, den drohenden Angriff einer unbekannten Großmacht aufzuhalten. Das ist eine Invasion von Mücken, Perry! Sie bedingt naturgemäß zahlreiche Unbekannte. Eine davon ist Destroy. Beim alten Imperium – wir haben keine Zeit, uns eingehend um den Trümmerhaufen zu kümmern. Laß erst unsere Schiffe unter dem Eis verschwinden, dann sehen wir weiter."

„Richtig", sagte Icho Tolot, der hinter Perry Rhodan stand.

Rhodan überwand seine Bedenken. Drei Minuten später hagelte es Befehle.

Oberst Heske Alurin, der zusammen mit Atlan abhörte, schaute sich schmunzelnd um.

„Jetzt wird er aber munter, Sir."

„Er ist ein einmaliges Genie", sagte der Lordadmiral und lächelte entspannt. „Die Menschheit hat ihm viel zu verdanken. Er benötigt nur hier und da einen Rippenstoß."

„Dazu sind Sie ja berufen, Sir."

„Ich hoffe es, Heske. Ich will mich immer bemühen, ein aufrichtiger Freund zu sein. Was macht er jetzt?"

Eine Space-Jet raste aus der CREST II.

„Kurier für die Transporter, Sir", meldete der Ortungschef der IMPERATOR, Major Fend Echelor.

Atlan nickte zufrieden.

Die CREST tauchte in die Atmosphäre des Eisplaneten ein. Auf den Bildschirmen waren die aufglühenden Luftmassen entlang der Flugbahn deutlich zu sehen.

Die geographische Vermessung war bereits von Heske Alurin vorgenommen worden. Er hatte vorgeschlagen, den Stützpunkt auf dem Längengrad Null und genau auf der Äquatorlinie einzurichten.

Dort war das Eis immer noch acht Kilometer stark, die atmosphärische Turbulenz aber schwächer als weiter nördlich oder südlich.

Die CREST flog diesen Punkt an und blieb fünf Kilometer über dem Eis im Schutz ihrer Antigravitationsfelder in der Luft stehen.

Roboterkommandos regneten aus den Luken ab. Es waren Spezialmaschinen mit vielfältiger Geräteausrüstung.

Nur eine halbe Stunde später begannen die unterhalb des Ringwulstes eingebauten Schiffsgeschütze zu donnern. Energiefluten, hell und heiß wie eine Sonnenatmosphäre, peitschten in das Eis. Es begann sofort zu verdampfen. Riesige Schwaden stiegen auf. Sie wurden von Druckstrahlern erfaßt und nach Süden abgeschoben. Dort schwebte der Dampf in der Form von Schnee- und Eiskristallen nieder. Es war die unauffälligste Aushub-Ablagerung, die man sich denken konnte. Auf Arctis schneite es oft.

„Jetzt verliert er aber wirklich keine Zeit mehr", lachte Atlan. „Was gibt es, Echelor?"

Der Funkchef erschien erneut auf dem Schirm der Bordverbindung.

„THORA II und NAPOLEON haben den Befehl erhalten, ebenfalls mit dem Ausschmelzen eines Schachthangars zu beginnen."

„Für uns keine Nachrichten?"

„Nein, Sir."

„Stellen Sie eine Verbindung zum Flaggschiff her."

Rhodan meldete sich. Er trug jetzt einen Raumanzug.

„Ich möchte dich bitten, Atlan, die Absicherung zu übernehmen. Wir schmelzen für dich einen Hangar aus. Wir können ohnehin nur die Grobarbeit leisten. Anschließend müssen die Schächte von Spezialisten ausgebaut werden, damit wir eine Stützauflage für die Landebeine bekommen. Die Zusatztriebwerke sollen möglichst an den Rümpfen bleiben. Das erfordert einen weiteren Schmelzvortrieb um achthundert Meter mit einer lichten Weite von fünfhundert Meter. Die Transporter kommen bald an. Ich halte die IMPERATOR wegen ihrer Tarnung für das richtige Sicherungsschiff. Einverstanden?"

Atlan brauchte nicht zu überlegen. Er hatte ähnliche Gedanken erwogen.

„Natürlich. Ich gehe mit Vertikalüberhöhung auf Wachposition. Schicke mir die Woolver-Zwillinge."

Rhodan winkte. Der Funkkontakt blieb bestehen, um den beiden Wellenspringern ein Einfädelungs-Medium zur Verfügung zu stellen.

Sie materialisierten kurz hintereinander aus dem Empfänger. Die Luft flimmerte. Aus den Feldern traten die beiden Mutanten von Imart heraus.

„Ich halte es für ratsam, Sie von nun an auf der IMPERATOR zu stationieren", sagte Atlan. „Ihre Quartiere kennen Sie. Haben Sie besondere Wünsche?"

„Unsere Spezialausrüstung müßte überprüft werden", erwiderte Tronar Woolver.

„In Ordnung. Veranlassen Sie es. Brauchen Sie noch etwas aus den Beständen der CREST?"

„Nein, wir haben hier alles vorrätig."

Atlan entließ die Mutanten und wartete auf das Erscheinen der Transporter. Sie kamen zehn Minuten später aus dem Linearraum und tauchten nur zehn Millionen Kilometer von Arctis entfernt in das Normaluniversum ein. Die Kurier-Jet war auch dabei.

Die Schiffe rasten auf den Eisplaneten zu. Als Atlan die Peilechos und die mitlaufenden Meßwalzen der Annäherungsermittlung ablas, wurde er unruhig.

„Allerhand Fahrt drauf, Sir!" meinte Oberstleutnant Trimar Noser. „Ist das notwendig? Sie müssen mit einem Gewaltmanöver bremsen, oder sie schießen an Arctis vorbei."

„Ja!" entgegnete Atlan einsilbig. Er wartete auf einen Funkspruch. Es kam keiner.

Der Arkonide ging zur Ortung hinüber und sah sich die Feinmessungen an. Die sechs Frachter beschleunigten immer noch.

„Stützmasseneinspritzung", meldete ein Orter. Es wurde plötzlich still in der großen Funk- und Ortungszentrale der IMPERATOR.

Atlan fühlte die Blicke der Männer wie Nadelstiche. Heske Alurin kam ebenfalls in den Saal.

Atlan verriet nicht, was er von der eigentümlichen Beschleunigungsphase dachte. Als die Frachter zweieinhalb Sekunden später mit gleichen Höchstwerten zu bremsen begannen und die ALARICH weit hinter ihnen ebenfalls aus der Linearzone auftauchte, nickte er. Das Geleitschiff beschleunigte bis zu dem rechnerisch ermittelten Punkt, wo man mit dem Gegenschub beginnen mußte, um mit Nullfahrt über Arctis anzukommen.

„Oberst Alurin . . .!"

Der Epsaler wartete.

„Klarschiff zum Gefecht, Lecksicherungskommandos auf Stationen. Wenn unser Nachschubverband nicht mehrere fremde Einheiten geortet hat, will ich künftig als Bordküchenmeister arbeiten. Klar zum Linearmanöver, Major Echelor, stellen Sie eine Hyperkomverbindung zum terranischen Flaggschiff her. Unsere Transporter befinden sich auf der Flucht. Es wird ernst."

Auf der IMPERATOR gellten wieder einmal die Alarmpfeifen. Sie waren nach arkonidischem Muster konstruiert worden und erzeugten einen Lärm, den selbst ein Halbtauber nicht überhören konnte.

Zweitausend Männer rannten auf ihre Stationen.

Die riesige IMPERATOR ruckte an. Sie nahm Kurs auf die Frachter, um die Funkdistanz zu verkürzen.

Über Arctis wurden die Bauarbeiten sofort eingestellt. Rhodan meldete sich. Er war die Ruhe selbst.

„Wie ich bemerke, hast du die Situation erkannt. Meine Einheiten sind klar zum Alarmstart. Was hast du vor?"

„Hören, was die Frachterkommandanten zu berichten haben. Falls Twonoserverbände erkannt worden sind, lasse ich mich sehen. Ich werde wahrscheinlich etwas schauspielern, etwas schießen und nach den ersten Treffern in meinen Schutzschirmen die Flucht ergreifen. Mein Rat: Bleibe mit allen Schiffen im Ortungsschutz des Planeten und warte ab, wie die Blaurüssel auf das Erscheinen der IMPERATOR reagieren. Wenn sie die Verfolgung aufnehmen und somit verschwinden, solltest du weiterarbeiten. Ich durchquere notfalls den Betanebel und lasse mich auf der Eastside sehen. Ich nehme Kontakt mit den flüchtenden Frachtern auf, Ende."

Rhodan sagte noch etwas, was Atlan nicht mehr verstand. Der Arkonide hatte den Funkkontakt abgebrochen und ließ sich mit Major Fromer Hatski, Kommandant der ANBE-3, verbinden.

„Atlan spricht. Warum fliehen Sie?"

Hatski war ein großer, korpulenter Mann mit eiserner Ruhe. Er wunderte sich nicht über die präzise Frage.

„Ortung Eischiffverband im Leerraum, Westside. Die Distanz zu unserer Warteposition betrug nur elf Lichtjahre. Wir sind beim Linearmanöver todsicher ausgemacht worden. Verband besteht aus etwa dreißig bis vierzig Schiffen. Typenangaben unmöglich. Fragen Sie Kommandant ALARICH. Er hat unser Manöver abgewartet und weiterhin beobachtet."

„Danke, verstanden. Perry Rhodan ist informiert. Weitere Befehle erhalten Sie von ihm."

Weit hinten schoß die ALARICH heran. Oberst Teren Masis meldete sich.

Er begann unaufgefordert zu sprechen.

„ALARICH an IMPERATOR. Twonoserverband steht jetzt auf unserer ehemaligen Warteposition. Die Frachter sind beim Durchgang eingepeilt worden. Wir haben festgestellt, daß die Blaurüssel sofort in die Librationszone gingen, nachdem ihr Verbandschef wußte, woher die Hyperechos gekommen waren. Ich bin gestartet, als die drei ersten Schiffe auftauchten. Man kann mich nicht mehr optisch, sondern nur noch ortungstechnisch erfaßt haben. Vorsicht, IMPERATOR! Sie haben es mit wenigstens vierzig großen Eischiffen zu tun."

Atlan bedankte sich und schaltete ab. Die IMPERATOR näherte sich bereits der Lichtmauer.

Atlan ging in die Hauptzentrale zurück und ließ sich von Melbar Kasom in den Raumanzug helfen.

„Alle Stationen haben ihre Klarmeldung abgegeben", meldete der Ertruser. „Darf ich fragen, ob Sie diesmal ernsthafte Absichten haben?"

„Falls Sie darunter einen Risikoeinsatz verstehen, haben Sie recht. Wir müssen die Blaurüssel unter allen Umständen vom Alurin-System ablenken, Kommandant – lassen Sie eine der beiden getarnten Korvetten zum Ausschleusen klarmachen. Keine Besatzung! Das Schiff wird automatgesteuert."

Alurin begriff immer sehr schnell, aber diesmal wußte er mit dem Befehl nichts anzufangen. Er blickte verblüfft auf. Nebenan liefen die Rechenmaschinen. Die ehemalige Warteposition der Frachter wurde ermittelt und in die Linearflugpositronik gegeben.

„Eine – eine getarnte Korvette, Sir?"

Atlan schloß die letzten Magnethalterungen seines Raumanzuges und drückte auf den Knopf der Checkautomatik. Das Gerät zeigte Grünlicht. Die Mikroanlagen des Rückentornisters waren in Ordnung.

„Sie haben richtig verstanden. Sie haben doch zwei Sechzigmeterboote mit einer Zusatztarnung ausrüsten lassen, oder?"

„Sicher, Sir. Wir brauchten sie für Erkundungsflüge."

„Sie werden eine Korvette verlieren. Lassen sie das zentrale Bordgehirn auf Robotsteuerung umschalten. Die Programmierung werde ich selbst vornehmen. Wie weit ist das Rechenzentrum?"

Die Daten waren ermittelt worden. Nach der Programmierung der Korvette verschwand die IMPERATOR im Linearraum. Einen Lichtmonat entfernt kehrte sie in das Einsteinuniversum zurück.

Die Twonoser waren da! Die plumpen, eiförmigen Rümpfe ihrer Schiffe erschienen als Elektronenbilder auf den Tasterschirmen.

Die Männer der IMPERATOR leiteten ein geschicktes Täuschungsmanöver ein.

Für jeden Beobachter mußte es so aussehen, als verfolge die IMPERATOR ein wesentlich kleineres Schiff, das dicht vor ihr aus dem Linearraum gekommen war. Die Präzisionsarbeit der USO-Besatzung war nicht mehr zu überbieten. Die mit Tarnaufsätzen phantastischer Art ausgerüstete Korvette war eine Zehntelsekunde nach dem Eintauchmanöver ausgeschleust worden. Sie beschleunigte sofort mit Höchstwerten. Die unauffällig abbremsende IMPERATOR blieb zurück. Innerhalb von Sekunden hatte sich der Abstand auf dreihunderttausend Kilometer vergrößert. Kein Fremder konnte wissen, daß die KI-10 ein Robotschiff war, das man außerdem noch fernsteuertechnisch beeinflußt hatte.

Als die gewünschte Distanz erreicht war, begann das Superschlachtschiff ebenfalls zu beschleunigen. Wenig später rasten die beiden Schiffe mit gleicher Fahrt durch den Raum.

Die Positionsdaten, die eine Wahrscheinlichkeitsrechnung über die Flugbewegungen des Twonoserverbandes während der letzten Stunde enthielten, hatte sich als ausreichend genau erwiesen.

Das fremde Geschwader stand nur acht Millionen Kilometer entfernt. Für eine Gefechtsübung war die Distanz zu groß; aber für die überlichtschnellen Ortungsgeräte bedeutete sie kein Problem.

Atlan wußte, daß die IMPERATOR und die Korvette auf den Echo- und Tasterschirmen der Twonoser einwandfrei auszumachen waren. Die Elektronenbilder mußten ebenfalls aufschlußreich sein.

Da drüben liefen jetzt die Rechenmaschinen.

Atlan saß im Admiralsessel des USO-Raumers. Heske Alurin beobachtete die vielen Fremdschiffe mit Argusaugen. Das Vorhaben konnte nur dann gelingen, wenn der feindliche Verbandschef schwerfällig genug war, nicht innerhalb von dreißig Sekunden in den Linearflug zu gehen, um mit Überlichtgeschwindigkeit zur IMPERATOR aufzuschließen.

Die Impulstriebwerke des Schiffes dröhnten. Weit vorn schossen Flammenzungen aus der aufreißenden Hülle der Korvette hervor. Es handelte sich um wohldosierte Sprengladungen, die man an unwichtigen Punkten des Rumpfes eingebaut hatte. Die Druckwellen der einseitig abgeschirmten Sprengsätze schlugen nur nach außen. Das konnten Fremde aber nicht erkennen! Es sah aus, als fänden in dem kleinen Schiff verheerende Detonationen statt, die eine Folgeerscheinung früherer Treffer sein konnten.

Damit war eine wichtige Forderung der Logikberechnung erfüllt worden! Der Kommandant des kleinen Raumschiffes hätte bei einer Verfolgungsjagd längst wieder in den Linearraum gehen müssen, um sich dem Feuerorkan der schweren Geschütze zu entziehen.

Die Detonationen erweckten den Anschein, als wäre das Boot nicht mehr überlichtflugtauglich.

Auf Grund dieser wichtigen Voraussetzungen mußte ein intelligenter Beobachter zu dem Schluß kommen, daß der verfolgte Raumflugkörper nicht mehr voll manövrierfähig und somit den Salven des Schiffsgiganten fast schutzlos ausgesetzt war.

Die Abwehrschirme der KI-10 funktionierten ebenfalls nicht mehr. Man hatte sie nicht aufbauen können, um eine vielleicht notwendig werdende Fernsteuerung nicht unmöglich zu machen. Auch dieser

Versager konnte auf die vorgetäuschte Trefferwirkung zurückgeführt werden.

Atlan wartete eine Minute. Diese Zeit mußte ausreichen, um den fremden Verbandschef feststellen zu lassen, was er feststellen sollte.

Der Feuerleitoffizier der IMPERATOR hatte eine Sammelschaltung vorbereitet. Es sollten nur die Impulsgeschütze eingesetzt werden. Die stärksten Waffen, die Transformkanonen, durften noch nicht vorgeführt werden. Der Erste Feuerleitoffizier war ein grauhaariger Mann, der noch aus der hart gedrillten Garde des plophosischen Obmanns Iratio Hondro hervorgegangen war. Sein Name war Unis Heyt, Major der USO-Raumstreitkräfte.

„Frage Feuererlaubnis", klang seine Stimme aus den Lautsprechern der Bordverständigung.

Atlan sah auf die Uhr. Die Minute war vorüber. Die Blaurüssel, denn um solche konnte es sich nur handeln, standen immer noch auf ihrer alten Position.

„Ziemlich schwerfällig die Herrschaften, wie?" warf Heske Alurin spöttisch lächelnd ein. „Ich wäre längst angekommen."

„Sie sind ja auch ein USO-Kommandant. Feuerleitzentrale – keine Feuererlaubnis. Warten Sie noch eine weitere Minute."

Die Zeit verstrich. Die Sekunden schienen sich ins Endlose auszudehnen. Als die Minute abgelaufen war, stellte die Fernortung Manöverbewegungen unter den vielen Einheiten des Gegners fest.

„Jetzt werden sie munter", bemerkte Alurin. „Es wird Zeit, Sir."

‚Major Heyt – Feuererlaubnis", gab Atlan durch.

Die Impulsgeschütze brüllten auf und sandten dem fliehenden Kleinraumer ungeheure Energieströme nach. Kurz zuvor war die Beschleunigungsperiode der Korvette beendet worden. Sie verlor erheblich an Fahrt, da ein „offensichtlicher Versager" in der Strahlumlenkung zu einem unerwünschten Bremsmanöver geführt hatte.

Auch das war nötig gewesen, um den nur lichtschnellen Energiebahnen der Impulsgeschütze eine Möglichkeit zu bieten, das Schiff einzuholen.

Augenblicke später wurde die Korvette von einem Streifschuß getroffen.

Unis Heyt, ein ehrgeiziger Mann, biß die Zähne zusammen und bemühte sich, die grinsenden Gesichter seiner Untergebenen zu übersehen. Heyt hatte den Befehl erhalten, wenigstens dreimal das Ziel zu verfehlen, um die tatsächliche Leistungsfähigkeit der Zielpositronik zu verschleiern. Das ging gegen seine Ehre.

Er drückte erneut auf die Knöpfe. Wieder wurde das Riesenschiff von den Abschüssen der vollen Breitseite erschüttert.

Ein zweiter Streifschuß bewies Heyts Männern, daß der Grauhaarige so genau schoß wie niemals zuvor. Er legte all seinen Ehrgeiz hinein, die Korvette dreimal anzutippen.

Die dritte Salve lag deckend. Wieder kam es zu einem Streifschuß, der die KI-10 in ein weißglühendes Wrack verwandelte. Das heftige Abwehrfeuer aus den Geschützen des Bootes wurde von der IMPERATOR ignoriert. Die einschlagenden Waffenstrahlen wurden von den Schutzschirmen fast mühelos absorbiert oder reflektiert.

Atlans Stimme wurde hörbar.

„Sehr gut, Heyt. Zeigen Sie jetzt, wie man im Relativitätsbereich schießt. Es würde auffallen, wenn wir nochmals das Ziel verfehlen würden. Nach drei Salven muß sich auch ein mittelmäßiger Schütze eingeschossen haben. Los, lassen Sie die Korvette verschwinden."

Heyt drückte diesmal besonders heftig auf seine Waffenknöpfe. Die IMPERATOR schüttelte sich.

Unis Heyt stemmte die Ellenbogen auf die Installationsplatte seiner Tastatur und sah auf die Bildschirme der Zielerfassung.

Die Strahlschüsse waren im materiearmen Weltraum nur schwach zu sehen. Als sie aber in den Rumpf der Korvette einschlugen und dort ein atomares Inferno entfachten, wußte jedermann, wie gut der Plophoser schießen konnte.

Die KI-10 wurde zu einer leuchtenden Gaskugel. Es war höchste Zeit gewesen. Die Hyperorter dröhnten. Schiff auf Schiff tauchte aus dem Linearraum auf.

Was dann folgte, konnte beinahe als kabarettreif bezeichnet werden. Die IMPERATOR ging sofort in den Linearraum und legte eine kurze Distanz von fünf Lichtjahren, in entgegengesetzter Richtung zum Alurin-System, zurück, um die Twonoser von diesem System wegzulocken. Dabei ging sie jedoch so vor, daß die Twonoserschiffe sie nicht verlieren konnten. Dennoch dauerte es einige Zeit, bis die Blaurüssel in unmittelbarer Umgebung des USO-Schiffs auftauchten. Atlan ließ diesen Vorgang noch dreimal wiederholen, ehe er, zwanzig

Lichtjahre vom Alurin-System entfernt, das Manöver abbrechen ließ. Fünf Minuten nach dem letzten Linearraumaustritt waren die Twonoser prompt wieder da. Sie erschienen vor, hinter und über dem USO-Superschlachtschiff. Nur im unteren Vertikalsektor schien es zu einem Mißverständnis gekommen zu sein. Dort wurden nur zwei Eischiffe erkennbar.

„Nicht übel", meinte Heske Alurin. „Sie können etwas, nur schalten sie zu langsam. Möchten Sie sehen, Sir, *wie* gut ihre Waffen sind?"

„Das ist der zweite Grund, weshalb ich hier bin", entgegnete Atlan. „Unser Plan hat einen Haken. Wenn die Rüsselwesen bemerkt und errechnet haben, daß wir im Alurin-System gestartet sind, könnte es dort zu einer peinlichen Überprüfung kommen."

„Das von uns verfolgte Schiff war eben in der Nähe der roten Sonne. Wir haben es gejagt und sind deshalb nahe dem Kleinsystem in den Linearraum gegangen."

„Verniedlichen Sie nicht die Gefahr, Heske. Die Verfolgungsjagd ist lediglich eine Begründung für unser plötzliches Auftauchen in diesem Sektor. Man könnte sich fragen, was wir dort gesucht haben."

„Wir haben das kleine Schiff gehetzt. Es vollführte einen Zickzackkurs durch den Raum ohne besonderen Plan. Wenn man den Tod im Nacken hat, rechnet man nicht lange."

„Ich hoffe, daß man da drüben zu dieser Auffassung gelangt. Dennoch wird es notwendig sein, zusätzliche Maßnahmen zu treffen. Oh – die Twonoser schließen schnell auf. Ihre Berechnungen sind genau. Sie sind vor uns aus dem Linearraum gekommen und halten nun Überschneidungskurse ein. Ob wir wohl in den Pulk hineinfliegen?"

Alurins Gesicht spiegelte keine Regung wider.

„Normalerweise haben wir keine Zusatztriebwerke am Rumpf hängen, Sir. Wir *werden* hineinfliegen!"

Atlan warf dem Kommandanten einen ironischen Blick zu und schloß seinen Raumhelm. Es wurde ernst.

„Das wollte ich damit andeuten, Heske. Ausweichmanöver nach vertikal Rot. Ausführung."

Die IMPERATOR leitete die Kursänderung mit halber Schubleistung ein. Die Zusatztriebwerke kippten hoch. Die Entfernung zu den Eischiffen verringerte sich zusehends. Es dauerte dreizehn Sekunden, bis sie auf das Manöver zu reagieren begannen.

„Langsam, sehr langsam", stellte der Epsaler mit einem grimmigen Auflachen fest. „Schlafen die, oder können die nicht anders? Liegt es an ihrer Datenerfassung, oder brauchen sie gewisse Anlaufzeiten für die Maschinen? Taugen ihre Andruckabsorber nichts? Nein – die sind in Ordnung. Sie machen mit unverminderter Fahrt unser Ausweichmanöver mit. Ich schätze, ihre positronische Schaltkette ist zu umständlich aufgebaut. Man wird nicht in jedem Fall eine Sofortschaltung von Automat zu Automat haben, sondern nach dem überholten Programmierungsverfahren arbeiten. Das kostet Zeit. Positronisch sind wir ihnen weit überlegen, das steht jetzt schon fest."

„Ich will noch mehr herausfinden, Heske. Achtung, Feuerleitzentrale: Feuerbereitschaft für alle Waffensysteme. Setzen Sie die Waffen aber so ein, daß die Twonoser lediglich manövrierunfähig geschossen werden. Mir liegt nicht daran, ein Blutbad anzurichten. Dieser Kampf soll die Stärke der Twonoserschiffe testen und uns Informationen über die Wirkungsweise unserer Waffen auf ihre Defensivsysteme liefern. Feuereröffnung nur auf Befehl. Ortung: Feststellen, wie die Schutzschirme der Twonoser auf die verschiedenen Waffen reagieren."

Die IMPERATOR blieb bei ihrer Kursänderung. Die Zusatztriebwerke wurden von speziell installierten Andruckabsorbern abgesichert. Sie waren trotzdem gefährdet.

Alurin dachte daran, daß er sich normalerweise durch nichts hätte bewegen lassen, mit einem derart schwerfällig gewordenen Schiff ins Gefecht zu gehen. Seine Bedenken wurden jedoch geringer und verschwanden schließlich ganz, als er sah, daß die Eischiffe noch schlechter manövrierten, obwohl sie keine Anhängsel besaßen.

Das Superschlachtschiff der USO raste auf den Pulk zu. Bei Hochgeschwindigkeiten über dreißig Prozent der einfachen LG war an enge Ausweichkurven nicht mehr zu denken. Es dauerte lange, bis die Schiffe auf einem anderen Kurs lagen.

In solchen Fällen war eine Feuereröffnung nur dann sinnvoll, wenn man über eine hervorragende Positronik verfügte, mit der man voraussichtliche Kursänderungen des Gegners vorausberechnen konnte.

Die IMPERATOR hatte eine solche Ausrüstung. Sie war das Plus von jedem terranischen Kampfschiff.

Die Zielautomatik der IMPERATOR arbeitete prinzipiell mit hyperfrequenten Echotastern. Die angeschlossenen Rechengehirne werteten die einfallenden Echos in einer Hunderttausendstelsekunde aus und erteilten selbständig den Feuerimpuls an die Geschütze.

Es war nicht mehr möglich, die Schußunterlagen vorher bekanntzugeben, um einen Menschen auf die Knöpfe drücken zu lassen. Wenn der Impuls nur um eine Hunderttausendstelsekunde zu spät gegeben wurde, kam es zu Fehlschüssen mit Fehlwerten bis zu achtzigtausend Kilometer.

Major Unis Heyt wurde von der Vollautomatik übertrumpft. Bei Verfolgungsgefechten konnte er noch selbst handeln. Bei laufenden Gefechten Breitseite an Breitseite, oder gar bei mit hoher Fahrt geführten Passiergefechten war kein Intelligenzwesen der Galaxis in der Lage, schnell genug zu reagieren.

Die IMPERATOR nahm den Kampf an. Lordadmiral Atlan wollte unbedingt wissen, *wie gut* die Waffen des Gegners waren und *wie genau* er schoß. Das USO-Schiff war noch halb lichtschnell. Es legte pro Sekunde hundertfünfzigtausend Kilometer zurück.

Diese Fahrtstufe hätte von jeder terranischen Zeitpositronik mühelos berechnet und in die Schußunterlagen einbezogen werden können. Wirkungstreffer hätten unter keinen Umständen ausbleiben können.

Nun warf sich die Frage auf, ob die Twonoser ebenfalls über so hochwertige Zielgeräte verfügten. Sie waren der wichtigste Bestandteil einer Offensivbewaffnung. Die besten und stärksten Kanonen nützten nichts, wenn man den Gegner ständig verfehlte.

Der Erfolg des Unternehmens Brückenkopf hing unter Umständen davon ab, wie genau die Wachflotte von Andro-Beta schoß.

Atlan war entschlossen, bei dieser ersten Gefechtsberührung alle wichtigen Daten zu ermitteln. Man mußte wissen, was die andere Seite zu bieten hatte.

Sie hatte nicht viel zu bieten – wenigstens nicht nach terranischen Maßstäben. Maahks wären viel gefährlicher gewesen. Die Twonoser schienen jedoch nicht mit der Technik der Wasserstoffatmer vertraut zu sein.

Die IMPERATOR hatte kurz vor Erreichen der äußeren Gefechtsdistanz – sie lag bei drei Millionen Kilometer – ihre Fahrt auf fünfundvierzig Prozent der Lichtgeschwindigkeit reduziert.

Atlan riskierte viel; aber er riskierte nicht alles.

Der feindliche Verband bestand aus vierundvierzig Schiffen. Die Hälfte davon setzte sich aus den größten Einheiten zusammen, die man bisher gesehen hatte.

Die eiförmigen Zellen waren fünfhundert Meter lang, am halbkugeligen Bug hundertfünfzig Meter und am stark verjüngten Heck vierzig Meter durchmessend.

Man benutzte zum Vortrieb eine gewaltige Heckdüse von fast gleichem Felddurchmesser und kranzförmig angeordnete Steuerdüsen von wesentlich kleineren Dimensionen.

Dieses Prinzip war auf Terra- und USO-Schiffen längst überholt. Alle Manöver wurden grundsätzlich mit den großen Haupttriebwerken ausgeführt. Die Strahlumlenkung konnte einwandfrei beherrscht werden.

Die Twonoser verwendeten das alte Verfahren des unveränderlichen Vortriebschubs mit zusätzlich angeordneten Steuerelementen. Dadurch erklärte sich die schwache Manövrierfähigkeit von selbst.

Die Zielautomatiken schienen bei der Fahrt der IMPERATOR an der äußersten Grenze ihrer Leistungsfähigkeit angekommen zu sein. Der USO-Raumer stand im Kreuzfeuer von vierundvierzig schweren bis schwersten Einheiten. Heske Alurin hatte sich nach der ersten günstig lautenden Auswertung dazu entschlossen, seine Ausweichmanöver noch langsamer vorzunehmen, als es die Zusatztriebwerke ohnehin erzwangen.

Trotzdem gingen neunzig Prozent der angemessenen Schüsse mit Abständen von zwanzig bis dreihundert Kilometer vorbei.

Acht Prozent der Waffenstrahlen verfehlten die IMPERATOR um fünf bis zwanzig Kilometer.

Eins Komma acht Prozent besaßen Fehlweiten von einem bis zu fünf Kilometer, und nur die restlichen Null Komma zwei Prozent kamen in bedrohliche Nähe oder schlugen in die Schutzschirme ein.

Das bedeutete in taktischer und strategischer Auslegung genau so viel, als hätten nicht vierundvierzig Schiffe angegriffen, sondern nur ein Raumer, der mit einer Kanone hier und da einen Volltreffer anbrachte.

Die hohe Anzahl der gegnerischen Einheiten wurde durch den

Gefechtsverlauf praktisch aufgehoben. Es spielte keine Rolle, ob vierzig Schiffe vorbeischossen oder zehntausend. Entscheidend waren die Wirkungstreffer, und die waren dürftig.

Die gigantischen Fusionskraftwerke der IMPERATOR versorgten die Schutzschirme mit einer Gefechtsleistung von zehn Millionen Megawatt.

Die Leistung konnte durch die Zusatzschaltung der Reservekraftwerke kurzfristig um zwanzig Prozent erhöht werden.

Für die gewaltig aussehenden, energetisch aber schwachen Thermostrahlen der Twonoser erwiesen sich die Schutzschirme des Superschlachtschiffes als kaum zu überwindendes Hindernis. Es hätte nur dann beseitigt werden können, wenn es den Rüsselwesen möglich gewesen wäre, die Geschütze von etwa zehn Schiffen zu einem Punktfeuer zu koordinieren. Das war nicht möglich; wenigstens nicht in der Hochgeschwindigkeitsphase.

Obwohl nur hier und da ein Waffenstrahl einschlug, dröhnte die IMPERATOR wie ein von Riesen angeschlagener Gong. Es war auch terranischen Schiffskonstrukteuren nicht gelungen, die nach Hunderttausenden zählenden Verbände, Streben und Deckseinbauten gegen die Panzerzelle so abzuschirmen, daß Auftreff- und Eigenschwingungen absorbiert wurden.

Man hatte sich daran gewöhnt. Erfahrene Besatzungen dachten sich nichts mehr dabei. Neulinge drohten wahnsinnig zu werden, bis sie den Psychoschock überwunden hatten.

Die Gefechtsordnung schrieb das Tragen von Raumanzügen mit schallisolierten Helmen und dicken Ohrmuscheln nicht grundlos vor. Eine Verständigung war nur noch über Helmradio möglich. Die stärksten Erschütterungen wurden von den eigenen Geschützen hervorgerufen. Sie waren mit der Außenzelle direkt verbunden. Eine volle Breitseite war wie ein Weltuntergang, wie ein Ritt auf einem ausbrechenden Vulkan.

Die IMPERATOR hatte vor einer Sekunde das Feuer eröffnet, nachdem sie vorher drei Minuten lang den Salventakt des Gegners geduldet hatte.

Unis Heyt beherrschte seine Positronik meisterhaft. Auch wenn er nicht im Direktverfahren schießen konnte, so gab er doch die Zielanweisungen.

Die IMPERATOR begann mit Einzelschüssen. Sie stand nur noch eine Million Kilometer vor dem Twonoserverband. Er schloß im Winkel von neunzig Grad auf Kollisionskurs auf. Ein Ausweichmanöver war wegen der hohen Fahrt nicht mehr möglich. Das USO-Schiff wäre unter allen Umständen in den Kernbeschuß gekommen.

Oberstleutnant Trahun Milas, der leitende Ingenieur, stellte die Titankräfte seiner Maschinen ohne jede Rückfrage zur Verfügung. Der Epsaler wußte, worauf es ankam.

Der Gegner war nicht so stark, wie man bisher angenommen hatte; aber er hatte immerhin vierundvierzig Schiffe aufgeboten, um einen USO-Raumer zu vernichten.

Die Impulskanonen dröhnten. Dreieinhalb Sekunden später sprach die überlichtschnelle Energieortung an. Auf den Orterschirmen erschienen gezackte Flammenzungen. Nochmals dreieinhalb Sekunden später kamen die Lichtstrahlen bei der IMPERATOR an.

Es wurde klar, daß zwei Twonoserschiffe schon beim ersten Feuerstoß zu Schrott geschossen worden waren.

„Das – das gibt es doch gar nicht!“ rief Heske Alurin überwältigt.

Der Erste Offizier staunte, und Unis Heyt war etwas fassungslos.

„Wie bitte?“ rief er aus. Seine Augen weiteten sich. „Und vor denen haben wir uns wochenlang versteckt?“

Atlans Stimme unterbrach die plötzlich entstehende Diskussion. Der Arkonide wußte, was seine Männer nun dachten und fühlten.

„Ruhe an Bord. Werden Sie nicht übermütig. Wenn wir einige schwere Treffer erhalten, sind wir erledigt. Es ist eine Kleinigkeit, das größte Raumschiff zu zerstören, wenn man es versteht, seine Schutzschirme zu durchschlagen. Die Betaschiffe sind gute Fahrzeuge. Ich kann mich lebhaft daran erinnern, daß die Menschheit vor Angst zitterte, als die Flotten der Topsider nahe dem Sonnensystem auftauchten. Und – meine Herren, die Topsidraumer waren noch wesentlich schlechter als diese Eischiffe. Haltet euch ja nicht für Halbgötter, ihr zufällig emporgekommenen Barbaren. Habe ich mich klar genug ausgedrückt, um Ihren Übermut etwas dämpfen zu können? Ja...? Na schön, mehr wäre nicht zu sagen. Ich wünsche eine Besatzung mit kühlen Köpfen. Darf ich fragen, Oberst, warum Sie mich so vergnügt anlachen?"

Heske Alurin hüstelte.

„Nur so, Sir, nur so", entgegnete er. Dann lachte er erneut.

Er wurde ernst, als eine Meldung der Ortung hereinkam.

„Echelor spricht", tönte es aus den Ohrhörern. „Gegner zwingt uns zum laufenden Gefecht. Er dreht ab. Fluganpassung erfolgt. Liegt jetzt auf Parallelkurs. Flankensicherung überhöht. Wir erreichen den Pulk in zweiunddreißig Sekunden."

Heske Alurin beugte sich vor. Die Schirme der Infrarottaster zeigten jetzt klare Bilder. Das Umwandlungsverfahren war vollkommen.

Die Grundaufnahme, die auf der Wärmestrahlung basierte, verriet noch etwas, was man sonst nicht sehen konnte! Man erblickte die lohenden Schlünde der Kanonen und die sonnenheißen Bahnen der Waffenstrahlen.

Die IMPERATOR flog in den Verband hinein. Sie war immer noch etwas schneller; aber die Twonoser hatten auch diesmal hervorragend manövriert. Als der USO-Riese auf gleicher Höhe war, war die Fahrtanpassung der Eischiffe beendet. Es kam zu einem laufenden Gefecht Breitseite an Breitseite.

Heske Alurin ließ sich nicht aus der Ruhe bringen.

Sicher steuerte er die IMPERATOR durch den Feuerorkan der Twonoserschiffe, während die Geschütze des USO-Raumers ein Eischiff nach dem anderen in Wracks verwandelten.

Inzwischen ließ Atlan die Woolver-Zwillinge zu sich kommen und trug ihnen vor, sich um die Positroniken der Twonoserschiffe zu kümmern. Es ging darum, diese zu zerstören und damit alle etwaigen Daten zu beseitigen, die die Twonoser über das Alurin-System besaßen. Die Woolvers zögerten nicht lange. Mit Hilfe von Tasterimpulsen drangen sie in die gegnerischen Schiffe ein. Es fiel ihnen nicht schwer, aufgrund der charakteristischen Impulse die Schiffspositroniken zu finden und diese durch Minigranaten unbrauchbar zu machen. Da sie zudem mit Deflektorfeldern geschützt waren, konnten sie auch von keinem Twonoser entdeckt werden. Diese würden vergeblich darüber rätseln, was zur Zerstörung ihrer Positroniken geführt hatte.

Knapp dreißig Minuten später hatten die Woolver-Zwillinge ihr Werk verrichtet und alle vierundvierzig Positroniken zerstört.

Von der Twonoser-Flotte war nur noch ein Schiff heil geblieben, als Tronar und Rakal zur IMPERATOR zurückkehrten. Atlan ließ das Feuer einstellen. Dieses Schiff *sollte* entkommen und seine Basis alarmieren, auf die IMPERATOR aufmerksam machen und dadurch wirkungsvoller vom Alurin-System ablenken.

Das Twonoserschiff ergriff panikartig die Flucht.

Zugleich begann der Twonoser unverschlüsselt zu funken. Seine Hyperwellen durcheilten Zeit und Raum. Sie wurden überall im Andro-Betasystem empfangen und verstanden.

Die IMPERATOR raste hinter dem Gegner her, der eigentlich keiner mehr war. Atlan erhielt den Wortlaut der Funksprüche. Man war inzwischen mit der Sprache der Twonoser vertraut genug.

Es waren keine normalen Meldungen mehr, sondern nur noch Hilferufe. Die IMPERATOR wurde beschrieben. Der fremde Kommandant vergaß keine Einzelheiten. Er erwähnte sogar den Bugkegel, den er für die fürchterliche Waffe hielt, der sein Verband zum Opfer gefallen war.

Atlan legte den Streifen zur Seite. In seinen Augen glomm ein düsteres Feuer. Er sprach Heske Alurin an.

„Ich glaube nicht, daß diese Twonoser noch daran denken, das Alurin-System zu untersuchen. Wir haben unser Ziel erreicht. Kurzimpuls an Perry Rhodan, Raffergruppe, zwei Symbole. Oberst Alurin, bereiten Sie ein Linearmanöver quer durch den Betanebel vor. Ich möchte auf der Eastside erscheinen, solange die Erinnerung an die Ereignisse noch frisch ist."

Die IMPERATOR gab nur zwei Zeichen. Sie bedeuteten, daß alles in Ordnung, das Schiff unversehrt und die Besatzung gesund sei.

Der fliehende Twonoserraumer ging in den Linearraum. Das USO-Schiff folgte acht Minuten später.

Rhodan hielt den Kurzfunkspruch in der Hand. Die CREST II stand mit den anderen Schiffen des Verbandes im Ortungsschutz des Planeten Arctis.

Er sah sich um. Die Offiziere der CREST schauten ihn an.

Rhodan knüllte den Klartextstreifen zusammen und begann gedankenlos damit zu spielen.

„Unser arkonidischer Freund hat wieder einmal nach alter Arkonidenart zugeschlagen", sagte er leise.

Minuten später erhielten die Kommandanten der Frachter detaillierte Befehle. Mit dem Ausbau der Eishangars sollte unverzüglich begonnen werden.

„Na endlich!" sagte einer der zwölfhundert Bauspezialisten. „Ich dachte schon, wir sollten hier einrosten. Ich muß sofort meine Maschinen einschleusen."

Er rannte davon. Er war Kosmostatiker, Spezialgebiet energetische Einschaltung für Schnellgußprojekte aus Stahl, Porotrinbeton, Legierungen aller Art und für Kunststoffe. Natürlich wurde ein Mann von seinem Rang auch mit Eis und Wasserdampf fertig. Dr. Ing. Aiki Hukasir war ein Zwerg von ASTU V und ein Mensch. Daran änderte auch seine grobporige Lederhaut nichts.

Die sechs Transporter schwenkten ein. Sie warfen im freien Raum ihre Zusatztriebwerke ab und landeten an den längst vermessenen Stellen, wo die Hangars angelegt werden sollten.

Tausende von Robotern begannen zu arbeiten. Die Spezialistengehirne der Frachter begannen mit dem Löschen der Ladung. Mammutmaschinen schwebten auf Antigravfeldern aus den Luken.

Flugfähige Thermostrahlprojektoren mit Aushubsaugern auf Antigravbasis glitten ferngesteuert auf die Objekte zu.

Die Ingenieure saßen in scheibenförmigen Paragleitern hinter ihren Steuerpulten. Sie waren nicht nur auf die fernsehtechnische Beobachtung angewiesen, sondern konnten jederzeit am Arbeitsort eintreffen.

Terra leitete ein gigantisches Unternehmen unter hohen Schwierigkeitsgraden ein. Der Planet eines fremden Sternennebels, der einer anderen Galaxis nur noch fünfzigtausend Lichtjahre vorgelagert war, sollte zum Versorgungs- und Flottenstützpunkt der Menschheit werden.

20.

Sie waren mit hoher Geschwindigkeit in den Linearraum gegangen, hatten den Andro-Beta-Nebel überflogen und waren nach einer Reise von nur viertausend Lichtjahren in den Einsteinraum zurückgekehrt.

Dort waren neue Messungen vorgenommen worden. Das zweite Linearmanöver hatte die IMPERATOR in den inneren Randsektor der sogenannten Eastside gebracht. Der Punkt lag dem Alurin-System genau entgegengesetzt. Wenn das Schiff nochmals zweiundsechzigtausend Lichtjahre in fast gerader Linie weitergeflogen wäre, hätte es den zweiten Zwergnebel der Andromeda-Galaxis erreicht.

Andro-Alpha war deutlich als Sternballung vor der Kulisse der großen Galaxis auszumachen. Dort lebten die Maahks; jene wasserstoffatmenden Geschöpfe, die bereits vor zehntausend Jahren das alte Arkonidenimperium an den Rand des Abgrundes gebracht hatten.

Dort hätte es auch ein Schiff mit dem Gefechtswert der IMPERATOR niemals wagen können, so offen zu operieren wie im Betasystem.

Die Maahks waren überaus gefährliche Gegner, die über die Konverterkanone und die grünen Schutzschirme verfügten. Ein Schiff ihrer Flotte hatte bei dem Angriff auf die Milchstraße mehrere schwere Terraeinheiten gebunden.

Atlan fragte sich immer wieder, wieso oder weshalb die Twonoser von Andro-Beta raumflug- und waffentechnisch so rückständig waren. Die Logikauswertung gab die Antwort. Danach zu urteilen, hatten die nach wie vor geheimnisvollen Meister der Insel ihre zahlreichen Hilfstruppen völlig unterschiedlich ausgerüstet. Meistens hatten sie nur auf die Geräte zurückgegriffen, die von den betreffenden Völkern selbst entwickelt worden waren.

Die Maahks hatten bei ihrer Flucht vor den Schlachtraumern Arkons bereits eine hervorragende Technik besessen. Die wenigen

Flüchtlinge waren durch das Transmittersystem nach Andro-Alpha gekommen und dort von den Meistern der Insel wegen ihrer enormen Kampfkraft und Vermehrungsrate angesiedelt worden.

Grek-1, der jetzt auf der CREST weilte, war einer der führenden Geheimdienstoffiziere der Maahks gewesen, bis er von terranischen Mutanten besiegt worden war.

Atlan war noch anderen Überlegungen nachgegangen. Unter Umständen waren die Rüsselwesen des Betasystems nicht so zuverlässig wie die Maahks. Vielleicht gab es auch noch eine andere stärkere Waffe, die erst dann eingesetzt werden sollte, wenn die Twonoser beim ersten Anlauf geschlagen wurden.

Atlans Taktik lief darauf hinaus, Unruhe zu stiften. Er wollte alles tun, um die Meister der Insel von der terranischen Anwesenheit in Andro-Beta abzulenken und in die Irre zu führen. Sie sollten den vermeintlichen Gegner, der in Andro-Beta eingedrungen war, dort suchen, wo es für die Terraner ungefährlich war: in Andromeda selbst. Er dachte an den Trick Rhodans, als sie in die Gefangenschaft der Moby-Twonoser geraten waren und sich als Wesen aus dem Randbereich Andromedas ausgegeben hatten. Dies gedachte er nun konsequent weiter auszubauen.

Die IMPERATOR stand innerhalb weniger Stunden zum zweiten Male im Kreuzfeuer eines Twonoserverbandes. Er bestand aus sechsunddreißig großen Schiffen.

Als die IMPERATOR erschienen war, hatte man sie sofort erkannt. Die Hilferufe des entkommenen Kommandanten waren auch hier gehört und ausgewertet worden.

Atlan hütete sich diesmal, erneut auf ein laufendes Gefecht einzugehen. Mit dem Eintreffen einer großen Flotte mußte gerechnet werden.

„Machen Sie es kurz, Heske. Ich möchte mich absetzen“, sagte der Arkonide.

Alurin rief die Feuerleitzentrale an. Zwölf Transformkanonen, darunter die beiden mächtigen Polgeschütze, begannen zu donnern.

Die so schön aussehende, taktisch aber unkluge Dreiketten-Formation der Twonoser verschwand hinter aufbrechenden Glutbällen. Die Gigabomben waren nur zehntausend Kilometer von dem schnellen Verband explodiert.

Atlan wartete den Erfolg nicht mehr ab.

Die IMPERATOR verschwand aus diesem Sektor, noch ehe die Verstärkung angekommen war.

Das Schiff ging in den Einsteinraum zurück und entdeckte einen abgestorbenen Moby. Er diente zur Zeit als Flottenstützpunkt des Wachkommandos. Auf seiner Oberfläche standen etwa fünfhundert startklare Schiffe.

Atlan griff an. Ehe man die IMPERATOR richtig geortet hatte, peitschten die Impuls- und Desintegratorsalven in die Rückenschale des Moby hinein. Sie glich einer terranischen Hochgebirgslandschaft und durchmaß sechzehntausend Kilometer.

Energievulkane brachen an der Oberfläche des Weltraumgiganten aus. Die IMPERATOR entkam, ohne das geringste Abwehrfeuer erhalten zu haben.

Das nächste Linearmanöver endete im Zentrum. Man konnte die drei blauen Riesensonnen des Großtransmitters sehen.

Alurin wurde unruhig.

„Sir, Sie wollen doch hoffentlich nicht den Justierungsplaneten angreifen?"

„Warum eigentlich nicht?" überlegte der Lordamiral. „Wenn er nicht mehr existiert, wäre der Sonnentransmitter nutzlos."

„Ortung aus dem Betadreieck", unterbrach Major Echelor die Diskussion. „Etwa dreitausend Eischiffe kommen zwischen den Sonnen hervor. Weitgeschwungene Formation, halbkreisförmig, Sicherungsverbände tauchen überall auf. Wir sind ausgemacht worden."

Atlan verzog das Gesicht, als hätte er in eine Zitrone gebissen.

„Dreitausend? Das ist eine Zumutung, Echelor. Die bringen es noch fertig, unser schönes Schiff zu demolieren."

„Maschinenhauptleitstand an Zentrale", dröhnte die Stimme des Epsalers Trahun Milas aus den Helmempfängern. „Die erste Stufe macht mir schon wieder Kummer. Die erneuerte Kühlbank läuft heiß. Ich denke darüber nach, was an dem Kalup nicht in Ordnung sein kann."

„Das ist aber nett von Ihnen, Milas. Ehe Sie damit anfangen, sollten Sie mir verraten, was Sie bereits feststellen konnten."

Der Leitende Ingenieur holte tief Luft. Es klang wie ein Rauschen eines Wasserfalles.

„Können Sie nicht etwas gemäßigter atmen?" sagte Atlan vorwurfsvoll.

„Schlecht möglich", grollte der Umweltangepaßte. „Hier die Auskunft: Wenn wir noch zwei Manöver mit harten Beschleunigungen und Ausweichkurven fliegen, bricht uns der Schwanz ab."

„Der Schweif."

„Der Schweif, jawohl, Sir", brüllte Milas. Atlan drosselte die Lautstärke noch mehr. „Ob Schwanz oder Schweif, Herr Lordadmiral – die IMPERATOR wird ihre Tarnung verlieren. Sie wird sie auch aufgeben müssen, wenn die Röhre hält. Dann fliegt uns nämlich die Kühlbank der ersten Stufe um die Ohren. Ende."

Melbar Kasom lachte dröhnend. Er hatte an Bord keinen Dienstbereich. Er saß zusammen mit den Woolver-Zwillingen in einer Ecke und beschäftigte sich mit einem gebratenen Truthahn. Der USO-Spezialist verstieß gegen die Gefechtsordnung, indem er den Druckhelm alle Augenblicke blitzartig öffnete, zubiß und ihn wieder schloß.

Die Woolvers sahen interessiert zu, bis Rakal vorschlug:

„Sie sollten den Vogel nach dem nächsten Biß in den Helm schieben und versuchen, ihn aufzuessen. Sie können ihn ja mit der Zunge angeln."

Kasom überlegte.

„Und die Knochen? Sie haben Nerven. Halten Sie mich für einen Müllverwerter?"

Rakal Woolver verzichtete auf eine Antwort.

Heske Alurin nahm Fahrt auf, um von der Masse der entgegenkommenden Schiffe nicht mehr erreicht werden zu können.

„Kosmische Guerillataktik", stellte Alurin fest. „Das gefällt mir nicht besonders, Sir."

„Mir auch nicht. Suchen Sie sich einen Zielstern im großen Andromedanebel aus und gehen Sie in den Linearraum. Es reicht für heute."

Heske fragte nicht mehr nach dem Warum und befolgte den Befehl. Die IMPERATOR verschwand.

Jenseits der Betagrenzen wurde sie nochmals gesehen und angegriffen. Alurin setzte zum nächsten Manöver an, das ihn auf dem Wege nach Andromeda um fünfhundert Lichtjahre weiterbrachte.

Dort tauchte er ein, ließ sich orten und sah dann zu Atlan hinüber.

„Und jetzt, Sir? Haben Sie besondere Absichten?“

Der Arkonide räusperte sich.

„Allerdings. Um die Sache abzurunden, werden wir nun den Anschein erwecken, als hätten wir die Echowellen nicht erfaßt. Nehmen Sie weiter Kurs auf Andromeda. Es soll so aussehen, als flögen wir offiziell nach Hause.“

„Ich verstehe, Sir.“

Der Flug dauerte lange. Die IMPERATOR kehrte in einem Sicherheitsabstand von dreißigtausend Lichtjahren in den Einsteinraum zurück. Der Kalup der ersten Stufe fiel wegen Überhitzung endgültig aus.

Trahun Milas tobte, aber das half ihm nichts. Er mußte seine zweite Stufe angreifen, obwohl die Reichweite der ersten noch nicht voll ausgenutzt war.

Nach einer dreistündigen Ruhepause nahm das USO-Schiff unbemerkt Kurs auf die Westseite des Zwergnebels.

Zehn Stunden später erschien es im Alurin-System, wo es vom nervös gewordenen Kommandanten der NAPOLEON beinahe vernichtet worden wäre. Er nahm im letzten Augenblick den Feuerbefehl zurück.

„Wenn Sie das nächste Mal solche aggressiven Absichten haben, sagen Sie mir bitte Bescheid“, rief ihm ein erzürnter Epsaler namens Heske Alurin über Funk zu. „Dann baue ich nämlich vorher meine Schutzschirme auf. Gestatten Sie, daß ich auf eine Kreisbahn einschwenke?“

Atlan stand zum erstenmal auf der Oberfläche des Planeten Arctis. Er hatte seinen Helm zurückgeklappt und bemühte sich, ebenso wie die Terraner, die natürliche Luft einzuatmen.

Weiter rechts tosten die Stromreaktoren eines energetischen Schlaghammers. Man war bei achttausend Meter Tiefe auf hartes Felsgestein gestoßen.

Atlan hatte vor einer halben Stunde seinen Erfahrungsbericht beendet. Perry Rhodan wußte nun, was er von der Kampfkraft der Beta-Wachflotte zu halten hatte.

„Bei euch ist es kühl im Schatten“, beschwerte sich der Arkonide, der hohe Temperaturen besser ertragen konnte als die arktische Kälte.

„Du stehst auf blankem Eis“, antwortete Rhodan. „Meinrich – rufen Sie einmal den Chefingenieur des hiesigen Bausektors an und erkundigen Sie sich, ob er dem Herrn Lordadmiral schnell ein paar Heizschlangen unter den Füßen einbauen kann.“

„Sofort, Sir“, entgegnete der Techniker und griff zum Sprechfunkgerät.

„Ihr seid wohl alle übergeschnappt“, schrie Atlan. „Ich kann eure grinsenden Gesichter nicht mehr sehen. Bei allen Göttern Arkons – es *ist* kalt! Fünfzig Grad unter Null und dazu der Wind sind . . .!“

„. . . eine Wohltat nach dem ewigen Schiffsgeruch“, unterbrach Perry. „Beruhige dich, Freund. Ich fühle mich auch nicht so wohl in meiner Haut, wie du vielleicht annimmst. Der erste Planet geht mir nicht aus dem Kopf. Ich werde mich dort einmal persönlich umsehen.“

„Falsch wäre es nicht“, stimmte Atlan zu. „Wie lange gedenkst du übrigens diesen arktischen Stützpunkt zu behalten?“

„Oberst Rigard hat ihn ‚Louvre-Station‘ genannt. Ein schöner Name, und voll von Hinweisen auf die Vergangenheit. Wir werden hier den größten Nachschubhafen jenseits des Schrotschußtransmitters bauen.“

Atlan nickte und schritt fröstelnd davon. Als er seine Space-Jet betrat und die Hände vor das Heißluftgebläse hielt, dachte er über Rhodans Worte nach. Der Terraner war wieder einmal sehr optimistisch.

Er setzte sich in den Pilotensessel und startete. Die IMPERATOR umkreiste den Planeten auf einer Zweistunden-Bahn. Die Reparaturen waren in vollem Gang. Oberstleutnant Trahun Milas wollte seine erste Zusatzstufe in Ordnung haben.

Weit unter dem Schiff glänzte die Eisdecke eines lebensfeindlichen Planeten. Es würde sich mit der Zeit herausstellen, *wie* lebensfeindlich er war.

21.

Es war der 3. September 2402, als Rhodan seine Absicht, Destroy einen Besuch abzustatten, in Angriff nahm. Inzwischen waren die Arbeiten auf Arctis gut vorangegangen. Die terranischen Schiffe ruhten in ihren Verankerungen tief im ewigen Eis. Auch die IMPERATOR hatte ihren Orbit längst verlassen und sich in den für sie geschaffenen Hangar zurückgezogen. In den Ortungszentralen wurde die Umgebung des Alurin-Systems ständig sorgfältig beobachtet.

Seit der Rückkehr der IMPERATOR waren bereits zweimal Flottenverbände der Twonoser registriert worden, die nahe am System vorbeizogen, ohne es näher zu untersuchen. Es erwies sich als ein kluger Schachzug des Arkoniden, die Positroniken jener vierundvierzig Wachschiffe, die die Nachschubflotte entdeckt hatten, durch die Woolver-Zwillinge zerstören zu lassen. Dadurch wußten die Twonoser nicht, wo sie zu suchen hatten. Offensichtlich waren sie der Ansicht, daß sich irgendwo in den Tiefen der Zwerggalaxis noch immer feindliche Schiffe aufhielten, obwohl ihnen nicht entgangen war, daß jenes Schiff, das sie angegriffen hatten, in Richtung Andromeda abgeflogen war. Dies war nicht weiter verwunderlich, denn sie hatten die Transporter geortet und durch deren Ähnlichkeit mit der IMPERATOR darauf geschlossen, daß sich noch andere Fremdschiffe in ihrem Machtbereich aufhalten könnten.

Das Versteck der Terraner schien jedoch sicher. Niemand, der es nicht vorzog, direkt auf Arctis zu landen und sich genau umzusehen, würde sie entdecken können.

In dieser Phase konnte es Rhodan nun riskieren, sich auf Destroy umzusehen um sicherzugehen, daß ihnen von dort keine Gefahr drohte. Die Expedition, die mit einer Korvette durchgeführt werden sollte, wurde vorbereitet. Neben Rhodan sollten noch Icho Tolot, Melbar Kasom, Gucky und Wuriu Sengu, der Spähermutant, daran teilnehmen. Dazu würde noch einen ausgesuchte, dreißig Mann starke Besatzung kommen, die vorwiegend aus Wissenschaftlern bestand. Atlan sollte inzwischen das Oberkommando auf Arctis übernehmen.

Die Korvette mit der Bezeichnung „C-17" stand startbereit im Hangar neben der CREST. Die Besatzung war bereits an Bord gegangen, nur Kommandant Peanut stand noch vor dem Schiff und überwachte das Freischmelzen des Ausflugschachtes. Das verdampfende Wasser wurde von Gravitationsfeldern abgesaugt. Ein breiter Schacht entstand bis hinauf zur Oberfläche.

Rhodan und Atlan kamen aus der CREST. Neben Peanut blieben sie stehen.

„Nun, Major, werden wir es schaffen?"

Peanut nickte mit betonter Lässigkeit.

„Kein Problem, Sir. Hauptsache ist, die Techniker schließen den Eisdeckel sofort wieder, damit niemand den Hangar entdeckt."

„Keine Sorge. Niemand wird ‚Louvre-Station' entdecken. Noch fünf Minuten. Ist alles an Bord?"

„Wir sind startbereit."

Rhodan nickte Atlan zu.

„Dann ist es soweit. Falls wir innerhalb von drei Tagen nicht zurückkehren, kommst du uns mit der IMPERATOR holen. Du weißt, daß wir auch weiterhin auf Hyperfunk verzichten müssen, es sei denn, daß Umstände eintreten, die uns keine andere Wahl lassen."

Gucky und Sengu kamen herbei.

„Sind die Bullen schon an Bord?" erkundigte sich der Mausbiber.

„Meinst du Kasom und Tolot?" fragte Atlan sarkastisch.

Gucky nickte.

„Ja, die meine ich."

„Ihr seid die Letzten", eröffnete ihm Rhodan und beantwortete zugleich seine Frage. „Geht schon. Wir kommen gleich nach."

Die Techniker meldeten, daß der Eisdeckel oben im Schacht nur noch zehn Meter dick war.

Rhodan klopfte Atlan auf die Schultern.

„Bis später – hier oder auf Destroy", sagte er und ging mit Major Peanut davon.

Atlan sah hinter ihnen her, bis sie in der Unterluke verschwunden waren.

Dann kehrte er in die CREST zurück, um seinen Beobachtungsposten einzunehmen.

Rhodan begab sich in die Zentrale der C-17.

Zwei Minuten später stieg das kleine Schiff senkrecht nach oben. Die glattgeschmolzenen Eiswände des Schachtes blieben immer schneller zurück.

Zwei, drei, fünf Kilometer.

Und dann schoß die C-17 hinaus ins Freie.

Inzwischen war es Nacht geworden. Nur der nahe Andromedanebel stand am Himmel und gab genügend Licht, das blanke Eis der Oberfläche bis zum Horizont in einem milchigen Glanz schimmern zu lassen.

Die Orterschirme der Korvette waren leer.

Rhodan saß neben Peanut, der selbst die Kontrollen bediente.

„Die Luft scheint rein zu sein", meinte er. „Gehen Sie auf Höchstgeschwindigkeit."

Auf dem Frontschirm stand deutlich und ungemütlich nah der Planet Destroy.

Die Spektraluntersuchungen liefen an, während Major Peanut die Korvette an dem Planeten vorbeischießen ließ und eine weite Schleife zog, um sich dann von der anderen Seite erneut zu nähern.

Destroy war die Hölle, das hatten schon die ersten Voruntersuchungen ergeben. Ein Wunder, daß es noch eine Sauerstoffatmosphäre gab. Aber sie war strahlenverseucht. Jeder Aufenthalt in ihr war ohne Schutzanzug unmöglich. Die Messungen ergaben, daß ein Mensch bereits nach wenigen Stunden tot wäre.

In geringer Höhe strich die Korvette über die verwüstete Oberfläche dahin. Es gab keine steil aufragenden Gebirgszüge und keine tiefen Schluchten, sondern nur wellige Ebenen und breite Täler, in denen einst Flüsse und Ströme geflossen sein mochten. Heute war das nicht mehr der Fall. Der Planet Destroy war ausgetrocknet.

Die erste Stadt kam in Sicht – oder vielmehr das, was einst eine Stadt gewesen war. Major Peanut verringerte auf Rhodans Zeichen hin die Geschwindigkeit des Schiffes. Sie gingen tiefer.

„Es muß eine große Stadt gewesen sein", sagte Kasom verwundert.

Rhodan nickte nur.

Die Ruinenlandschaft besaß eine Ausdehnung von vielen Quadratkilometern. Ihr Rand verschmolz mit der Wüste. Die Straßenzüge waren aus der Höhe noch undeutlich zu erkennen, aber von den einstigen Gebäuden war nichts geblieben – nichts außer abgerundeten Hügeln, die nur durch ihre Regelmäßigkeit auffielen. Vielleicht waren die einen oder anderen höher und breiter, aber im Grunde ähnelten sie sich alle. Auf keinen Fall konnte ein Zweifel daran bestehen, daß dort unten einmal eine riesige Stadt gestanden hatte.

Gucky sah ungewöhnlich ernst aus, als er sagte:

„Es ist eigentlich sehr entmutigend, finde ich. Wohin wir auch kommen, fast überall finden wir die Spuren des Krieges. Kann es denn keine Zivilisation ohne den Krieg geben? Keine Intelligenz ohne sinnlosen Mord? Die einfachen Tiere töten nur dann, wenn sie dazu gezwungen werden oder wenn sie Nahrung brauchen. Die Intelligenzen morden, weil es ihnen Spaß macht. Und wenn sie morden, dann tun sie es gründlich. Das ist in unserer Milchstraße so, das ist auch hier vor dem Andromedanebel so. Wird sich das niemals ändern?“

Rhodan wandte sich um. Er legte dem Mausbiber die Hand auf die Schulter.

„Wir haben uns schon oft darüber unterhalten, Kleiner“, sagte er behutsam. „Es gibt viele Antworten auf deine Frage, aber keine ist befriedigend. Ich gebe zu, daß ich mich manchmal schäme, obwohl ich mir einbilde, besser zu sein. Sicherlich bin ich es nicht, aber wenigstens versuche ich es. Viele Kriege entstehen nur deshalb, weil sich jemand bedroht fühlt und sich verteidigen möchte – es sind die vermeidbaren Kriege. Aber es gibt auch Aggressoren, daran kann kein Zweifel bestehen. Der Unterschied zum Tier besteht darin, daß sie mit Verstand und Plan anderes Leben vernichten.“ Er deutete mit der freien Hand auf die Bildschirme. „Dieser Planet dort unten wurde nach einem solchen Plan vernichtet und entvölkert. Es war kein Krieg der Eingeborenen unter sich, das wage ich schon jetzt zu behaupten. Es war ein Krieg, der aus dem All kam und die Bevölkerung fast unvorbereitet traf.“

„Woher stammt Ihre Vermutung?“ fragte Kasom.

„Ganz einfach. Sehen Sie sich nur die Zerstörungen an. Alle Städte sind nach der gleichen Methode vernichtet worden. Sogar die Kapazität der eingesetzten Vernichtungsmittel dürfte gleich gewesen sein. Es war somit *ein* Angreifer, der diese Welt überfiel. Folglich kann er nur aus dem Weltraum gekommen sein."

„Ja, das klingt logisch." Kasom schwieg eine Weile, dann fragte er: „Und wer könnte das Ihrer Meinung nach getan haben?"

Rhodan hob die Schultern.

„Wie soll ich das wissen? Vielleicht ist es leichter herauszufinden, wer das Ziel des Angriffs war." Er nickte Peanut zu. „Noch eine Umkreisung, Major, dann werden wir landen. In der Nähe einer Stadt."

Von nun an sprachen sie nicht mehr viel.

Die Teleskopstützen waren tief eingesunken, ehe sie auf festen Widerstand trafen und hielten. Der Sand und der strahlende Staub lagen fast fünf Meter dick über den Felsen der eigentlichen Oberfläche. Er war jedoch fest genug, geringere Lasten als ein Raumschiff zu tragen.

Rhodan ließ Major Peanut die Rundrufanlage einschalten, wodurch seine Stimme im ganzen Schiff gehört wurde.

„Es ist zwar wahrscheinlich, daß es auf diesem Planeten kein Leben mehr gibt, aber wir wollen die von uns selbst aufgestellten Vorsichtsmaßnahmen nicht außer acht lassen. Ich werde mit fünf Männern das Schiff verlassen und eine erste Erkundung vornehmen. Sollte diese in unserem Sinne positiv verlaufen, können mehrere Gruppen von Wissenschaftlern folgen, um die abschließenden Untersuchungen vorzunehmen. Sie bleiben vorerst im Schiff und zwar in voller Alarmbereitschaft. Im Falle eines Angriffs hat Major Peanut den Befehl, sofort zu starten und später wieder zurückzukehren."

Rhodan schaltete den Interkom ab.

„Vielleicht sind wir zu vorsichtig", meinte Kasom skeptisch, aber ich hörte noch nie, daß so etwas schadet. Wer kommt mit Ihnen?"

Rhodan lächelte.

„Sie natürlich, auch Tolot. Dazu Sengu und Gucky. Ja, und der fünfte Mann . . . vielleicht nehmen wir da einen Shiftpiloten."

„Wir nehmen einen Shift?"

„Wollen Sie zu Fuß gehen?"

„Ich bin für den Shift", sagte Gucky schnell.

Kasom schaute ihn prüfend an und grinste.

„Kann ich verstehen – bei deinen kurzen Beinen. Und wenn du es ganz genau wissen willst – krumm sind sie auch noch."

Gucky schnappte nach Luft, hielt sie einen Augenblick an, um sie dann mit einem verächtlichen Schnauben wieder aus den Lungen zu lassen.

„Dabei bist du selbst zu faul, auch nur einen Schritt zu machen."

„Wir nehmen den Shift, weil *ich* keine Lust habe, zu Fuß durch den Sand zu laufen", entschied Rhodan den Streit. „Wir nehmen die leichten Kampfanzüge. Dazu entsprechende Ausrüstung. Im Shift sind Lebensmittel für einige Wochen. Eine Expeditionsausrüstung sollten wir auch nicht vergessen. Wenn Sie das alles schleppen wollten, Kasom ..."

Gucky warf dem Ertruser einen triumphierenden Blick zu und verließ hocherhobenen Hauptes die Zentrale, um sich aus seiner Kabine den Spezialanzug zu holen, der extra für ihn angefertigt worden war.

Der Shift, der sechs Männern ausreichend Platz bot, stand im Hangar der C-17.

Der Pilot, Tom Jones, hatte seine Vorbereitungen beendet und erwartete seine Fahrgäste. Er strich die Uniform glatt, als Rhodan mit seinen Begleitern den Hangar betrat.

Allen voran schaukelte Gucky mit seinem so unbeholfen wirkenden Watschelgang.

„Shift startbereit, Sir", meldete Jones.

Gucky baute sich vor ihm auf und ließ den Nagezahn blitzen.

„Mann, sind Sie aber zackig! Wohl auf der Akademie gelernt, was?"

„Jawohl, Guck ... ähem ... Leutnant ... äh ..."

„Wohl 'nen Kloß im Hals, was?" erkundigte sich Gucky gönnerhaft und fügte großmütig hinzu: „Es sei Ihnen verziehen, Sergeant. Man begegnet nicht alle Tage dem Retter des Universums."

Sprach's und stolzierte mit steifen Beinen an ihm vorbei, hinein in die Kabine des Shifts.

Sergeant Jones sah mit offenem Mund hinter ihm her.

Rhodan klopfte ihm auf die Schulter.

„Zeigen Sie ihm Ihre Bewunderung nicht zu sehr, Sergeant, wenn ich Ihnen einen Rat geben darf. Das Gegenteil auf keinen Fall!"

Damit wußte Tom Jones zwar nicht viel anzufangen, aber er beschloß, den Rat nach Möglichkeit zu beherzigen. Seine Aufgabe war es, den Flugpanzer zu steuern. Und das würde er auch tun.

Er stieg als letzter ein und verschloß die hermetische Luke. Die Sauerstoffversorgung des Panzers begann automatisch zu arbeiten. Rhodan und seine Begleiter trugen die verbesserten Kampfanzüge der alten Arkoniden. Sie waren leichter, aber nicht weniger leistungsfähig. In einem kleinen Rückentornister befanden sich die verschiedenen Aggregate, die in jeder Hinsicht wahre Wunder vollbringen konnten. Sie erzeugten kleine Energieschirme, in deren Schutz der Träger eines solchen Anzuges vor jedem Angriff und vor jeder noch so tödlichen Strahlung sicher war. Ein raffiniertes Erneuerungssystem garantierte Atemluft für mindestens hundert Stunden. Antigravprojektoren machten den Träger des Spezialanzuges flugfähig, und die eingebauten Deflektorprojektoren konnten ihn unsichtbar werden lassen.

Zudem besaß jeder Anzug eine Antiflektorbrille, die es ermöglichte, daß sich die im Deflektorfeld befindlichen Personen gegenseitig sehen konnten.

Der Haluter benötigte als einziger keinen besonderen Schutz. Er war in der Lage, die giftige Atmosphäre unbeschadet einzuatmen. Außerdem trug er ohnedies seinen dunkelgrünen Kampfanzug, dessen Leistungsfähigkeit die terranischen Anzüge weit übertraf.

Langsam setzte sich das Gefährt in Bewegung, rollte aus der Luke hinaus und schwebte mit eingeschalteten Antigravfeldern in die Wüste hinaus. Langsam sank es dem Boden entgegen und setzte schließlich sanft auf.

Jones schaltete die Antigravfelder ab. Sie verbrauchten eine Unmenge an Energie, die man sich für den Notfall aufheben wollte.

Das Kabinendach und die Seitenwände waren durchsichtig. Sie gestatteten einen ungehinderten Blick nach allen Seiten.

Langsam rollte der Shift auf die Trümmerhügel zu, die den Anfang der zerstörten Stadt markierten. Rechts und links war Wüste, aber auch sie verriet, daß hier einstmals Gebäude gestanden hatten, wenn auch nicht so eng nebeneinander wie in der eigentlichen Stadt. Der ganze Planet mußte hochindustrialisiert gewesen sein. Rhodan versuchte sich vergeblich vorzustellen, wer das unglückliche Volk gewesen sein mußte, das hier von einem übermächtigen Gegner vernichtet worden war.

Er ahnte noch nicht, welche Überraschung ihm bevorstand.

Die Straßen waren breit und schnurgerade. Natürlich waren es keine richtigen Straßen mehr, sondern flache Sandtäler, die durch gradlinige Sandhügel führten.

„Die Sandschicht muß viele Meter dick sein", stellte Kasom fest, als sie im Zentrum der ehemaligen Stadt einen runden Platz erreichten. „Sie hat die einstigen Ruinenerhebungen weitgehend ausgeglichen. Aber noch nicht genug, um die Umrisse völlig zu verwischen."

Tom Jones hatte den Shift angehalten. Aufmerksam sahen sich die Insassen nach allen Seiten um. Gucky meinte:

„Es wäre gut, wenn man sich jetzt eine Schaufel schnappte und zu buddeln anfinge. Dann wüßten wir, woran wir wären."

„Schnapp dir eine Schaufel", riet Kasom gutmütig. „Da kommst du aber ganz schön ins Schwitzen."

„Hast du auch wieder recht", gab Gucky zu und hüllte sich in Schweigen. Man sah ihm an, daß er für derartige Arbeiten, auch wenn er sie telekinetisch würde vollbringen können, doch nicht das rechte Interesse aufbringen konnte. Aber es war ja auch nur ein Vorschlag gewesen. Und sicherlich nicht für ihn selbst gedacht. Kasom war viel kräftiger, und außerdem ...

„Man sollte in so ein Gebäude eindringen können", schlug Tolot vor. „Müßte doch möglich sein. So tief können die nun wieder auch nicht unter dem Sand liegen. Ein paar Meter, schätze ich."

Rhodan sagte überhaupt nichts. Er sah sich nur um.

Sie schienen mitten in einer Wüste angehalten zu haben. Vegetation gab es auf diesem Planeten überhaupt nicht, wenigstens nicht hier, wo einmal eine Stadt gewesen war. Die Strahlung mußte alles verbrannt haben. Die Fronten der ehemaligen Häuser hoben sich in Form kleiner Erhebungen gegen den fernen Horizont ab. Und das nach allen Seiten.

„Wir werden unter der Erde auch nichts finden", sagte Rhodan endlich. „Hier oben lebt niemand, und wovon sollte jemand existieren können, wenn er unter der Oberfläche haust?"

„Ich dachte eigentlich weniger an Überlebende, als vielmehr an Hinweise, wie die ausgerotteten Bewohner dieser Welt aussahen", verbesserte Tolot. „Denn das ist es doch wohl, was uns in erster Linie interessiert."

„Sie haben natürlich recht", stimmte Rhodan zu. „Wir werden ein Bergungsgerät herschicken. Oder besteht Gucky vielleicht noch auf seinem Vorschlag, mit einer Schaufel . . .?"

Gucky bestand nicht mehr darauf.

Schon wollte Rhodan das Zeichen zum Aufbruch geben, als der Empfänger des Shifts das Rufzeichen gab. Sergeant Jones sah Rhodan an, bevor er sich meldete.

Es war Major Peanut.

„Wir haben Ortungen auf dem Schirm", sagte er aufgeregt. „Eine ganze Menge Ortungen. Es sind Schiffe. Sie nähern sich."

„Verhalten Sie sich passiv", riet Rhodan. „Vielleicht übersehen sie uns."

„Und wenn sie angreifen?"

Rhodan zögerte.

„Das müssen wir riskieren. Aber wenn Sie das Feuer nicht eröffnen und wenn der Schutzschirm nicht eingeschaltet wird, ist die Chance, daß wir entdeckt werden, wesentlich geringer. Im übrigen haben Sie Entscheidungsfreiheit. Wir beeilen uns."

Die rote Sonne Alurin stand noch hoch am Himmel. Es würde noch gut sieben Stunden Tag bleiben.

„Fahren Sie schon los, Sergeant", befahl Rhodan, als er Jones' fragenden Blick sah. „Fliegen dürfte jetzt zu riskant sein."

Sie fuhren los, aber sie kamen nicht weit.

Major Peanut war klug genug, die Besatzung der C-17 von den fremden Schiffen zu unterrichten. Da er außerdem alle Vollmachten von Rhodan erhalten hatte, entschloß er sich zu einer weiteren Maßnahme. Als die Orterschirme zehn Objekte zeigten, die sich in direktem Anflug der Korvette näherten, befahl er der Besatzung, sich im unteren Hangar zu versammeln. Die Schleuse wurde geöffnet. Die Leute trugen Schutzanzüge und ihre Waffen.

Dr. Berger kam in die Zentrale.

„Was hat das zu bedeuten?“ wollte er wissen. „Warum errichten Sie keinen Energieschirm und versetzen das Schiff in den Verteidigungszustand? Es sollte doch leicht sein, mit dem Angreifer fertigzuwerden.“

„Vielleicht“, sagte Peanut fast phlegmatisch. „Aber Rhodan hat Passivität befohlen. Vielleicht vermutet er weitere Angriffskräfte in unmittelbarer Nähe und möchte sie nicht unnötig aufmerksam machen. Jedenfalls ist der Hangar der sicherste Raum, falls die fremden Schiffe wirklich das Feuer eröffnen sollten. Ich bleibe in der Zentrale.“

„Das alles ist eine Maßnahme, die mir höchst unlogisch erscheint.“

„Mir auch, lieber Doktor, mir auch. Aber Sie wissen auf der anderen Seite so gut wie ich, daß es falsch wäre, unsere Gegenwart hier zu verraten. Kann doch sein, daß die Twonoser – oder wer immer in den fremden Schiffen sitzt – einfach weiterfliegen, wenn sie annehmen müssen, daß unsere C-17 ohne Besatzung ist.“

„Das nehmen uns selbst die dümmsten Twonoser nicht ab.“

„Bleibt abzuwarten, ob es überhaupt Twonoser sind. Nun verschwinden Sie aber. Die fremden Schiffe sind keine zehn Kilometer mehr entfernt. Sie müssen jeden Augenblick ihre Absichten zu erkennen geben.“

Dr. Berger rannte davon. Er ließ die Tür der Zentrale offen, was Peanut nur recht sein konnte. Über den Interkom vergewisserte er sich, daß alle Leute in dem unteren Hangar versammelt waren. Er legte die rechte Hand auf die Automatiksteuerung der Hauptenergiestrahler und sah auf die Orterschirme.

Die fremden Schiffe – es waren zehn an der Zahl – waren nun deutlich zu erkennen. Sie hatten keine Eiform, sondern waren rund. Ihr Kurs deutete an, daß sie die C-17 entdeckt hatten. Sie flogen genau auf das in der Trümmerwüste liegende Raumschiff zu.

Peanut begann einzusehen, daß er doch besser gegen Rhodans Befehl gehandelt hätte. Aber noch war es dazu nicht zu spät.

Er wollte gerade den Schutzschirm aktivieren, als ihn eine starke Erschütterung beinahe von den Beinen riß. Als er sich wieder orientieren konnte, sah er auf den Kontrollen ein Warnlicht blinken. *Der Treffer hat die Schutzschirmaggregate zerstört,* durchfuhr es ihn.

Doch Peanut war noch nicht bereit aufzugeben. Er hieb auf die Schaltung für die Feuerautomatik.

Die Zielerfassung peilte den Gegner an, richtete die Geschütze ein und gab den entsprechenden Impuls. Das alles dauerte nur wenige Sekunden – aber eben um diese wenigen Sekunden zu lange.

Peanut erkannte, daß er den Gegner unterschätzt hatte. Kein vernünftiges Wesen hätte einen überlegenen Gegner so offen und ohne Deckung angegriffen, wie die Kugelschiffe das nun taten. Sie hatten den Riesen – und die C-17 war ihnen gegenüber ein Riese – ausgemacht und angeflogen. Und genauso zielbewußt griffen sie ihn abermals an und eröffneten das Feuer.

Kein vernünftiges Wesen..., dachte Peanut, während er aufsprang und auf den Korridor hinauseilte.

Wenn kein vernünftiges Wesen die angreifenden Schiffe steuerte, wer dann?

Er stürmte in den Hangar. Die Leute sahen ihm mit fragenden Blicken entgegen.

Eine weitere Detonation erschütterte das Schiff. Beißender Qualm drang in den Hangar. Dann die nächste Explosion. Die C-17 kippte. Die fremden Schiffe mußten eine der Landestützen zerschossen haben.

„Warum unternehmen wir denn nichts?" fragte ein Mann wütend.

Peanut rutschte gegen eine Strebe und hielt sich fest. Der Boden des Hangars hatte sich um fünfundvierzig Grad geneigt. Die geöffnete Luke führte auf den Wüstensand hinaus. Es war ein Glück, daß alle Leute den Schutzanzug trugen.

Peanut hörte plötzlich Rhodans Stimme im Helmempfänger.

„Hören Sie, Major? Was ist los?"

„Die Fremden schießen die Korvette lahm. Das Tarnmanöver blieb ohne Erfolg. Sie müssen schon vorher gewußt haben, daß wir hier sind."

„Verlassen Sie das Schiff, Major. Suchen Sie in den Ruinen Schutz. Vielleicht gelingt Ihnen die Täuschung."

„Täuschung...?"

„Ich erkläre es Ihnen später. Handeln Sie jetzt. Lassen Sie die C-17 im Stich und fliehen Sie. Wir warten hier in der Stadt auf Sie."

„Das Schiff verlassen...?" Der Gedanke allein ging Peanut so gegen den Strich, daß sich alles in ihm gegen die Ausführung sträubte. Aber dann siegte das Vertrauen zu Rhodan über alle Bedenken. „In Ordnung, Sir. Wir sehen uns dann in Kürze. Aber gefallen tut mir die ganze Sache nicht ..."

„Mir auch nicht, Peanut."

Die zehn Kugelschiffe, keins größer als fünf Meter im Durchmesser, waren weit abgeflogen, bildeten eine Keilformation und kehrten zurück. Noch immer schlug ihnen das mörderische Automatikfeuer der C-17 entgegen, und diesmal saß es richtig. Sechs der Kugeln zerplatzten und stürzten ab. Die Trümmer verstreuten sich in der ganzen Umgebung.

Die anderen vier hielten stur ihre Richtung, schossen und zogen wieder hoch.

Peanut sah, daß sie erneut zum Sturzflug ansetzten.

„Das Schiff wird aufgegeben!" befahl er, obwohl sich alles in ihm gegen den scheinbar sinnlosen Befehl sträubte. „Jeder versucht, sich zur Stadt durchzuschlagen. Dort treffen wir uns mit Rhodan."

Peanut sprang aus der Luke und raste auf die Ruinenstadt zu. Aus den Augenwinkeln heraus sah er die vier restlichen Kugeln auf die C-17 herabstürzen wie gierige Raubvögel. Zwei detonierten im Abwehrfeuer der todwunden Korvette, ehe diese selbst einen weiteren Treffer erhielt.

Dreißig Männer liefen durch die Wüste. Hinter ihnen brach die Hölle los, aber sie wurden nicht verfolgt. Peanut registrierte es ein wenig verwundert, machte sich aber weiter keine Gedanken. Man wollte anscheinend nur ihr Schiff vernichten, nicht aber sie selbst. Kein Wunder, denn wie sollten sie auch auf diesem Höllenplaneten länger als ein paar Stunden oder Tage überleben ...?

Die C-17 wurde von einer furchtbaren Explosion auseinandergerissen. Ein Feuerball entstand, und die Hitzewelle raste über die flüchtenden Männer hinweg.

„Flugaggregate einschalten!" befahl Peanut und erhob sich in die Luft. In geringer Höhe glitt er über den Wüstensand dahin. Die Stadt kam nun schnell näher. Er sah, daß die Männer ihm folgten. Weiter hinten verglühte die Korvette in einer Mulde geschmolzenen Sandes.

Die beiden fremden Kugeln umkreisten noch einmal das Wrack, dann drehten sie ab und flogen davon. Sie taten beide so, als hätte es keine Überlebenden gegeben. Seltsamerweise war dieses merkwürdige Verhalten keine Beruhigung für Peanut. Ganz im Gegenteil. Erst jetzt begann er, sich ernsthafte Sorgen zu machen.

Weit vor sich entdeckte er einen dunklen Punkt im Gelände. Das mußte Rhodans Shift sein. Er stand zwischen zwei Sandhügeln, unter denen die Ruinen ehemaliger Gebäude verborgen sein mochten. Peanut korrigierte seinen Kurs und flog genau darauf zu. Seine Männer folgten ihm. Über den Anzugsender konnte er ihre nicht gerade freundlichen Kommentare mithören. Die Leute waren über die Tatsache verbittert, daß man die Korvette verloren hatte. Ihrer Meinung nach wäre man leicht mit den zehn Kugeln fertiggeworden.

Sie haben recht, dachte Peanut bei sich. Sie haben nur zu recht. Aber wer weiß, was geschehen wäre, wenn wir den Schutzschirm um die C-17 gelegt hätten. Wären dann nicht zehn weitere Feindschiffe gekommen, oder hundert? Oder was sonst noch . . .?

Er landete dicht neben dem Shift. Rhodan war ausgestiegen und empfing ihn.

„Hatten Sie Verluste?" lautete seine erste Frage. Ein Menschenleben war ihm mehr wert als ein Schiff, das viele Millionen Solar kostete. „Es täte mir leid, wenn . . ."

Peanut antwortete rasch:

„Keinen einzigen Verlust, Sir . . ., bis auf das Schiff."

„Gott sei Dank!" Rhodan atmete erleichtert auf. „Vielleicht hat es sich doch ausgezahlt, daß wir die C-17 opferten. Denn wir haben sie geopfert, darüber sind wir uns alle klar. Der Gegner ist nun beruhigt. Er hat den Eindringling vernichtet, und damit ist es für ihn überflüssig geworden, Großalarm zu geben."

Er nickte den anderen zu, die nach und nach landeten und die Flugaggregate abschalteten. „Haben Sie übrigens die Schiffe erkannt? Waren es Twonoser?"

Peanut schüttelte bedächtig den Kopf.

„Es waren keine Schiffe der Twonoser. Sie waren rund – und hatten einen Durchmesser von höchstens fünf Metern."

Rhodan biß sich auf die Lippen.

„Wenn es keine Twonoser waren . . . wer war es dann?"

Peanut setzte sich auf einen kleinen Sandhügel.

„Ich weiß es nicht, Sir. Vielleicht wäre auch noch ihre seltsame

Art des Angriffs zu erwähnen. Kompromißlos und unbeirrt, ohne Rücksicht auf eigene Verluste."

Rhodan sah auf.

„Als wäre es ihnen egal, ob sie dabei zerstört werden oder nicht?"

„So etwa, Sir."

Rhodan schaute in den losen Sand zu seinen Füßen, dann sah er hinauf in den grünblauen Himmel von Destroy.

„Das vergrößert das Problem, Major. Ich fürchte, Ihre Angreifer waren Roboter."

„Roboter?" Peanuts Augen vergrößerten sich schreckhaft. „Roboter? Hm, das würde die Reaktion erklären, die Art ihres Anfluges, ihr konsequentes Auftreten . . . hm, das wird es sein. Roboter!"

Rhodan deutete in Richtung der Rauchwolke, die über der vernichteten Korvette stand.

„Die meisten der Angreifer wurden abgeschossen. Wir werden sie untersuchen, und dann haben wir Gewißheit. Ich gehe selbst, und einige der Spezialisten werden mich begleiten. Der Rest bleibt hier beim Shift. Versuchen Sie, eine behelfsmäßige Unterkunft zu bauen. Ein Loch im Sand genügt. Vielleicht schmelzen sie die Wände glatt, damit sie nicht einstürzen."

Rhodan suchte sich einige Spezialisten aus, unter anderem auch Dr. Berger. Sie schalteten die Flugaggregate ein und landeten Minuten später neben einem Trichter, auf dessen Grund eine der Kugeln lag – oder vielmehr das, was von ihr übriggeblieben war.

Die ehemalige Form war nicht mehr zu erkennen, denn das Schiff war von einer Explosion zerrissen. Während Rhodan die nähere Umgebung absuchte, beschäftigten sich die Techniker in aller Eile mit den Trümmern. Ihnen fehlte die notwendige Ausrüstung, aber auch so kamen sie zu einem Ergebnis. Als Rhodan dann nach zehn Minuten zurückkehrte, konnten sie ihm berichten:

„Fremdartige Legierung, Sir." Dr. Berger hob die Schultern. „Nicht genau zu bestimmen, wenn ich ehrlich sein soll. Ziemlich widerstandsfähig. Von den eigentlichen Steuerkontrollen blieb kaum etwas übrig. Soweit wir feststellen konnten, war alles automatisch und mit Computern. Der Antrieb ist atomar. Die entsprechenden Maschinen und Lichtdruckerzeuger müssen ein Wunderwerk der Technik gewesen sein, schon wegen ihrer geringen Größe. Was die Waffen angeht, so handelt es sich wahrscheinlich um normale Energiestrahler mit atomarer Kraftquelle. Also nichts Neues. Wenn Sie daraus auf die Herkunft schließen wollen ..."

„Kaum", erwiderte Rhodan nachdenklich. „Sagten Sie: automatisch und mit Computern?"

„Ganz richtig."

„Besteht also die Möglichkeit, daß die Schiffe überhaupt keine Besatzung hatten?"

„Sie meinen, daß die Schiffe Roboter waren?" Berger sah Rhodan aufmerksam an. „Vielleicht. Durchaus möglich. Das würde die vollautomatische Steuerung erklären."

„Noch einiges mehr, Doktor. In erster Linie die Angriffsweise der Kugelschiffe und ihr Verhalten. Sie nahmen keine Rücksicht auf sich. Lebewesen, gleich welcher Art, hätten das immer getan."

Er deutete auf den Krater. „Was haben Sie sonst feststellen können? Strahlung? Herkunft?"

„Nichts. Strahlung ist ohnehin vorhanden. Niemand kann feststellen, ob neue hinzugekommen ist. Ich würde aber gern bei Gelegenheit einmal die Überreste der C-17 untersuchen, Sir ..."

„Da werden Sie nicht mehr viel finden." Rhodans Stimme klang trocken und hart. „Wenigstens nichts, was noch zu gebrauchen wäre. Wir haben ja den Shift. Mit ihm müssen wir uns behelfen, bis Atlan eintrifft."

„Sie glauben, daß er kommt?"

„Es war so ausgemacht, Berger."

Sie kehrten in das vorläufige Versteck zurück. Inzwischen hatte man eine Grube ausgehoben und die Seitenwände mit Energiestrahlern gehärtet. Der Shift stand im Schatten einer Ruine. Gucky unterhielt sich mit Major Peanut und gab ihm gute Ratschläge, wie man sich im Falle eines Angriffs zu verhalten habe, wenn man Kommandant einer Korvette sei. Er nahm dabei den Mund so voll, daß Peanut ihn bald nicht mehr ernst nahm – und genauso war es auch von Gucky gemeint, der in den Gedanken des Majors dessen Gewissensbisse über den Verlust des Schiffes las.

„So haben eben auch die Nachteile ihre Vorteile", philosophierte er tröstend und stelzte mit herausgedrückter Brust in der Grube auf und ab. „Diese Ruinenstadt hat mich von Anfang an interessiert. Nun werden wir wohl endlich Zeit haben, sie näher zu untersuchen. Was meinen Sie, Major?"

„Ruinen haben mich noch nie interessiert", gab Peanut zu.

„Sie sind eben ein Banause, ein richtiger Kunstbanause", empörte sich der Mausbiber. „Alle Trümmer sind Kunstwerke. Je älter, desto mehr Kunst. Je dicker der Staub, desto mehr sind die Dinge wert, die man darunter findet. Ich kannte mal einen Professor, der war nur durch seine Buddelei berühmt geworden. Und wissen Sie, Major, worin der buddelte?"

Major Peanut konnte nicht mehr erfahren, in welchem Medium der Professor herumgegraben hatte, denn Rhodan unterbrach den vielversprechenden Vortrag.

„Major Peanut, machen Sie aus dem Loch da eine Festung. Wir bleiben hier, bis wir eine bessere Unterkunft gefunden haben. Ich werde inzwischen mit fünf Mann in die Stadt vordringen und mich dort umsehen."

„Sir, wir haben einen Hyperkomsender dabei. Halten Sie es nicht für ratsam, wenn wir einen Funkspruch nach Arctis senden und Atlan von unserer Lage berichten?"

„Auf keinen Fall, Major! Noch besteht für uns keine unmittelbare Lebensgefahr, die den Einsatz des Hyperfunkgerätes rechtfertigen würde. Die Gefahr, daß uns dabei zufällig in der Nähe operierende Twonoserschiffe einpeilen, ist zu groß. Außerdem bedenken Sie noch eines:

Wir wurden von Robotschiffen angegriffen. Ihre Auftraggeber sind überzeugt, daß wir getötet wurden. Ich möchte sie in diesem Glauben lassen. Wenn Atlan mit der IMPERATOR eintrifft, haben wir nichts mehr zu fürchten. Im Augenblick aber . . ."

Er deutete auf die Grube und überließ es Major Peanut, aus dieser Geste seine Schlüsse zu ziehen.

Sergeant Jones wartete im Shift. Außer ihm begleiteten Rhodan noch Dr. Berger, Wuriu Sengu, Kasom und Gucky. Tolot blieb im Stützpunkt zurück.

Jones schaltete die Antigravfelder so ein, daß der Shift wenige Zentimeter über der Oberfläche dahinglitt und immer noch im Schutz der Ruinen blieb. Sie nahmen Kurs auf das Zentrum der ehemaligen Stadt.

Rhodan sah aufmerksam in Fahrtrichtung. Seine Augen waren ganz eng zusammengekniffen, als würde ihn das rötliche Licht der Sonne blenden. Er begann die Expedition nach Destroy zu bereuen. Sie hatte ihn bisher ein gutes Schiff gekostet, wenn auch zum Glück keine Menschenleben. Aber wenn der Gegner erneut zuschlug...

„Fällt Ihnen auf, Sir", fragte Sergeant Jones plötzlich, „daß die Ruinen stärker als bisher aus dem Sand hervortreten? Gibt es dafür eine Erklärung – außer der, daß jemand den Sand beseitigte, um vielleicht Eingänge freizulegen?"

„Der Wind hat den Sand verweht", sagte Dr. Berger, als Rhodan keine Antwort gab. „Wer soll schon ein Interesse daran gehabt haben, die Ruinen freizulegen?"

„Vielleicht jene, die unser Schiff zerstörten", meinte Kasom ruhig.

Rhodan ließ die Ruinen nicht aus den Augen, als er sagte:

„Sie können kein Interesse daran haben. Jones hat recht: Das sind keine einfachen Verwehungen. Der Sand liegt nicht im Windschatten. Es muß ihn also wirklich jemand von einer Stelle zur anderen gebracht haben. Jemand, der in die Ruinen hineinwollte." Er drehte sich um und sah Wuriu Sengu an. „Was meinen Sie, Sengu?"

Sengu wußte, daß das eine Aufforderung war, seine Fähigkeiten einzusetzen. Über sein breites Gesicht huschte ein Lächeln.

„Vielleicht halten wir einen Augenblick an, damit ich mich konzentrieren kann", schlug er vor.

Jones reagierte sofort, als Rhodan ihm zunickte.

Sie standen auf der breiten Straße, mitten zwischen halb freigelegten Ruinen. In den Seitenstraßen lagen hohe Sandhaufen. Schräg von oben fielen die Strahlen der roten Sonne. Sie tauchten die Szenerie in geisterhaftes Dämmerlicht.

Sengu konzentrierte sich auf die hohe Ruine, und sein Blick durchdrang die festen Mauern.

„Es ist dunkel", berichtete er. „Hohlräume sind vorhanden, aber ich sehe nichts. Unter der Ruine müssen gewaltige Hohlräume sein, aber ich kann die Begrenzungen nicht abtasten. Sie sind leer. Und ohne Licht."

Gucky bewegte sich unruhig auf seinem Sitz.

„Wenn du mir hilfst, Sengu, könnte ich teleportieren."

„Du bleibst hier", befahl ihm Rhodan. „Vorerst wenigstens."

Gucky brummte vor sich hin, verzichtete aber auf weitere Äußerungen.

In dic Stille hinein schrillte der Funkempfänger des Shifts. Eine Stimme, aufgeregt und sich überschlagend, rief:

„Die Kugelschiffe . . ., sie greifen uns an. Sie stehen tief über dem Horizont und jagen in Formation auf uns zu. Sir . . ., hören Sie . . .?"

Sengu sank auf seinen Sitz zurück.

Sergeant Jones hieb auf die Flugtaste.

Der Shift stieg senkrecht in die Höhe zum Stützpunkt zurück.

Fünf Minuten vorher hatte Major Peanut beschlossen, einen Laufgraben zu den nächsten Ruinen ziehen zu lassen. Sie boten im Notfall Schutz nach allen Seiten, und wenn man mit den Energiestrahlern eine Höhle in die Seitenwände schmolz, sogar nach oben.

Nach oben, dachte Peanut, ist es besonders wichtig.

Er stellte zwei Männer außerhalb der Grube als Wachposten auf.

Tolot, der unermüdliche Haluter, nahm seinen schweren Strahler und begann mit der Arbeit. Der Sand verflüssigte sich und verdampfte in der unvorstellbaren Hitze. Tolot veränderte die Molekularstruktur seines Körpers, und die Hitze konnte ihm nichts mehr anhaben. Die anderen Männer zogen sich in die äußerste Ecke der Grube zurück.

Tolot kam schnell voran, aber über der Grube stand bald eine dunkle Wolke, die langsam nach Norden abzog. Major Peanut machte sich ernste Sorgen. Hatte er Rhodans Befehl, eine Festung zu bauen, nicht vielleicht doch etwas zu wörtlich genommen?

Die Wolke konnte den unbekannten Gegner erneut herbeilocken.

Kaum hatte Peanut daran gedacht, als die beiden Posten Alarm gaben. Tolot stellte sofort die Arbeit ein und schaltete den Strahler ab. Er legte ihn am Rand der Grube nieder und korrigierte die Wirksamkeitsentfernung. Notfalls war der Strahler als Kanone mit großer Reichweite zu verwenden.

Fünf Schiffe näherten sich von Osten her. Sie flogen sehr tief und in Keilformation. Peanut erkannte die Form wieder. Es waren die gleichen Schiffe, die auch seine C-17 angegriffen und vernichtet hatten.

Jemand unterrichtete Rhodan in aller Eile.

Aber die ganze Aufregung war umsonst, denn die fünf Kugeln

griffen nicht direkt an. Sie schwenkten herum, als Rhodans Shift erschien und die Energiestrahler auf sie richtete. Dr. Berger, der in die Grube gesprungen und zu seinen Geräten geeilt war, begann plötzlich heftig zu winken, als wolle er eine wichtige Mitteilung machen. Rhodan blieb im Shift. Er nickte Gucky zu.

Der Mausbiber teleportierte in die Grube und rannte zu Berger.

„Was ist denn los? Sie winken, als würde Ihre Schwiegermutter . . ."

„Die Kugelschiffe!" unterbrach ihn Berger hastig. „Sie versenden eine Art Strahlung – unsichtbar und offensichtlich harmlos. Sie überschütten uns damit, aber ich kann keine Wirkung feststellen. Sie ist wesentlich schwächer und harmloser als die Normalstrahlung dieses Planeten. Was soll das bedeuten? Man versucht doch nicht, jemand mit einem Eimer Wasser zu ertränken, der im Meer schwimmt."

Rhodan, der noch im Shift geblieben war, konnte über den Interkom verstehen, was der Physiker sagte.

„Strahlung? Das wäre doch völlig sinnlos . . ."

„Natürlich ist es sinnlos", rief Berger dazwischen. „Gut, ich könnte verstehen, wenn man uns mit den Strahlen überschüttete, mit denen man die C-17 vernichtete. Aber nein, man greift uns mit völlig harmloser Strahlung an. Das verstehe, wer will."

Rhodan blieb unbewegt sitzen. Sein Gehirn begann zu arbeiten, aber es kam zu keinem Ergebnis. Die Handlungsweise der Robotschiffe schien unlogisch, und gerade von Robotern konnte man doch Logik erwarten. Die Strahlung hatte also einen Sinn. Man wollte etwas mit ihr erreichen. Und wenn sie eben für menschliche Organismen ungefährlich war, dann für etwas anderes logischerweise nicht.

Fragte sich nur: wofür nicht?

Die fünf Kugeln flogen erneut an. Peanut fragte:

„Sollen wir nicht das Feuer auf sie eröffnen, Sir?"

„Lieber nicht, Major. Solange sie uns nicht mit tödlichen Waffen angreifen, lassen wir ihnen den Spaß. Übrigens drehen sie bereits ab."

Das stimmte.

Die fünf Kugeln regneten ein letztesmal ihre merkwürdigen Strahlenschauer auf die Gruppe Menschen hinab, dann verschwanden sie wieder in östlicher Richtung. Man sah ihnen mit gemischten Gefühlen nach.

Rhodan verließ den Shift und ging zu Major Peanut. Berger und die anderen Wissenschaftler kamen ebenfalls herbei. Sie diskutierten immer noch miteinander und äußerten ihre Vermutungen hinsichtlich der Natur der Strahlung.

Rhodan wandte sich an Dr. Berger und sagte:

„Berger, Sie versuchen auf jeden Fall herauszubekommen, was es mit der Strahlung auf sich hat. Vergessen Sie nicht, daß uns Robotschiffe angriffen, wahrscheinlich Wacheinheiten. Sie haben irgendeinen Auftrag, der sich nicht auf uns bezieht, sondern auf andere Lebewesen, die einst hier lebten oder noch hier leben. Für diese Unbekannten mag die Strahlung tödlich sein. Für uns eben nicht. Eine andere Erklärung gibt es nicht."

Dr. Berger nickte und verzog sich mit einigen seiner Kollegen in den Hintergrund. Gemeinsam begannen sie damit, die gespeicherten Daten auszuwerten.

Jones hatte inzwischen den Shift in Deckung gebracht. Mit Tolots Hilfe war eine Art Garage aus dem Boden geschmolzen worden, in die das wertvolle Fahrzeug hineinpaßte. Jones und Tolot kehrten zu den anderen in die Grube zurück.

„Wir haben noch für achtzig bis neunzig Stunden Luft", sagte Rhodan. „Bis dahin muß uns Atlan abgeholt haben.

Aber die C-17 darf nicht umsonst geopfert worden sein. Wir müssen herausbringen, was auf dieser Welt gespielt wurde – und was noch gespielt wird. Denn die Robotkugeln beweisen, daß hier noch etwas ist, von dem wir nichts ahnen. Das herauszufinden ist unsere vordringliche Aufgabe."

Gucky hielt es nun nicht mehr länger aus. Die ganze Zeit schon hatte er im Hintergrund mit Sengu geflüstert. Dabei waren die beiden klug genug gewesen, die Lautstärke ihrer Helmsender auf ein Minimum herabzusetzen, so daß niemand sie verstehen konnte. Jetzt schalteten sie wieder auf normale Lautstärke herauf.

„Ich habe einen Vorschlag zu machen", übertönte Gucky schrill alle anderen Stimmen. „Mal herhören!"

„Nun rede schon endlich", sagte Kasom gutmütig.

Gucky warf sich in die Brust und zeigte dann auf Sengu.

„Sengu und ich werden die Ruinen erkunden", rief er mit dramatischer Gebärde, um dann auf den geparkten Shift zu deuten. „Mit dem Ding da kommen wir doch nicht weiter. So ein Karren fällt überall auf, besonders dort, wo es solche Karren überhaupt nicht geben dürfte. Ich kann mit Sengu überallhin teleportieren und uns notfalls schnell in Sicherheit bringen. Außerdem haben wir ja die Anzüge. Wir können uns sogar unsichtbar machen. Kurz: Sengu und ich werden alle eure Fragen beantworten können, wenn wir ein oder zwei Stunden Zeit erhalten."

Kasom sagte dröhnend:

„Ihr nehmt mich aber besser mit, schlage ich vor."

„Du bist nur eine Belastung", belehrte ihn Gucky barsch.

Kasom schwieg.

„Ich wäre bestimmt keine Belastung", bot sich Tolot an.

Gucky maß ihn von unten bis oben.

„Du bist noch ein paar Zentner schwerer als Kasom", eröffnete er dem Haluter höflich. „Du würdest uns nur behindern."

Der Japaner sagte:

„Gucky meint es nicht böse, aber ich muß ihm beipflichten. Wir haben nur dann unsere größtmögliche Bewegungsfreiheit, wenn wir allein gehen."

Rhodan stand am Rand der Grube. Er lehnte sich gegen die Wand.

„Ich habe nichts gegen euren Erkundungsgang. Gucky,. aber du mußt mir versprechen, sofort hierher zurückzukehren, wenn wir dich rufen. Außerdem mußt du mir jede Entdeckung sofort mitteilen. Ist das klar?"

„Alles klar", versprach Gucky. „Aber ich kann dir schon jetzt verraten: Wir werden nicht viel finden. Diese Welt ist tot und verlassen. Und wenn noch jemand außer uns hier leben sollte, dann werden wir ihn auch finden. Kann mir mal jemand eine gute Taschenlampe borgen?"

Sengu nahm einen leichten Handstrahler, Gucky die starke Lampe.

Dann teleportierten sie hinein in die Ruinenstadt.

Der lange Nachmittag ging allmählich zu Ende. Die rote Sonne stand dicht über dem Horizont, und die Robotschiffe hatten sich nicht mehr sehen lassen. Die Männer hatten es sich in der Grube so bequem wie möglich gemacht, aber das dauernde Tragen der Schutzanzüge wurde mit der Zeit läsfig. Rhodan hatte dafür gesorgt, daß immer sechs oder sieben Leute im Shift sein konnten. Dort war es möglich, wenigstens die Helme zu öffnen und normal zu essen. In der Mannschleuse wurden die Raumanzüge dekontaminiert, so daß keine Strahlenpartikel in das Innere des Shifts geschleppt werden konnten.

Gucky und Sengu hatten sich noch nicht gemeldet.

Rhodan begann, sich ernstlich Sorgen um die beiden Mutanten zu machen.

„Ihnen ist schon nichts passiert", beruhigte ihn Peanut, der mit Rhodan in den Shift gegangen war. „Sie sind gerade vier Stunden unterwegs. Wer weiß, wieviel Häuser und Keller es in der Stadt gibt. Im Falle einer Gefahr können sie in wenigen Sekunden hier sein."

„Trotzdem mache ich mir Sorgen, Major. Es ist nicht Guckys Art, mich solange im Ungewissen zu lassen. Auf der anderen Seite haben Sie natürlich recht; hätte er etwas entdeckt, wäre er bereits hier."

Sie aßen mit gutem Appetit von den reichlichen Vorräten.

„Die Sonne geht bald unter, Sir. Wir haben dann mehr als sechzehn Stunden Nacht. Sie haben doch nichts dagegen, wenn ich Wachen einteile?"

„Im Gegenteil, ich wollte Sie darum bitten."

Rhodan blieb wortkarg. Auch als er später wieder draußen in der Grube war, hielt er sich abseits. Kasom und Tolot schliefen; sie hatten sich einfach auf die Erde gelegt. Im Falle einer Gefahr, so wußte Rhodan, waren sie innerhalb weniger Sekunden einsatzbereit.

Die Sonne ging unter. Schnell wurde es dunkel.

Gucky und Sengu waren noch immer nicht zurückgekehrt.

Nach weiteren Teleportersprüngen kamen Gucky und Sengu in eine Stadt, die sie noch nicht kannten. Hier standen die Ruinen noch aufrecht und frei. Die Wände verrieten die Spuren der einstigen Hitze, der die Stadt zum Opfer gefallen war. Sie waren glatt und glasig.

Sie hielten sich bei den Händen, damit Gucky sie beide jederzeit in Sicherheit bringen konnte. Sengus Blick durchdrang die verglasten Mauern. Hier, wo es noch freie Fenster gab, wo Licht in die Räume fiel, konnte Sengu etwas sehen.

„Alle Räume sind leer und verraten keine Spuren jüngster Benutzung", berichtete er. „Es sind große, weite Räume. Meist ist der

Boden mit herabgefallenen Trümmern übersät. Schächte führen in die Tiefe, aber dort ist es dunkel. Ob die Lifts noch funktionieren?"

Gucky rührte sich nicht. Er stand ganz still und schien zu lauschen. Sein Nackenfell sträubte sich etwas. Sengu spürte, wie die Hand des Mausbibers zitterte.

„Was hast du denn?" fragte er besorgt.

„Impulse, Sengu. Gedankenimpulse. Ich weiß nicht, woher sie kommen, aber sie sind beunruhigend. Es sind merkwürdige Impulse. Ganz verworren und ohne Sinn."

„Nicht die unserer Leute?"

Gucky schüttelte den Kopf.

„Keine menschlichen Gedankenimpulse, Sengu."

Sie standen beide mitten auf der breiten Straße und sahen sich nach allen Seiten um. Die Sonne war schon nicht mehr zu sehen. Bald würde die Nacht hereinbrechen. Die Ruinen glühten blutigrot, oben, wo die letzten Sonnenstrahlen sie noch erreichten.

„Kehren wir zu Rhodan zurück", schlug Sengu vor.

„Kommt nicht in Frage. Erst muß ich wissen, was hier los ist. Keine halben Ergebnisse, Sengu. Ich muß Gewißheit haben! Diese Impulse . . ., sie stammen von organischen Wesen. Sie leben hier in den Ruinen. Wir müssen sie finden. Ihnen galt wahrscheinlich die Aktivität der Robotschiffe."

Sie teleportierten ein Stück weiter. Gucky bemerkte, daß die Gedankenimpulse der Unbekannten stärker wurden. Die Richtung stimmte also. Damit wuchs die Gefahr der Entdeckung.

„Das ist aber ein Riesengebäude da vor uns", stellte Sengu fest. „Es ist auch nicht so sehr zerstört. Warte . . . Das ist ja interessant . . ."

„Was ist interessant?"

„Die Räume sind . . . sind von den Trümmerstücken befreit worden. Eine Treppe führt in die Tiefe und Antigravschächte. Alles sieht so neu und benutzt aus. Die Kellergewölbe . . . Gucky! Licht! Maschinen stehen da . . ."

„In Deckung!" rief Gucky. Ohne zu teleportieren rannten sie auf die gegenüberliegende Seite der Straße. Hier hatte einst ein Haus gestanden, aber es war eingestürzt. Die Trümmer boten Dutzende Verstecke. Hinter einer noch stehenden Wand machten sie halt. „Ich habe eine Bewegung gesehen."

„Ich auch“, gab Sengu zu. „Aber nur undeutlich und schemenhaft. Es ist schon zu dunkel. Aber in den Kellern brennt Licht. Licht, Gucky!“

„Es gibt also noch Energie und Überlebende.“

„Vielleicht sollten wir jetzt Rhodan unterrichten ...“

„Auf keinen Fall. Es ist noch zu früh. Wir finden dann vielleicht das Haus nicht wieder, oder die Überlebenden wechseln ihr Quartier. Ich will jetzt endlich wissen, was auf dieser Welt los ist.“

Sengu seufzte, sagte aber nichts.

Sie spähten quer über die Straße zu dem einigermaßen intakten Gebäude. In der Hand des Japaners lag die Kombiwaffe. Ihr kühles Griffstück wirkte beruhigend.

Drüben rührte sich nichts, aber es war auch schon dunkel. Von dem Licht, das in den Kellern brennen sollte, war nichts zu erkennen. An der Stelle, an der Gucky vorher eine Bewegung gesehen hatte, war tiefer Schatten. Die Außenmikrophone nahmen kein Geräusch auf. Es war totenstill.

Gucky wandte sich an den Gefährten:

„Ich werde die Lampe auf das Haus gegenüber richten und sie dann einschalten. Nicht schießen! Erst dann, wenn uns jemand angreift.“

Sengu nickte.

Gucky hob die Lampe und richtete sie ungefähr dorthin, wo er *etwas* vermutete – und schaltete ein.

Der helle Lichtkegel reichte leicht bis auf die andere Straßenseite, außerdem hatte er genügend Streuung, fast zehn Meter der Ruinenfront in grelles Licht zu tauchen. Der Eingang war genau in der Mitte der plötzlichen Lichtflut.

Die Gestalten, die auf einmal sichtbar wurden, rührten sich nicht. Es war, als habe die Überraschung sie an Ort und Stelle gebannt.

Es waren fürchterliche Gestalten. Sie als menschenähnlich bezeichnen zu wollen, war unmöglich. Es waren bizarr geformte Ungeheuer, Phantasiegebilde aus einem Angsttraum, zu Form erstarrte Nebelschleier einer unwirklichen Welt.

Guckys Hand begann zu zittern, der Lichtkegel wanderte hin und her.

Als er wieder an die alte Stelle zurückkehrte, war der Spuk verschwunden.

Gucky schaltete die Lampe aus.

„Was war das?“ fragte er benommen. „Lieber Himmel, was war das?“

„Lebewesen“, gab Sengu zurück, den Daumen immer noch auf dem Feuerknopf seiner Waffe. „Sie wohnen unter den Ruinen. Schrecklich!“

„Lebewesen?“ Gucky schüttelte sich. „Phantome waren das, Gespenster. Grauenhafte Erscheinungen, die niemals Wirklichkeit sein können. Einige hatten keinen Kopf, andere waren weiß und farblos – wahrscheinlich Albinos. Ich habe welche mit vier und acht Armen gesehen, solche ohne Beine und andere wiederum mit zwei oder drei Köpfen. Ich glaube, wir haben uns das alles nur eingebildet.“

„Sie sind Wirklichkeit“, erinnerte ihn Sengu ernst. „Denke an die Impulse, die du aufgefangen hast.“

Gucky lauschte in sich hinein, dann schüttelte er den Kopf.

„Ich empfange nichts mehr. Entweder bin ich wirklich verrückt, oder sie können ihr Gehirn abschirmen. Ist dir aufgefallen, daß nicht eins der Wesen wie das andere aussah? Als ob wir eine Mischung aus tausend verschiedenen Völkern vor uns hätten.“

„Mutationen“, vermutete Sengu. „Natürlich, es müssen Mutationen sein. Sie leben seit Generationen in der Strahlenflut. Der Genkode muß sich da ja verändern. Deshalb wirkten sie so furchtbar und unwirklich.“

„Wir müssen sie näher kennenlernen, Sengu. Ich habe eine Idee – der Deflektor! Wir machen uns unsichtbar, dann können sie uns nicht entdecken. Wir teleportieren und machen uns dann unsichtbar.“

Sengu zögerte. Aber dann nickte er und gab Gucky die Hand.

Der Mausbiber wußte, daß er sich auf ein gewagtes Spiel einließ. Aber immerhin bot der Spezialanzug mit seinem Energieschirm Schutz gegen fast jeden Angriff. Außerdem – wenn man sich unsichtbar machen konnte, war die Gefahr der Entdeckung noch geringer.

Unwillkürlich suchte seine Hand, in der er die Lampe hielt, den Kontrollschalter für den Deflektor. Eine Umdrehung würde genügen, und er war unsichtbar.

Er konzentrierte sich auf das unterirdische Gewölbe, in dem die Maschinen standen, dann sprang er mit Sengu. Es war hell, als er wieder sehen konnte. An der gewölbten Decke brannten lange Reihen von Lampen. Darunter standen die Maschinen- und Generatorenblöcke – auch in langen, schier endlosen Reihen. An den Wänden waren Bildschirme – dunkel und verstaubt. Man sah ihnen an, daß sie schon lange außer Betrieb waren.

Ganz am anderen Ende des Ganges waren hohe, hagere Gestalten. Sie bewegten sich seitwärts und verschwanden.

„Sie haben uns gesehen", flüsterte Gucky. „Machen wir uns unsichtbar."

Er schaltete den Deflektorschirm ein und sah, daß Sengu es ebenso machte.

Doch die aufleuchtenden Warnlampen der Kontrollen zeigten ihnen, daß irgend etwas schiefgegangen war. Beide Deflektoren versagten!

Das konnte kein Zufall sein. Die Mutanten mußten die technische Möglichkeit besitzen, Deflektoren unwirksam zu machen.

Es kam Gucky nicht zu Bewußtsein, wie unsinnig seine Überlegung sein mußte. Selbst wenn die Fremden eine solche Möglichkeit gehabt hätten, wäre diese schnelle Reaktion absolut unwahrscheinlich gewesen. Die Mutanten konnten überhaupt nicht damit rechnen, daß die Eindringlinge Deflektoren besaßen.

Was immer auch geschehen war, Sengu und Gucky standen einigermaßen verdutzt in der Maschinenhalle unter den grellen Lampen. Von allen Seiten näherten sich die grauenhaftesten Monstrositäten, die sie je in ihrem Leben gesehen hatten. Und der einzige Ausweg war nur schnelle Flucht.

Aber damit wartete Gucky noch.

Er wich bis zur Wand zurück und wartete, bis Sengu neben ihm stand. Mit freiem Rücken konnte er sich auf den Hauptkorridor konzentrieren, ohne die abzweigenden Gänge beachten zu müssen. Wenn jetzt jemand angreifen wollte, konnte er nur aus einer Richtung kommen – und in dieser Richtung paßte Gucky auf.

Gucky entschloß sich dazu, Kontakt mit Rhodan aufzunehmen. Nachdem er den Sender auf die richtige Frequenz einjustiert hatte, rief er:

„Perry, melde dich! Oder irgend jemand ..."

„Gucky!" Es war Tolots Stimme, erleichtert und überrascht zugleich. „Wir haben uns schon Sorgen gemacht ..."

„Aber doch nicht um mich!“ unterbrach Gucky hastig. „Trotzdem, wir stecken in einer eigenartigen Klemme. Ich könnte teleportieren, aber wir wollen doch erst wissen, mit wem wir es zu tun haben und . . .“

„Rede nicht soviel! Wo seid ihr?“

„Unter den Ruinen. Wir werden von Mutationen eingekreist. Leider versagen unsere Deflektoren; wir können uns nicht mehr unsichtbar machen. Ich versuche es mit Telekinese. Vielleicht können wir wenigstens einen Gefangenen mitbringen.“

Im Kopfhörer war Gemurmel, dann sagte Rhodan:

„Gucky, ihr kommt sofort zurück, verstanden! Keine Experimente!“

„Aber ich will doch nur . . .“

„Du hast gehört, was ich sagte. Sofort ins Lager zurück. Übrigens – *alle* Deflektoren versagen! Vielleicht begreifst du nun, daß wir es mit Gegnern zu tun haben, die nicht zu unterschätzen sind. Vielleicht setzen sie auch die Energieschirme und Flugaggregate außer Betrieb.“

Gucky schnappte erschrocken nach Luft. Aus den Augenwinkeln heraus sah er mehrere Gestalten, die sich aufrecht näherten. Er hörte Sengu aufschreien, dann summte der auf Lähmung geschaltete Kombistrahler wie eine wütende Hornisse auf.

„Wir kommen!“ rief Gucky in sein Mikrophon und griff nach Sengus freier Hand. „Hör auf zu schießen, Sengu! Du verdirbst noch alles!“

Zwei der Mutanten waren zusammengebrochen. Die anderen liefen weiter, aber Gucky packte sie telekinetisch und wirbelte sie zurück.

Zwei Sekunden später standen Sengu und Gucky auf der dunklen Straße. Ein rötlicher Schimmer am westlichen Himmel erlaubte Gukky genug Orientierung, um mit drei weiteren Teleportersprüngen das Lager zu finden.

22.

Dr. Berger beendete seinen Vortrag:

„Damit ist der Zusammenhang klar. Die merkwürdige Strahlung, mit der uns die Robotschiffe bestrichen, war nicht ganz so ohne, wie wir zuerst glaubten. Natürlich, für unseren Organismus war sie harmlos, zumindest harmloser als die andere Strahlung, die überall auf diesem Planeten vorherrscht. Aber sie beeinflußte die Energieeinheit unserer Deflektorgeräte. Ob das Zufall oder Absicht war, ist uns unbekannt, aber vielleicht lassen sich später daraus einige Schlüsse ziehen. Das wäre alles, was ich zu sagen habe."

Der Morgen begann zu grauen. Im Osten war der Himmel brennend rot. Rhodan und seine Männer saßen oder standen in der Grube umher.

Eine Wache war im Shift geblieben. Darin hatte man auch den Hyperkomempfänger untergebracht.

„Vielleicht war es Absicht", sagte Rhodan nachdenklich. „Aber warum gerade die Deflektoren? Die Auftraggeber der Robotschiffe konnten doch nicht wissen, daß wir welche haben. Oder doch?"

„Kann sein", gab Dr. Fuxer zu bedenken, „daß sie überhaupt nicht uns meinten, als sie angriffen." Er lächelte verlegen. „Nur so eine Vermutung von mir. Schließlich haben Roboter ein langes Gedächtnis. Sie vergessen niemals etwas, und wenn es hundert oder tausend Jahre her ist, nicht wahr?"

„Und der Krieg hier fand vor dreihundert Jahren statt", ergänzte Rhodan und nickte ihm anerkennend zu. „Vielleicht haben Sie recht. Man sollte die Robotschiffe mit den Mutanten in Verbindung bringen, die unter oder in den Ruinen hausen. Trotzdem . . . warum wurden die Deflektoren unschädlich gemacht?"

„Mit noch so harter Strahlung ist den Mutanten nicht beizukommen, sonst könnten sie auf dieser Welt nicht existieren." Berger deutete in Richtung der Stadt. „Was dort lebt, braucht diese für uns tödliche Strahlung. Gäbe es sie nicht mehr, müßten sie wahrscheinlich sterben. Also versucht man, den Mutanten mit anderen Mitteln beizukommen. Wieso allerdings mit Strahlen, die Deflektoreinheiten außer Betrieb setzen, ist auch mir schleierhaft."

„Hier ist einiges schleierhaft", gab Rhodan ihm recht. „Aber sobald der Tag anbricht, werden wir versuchen, Licht in die Angelegenheit zu bringen. Ich habe ja geahnt, daß einiges auf Destroy nicht stimmt."

„Wenn du die Mutanten gesehen hättest . . .!" sagte Gucky und schüttelte sich vor Entsetzen. „Ihre jetzige Form läßt keinen Schluß auf die ursprüngliche Gestalt des hier vernichteten Volkes zu. Sie sind meist lang und hager, haben viele Beine und Arme, fast Tentakel. Ihre Hautfarbe ist weiß. Sie bewegen sich unbeholfen."

„Eine Mutation vollbringt wahre Wunder – negative und positive", sagte Rhodan. „Wir wollen versuchen, Kontakt mit ihnen aufzunehmen. Noch haben wir zwei Tage Zeit. Bis dahin muß es uns gelungen sein."

„Ich schlage vor, wir benutzen den Shift", warf Peanut ein.

„Selbstverständlich", stimmte Rhodan ihm zu. „Eine richtige Expedition, sonst ist es sinnlos. Wenn unsere Vermutungen stimmen, müssen uns die Mutanten für ihre Todfeinde halten. Sie werden uns mit allem angreifen, was ihnen zur Verfügung steht." Er sah Tolot an. „Sie bleiben hier und übernehmen das Kommando, Tolot. Es ist möglich, daß die Mutanten unruhig geworden sind und versuchen, uns zu finden. Wenn sie angreifen, wehren Sie sich. Geben Sie uns dann sofort Bescheid."

Tolot schien sich in einer passiven Rolle nicht wohlzufühlen, aber widerstandslos fügte er sich Rhodans Befehl. Er wußte außerdem, daß er im Shift den Platz von drei anderen Männern einnehmen würde.

Rhodan wählte zehn Männer aus, unter ihnen Major Peanut, Kasom, Sengu und Dr. Fuxer. Daß Gucky mitkam, bedurfte keiner Erwähnung.

Der Shift erhob sich langsam aus seiner Grube und stieg bis in drei Meter Höhe. Gucky saß neben Sergeant Jones und versuchte, ihm die einzuschlagende Richtung klarzumachen. Das jedoch war schwieriger, als der Mausbiber sich das vorgestellt hatte. Erstens sahen die Ruinen fast alle gleich aus, und zweitens war er ja teleportiert.

„Es muß mehr in Richtung Zentrum gewesen sein", sagte Gucky, der wie alle anderen dankbar die Gelegenheit wahrnahm, den Helm zu öffnen. „Dort sind die Ruinen höher und besser erhalten. Steigen Sie doch höher, damit wir einen besseren Überblick erhalten."

„Dann ist die Gefahr der Entdeckung aber auch größer."

„Wenn schon – wir wollen ja Verbindung mit ihnen aufnehmen."

Der Shift stieg höher und schwebte bald fünfzig Meter über den Konturen von ehemaligen Straßenzügen. Die rote Sonne Alurin stand bereits zwei Handbreit über dem Osthorizont. Der Himmel war ein rosiges Flammenmeer mit grünen Wolkenfetzen. Die Ruinen schienen zu brennen.

„Mehr westlich“, sagte Gucky plötzlich. „Dort unten liegt das große Gebäude, in dessen Keller wir waren. Neben der breiten Straße. Gehen Sie wieder tiefer, Jones.“

„Keine Gedankenimpulse?“ erkundigte sich Rhodan, der gespannt in die Ruinen hinabsah, aber nichts entdecken konnte, was wie ein Lebewesen aussah. „Landen Sie, Sergeant. Direkt neben dem Sandhaufen dort.“

Der Shift setzte auf. Jones drehte ihn so, daß die Hauptsichtluke und die Frontseite auf das langgestreckte Gebäude gerichtet war, das Gucky nun nicht mehr aus den Augen ließ.

„Ist es das?“ fragte Rhodan den Japaner. Sengu nickte.

„Es kann kein Zweifel daran bestehen. Ich erkenne den Eingang wieder. Dort standen die Mutanten gestern. Jetzt, wo es hell ist, wären sie nicht zu übersehen.“

Rhodan überlegte einige Sekunden.

„Wenn sie nicht zu uns kommen“, entschied er dann, „werden wir wohl zu ihnen gehen müssen. Glaubst du, daß sie Energiewaffen haben, Gucky?“

„Gestern waren keine zu sehen. Sie kamen mit den bloßen Fäusten auf uns zu – wenn sie Fäuste haben.“

„Also unbewaffnet.“ Rhodan schaute angestrengt zum Eingangsportal hinüber. Die Füllung fehlte. Das Portal war ein schwarzes Loch in der glasierten hellen Außenwand. „Ich habe das Gefühl, wir werden beobachtet.“

„Keine Impulse“, beharrte Gucky auf seiner früheren Beobachtung.

„Hat nicht viel zu sagen. Du sagtest schon gestern, daß sie ihr Gehirn abschirmen können. Sie sind Mutanten, vergiß das nicht.“

Kasom begann, seinen Helm zu schließen.

„Soll ich mal nachsehen, Sir“, erbot er sich. „Der Shift kann mir ja Feuerschutz geben, falls das notwendig sein sollte – ich glaube es aber nicht. Wenn mich diese sagenhaften Mutanten sehen ...“

„... wird ihnen bestimmt schlecht“, meckerte Gucky dazwischen.

Rhodan wiegte den Kopf hin und her.

„Ich weiß nicht, Kasom, ob das nicht zu riskant ist. Nehmen sie jemand mit. Ich überlasse Ihnen die Wahl."

Ohne Kasoms Entscheidung abzuwarten, verschraubte Gucky seinen Helm. Kasom grinste und sagte:

„Einen hätten wir schon. Dazu noch einen Freiwilligen."

Sofort begannen die anderen acht Männer damit, ihre Helme zu schließen. Rhodan protestierte:

„So war das nicht gemeint. Außer Gucky kann nur noch einer Kasom begleiten. Sie, Dr. Fuxer. Einverstanden, Kasom?"

„Ich werde ja wohl nicht gefragt", rief Gucky erbost und stieß dem Physiker seine kleine Faust in die Gegend, wo er die Rippen vermutete. „Was sollen wir mit einem Eierkopf anfangen?"

Fuxer klopfte an den Kolben seiner Kombiwaffe.

„Beim letzten Wettbewerb auf Terra habe ich den ersten Preis . . ."

„Ja, da haben Sie auch auf Robothasen geschossen", erinnerte ihn Gucky verächtlich. „Immer so peng . . . peng, und keiner schoß zurück. Sie werden sich wundern, wenn Sie die Gespenster hier zu sehen kriegen."

„Vorläufig wird nicht geschossen, und wenn, dann nur mit Paralysestrahlen", sagte Rhodan mit Nachdruck. „Ich möchte Verbindung aufnehmen, kein Blutbad anrichten. In meinen Augen ist der von euch der Held, der das Gespräch mit den Mutanten einleitet. Ist das klar, Kasom, Fuxer?"

Fuxer nickte.

„*Wenn* es Mutanten sind", sagte er.

Sie verließen den Shift durch die Schleuse.

Rhodan setzte sich hinter die Kontrollen der Bordgeschütze und ließ den Eingang gegenüber nicht aus den Augen. Wie alle anderen in der geräumigen Kabine versäumte er dabei, den übrigen Ruinen die notwendige Beachtung zu schenken.

Kasom sah sich aufmerksam nach allen Seiten um. Die Funkgeräte waren eingeschaltet. Jeder konnte nun jeden verstehen und mit jedem sprechen. Das erforderte eine gewisse Disziplin, sonst hätte man bei der Anzahl der Teilnehmer sein eigenes Wort nicht mehr verstanden.

Es war nichts zu sehen.

Kasom ging quer über die Straße auf das Gebäude zu. Gucky und Fuxer folgten ihm in einem Meter Abstand. Vorsichtig wichen sie den riesigen Trümmerstücken aus, die ihnen den Weg versperrten – und natürlich auch die Sicht.

So kam es, daß die Mutanten die Überraschung auf ihrer Seite hatten.

Sie stürmten aus der Seitenstraße und griffen die drei an.

Sekunden später waren sie bereits so nahe, daß Rhodan vom Shift aus nicht mehr das Feuer eröffnen konnte. Gucky hätte sich zwar durch einen schnellen Teleportersprung in Sicherheit bringen können, aber Flucht mißfiel ihm. Außerdem hätte er dann seine beiden Kameraden im Stich lassen müssen.

Kasom riß die Waffe aus dem Gürtel, aber er feuerte nicht.

Die Mutanten waren nur mit Steinen und Metallstangen bewaffnet. Damit stürzten sie sich stumm und in verbissener Wut auf den vermeintlichen Todfeind. An ihrer ganzen Haltung war zu erkennen, daß sie Kasom, Fuxer und Gucky für jemand anders hielten.

Das war es auch, was Kasom zögern ließ, von der Waffe Gebrauch zu machen.

Die Schutzschirme der Kampfanzüge genügten.

Die Mutanten prallten gegen das unsichtbare Hindernis und blieben zunächst ratlos stehen.

„Alles in Ordnung", sagte Kasom ruhig zu den anderen. „Sie kommen nicht an uns 'ran. Kein Grund zur Beunruhigung. Mal sehen, was sie nun unternehmen."

Der erste Angriff der Mutanten war zunächst abgeschlagen, aber schon Sekunden später folgte der zweite. Er bewies, daß die Mutanten von einem Volk abstammten, das technisch auf der Höhe gewesen war. Sie kannten die Struktur eines schützenden Energieschirms und wußten auch, daß er unter Umständen wie feste Materie wirkte. Mit allen ihren Vor- und Nachteilen.

Es waren an die fünfzig Ungeheuer, die sich erneut auf Kasom, Fuxer und Gucky stürzten, doch diesmal nicht, um sie selbst zu ergreifen, sondern nur, um die Schutzschirme abzudrängen. Und mit den Schirmen ihre Träger.

Langsam aber sicher bewegte sich die ganze Gruppe auf den großen Eingang des Gebäudes zu.

„Sie tragen uns einfach weg", sagte Kasom verblüfft. „Sie schleppen uns in ihr Versteck – mitsamt den Schirmen."

„Was bezwecken sie damit?“ rief Fuxer wütend. „Sie können uns höchstens aushungern. Warum wehren wir uns nicht? Wir könnten ihnen sogar davonfliegen.“

„Abwarten“, befahl Kasom und war Rhodan dankbar, daß er sich nicht einmischte. „Sie können uns nichts tun, vielleicht erfahren wir, was sie von uns wollen und für wen sie uns halten.“

„Feine Gesellschaft“, stieß Gucky hervor und war froh, einen Schutzschirm um sich zu haben. Die gräßlichen Gesichter waren keinen Meter von dem seinen entfernt und er vermeinte, ihren Atem zu spüren. „Soll ich sie mal fliegen lassen?“

„Warte noch“, sagte Kasom. „Wenn es ernst wird, kannst du ihnen immer noch zeigen, was für ein gewaltiger Kämpfer du bist.“

Gucky las in Kasoms Gedanken die Ironie, aber er verzichtete auf eine Entgegnung. Er hatte genug damit zu tun, die Mutanten zu betrachten.

Wie eine riesige Traube schoben sie sich mit ihren Gefangenen in die Vorhalle des Gebäudes. Rhodan fragte über Telekom:

„Alles in Ordnung?“

„Machen Sie sich keine Sorgen, Sir“, erwiderte Kasom. „Wir melden uns schon, wenn es brenzlig werden sollte. Aber ich glaube nicht, daß die Mutanten die technischen Mittel besitzen, einen Schutzschirm zu knacken.“

Sie wurden über den Rand eines Schachtes gedrängt und sanken langsam in die Tiefe. Das Antischwerkraftfeld funktionierte also noch. Es gab Energie in der Ruinenstadt!

Zuerst wurde es dunkel, dann wieder heller. Gucky begann zu ahnen, daß er bald dort sein würde, wo er auch gestern mit Sengu gestanden hatte. In der Maschinenhalle nämlich.

Während sie nach unten sanken, konnten sie hören, was die Männer im Shift sprachen. Es waren meist Vermutungen, die sie äußerten. Sergeant Jones schlug vor, in das Gebäude einzudringen und „reinen Tisch zu machen“. Sengu berichtete laufend, was er durch die Mauern hindurch beobachten konnte. Er war es schließlich dann auch, der das Leben der drei Freunde rettete. Denn er sah etwas, das kein anderer sehen oder auch nur ahnen konnte.

„Komisch“, berichtete er mit leiser Stimme. „In der Halle ist es hell, sehr hell. Es ist, als sei ein atomarer Brand ausgebrochen. Ich kann nicht hineinblicken. Mutanten sind dort nicht zu sehen. Ich glaube auch nicht, daß es in der eigentlichen Halle ist, sondern mehr dort, wo der Schacht endet. Wartet... jetzt erkenne ich eine Trennwand. Sie ist zwischen dem Schachtende und der Maschinenhalle errichtet worden. Die Halle selbst ist unverändert. Aber dort, wo der Schacht endet..."

„Ein atomares Feuer?" erkundigte sich Rhodan mißtrauisch. „Was meinen sie damit, Sengu?"

„Es ist, als sähe ich in das Innere eines Reaktors", sagte der Japaner unsicher. „Aber dort ist doch kein Reaktor. Meiner Schätzung nach müßte dort der Schacht enden."

Kasom, der dem Gespräch aufmerksam gefolgt war, sah nach unten.

„Wie weit reicht der Schacht in die Tiefe, Sengu?" fragte er.

„Schwer zu schätzen. Fast fünfzig Meter, würde ich sagen."

„Dreißig etwa sind wir gesunken. Also noch zwanzig Meter." Er schwieg einige Sekunden. „Es ist dunkel, ich kann nichts sehen."

„Im Schacht selbst ist eine Trennplatte. Sie wird erst im letzten Augenblick, wenn ihr über ihr seid, weggezogen. Und dann... Kasom! Wenn sie weggezogen wird, landet ihr im Atomreaktor! Ihr müßt euch sofort in Sicherheit bringen!"

Kasom wurde blaß. Fuxer begann laut zu fluchen.

„Schaltet die Flugaggregate ein!" befahl Rhodan. „Beeilt euch! Und dann hoch! Mit voller Kraft, dann fegt ihr die Mutanten oben beim Schacht auseinander. Beeilt euch gefälligst, oder wollt ihr geröstet werden?"

„Ich gehe vor", sagte Kasom und drehte an den Flugkontrollen. Sein Fall nach unten wurde gestoppt, dann begann er zu steigen, langsam zuerst, dann rasend schnell. Gucky und Fuxer folgten ihm, ohne auch nur ein Wort zu verlieren. Als sie zufällig nach unten blickten, sahen sie, wie die Trenndecke verschwand. Das grelle Licht blendete sie.

Wenn Sengu sie nicht gewarnt hätte, wären sie geradewegs in der Hölle gelandet. Vielleicht hätten die Schutzschirme für kurze Zeit der einfallenden Energiemenge standgehalten, aber sicherlich wäre bis dahin auch die Trenndecke wieder geschlossen worden. Und ehe Gucky teleportiert wäre...

Wie Projektile schossen sie aus der oberen Öffnung des Schachtes. Einige Mutanten, die neugierig in die Tiefe schauten, wurden zur Seite geschleudert.

Diesmal zögerte Kasom nicht mehr. Er riß seinen Kombistrahler aus dem Gürtel und eröffnete das Feuer auf die Ungeheuer. Auch Fuxer reagierte seinen Schock ab.

Gucky schleuderte einige der Mutanten telekinetisch beiseite.

Ungehindert erreichten sie die Straße und waren Minuten später in der Sicherheit des Flugpanzers.

Genau in diesem Augenblick meldete sich Tolot aus dem Lager.

Er rief:

„Wir werden angegriffen ... sie kommen zu Hunderten. Mit unseren Handwaffen können wir sie nicht aufhalten. Melden Sie sich bitte ...“

Rhodan schaute verbissen auf den Empfänger.

„Jones“, sagte er dann mit ruhiger Stimme. „Fliegen Sie einen Gegenangriff ... aber beeilen sie sich!“

Der Wachposten auf der Ruine beim Stützpunkt entdeckte die Mutanten zuerst. Er sah eine Bewegung in den Trümmern, gab aber noch keinen Alarm. Vielleicht war es nur ein vereinzelter Überlebender des Höllenplaneten, der keine Gefahr für die Besatzung des Stützpunktes darstellte.

Aber dann sah er andere Gestalten von Deckung zu Deckung huschen – Gestalten, die einem Alptraum zu entstammen schienen. Sein Gefühl weigerte sich, diese Schreckgespenster als Wirklichkeit anzuerkennen, aber glücklicherweise konnte ihn das nicht, nun nicht mehr, daran hindern, endlich seine Gefährten zu alarmieren.

Tolot organisierte in wenigen Sekunden die Abwehr.

Aber wenn auch die Mutanten keine Strahlwaffen besaßen, waren sie der Besatzung des Lagers allein an Menge überlegen. Als sie einsahen, daß ihre Annäherung bemerkt worden war, verzichteten sie auf jede Tarnung. Sie tauchten praktisch überall auf, einige sogar nur wenige Meter von der schützenden Grube der Terraner entfernt.

Sie stürmten.

Tolot unterrichtete Rhodan, dann gab er Feuererlaubnis.

Wenn die Terraner nicht einfach überrannt werden wollten, hatten sie keine andere Wahl, als auf die Angreifer zu schießen.

Die Lähmstrahlen rissen große Lücken in die Front der Mutanten, die einen unbeschreiblichen Haß auf ihr Angriffsziel haben mußten. Es war ein Haß, wie er nicht in Minuten, Stunden oder gar Tagen entstehen konnte. So konnten nur Wesen hassen, die Jahre oder Jahrhunderte von einem Feind gedemütigt und niedergehalten wurden.

Über Berge paralysierter Mutanten hinweg kletterten neue Angreifer.

Da tauchte über den Ruinen der Shift auf, schwebte heran und landete zwischen dem Stützpunkt und den heranstürmenden Mutanten.

Die Front geriet ins Stocken.

Aber nur für Sekunden.

Dann rollte sie weiter auf den Stützpunkt zu.

„Tolot", sagte Rhodan in den Interkom. „Hören sie mich?"

„Sehr deutlich. Was ist?"

„Geben Sie den Stützpunkt auf. Jeder soll tragen, was er tragen kann. Versuchen Sie, zum Shift zu gelangen."

„Aber . . . die Ausrüstung . . ."

„Muß mit."

„Wir werden doch mit den Mutanten fertig. Wenn ich aufspringe und zu ihnen laufe, rennen sie davon."

„Der Kampf muß beendet werden, Tolot. Wir sind die falschen Gegner. Die Feinde der Mutanten sind wahrscheinlich auch unsere Feinde, aber machen Sie das den Unglücklichen mal klar. Also, was ist?"

„In Ordnung. Wir sind in ein paar Minuten bei Ihnen. Können Sie nicht näher an den Stützpunkt herankommen?"

„Wir landen neben der Grube."

„Danke."

Jones ließ den Flugpanzer dicht über die Köpfe der Angreifer hinweggleiten und landete unmittelbar am Rand der Grube. Gleichzeitig öffnete er die Außenschleuse. Die ersten Männer sprangen kurz darauf in die Kabine.

„Runter in den Frachtraum, hier oben ist nicht genügend Platz", befahl Jones. „Beeilt euch!"

Tolot kam als letzter. Er jagte den Mutanten, die bis auf wenige Meter herangekommen waren, einen Feuerstoß entgegen, der sie zurückwarf. Dann schaltete er seinen Schutzschirm ab und sprang in den Shift.

Jones schloß die Luke.

„Starten!" rief Rhodan.

Die Mutanten blieben zurück. Sie stürzten sich in die Grube und suchten nach vergessenen Gegenständen, aber außer einigen leeren Energiemagazinen fanden sie nichts. Ihre Enttäuschung machte sich in einem Aufschrei Luft, den selbst die Außenmikrophone des Flugpanzers deutlich aufnahmen und weiterleiteten.

„Arme Teufel", meinte Rhodan mitleidig, aber diesmal fand er bei Gucky keine Gegenliebe.

„So, arme Teufel nennst du sie? Wohl weil sie mich braten wollten, was? Bei Kasom kann ich das verstehen, an dem ist wenigstens was dran. Aber was hätten sie schon davon gehabt, wenn sie mich als Grillspezialität verspeist hätten?"

„Zumindest Bauchschmerzen", eröffnete ihm Rhodan trocken.

„Ich tippe mehr auf äußerst fatale Vergiftungserscheinungen", meinte Dr. Fuxer hämisch, um sogleich hinzuzusetzen: „Trotzdem muß ich Gucky zustimmen. Mir sind die Mutanten nicht sympathisch – das verstehen Sie doch, nicht wahr?"

„Ob sympathisch oder nicht, das ist nicht entscheidend. Sie haben ein Motiv, ihre Gegner, für die sie uns halten, anzugreifen. Das müssen wir berücksichtigen. Es liegt in unserem Interesse, diesen großen Unbekannten zu ermitteln."

„Es ist unmöglich, mit den Mutanten Verbindung aufzunehmen", sagte Sengu überzeugt. „Sie sind blind vor Haß und greifen alles an, was nicht zu ihnen gehört. Wie sollen wir Kontakt mit ihnen aufnehmen? Wie sollen wir jemals den Irrtum aufklären, dem sie zum Opfer fallen?"

Dr. Berger, der sich bisher schweigsam verhalten hatte, behauptete:

„Ich bin überzeugt davon, daß es in anderen Städten und Kontinenten weitere Überlebende gibt. Wir sollten die Suche hier aufgeben und woanders nachsehen. Mit den Mutanten hier ist kein Auskommen, das dürfte klar erwiesen sein. Aber wenn wir noch Überlebende in unverändertem Zustand vorfinden, wäre eine Verständigung möglich."

Rhodan nickte bedächtig.

„Vielleicht hat Berger recht. Was meinen sie, Tolot, Kasom?"

„Diese Stadt oder eine andere ... warum sollte es da einen Unterschied geben?" Tolot hob die Schultern, und der ganze Shift schwankte, als wolle er abstürzen. Immerhin war Tolot dreieinhalb Meter hoch und wog mehrere Tonnen. „Aber von mir aus. Vielleicht haben wir auf einem anderen Teil dieses Planeten wirklich mehr Glück. Im übrigen hätte ich nichts dagegen, wenn Atlan endlich käme. Was wollen Sie eigentlich hier herausfinden?"

„Ich weiß es selbst nicht", gab Rhodan unumwunden zu. „Aber hier gibt es ein Geheimnis. Lohnt es sich nicht, dafür ein Risiko einzugehen?"

„Sicher lohnt sich das", stimmte Tolot ihm zu. „Wenn es so ist, wie Sie vermuten."

„Es ist bestimmt so", versicherte Rhodan.

Kasom meinte: „Wir sind einer Sache auf der Spur, daran kann kein Zweifel bestehen. Diese Welt wurde vernichtet. Noch heute versuchen Roboter, die wenigen Überlebenden unschädlich zu machen – mit Mitteln, die scheinbar harmlos sind. Dann der Haß. Ich weiß nicht, aber ich werde ebenfalls das Gefühl nicht los, daß wir hier auf eine Sache gestoßen sind, die für unsere Zukunft von Bedeutung sein kann."

Gucky nickte.

„Man müßte einen Gefangenen haben. Und ich wüßte auch schon, wer von uns die geeignete Persönlichkeit wäre, das schier Unmögliche zu erreichen – eine Persönlichkeit, über deren Tapferkeit und Fähigkeiten es keinen Zweifel geben kann, deren Ruf durch die ganze Galaxis verbreitet ist und vor der die Feinde Terras erbleichen und zu zittern beginnen, wenn sie nur den Namen hören. Ein Kämpfer für Recht und Freiheit, ein unerschrockener Rächer aller Enterbten und vom Schicksal Benachteiligten, der Gerechteste der Gerechten und der größte Freund aller Armen und Hilflosen ..."

„Kurz gesagt", unterbrach ihn Rhodan rücksichtslos, „du meinst dich."

Gucky holte tief Luft und nickte.

„Richtig kombiniert“, gab er zu.

Tolot brach in ein dröhnendes Gelächter aus und hielt sich die Seiten. Kasom warf ihm einen warnenden Blick zu, aber der Riese achtete nicht darauf. Er schien sich köstlich über Guckys Selbstanpreisungen zu amüsieren.

Gucky stemmte die Arme in die Hüften. Er sah richtig wütend aus.

„Du Fleischklops!“ zeterte er erbost, ohne auf Rhodans Handzeichen zu achten. „Du kannst von Glück reden, daß ich auf die anderen Rücksicht zu üben habe, sonst würde ich dich jetzt grillfertig machen.“

Es war ein köstliches Bild. Der Mausbiber, gerade einen Meter groß, stand mit drohender Gebärde vor dem riesenhaften Haluter, der vor Lachen fast keine Luft mehr bekam. Die Männer in der Kabine verkniffen sich alle Sympathiekundgebungen, weder für die eine noch für die andere Seite.

Die Vorstellung, Gucky könnte Tolot „grillfertig machen“, war so grotesk, daß selbst Rhodan lächeln mußte. Er gab inzwischen Sergeant Jones einige Anweisungen. Der Shift ging auf neuen Kurs. Er war so hoch gestiegen, daß die Stadt nur noch ein regelmäßig angelegter Trümmerhaufen in der Wüste war. Dicht daneben lag der dunkle Fleck der zerstörten Korvette.

„Hohoho!“ machte Tolot und beugte sich vor. Fast hätte der Flugpanzer das Gleichgewicht verloren. „Du Zwerg willst mich zu einem Steak verarbeiten? Paß bloß auf, daß ich nicht tief Luft hole, sonst landest du in meiner Nase.“

Gucky verzog angeekelt das Gesicht.

„Vielleicht würde sie bei der Gelegenheit mal sauber“, entgegnete er. „Aber Scherz beiseite – befassen wir uns lieber mit den ernsten Seiten des Lebens. Bist du damit einverstanden, daß ich einen Gefangenen hochhole? Und wirst du wohl endlich aufhören zu lachen? Guck in einen Spiegel, dann hast du wenigstens Grund dazu.“

Tolot schwieg, denn er hatte einen Blick Rhodans aufgefangen.

„Wohl die Sprache verschlagen, was?“ erkundigte Gucky sich giftig.

Hinter ihm sagte Rhodan ruhig, wie immer:

„Großer Kämpfer und Rächer der Unschuldigen – wie wäre es, wenn wir uns mal über dein Angebot unterhielten? Du möchtest einen Gefangenen bringen? Gut. Wie hast du dir das vorgestellt?“

Gucky vergaß Tolot.

„Ganz einfach. Ich springe in die Stadt dort unten und ..." Er sah durch die Kuppel und stockte. „Wo ist sie denn?"

„Wir werden ein Stück abseits landen, damit wir Ruhe vor den Mutanten haben. Dir machen ja Entfernungen nichts aus."

„Stimmt auch wieder", gab Gucky zu.

„Landet, wo ihr wollt. Meinetwegen auf dem Grunde des Meeres."

„Kunststück", sagte Kasom. „Wo es gar keine Meere gibt."

„Aber es gab welche", belehrte ihn Rhodan. „Und so dumm ist Guckys Vorschlag auch wieder nicht. Wir werden in einer der Senken landen, wo einst Meer war. Dort gibt es wahrscheinlich keine Mutanten."

Gucky stolzierte hocherhobenen Hauptes zwischen den gedrängt sitzenden Männern umher und genoß ihre Bewunderung. Vor Rhodan blieb er stehen.

„Du bist doch der einzige von allen", sagte er gerührt, „der meine Fähigkeiten richtig erkannt hat. Zum Dank werde ich dir einen prächtigen Gefangenen bringen. Den prächtigsten, den du jemals hattest."

„Da bin ich aber gespannt", meinte Rhodan lächelnd.

Er ahnte noch nicht, daß Gucky wieder einmal recht behalten sollte.

Der Shift stand zwischen sanften und welligen Hügeln in einer flachen Senke. Darüber spannte sich der grünblaue Himmel, der einen seltsamen Stich ins Rötliche besaß. Der Boden des ausgetrockneten Meeres war hart und fast ohne Sand. An manchen Stellen gab es Vertiefungen und enge Schluchten. In einiger Entfernung erhob sich ein Tafelberg, der früher vielleicht einmal eine Insel gewesen war. An seinem Fuß gab es Höhlen, die früher das Wasser ausgewaschen haben mochte.

Die Atmosphäre war hier genauso strahlenverseucht wie überall.

„Ziemlich übersichtlich", bemerkte Sergeant Jones. „Hier werden uns die Mutanten kaum überraschen können. Auf dem Tafelberg wäre es allerdings noch sicherer gewesen."

„Es ist jetzt Mittag." Rhodan sah hinauf in Richtung der roten Sonne. „Vielleicht warten wir bis zum Abend. Im Schutz der Dunkelheit hat Guckys Unternehmen mehr Aussicht auf Erfolg."

„Ich mache mich sofort auf den Weg", lehnte Gucky das Anerbieten ab. „Bis zum Kaffee habt ihr euren Gefangenen. Lebt wohl!"

Ehe jemand protestieren konnte, teleportierte er auf den Tafelberg, von wo aus er eine grandiose Aussicht auf die Urlandschaft des ehemaligen Ozeans hatte. Der Luftvorrat im Kampfanzug reichte noch für sechzig Stunden. Lebensmittelkonzentrate führte er auch mit, dazu eine leichte Handwaffe. Aber sein größter Trumpf war wohl sein Selbstbewußtsein.

Der Shift war ein winziger Punkt tief unten in der Ebene. Über den Telekom konnte Gucky hören, was Rhodan und die Männer sprachen. Er fing sogar ihre Gedankenimpulse auf.

„Dieser Lausebengel!" sagte Tolot gutmütig. „Man kann ihm einfach nicht böse sein, und wenn er noch so angibt."

Gucky grinste in sich hinein und schaltete den Telekom leiser.

Der abgeflachte Gipfel lag etwas höher als das ehemalige Festland. Am Horizont war die Ruinenstadt zu erkennen. Sie mochte zwanzig Kilometer entfernt sein. Für den Mausbiber war das keine Entfernung.

Schon wollte er sich auf den Teleportersprung vorbereiten, als er plötzlich innehielt und unbeweglich stehenblieb. Mit einer schnellen Bewegung schaltete er das Funkgerät völlig ab, um sich besser konzentrieren zu können.

Kein Zweifel!

Er empfing Gedankenimpulse.

Aber das allein war es nicht, was ihn so verblüffte. Es war vielmehr die unbestreitbare Tatsache, daß er das Muster dieser Impulse kannte.

Irgendwo auf diesem Planeten dachten Wesen, denen er schon einmal irgendwo vor langer Zeit begegnet war.

Er konzentrierte sich erneut und begann, den Ausgangspunkt der Gedankensendungen anzupeilen. Zu seiner Überraschung kamen die Impulse von unten, aus dem Berg. Ihr Ursprung lag direkt unter seinen Füßen.

Innerhalb der alten Insel, mitten in ihrem Höhlensystem, existierten Lebewesen. Ihre Gedanken konnten aufgefangen werden, aber es waren so viele durcheinander, daß es Gucky nicht möglich war, einen Impuls herauszukristallisieren und zu deuten.

Er vergaß sein Versprechen, einen Mutanten zu fangen.

Dies hier war viel interessanter.

Er mußte herausfinden, wer in der Felseninsel wohnte.

Nach einigem Überlegen teleportierte er zum Fuß der Insel hinab, wo er die Höhlen bemerkt hatte. Wenn es einen Eingang in das unterirdische Reich gab, dann nur an dieser Stelle.

Er überlegte.

Wenn er blind teleportierte, wußte er niemals, wo er rematerialisierte. Da er das Gelände und vor allen Dingen die innere Beschaffenheit des Tafelberges nicht kannte, war er dann zweifellos im Nachteil. Wenn er dagegen ganz normal vorging, konnte er sich jeden Schritt genau merken und sich orientieren. Im Notfall konnte er jeden Augenblick zurückteleportieren und sich so in Sicherheit bringen.

Die Gedankenimpulse bewiesen, daß *in dem Berg* Lebewesen waren. Außerdem bewiesen die Muster, daß es sich um Lebewesen handelte, denen er schon einmal begegnet war. Es mußte vor längerer Zeit gewesen sein, was wiederum eindeutig bewies, daß es in der heimatlichen Milchstraße geschehen war.

Grund genug, doppelt vorsichtig zu sein.

Er schaltete den Telekom wieder ein.

„Hallo, Perry?"

Das Stimmengewirr im Kopfhörer verstummte jäh. Rhodan meldete sich sofort:

„Gucky? Was ist? Wo steckst du? Was entdeckt?"

„Was für eine Menge Fragen auf einmal, Perry . . .! Natürlich habe ich etwas entdeckt. Aber nicht in der Stadt. Ich stehe am Fuße des Tafelberges, den ihr gut von euch aus sehen könnt. Bleibt aber noch dort, wo ihr seid. Ich werde mir den Berg mal näher ansehen. Da wohnt jemand drin."

„Im Berg wohnt jemand? Drücke dich gefälligst deutlicher aus."

„Geht nicht deutlicher, Perry. Wohnt jemand drin; das ist bisher alles, was ich feststellen konnte."

„Mutanten?"

„Weiß ich noch nicht. Jedenfalls kenne ich die Gehirnwellenmuster. Und zwar von früher her. Nicht von hier. Sind also alte Bekannte, die im Innern des besseren Maulwurfhügels hausen. Vielleicht sogar gute alte Bekannte."

Pause.

Dann sagte Rhodan:

„Sei vorsichtig, Gucky. Wir haben keine guten, alten Bekannten, die du von der Milchstraße her kennst und die hier wohnen. Irrst du dich auch nicht?"

„Bestimmt nicht. Ich marschiere also los. Wenn ich mich in zwei Stunden nicht wieder melde, sieh mal hier nach."

„Warum schaltest du den Interkom nicht ein?"

„Ich will mich nicht ablenken lassen. Alles klar soweit?"

„Wie du willst. Wir warten zwei Stunden. Aber wenn wir bis dahin nichts von dir hören, rücken wir an."

Gucky kicherte.

„Es tut gut, eine solche Streitmacht im Rücken zu wissen."

Er schaltete das Funkgerät ab. Die Ruhe war unheimlich, aber sie tat gleichzeitig auch gut. Er rückte den kleinen und leistungsfähigen Kombistrahler im Gürtel zurecht, ehe er seine Wanderung ins Ungewisse begann.

Der Boden des ausgetrockneten Meeres war an dieser Stelle ungewöhnlich eben und fast ohne Geröll. In breiten Rinnen, deren Umrisse noch zu erkennen waren, mochten einst submarine Strömungen verlaufen sein. Die Wand des Tafelberges ragte steil und senkrecht in die Höhe. Fast wie eine riesige Säule, dachte Gucky und versuchte sich vorzustellen, wie er als Insel gewirkt hatte.

Unschlüssig stand er da in der einsamen Wüstenei, über die sich der strahlenverseuchte Himmel spannte. Die Außenmikrophone fingen keinen Laut auf. Als hier an dieser Stelle noch Meeresgrund war, konnte es auch nicht stiller gewesen sein.

Aber jetzt gab es Gedankenimpulse!

Gucky versuchte, die Richtung anzupeilen, aber das erwies sich als ziemlich schwierig. Die Gedanken kamen zwar nur aus der ehemaligen Insel, aber von dort aus allen Richtungen. Einzelne zu lokalisieren war beinahe unmöglich. Nur für Sekunden gelang es ihm manchmal, einen stärkeren Impuls auszumachen und in klare Gedanken umzuwandeln. Sie besagten nicht viel.

„... bei Xeresta unzulässig hohen Atemluftverbrauch registriert – wurde vom Aufsichtsorgan verwarnt ..."

Das war, wenn auch kein ganz klarer, so doch ein vernünftiger Gedankengang. Die Bewohner des Tafelberges hatten jedenfalls Luftversorgungsschwierigkeiten. Das erschien weiter nicht verwunderlich auf dieser Welt, aber es unterschied sie gewaltig von den

Mutanten, denen die strahlenverseuchte Atmosphäre nichts ausmachte. Im Innern der Insel lebten also Wesen, deren Organismus noch auf saubere und strahlenfreie Luft angewiesen war.

Im Berg gab es demnach keine Strahlung!

Während Gucky langsam weiterging, dämmerte ihm die Erkenntnis, daß in dem Berg die Nachkommen der wirklichen Urbevölkerung des Planeten Destroy leben mußten, und zwar in der ursprünglichen Form und keineswegs mutiert. Das alles ging aus dem einzigen Gedankenimpuls hervor, den er bisher klar aufgefangen hatte.

Die Wand des Tafelberges wich plötzlich zurück und gab einen wohl zwanzig Meter breiten Eingang frei. Drüben setzte sich die Wand fort. Der Einschnitt war vielleicht fünfzig Meter tief und endete erneut vor einer glatten und scheinbar fugenlosen Wand.

Gucky sah sofort, daß es sich um keinen natürlichen Felseinschnitt handelte. Dazu waren die drei senkrecht nach oben strebenden Wände zu glatt und eben. Man kam sich vor wie auf dem Grund eines riesigen Schachtes.

Es war die Wand, die den Weg in den Berg versperrte, die Gucky interessierte. Dahinter mußte die geheimnisvolle Welt der Überlebenden verborgen liegen.

Der Weg durch die Wand brachte vielleicht die Antwort auf alle Fragen, deretwegen Rhodan diese Expedition unternommen hatte.

Es hängt wieder einmal alles von mir ab, dachte Gucky und schmunzelte nachsichtig. Aber er war ehrlich genug, sich jetzt den Späher Sengu herbeizuwünschen. Der Japaner hätte durch die trennenden Felsen hindurchsehen und erkennen können, was dahinter lag.

Ach was, dachte Gucky weiter und marschierte langsam auf den inneren Felsen zu, ich werde auch allein herausfinden, wer dahinter wohnt. Im Notfall springe ich einfach blind nach oben, zehn oder zwanzig Kilometer. Während ich dann falle, kann ich mich orientieren und erneut springen. Passieren kann mir ja nichts.

Er konzentrierte sich und teleportierte durch die Wand.

Zuerst sah er überhaupt nichts, aber als seine Augen sich umstellten, gewahrte er einen schwachen Lichtschimmer, der aus der hochliegenden Decke zu ihm herabdrang. Er tastete telekinetisch und stellte fest, daß die Decke glatt und mindestens dreißig Meter hoch über ihm war. Etwa zwanzig Meter vor ihm lag eine zweite Wand. Gucky schloß daraus, daß er sich in einer Schleuse befand. Wenn dies der Eingang war – und das war er zweifellos –, dann diente er dazu, große Gegenstände durchzuschleusen. Maschinen oder Fahrzeuge vielleicht. Wahrscheinlich hatte man ihn schon lange nicht mehr benützt.

Gucky spürte das Vibrieren unter seinen Füßen. Irgendwo liefen Maschinen. Die Welt im Innern des Berges mußte in ihrer ganzen Anlage einem riesigen Raumschiff gleichen, das von seiner Umwelt unabhängig war. Die Maschinen sorgten für Wärme, für Energie und für Atemluft.

Langsam ging Gucky bis zur zweiten Trennwand. Inzwischen konnte er gut sehen. Der Mechanismus der Öffnungskontrollen war ihm fremd.

Die Gedankenimpulse waren stärker geworden und noch schwerer zu unterscheiden als vorher. Sie drangen nun von nahezu allen Seiten auf ihn ein. Es waren Tausende und aber Tausende. Wenn die ganze Insel in ihrem Innern ausgehöhlt und bewohnt war, hätten es eigentlich noch mehr sein müssen.

Er konzentrierte sich auf die zweite Trennwand und sprang.

Noch während er materialisierte, bereitete er sich auf sofortige Flucht vor, aber die Vorsichtsmaßnahme erwies sich zum Glück als unnötig. Zwar war es in der riesigen Halle etwas heller als in der Schleusenkammer, aber sie war genauso leer.

Leer wenigstens bis auf die Maschinenanlagen und Stromgeneratoren, die in langen Reihen die Wände verdeckten und deren Summen Guckys empfindliche Ohren störte. Er schaltete die Außenmikrophone leiser.

Die fast einen Meter durchmessenden Leitungen ließen die Vermutung zu, daß hier das Zentrum der Lufterneuerung war. Die Leitungen teilten sich auf und verschwanden in den Wänden. In ihnen strömte frische Atemluft zu den einzelnen Sektionen des unterirdischen Reiches, und wie Gucky schon wußte, hatte man sie rationiert.

Er stand da und prägte sich alles genau ein, als sei er überzeugt, sein Wissen später einmal brauchen zu können. Das Prinzip einer Lufterneuerungsanlage mußte sich überall gleichen; große Unterschiede konnte es da kaum geben. Somit bot auch diese Anlage keinen Hinweis auf die Herkunft oder Abstammung ihrer Erbauer.

Nachdem er sich noch einmal vergewissert hatte, daß er auch wirklich allein war, marschierte Gucky quer durch die Halle, bis er eine Tür erreichte. Sie war geöffnet. Dahinter lag ein Korridor, in dem das Licht ein wenig heller als in der Halle brannte.

Rechts und links waren weitere Korridore. Niemand war zu sehen, aber die Gedankenimpulse fielen ein wie Mückenschwärme. Einige waren besonders stark. Sie ließen wieder die bekannten und doch so rätselhaften Muster erkennen.

Allmählich wurde es Gucky egal, ob man ihn entdeckte oder nicht. Außerdem konnte er jederzeit flüchten. Er lief also, so schnell ihn seine kurzen Beine trugen, den Hauptkorridor entlang, immer tiefer in das Innere des Berges hinein. Bald kamen die Gedankenimpulse von allen Seiten, sogar von oben und unten.

Das Licht, wenn auch heller als in der Luftschleuse und Maschinenhalle, war immer noch relativ schwach. Die Tatsache, daß er niemand begegnete, ließ in Gucky die Vermutung aufkeimen, daß hier im Berg Nacht herrschte. Die Bewohner hielten sich nicht an das, was draußen an der Oberfläche vor sich ging. Vielleicht hatten sie bereits die Verbindung zu ihr verloren; im Gegensatz zu den Mutanten.

„Dreihundert Jahre sind eine lange Zeit", meinte Gucky, als er stehenblieb, um die Veränderung des Korridors in sich aufzunehmen. Der Korridor mündete in eine breite, hellerleuchtete Straße.

In der Mitte blitzten elektronische Leitschienen, aber kein Fahrzeug war zu sehen. In regelmäßigen Abständen hingen Lampen über der Fahrbahn. Rechts und links waren breite Transportbänder für Fußgänger, aber auch sie standen still. Die Wände der Straße – oder des Tunnels, wenn man wollte – waren glatt wie Hauswände. Es gab Öffnungen und Fenster, aber aus ihnen drang kein Licht.

Eine schlafende Stadt, im Hohlraum eines Berges, der eine Insel in einem längst ausgetrockneten Meer war . . . Draußen eine Welt voller Strahlung und hier drinnen eine Welt, in der man des Nachts ruhig schlafen konnte, eine Welt ohne . . .

Gucky sah auf den eingebauten Strahlenmesser.

Ja, eine Welt ohne Strahlung.

Und eine Welt voller Atemluft und Wärme – erträglicher Wärme.

Gucky duckte sich unwillkürlich, als er das torpedoförmige Fahrzeug heranschießen sah. Es war im Dunkel der künstlichen Nacht aufgetaucht und kam in seine Richtung. Vorn am Bug brannte ein helles Licht, ein Scheinwerfer. Damit wurde die Straße in ihrer ganzen Breite in strahlende Helligkeit getaucht.

Das Innere des Wagens war dunkel. Gucky erkannte nur zwei schlanke Schatten, ohne die Form ausmachen zu können. Ihre Gedanken waren stark und konzentriert. Sie dachten beide an den Fremden, der in ihr unterirdisches Reich eingedrungen war und den es unter allen Umständen zu stellen galt.

Es waren Gedanken voller Haß und Rache, wie jene der Mutanten.

Es gab also in dieser Hinsicht keinen Unterschied zwischen ihnen.

Sekunden später war der Wagen verschwunden. Sein Eindringen war also nicht unbemerkt geblieben, wußte der Mausbiber nun. Vermutlich gab es automatische Beobachtungskameras, die ihn verraten hatten. Gucky wanderte weiter. Er hoffte, daß er einem einsamen Bewohner der Stadt begegnen würde, den er vorsichtig und unbemerkt beobachten konnte. Mehr wollte er nicht. Sein einziger Wunsch war, endlich zu erfahren, wie die Fremden aussahen.

Die Illusion, in einer wirklichen Stadt unter freiem Himmel einherzuwandern, war so vollkommen, daß Gucky fast die Sterne vermißte. Die Hauswände rechts und links der Straße trugen gleichzeitig auch die Decke, die sich über die Straße spannte. Alle Hohlräume dieser unterirdischen Welt waren aus dem Urgestein herausgebrannt worden, und zwar vor sehr langer Zeit.

Von weiter vorn hörte Gucky plötzlich ein Geräusch.

Im ersten Augenblick wollte er teleportieren, aber dann überlegte er es sich anders. Wenige Meter von seinem augenblicklichen Standort entfernt befand sich in der Hauswand eine Nische. Er sprang hinein und stellte fest, daß kein Licht in sein Versteck drang. Von hier aus konnte er die ganze Straße beobachten, ohne selbst gesehen zu werden.

Er lauschte und wartete gespannt.

Das Geräusch kam nur langsam näher. Es war schlecht zu definieren, aber auf keinen Fall handelte es sich um ein Fahrzeug. Es hörte sich vielmehr nach Schritten an.

Und dann erblickte Gucky fünf Gestalten, die in einer Art Postenkette mitten auf der Straße gingen, in den Händen schwere Energiestrahler.

Ihre Gedankenimpulse waren stark und deutlich. Sie suchten den Eindringling.

Aber die Gedankenmuster waren bekannt, genauso bekannt wie sie selbst.

Gucky sah sie, und in der gleichen Sekunde flammte die Erinnerung an sie auf – und er wunderte sich gleichzeitig, daß er die Fremden *sehen konnte.*

Sie waren ungemein schlank und dünn. Ihre Körper erinnerten an Pfähle, farblos und wie dünne Rüssel. Wie Rüssel wirkten auch die drei überall beweglichen Beine, auf denen sie sich bewegten. Sie besaßen zwei schlauchartige Arme mit feingliedrigen Händen, in denen sie die Waffen hielten.

Der Hals war ein dünner Schlauch von dreißig Zentimeter Länge, an dessen oberem Ende der nur faustgroße Kopf saß, in dem drei Augen funkelten.

Laurins!

Gucky erinnerte sich:

Die Laurins waren Wesen, die dank eines sogenannten Flexo-Organes die Fähigkeit besaßen, sich unsichtbar zu machen.

Den Terranern war es vor knapp dreihundert Jahren gelungen, ein Gegenmittel zu entwickeln – die Antiflektorbrille, die diesen organischen Schutz egalisierte. Gucky war in allen bisherigen Begegnungen mit den Laurins nie in der Lage gewesen, klare Gedankenimpulse von ihnen zu empfangen. Stets hatte es sich nur um verworrene Muster gehandelt, die kaum Rückschlüsse auf die tatsächlichen Gedankeninhalte zuließen. Damals führte man dies auf das Flexo-Organ zurück. Jetzt jedoch hatte der Mausbiber in dieser Hinsicht keine Schwierigkeiten. Möglicherweise lag es daran, daß die Laurins darauf verzichteten, sich unsichtbar zu machen. Hier, wo sie unter sich waren, gab es vermutlich keine Notwendigkeit, ihre Fähigkeiten einzusetzen.

Guckys Gedanken schweiften weit zurück in die Vergangenheit, wo alles begann.

Die erste Begegnung mit diesen Wesen fand Ende 2044 auf Barkon statt. Damals bedrohten die Laurins das Volk der Barkoniden, die sich im Tiefschlaf befanden, während ihre Welt langsam auf die ferne

Milchstraße zutrieb. Die Gefahr konnte jedoch rechtzeitig gebannt werden.

Zur zweiten flüchtigen Begegnung kam es mehr als 60 Jahre später, im Jahre 2106, kurz nach der Vernichtung des Robotregenten von Arkon.

In den Jahren 2112 bis 2114 kam es dann erneut zu einem Aufeinandertreffen. Die Begleitumstände dieser Begegnung hätten die Milchstraße beinahe in den Abgrund gerissen.

Die Laurins hatten vor vielen Jahrtausenden die Welt Mechanica entdeckt und in den auf dieser Welt lebenden Echsenwesen geniale Robotkonstrukteure erkannt. Die Mechanica-Wesen wurden gezwungen, für die Laurins positronische Roboter (kurz Posbis genannt) und eine hyperinpotronische Großanlage zu bauen und mit einer Zusatzschaltung zu versehen, die später als „Haßschaltung" in die Geschichte einging. Die Roboter und die hyperinpotronische Großanlage wurden von den Laurins mit Plasmazusätzen versehen. Doch die Unsichtbaren hatten die Intelligenz des Plasmas unterschätzt. Das Plasma brachte die Inpotronik unter seine Kontrolle und rebellierte gegen die Laurins. Es gelang ihm, die Haßschaltung zu neutralisieren und das Aggressionsprogramm, das von den Laurins als Ergänzung zur Haßschaltung installiert wurde, gegen die Unsichtbaren einzusetzen.

Die Posbis flohen und kehrten unter gewaltigen Anstrengungen zur Milchstraße zurück, wo sie mit Hilfe der Mechanicabewohner eine Roboterdynastie gründeten. Doch die Laurins gaben nicht auf. Jahrhunderte nach der Flucht der Posbis erschienen sie abermals über Mechanica und forderten erneut den Bau von Robotern sowie die Preisgabe der Zufluchtsorte der geflohenen Posbis.

Diesmal weigerten sich die Mechanicawesen. Die Laurins rächten sich auf ihre Art, indem sie die Bahnebene Mechanicas gewaltsam veränderten. Als die Bewohner erkannten, welche Konsequenzen diese Bahnänderung für sie bedeuteten, war es bereits zu spät. Binnen weniger Jahrhunderte starben sie aus, und nur das von ihnen hinterlassene technische Erbe legte noch Jahrtausende später Zeugnis ab von ihrer Genialität.

Die Laurins wurden kurz, nachdem sie Mechanica aus der Bahn gerissen hatten, von den Posbis gestellt, und es kam zu einer grauenvollen Schlacht, bei der es keine Sieger gab. Die Laurin-Flotte wurde restlos vernichtet, die Posbis derart geschwächt, daß sie Jahrhunderte benötigten, sich wieder zu erholen und deshalb keine Möglichkeit hatten, sich um das Schicksal ihrer Erbauer zu kümmern. Als schließlich, nach mehreren Jahrhunderten, die ersten Fragmentraumer im Outside-System erschienen, gab es keine lebenden Mechanicabewohner mehr.

In der weiteren Folge widmeten sich die Posbis jahrtausendelang ganz dem Ausbau ihres Reiches, ohne sich um die Milchstraße und deren Bewohner zu kümmern. Ihre Aufmerksamkeit war ausschließlich auf den Leerraum und den fernen Andromedanebel gerichtet, aus dem der erbitterte Gegner wieder auftauchen konnte.

Im Mai des Jahres 2112 geschah es schließlich, daß die Laurins, erneut auf der Suche nach den Posbis, am Rand der Milchstraße auftauchten. Die Posbis reagierten dementsprechend. Doch dabei erwies es sich, daß die Haßschaltung, die von den Mechanica-Wesen nach der Flucht der Posbis umprogrammiert wurde, so daß sie ausschließlich auf Laurins ansprechen sollte, nicht in gewünschter Weise funktionierte. Durch eine noch von den Laurins vorgenommene und verborgen gebliebene Präparierung kam neben dem Haß auf die Unsichtbaren auch ein Teil des ursprünglich als gelöscht geglaubten Programms an die Oberfläche und zwang die Posbis, auch gegen die Bewohner der Milchstraße vorzugehen und alles organische Leben zu bekämpfen.

Es dauerte zwei Jahre, bis die Menschen schließlich mit dieser Gefahr fertig wurden. Im Jahr 2114 kam es zum entscheidenden Kampf auf der Hundertsonnenwelt. In buchstäblich letzter Minute konnte dieser Kampf zugunsten der Terraner und der Posbis entschieden werden. Die Laurins mußten fliehen, und die Posbis wurden zu den zuverlässigsten Verbündeten der Menschheit.

Seitdem hatte man nichts mehr von den Unsichtbaren gehört.

Bis zu diesem Moment!

Guckys Gedanken kehrten wieder in die Gegenwart zurück. Auf dieser strahlenverseuchten Welt traf man wieder mit den Unsichtbaren zusammen.

Sie vegetierten als Überlebende unter der Oberfläche eines Planeten, der vor nahezu dreihundert Jahren von Unbekannten unbewohnbar gemacht worden war.

Das Rätsel war nicht kleiner, es war größer geworden.

Gucky rührte sich nicht. Er sah hinter den fünf Laurins her und überlegte, wie er einen von ihnen gefangennehmen könnte.

23.

Zum zehntenmal innerhalb von fünf Minuten sah Rhodan auf seine Uhr.

„Die zwei Stunden sind vorbei“, sagte er nervös. „Wir sollten etwas unternehmen.“

Sie saßen im Shift, die Raumhelme geöffnet. Kasom rückte seinen mächtigen Körper zurecht.

„Natürlich sollten wir das“, bestätigte er und sah niemanden an.

„Ich kann auch allein nachsehen“, erbot sich Tolot.

Rhodan schüttelte den Kopf.

„Wir nehmen den Shift. Der Rest bleibt hier. Wir müssen noch auf Berger und Fuxer warten.“

Berger und Fuxer hatten eine Expedition in die nähere Umgebung unternommen. Sie wollten feststellen, ob der Meeresgrund seit der Verdampfung des Ozeans nicht betreten worden war. Rhodan wußte, daß das ein sehr fadenscheiniges Motiv war; er tat ihnen den Gefallen, es zu akzeptieren. Zwei weitere Wissenschaftler begleiteten die beiden, und sie waren seit einer Stunde unterwegs.

„Die vier werden sich schon wieder einfinden“, sagte Kasom, „aber wir können Gucky nicht im Stich lassen. Er wollte sich nach zwei Stunden wieder melden. Die zwei Stunden sind um.“

„Richtig“, sagte Rhodan und sah erneut auf die Uhr. „Sie sind um. Kasom und Tolot kommen mit. Dazu ...“

Der Lautsprecher des Shifts knackte laut und vernehmlich. Dann ertönte Bergers Stimme, etwas heiser und aufgeregt.

„Mutanten! Sie haben uns gesehen und verfolgen uns ... hört ihr uns überhaupt?“

„Hier Rhodan. Was ist los?“

„Mutanten, eine ganze Horde." Berger schnaufte vernehmlich, als müsse er laufen. „Sie holen uns ein, wenn wir nicht wie die Verrückten rennen. Oder sollen wir auf sie feuern?"

„Das kommt nicht in Frage. Wie weit sind Sie noch vom Shift entfernt?"

„Wir sehen ihn schon. Machen Sie die Schleuse auf, damit wir gleich hineinkönnen. Die Mutanten, etwa vierzig, sind keine dreihundert Meter hinter uns. Sie haben Energiewaffen."

„Beeilen Sie sich! Wir warten."

Rhodan sah Kasom an.

„Müssen wir unseren Plan ändern?" fragte der Riese.

„Natürlich. Wir nehmen Berger und seine drei Begleiter auf, dann verschwinden wir von hier. Zum Tafelberg. Bis die Mutanten dort sind, vergehen drei oder vier Stunden bei dem unwegsamen Gelände. Ein Glück, daß sie keine Fahrzeuge besitzen."

Berger, Fuxer und zwei andere Männer erschienen in westlicher Richtung, rannten einen sanften Hügel herab und erreichten den Shift. Sie kletterten durch die Schleuse und sanken erschöpft zu Boden. Die Luke wurde geschlossen. Langsam stieg der Shift in die Höhe.

Es waren in der Tat vierzig Mutanten, die nun stehengeblieben waren und in ohnmächtiger Wut dem Shift nachsahen, der ihnen die fast sichere Beute vor der Nase weggeschnappt hatte.

Der Shift nahm Kurs auf den Tafelberg.

Gucky hatte die Zeit vergessen. Dabei hätte ein kurzes Telekom-Gespräch genügt, die Lage zu klären und Entschlüsse zu fassen.

Er sah hinter den fünf Laurins her.

Es hatte wenig Sinn, sich ihnen zu zeigen und zu versuchen, einen von ihnen zu fangen. Er würde sich in der gleichen Sekunde unsichtbar machen und entwischen. Es war schwer, einen unsichtbaren Gegner festzuhalten. Sicher, er könnte mit ihm auf den Tafelberg teleportieren, aber der Laurin würde dann innerhalb einer Stunde tot sein, da er die Strahlung nicht gewohnt war. Höchstens im Shift . . .

Die Laurins waren stehengeblieben. Sie schienen sich zu unterhalten.

Gucky verließ sein Versteck und pirschte sich näher an sie heran, jede noch so kleine Deckung geschickt ausnutzend.

„Er kam aus dem Klimazentrum“, sagte ein Laurin zu dem anderen.

„Unwahrscheinlich. Er muß noch in der Stadt stecken.“

Gucky war so nahe herangekommen, daß er sie wieder gut sehen konnte. Sie standen an der Einmündung des Korridors, die Waffen achtlos in ihren Händen.

„Besäßen wir noch unsere alte Fähigkeit, würden wir ihn schnell fangen“, sagte einer der Laurins. „Aber so kann er uns rechtzeitig sehen und fliehen. Diese verfluchten Meister ...“

Gucky war ganz Ohr. Er wagte kaum zu atmen.

Die alte Fähigkeit ... sie war verlorengegangen?

Damit konnte nur die Fähigkeit gemeint sein, sich unsichtbar machen zu können. Das Flexo-Organ! Es funktionierte nicht mehr. Vielleicht die Strahlung, vielleicht etwas anderes.

Und die Meister der Insel waren es gewesen, die Destroy zerstörten!

Das Dunkel begann sich zu lichten.

Gucky konzentrierte sich. Nun würde er endlich einen Gefangenen machen können, ohne daß er ihm entwischte. Wenn sich die Laurins nicht mehr unsichtbar machen konnten, entkamen sie auch nicht mehr.

Er wartete noch und esperte, was die Laurins sprachen. Aus ihrer Unterhaltung erfuhr er, daß in dem Tafelberg mehr als fünfzigtausend Laurins lebten; vegetieren wäre vielleicht die zutreffendere Bezeichnung gewesen. Jetzt war Nacht. Der Eindringling sollte nicht getötet, sondern gefangengenommen werden – aber nicht aus humanen Gründen. Man wollte wissen, wer er war. Niemand jedoch zweifelte daran, daß er von den Meistern der Insel geschickt worden war. Später sollte er sterben.

Denen werde ich die Suppe versalzen, dachte Gucky wütend. Ihr Haß auf die Meister kennt keine Grenzen. Vielleicht aber hassen sie auch alles, was ihnen fremd ist. Eine Einstellung, die nicht sonderlich neu ist.

Die fünf Laurins beschlossen, in den Korridor vorzudringen. Sie waren überzeugt, den Gesuchten dort oder im Klimazentrum zu finden.

Gucky folgte ihnen auf den Fersen, nachdem er sich vor einem zweiten Suchfahrzeug in Sicherheit gebracht hatte. Er war davon überzeugt, daß die unterirdische Stadt noch viele Straßen hatte und daß Tausende von Laurins unterwegs waren, um ihn einzufangen.

Im Korridor war es dunkler. Gucky schlich sich ganz nahe an die fünf Laurins heran und war bald so dicht hinter ihnen, daß er sie mit der Hand berühren konnte. Sie hegten keinen Argwohn, denn sie vermuteten den Eindringling nicht hier. Sie waren vielmehr der Auffassung, daß sie ihn nur dann erwischen konnten, wenn sie sich beeilten.

Gucky grinste, als er mit einem Kurzsprung vor die Laurins gelangte und ihnen den Weg versperrte. Er stellte sich mitten auf den Korridor und hob beide Hände.

„Seid mir gegrüßt, ihr Bohnenstangen", sagte er in Interkosmo. „Wer von euch kommt freiwillig mit?"

Er handelte mehr als leichtsinnig. Die Frage war ohnehin sinnlos, auch wenn die Laurins die Sprache der Galaxis verstanden hätten. Keiner von ihnen hätte daran gedacht, freiwillig mitzukommen. Es war Guckys Vorliebe für dramatische und besonders effektvolle Auftritte, die ihn dazu verleitete. Zum Glück war es seine unwahrscheinlich schnelle Reaktionsfähigkeit, die ihn erneut vor dem sicheren Tod bewahrte.

Die Laurins zögerten keine Sekunde, ihre Waffen emporzureißen.

Sie hatten ihre Absicht vergessen, den Eindringling lebendig zu fassen. In ihren Gehirnen war nur noch ein einziger Gedanke, und kein anderer hatte mehr Platz.

Sie wollten töten!

Gucky handelte blitzschnell.

Er sprang vor und faßte einen Laurin mit beiden Händen um den Leib. Damit erreichte er zweierlei. Der Laurin und auch die anderen vier wurden daran gehindert, von ihren Waffen Gebrauch zu machen. Und zweitens stellte er den notwendigen körperlichen Kontakt her, der zur Teleportation unentbehrlich war.

Zwei Sekunden später entmaterialisierte er mit seinem Gefangenen.

Er hatte unwillkürlich bei diesem Vorgang intensiv an die Stelle gedacht, an der er zuletzt mit Rhodan und den anderen Gefährten zusammengewesen war, nämlich an jene Stelle, an der der Shift gestanden hatte.

Als er dort materialisierte und dem Laurin mit einem schnellen

Zugriff die Strahlpistole abnahm, mußte er feststellen, daß er die Zeit vergessen hatte. Er hatte vergessen, rechtzeitig Funkverbindung mit dem Shift aufzunehmen.

Der Shift war verschwunden.

Er stand mit seinem Gefangenen allein auf dem Grund des ausgetrockneten Ozeans und in der für den Laurin tödlichen Strahlung.

Der Flugpanzer stieg weiter und erreichte schließlich den Gipfel des Tafelbergs. Gucky hatte sich zuletzt vom Fuß der Insel aus gemeldet, was noch lange nicht bedeutete, daß er sich auch jetzt noch dort aufhielt. Viel wahrscheinlicher war, daß er im Innern des Berges versuchte, die Angelegenheit auf seine Weise zu erledigen.

„Wir landen", entschied Rhodan. „Und dann versuchen wir, Verbindung mit Gucky zu erhalten. Vielleicht gelingt es Sengu, etwas zu sehen."

Das Plateau war flach und ohne Vegetation. Der nackte Fels trat zutage, und nur an manchen Stellen wirkte der Boden wie ausgewaschen. Aber es gab kein Wasser.

Unten in der Ebene hatten die Mutanten inzwischen den Platz erreicht, an dem der Shift gestanden hatte. Sie schwärmten auseinander, sammelten sich dann aber wieder und machten sich erneut an die Verfolgung. Sie nahmen Richtung auf den Tafelberg.

Der Shift setzte auf. Sergeant Jones schaltete den Antrieb aus.

Rhodan wußte, daß sie nun mehrere Stunden Zeit hatten, ehe die Mutanten heran waren. Und dann bestand noch immer keine Gefahr, denn er sah keine Möglichkeit, wie die Mutanten auf das Hochplateau gelangen sollten.

Er schaltete den Telekom lauter und rief Gucky.

Der Mausbiber meldete sich nicht.

„Es muß etwas passiert sein", meinte Kasom. „Der kleine Kerl kann die Vereinbarung, sich in zwei Stunden zu melden, doch nicht einfach vergessen haben."

„Zuzutrauen wäre ihm das schon", meinte Rhodan und kam damit der Wahrheit sehr nahe. „Im Eifer des Gefechtes . . ."

Er wurde unterbrochen, als aus dem Telekom eine bekannte Stimme schrillte:

„Wo steckt ihr denn nur? Kann man sich heutzutage denn auf niemand mehr verlassen? Ich schlage mich da mit den Laurins herum und ihr . . .“

„Gucky!“ Aus Rhodans Stimme klang Erleichterung. „Die Mutanten griffen uns an. Wir sind auf dem Tafelberg. Und du?“

„Ich bade auf dem Meeresgrund. Wartet, ich komme.“

Erst jetzt schien Rhodan die Bedeutung von Guckys Bemerkung erfaßt zu haben.

„Was sagtest du . . .? Laurins?“

„Stimmt, fast hätte ich vergessen, es zu erwähnen. Ich habe einen Gefangenen mitgebracht. Keinen Mutanten. Einen nicht strahlenverseuchten Ureinwohner dieser Welt. Einen Laurin.“

Stille. Niemand sprach.

Gucky räusperte sich.

„Es hat euch wohl allen die Sprache verschlagen, was? Dachte ich mir doch, daß das eine Überraschung sein würde. Ja, ich habe bei mir einen hübschen, dürren Laurin, der sich nicht mehr unsichtbar machen kann. Er wird uns die Geschichte des Planeten Destroy und des Schicksals seiner Bewohner erzählen.“

Der Shift stand auf dem Tafelberg inmitten einer verhältnismäßig deckungsfreien Steinebene. Hier fühlte sich Rhodan vor Überraschungen sicher. Man hatte noch für vierzig Stunden Atemluft.

Der Laurin hockte ruhig und apathisch in einem der Kontrollsessel, den man herumgedreht hatte, so daß er in Richtung der Shiftkabine zeigte. Ein kleiner Translator stand auf einem Tisch. Mit seiner Hilfe würde man die Sprache des Fremden übersetzen können, und umgekehrt konnte der Laurin nun Interkosmo verstehen. Gucky diente als Kontrolle dafür, daß der Gefangene die Wahrheit sprach. Er forschte in den Gedanken des Laurin und würde jede Lüge sofort entdecken.

Trotzdem dauerte es fast eine Stunde, ehe der Laurin davon überzeugt werden konnte, daß sein Schweigen sich auf das weitere Schicksal seines Volkes nur verhängnisvoll auswirken konnte. Zum Erstaunen der Terraner hielt er sie für Beauftragte der Meister der Insel. Es gehörten eine Unzahl von Argumenten dazu, ihm das auszureden.

Rhodan entschloß sich sogar, seine Identität zu lüften und dem

Laurin zu sagen, wer er war und woher er kam. Er verschwieg allerdings, daß sich auf dem Nachbarplaneten ein terranischer Stützpunkt befand. Rhodan konnte dies ohne großes Risiko tun, denn die überlebenden Laurins waren die letzten, die irgendwelche Informationen an die Meister der Insel oder ihre Hilfskräfte weitergeben würden.

Als der Laurin erfuhr, wer damals im Kampf um die Hundertsonnenwelt für die Niederlage der Unsichtbaren verantwortlich war, zuckte er zusammen, doch dann begann er zu sprechen. Er hegte keinen Groll gegen die Terraner, wie Gucky seinen Gedanken entnehmen konnte, denn für das Schicksal seines Volkes waren andere verantwortlich. Es war ein grausames und unbarmherziges Schicksal...

„Was ich Ihnen berichten kann, sind nichts als Überlieferungen, die von Generation zu Generation weitergegeben wurden. Vielleicht hat sich ihr Inhalt im Verlauf der Zeit gewandelt, aber der Kern dürfte derselbe geblieben sein. Vergessen Sie nicht, daß erst knapp dreihundert Ihrer Jahre vergangen sind, seit unsere Zivilisation zerstört wurde.

Ich weiß, daß Sie die Meister der Insel dafür verantwortlich machen – und ich gebe Ihnen recht. Sie waren es, die nach einigen Vorkommnissen den Beschluß faßten, uns auszurotten. Aber sie taten es nicht selbst.

Damals schon waren wir ein Hilfsvolk jener, die sich die Herren des Andromedanebels nennen. Es gibt keinerlei Aufzeichnungen darüber, wie sie aussehen, denn bei allen Kontakten mit anderen Völkern benutzten sie Botschafter ihrer Hilfsvölker. So kam es, daß wir Laurins wegen unserer einmaligen biologischen Fähigkeiten dazu ausersehen wurden, Hilfsdienste für die Meister zu verrichten. Sie wissen, welche biologische Fähigkeit ich meine – wenn es sie auch heute nicht mehr gibt.

Das Flexo-Organ ermöglichte uns eine Beugung der Lichtfelder, und wir konnten uns unsichtbar machen.

Mit Hilfe der Sonnentransmitter überquerte eine große Flotte meiner Vorfahren vor etwa 360 Jahren Ihrer Zeitrechnung den Großen Abgrund und drang schließlich nach jahrzehntelanger Suche in die

Milchstraße ein. Dort stieß sie auf die Posbis, die das Ziel dieser Expedition waren. Wären dann nicht Wesen aufgetaucht, von denen ich erst jetzt weiß, daß es Terraner und ihre Verbündeten waren, hätte die Flotte den Auftrag der Meister der Insel auch ausführen können. So aber wurde sie geschlagen und mußte fliehen.

Soweit kennen Sie die Ereignisse. Was nun folgt, geschah unmittelbar nach der Ankunft der geschlagenen Flotte in Andromeda. Die Meister der Insel sahen sich in ihren Hoffnungen betrogen. Es war der Flotte nicht gelungen, das Zentralplasma auf der Hundertsonnenwelt zu vernichten und die Inpotronik unter Kontrolle zu bringen. Im Gegenteil! Die Flotte kehrte geschlagen in den Andromedanebel zurück. An dieser Stelle sind unsere geretteten Aufzeichnungen sehr genau. Sie schildern, daß die Meister der Insel auf das Versagen meiner Vorfahren dementsprechend reagierten und eine Bestrafung einleiteten."

Rhodan und seine Begleiter lauschten gespannt den Worten des Laurin, der an dieser Stelle sichtlich mit seiner Fassung rang. Doch dann fing er sich wieder und setzte seinen Bericht fort.

„Um Ihnen die Grausamkeit der Meister anschaulich schildern zu können, muß ich weit in die Vergangenheit zurückgreifen. Dabei muß ich mich wieder auf uralte Überlieferungen stützen. Mein Volk wurde nicht nur wegen der Fähigkeit, sich unsichtbar zu machen, sondern auch wegen seiner fortgeschrittenen Biotechnik in die Dienste der Meister der Insel gezwungen. Zu jener Zeit, weit in der Vergangenheit, experimentierten unsere Wissenschaftler mit einem Zellplasma, das sie irgendwo auf einem Planeten Andromedas gefunden hatten."

Das Urplasma! durchfuhr es Rhodan. Er erinnerte sich an sein altes Versprechen dem Zentralplasma der Posbis gegenüber, nach dem Urplasma zu suchen, wenn die Menschheit nach Andromeda vordringen sollte.

„Was wissen Sie über diesen Planeten?" fragte er den Laurin.

„Nichts", erwiderte dieser. „Darüber existieren keine Aufzeichnungen oder Überlieferungen."

Gucky nickte stumm. Der Laurin sprach die Wahrheit. Rhodan wußte, daß man von ihm oder den anderen Überlebenden im Tafelberg keine Antwort auf diese Frage erhalten würde. Aber sein Versprechen würde er einhalten, schwor er sich in diesem Augenblick.

Wie lange es auch dauern sollte, er würde nach der Ursprungswelt des Zentralplasmas suchen.

„Berichten Sie weiter", bat Rhodan den Laurin.

„Die Meister erkannten den Wert dieser Experimente und beauftragten meine Vorfahren damit, ihnen biopositronische Roboter zu liefern. Wir erhielten die Koordinaten einer Welt, die sich 51 000 Lichtjahre von Ihrer Heimatgalaxis entfernt im Leerraum befand und auf der die damals fähigsten Roboterkonstrukteure leben sollten. Anfangs schien es, als ob der Auftrag zur Zufriedenheit der Meister durchgeführt werden könnte. Doch dann begann das Plasma, das wir mit der Inpotronik zu einer Einheit verbanden, zu rebellieren und floh mit allen biopositronischen Robotern in die Milchstraße zurück. Die Strafe der Meister der Insel folgte auf dem Fuß. Mein Volk wurde von seinem Heimatplaneten vertrieben und auf fremde Welten deportiert. Jahrhunderte vergingen, bis die Meister meinem Volk abermals den Auftrag erteilten, zur Milchstraße zu fliegen und Ersatz für die geflohenen Roboter zu beschaffen. Doch auch dieses Unternehmen schlug fehl. Daraufhin vernichteten die Beherrscher Andromedas alle Deportationsplaneten und verbannten die Überlebenden auf eine Welt am Rande Andromedas. Jahrtausendelang wurde mein Volk von den Meistern nicht mehr beachtet. Aber sie hatten uns nicht vergessen, wie der letzte Auftrag zeigte, der an uns erging. Auch an dieser Aufgabe scheiterten meine Vorfahren, infolge des erbitterten Widerstands, den ihnen auch die Terraner entgegensetzten. Es kam zu einer neuerlichen Verbannung, die mein Volk auf diese Welt führte, die ihr Destroy nennt. Kurz danach versuchten meine Vorfahren, der Knechtschaft zu entkommen, indem sie durch die Transmitterbrücke in die Milchstraße fliehen wollten, wo sie irgendwo in Abgeschiedenheit ein neues Leben beginnen konnten. Der Fluchtversuch wurde entdeckt und besiegelte ihr Schicksal endgültig.

Die Meister der Insel ließen alle uns noch gebliebenen Raumschiffe vernichten. Meine Vorfahren konnten diese Welt nicht mehr verlassen. Eines Tages meldete die planetare Ortungsstation die Annäherung von unzähligen kleinen Objekten. Es handelte sich um ferngesteuerte Nuklearbomben. Allerdings waren meine Vorfahren auf diesen Angriff vorbereitet. Sie hatten unterirdische Anlagen und Städte geschaffen. Doch die Zeit der Vorbereitung war zu kurz – vielleicht nur um zwei Jahre Ihrer Zeitrechnung.

Nur ein geringer Teil der Bevölkerung unserer Welt konnte sich so in Sicherheit bringen. Der Rest wurde mit den Städten an der Oberfläche vernichtet. Die Bomben machten eine tödliche Strahlung frei, die für viele Jahrhunderte wirksam war. Jeder an der Oberfläche, der den Angriff überlebte, mußte sterben. Jene aber, die sich in die Abstiegsschächte zwischen Oberfläche und Bunkerstädte zurückgezogen hatten, überlebten zwar den Angriff, mutierten aber im Verlauf der folgenden Generationen und fielen in die Primitivität zurück. Sie sind unsere erbitterten Feinde, denn sie müssen annehmen, daß unsere Vorfahren damals egoistisch handelten.

Natürlich erfuhren auch die Meister der Insel, daß es Überlebende gab. Sie ließen automatische Wachstationen errichten. Seitdem greifen kleine Robotschiffe jedes Raumschiff an, das auf unserer Welt landet. Sie vernichten es. Lebewesen allerdings werden nicht mehr getötet – und auch das hat einen Grund.

Die Robotschiffe hatten nur die eine Aufgabe, das Flexo-Organ der Laurins unbrauchbar zu machen. Die Strahlen, die sie ausschickten, waren für uns verhängnisvoll. Wir konnten uns nicht mehr unsichtbar machen. Ein Mangel, der sich vererbte.

Wir haben uns oft gefragt, warum die Meister nicht einfach eine zweite Expedition schickten, um uns völlig auszulöschen. Die Antwort darauf ist eindeutig. Die Meister müssen von unbeschreiblicher Grausamkeit sein. Selbst nach dreihundert Jahren sind sie noch immer nicht mit ihrer Rache zufrieden. Auch heute noch genießen sie unseren Todeskampf. Denn mehr ist unser Existieren nicht. Wir dürfen nicht an die Oberfläche, weil uns sonst die Mutanten töten. Unter der Oberfläche aber sind wir zum Dahinsiechen verurteilt. Eines Tages wird es also keine Laurins mehr geben."

Es entstand ein langes, bedrücktes Schweigen.

Rhodan schloß die Augen und versank in tiefes Nachdenken. Zum wiederholten Male war er über die brutale Handlungsweise der mysteriösen Meister der Insel entsetzt. Er war für Momente nicht in der Lage, einen klaren Gedanken zu fassen. Ein ungeheurer Gefühlssturm tobte in ihm, von dem er sich nur mühsam wieder befreien konnte. Unter Aufbietung all seiner Willensmacht gelang es ihm schließlich, wieder Ordnung in seine Gedanken zu bringen.

Rhodan wußte nun, warum die Strahlen der angreifenden Robotschiffe nach ihrer Landung auf Destroy scheinbar harmlos gewesen waren. Sie hatten nur den Zweck, die Flexo-Organe der Laurins zu zerstören. Da die Deflektoren der Kampfanzüge auf einem verwandten Prinzip beruhten, funktionierten sie nun nicht mehr. Eine einfache Erklärung.

Der Laurin fragte:

„Werden Sie mich nun töten?"

Rhodan schüttelte den Kopf.

„Wie kommen Sie auf die Idee? Sie haben uns nichts getan, und wir können Sie auch nicht für das verantwortlich machen, was vor dreihundert Jahren in unserer Milchstraße geschah. Im Gegenteil, Sie tun uns leid, und wir würden Ihnen gern helfen. Befänden wir uns nicht selber in großer Bedrängnis, könnte das gleich geschehen, so aber müssen Sie sich damit begnügen, unserem Versprechen zu glauben, daß wir eines Tages zurückkehren. Wir werden Sie auf eine neue, gesunde Welt bringen. Ich bin überzeugt, daß Ihr Volk dort weiterleben wird – an der Oberfläche, unter einem blauen Himmel und im Schein einer wärmespendenden Sonne."

„Das würden Sie für uns tun?"

„Eine Selbstverständlichkeit. Aber vorher müssen wir die Meister der Insel finden. Dann werden wir sie zwingen, andere Intelligenzen als selbständige Wesen anzuerkennen, statt sie nur als willenlose Sklaven zu benutzen und nach Belieben zu vernichten. Sie haben recht: Sie müssen unglaublich grausam sein, und ich bin sehr gespannt, ihnen eines Tages zu begegnen."

Von den Kontrollen her sagte Sergeant Jones:

„Die Mutanten, Sir. Sie sind dem Blickfeld entschwunden und müssen nun unten am Tafelberg sein. Wenn sie versuchen einzudringen, wird es zu einem fürchterlichen Blutbad kommen."

Rhodan wandte sich an den Laurin:

„Haben die Mutanten jemals versucht, in Ihre Bunkerstadt einzudringen? Können sie das überhaupt?"

„Leider ja. Aber bisher ist es uns immer wieder gelungen, sie zu verjagen. Eines Tages werden sie in der Überzahl sein und wirksame Waffen entwickeln. Was dann geschieht, weiß niemand."

„Wir lassen Sie jetzt frei", teilte Rhodan dem Gefangenen mit. „Warnen Sie Ihre Freunde vor dem Angriff der Mutanten. Es ist zum Teil unsere Schuld, denn wir lockten sie unwissentlich hierher. Mein kleiner Freund hier wird Sie in die Stadt zurückbringen. Wünschen Sie, daß wir Ihnen helfen, wenn die Mutanten in die Stadt einzudringen versuchen?"

Der Laurin stand auf.

„Ich will Ihnen nichts vormachen. Es hat wenig Sinn, wenn Sie uns zu helfen versuchen. Selbst wenn Sie mich freilassen, werde ich mein Volk niemals dazu bewegen können, Ihnen zu vertrauen. Die Laurins bekämpfen *jeden.* Sie kennen es nicht mehr anders. Verlassen Sie unsere Welt, das ist der einzige gute Rat, den ich Ihnen geben kann. Sie kennen unser Schicksal – warum sind Sie damit nicht zufrieden? Warum wollen Sie uns helfen?"

Rhodan sagte ruhig:

„Sie sind die letzten Überlebenden eines intelligenten Volkes, es entspräche nicht unserer Moral, ihnen keine Hilfe anzubieten. Ihr Volk hat ein grausames Schicksal erlitten, und wir können Ihnen zumindest helfen, ein neues Leben zu beginnen."

„Danke", sagte der Laurin. „Trotzdem bitte ich Sie, sich nicht um uns und unsere Angelegenheiten zu kümmern. Unser Untergang ist nicht mehr aufzuhalten, wir können nur versuchen, ihn hinauszuzögern. Eines Tages werden die Mutanten siegen, oder die Meister der Insel schicken erneut ihr Vernichtungskommando. Dann nämlich, wenn sie erfahren, daß wir uns verständigt haben. Wollen Sie das?"

Rhodan verneinte.

Gucky kam herbei und nahm die eine Hand des Laurin.

„Bringe ihn dorthin zurück, wo du ihn fandest", befahl Rhodan.

„Ich werde meinen Freunden berichten, was geschehen ist, aber wundern Sie sich nicht, wenn Sie trotzdem angegriffen werden. Es hat nichts mit Haß oder Dummheit zu tun, sondern nur mit unserem Leben. Wir kennen keine Freunde mehr, seit wir dort unten leben. Wir kennen nur noch Feinde. Versuchen Sie, das zu verstehen – und verlassen Sie unsere Welt."

Gucky und der Laurin entmaterialisierten.

Inzwischen unternahm Tolot einen Spaziergang.

In ziemlichem Tempo umrundete er den Tafelberg, dessen Plateau nicht allzu groß war. Er fand etwas, das beunruhigend war.

Als er zum Shift zurückkehrte, fehlte Gucky noch immer.

„Er läßt sich mal wieder sehr viel Zeit", bemerkte Kasom.

„Hoffentlich nicht zuviel", sagte Tolot und setzte sich. „In einer halben Stunde haben wir hier die Mutanten und vielleicht auch die Laurins auf dem Hals. Ich habe einen Aufstieg gefunden, und die Mutanten werden ihn kennen. Außerdem entdeckte ich fünf Eingänge zur unterirdischen Stadt."

„Wo Gucky nur bleibt", bemerkte Wuriu Sengu, der angestrengt auf den Boden sah und versuchte, in das Innere der Stadt zu blicken. „Ich kann nichts erkennen. Leere Straßen, riesige Maschinenhallen, vereinzelte Patrouillen und gewaltige Wohnblöcke. Keine Spur von Gucky."

„Er geht mal wieder auf Abenteuer aus", vermutete Rhodan und rief Gucky über Funk, ohne Antwort zu erhalten. „Diesmal kriegt er aber eine Abreibung, wenn er nicht kommt."

Kasom grinste und schwieg.

Major Peanut, der vor den Bildschirmen saß, rief plötzlich.

„Die Mutanten! Sie kommen tatsächlich. Wenn wir uns in Sicherheit bringen, kann Gucky in eine Falle springen. Er wird auf jeden Fall hierher zurückkehren."

Quer über die felsige Ebene kam eine ganze Horde der Ungeheuer auf den Shift zugerannt.

Sie trugen diesmal nicht nur Stangen und andere primitive Waffen, sondern richtige Energiestrahler. Die ersten Lichtbündel zischten über den Shift hinweg.

Sergeant Jones richtete die Bordstrahler auf die Angreifer. Sein fragender Blick wanderte zu Rhodan, wobei sein Daumen bereits auf den Feuerknöpfen lag.

Rhodan rief Gucky, bekam aber keine Antwort.

Jones schaltete den Schutzschirm des Flugpanzers ein. Er war stark genug, die vereinzelten Strahlschüsse abzufangen, aber wenn die Mutanten auf den Gedanken kamen, ein konzentrisches Feuer zu eröffnen, konnte er zusammenbrechen.

Die Mutanten blieben plötzlich stehen und stoppten den Angriff. Der Grund für diese überraschende Haltung wurde ersichtlich, als links hinter einem Felsen die Laurins hervorbrachen. Sie eröffneten ein verheerendes Energiefeuer auf die Kreaturen, die ohne Deckung auf dem Plateau standen.

Ein wilder Kampf entbrannte, und niemand kümmerte sich noch um den Shift und seine Insassen. Es war für Rhodan unmöglich, in das Geschehen einzugreifen, ohne der einen oder anderen Seite schwere Verluste beizubringen. Ihm blieb nichts anderes übrig, als abzuwarten.

In diesem Augenblick rematerialisierte Gucky.

Zu Kasoms Erstaunen erhielt er nicht die angekündigte „Abreibung" von Rhodan, sondern wurde von diesem mit offensichtlicher Erleichterung empfangen.

„Wo hast du so lange gesteckt?"

„Die Laurins gaben Alarm", rechtfertigte sich Gucky. „Ich mußte unseren Gefangenen in Sicherheit bringen, denn wie hätte er den Streifen sein Verschwinden und Wiederauftauchen erklären sollen? Ich las die Angst in seinen Gedanken. Also sprang ich abermals, bis diese Angst nachließ und er sich sicher fühlte. Das nahm Zeit in Anspruch." Er sah durch die Frontscheiben des Panzers. „Was ist denn hier los?"

„Siehst du ja", gab Rhodan zurück und nickte Jones zu. „Starten Sie jetzt."

Kaum erhob sich der Shift, da schienen die Mutanten und Laurins ihren Streit zu vergessen. Wie auf Kommando richteten sie ihre Waffen auf den Flugpanzer und eröffneten das Feuer. Zum Glück für Rhodan und seine Leute waren es keine gezielten Schüsse, die den Schutzschirm trafen.

Der Schirm hielt mühelos.

Das Plateau fiel zurück, als der Shift senkrecht nach oben stieg und Kurs auf die Ruinenstadt nahm. Dabei geschah etwas, an das Rhodan nicht gedacht hatte.

Als der Shift an Höhe gewann, überschritt er eine gewisse Grenze.

Es war die Alarmgrenze für die Robotschiffe.

Irgendwo auf dem Planeten klickte ein Relais.

Eine fast dreihundert Jahre alte Maschinerie lief automatisch an. Sie ortete den Shift, den sie für ein im Landeanflug befindliches Raumschiff hielt, und schickte ihre Robotschiffe aus. Gleichzeitig rastete eine Alarmautomatik ein. Innerhalb von kurzer Zeit waren zwei fremde Raumschiffe auf dem verbotenen Planeten erschienen. Die Automatik, die Jahrhunderte keinen Grund hatte zu reagieren, registrierte diese wiederholte Annäherung eines fremden Objektes und schlug Alarm.

Ein kurzer Hyperimpuls verließ unbemerkt den Alarmsender und wurde von einem unbekannten Empfänger registriert. Dort begannen die Maschinen zu arbeiten, und bereits kurze Zeit später wurden die Wächter und deren Meister informiert. Das schreckliche Verhängnis, das sich anschickte, über Destroy und die gesamte Zwerggalaxis hereinzubrechen, nahm seinen Lauf.

24.

Sie landeten an der alten Stelle. Die Mutanten waren verschwunden. Der Panzer wurde in seiner „Garage" abgestellt und ein Wachkommando zurückgelassen.

Sie hatten sich in der geräumigen Festungsgrube versammelt, als Jones vom Shift her über Telekom meldete:

„Auf dem Orterschirm sind sechs Objekte zu sehen, Sir. Sie bewegen sich sehr schnell in unsere Richtung. Höhe fünf Kilometer. Sie gehen tiefer. Sieht so aus, als meinten sie uns."

„Die Robotschiffe!" rief Tolot.

Rhodan befahl hastig:

„Jones, 'raus aus dem Shift! Schnell!"

„Aber Sir, ich kann mit den Geschützen . . ."

„Raus, schnell! Sie können höchstens zwei Robotschiffe unschädlich machen, mehr auf keinen Fall. Denken Sie an die C-17. Wenn keine Gegenwehr erfolgt, haben wir vielleicht Glück. Wenn nicht . . ."

Jones kam quer über das Gelände gehetzt. Er schleppte einen Notsender mit sich, den er erschöpft in den Sand warf, als er in der Grube anlangte.

Der Notsender war ein leistungsfähiges Hyperfunkgerät, mit dem man Arctis mühelos erreichen konnte. Doch dies würde man erst im allerletzten Augenblick tun, wenn die Atemluft zu knapp wurde und die IMPERATOR noch nicht eingetroffen wäre.

Am Horizont tauchten die sechs angekündigten Punkte auf. Sie näherten sich so schnell, daß sie in wenigen Sekunden heran waren. Es waren sechs kleine Kugelschiffe.

Sie schossen in geringer Höhe über die Deckungsgrube hinweg und eröffneten das Feuer auf den Shift, den die Automatik als den eigentlichen Gegner identifiziert haben mochte. Die empfindlichen Geräte orteten Metallanhäufungen und wohl auch atomare Antriebsausstrahlungen.

Der Shift detonierte bereits beim ersten Anflug.

Die sechs Schiffe zogen eine Schleife und verschwanden steil hochziehend im Himmel.

Rhodan sah ihnen verbittert nach.

Als die Nacht anbrach, hatten sie noch für zwanzig Stunden Luft.

Sie wußten, daß sie nun vor den Robotschiffen in Sicherheit waren. Der obligatorische Beschuß mit der harmlosen Strahlung erfolgte wenige Stunden vor Sonnenuntergang. Die Automatik der Gegner wußte nicht, daß sie dieselben Personen nun zum zweitenmal „behandelte".

Sie blieben in der Grube. Einmal kam in der Nähe eine Gruppe von Mutanten vorbei, aber sie bemerkten Rhodan und seine Gefährten nicht.

Langsam verstrichen die Stunden. Stets waren zwei der Männer auf Wache. Einer blieb in der Grube, der andere spazierte draußen umher und blieb in ständiger Interkomverbindung. Gucky unternahm einige Sprünge in die nähere Umgebung, fand aber keine Mutanten.

Als der Morgen graute, kehrten die geschlagenen Mutanten vom Tafelberg zurück. Es waren die Überlebenden, und sie mußten die ganze Nacht marschiert sein.

Die Luft in den Kampfanzügen der Terraner reichte noch für fünf bis acht Stunden.

Die Sonne tauchte die trostlose Landschaft in rote Feuerglut. Eine Gruppe verletzter Mutanten schleppte sich in die Ruinenstadt. Sie achteten nicht auf ihre Umgebung, und es war fraglich, ob sie überhaupt etwas unternommen hätten, wenn ihnen die Terraner aufgefallen wären.

„Sieht verdammt böse aus“, sagte Major Peanut. „Zuerst verlieren wir unser Schiff, und nun auch noch den Flugpanzer. Wir sitzen in der Falle.“

„Atlan kann rechnen“, eröffnete ihm Rhodan. Er saß auf einer Kiste und überprüfte seine Energiemagazine. „Er weiß, daß wir in der Klemme sitzen. Er wird jeden Moment eintreffen.“

„Und die Robotschiffe? Sie werden die IMPERATOR angreifen.“

„Atlan wird mit ihnen fertig.“

Die Sonne stieg höher. Die Männer waren nun alle wach. Rhodan teilte genug zur Beobachtung ein, daß er sicher sein konnte, nicht durch einen heimtückischen Angriff der Mutanten überrascht zu werden. Er nutzte die Gelegenheit, sich mit Gucky zu unterhalten.

„Du hast einiges in der Stadt der Laurins gesehen, Kleiner. Was hältst du davon? Haben sie eine Chance weiterzuleben?“

„Natürlich. Sie stellen Nahrungsmittel und alles andere synthetisch her. Die Luft ist rationiert, aber sie reicht aus. Strahlung ist keine vorhanden. Eines Tages werden sie die Möglichkeit finden, ihrem planetarischen Gefängnis zu entrinnen und zu einer anderen Welt gelangen. Wenn meine Vermutung richtig ist, steht die Bergstadt mit unterirdischen Anlagen hier unter den Ruinen in Verbindung. Sie haben richtige Straßen, die kilometerlang sind. Und gigantische Energieanlagen.“

„Die haben die Mutanten auch. Eines Tages wird der Endkampf um die Vorherrschaft entbrennen.“

„Vorherrschaft auf einer toten Welt?“ Gucky schüttelte den Kopf. „Das glaube ich nicht! Keiner will hier bleiben. Sie werden darum kämpfen, wer sie verlassen darf.“

Rhodan nickte.

„Vielleicht hast du recht“, gab er zu.

Leise Funksignale wurden plötzlich in seinem Helmempfänger vernehmbar. Der Sender war noch weit entfernt, aber die Art der Signale verriet nur zu gut, worum es sich handelte.

Rhodan sprang auf. Er eilte zu Jones, der mit Berger das Funkgerät bediente.

„Rufen sie die IMPERATOR mit Klartext, Sergeant. Verlangen Sie eine sofortige Standortmeldung."

Es dauerte keine drei Minuten, und die Verbindung war hergestellt.

Die IMPERATOR kam.

„Atlan, bereite dich auf den Angriff kleiner Robotschiffe vor. Sie dürften ungefährlich für die IMPERATOR sein, aber sie kämpfen ohne Rücksicht auf eigene Verluste. Die C-17 wurde von zehn Schiffen vernichtet. Du mußt uns abholen. Unsere Luft reicht noch für wenige Stunden."

„Ich weiß", gab Atlan zurück. Seine Stimme klang ruhig, aber sie verriet auch Erleichterung. „Die C-17 ist vernichtet, sagst du?"

„Vernichtet. Schieße die Roboter ab, wenn sie kommen. Und zwar, bevor du landest. Sonst wird es zu gefährlich für uns. Weißt du, wo wir sind?"

„Schon auf dem Schirm. Dicht daneben ist die Ruinenstadt. Ihr sitzt ja in einem schönen Loch."

„Es hat uns zweimal das Leben gerettet, Atlan."

Eine Weile schwieg Atlan, dann sagte er:

„Wir stehen genau über euch, in fünfzig Kilometer Höhe. Wir gehen langsam tiefer. Deine Robotschiffe müßten eigentlich jetzt kommen."

„Vielleicht warten sie, bis der Gegner eine gewisse Höhe erreicht. Sie greifen nur in einer bestimmten Zone an. Geht tiefer."

Zehn Minuten später sahen sie von der Grube aus die IMPERATOR ohne die Zusatztriebwerke. Das gigantische Schlachtschiff stand als schimmernde Kugel hoch oben im klaren Himmel. Der Schutzschirm flimmerte im Licht der roten Sonne.

„Sie kommen", sagte Atlan plötzlich. „Es sind ganze Rudel."

„Dann eröffne das Feuer", forderte Rhodan ungeduldig. Der Gedanke, nur noch für ein oder zwei Stunden Atemluft zu haben, machte ihn allmählich nervös. „Nimm keine Rücksicht."

Atlan gab keine Antwort.

Vom Boden aus waren die blitzenden Punkte der Kugelroboter deutlich zu erkennen. Ganze Schwärme von ihnen kamen aus allen Himmelsrichtungen und stürzten sich auf die IMPERATOR. Aber diesmal hatten sie es nicht mit einem unvorbereiteten Gegner zu tun. Was sie da empfing, war eine vernichtende Feuer- und Energiehölle.

Organische Intelligenzen hätten sich niemals auf einen so aussichtslosen Kampf eingelassen, aber die Kugelschiffe wurden von einer Robotautomatik ferngesteuert. Sie kannten nur ihren Auftrag und nahmen keine Rücksicht auf ihre eigene Existenz. Das machte sie gefährlich und außerordentlich zuverlässig.

Die IMPERATOR feuerte aus allen Geschützen.

Die Kugelschiffe stürzten ab, verglühten in der Atmosphäre und bohrten sich detonierend in den Sand von Destroy. Es regnete Trümmer, und Rhodan war froh, daß keine in ihre Grube fielen.

Auch die zweite Welle der Angreifer wurde von Atlan vernichtet, dann blieben die Orterschirme leer. Es schien, daß der Vorrat an Wachrobotschiffen erschöpft war.

Rhodan nahm erneut Verbindung auf.

„Lande in der Nähe der Grube, Atlan. Öffne die untere Ladeluke, damit wir möglichst schnell aufgenommen werden können. Gib uns Feuerschutz, falls die Mutanten angreifen ..."

„*Wer* soll angreifen?"

„Mutanten, Atlan. Erklärungen folgen später. Wenn du außer uns etwas siehst, das sich bewegt, halte es uns vom Leib. Das ist alles."

Die IMPERATOR schwoll zu einer riesigen Kugel an. Sie kam sehr schnell näher, und Rhodan begann schon zu fürchten, daß Heske Alurin sie zu hart aufsetzen würde. Aber in letzter Sekunde wurde der Fall gebremst und die Landestützen ausgefahren. Keine fünfhundert Meter von der Grube entfernt setzte die IMPERATOR auf. Gleichzeitig öffnete sich die große Ladeluke zwischen den Streben.

„Los!" befahl Rhodan.

Die Männer hatten nur auf das Kommando gewartet. Jeder trug, was er schleppen konnte. Sie sprangen aus der Deckung und rannten auf das Raumschiff zu. Nur wenige drehten sich während des Laufens noch einmal um, aber sie konnten keinen Verfolger entdecken.

Gucky lief nur ein Dutzend Schritte, dann teleportierte er direkt in die offene Schleuse der Frachtluke. Er setzte sich auf der Schwelle nieder und ließ die Beine genußvoll nach unten baumeln. In dieser Pose unendlicher Überlegenheit wartete er auf Rhodan und seine Männer.

Das oberste Geschütz gab einige Strahlschüsse ab. Drüben in den Ruinen verschwanden die Schatten der Mutanten.

Atemlos erreichten Tolot und Kasom als erste das Schiff. Sie warteten, bis die anderen heran waren, dann traten sie in den Zugstrahl und schwebten die Luke empor. Ihr Abschied von Destroy war eine Flucht gewesen – eine Flucht vor einem Gegner, den sie nicht zu töten wünschten.

Gucky grinste den heranschwebenden Männern entgegen.

„Da seid ihr ja endlich", kicherte er belustigt. „Habt ihr euch die Beine krumm gelaufen?"

Rhodan segelte an ihm vorbei, nicht ohne ihm kräftig auf die Schulter zu klopfen.

„Krummer als deine können sie nicht mehr werden", meinte er und landete sanft im Innern der Schleuse.

Dr. Fuxer wurde mit der bissigen Bemerkung des Mausbibers nicht so leicht fertig. Er fluchte erbittert und erklärte:

„Das ist eine bewiesene Tatsache, und gerade diese lächerliche Behauptung, vom Laufen bekäme man krumme Beine, beweist es abermals, nicht wahr? Wer läuft denn von uns am wenigsten? Gucky, nicht wahr? Und wer hat die krummsten Beine...? Au! Hilfe!"

Der Traktorstrahl ließ ihn plötzlich los – wenigstens schien es so. Unsanft landete er auf dem Körperteil, auf dem er sonst zu sitzen pflegte. Ehe er zu schimpfen begann, sah er Guckys grinsendes Gesicht. Klugerweise verkniff er sich eine Bemerkung. Er schimpfte nur wütend etwas vor sich hin.

Inzwischen hatte sich das Außenschott geschlossen. Luft strömte in die Kammer, dann öffnete sich die Innenluke. Im Frachtraum wurden sie von Atlan erwartet.

Noch während sie in den Lifts nach oben schwebten, startete die IMPERATOR und ließ Destroy schnell zurück. In der Kommandozentrale angekommen, ließ sich Rhodan in einen Sessel sinken. Atlan nahm neben ihm Platz. Kasom, Tolot, Gucky und die anderen Teilnehmer der Expedition entledigten sich der Kampfanzüge und genossen das Bewußtsein, wieder soviel Atemluft zur Verfügung zu haben, wie sie nur wollten.

„Mutanten?" fragte Atlan endlich.

Rhodan erklärte es ihm.

Lange schwieg Atlan, dann nickte er.

„Also die Laurins...! Und wir haben uns dreihundert Jahre lang den Kopf zerbrochen, warum sie niemals mehr auftauchten. Was können wir für sie tun?“

„Im Augenblick nichts. Wir müssen dafür sorgen, daß wir vorerst unentdeckt bleiben. Aber später, wenn wir sicher sind, kümmern wir uns um die Überlebenden auf Destroy. Das wird uns zuverlässige Bundesgenossen verschaffen.“

Heske Alurin, der Epsaler, drehte sich um und fragte Atlan:

„Linearflugmanöver, Sir?“

Atlan nickte.

Die IMPERATOR ging für eine kurze Zeitspanne in den Linearraum und kehrte bald darauf wieder in das normale Kontinuum zurück.

Als sie die Eisdecke des Polarplaneten unter sich sahen, erkannten die Raumfahrer das schwarze Loch des Hangarabstiegs. Das Schlachtschiff sank tiefer und hinein in den riesigen Schacht. Oben schloß sich die Eisdecke, noch ehe es den felsigen Grund viele Kilometer unter der Oberfläche erreichte.

Funkspruch von Oberst Rudo, als die IMPERATOR aufsetzte.
Text:

„An Rhodan und Atlan! Unsere Ortungsstation hat eine starke Flotte ausgemacht. Sie nähert sich diesem System. Genaue Identifizierung vorerst unmöglich. Aber es handelt sich vermutlich um Twonoser-Schiffe.“

Rhodan sah Atlan an.

„Da haben wir es“, sagte er gelassen.

„War nicht anders zu erwarten. Aber“, fügte Atlan hinzu, „ich kann nicht glauben, daß sie uns auf Arctis meinen. So schnell sind wir unter der gewaltigen Eisschicht nicht zu entdecken. Vielmehr wird Destroy gemeint sein. Unsere Aktivität dort ist geortet und gemessen worden. Ich fürchte, die letzten Laurins werden Schwierigkeiten bekommen.“

Rhodan nickte, dann gab er Alarm für die gesamte Louvre-Station.

Er hätte in diesem Moment vieles dafür gegeben, den Laurins wirksam helfen zu können.

Doch die Logik siegte. Mit einer Entdeckung der Terraner in Andro-Beta wäre zu diesem Zeitpunkt niemandem geholfen gewesen – mit Ausnahme der Meister der Insel.

25.

Dr. Hong Kao stieg gemächlich die schmale Treppe vom ersten Stock der Bordpositronik hinab. Als er den Boden der Hauptzentrale erreichte, erhob sich ein hagerer Mann von seinem Platz am Kartentisch und ging ihm entgegen.

Auf halbem Wege begegneten sich beide Männer.

„Nun . . .?“ fragte Perry Rhodan leise.

Der Chefmathematiker der CREST II zeigte das höfliche Lächeln, das für Leute seiner Abstammung noch immer charakteristisch war. Nur wirkten seine Gesichtszüge nicht gelöst, sondern maskenhaft starr.

„Höchste Gefahr, Sir!“

Rhodan nickte mit ernster Miene.

„Was meint die Positronik zu der georteten Raumflotte?“

Der Mathematiker schwenkte eine Symbolfolie, ohne jedoch einen Blick darauf zu werfen.

„Achtundneunzig Prozent Wahrscheinlichkeit dafür, daß die Beta-Wachtflotte durch die Wachstation auf Destroy alarmiert wurde. Behält der geortete Verband den bisherigen Kurs bei, wird er in etwa drei Stunden in Alurins System aufkreuzen. Siebenundachtzig Prozent Wahrscheinlichkeit dafür, daß man sich nicht mit der Untersuchung Destroys zufrieden geben wird, Sir.“

Perry Rhodan neigte leicht den Kopf.

„Mich würde die Wahrscheinlichkeitsquote für eine Entdeckung von Louvre-Station interessieren, Kao.“

„Das hängt davon ab, wie genau die Twonoser Arctis absuchen.“

„Vielen Dank, Kao.“ Rhodan lächelte. „Lassen Sie bitte die möglichen Fall-Schemata errechnen und die aussichtsreichsten strategisch-taktischen Reaktionen aussortieren!“

Als Hong Kao gegangen war, kehrte Rhodan nicht sofort an den Kartentisch zurück. Er blieb mitten in der Hauptzentrale der CREST II stehen und beobachtete den großen Panoramabildschirm.

Die optische Außenbilderfassung war ebenso wie die Ortung an Spezialantennen angeschlossen. Die Antennen ragten nur wenige Meter über die Eisdecke hinaus. Aber sie vermittelten ausgezeichnete optische und energetische Eindrücke der näheren und weiteren Umgebung.

Perry Rhodan nickte befriedigt, als er auf dem Panoramabildschirm nur die Eiswüste Arctis sah. Der Stützpunkt Louvre-Station war so gut getarnt, wie es unter den gegebenen Umständen überhaupt möglich war. Insgesamt befanden sich sechs Transporter und fünf Superschlachtschiffe in ihren Eishangars. An alle Schiffe hatte man die zweistufigen Zusatztriebwerke montiert, um im Falle einer Entdekkung des Stützpunkts unverzüglich fliehen zu können. Die etwa zwei Kilometer dicken Eisdeckel würden nicht nur gegen Sicht, sondern auch gegen Ortung weitgehend schützen. Aber noch war der Stützpunkt nicht voll ausgebaut. Zum gegenwärtigen Zeitpunkt konnte bestenfalls von einem Versteck die Rede sein. Jedes Schiff lag, isoliert von den übrigen, in seinem eigenen riesigen Hohlraum. Die Mannschaft befand sich angesichts des nahenden Flottenverbandes auf den Gefechtsstationen. Nur vereinzelte Robot-Kommandos waren dabei, Verbindungsgänge und Lagerhallen anzulegen.

Rhodan wandte sich um und ging langsam zum Kartentisch zurück. Der Tisch war kreisförmig rund um den mitten durch die Zentrale verlaufenden Polschacht angelegt. Nur der durch ein Panzerschott gesicherte Schachteinstieg unterbrach die Platte mit den eingelassenen Kartentanks.

Als Perry Rhodan sich in seinen Sessel fallen ließ, wandte ihm sein Nachbar zur Rechten das Gesicht zu. Die rötlichen Augen unter der hohen Stirn blickten fragend und ein wenig spöttisch.

Rhodan kniff die Augen zusammen.

„Du hattest recht, Atlan. Wir haben in ein Wespennest gegriffen. Jetzt ist der Schwarm aufgestört."

„Daran gab es gar keinen Zweifel, Perry. Inzwischen werden auch die Meister der Insel wissen, daß ungebetene Besucher in ihren ‚Vorgarten' eingedrungen sind."

Rhodan räusperte sich.

„Du drückst dich heute sehr blumig aus, mein Lieber. Aber eine gute Idee hast du nicht zufällig, wie?"

Lordadmiral Atlan lächelte.

„Eine gute Idee . . .! Perry, was tut ein normaler Mensch, wenn er merkt, daß er in ein Wespennest gegriffen hat?"

„Er greift fester zu!"

Atlan schüttelte den Kopf.

„Ich kenne eure Sprichwörter genausogut wie du selbst, Perry. Aber das von dem ‚Wespennest' trifft hier nicht zu. Wenn der aufgestörte Schwarm zu groß ist, hilft nur eins: die Hand schleunigst zurückziehen."

„Oder sich totzustellen. Was wir zur Zeit tun, Atlan. Noch weiß man nicht, wer wir wirklich sind und woher wir kommen. Es wäre unklug, das durch eine Flucht aufzugeben."

Atlan hob die Schultern.

„Du wolltest eine Idee hören, Perry. Ich habe sie dir gesagt. Eine bessere habe ich nicht. Flucht ist die einzige Alternative zum Stillhalten und Totstellen."

„Sie ist nicht akzeptabel."

„Zugegeben, Perry. Im Augenblick ist diese Alternative unbrauchbar. Nur sollten wir uns über eines klar sein: Wenn die Twonoser uns erst entdeckt haben, gibt es keine Alternative mehr."

Perry Rhodan nickte nur. Er wußte, daß der Freund recht hatte. Die Lage im Andro-Beta-Nebel war alles andere als rosig. Die Twonoser durchstreiften seit Tagen mit ihren Wachtschiffen den Raum. Sie würden keine Ruhe geben, und ihre Herren, die geheimnisvollen „Meister der Insel", erst recht nicht. Einziger Trumpf der Terraner war, daß niemand sie bisher identifiziert hatte. Noch wußten die Meister der Insel nicht, daß es einen terranischen Brückenkopf dicht vor Andromeda gab. Wenn sie es nicht erfuhren, konnte alles noch glimpflich abgehen.

Die Berechnungen des Chefmathematikers trafen eine Viertelstunde nach Rhodans Gespräch mit Atlan ein. Der Stillhalteplan hatte die höchste Wahrscheinlichkeitsquote für ein Gelingen erhalten.

Niemand ahnte, daß die Berechnungen der Positronik bereits in diesem Augenblick überholt waren.

Perry Rhodan erwachte vom Schrillen der Alarmsirenen.

Er hatte sich vor einer Stunde in seine Kabine zurückgezogen, um etwas zu schlafen. Obwohl Schlaf für ihn ein Luxusartikel geworden war, kam er nicht ganz ohne ihn aus. Allerdings war es ihm längst zur Regel geworden, sich angekleidet hinzulegen. Deshalb brauchte er jetzt nur den Gurt umzuschnallen. Dann war er fertig.

Im Schiff rührte sich nichts, als er zur Zentrale hastete. Die CREST II befand sich längst in Gefechtsbereitschaft.

Wie auf allen anderen Schiffen, liefen auch auf der CREST infolge der Ortungsgefahr nur die Notstromaggregate. Doch Rhodan wußte, daß die riesigen Atommeiler notfalls in Sekundenbruchteilen hochgefahren werden konnte. Inzwischen mußte die Wachflotte bereits vor dem Alurin-System stehen.

Seine Vermutung wurde in der Zentrale bestätigt.

Die Impulswandler verwandelten die einfallenden Impulse in gestochen scharfe, optische Bilder. Überdeutlich waren die beiden eiförmigen Raumschiffe zu sehen. Sie stießen, vom Standpunkt der CREST II aus, schräg von oben in das kleine System der Sonne Alurin hinein und nahmen geraden Kurs auf Destroy.

Rhodan wandte sich an Oberst Cart Rudo, den Kommandanten seines Flaggschiffes.

„Nur zwei Schiffe . . .!"

Der Epsaler verzog das Gesicht.

„Natürlich nicht, Sir. Weitere Verbände sind im Anflug. Die beiden Eiraumer werden nur die Vorhut sein."

Wie zur Bestätigung summten die Melder der Raumüberwachung auf. Eine Million Kilometer hinter den ersten beiden Schiffen tauchte ein ganzes Rudel auf. Perry Rhodan zählte zwanzig Eiraumer. Die Twonoser boten wirklich einiges auf, um ihre Pflicht zu erfüllen. Perry Rhodan konnte sich vorstellen, daß ihr Vorgehen nicht nur vom Verstand, sondern auch von Furcht diktiert war. Die Meister der Insel würden bereits ungeduldig sein.

Die beiden ersten Schiffe hatten sich inzwischen dem ersten Planeten bis auf sechs Millionen Kilometer genähert. Deutlich war zu erkennen, daß sie ihre Fahrt abbremsten. Offenbar wollten sie das Eintreffen der Verstärkung abwarten.

In der Zentrale der CREST II kamen die Beobachtungsgeräte

unterdessen nicht mehr zur Ruhe. Rudel auf Rudel der eiförmigen Twonoserschiffe drang in Alurins System ein. Den Rudeln folgten kurz darauf Geschwader. Hunderte und aber Hunderte von Schiffen fielen über das kleine System her, als gelte es, eine ganze feindliche Schlachtflotte zu vernichten.

„Das hättest du nicht gedacht, wie?“

Perry Rhodan blickte Atlan an. Der Arkonide trug eine heitere Gelassenheit zur Schau, die gar nicht zu ihm paßte.

„Nein, Atlan. Wir hatten vergessen, die Angst der Twonoser einzukalkulieren. Nicht die Angst vor uns, sondern die vor ihren Herren. Die Meister der Insel werden ungeduldig, wenn ihnen nicht bald unsere Vernichtung gemeldet wird.“

„Wenn mich nicht alles täuscht, ist diese Ungeduld unbegründet. Oder glaubst du, wir könnten den Twonosern auf die Dauer entgehen?“

„Sie werden zuerst Destroy untersuchen.“

Atlan öffnete den Mund zu einer Entgegnung.

In diesem Augenblick brach ein Geräuschorkan über die Zentrale der CREST II herein, der jede Verständigung unmöglich machte. Ein hoher Pfeifton marterte die Nerven der Männer.

Perry Rhodan brauchte einige Zeit, um die Herkunft des Tones festzustellen. An Männern vorbei, die mit schmerzverzerrten, entsetzten Gesichtern umherschauten, rannte er auf den Hyperfunkempfänger zu. Gleichzeitig mit dem diensthabenden Funker griff er nach dem Lautstärkeregler. Er war ein wenig schneller als der andere und drehte den Reglerknopf auf Null.

Das Geräusch sank zu einem erträglichen Heulen herab. Gleich darauf aber nahm es wieder an Lautstärke zu – und diesmal half der Griff zum Lautstärkeregler nicht mehr.

Perry Rhodan klappte den Helm seines leichten Raumanzuges nach vorn. Er sah, daß die anderen Männer es ihm nachtaten. Nur Cart Rudo schien sich an dem immer mehr anschwellenden Pfeifen und Heulen nicht zu stören. Aber der Oberst war einiges in dieser Beziehung gewöhnt.

Als Rhodan zum Kartentisch zurückkehrte, blickte Atlan ihm fragend entgegen.

Rhodan schüttelte den Kopf.

„Nein, ich weiß auch nicht, was das zu bedeuten hat. Aber wir werden es herausbekommen!“

Er griff nach dem Mikrophon des Telekoms.

Mourhik war das, was man nach menschlichem Sprachgebrauch einen Flottenchef genannt hätte. Aber Mourhik war kein Mensch, obwohl sein Körperbau einige menschliche Züge aufwies. Allein der Kopf unterschied ihn sofort von einem Terraner. Nicht nur, daß er kegelförmig war und ein einziges, großes Facettenauge besaß – an den Wülsten der Kopfunterseite traten zwei lange, blaugefärbte Rüssel heraus.

Mourhik verteilte seine Raumschiffe nach einem vorbereiteten Plan. Das Hauptquartier hatte ihn ohne nähere Informationen mit der Flotte hierher geschickt, um nach dem Rechten zu sehen. Mourhik wußte nur, daß sich auf dem ersten Planeten dieses kleinen Systems etwas ereignet hatte, was mit den unbekannten Fremden in Zusammenhang gebracht wurde. Es schien zwar, als wären sie wieder zurück nach Andromeda geflohen. Aber das war offenbar eine Täuschung gewesen.

Die Flotte Mourhiks kreiste den ersten Planten des Systems ein. Der Kommandeur störte sich nicht daran, daß sich auf der radioaktiv verseuchten Oberfläche nichts rührte. Er wollte absolut sichergehen. Als die Einkreisung vollzogen war, rückten die Einheiten vor. Immer enger wurde die Kugelschale aus Schiffen.

Mourhik triumphierte. Wenn sich die Gesuchten auf dem Planeten verbargen, hatten sie verspielt. Aus der Umklammerung gab es keine Flucht mehr.

Als der Geräuschorkan aus dem Hyperfunkempfänger toste, war Mourhik davon genauso überrascht wie zur gleichen Zeit die Terraner auf Arctis.

Der Twonoser hielt die orkanartigen Impulswellen zuerst für ein Abschreckungsmanöver der Gesuchten. Doch bald begriff er, daß er sich geirrt hatte. Zwar ließ sich die Herkunft der Impulswellen nicht feststellen, aber sie kamen weder von dem ersten noch von dem zweiten Planeten der roten Sonne. Soviel konnte eindeutig errechnet werden.

Mourhik erholte sich schnell von seiner Verwirrung, als er das

Zögern seines Schiffskommandanten bemerkte. Der Flottenverband rückte nicht mehr geschlossen gegen den ersten Planeten vor. Einige Schiffe blieben zurück, andere scherten aus.

Für kurze Zeit vergaß er das neue Problem. Er rief seine Kommandanten mit harten Worten und Drohungen zur Ordnung. Gleichzeitig ließ er sein Flaggschiff schneller vorstoßen. Es gelang ihm, seinen Verband zu sammeln.

Endlich umkreisten seine tausend Schiffe den Planeten in nur vierzigtausend Kilometer Höhe.

Mourhik befahl die Landung der ersten Gruppe.

Zwanzig eiförmige Kampfraumschiffe lösten sich aus dem Verband. Sie ordneten sich zu einer lockeren Formation. Dann stießen sie gleich Raubvögeln auf den Planeten hinab. In dem Augenblick, als sie das Schwenkmanöver beendet hatten und die Heckfinnen nach unten wiesen, geschah es.

Weder Mourhik noch sonst ein anderer Twonoser in Andro-Beta wußte, daß auf diesem Planeten die Überreste des Volkes der Laurins lebten. Die Meister der Insel schienen es nicht für notwendig zu halten, ihre Hilfsvölker mit umfassenden Informationen zu versorgen. So mußte Mourhik annehmen, daß das Abwehrfeuer, das in diesem Augenblick einsetzte, von den gesuchten Fremden stammte. Ein Irrtum, dessen sich der Twonoser nie bewußt werden sollte. Er konnte nicht ahnen, daß das Abwehrfeuer von den im Tafelberg lebenden letzten Laurins stammte, die sich angesichts der für sie tödlichen Bedrohung ihrer Haut wehrten, ohne auch nur die geringste Chance zu besitzen, damit Erfolg zu haben.

Blauweiße Energiestrahlen zuckten empor, fuhren zwischen den twonosischen Schiffen hindurch oder entluden sich in den Schutzschirmen. Die Landeformation geriet in Unordnung.

Mourhik brauchte nicht lange, um die Stärke des Gegners abzuschätzen. Er wußte bald, daß seine eigene Flotte den anderen weit überlegen war. Zudem hatte die Reaktion der Verteidiger gezeigt, daß sie ihre Kräfte rein defensiv einsetzten. Das konnte mehrere Gründe haben. Einer davon war der, daß es sich um automatische Verteidigungsanlagen handelte. Mourhik beschloß, den Gegner abzutasten.

Er befahl den zwanzig Landeschiffen, wieder in die Kreisbahn zurückzukehren. Dafür schickte er in kurzen Intervallen neue Gruppen nach unten. Jede von ihnen stieß auf Abwehrfeuer. Insgesamt verlor Mourhik elf Schiffe. Dann ließ er den Angriff vorerst einstellen. Die immer stärker anschwellenden Hyperenergiestöße aus dem Nichts verwirrten ihn und lähmten seine Entschlußkraft.

Mourhik ahnte mehr, als er verstandesmäßig folgerte, daß die orkanartigen Impulswellen eine größere Gefahr darstellten als die unbekannten Gegner auf dem Planeten.

Fast tausend Raumschiffe kreisten untätig über Destroy.

Perry Rhodan hielt die Ergebnisse der Ortungswertung in der Hand. Kopfschüttelnd blätterte er in den schmalen Plastikfolien. Dann warf er das Bündel zu Atlan hinüber.

Der Lordadmiral schaute erstaunt auf.

„Schlecht gelaunt, Perry . . .?“

Rhodan lachte humorlos.

„Lies selbst. Vielleicht vergeht dir dann der Spott!“

Während Atlan sich in die Folien vertiefte, lehnte Rhodan sich zurück und betrachtete den Panoramabildschirm. Die umgewandelten Ortungsimpulse wurden direkt auf die riesige Bildfläche übertragen.

Man konnte den Planeten Destroy deutlich sehen. Er war in den tiefblauen Schimmer tödlicher radioaktiver Strahlung gehüllt wie in einen Mantel. Ringsum glühten immer wieder die Triebwerke der Twonoserschiffe auf. Die Eiraumer hatten Destroy eingekreist, aber sie waren offenbar unschlüssig, was sie weiter tun sollten.

„Allerhand!“ sagte Atlan und legte die Plastikfolien auf den Tisch. „Es sah doch so aus, als befände sich die Hyperfunkstation ganz in der Nähe . . .“

Rhodan nickte.

„Ich hätte sogar darum gewettet, mein Lieber. Die Impulswellen sind so stark, daß die Hyperfunkempfänger zweier Transportraumer durchbrannten. Weißt du, was das bedeutet?“

„Die Station muß größer und leistungsfähiger sein als jede terranische Hyperfunkstation. Ob die Meister der Insel . . .?“

„Die Auswertung verneint das, Atlan. Zwar konnte man bisher den

Ausgangspunkt der Impulse nicht lokalisieren, aber auf keinen Fall befindet er sich außerhalb Andro-Betas."

„Nun, jedenfalls nicht im Alurin-System, Perry."

„Und die Twonoser wissen offensichtlich auch nicht, was die Impulse zu bedeuten haben. Sie halten sich zurück. Ich bin einigermaßen ratlos. Die Hyperimpulse beunruhigen mich. Zwar haben sie vorerst wohl verhindert, daß die Blaurüssel sich genauer in Alurins System umsehen; aber das beruhigt mich nicht. Hier geht etwas vor, das mir Sorge bereitet, Atlan."

„Was schon allerhand heißen will!" bemerkte der Lordadmiral ironisch.

Rhodan runzelte die Stirn.

„Ich wundere mich, wie leicht du die Dinge diesmal nimmst, Freund. Sonst warst du stets der Schwarzseher."

Er blickte nachdenklich zum Bildschirm. Die Eiraumer umkreisten immer noch untätig den Planeten Destroy. Es schien, als wären sie durch die Hyperimpulse an ihren Platz gebannt worden. Perry Rhodan glaubte jedoch nicht an diese Möglichkeit. Seiner Meinung nach taten die Twonoser nichts anderes als die Menschen. Sie warteten ab.

Er sah auf, als Icho Tolot die Zentrale betrat. Der Haluter schnellte wie ein urweltliches Ungeheuer aus der Öffnung des Antigravschachtes. Er landete auf allen sechs Gliedmaßen, richtete sich jedoch sofort auf. Nur auf den kurzen, säulenartigen Beinen stehend, wirkte er wie ein terranischer Grislybär. Mit wiegendem Gang näherte er sich dem Kartentisch.

Rhodan lächelte.

„Sie sind nicht neugierig, wie?"

Tolot lachte dröhnend. Es klang wie der Abschuß einer altertümlichen Haubitze.

„Ein gewisser Finch Eyseman wollte mich in die Regeln des Schachspiels einführen . . ."

Nun lachte auch Rhodan.

„Da wird er nicht viel Freude gehabt haben, denke ich. Bei Ihrem Plangehirn . . ."

„Sollte man meinen." Tolot stützte sich mit den Brustarmen auf die Tischplatte. Er zog die Arme rasch wieder zurück, als es in den Verstrebungen verdächtig knisterte. „Aber der junge Mann hat mich dreimal hintereinander geschlagen, bevor ich hinter seinen Trick kam."

„Trick . . .? Hat er betrogen? Dann werde ich ihm einen Verweis erteilen."

„Betrogen!" Icho Tolot schnaufte ärgerlich. „Mich kann man nicht betrügen."

„Ah! Eyseman hat demnach eine neue Methode gefunden, wie?"

„Ja!" knurrte Tolot. „Er spielte ohne jedes System. Jedesmal, wenn ich dachte, hinter sein System gekommen zu sein, verblüffte er mich durch einen völlig unlogischen Zug. Ich konnte mich einfach nicht darauf einstellen."

„Hm!" machte Rhodan. „So ähnlich ergeht es uns im Großen, Tolot. Jemand in Andro-Beta gibt sowohl den Twonosern als auch uns Rätsel auf. Vielleicht deshalb, weil auch er unlogisch handelt?"

„Vielleicht. Aber ich glaube nicht daran. Und Sie wissen selbst, daß es nicht so ist. Terraner können scheinbare Unlogik schnell durchschauen. Nur eins verstehen sie nicht. Das ist total kompromißlose Logik. Übrigens ist dieser Mangel eine positive Eigenschaft."

Ein donnernder Schlag unterbrach das Gespräch.

Perry Rhodan duckte sich unwillkürlich, als grelle Blitze durch die Zentrale zuckten. Es roch nach Ozon und verschmortem Plastik. Eine Warnsirene begann zu heulen.

Jemand schrie etwas von Strukturtastern.

Perry Rhodan begriff, was geschehen war. Die Sicherungen der Strukturtaster waren durchgeschlagen. Etwas mußte die energetische Struktur des vierdimensionalen Raum-Zeit-Gefüges gestört haben.

Nach und nach begannen die grünen Kontrollampen über den Strukturtastern wieder zu leuchten. Diesmal schlugen die Sicherungen nicht wieder durch.

Aber das beständige Tosen der Strukturorter blieb.

Es übertönte sogar das hohe Pfeifen des Hyperkomempfängers.

Mourhik begann zu verstehen, als die Strukturtaster in allen Schiffen seiner Flotte zugleich durchbrannten.

Das, worauf er insgeheim gewartet hatte, war eingetreten. Noch wußte er nicht, was diese furchtbare Strukturerschütterung ausgelöst hatte. Doch zweifelte er keinen Augenblick daran, daß eine ungeheure Gefahr sich anbahnte.

Er zog seine Schiffe aus der Kreisbahn zurück. Eine Million Kilometer über Destroy formierte sich die Flotte zur Raumschlacht.

Mourhiks Facettenauge glitzerte vor Erregung. Er beobachtete, wie die eiförmigen Raumer mit lohenden Triebwerksstrahlen heraneilten und sich in die typische Hohlspiegelformation einreihten. Die leichteren Einheiten setzten sich an die Ränder des „Hohlspiegels". Im Scheitelpunkt der Formation sammelten sich die schweren Einheiten. Mourhik selbst setzte sich mit seinem Schiff an den Krümmungsmittelpunkt. Er wollte an der vordersten Front sein, wenn es zum Kampf kam.

Längst waren die Sicherungen der Strukturtaster wieder instandgesetzt. Sie brannten nicht mehr durch. Aber beständig brandete ihr grauenerregendes Tosen durch die Zentrale des Flaggschiffes.

Mourhik wartete.

Noch wußte niemand, woher die Gefahr kommen würde. Schnelle Aufklärer stießen bis zu den Grenzen des kleinen Sonnensystems vor und orteten. Sie würden das Nahen eines Feindes rechtzeitig melden. So dachte Mourhik jedenfalls.

Er konnte nicht ahnen, daß die Besatzungen jener Schiffe die Nerven verloren, als sie das Ungeheuer entdeckten. Sie flohen, soweit sie noch fliehen konnten.

So kam es, daß Mourhiks Flotte vom Auftauchen des Monstrums völlig überrascht wurde.

Mourhik selbst war nicht fähig, die Auflösung des Verbandes zu verhindern. Er brachte keinen Ton hervor und schaute immer nur auf das flammende, gigantische Blitze sprühende Etwas, das mit halber Lichtgeschwindigkeit näherraste.

Es glich einer Sonne, die sich zur Nova entwickelte, während sie ziellos durch den Weltraum schoß. Aber diese Annahme erwies sich sehr schnell als Trugschluß. Das Gebilde war scheibenförmig, mit einem Horizontaldurchmesser von vierzigtausend Kilometern und einem Vertikaldurchmesser von fünfzehntausend Kilometern. Für eine Sonne war es viel zu klein.

Als Mourhik begriff, was da auf ihn und seine Flotte zukam, wußte er Bescheid. Das war der Untergang. Bitterkeit stieg in ihm auf. Man war unzufrieden mit seinem Volk – und kurzerhand sandte man Vernichtung und Grauen über es.

Er wußte, daß jeder Widerstand vergeblich sein mußte. Dennoch versuchte er, seine Flotte zur letzten Schlacht zu führen. Doch die Formationen waren bereits in heller Auflösung begriffen. Die Schiffskommandanten hörten nicht mehr auf seine Befehle. Ein Rudel nach dem anderen löste sich aus dem Durcheinander und jagte davon.

Mourhik befahl die Offiziere seines Flaggschiffes zu sich. Er erklärte ihnen die Lage, soweit das überhaupt noch nötig war, und fragte sie um ihre Meinung. Die meisten rieten zur Flucht. Aber nachdem Mourhik ihnen bewiesen hatte, daß sie keine Überlebenschance mehr besäßen, sondern nur noch die Wahl hätten zwischen einem unehrenhaften und einem ehrenhaften Tod, stimmten sie seinem Plan zu.

Kurz darauf setzte sich das Flaggschiff in Bewegung. Es steuerte geradewegs auf das nahende Ungeheuer zu. Und es schien, als würde es allein in den Untergang gehen. Aber nach wenigen Augenblicken schlossen sich ihm noch vier Schiffe an.

Mourhik hatte bereits mit dem Leben abgeschlossen. Jetzt empfand er nur noch Stolz und Genugtuung bei dem Gedanken an den Eindruck, den sein Heldenmut hervorrufen würde.

Doch das flammende Ungeheuer hatte keinen Sinn für solche Regungen. Es registrierte nur einige winzige Fremdkörper – und schickte ihnen eine schwache Entladung entgegen.

26.

Es war gelungen, das Heulen der Hyperkomempfänger und das Tosen der Strukturtaster auf ein erträgliches Maß zu drosseln.

Nichts deutete darauf hin, daß das Superschlachtschiff sich in höchstem Alarmzustand befand. Jeder Offizier saß an seinem Platz und führte seine Arbeit aus.

Dennoch wußte Perry Rhodan, daß jeder einzelne Mann der Besatzung sich der ungeheuren Gefahr bewußt war, in der sie alle schwebten.

Noch vor wenigen Minuten hatte diese Gefahr in dem Auftauchen der Twonoserflotte bestanden. Jetzt waren die tausend Eiraumer der Wächter von Andro-Beta zu einem Nichts degradiert. Sie flohen selbst vor einer noch größeren Gefahr. Einer Gefahr, die sich zuerst durch das Tosen der Strukturorter angezeigt hatte.

Vor genau vierzehn Sekunden hatte die Bedrohung ihr wahres Gesicht gezeigt.

Der Moby war der größte seiner Art, den man bisher entdeckt hatte. Er durchmaß in seiner runden Käseform vierzigtausend Kilometer und war fünfzehntausend Kilometer dick. Mit halber Lichtgeschwindigkeit war er ins System der Sonne Alurin eingebrochen.

Doch das Auftauchen des Mobys allein wäre nicht so alarmierend gewesen. Sie trieben halberstarrt durch den Raum. Keiner war dem soeben Aufgetauchten an Größe nahegekommen. Und keiner glich wie dieser einer flammenden Sonnenhölle.

Perry Rhodan stand neben dem Chefmathematiker. Hong Kao speiste die Positronik mit allen verfügbaren Fakten. Sein gelbes Gesicht zeigte das übliche höfliche Lächeln. Doch Rhodan ließ sich dadurch nicht täuschen.

Winzige Kleinigkeiten bewiesen ihm, wie nervös der Mathematiker geworden war. Er ahnte, daß Hong Kao die gleichen Gedankengänge wie er verfolgte. Aber er behielt seine Meinung für sich. Ihm kam es darauf an, ein völlig unbeeinflußtes Ergebnis zu erzielen.

„Ende!“ sagte Hong Kao und wandte sich zu Rhodan um. „Jetzt müssen wir warten, Sir.“

Der Großadministrator lächelte gequält.

„Ich wollte, ich dürfte Ihnen etwas mehr Ruhe gönnen, Kao. Wann hatten Sie eigentlich Ihren letzten Urlaub?“

„Sie scherzen wohl“, erwiderte der Mathematiker verblüfft. „Urlaub? Ich müßte in einem Wörterbuch nachschlagen, um herauszubekommen, was das eigentlich ist.“

„Ich werde dafür sorgen, daß Sie mit dem nächsten in Richtung Heimat abgehenden Schiff zurückfliegen. Sie haben sich eine Erholung wirklich verdient.“

Hong Kao schnappte nach Luft. Sein Lächeln verschwand schlagartig.

„Sind Sie nicht mehr mit mir zufrieden, Sir . . .?"

„Doch, doch, mein lieber Kao. Einen besseren Chefmathematiker könnte ich mir nicht wünschen."

Hong Kao lächelte wieder. Aber diesmal war es nicht das routinierte, höfliche Asiatenlächeln, sondern es kam aus vollem Herzen.

„Ich nehme Ihr Urlaubsangebot an, Sir. Unter einer Bedingung allerdings . . ."

„Schon genehmigt, Kao."

„Unter der Bedingung nämlich, daß ich meinen Urlaub auf dem Zentralplaneten der Meister der Insel verbringen darf."

Perry Rhodan schluckte. Sein Gesicht zeigte höchste Verblüffung. Dann trat er impulsiv vor und preßte die Hand des Mathematikers so stark, daß Kao ein wenig in die Knie ging.

„Vielen Dank, Kao. Vielen Dank für das Vertrauen. Ich verspreche Ihnen, alles zu tun, um Ihnen *diesen* Urlaub recht bald zu ermöglichen."

Hong Kao rieb seine Hand und lächelte. Doch dann bemerkte Rhodan, daß der Mathematiker plötzlich an ihm vorbeisah.

Er wandte sich um.

Icho Tolot stand hinter ihm.

„Der Maahk möchte Sie sprechen."

Perry Rhodan nickte und verabschiedete sich von Hong Kao. Es gab nur einen Maahk auf der CREST II: Grek-1, den ehemaligen Abwehroffizier der Methans. Wenn Grek-1 ihn sprechen wollte, mußte es sich um eine wichtige Angelegenheit handeln.

Manchen Menschen fiel es noch immer schwer, den Koloß mit den Tentakelarmen, dem sichelförmigen Kopf und den vier Augen auf der Oberkante der Kopfsichel als Verbündeten anzusehen.

Perry Rhodan gehörte nicht dazu.

Er war vertraut genug mit der Mentalität und dem streng logischen Denken der Maahks. Grek-1 konnte gar nicht anders handeln, als er es seit einiger Zeit tat.

Atlan erwartete Perry Rhodan und Icho Tolot bereits vor der Glaswand zu Greks Kabine. Der Maahk war Wasserstoff-Methan-Atmer. Das schloß den Aufenthalt von Menschen in seiner Kabine aus. Es sei denn, sie trügen einen Raumschutzanzug. Doch man hatte eine bessere Lösung des Problems gefunden. Greks luxuriös ausgestattetes Appartement enthielt eine besonders präparierte Kommunikationskabine. Die größte Wand dieses Raumes bestand aus Panzerglas und war gleichzeitig eine Trennwand vom Besucherraum. Mikrophone und Lautsprecher ermöglichten eine ausgezeichnete Verständigung.

Nach der Begrüßung nahmen alle Anwesenden Platz; die Menschen in bequemen Sesseln, der Maahk in einem stabilen Schalengebilde. Nur Icho Tolot blieb stehen. Der Haluter hätte einen speziellen Sessel aus Terkonitstahl benötigt. Es war klar, daß man nicht alle Räume mit einem solchen Sitzmöbel ausstatten konnte. Außerdem machte es Tolot nichts aus, stundenlang unbeweglich zu stehen.

Perry Rhodan wußte, daß Greks Räume mit den Bildschirmen des Schiffes verbunden waren. Der Maahk konnte die Vorgänge außerhalb der CREST II fast ebensogut verfolgen wie der Kommandant in der Zentrale. Folglich wußte er über das Auftauchen des Mobys Bescheid. Niemand brauchte zu raten, welches Thema er anschneiden würde.

„Also!" sagte Rhodan, nachdem er Grek-1 eine Weile gemustert hatte. „Was halten Sie davon?"

„Mit einer ähnlichen Maßnahme hatte ich gerechnet", erklärte der Maahk. „Nur konnte ich nicht ahnen, daß die Meister der Insel einen so wirksamen Trumpf bereithielten.

Er schwieg eine Weile. Seine starken Tentakel zuckten nervös hin und her. Bei einem Wesen wie Grek-1 wollte Nervosität etwas heißen! Unvermittelt und erschreckend nüchtern sagte er dann:

„Das ist der Anfang vom Ende!"

Rhodans Haltung versteifte sich. Fragend blickte er den Maahk an. Doch aus dem, was bei Grek-1 Gesicht genannt werden konnte, war nichts herauszulesen.

„Nicht, was Sie jetzt vielleicht annehmen", fuhr der Maahk fort. „Ich glaube nicht, daß die Meister der Insel wissen, wer nach Andro-Beta eingedrungen ist. Für sie genügt es, daß sie die Ereignisse nicht durchschauen können. Bedenken Sie bitte, was alles geschehen ist!

Unbekannte Raumschiffe dringen in den Zwergnebel ein. Sie rufen Unruhe hervor. Eine Zeitlang sieht es so aus, als wären die Fremden wieder abgezogen. Das Ablenkungsmanöver Lordadmiral Atlans war den Umständen entsprechend genial. Doch die Twonoser bleiben mißtrauisch und durchkämmen systematisch die Zwerggalaxis, da sie aufgrund der Ortung der Frachtraumer wissen, daß mehrere fremde Einheiten in ihren Lebensbereich eingedrungen sind. Doch auch diese Suche bleibt erfolglos. Zuletzt macht sich die Wachautomatik auf Destroy bemerkbar und meldet das Auftauchen von fremden Raumschiffen. Die Meldung ergeht nicht nur an die Zentrale der Twonoser, die sofort eine Flotte hierher entsandten, sondern auch an die Meister der Insel. Was schließt man daraus? Man muß annehmen, daß man sich auf die Twonoser nicht mehr verlassen kann. Entweder haben sie als Bewacher versagt – oder aber sie arbeiten gegen ihre Herren.

Solche Schlußfolgerungen genügen für die Meister der Insel. Sie haben sich niemals auf das geringste Risiko eingelassen. Wenn etwas nicht sofort durchschaut werden konnte, wurde es vernichtet."

„Aha!" Rhodans Stimme klang dumpf. „Diese Herren verlieren also die Nerven."

„Sie irren sich!" erwiderte Grek-1 kalt. „Sie irren sich gründlich. Derartige Dinge gehören zum üblichen Repertoire der Herrscher Andromedas. Anders haben sie niemals gehandelt, egal ob mit oder ohne Berechtigung. Sie setzen sich niemals ‚Läuse in den Pelz', wie Ihre Leute so treffend sagen würden. Die Lage in Andro-Beta ist verworren, darum werden die Bewacher vernichtet. Das ist eine normale Strafexpedition. Allerdings bedeutet sie nicht allein für die Twonoser das Ende, sondern auch für uns. Soweit ich das beurteilen kann, wird selbst der kleinste und verlassenste Planet Andro-Betas zerstört werden."

„Einen Augenblick, Grek-1!" Atlan hob die Hand. Er war blaß geworden. Aber sein Gesicht wirkte entschlossen. „Ein Moby allein kann nicht eine ganze Zwerggalaxis verwüsten, selbst wenn er einer sich auflösenden Sonne gleicht!"

„Ich gebe Ihnen recht, Lordadmiral. Aber ich kenne die Meister der Insel besser als Sie. Ich weiß, daß sie keine halben Maßnahmen treffen. Was ich Ihnen jetzt sage, entspringt nur logischen Überlegungen. Beweise kann ich Ihnen noch nicht geben. Aber ich bin überzeugt, daß ich richtig gefolgert habe.

Wir sehen nur einen Moby in Aktion. Aber alle anderen werden zu dieser Zeit das gleiche tun. Sie rasen als flammenspeiende Ungeheuer durch Andro-Beta und vernichten alles, was ihnen in den Weg kommt.

Wir wissen, daß die Mobys von den Meistern der Insel vor vielen Jahrtausenden als *Wächter über den Wächtern* eingesetzt wurden. Es scheint so, als ob es ihre Aufgabe gewesen ist, die Twonoser zu bewachen und deren Verhalten an die Meister weiterzumelden. Jetzt erhält dieser Begriff eine – wie Sie sagen würden - tragische Bedeutung, denn die Superwächter werden die Zivilisation der Twonoser und alles andere Leben in Andro-Beta vernichten. Jetzt wird auch klar, warum die Meister der Insel scheinbar nichts gegen die Bioparasiten unternommen haben, als diese im Lauf der Zeit alle Mobys auszehrten und töteten. Die Beherrscher Andromedas *wußten,* daß sie bei Bedarf auf die Mobys zurückgreifen konnten, gleichgültig ob diese tot oder lebendig waren! Die Fernsteuerungsmechanismen, mit denen sie die Mobys, als diese noch lebten, gelenkt und kontrolliert haben, funktionieren noch immer. Dadurch wurde es ihnen möglich, die toten Mobys zu aktivieren. Fragen Sie mich nicht, *wie* sie diese Reaktivierung bewerkstelligt haben und wie sie die Fernsteuerungskontrolle über die Mobys ausüben. Ich weiß es nicht. Ich nehme aber an, daß durch die Aktivierungsimpulse Teile der kristallinen Struktur der Mobys zu einem Umwandlungsprozeß angeregt wurden. Die dadurch gewonnene Energie belebte die Mobys, das Vernichtungswerk konnte beginnen.

Und noch eines steht fest:

Vom Zeitpunkt Ihres Besuches auf Destroy, in dessen Verlauf die Alarmstation aktiviert wurde, bis zum Auftauchen des Mobys ist eine relativ kurze Zeit verstrichen. Daran können Sie ersehen, daß die Wiederbelebung der Mobys eine Angelegenheit von sehr kurzer Dauer war. Die Meister der Insel zögerten keinen Augenblick damit, alles Leben in Andro-Beta zu vernichten. Das Beispiel der Laurins sollte Ihnen bereits gezeigt haben, wozu diese Wesen fähig sind. Ich weiß nicht, wie viele Mobys es innerhalb Andro-Betas gibt, aber es dürften Millionen sein. Andro-Beta hat etwa drei Milliarden Sonnen und Hunderttausende Planeten. Viele davon tragen Leben, und viele dienen den Twonosern als Heimat. Die Mobys werden zuerst alle Twonoserplaneten zerstören, danach folgen die anderen. Wenn man den Mobys lange genug Zeit läßt, dann wird früher oder später auch der letzte Planet zu existieren aufhören. Auch die lebensfeindlichen und unbewohnten Welten werden davon nicht verschont bleiben. Andro-Beta wird eine Zone des Todes, eine Kleingalaxis ohne die Spur eines Lebens und ohne Planeten."

„Das ist ungeheuerlich!" rief Rhodan erregt. „Wenn das stimmt, was Sie behaupten, Grek-1 – und ich glaube, daß es stimmt –, dann sind die Meister der Insel die grausamsten und gewissenlosesten Herrscher, die es je gegeben hat."

Icho Tolot räusperte sich. Es klang wie das Rasseln von Panzerketten.

„Wir müssen die Sache vom psychologischen Standpunkt betrachten. Greks Ausführungen haben mir einiges gesagt. Ich schließe daraus, daß die Meister der Insel lediglich auf ihr eigenes Wohl bedacht sind. Alles was diesem Zweck dient, wird von ihnen unter Kontrolle gebracht und unterjocht. Treten jedoch Ereignisse ein, die dieses Wohl gefährden, werden die potentiellen Gefahrenherde rigoros ausgelöscht. Verstehen Sie mich bitte nicht falsch. Es liegt mir fern, die Handlungsweise der Meister zu billigen, aber ich bin der Ansicht, daß sie nicht aus purer Lust am Töten, sondern aus dem inneren Zwang heraus, ihre Lebensinteressen um *jeden* Preis zu schützen, derart handeln. Verstehen Sie, was ich meine?"

„Soeben beginne ich zu begreifen", sagte Rhodan. Er schüttelte sich wie im Fieber. Auf seinen Wangen zeigten sich rote Flecke. Er, der sonst immer ein Beispiel an Selbstbeherrschung gab, schien fassungslos zu sein.

Er riß sich gewaltsam zusammen. Nur seine Augen drückten den Gefühlssturm aus, der in ihm tobte.

„Nur die panische Existenzangst gebiert solche Scheußlichkeiten. Was sind das für Wesen, denen ihre unvorstellbare Macht nicht das Gefühl der Sicherheit zu geben vermag? Wer sind sie, die ganze intelligente Völker auslöschen, um ihr übersteigertes Sicherheitsbedürfnis zu befriedigen?"

„Ich weiß es nicht", bekannte Grek-1. „Ich weiß nur, daß Sie sich noch nie in einer so aussichtslos scheinenden Lage befunden haben. Wenn meine Schlußfolgerung richtig ist, gibt es kein Entkommen aus dem Inferno von Andro-Beta."

Perry Rhodan erhob sich. Er hatte seine ruhige Überlegung wiedergefunden.

„Grek-1", sagte er mit gefährlicher Ruhe, „auch Sie haben uns einmal unterschätzt. Heute ist die Reihe an den Meistern der Insel. Sie haben sich selbst ihr Todesurteil gesprochen, als sie die Strafexpedition der Mobys befahlen. Das Universum hat keinen Platz für Massenmörder!"

Der Moby raste immer noch als flimmernder Glutball in das System hinein. Er war deutlich auf dem Panoramabildschirm zu sehen. Die Strukturtaster registrierten beständig gewaltige Stoßfronten fünfdimensionaler Energie.

„Einmal muß auch der größte Moby sich verausgaben!" meinte Atlan verbissen.

Perry Rhodan sagte nichts darauf. Er hatte den gleichen Gedanken schon vor zehn Minuten gehabt. Jetzt beobachtete er nur noch.

Seine Gedanken wurden durch einen Schrei Atlans unterbrochen. Der Arkonide war aufgestanden und wies mit der Hand auf das flammende Ungeheuer.

Es hatte seinen Kurs geändert. Fast rechtwinklig war es von seinem bisherigen Kurs abgeschwenkt. Die dabei entstehenden Beharrungskräfte mußten grauenvoll sein.

„Er hält auf die Sonne zu!" flüsterte Atlan.

Rhodan nickte.

„Mobys leben von Energie. Wenn sie derart verschwenderisch damit umgehen, brauchen sie eine Menge Nachschub. Wo könnten sie ihn schneller herbekommen als in der Nähe einer Sonne!"

Angespannt beobachtete er weiter. Der Moby verringerte seine Geschwindigkeit. Rhodan stellte eine kurze Berechnung an. Das Ergebnis verblüffte ihn. Wenn das Ungeheuer nicht mit größeren Werten abbremste, würde es in die Sonne stürzen. Schweißperlen rannen ihm über die Stirn. War es möglich, daß der Moby die Aufgabe hatte, die Sonne zum Novaprozeß anzuregen? Er schüttelte den Kopf. Selbst ein so großer Körper, wie der Moby es war, stellte im Vergleich zu einer Sonne nur ein Stäubchen dar. Auch wenn es nur eine kleine Sonne wie Alurin war.

Allerdings mußte man die besondere Struktur des Ungeheuers berücksichtigen.

Perry Rhodan gab Anweisung, alle Schiffe des Stützpunktes für den Alarmstart vorzubereiten. Wenn die Sonne Alurin wirklich explodierte, würde es um Sekundenbruchteile gehen.

Die bis dahin in Ruhestellung befindlichen Atommeiler wurden hochgefahren und versorgten nun alle Maschinen und Aggregate mit Energie. Jetzt ging es nicht mehr darum, die eigene Anwesenheit geheim zu halten, sondern die nackte Haut zu retten. Dennoch bestand zum gegenwärtigen Zeitpunkt kaum Gefahr einer Ortung des Stützpunktes. Die Streuenergie der Schiffsaggregate wurde von der vom Moby verursachten Störfront überlagert, so daß sie auch aus nächster Umgebung kaum registriert werden konnte. Und in dieser gab es außer dem Moby niemanden mehr, der darauf hätte achten sollen.

Während der Alarmstart vorbereitet wurde, starrte Perry Rhodan unentwegt auf den Panoramabildschirm. Dann atmete er auf.

Der Moby verringerte seine Fahrt ruckartig. Sie war dennoch groß genug, um ihn in die innere Korona hineinzutragen. Dort kam er zu einem jähen Halt.

Er begann aufzutanken.

Die rote Sonne Alurin blähte sich auf. Rhodan fror bei dem Gedanken an die nun erfolgende Aufheizung der Korona. Eine Sonnenkorona besteht zum großen Teil aus Plasma, hochionisierten Atomen und freien Elektronen. Der zehn- bis fünfzehnfachen Ionisation von Eisen-, Nickel- und Kalziumatomen entspricht eine Temperatur, die zweihundertmal höher ist als die Temperatur der betreffenden Sonnenoberfläche. Wenn der Moby die Fusionsprozesse innerhalb der Sonne anregte – und es war augenfällig, daß er das tat –, dann mußte sowohl die Dichte des Korona-Plasmas steigen wie auch dessen Temperatur. Es schien unglaublich, daß ein Lebewesen das nicht nur aushielt, sondern sogar brauchte.

Die Energieortung meldete, daß ungeheure Energieströme die Sonne verließen. Gleich darauf wurde ersichtlich, wo diese Energie blieb. Der Moby verfärbte sich zu einer rotglühenden Scheibe. Sekundenlang glich seine Farbe derjenigen der Sonne, und er hob sich kaum gegen den Sonnenhintergrund ab. Dann wurde er weißglühend. Aber noch immer verließen gewaltige Ströme an Energie die Sonne. Allmählich nahm der Moby ultrahelle Farbtöne an.

„Er saugt sich voll bis zum Zerplatzen“, kommentierte Icho Tolot den Vorgang.

Atlan lachte rauh.

„Hoffentlich zerplatzt er recht bald.“

Diesen Gedanken mußten noch mehr Männer gehabt haben. Im nächsten Augenblick löste sich das Ungeheuer wieder aus der Korona. Ein vielstimmiger Seufzer klang durch die Zentrale. Auch Perry Rhodan konnte die aufsteigende Panikstimmung kaum noch unterdrücken. Es war eine geballte Ladung Energie, die jetzt durch den Raum raste.

Und in der Flugbahn des Ungeheuers lag der Planet Arctis...

Für einige bange Sekunden sah es so aus, als müßte der Stützpunkt Louvre-Station aufgegeben werden.

Der ultrahell glühende Moby kam sehr schnell näher. Perry Rhodan fühlte die Blicke seiner Offiziere auf sich ruhen. Selten hatte er die Entscheidungsgewalt so sehr als Last empfunden wie in diesen Augenblicken. Doch er behielt die Nerven.

Der Alarmstart fand nicht statt.

Ausschlaggebend dafür war die astronomische Situation. Die beiden Planeten der Sonne Alurin befanden sich in Konjunktion zueinander. Destroy stand fast genau auf einer imaginären Linie zwischen Arctis und der Sonne. Es gab zwar keine Sicherheit dafür, daß der Moby sich dem nächstliegenden Planeten auch zuerst zuwenden würde, aber die Wahrscheinlichkeitsquote war doch sehr groß.

Tatsächlich errechneten die Zielverfolgungsautomaten kurz nach Rhodans Entscheidung eine winzige Kursabweichung des Ungeheuers. Danach stand fest, daß es den Planeten Destroy als Ziel gewählt hatte.

Man atmete auf.

Atlans Augen waren feucht. Es war typisch für Arkoniden, daß die Erregung ihnen das Wasser in die Augen trieb. Menschen transpirierten in solchen Fällen.

„Was willst du unternehmen, Perry?“ fragte Atlan. In seiner Stimme klang noch das Bangen der letzten Sekunden nach.

Rhodan setzte die Ellenbogen auf die Tischplatte und stützte den

Kopf in die Hände. Sein Gesicht wirkte eingefallen. Dunkle Schatten lagen unter den Augen, und tiefe Sorgenfalten furchten die Stirn.

„Was glaubst du, was wir in dieser Lage unternehmen könnten, Freund?"

Der Arkonide hob vielsagend die Schultern.

Rhodan lächelte. Seine Züge strafften sich etwas.

„Du weißt es nicht. Ich auch nicht. Zumindest halte ich es für richtiger, noch nicht aktiv zu handeln. Wir haben jetzt die beste Gelegenheit, einen aufgeladenen Moby in Aktion zu beobachten."

„Deine Ruhe möchte ich haben, Perry."

Rhodan erhob sich.

„Ich wollte, ich *wäre* ruhig, Atlan. Mir gehen die Laurins nicht aus dem Kopf, die den kommenden Ereignissen hilflos ausgeliefert sind. Und wir sind nicht in der Lage, ihnen irgendwie zu helfen."

Er schüttelte sich und wechselte abrupt das Thema. „Kommst du mit zur Positronik? Ich möchte wissen, was Kao, dem wir die Aussagen von Grek-1 zur Überprüfung und Auswertung übergeben haben, herausbekommen hat."

Er wartete nicht ab, ob der Freund ihm folgte. Mit steifen Schritten bewegte er sich auf das hausgroße Gebilde der Positronik zu. Atlan schloß sich ihm mit einer leisen Verwünschung an.

Sie fanden Dr. Hong Kao im Innenraum der gewaltigen Rechenanlage. Auf einigen Dutzend kleinen Bildschirmen huschten farbige Diagramme und Schaltbilder vorüber. Lampen glühten auf und verloschen wieder. Es schien, als besäße die Maschine eigenes Leben.

Perry Rhodan blinzelte verwirrt, als ein Lautsprecher dicht an seinem Ohr zu plärren begann. Die mechanische Stimme nannte Zahlen und Buchstaben ohne erkennbaren Sinn. Eine andere Stimme antwortete. Es war die Stimme des Chefmathematikers. Sie bediente sich der gleichen geheimnisvollen Kodesprache. Gleich darauf begannen die Lampen schneller zu blinken. Auf den Bildschirmen bildeten sich wirre Muster und dreidimensional verschlungene Linien. Abrupt brachen die Geräusche und optischen Eindrücke ab. Mit dumpfem Stakkato hämmerten Stanztasten. Ein breiter Symbolstreifen glitt ruckartig aus dem Ausgabesektor.

Hong Kaos zierliche Hand griff danach und riß die Plastikfolie heraus. Erst danach wandte der Mathematiker sich seinen Besuchern zu. Sein gelbes Gesicht zeigte nicht das übliche Lächeln. Es war vor geistiger Anspannung verkrampft und glänzte vor Schweiß. Seine normalerweise glattgekämmten schwarzen Haare hingen ihm wirr und zerwühlt in die Stirn.

„Es ist nicht einfach, mit einer Maschine im Direktverkehr zu korrespondieren", sagte er langsam. Jedes Wort schien ihn anzustrengen.

Perry Rhodan erkannte, daß der Mathematiker gegen eine wichtige Vorschrift verstoßen hatte. Ein Mensch konnte geistige Schäden davontragen, wenn er versuchte, sich der Denkkapazität der Maschine anzupassen. Wenn Hong Kao die elementarste aller Regeln mißachtete, gab es gewichtige Gründe dafür.

Hao versuchte ein Lächeln. Doch seine Gesichtsmuskeln gehorchten ihm noch nicht wieder. Seine Lippen zogen sich wie im Krampf auseinander.

Perry Rhodan wandte sich um. Seine Augen leuchteten dankbar auf, als er erkannte, daß Atlan denselben Gedanken wie er gehabt hatte. Der Arkonide war nur etwas schneller gewesen. Er kehrte bereits mit einem Medo-Robot zurück. Anscheinend hatte er dem Roboter bereits die Diagnose genannt. Die zierlich wirkende Maschine entblößte mit einem resoluten Griff Kaos Unterarm und setzte die Injektionspistole an. Ein schwaches Zischen ertönte.

Hong Kao seufzte. Seine Lippen begannen zu zittern, dann schwand der Krampf. Die Augen bekamen wieder ihren hellen Glanz.

„Vielen Dank, Sir!" Er neigte den Kopf in Atlans Richtung.

Der Medo-Robot war bereits wieder verschwunden.

„Tun Sie das nicht wieder, Kao!" sagte Rhodan erregt. „Ich möchte Sie nicht verlieren." Er winkte ab, als der Mathematiker zu einer Entschuldigung ansetzen wollte. „Nein, lassen Sie das bitte! Ich weiß, daß Sie nicht ohne Grund so handelten. Was haben Sie herausbekommen?"

Hong Kao lächelte und blickte auf die Symbolfolie in seiner Hand.

„Vierundneunzig Prozent Wahrscheinlichkeit dafür, daß der Maahk mit seinen Ausführungen recht hat.

Vor dem Auftauchen des Mobys meldeten die Hyperfunkempfänger orkanartige Impulswellen auf hyperdimensionaler Basis. Für eine normale Funksendung sind diese Wellen viel zu energiereich. Ich habe mir ein Funkmeßdiagramm geben lassen. Daraus geht eindeutig hervor, daß die Reichweite der Impulsströme in keinem Zusammenhang mit ihrer Stärke steht. Sie reichen wahrscheinlich nicht über die Grenzen Andro-Betas hinaus. Die ungeheure Energiestärke muß nun einen anderen Zweck haben.

Die Positronik errechnete neunundachtzig Prozent Wahrscheinlichkeit dafür, daß die Impulsströme als Aktivierungsimpuls für die erstarrten Mobys gedient haben. Die anscheinend nur scheintoten Ungeheuer erwachten zu vollster Aktivität, tankten an der nächsten Sonne auf und steuerten dann die befohlenen Ziele an. Ihr Handlungsinstinkt wird dabei von den anhaltenden Hyperimpulsen angeregt und gelenkt."

„Es hört sich phantastisch an, ist aber logisch", bemerkte Atlan nach einer Pause.

Perry Rhodan nickte nachdenklich. Wieder mußte er an die rätselhaften Unbekannten denken, die „Meister der Insel" genannt wurden. Ihre Macht und ihre technische Überlegenheit der Menschheit gegenüber waren zweifellos gewaltig. Doch warum setzten sie ihre Macht nicht gezielt ein? Weshalb schlugen sie so massiv zu – wie jemand, der einen Dschungel niederbrennt, um einige wenige Rebellen zu vernichten, die sich darin verborgen halten?

Konnte man darin eine Schwäche erblicken?

„So handelt jemand, der von einem schlechten Gewissen geplagt wird", flüsterte Atlan. „Von einem sehr schlechten Gewissen sogar."

„Sie dürfen das nicht zulassen, Sir!" sagte Hong Kao bittend. „Wie viele intelligente Wesen müssen denn noch sterben, bevor den Herren Andromedas ihr schmutziges Handwerk gelegt wird?"

Rhodan lachte bitter.

„Wenn wir wüßten, wo die gigantische Hyperfunkstation steht, könnten wir vielleicht etwas unternehmen. Aber wir wissen es nicht. Und wir können auch nicht danach suchen – vorläufig noch nicht. Jedenfalls haben Sie uns sehr geholfen, Kao. Sicher geben uns Ihre Berechnungen neue Ansatzpunkte."

„Ich werde eine Faktenanalyse . . ."

„Halt!" unterbrach Rhodan lächelnd. „Sie werden jetzt sofort zu Doc Artur gehen und sich eine Tiefschlafinjektion geben lassen. Das ist ein dienstlicher Befehl, Kao!"

„Aber..."

„Nichts aber!" Perry Rhodan winkte energisch ab. „Was nützt es uns, wenn Sie zusammenbrechen. Wir brauchen Sie noch, Kao – und zwar gesund."

Er blickte dem davongehenden Chefmathematiker stirnrunzelnd nach.

„So geht es nicht mehr weiter", erklärte er. „Unsere Leute sind schließlich keine Roboter."

„Was willst du schon tun?" fragte Atlan mit mildem Spott.

„Mich beeilen, Freund. Es wird Zeit, daß wir nach Andromeda kommen!"

Er erkannte die Irrealität seines Wunsches, als er wieder in die Zentrale zurückkehrte.

Praktisch befanden sie sich in der Situation eines Hasen, der von einer Hundemeute verfolgt wird. In einer solchen Lage erschien es fast lächerlich, dem Jäger zu drohen. Aber Perry Rhodan war entschlossen, die Initiative wieder an sich zu reißen.

Vorerst jedoch gab es keine Gelegenheit dazu.

Die ultrahell leuchtende Energieballung, an deren Rändern Milliarden von Aufnahmeantennen glitzerten und funkelten, schoß auf den Planeten Destroy zu. Der Moby stellte ein fast planetengroßes Ungeheuer dar. Falls er die Absicht hatte, sich auf Destroy zu stürzen, mußte der Planet in Stücke zersplittern.

Eine Million Kilometer vor dem Planeten schossen blendende Energieströme aus den Randantennen des Ungeheuers. Die rasende Fahrt wurde sehr schnell aufgehoben. Die Körperform des Mobys veränderte sich laufend. Vor Sekunden auf den Bildschirmen noch scheibenförmig, wurde er zu einer abgeplatteten Kugel, drehte und wand sich, nahm annähernd Spiralenform an und kehrte wieder zur ursprünglichen Form zurück. In seinem Innern mußten gigantische Energiewandlungsprozesse vor sich gehen.

Perry Rhodan hielt den Atem an, als der Gigant zum Stillstand kam. Die Entfernung zu Destroy wurde von der Ortungszentrale mit achthunderttausend Kilometer angegeben.

Plötzlich blitzte es an der dem Planeten zugewandten Seite des

Ungeheuers in rascher Folge auf. Spiralige Energiebündel jagten auf Destroy zu. Blauweiße Lichtflecke breiteten sich auf der Planetenoberfläche aus.

Es gab keinen Zweifel. Der Moby bombardierte Destroy.

Die Blitze und die Entladungen erfolgten mit der Geschwindigkeit einer Maschinenwaffe. Unaufhörlich durchrasten Spiralbündel den Raum und schlugen auf Destroy ein. Die Sektorvergrößerung zeigte pilzförmige Explosionswolken.

„Atombomben!" ächzte Atlan. Sein Gesicht drückte Zorn, Entsetzen und Verständnislosigkeit zugleich aus.

Rhodan schlug auf die Aktivierungstaste des Interkoms. Er verlangte den Chef der Ortungszentrale.

„Stellen Sie fest, welcher Art die Kernprozesse auf Destroy sind!" befahl er. „Versuchen Sie zu analysieren, wie die Atombomben innerhalb des Mobys entstehen und in welcher Form sie abgeschleudert werden!"

Der Major nickte.

„Auswertung läuft bereits, Sir", meldete er. „Zu Frage Nummer eins kann ich Ihnen bereits antworten. Die Kernprozesse auf Destroy funktionieren auf Fusionsbasis, Katalyseprozesse."

„Danke! Machen Sie bitte weiter, Major!"

Perry Rhodan wandte sich um und lächelte Atlan an.

„Nun, wenigstens was den technischen Prozeß anbetrifft, sind uns die Mobys nicht überlegen."

Atlan schüttelte langsam den Kopf.

„Das habe ich auch nie geglaubt, Perry. Aber allein die Tatsache, daß ein lebender Organismus Atombomben erzeugen und einsetzen kann, ist ungeheuerlich."

Rhodans Gesicht wurde ernst. „Ich verstehe. Du glaubst nicht daran, daß die Allmacht etwas hervorbringt, was gegen die Gesetze des Lebens verstößt. Das fällt auch mir schwer, Atlan."

„Atomenergie gegen das Leben einzusetzen, ist die größte Sünde, die es gibt, Perry. So etwas bringen nur Lebewesen wie wir fertig, unvollkommene Wesen ..."

„Du meinst, diese Fähigkeit der Mobys sei keine natürliche Gabe? Vielleicht hast du recht, Freund. Vielleicht haben die ‚Meister der Insel' mit den Mobys künstliches Leben erschaffen."

Er überlegte angestrengt.

„Immerhin ist es nicht unmöglich, daß die Natur so etwas fertigbringt. Wenn ich an diejenigen Tiere der Erde denke, die mit ihrem Organismus Elektrizität erzeugen und als Waffe benutzen . . ."

„Elektrizität und Atomenergie ist ein großer Unterschied, Perry!"

Rhodan wurde durch das Summen des Interkoms einer Antwort enthoben. Der Chef der Ortungszentrale meldete sich.

„Wir haben ein vorläufiges Ergebnis erzielt, Sir."

„Sprechen Sie!"

„Die Spiralfelder sind keine reine Energie. Es handelt sich um gewaltsam stabilisierte halbmaterielle Gebilde. Die Stabilisierung nimmt sofort nach dem Abstoßen ab und bricht schließlich völlig zusammen. Dabei kommt es innerhalb des energetisch-materiellen Kompressionsgebildes zu einer Entspannung, die als Anregungskatalysator auf die extremen Kernverhältnisse wirkt. Ein spontaner Fusionsprozeß nach der Art von Wasserstoffbomben setzt ein. Was dem im Körper des Mobys vorausgeht, läßt sich nicht nachweisen. Die Theorie mit der größten Wahrscheinlichkeit ist die, daß der Moby instabile Energieballungen innerhalb der Sonnenkorona aufgenommen hat. In seinem Körper könnten sie gespeichert, in einen halbstabilen materiellen Zustand versetzt und mit einem Stabilisierungsfeld umgeben worden sein. Ebensogut wäre aber auch eine direkte Aufnahme von Plasma aus der Sonnenkorona möglich."

„Ich danke Ihnen, Major!" sagte Rhodan.

Er wandte sich wieder Atlan zu.

„Wenigstens einen Lichtblick haben wir. Der Moby kann sein Bombardement nicht beliebig lange fortsetzen. Einmal wird auch der größte Energievorrat verbraucht sein."

Er blickte wieder zum Panoramabildschirm.

Seine Ansicht bestätigte sich. Der Farbton des Ungeheuers war merklich blasser geworden. Allmählich verschwanden die ultrahellen Farbtöne ganz und wichen der Weißglut. Parallel zu dieser Entwicklung schwächten sich die abgeschleuderten Energiespiralen ab. Der Moby hatte sich erneut in Bewegung gesetzt. Er näherte sich langsam dem Planeten. Auf der Oberfläche Destroys tobten trotz des abgeschwächten Bombardements grauenhafte Explosionen. Die eine Planetenhälfte schien förmlich zu kochen.

In dem Augenblick, in dem der Moby nur noch rote Glut verstrahlte, hörte das Bombardement ganz auf.

„Zu spät!“ rief Atlan.

Wie in Zeitlupe platzte Destroy auseinander, Bruchstücke, so groß wie Kontinente, schwebten davon. Schillernde Energieblasen dehnten sich aus. Mitten in dieses Inferno hinein flog der Moby. Seine Aufnahmeantennen glühten. Gierig saugten sie die freigewordenen Energien des Planeten auf.

Perry Rhodan wandte sich schaudernd von diesem Bild ab.

Es dauerte eine Weile, bevor er das Summen des Interkoms bewußt wahrnahm.

Mit belegter Stimme meldete er sich.

Ein Roboter teilte ihm mit, daß Grek-1 ihn zu sprechen wünschte. Rhodan verspürte ein ungutes Gefühl, als er aufbrach. Welche Hiobsbotschaft mochte der Maahk diesmal wieder bereithalten ...?

27.

Die Außenbordmikrophone übertrugen das berstende Krachen und Knirschen mit beängstigender Realität.

Rhodan begriff, welchen Fehler er beinahe begangen hätte. Die Explosion Destroys würde naturnotwendig das energetische Raumgefüge innerhalb Alurins System verzerren. Sonneneruptionen und heftige Beben auf dem verbliebenen Planeten mußten die Folge sein.

Er befahl die Errichtung der energetischen Verschalungen über den Raumschiffen.

Im letzten Augenblick, bevor die Stützkuppeln aus Eis zusammenbrachen, preßten sich die Energieschirme dagegen. Nur vereinzelte kleinere Eisbrocken regneten auf die Schiffe herab. Sie riefen kaum Beschädigungen hervor. Die zweitausend Meter starke Eisdecke jedoch hätte zweifellos die Terkonithüllen zusammengedrückt wie dünne Metallplastikfolie.

Als Rhodan bei Grek-1 eintraf, war der Maahk bereits ungeduldig.

Er preßte die Tentakelarme gegen die Trennwand. Seine Augen glühten vor Erregung.

Perry Rhodan blieb stehen. Atlan und Icho Tolot waren ihm gefolgt.

„Ich wurde aufgehalten“, entschuldigte Rhodan sich. Er erklärte dem Maahk, was geschehen war.

„Das war vorauszusehen, Terraner. Ich habe nichts vollkommen Neues, aber es reicht auch so. Die Mobys werden alle bewohnten Planeten von Andro-Beta vernichten, so wie der eine Moby Destroy vernichtete. Kein Twonoser kann entkommen. Und auch wir haben keine Überlebenschancen mehr. ‚Unser‘ Ungeheuer wird auch Arctis zerstören.“

„Wir können jederzeit fliehen, Grek-1.“

„Glauben Sie das wirklich? Haben Sie einmal daran gedacht, die theoretisch mögliche Reichweite der energieorganischen Atombomben errechnen zu lassen?“

Rhodan wurde blaß. Mit hastigen Schritten eilte er zum Wand-Interkom und schaltete zum Rechenzentrum durch. Hong Kaos Stellvertreter meldete sich. Perry Rhodan gab ihm seine Anweisungen und befahl sofortige Erledigung.

Nach zwei Minuten lag das Ergebnis vor.

„Nun . . .?“ fragte Grek-1.

„Sie hatten recht“, gab Rhodan bedrückt zu. „Der Moby beherrscht das ganze System.“

„Was hat man Ihnen geantwortet? Die Atombomben würden uns überall innerhalb Alurins System erreichen, nicht wahr? Das ist aber noch nicht alles. In seinem jetzigen Zustand der Hyperaktivität ist das Ungeheuer in der Lage, jedes startende Raumschiff sofort als energetischen Bestandteil in sich aufzunehmen.“

Perry Rhodan senkte den Kopf.

Vor seinem geistigen Auge tauchten die Gesichter der Männer auf, die er hierhergeführt hatte. Es war eine Elite der Menschheit, Wissenschaftler, Offiziere und Spezialisten. Sollten sie alle zugrunde gehen? An sich selbst dachte er in diesem Augenblick gar nicht.

Er wandte sich um und schaute mit fieberglänzenden Augen auf den Wandbildschirm, auf dem das gleiche Bild zu sehen war wie auf dem großen Panoramaschirm der Hauptzentrale.

Der Moby hatte die Stätte der Katastrophe bereits wieder verlassen. Er bewegte sich auf die Sonne zu. Gerade überschlug Rhodan die Möglichkeit, Arctis zu verlassen, während das Ungeheuer in die Korona der Sonne eindrang – da kam der Moby schon wieder zum Stillstand.

Aus einer Sonnenentfernung von über fünfhundert Millionen Kilometern sandte er einen Ladestrahl aus und tankte auf.

In dieser Lage wäre eine Flucht Selbstmord gewesen.

Untätig mußten Rhodan, Atlan und Icho Tolot zusehen, wie das Ungetüm sich voll Energie saugte. Schon bald flammte es wieder in ultrahellen Farbtönen.

Dann tobte ein wahrer Glutorkan aus den Randantennen. Der Moby wurde förmlich vorwärtsgeschleudert. Mit hoher Fahrt kam er auf Arctis zu.

Die fünf Superschlachtschiffe und die sechs Raumtransporter des Stützpunktes waren startbereit. In den Transformgeschützen lagen überschwere Gigatonnenbomben. Eine einzige Salve aus allen Kampfschiffen zusammen hätte genügt, einen Planeten zu vernichten. Doch jeder Mann an Bord wußte, daß dem angreifenden Moby auf diese Art nicht beizukommen war. Ein Lebewesen, das seine Energie aus der Gluthölle einer Sonnenkorona zog, war mit Energiewaffen nicht zu besiegen. Im Gegenteil. Es würde die Energie als willkommene Nahrung gierig aufnehmen.

Vor fünf Minuten waren auf Atlans Befehl die Woolver-Zwillinge erschienen.

Perry Rhodan bezweifelte, daß die Imarter in dieser Situation helfen konnten. Er sagte es offen:

„Ich gebe zu, Atlan, die Zwillinge können sich in die Energieströme einfädeln, die von dem Moby ausgehen. Sie können sogar relativ gefahrlos in das Ungeheuer eindringen. Doch was dann? Sollen sie vielleicht eine Atombombe mitnehmen und zünden? Der Moby würde sich nur über die zusätzliche Energie freuen – falls er zu solchen Gefühlen überhaupt fähig ist."

Der Arkonide kaute auf seiner Unterlippe. Man sah ihm an, daß er Rhodans Zweifel teilte. Er überlegte angestrengt.

„Wir müssen es versuchen!“ sagte er schließlich müde. „Gibt es denn nichts, was dieses Ungeheuer töten kann?“

Rhodan schüttelte den Kopf.

„Ich zerbreche mir seit dem Auftauchen des Mobys den Kopf, Atlan. Wir brauchten eine organische Waffe. Energie ist nicht akzeptabel.“ Er lachte gequält. „Aber wo gibt es eine organische Waffe, die kristallisierte Energie angreift?“

Er wandte sich seufzend zum Interkom, als der Summer ertönte.

„Hier Rhodan. Ich möchte wissen, was es jetzt noch Wichtiges ...“

Die Stimme von Dr. Natalie Scharzowa war so laut, daß alle Umstehenden die Biologin verstehen konnten.

„Wenn Sie es wissen wollen, dann halten Sie bitte den Mund und hören mir zu, Sir!“

Rhodan rückte vom Lautsprecher ab und sah Atlan verblüfft an. Der Arkonide konnte trotz der verzweifelten Lage ein sarkastisches Lächeln nicht unterdrücken. Nathalie Scharzowa war einer von jenen Menschen, die auch Vorgesetzten gegenüber nie eine unterwürfige Haltung anzunehmen pflegten.

„Ich höre, Madam!“ sagte Rhodan.

„Sehr gut, Sir. Vielleicht haben Sie im Gedächtnis behalten, daß diese Wesen von kristalliner Körperstruktur sind ... Ich meine die Mobys.“

„Jawohl, Madam!“ Perry Rhodan blickte zur Uhr und danach zum Panoramabildschirm. Wollte diese resolute Frau angesichts des nahen Todes die Zeit mit hochwissenschaftlichen, aber zwecklosen Diskussionen zerreden?

„Bitte, fassen Sie sich kurz, Madam!“

„Unterbrechen Sie mich nicht immer, Sir. Wie soll ich Ihnen meine Theorie klarmachen, wenn ich nicht an die bekannten Tatsachen anknüpfen darf?“

Auf dem Bildschirm des Interkoms war zu sehen, wie sie tief Luft holte. Es sah aus, als wollte sie die Bildscheibe sprengen.

„Folgendes, Sir: Mit Energie dürften Sie einem kristallenergetischen Wesen nicht beikommen können. Aber wie wäre es, wenn Sie eine organische Waffe einsetzten?“

„Darüber sprachen wir eben. Nur gibt es leider keine organische ...“

„Doch!“ unterbrach Natalie Scharzowa Rhodan resolut. „Es gibt eine!“

Perry Rhodan richtete sich steif auf. Mit einer Handbewegung winkte er Atlan zurück, der ihm das Mikrophon aus der Hand reißen wollte.

„Sprechen Sie, Madam!“ befahl er scharf. „Aber sprechen Sie schnell, wenn es noch Sinn haben soll!“

„Ich sage nur: STOG-Säure, Sir . . .!“

Rhodans Hände umklammerten das Mikrophon, als wollten sie es zerdrücken. Er atmete heftig.

Er dachte an Fargone, einen wenig bekannten Planeten in der heimatlichen Galaxis, der eine Überdruckatmosphäre besaß – und eine tödliche Fauna. Einige fleischfressende Tierarten des Planeten produzierten eine Säure, die selbst Terkonitstahl, Gold und MV-Plastik auflöste. Erst nachdem es terranischen Metallurgen gelungen war, das natürliche Material der tierischen Druckbeutel synthetisch herzustellen, hatte man STOG-Säure transportieren können. Sie diente zur Herstellung metallisch-radioaktiver Lösungen. Mit dieser Säure hatten sie auch den Angriff der Energiepolizisten auf den Geheimsatelliten Troja abwehren können, als dieser von einem Moby verschlungen worden war. Niemand hatte in dieser Situation an die STOG-Säure gedacht, die die Rettung bedeuten könnte. Auch er, Perry Rhodan, nicht. Niemand außer Natalie Scharzowa!

Diese Gedanken waren blitzschnell durch sein Gehirn geschossen. Im nächsten Augenblick fragte er erregt:

„Wieviel STOG-Säure besitzen wir, Madam?“

„Laut Liste etwa fünfzig Überdruckbehälter zu je hundert Kilogramm Säure, Sir. Wie wäre es, wenn Sie Ihre Elektrospringer damit ausrüsteten und . . .“

Perry Rhodan mußte trotz der bedrohlichen Lage lachen, als er in die beleidigten Gesichter der Woolver-Zwillinge blickte. Die Biologin hatte die Parasprinter soeben beleidigt, worüber sie sich aber keine Gedanken zu machen schien.

Er zog das Mikrophon näher heran.

„Halten Sie sich bereit, Madam. Ich schicke Ihnen Roboter. Geben Sie ihnen die Säure-Bomben. Ende!“

Atlan atmete erleichtert auf.

Rhodan sah mit verkniffenen Augen zum Bildschirm und danach auf die Zwillinge.

„Es wird ein Wettlauf mit der Zeit, meine Herren!"

Perry Rhodan gestand sich ein, daß er nervös war. Selten war es so auf die Sekunden angekommen wie jetzt. Wenn der Moby in diesem Moment zu feuern begann, war alles umsonst gewesen. Aber das Ungeheuer schien auf den größten Wirkungsgrad seiner furchtbaren Waffe hinzuarbeiten. Anscheinend verbrauchte es seine Energie zu schnell, wenn es die Bomben aus sehr großer Entfernung abschoß. Dennoch blieben nicht mehr als noch acht Minuten. Gelang den Woolver-Zwillingen innerhalb dieser kurzen Zeitspanne kein wirksamer Angriff, war alles verloren.

Zwei Männer der Besatzung trafen zugleich mit den Zwillingen in der Funkzentrale ein. Sie hatten die Raumanzüge aus den Kabinen der Woolvers geholt. Tronar und Rakal würden innerhalb des Mobys für Sekundenbruchteile materialisieren müssen, um die Bomben werfen zu können.

Sie wußten, daß sie bei diesem Einsatz mit ihrem Leben spielten. Aber das schreckte sie nicht ab. Anders wäre es gewesen, wenn sie nicht von der Rechtmäßigkeit ihres Einsatzes überzeugt gewesen wären. Die Zwillinge besaßen einen ausgeprägten Sinn für Moral und Ethik. Niemand hätte sie dazu bewegen können, ein Lebewesen zu töten, wenn es nicht absolut aggressiv war. Im Fall des Mobys handelten sie eindeutig in Notwehr.

Noch während sie ihre Raumanzüge überstreiften, tauchte plötzlich der Mausbiber Gucky auf. Zuerst flimmerte die Luft, dann war das nur metergroße Pelzwesen da. Er hatte natürlich wieder teleportiert. Aus traurigen Kulleraugen blickte er die Woolver-Zwillinge an. Seine runden Ohren bewegten sich unruhig.

„Ihr solltet mich mitnehmen!" sagte er mit schriller Stimme. „Allein ist es für euch zu gefährlich."

Rakal bückte sich und fuhr Gucky durch das dichte, braune Fell.

„Vielen Dank, Kleiner. Aber das ist nichts für dich. Du müßtest teleportieren – und zwar aufs Geratewohl. Wenn du materialisierst, könntest du in einer Atomhölle landen."

Gucky ließ seinen einzigen Nagezahn sehen. Obwohl sonst sehr schnell beleidigt, blieb er diesmal freundlich. Er nahm es Rakal nicht übel, daß er ihm ablehnend geantwortet hatte. Dieses überaus intelligente Pelzwesen vom Planeten Tramp wußte, in welche Gefahr sich die Zwillinge begeben wollten. Und er hatte sie in sein Mausbiberherz geschlossen.

Tronar beugte sich ebenfalls zu ihm herab. Er gab Gucky einen schallenden Kuß auf die feuchte Nase.

„Mach's gut, Kleiner! Dort kommen die Robots mit den Säurebomben. Es geht los!"

Der Mausbiber wischte sich gerührt über die Augen. Vorwurfsvoll sah er Rhodan dabei an, als wollte er den Großadministrator für den gefahrvollen Einsatz der Woolvers verantwortlich machen.

Perry Rhodan bemerkte es. Er konnte sich jedoch nicht um den besorgten Mausbiber kümmern. Es gab wichtigere Probleme. Die Roboter stellten die Hohlbehälter mit dem fürchterlichen Gebräu in der Ortungszentrale ab. Waffentechniker eilten herbei und befestigten kleine Sprengkapseln mit Zeitzündern an den Behältern. Damit waren die Bomben fertig. Sie mußten nur noch in den Moby transportiert und gezündet werden. Nicht jede Stelle innerhalb des Ungeheuers kam dafür in Frage. Dr. Scharzowa hatte die empfindlichste Stelle genannt. Es handelte sich um einen Hohlraum dicht unter der Körperoberfläche des Mobys. Dort saßen die hausgroßen Kristallblöcke, in denen die Instinktintelligenz des Wesens verankert war. Rhodan und Atlan nahmen an, daß den Blöcken gleichzeitig der Empfang der fünfdimensionalen Befehlssendung zukam und dort die Fernsteuerungsanlage installiert war.

Wieder sah Perry Rhodan nach der Uhr. Von den kalkulierten acht Minuten waren zwei verstrichen. Es wurde allerhöchste Zeit, denn die Parasprinter konnten nicht damit rechnen, sich sofort in dem Moby zurechtzufinden.

Gleichzeitig verschlossen Tronar und Rakal ihre Druckhelme. Ihre Gesichter wirkten wieder einmal wie Original und Spiegelbild.

Die Zwillinge ergriffen jeder eine der Säurebomben und wandten sich dem Aggregatblock des Ortungseingangs zu.

Der angreifende Moby sandte unerhört starke Energieströme aus, die inzwischen das ganze Sonnensystem erfüllten. Die ausgefahrenen

Ortungsantennen sammelten und bündelten die Impulsströme und leiteten sie über den Eingangsblock zu den Anzeigegeräten. Von dort aus wurden sie zu den Sendeeinheiten umgeleitet und zum Moby zurückreflektiert. Aus diesem Grunde war der Ortungseingangsblock für die Woolvers der geeignetste Ansatzpunkt.

Die Luft um Rakal und Tronar begann plötzlich zu flimmern, als stünden die Mutanten hinter einer bewegten Wasserwand. Ihre Körper pulsierten, wobei sie mehr und mehr die ursprüngliche Form verloren. Die STOG-Säurebomben wurden mit in die Umwandlung gerissen. Alles dauerte nur Bruchteile einer Sekunde.

Eben noch hatten die Wellensprinter deutlich sichtbar vor dem Aggregatblock gestanden. Im nächsten Augenblick huschten schemenhafte Gebilde in die Verkleidung des Gerätes hinein.

Ein schwaches „Plopp" erklang, als die Luft in das zurückgelassene Vakuum strömte, dann waren die Wollver-Zwillinge verschwunden.

Rakal und Tronar Woolver waren zu Bestandteilen jener Energieströme geworden, denen sie sich anvertraut hatten.

Da sie sich in hyperphysikalische Impulse „eingefädelt" hatten, legten sie die gewaltige Entfernung praktisch ohne Zeitverlust zurück. Sie verfügten über einen unschätzbaren Vorteil: sie kannten den Körperbau eines Mobys auswendig. Einige Male hatten sie mit solchen Wesen ja bereits zu tun gehabt, vor allem während ihrer Gefangenschaft im Twonoser-Moby.

Dieser Vorteil war lebensnotwendig. Die Woolvers waren während des Transportes eben keine intelligenten Wesen mehr, sondern nur noch energetische Impulse. Dementsprechend hilflos waren sie in diesem Zustand. Sie besaßen keinerlei Orientierungsmöglichkeit mehr und konnten auch keine willkürlichen Bewegungen ausführen. Nur jahrelanges Training hatte bewirkt, daß sie ihren Wiederverstofflichungsort bestimmen konnten – das allerdings nur vor der „Einfädelung". Dazu mußten sie Ausgangs- oder Zielort des benutzten Energieflusses genau kennen. Es wäre beispielsweise ihrer Gesundheit abträglich gewesen, wenn sie mitten im Konvertermagen des Mobys materialisiert hätten.

Als erste Etappe hatten sie ein Organ gewählt, das in seiner Funktion einem Strukturumformer glich. Es handelte sich dabei um einen schneckenhausförmig gewundenen Schlauch von rund achtzig Metern Durchmesser und etwa vierzehn Kilometern Länge. In den gelappten Wänden vollzog sich die Umformung von normaler zu Hyperenergie.

Die Zwillinge wußten, daß eine unmittelbare Berührung mit der Schlauchwandung den Tod bedeutete. Sie waren im Augenblick der Wiederverstofflichung für etwa drei Sekunden völlig hilflos. So lange brauchten ihre Körper, um das Atomgefüge wieder zu ordnen.

Aus diesem Grunde hatten sie die kleinen Antigravgeräte ihrer Raumanzüge auf Abstoßfunktion eingestellt.

Sie drangen als leuchtende Nebel aus dem Endpunkt der Schlauchspirale hervor, wurden in den Gang hineingestoßen und trieben allmählich dem Ausgang zu. Drei Sekunden lang blieben ihre Körper reglos mitten im Abstoßfeld hängen, dann begannen sie sich zu regen.

Rakal und Tronar vergewisserten sich zuerst davon, daß die Säurebomben noch in den Greifklauen der Raumanzüge hingen. Dann erst versuchten sie sich zu orientieren.

Die Außenmikrophone ihrer Helme vermittelten ihnen den Eindruck eines Weltuntergangs. Ein grauenhaftes, die Nerven marterndes Geräuschinferno tobte in allernächster Nähe. Die Wände des Umformorgans wirkten wie weißglühende, schnell fließende Metallschmelze. Das Innere des Ungeheuers glich in keiner Weise ihren Vorstellungen. Einige Sekunden vergingen, bevor Rakal und Tronar überhaupt einen klaren Gedanken fassen konnten.

Danach schalteten sie gleichzeitig die Außenmikrophone ab. Der Geräuschpegel sank auf ein erträgliches Maß zurück. Dennoch war die Lage nach wie vor bedrohlich. Wären sie nicht sicher gewesen, ihren Wiederverstofflichungsort richtig bestimmt zu haben – sie hätten daran gezweifelt, sich in einem schneckenhausförmigen Umformorgan zu befinden. Ihre Augen nahmen nur grelle Glut wahr.

Tronar räusperte sich.

„Kein gastfreundlicher Ort hier, wie?"

„Wir hätten es schlechter treffen können", sagte Rakal.

Tronar drehte sich, indem er Kraulbewegungen vollführte. Er schloß die Augen und versuchte, einen brauchbaren Energiestrom auszumachen. Im nächsten Moment stöhnte er vor Schmerz. Der Eindruck von unvorstellbar gewaltigen Energieströmen stürzte auf ihn ein. Es war, als befänden sie sich beide im Zentrum einer kleinen Sonne.

Einen Herzschlag lang drohte ihn Panik zu überwältigen.

Wie, wenn sie nicht rechtzeitig einen Weg zum Steuergehirn des Ungeheuers fänden? Sollte ihr Einsatz vergeblich sein? Würde der Moby den Planeten Arctis vernichten, bevor sie eingreifen könnten?

„Hör auf!" keuchte Rakal.

Tronar begriff. Seine Gefühlsimpulse gingen unabgeschwächt auf den Bruder über. Gewaltsam zwang er sich zu ruhiger Überlegung. Erneut konzentrierte er sich.

Da erreichte ihn ein frohlockender Impuls.

„Achtung!" ertönte Rakals Stimme aus dem Helmmikrophon. „Ich habe einen Versorgungsstrom zum Steuergehirn."

Tronar fühlte die gewaltige Anspannung, unter der sein Bruder litt. Er wußte, daß sie schnell handeln mußten, sonst würde Rakal den Energiestrom wieder verlieren. Er suchte mit dem mutierten Sektor seines Gehirns. Doch er bekam keinen Kontakt. Eine kräftige Störstrahlung blockierte seine Fähigkeit.

„Mach schnell!" flüsterte Rakal.

„Ich kann nicht." Tronar überlegte verzweifelt. Plötzlich kam ihm ein Gedanke. „Hör zu, Rakal! Du mußt dich zuerst allein einfädeln. Dann kann ich mich an deine Paraschwingungen ‚anhängen'."

„Und wenn du es nicht schaffst? Ich kann dich doch nicht hier zurücklassen!"

„Du mußt", erwiderte Tronar hart. „Es geht nicht um mich. Los!"

Er spürte die hochgradige Erregung seines Bruders. Doch dann wich die Erregung einer kalten Entschlossenheit. Tronar lächelte.

„Jetzt!" gellte Rakals Schrei.

Tronar konzentrierte sich mit geschlossenen Augen. Er achtete nicht auf den nebelhaften Schemen, der sich dehnte und dann in der weißglühenden Wand der Umformspirale verschwand. Aber er spürte, wie eine Impulsfrequenz plötzlich über alle anderen dominierte. Es war, als begänne ein einzelnes Instrument alle anderen eines Orchesters zu übertönen.

Die Greifklauen seines Raumanzuges krallten sich um den Griff der Säurebombe. Dann riß ihn der Energiestrom mit sich fort.

Die beiden Körper formten sich am Grunde eines riesigen Hohlraums. Aus den leuchtenden Nebelstreifen wurden sie wieder zu Rakal und Tronar Woolver. Im nächsten Augenblick standen sie auf den Füßen.

Allmählich erkannten sie ihre Umgebung. Ein hohles Brausen röhrte durch die Halle, deren Anfang und Ende von Leuchterscheinungen und blauweißen Entladungen verdeckt wurde. Hier hätte ein Schwerer Kreuzer der Imperiumsflotte bequem Platz gefunden.

Tronar und Rakal verzichteten darauf, nach ihren Waffen zu greifen. Dem Moby war mit Impulsstrahlern ohnehin nicht beizukommen. Außerdem wußten sie, daß sie sich innerhalb des Steuergehirns befanden. Und kein Wesen würde einen relativ winzigen Fremdkörper in seinem Gehirn bemerken.

Gleichzeitig wandten sie sich um.

Die hausgroßen Kristallblöcke strahlten kalte Helligkeit aus. Hier befand sich der Sitz der Instinktintelligenz des Mobys. Es mußte gleichzeitig der Empfänger für die fünfdimensionalen Befehlsimpulse sein.

Intervallartiger Wechsel zwischen Hell und Dunkel zeigte die Aktivität des Gehirns an. Knatternd sprangen die Lichtfinger starker Entladungen durch die Halle. Die Zwillinge erkannten, daß sie sich an dem einzigen sicheren Platz innerhalb des Steuergehirns befanden. An einer anderen Stelle wären sie längst verbrannt.

Sie blickten sich durch die Helmscheiben hindurch in die schweißüberströmten, grünhäutigen Gesichter. Ihre absolut gleichgepolten Gefühlsimpulse machten eine sprachliche Verständigung teilweise überflüssig. Beide wußten genau, was der andere fühlte. Sie konnten zwar nicht die Gedanken erkennen, aber das war in dieser Situation nicht nötig.

Genau zum gleichen Zeitpunkt preßten sie die Kontaktstifte der Sprengkapseln nieder. Die Greifklauen öffneten sich. Die beiden STOG-Säurebomben lagen direkt an der Wandung des ersten Kristallblocks. Von jetzt an verblieben den Woolver-Zwillingen noch genau fünf Sekunden, um den unmittelbaren Gefahrenbereich zu verlassen.

Sie fädelten sich in die bekannte und registrierte Impulsfrequenz ein. Zwei Sekunden später materialisierten sie im schneckenhausförmigen Umformorgan – und lösten sich sofort darauf wieder auf.

28.

Der Bildschirm der Energieortung zeigte einen Blick in die Hölle.

Die Beleuchtung der Ortungszentrale wurde vom ultrahellen Gleißen des heranrasenden Mobys überstrahlt. Die Strukturtaster gaben ein unheimliches, hohles Brausen von sich, obwohl ihre Aufnahmefähigkeit auf Minimalwerte gedrosselt war.

„Noch keine Wirkung, Major?“ übertönte Rhodans Stimme die vielfältigen Geräusche.

„Keine, Sir. Kurs und Geschwindigkeit unverändert. Es hat den . . .“

Der Chef der Ortungszentrale unterbrach sich, als aus dem Aggregatblock des Ortungseingangs zwei flimmernde Nebelstreifen schossen. Ein im Wege stehender Waffentechniker wurde beiseite geschleudert, als Rakal und Tronar Woolver materialisierten.

Perry Rhodan und Atlan blickten gespannt in die Gesichter der Parasprinter. Doch darin zeigte sich nur die nervliche Anspannung des gefahrvollen Einsatzes, ohne Kommentar griffen die Zwillinge nach den nächsten beiden Säurebomben. Es sah so aus, als wollten sie sofort zum nächsten Einsatz starten.

Doch kurz vorher wandte Tronar sich um.

„Zwei Bomben befehlsgemäß geworfen!“ meldete er. „Hat man schon ein Ergebnis festgestellt?“

„Nein, Tronar“, erwiderte Atlan. „Hatten Sie große Schwierigkeiten?“

Er erhielt keine Antwort. Die Woolvers verschwanden so schnell, wie sie gekommen waren.

Rhodan äußerte seine Bedenken.

„Sie haben etwa anderthalb Minuten gebraucht. Ich fürchte, es gibt größere Schwierigkeiten, als wir voraussehen konnten.“

Gucky watschelte unbeholfen herbei.

Vor Rhodan und Atlan richtete er sich auf. Seine Knopfaugen ruhten vorwurfsvoll auf den mächtigsten Männern des Solaren Imperiums.

„Warum schickt ihr sie wieder weg, wenn ihr Angst um sie habt?" schrillte er. „Die Zwillinge haben sogar sehr große Schwierigkeiten. Ich habe es in ihren Gedanken gelesen."

„Ach nein!" bemerkte Atlan sarkastisch.

Gucky funkelte ihn böse an.

Der Arkonide lächelte und hob den Mausbiber hoch. Er nahm ihn auf den Arm, als wöge er nicht mehr als ein Sack voll Federn.

„Schon gut, Kleiner. Ich kann mir denken, daß ein voll aktivierter Moby kaum noch Ähnlichkeit mit einem toten hat. Aber das ist kein Grund, die Woolvers nicht einzusetzen. Wenn es ihnen nicht gelingt, das Ungeheuer von uns abzulenken, müssen wir alle sterben – und sie mit uns."

„Kalte Logik!" Guckys Stimme war voller Verachtung. Gleichzeitig aber neigte er vielsagend den Kopf und bot Atlan seinen Nacken dar.

Dem Lordadmiral blieb nichts weiter übrig, als Guckys Nackenfell zu kraulen.

Beinahe hätte er den Mausbiber fallen lassen, als die Zwillinge erneut auftauchten. Diesmal sagten sie überhaupt nichts. Sie ergriffen die beiden nächsten Säurebomben und waren wieder verschwunden, bevor jemand den Mund aufgebracht hatte.

Perry Rhodan blickte zur Uhr.

„Einsatzzeit dreißig Sekunden. Sie spielen sich ein, wie es scheint. Ich wüßte nicht, was wir ohne deine Spezialagenten tun sollten", wandte er sich lächelnd an Atlan.

Der Arkonide setzte Gucky behutsam auf den Boden. Mit zusammengepreßten Lippen betrachtete er die verschiedenen Ortungsanzeigen.

„Noch zeigt sich kein Erfolg, Perry. Vielleicht reichen die fünfzig Säurebomben nicht aus, das Steuergehirn des Mobys merkbar zu schädigen."

„Doch, sie genügen völlig", mischte Icho Tolot sich ein.

Atlan fuhr zu ihm herum. Zweifelnd sah er ihn an.

„Wie kommen Sie darauf, Tolot?"

Der Koloß hob die Schultern. Es war eine der Gesten, die er den Terranern abgesehen hatte. Er ahmte sie vollendet nach.

„Denken Sie bitte nach, Lordadmiral!"

Gucky piepste laut und mißtönend.

„Natürlich hat Icho recht."

Atlan und Rhodan blickten den Mausbiber verwundert an.

„Ihr Menschen mit eurer langen Leitung!" sagte Gucky verachtungsvoll. „Begreift ihr nicht, daß Icho die Wirkung der GROG-Säure besser beurteilen kann als ihr? Er ist in der Lage, seine Körperstruktur so umzuwandeln, daß sie der Struktur von Terkonitstahl gleicht. Nicht einmal mit einem Impulsstrahler wäre ihm dann beizukommen – jedenfalls nicht ohne weiteres", räumte er ein, als er Rhodans skeptischen Blick wahrnahm. „Aber GROG-Säure greift bekanntlich auch Terkonitstahl an ..."

Atlan räusperte sich.

„Erstens heißt es nicht GROG-, sondern STOG-Säure, Kleiner. Und zweitens kannst du Tolot nicht mit einem Moby vergleichen."

„Immerhin würde für mich ein halbes Kilo STOG-Säure genügen!" fiel der Haluter mit dröhnender Stimme ein. „In dieser Beziehung kann ich das Zeug besser beurteilen als Sie, meine Herren. Und die Woolver-Zwillinge brauchen ja nicht den ganzen Moby zu zerstören, sondern nur einen Teil der Kristallblöcke, die seine Instinktintelligenz beherbergen. Dazu dürften fünftausend Kilogramm STOG-Säure ausreichen."

„Einverstanden!" kommentierte Rhodan. Er atmete auf. Dann warf er einen Blick auf die Uhr. „Eigentlich müßten sie jetzt ..."

In diesem Augenblick kamen sie.

Tronar und Rakal Woolver taumelten, als sie auf den Beinen landeten. Sofort sprangen Atlan und Rhodan auf sie zu, um sie zu stützen.

„Zurück!" brüllte Rakal mit überschnappender Stimme.

Entsetzt blickten die beiden Männer auf die rotglühenden Metallplastikteile der Raumanzüge. Die Zwillinge mußten direkt aus einem Glutorkan kommen.

Der Haluter war vorgesprungen, als Rhodan und Atlan zurückwichen. Die mächtigen Pranken seiner Greifarme packten zu und richteten die USO-Agenten auf. Ihm machte die Hitze der Raumanzüge nicht das mindeste aus. Er hatte seine Körperstruktur in Augenblicksschnelle angepaßt.

„Danke!" stieß Tronar rauh hervor. „Reichen Sie uns bitte zwei Säurebomben, ja?"

Perry Rhodan trat einen Schritt näher. Hinter den hitzefesten Helmscheiben erkannte er die schweißüberströmten Gesichter der Woolvers.

„Wenn es zuviel wird, legen Sie bitte eine Pause ein", sagte er ruhig.

Tronar lachte humorlos. Er griff nach dem Säurebehälter, den Tolot ihm reichte.

„Gern, Sir. Aber erst müssen wir fertig sein, nicht wahr?"

Als die Zwillinge verschwunden waren, leuchteten Atlans Augen.

Auf dem Schirm des Energietasters lohte die Glut des unerbittlich näher kommenden Mobys . . .

Die Parasprinter standen in einem Meer aus Feuer.

Zwei hausgroße Kristallblöcke zerliefen unter zuckenden Entladungsblitzen und brodelnden Flammenseen. Die Säurebomben hatten eine Wirkung auf sie gehabt wie Wasser auf Kalium oder wie reiner Sauerstoff auf zundertrockenen weißen Phosphor.

Es war ein Wunder, daß die Woolver-Zwillinge noch lebten. Einzig und allein die vorzügliche Konstruktion der Raumanzüge hielt die Glut von ihren Körpern ab. Die Außenhaut bestand aus einem zerreißfesten und vakuumbeständigen Metallplastikgewebe. Darunter lag eine Schicht schmelzfester Isolierstoffe; und ganz innen folgte ein Unteranzug, der den Träger mit Atemluft umgab. Selbst bei einer Beschädigung des Überanzugs würde der Unteranzug die Funktion eines Vakuumschutzes noch erfüllen.

Aber auch das Gehirn des Mobys war nicht leicht verwundbar. Die großen Kristallblöcke, manche von der Größe eines Eisbergs, lagen weit auseinander. Dazwischen verstreut hingen von Decke und Wänden der riesigen Halle kopfgroße bis mikroskopisch winzige Kristallblöcke. Sie spiegelten das Feuer der kochenden und brodelnden Blökke vielfältig wider. Aber ihre Funktionsfähigkeit schien dadurch nicht beeinträchtigt zu werden.

Rakal und Tronar schleuderten ihre fünfte und sechste Säurebombe gegen eine Ansammlung mittelgroßer Blöcke. Dann schleusten sie sich wieder in den Energiestrom zur CREST II ein.

Als sie zurückkehrten, floß ein roter Glutstrom auf sie zu. Sie wichen aus und erstiegen einen Kristallblock. Von dort aus konnten sie die Wirkung ihrer letzten Bomben erkennen. Wo eben noch Dutzende Gehirnblöcke gestanden hatten, brodelte und schäumte jetzt eine zischende, dampfende Masse. Die Ränder der Masse erreichten soeben einen der hausgroßen Blöcke. Wie Gischt stieg blasiger Schaum empor. Der getroffene Block verfärbte sich. Dann begann er langsam vornüberzusinken.

„Fort von hier!" schrie Rakal. Er packte seinen Bruder am Arm und zog ihn mit.

Tronar besann sich nicht länger. Mit weiten Sprüngen liefen die Mutanten aus der Gefahrenzone. Beide steuerten auf eine andere Häufung mittlerer Gehirnblöcke zu.

„Vielleicht haben wir jetzt den verwundbarsten Punkt entdeckt!" schrie Tronar seinem Bruder zu, während sie die Sprengkapseln aktivierten.

Rakal nickte. Die Flammenwand warf seinen Schatten gespenstisch groß gegen den nächsten Kristallberg.

In diesem Augenblick stürzte der von der Glut getroffene Kristall in den kochenden Glutschaum. Mit ohrenbetäubendem Getöse brach er auseinander. Bruchstücke und Glutfladen flogen durch den Hohlraum.

Doch das sahen die Zwillinge schon nicht mehr.

Sie hatten sich erneut in „ihren" Energiestrom eingefädelt, um neue Säurebomben zu holen.

Es war nach dem sechsten Angriff der Woolver-Zwillinge, als bei dem heranrasenden Moby eine Veränderung bemerkt wurde.

Die ultrahell leuchtende, scheibenförmige Energieballung begann zu pulsieren. Unter der glühenden Oberfläche tobten die Wirbel entfesselter atomarer Energien. Der Moby glich dem Glutball einer gigantischen Kernbombe.

Dennoch stezte er seinen Weg unbeirrt fort.

„Noch dreißig Millionen Kilometer!" sagte Perry Rhodan mit tonloser Stimme. „Wenn kein Wunder geschieht, beginnt hier in drei Minuten der Weltuntergang."

Verbissen beobachtete er die auftauchenden und sofort wieder verschwindenden Parasprinter. Es entging ihm nicht, daß die Zwillinge kurz vor dem physischen Zusammenbruch standen.

Kurz darauf tauchten sie erneut auf und verschwanden mit zwei weiteren Säurebomben.

„Der zwölfte Einsatz. Vierundzwanzig Säurebomben hat der Moby schon geschluckt. Ich frage mich, ob das Ungeheuer die STOG-Säure nicht als Leckerbissen betrachtet."

„Da kennst du Rakal und Tronar schlecht", erwiderte Atlan. „Die Zwillinge würden sich nicht so anstrengen, wenn ihr Einsatz nicht bereits Wirkungen zeigte."

„Noch anderthalb Minuten, Freund. Dann ..."

Rhodan stockte und blickte mit geweiteten Augen auf den Bildschirm der Materieortung.

Der Moby war aus dem Fadenkreuz des Zielverfolgungsautomaten herausgewandert. Seine Geschwindigkeit verringerte sich nicht, aber er kam immer mehr vom Kurs ab. Das Diagramm zeigte schroffe Zickzackbewegungen.

Rhodans Augen glitzerten. Es war offensichtlich, daß das Steuergehirn des Ungeheuers versagte. Anscheinend konnte es die Steuerimpulse der unbekannten Sendestation nicht mehr aufnehmen.

Wieder kehrten die Woolvers von einem Einsatz zurück.

„Mein Glückwunsch!" rief Atlan ihnen zu. „Wenn Sie jetzt noch ein wenig nachhelfen, haben wir es geschafft."

Die Zwillinge verschwanden, ohne eine Antwort zu geben. Sie begannen den dreizehnten Einsatz.

Draußen im Raum begann der Moby zu rasen. Er mußte den Rest seines tierhaften Verstandes verloren haben. Sein Kurs wurde zu einem Ellipsenbogen und mußte ihn direkt zur Sonne bringen.

Es schien, als wollte er erneut Energien auftanken.

Als die Woolver-Zwillinge vom fünfzehnten Einsatz zurückkehrten, befahl Rhodan den Abbruch der Aktion. Rakal und Tronar mußten sich bis dahin mit übermenschlicher Anstrengung auf den Beinen gehalten haben, denn sofort nach Rhodans Befehl brachen sie zusammen. Medo-Roboter schälten sie aus ihren heißen, versengten Raumanzügen und brachten sie in die Bordklinik.

„Was nun?“ fragte Atlan. „Wenn der Moby sich wieder voll Energie saugt, gibt es eine Katastrophe. Er braucht ja nicht absichtlich auf Arctis zuzuhalten. Auch unabsichtlich abgeworfene Bomben töten bekanntlich.“

Rhodan lächelte mit blassem Gesicht.

„Dazu wird es nicht kommen, Freund. Wir greifen an!“

Fünf Raumgiganten brachen aus ihren Eishangars auf Arctis hervor und schossen mit flammenden Triebwerken in den Himmel.

Es waren die CREST II, die THORA II, die ALARICH, die NAPOLEON und die IMPERATOR – fünf Superschlachtschiffe von je anderthalb Kilometer Durchmesser. Die Schiffe flogen diesen Einsatz ohne Zusatztriebwerke.

Perry Rhodan saß im Notsitz neben dem Kommandanten der CREST II, Oberst Cart Rudo. Der Epsaler füllte mit seiner wuchtigen Gestalt den breiten Spezialsitz völlig aus. Über sein massiges Gesicht perlten winzige Schweißtröpfchen. Es war keine angenehme Aufgabe, einen wahnsinnigen Moby zu jagen.

Der Panoramabildschirm vermittelte ein grauenerregendes Bild. Die STOG-Säure schien nachhaltig zu wirken. Der Moby hatte seine Handlungen nicht mehr unter Kontrolle. Er torkelte auf die Sonne zu, brach nach der Seite aus, stoppte, beschleunigte wieder und schleuderte fortwährend energieorganische Atombomben in den Raum.

Wie stark die verfolgenden Schiffe durch Zufallstreffer gefährdet waren, bewies die nächste Sekunde. Vier Kilometer über der CREST II blähte sich plötzlich ein gigantischer, ultrahell strahlender Glutball auf. Die Ausläufer der Explosion rüttelten im nächsten Augenblick am strukturellen Aufbau der Schutzschirme.

„Hundert Prozent Leistungsabgabe!“ warnte die elektronische Stimme des Sicherheitsrobots.

„Vollschub!“ befahl Rhodan.

Doch da hatte Cart Rudo bereits gehandelt. Die lichtschnellen Impulsbündel der Triebwerke stießen die CREST II aus der Gefahrenzone heraus. In der Zwischenzeit waren weitere zwölf Glutbälle im Raum entstanden.

Rhodan nahm Kontakt zur NAPOLEON auf.

„Rhodan an Kommandant der NAPOLEON!" rief er ins Mikrophon des Telekomsektors. „Bitte kommen. Ende."

Das schmale, dunkelhäutige Gesicht eines Terraners erschien auf einem der Bildschirme.

„Hier Oberst Rigard. Ich rufe den Großadministrator. Bitte kommen. Ende."

„Beschleunigen Sie mit Maximalwerten, Oberst Rigard. Dringend. Ende."

Der Kommandant der NAPOLEON bestätigte den Befehl. Seine Stimme klang verwundert. Aber nach weniger als einer Sekunde ruckte das Schiff vorwärts.

Fünf Sekunden später bildete sich acht Kilometer hinter ihm der Glutball einer atomaren Explosion.

Atlan runzelte die Stirn und schaute dem Freund prüfend ins Gesicht.

„Sage mir, Perry: Woher wußtest du, daß die NAPOLEON in Gefahr war? Stehst du vielleicht in telepathischer Verbindung mit dem Ungeheuer?"

Rhodan hob die Schultern.

„Ich wußte überhaupt nichts. Intuition, wenn du mich fragst. Aber vielleicht fiel mir nur auf, daß die NAPOLEON bisher als einziges Schiff von den Bomben verschont geblieben war."

Er klammerte sich an seinem Kontursitz fest, als der Schutzschirm der CREST II wieder einmal von den Ausläufern einer Explosion erschüttert wurde. Die Schiffszelle bebte.

Atlan lachte trocken.

„Also doch kein Hellseher! Oder hast du nur nicht aufgepaßt, Perry?"

Rhodan antwortete nicht darauf. Er lächelte nur grimmig. Aufmerksam beobachtete er den dahintorkelnden Moby. Kurz darauf verlangte er von der Ortungszentrale eine genaue Entfernungsangabe. Danach schaltete er auf Rundruf für alle Schiffskommandanten.

„Achtung! Hier spricht Rhodan. Die Eigenbewegungen des Mobys werden bereits von der Gravitation der Sonne beeinflußt. Wir wollen versuchen, ihn völlig in die Sonne zu treiben. In sechzig Sekunden erfolgt konzentrischer Einsatz der Traktorstrahler. In seiner jetzigen Verfassung wird der Moby die Traktorstrahlen vielleicht nicht mehr absorbieren können. Koordinierung durch Feuerleitzentrale der CREST II."

Er beugte sich vor und hielt den Daumen über den Schaltknopf des Zeitmessers.

„Achtung! Zeit zählt ab . . . jetzt!"

29.

Der Moby ließ sich widerstandslos in die Sonnenkorona schieben. Er bemerkte die fünf Raumschiffe nicht. Er spürte auch nichts von den mächtigen Traktorstrahlen, die ihn weiter und weiter zur Sonne stießen.

Voller unersättlicher Gier nahm er die gegen ihn brandende Energie des Gestirns auf. Kein Instinkt warnte ihn mehr, denn die betreffenden Sektoren seines Gehirns waren von der STOG-Säure aufgelöst worden. Seine Gier steigerte sich, je mehr Energie er sich einverleibte.

Er blähte sich auf, pulsierte und strebte nach immer mehr. Vor sich sah er die brodelnde Turbulenz der Sonnenoberfläche. Dort lockte Energie im Übermaß, genug, um tausend Mobys zu sättigen.

Das Ungeheuer stieß lichtschnelle Strahlenschauer aus seinen Randantennen. Tief drang es in die Atomhölle der Sonne hinein. Sofort sog es sich voll.

Im nächsten Augenblick explodierte der Moby.

Als die rote Sonne anschwoll, brachen die Männer auf den Raumschiffen in lauten Jubel aus.

Perry Rhodan ließ die Leute gewähren. Sie hatten ihren Triumph redlich verdient. Doch dann ordnete er die sofortige Rückkehr nach Arctis an.

Die Superschlachtschiffe tauchten wieder in ihren Hohlschächten unter, und alsbald legten sich neue Eisdeckel über die Hangars.

Als Rhodan sich erhob, stand Gucky vor ihm.

„Warum so tierisch ernst, Perry?" scherzte er. „Hast du Magenschmerzen?"

Rhodan seufzte tief.

„Ich wäre froh, wenn ich welche hätte, Kleiner. Und wenn das alles wäre, was mich bedrückte."

„Was hast du?"

„Du wirst es gleich hören, Gucky. Bei Grek-1 findet eine Lagebesprechung statt."

„Hat dieser Maahk dir wieder Flöhe ins Ohr gesetzt, Perry?"

Rhodan lächelte gequält.

„Nein. Ich habe die Besprechung angesetzt. Wie ist es? Kommst du mit oder schläfst du lieber?"

„So eine Frage!" entrüstete sich der Mausbiber. „Natürlich komme ich mit. Oder soll lieber ich dich mitnehmen?"

„Vielen Dank. Gern, Gucky."

Der Mausbiber ergriff Rhodans Hand. Im nächsten Augenblick standen sie beide im Vorraum zu Greks Behausung.

Die Schiffskommandanten von Louvre-Station waren vollzählig in Greks Vorzimmer versammelt.

Perry Rhodan hatte einige Erläuterungen zum Auftauchen des Mobys gegeben. Schweigend musterte er die Gesichter seiner Offiziere. Es waren harte Gesichter, hart geworden durch einen langen, entbehrungsreichen Kampf und durch die ständige Konfrontierung mit der Gefahr.

„Und nun", sagte Rhodan, „möchte ich unserem Verbündeten Grek-1 das Wort erteilen."

Es herrschte absolute Stille, als der Maahk sprach.

„Sie haben einen Sieg errungen, Terraner. Aber täuschen Sie sich bitte nicht über die kommenden Gefahren hinweg. Gegen einen einzelnen Moby vermochten Sie zu siegen, gegen mehrere könnten Sie nicht einmal kämpfen!

Das, was Sie soeben erlebten, war nur ein Vorgeschmack der Hölle, die über Andro-Beta hereinbrechen wird. Auch in Alurins System werden wieder Mobys auftauchen. Sie hätten keine Chancen."

Perry Rhodan nickte.

„Das stimmt. Durch den Einsatz der Woolver-Zwillinge ist unser Vorrat an STOG-Säure stark reduziert worden. Wahrscheinlich können wir mit dem Rest nicht einmal einen Moby ausschalten, geschweige denn mehrere. Wir werden alles für die Flucht vorbereiten müssen. Arctis ist uns ein zu unsicherer Standort. Der Ausfall des Mobys könnte die Meister der Insel mißtrauisch machen, so daß sie neuerlich eines dieser Ungeheuer entsenden. Wir werden daher diesen Stützpunkt aufgeben und uns vorerst in den Leerraum zurückziehen. Dort sehen wir dann weiter. Unser primäres Ziel wird es sein, den unbekannten Sender zu finden, der die Mobys steuert. Nur dann haben wir eine Chance, dem Treiben der Mobys ein Ende zu setzen und Andro-Beta vor dem endgültigen Untergang zu bewahren. Informieren Sie bitte dahingehend die Mannschaften Ihrer Schiffe."

Nachdem Perry Rhodan den Raum verlassen hatte, ließ er die Kommandanten vorgehen. Nur Gucky und Atlan blieben neben ihm.

Vor dem Liftschacht verhielt der Arkonide den Schritt.

„Sollten wir Andro-Beta nicht lieber ganz aufgeben, Perry?"

Rhodan schüttelte den Kopf.

„Nein, Atlan. Wir werden unseren Weg fortsetzen. Wir müssen den Meistern der Insel das Handwerk legen. Ich möchte der Menschheit und den Völkern der Milchstraße ein ähnliches Schicksal ersparen, wie es die Laurins und Twonoser erleiden mußten."

Atlan nickte. Er hatte nichts anderes erwartet. Stumm setzten sie ihren Weg fort.

ENDE.

PERRY RHODAN-Buch Nr.26
„Kontrollstation Modul"
erscheint am 15. 3. 1987

Anhang: Perry-Rhodan-Terminologie

Andro-Beta – in der Perry-Rhodan-Serie die Bezeichnung für die dem Andromedanebel vorgelagerte Zwerggalaxis M 32 (NGC 221). Der Durchmesser ist mit 4 000 Lichtjahren angegeben, die Entfernung von der Milchstraße mit 2 150 000, die vom Rand des Andromedanebels mit rund 50 000 Lichtjahren (neuere Daten siehe Übersicht *Lokale Galaxiengruppe*). Perry Rhodan gelingt im Jahre 2402 mit dem Geheimsatelliten Troja der erste Brückenschlag in dieses Sternensystem, das zu dieser Zeit vom Volk der *Twonoser* beherrscht wird.

Andro-Beta-Dreieck – aus drei blauen Riesensonnen bestehender Sonnentransmitter in der Andro-Beta-Zwerggalaxis. Die Sterne bilden ein gleichseitiges Dreieck, als dessen Eckpunkte sie genau fünf Millionen Kilometer voneinander entfernt sind. Sie werden im Abstand von 50 Millionen Kilometern von einem sehr großen Planeten umlaufen, auf dem sich die Transmitter-Justierungsanlagen befinden.

Schrotschuß-System – terranische Bezeichnung für einen lemurischen *Sonnentransmitter* zwischen der Milchstraße und Andromeda. Es handelt sich um zwei rote Riesensonnen, die von den etwa 30 000 großen Bruchstücken eines vor ca. 1000 Jahren explodierten Planetengiganten umlaufen werden. Dazu kommen Millionen von kleineren kosmischen Trümmern. Die Entfernung vom Rand der Milchstraße beträgt ca. 1 750 000 Lichtjahre, von Andromeda rund 450 000 Lichtjahre. Im Jahre 2401 dient das System (auch „System der Verlorenen" genannt) Perry Rhodan als Sprungbrett für den Vorstoß nach Andromeda. Die Justierungsstation befindet sich auf einem von insgesamt 9 fast planetengroßen Planetoiden *(Kalif)*.

Sonnentransmitter – zum Zweck der Überwindung von intergalaktischen Entfernungen geschaffene Giganttransmitter, die nach dem Prinzip der Materietransmitter arbeiten: Das zu befördernde Objekt (in der Regel Raumschiffe) wird im Sender in Strukturmuster und Energiegehalt verwandelt und im Empfänger in die identische Ursprungsform zurückverwandelt. Der Unterschied zum Materietransmitter liegt darin, daß anstelle technischer Apparate nun mehrere Sonnen (vorher in eine bestimmte Konstellation gebracht) die notwendige Energieleistung erbringen. Die „Schaltung" erfolgt von einer Justierungsstation aus, meist auf einem nahen Planeten gelegen. Die wichtigsten von den Lemurern hinterlassenen Sonnentransmitter sind der *Sonnensechseck-Transmitter* in der Milchstraße, das *Andro-Beta-Dreieck* in Andro-Beta und die im Leerraum zwischen den Galaxien gelegenen Stationen *Twin, Horror* und *Schrotschuß-Transmitter* (explodiert 2405).

Troja – auch als „Geheimsatellit Troja" bezeichnet – der Name für einen Asteroiden aus dem *Schrotschuß-System,* mit annähernd Würfelform und einer Kantenlänge von 38 km. Auf der Oberfläche finden sich noch Ruinen einer ehemaligen Stadt der Maahks. Im Jahre 2401 wird Troja von den Terranern vollständig ausgehöhlt, befestigt und als „trojanisches Pferd" (daher die Benennung) durch den Schrotschuß-Transmitter und den Sonnentransmitter von *Andro-Beta* in diese Andromeda vorgelagerte Zwerggalaxis geschickt. Nach außen hin nichts als ein zufällig in das Entmaterialisierungsfeld geratenes kosmisches Trümmerstück, verbergen sich im Innern Trojas fünf terranische Superschlachtschiffe, das Vierstufenschiff ANDROTEST III sowie Nachschublager, Atomkraftwerke und ein eigenes Impulstriebwerk. Für die Verteidigung des Geheimsatelliten wurden Abwehrforts mit weitreichenden Transformkanonen installiert. Troja kann keine Überlichtflugmanöver ausführen. Die Navigation erfolgt mit Hilfe einer 300 m über den Rand des Asteroiden ragenden, abgerissenen Brückenkonstruktion der ehemaligen Maahk-Stadt auf Sicht. Diese Brücke wird daher auch als „Peilbrücke" bezeichnet.